檀香刑

Sandalwood Death

莫言

Mo Yan

代序
知惡方能向善

麥田出版社要改版《檀香刑》，我既高興，又擔憂。高興的是書能再版說明我在台灣知音甚多，擔憂的是年輕人未必能完全理解我意，萬一誤導了青年，則我罪大焉，故而寫一個序言，簡單地訴說一下我寫這部小說的初衷，這很笨拙，但沒有辦法。

《檀香刑》看起來是一部歷史題材的小說，主人公趙甲是晚清的最後一個劊子手，因為執刑有功，被慈禧太后賞賜七品頂戴和龍椅告老還鄉。他的兒女親家孫丙，原是貓腔戲班班主，後解散戲班娶妻生子開茶館謀生。因家庭突遭變故，他成為抗德領袖，從義和團處學來法術，召集民眾和舊日班底，與修建膠濟鐵路的德軍對抗，兵敗被捕。為殺一儆百，德軍首領與山東巡撫袁世凱讓縣令錢丁搬請趙甲出山，設計一種能使人受刑但數日不死的刑罰，懲處孫丙，藉以警示民眾。趙甲設計了「檀香刑」。孫丙本來有逃跑的機會，但他沒有逃跑。他是唱戲出身，已經形成了戲劇化的思維習慣，每遇大事，他第一想到如果是戲中人物，遇到這事會怎麼做；第二想到，一旦這樣做了，會不會被人編到戲裡演唱而流傳千古。

魯迅先生在他的作品裡，批評了那些冷漠無情的看客，側面也表現了受刑人的表演心理。我是在他的這個主題上的進一步延伸和拓展。我認為劊子手、死刑犯和看客，是三位一體的關係。在這場轟轟烈烈的大戲中，劊子手與死刑犯是同台演出，要求心領神會，配合默契。劊子手技藝不精，看客不滿意；受刑人表現不豪，看客也不滿意。所以這是一場喪失了是非觀念的殺人大秀。只要受刑者能面不改色，視死如歸，口吐豪言，慷慨悲歌，哪怕這個人殺人如麻血債累累，看客們也會發自內心地對他表示欽佩，並毫不吝嗇地把喝采獻給他。

我在這本小說裡，重點刻畫的是趙甲這個劊子手的奇特心理，當然也是變態心理。他不奇特不變態就活不下去。其實，變態心理人人皆有，那些斥責別人變態的人，他自己已經非常變態。所有心態，基本上都是環境產物，只是人人都在看別人，很少閉目看自心。

這部小說的內容，除了孫丙抗德這個真實的故事內核之外，其餘的全是虛構。這樣的刑法，這樣的劊子手，從來沒有出現過。我一直悄悄地認為，這其實是一部現代小說，看上去寫的是長袍馬褂、辮子小腳，實際上寫的是現代心態。八十年代初期，當張志新[1]事蹟披露後，我受到了極大的震撼。我當時就在想，那個在執刑前奉命切斷了張志新喉嚨的人，那些以革命的名義，以人民的名義對張志新施以酷刑的人，他們當時怎麼想？當他們看到了張志新徹底平反，並被追認為革命烈士時又會怎麼想？他們想懺悔嗎？如果他們想懺悔，我們的社會允許他們懺悔嗎？——後來，到了九十年代，我又知道了北京大學大才女林昭[2]的故事，知道了林昭故事中那個驚心動魄的五分錢子彈費的細節。我又在想同樣的問題，那些當年殘酷折磨林昭的人，那個發明了那種塞進林昭嘴裡，隨著她的喊叫會不斷膨脹的橡皮球的人，到底是怎麼想的？而更進一步，我又想，如果當時我就是看守林昭或者張志新的獄卒，上級下令讓我給他們施刑，我是執行命令呢還是反抗命令？更進一步想的結果使我大吃一驚，我覺得，從某種意義上，或在某些特殊情況下，我們大多數人，都會做劊子手，也都會成為麻木的看客。幾乎每個人的靈魂深處，都藏著一個劊子手趙甲。

接下來我考慮的問題，就是用什麼樣的結構來寫這部小說，用什麼樣的語言來寫這部小說。

在結構問題上，我想起了當年聽北京大學葉朗教授講《中國古典小說美學》時提到過的鳳頭——豬肚——豹尾的小說結構模式。這種模式，為我的敘述，帶來了極大的便利，我認為也便利了讀者的閱讀。

語言問題，我想到民間戲曲，想到了我們高密特有的瀕臨滅絕的劇種茂腔——在小說裡我把它改成「貓腔」——同時我也想到了我少年時在集市上聽書的那些難忘的場景。

一想到戲曲，想到把小說和「貓腔」嫁接，便感到茅塞頓開。這不僅僅是個語言問題，同時也解決了小說的內在的戲劇性的結構和強烈的戲劇化情節設置和矛盾衝突。一切都是誇張的，一切都推到了極致，大奸大惡，大忠大孝，人物都是臉譜化了的。譬如孫丙，譬如錢丁，譬如孫眉娘，但唯有趙甲這個劊子手，是獨特的「這一個」，是《檀香刑》中唯一一個可以立得住，可以稱得上是典型的人物。當然，這有點王婆賣瓜。

《檀香刑》一書，從出版到現在，爭議很大。說好者認為是傑作，是偉大之作，說壞者貶為垃圾。其中的幾段殘酷描寫，更是飽受詬病。我之所以允許自己在小說中有這些殘酷描寫，是因為這部小說是一個獨特的文本。這是一部戲劇化的小說，或者說是一個小說化的戲劇。戲劇中的表演，假定性很強，有間離效果，這樣就為觀眾準備了心理空間，不至於過分投入。另外，我們人類，既是酷刑的執行者，也是酷刑的觀賞者，更是酷刑的忍受者，我覺得沒有理由隱瞞。只有知道人在特殊境遇下會變得多麼殘酷，只有知道人心是多麼複雜，人才可能警惕他人和自我警戒。我期望著在未來的社會裡，人人具有寬容精神，個個心存慈悲情懷，但是這一切，必以知道人類曾經犯過的罪惡為前提。

二〇〇六年四月五日

1 張志新（一九三〇－一九七五），天津人，曾任中國共產黨遼寧省委宣傳部幹事。文化大革命期間，因為獨立思考，發表了不同見解而被捕，在獄中遭受殘酷折磨，堅貞不屈，一九七五年四月四日以「反革命罪」被槍殺。刑前為防止她發出真理之聲，切斷了她的喉管。

2 林昭（一九三二－一九六八），蘇州人，北京大學中文系學生，因為獨立思考，發表不同見解而被捕，在獄中受盡非人折磨而不改變觀點。一九六八年四月二十九日被槍決，臨刑前生怕她發出聲音，故將一特別設計、可以隨時膨脹的橡皮球塞入她的口中。被槍斃後，當局派人去向其母收取五分錢的子彈費。

目次

鳳頭部

第一章　眉娘浪語

太陽一出紅彤彤，（好似大火燒天東）膠州灣發來了德國的兵。（都是紅毛綠眼睛）莊稼地裡修鐵道，扒了俺祖先的老墳塋。（真真把人氣煞也！）俺親爹領人去抗德，咕咚咚的大砲放連聲。（震得耳朵聾）但只見，仇人相見眼睛紅，刀砍斧劈叉子捅。血仗打了一天整，遍地的死人數不清。（嚇煞奴家也！）到後來，俺親爹被抓進南牢，俺公爹給他上了檀香刑。（俺的個親爹呀！）

——貓腔《檀香刑．大悲調》

一

那天早晨，俺公爹趙甲做夢也想不到再過七天他就要死在俺的手裡；死的勝過一條忠於職守的老狗。俺也想不到，一個女流之輩俺竟然能夠手持利刃殺了自己的公爹。俺更想不到，這個半年前彷彿從天而降的公爹，竟然真是一個殺人不眨眼的劊子手。俺公爹頭戴著紅纓子瓜皮小帽、穿著長袍馬褂、手捻著佛珠在院子裡晃來晃去時，八成似一個告老還鄉的員外郎，九成似一個子孫滿堂的老太爺。但他不是老太爺，更不是員外郎，他是京城刑部大堂裡的首席劊子手，是大清朝的第一快刀、砍人頭的高手，是精通歷代酷刑，並且有所發明、有所創造的專家。他在刑部當差四十年，砍下的人頭，用他自己的話說，比高密縣一年出產的西瓜還要多。

那天夜裡，俺心裡有事，睡不著，在炕上翻來覆去烙大餅。俺的親爹孫丙，被縣太爺錢丁這個拔屌無情的狗雜種抓進了大牢。千不好萬不好也是爹啊，俺心煩意亂，睡不著。越睡不著心越煩，越煩越睡不著。俺聽到那些菜狗在欄裡哼哼，那些肥豬在圈裡汪汪。豬叫成了狗聲，狗吠出了豬調；死到臨頭了，牠們還在學戲。狗哼哼還是狗，豬汪汪還是豬，爹不親還是爹。哼哼哼。汪汪汪。吵死了，煩死了。牠們知道自己的死期近了。俺爹的死期也近了。這些東西比人還要靈性，牠們嗅到了從俺家院子裡散發出來的血腥氣。牠們看到了成群結隊的豬狗的魂兒在月光下遊蕩。牠們知道，明天早晨，太陽剛冒紅的那個時辰，就是牠們見閻王的時候。牠們不停地叫喚，發出的是滅亡前的哀鳴。爹，你呢，你在那死囚牢裡是個什麼樣子？你哼哼嗎？你汪汪嗎？你還是在唱貓腔呢？俺聽那些小牢子們說過，死囚牢裡的跳蚤伸手就能抓一把；死囚牢裡的臭蟲，一個個胖成了豌豆粒。爹啊爹，本來你已經過上了四平八穩的好日子，想不到半空裡掉下塊大石頭，一下子把你砸到了死牢裡，俺的爹……白刀子進去，紅刀子出來，俺的丈夫趙小甲是殺狗宰豬的狀元，高密縣裡有名聲。他人高馬大，半禿的腦瓜子，光溜溜的下巴，白天迷迷糊糊，夜晚木頭疙瘩。從打俺嫁過來，他就一遍一遍地給俺講述他娘給他講過的那個關於虎鬚的故事。後來，不知他受了哪個壞種的調弄，一到夜裡，就纏著俺要那種彎彎曲曲、金黃色的、銜在嘴裡就能夠看清人的本相的虎鬚。這個傻瓜，夜夜黏人，一塊化開的魚鰾，拿他沒法子，只好弄一根給他，這個傻瓜。他蜷縮在炕頭，打呼嚕咬牙說夢話：「爹爹爹，看看看，搔搔蛋，甩個面……」煩死人啦！俺踹他一腳，他把身體縮一縮，翻一個身，巴咂巴咂嘴，似乎剛剛嚥下去什麼好東西，然後，夢話繼續，呼嚕不斷，咬牙不停。罷了，這樣的憨人，由著他睡去吧！

俺折身坐起來，背靠著涼森森的牆壁，看到窗戶外邊，月光如水，光明遍地。欄裡的狗眼，亮成碧綠的小燈籠，一盞兩盞三盞……閃閃爍爍，一大片。孤寡的秋蟲，一聲聲鳴叫，淒淒清清。腳穿木底油靴的值夜更夫，從青石條鋪成的大街，踢踢沓沓走過去，柝聲「梆梆」，鑼聲「噹噹」，三更天了。三更天了，夜深人靜，全城都睡了，俺睡不著，豬睡不著，狗睡不著，俺爹也睡不著。

「咯吱咯吱」，是老鼠在咬木箱子。俺把一個笤帚疙瘩扔下去，老鼠跑了。這時俺聽到從公爹屋子裡，傳出細微的響聲，又是豆粒在桌子上滾動。後來俺知道了，這個老東西不是在數豆粒，他是數人頭呢；一顆豆粒代表著一顆人頭。這個老雜毛，在夢裡也念想著他砍下的那些人頭啊，這個老雜毛……俺看到，他舉起鬼頭刀，對著俺爹的後項窩砍去，俺爹的頭，在大街上滴溜滴溜地滾動著，一群小孩子跟在後邊用腳踢它。俺爹的頭為了逃避孩子們的追打，一下接一下地跳上了俺家的台階，然後滾進了俺家的院子。俺爹的頭在俺家院子裡轉圈，狗在後邊追著咬。俺爹的頭很有經驗，有好幾次，馬上就要讓狗咬住了，但那腦後的辮子，挺成一根鞭子，橫著掃過去，正中狗眼，狗怪叫著轉起圈子來。擺脫了狗的追趕，俺爹的頭，在院子裡滾動，一個巨大的蝌蚪水裡游泳，長長的大辮子拖在腦後，是蝌蚪的尾巴……四更的梆聲鑼聲，把俺從噩夢中驚醒。俺渾身冷汗，不是一顆心，是一大堆心，在撲通撲通亂跳。公爹還在數他的豆粒，老東西，現在俺才明白，他為什麼那樣威人。他的身上，散發著一股涼氣，隔老遠就能感覺到。剛住了半年的那間朝陽的屋子，讓他冰成一個墳墓；陰森森的，連貓都不敢進去抓耗子。俺不敢進他的房子，進去身上就起雞皮疙瘩。小甲沒事就往那屋裡鑽，進去就黏在他爹身上，讓他爹講故事，膩歪得如同一個三歲的孩子。三伏天裡，乾脆就賦在他爹屋裡不出來了，連覺也不跟俺睡了，簡直把他爹當成了老婆把俺當成了他的爹。為了防止當天賣不完的肉臭了，小甲竟然把肉掛在他爹的梁頭上，誰說他傻？誰說他不傻！公爹偶爾上一次街，連咬人的惡狗都縮在牆角，嗚嗚地怪叫。那些傳說就更玄了，說俺的公爹用手摸摸街上的大楊樹，大楊樹一個勁地哆嗦，哆嗦得葉子嘩嘩嘩響。俺想起了親爹孫丙。爹，你這一次可是做大了，好比是安祿山日了貴妃娘娘，好比是程咬金劫了隋帝皇綱，凶多吉少，性命難保。俺想起錢丁，錢大老爺，進士出身，五品知縣，加分府銜，父母官，俺的乾爹，你這個翻臉不認人的老猴精。俗言道不看僧面看佛面，不看魚面還要看水面，你不看俺給你當了這三年的上炕乾閨女的情面，你也得想想，三年來，你喝了俺多少壺熱黃酒，吃了俺多少碗肥狗肉，聽了俺多少段字正腔圓的貓腔調。熱黃酒，肥狗肉，炕上躺著個乾閨女，大老爺，俺把您伺候得比當今的皇上都舒坦。大老爺，俺豁出去一個比蘇州府的綢緞還要滑溜、比關東糖瓜還要甜蜜的身子盡著您耍風流，讓您得了多少次道，讓您成了多少次仙，你為什麼就不能放俺爹一馬？你為什麼要跟那些德國鬼子串通一氣，抓了俺的親爹，燒了俺的村莊，早知道你是這樣一個無情無義的東西，俺的黃酒還不如倒進尿罐裡，俺的狗肉還不如填到豬圈裡，俺的戲還不如唱給牆聽，俺的身子，還不如讓一條狗去弄……

二

一陣亂梆子，敲得黎明到。俺起身下了炕，穿上新衣服，打水淨了面，官粉搽了臉，胭脂擦了腮，頭上抹了桂花油。俺從鍋裡撈出一條煮得稀爛的狗腿，用一摞乾荷葉包了，塞進竹籃。提著竹籃俺出了門，迎著西下的月亮，沿著青石板道，去縣衙探監。自從俺爹被抓進大牢，俺天天去探監，一次也沒探上。錢丁，你這個雜種，往常裡俺三天不去送狗肉，你就讓春生那個小雜種來催，現在，你竟然躲起來不見俺。你還在縣衙門前設了崗哨，往常裡那些個見了俺就點頭哈腰的鳥槍手、弓箭手們，恨不得跪在地上給俺磕頭的小雜碎，現在也把狗臉虎了起來，對著俺發威風。你竟然還讓四個持洋槍的德國兵站在縣衙前，俺提著竹籃一靠近，他們就把槍刺舉在俺的胸脯前比畫。他們齜牙咧嘴，看樣子不是鬧著玩的。錢丁啊錢丁，你這個裡通外國的漢奸，老娘生了氣，就敢身背黃榜進京告御狀。俺告你吃狗肉不拿錢，俺告你霸占有夫之婦，錢丁啊，老娘準備豁出破頭撞金鐘，剝去你的老虎皮，讓你這個無情無義的壞種顯原形。

俺提著籃子，無可奈何地離開了縣衙大門。俺聽到那些個站崗的小雜種在背後哧哧地冷笑。小虎子，你這個忘恩負義的狗東西，忘了跟著你那個老不死的爹給俺磕頭下跪的情景了吧？不是俺幫你說話，你這個賣草鞋的窮小子，怎麼能補上縣衙鳥槍手的缺、收入一份鐵杆莊稼？還有小順子，你這個寒冬臘月蹲鍋框的小叫化子，不是老娘替你說話，你怎麼能當上弓箭手？老娘為了替你求情，讓巡檢李金豹親了嘴摸了屁股，讓典史蘇蘭通摸了屁股親了嘴。可你們竟敢看老娘的笑話，竟然對著老娘冷笑，狗眼看人低，你們這些狗雜種，老娘倒了架子也不能沾了肉，老娘醉死也不會認這壺酒錢，等老娘喘過氣來，回過頭來再一個個地收拾你們。

俺把個該死的縣衙甩在背後，沿著石板大道往家走。爹，你這個老不正經的，你扔了四十數五十的人了，不好好地帶著你的貓腔班子，走街穿巷，唱那些帝王將相，扮那些才子佳人，騙那些癡男怨女，賺那些大錢小錢，吃那些死貓爛狗，喝那些白酒黃酒，吃飽了喝足了，去找你那些狐朋狗友，爬冷牆頭，睡熱炕頭，享你的大福小福，度你的神仙歲月，你偏要逞能，胡言亂語，響馬不敢說的話你敢說，強盜不敢做的事你敢做，得罪了衙役，惹惱了知縣，板子打爛了屁股，還不低頭認輸，與人家鬥強，被薅了鬍鬚，如同公雞被拔了翎子，如同駿馬被剪了尾巴。戲唱不成了，開個茶館，這也是好事，過太平日子。誰知你閫教不嚴，讓小娘亂竄，招來了禍患。被人摸了，摸了就是摸了。你不忍氣吞聲，做一個本分百姓，吃虧是福，能忍自安。你意氣用事，棍打德國技師，惹下了彌天大禍。德國人，皇上都怕，你竟然不怕。你招來禍殃，血洗了村莊，二十七條人命，搭上了弟妹，還有小娘。鬧到這步，你還不罷休，跑到魯西南，結交義和拳，回來設神壇，扯旗放砲，挑頭造反，拉起一千人馬，扛著土槍土砲，舉著大刀長矛，扒鐵路，燒窩棚，殺洋人，逞英雄，最終鬧了個鎮子破亡，百姓遭殃，你自己，身陷牢獄，遍體鱗傷……俺的個豬油蒙了心的糊塗爹，你是中了哪門子邪？是狐狸精附體還是黃鼠狼迷魂？就算德國人修鐵路，壞了咱高密東北鄉的風水，阻了咱高密東北鄉的水道，可壞得也不是咱一家的風水，阻得也不是咱一家的水道，用得著你來出頭？這下好了，讓人家槍打了出頭鳥，讓人家擒賊先擒了王。這就叫「炒熟黃豆大家吃，炸破鐵鍋自倒楣」。爹，你這下子把動靜鬧大發了，驚動了朝廷，惹惱了列強，聽說山東巡撫袁世凱袁大人，昨天晚上坐著八人大轎進了縣衙。膠澳總督克羅德，也騎著高頭大洋馬，披掛著瓦藍的毛瑟槍，直衝進了縣衙。站崗的弓箭手孫鬍子上前攔擋，被那鬼子頭兒抬手抽了一馬鞭，他急忙歪頭躲閃，但那扇肥耳朵上，已經被打出了一道一指寬的豁口。爹，你這一次十有八九是逃不過去了，你那顆圓溜溜的腦袋瓜子，少不了被掛在八字牆上示眾。即便錢丁錢大人看在俺的面子上想放過你，袁世凱袁大人也不會放過你；即便袁世凱袁大人想放過你，膠澳總督克羅德也不會放過你。爹，您就聽天由命吧！

俺胡思亂想著，迎著通紅的太陽，沿著青石板鋪成的官道，急匆匆地往東趕。那條熟狗腿在俺的籃子裡散發著陣陣香氣。青石街上汪著一灘灘的血水，恍惚中俺看到爹的頭在街上滾動，一邊滾動著，爹，你還一邊唱戲。貓腔戲是拴老婆的橛子，這戲原本不成氣候，是俺爹把這個小戲唱成了大戲。俺爹的嗓子，沙瓤的西瓜，不知道迷倒過高密東北鄉多少女人。俺那死去的娘就是迷上了他的公鴨嗓子才嫁給他做了老婆。俺娘可是高密東北鄉有名的美人，連杜舉人託人提親她都不答應，但是她卻死心塌地地跟了俺爹這個窮戲子……杜舉人家的長工周聾子挑著一擔水迎面走過來。他弓著蝦米腰，抻著紅脖子，頭頂一團白花花的亂毛，臉上一片亮晶晶的汗珠子。他呼哧呼哧地喘著粗氣，邁著大步，走得很急，桶裡的水溢出來，沿著桶沿，流成了幾條珍珠串。俺突然看到，爹，你的頭泡在周聾子的水桶裡。桶裡的水，變成了紅殷殷的血。俺聞到了一股熱烘烘的血腥氣，就是俺的丈夫趙小甲破開豬狗的肚子時放出的那種氣味，腥氣裡夾雜著臭氣。周聾子想不到，七天之後他去處死俺爹的刑場聽貓腔，被德國鬼子用毛瑟槍打破了肚子，那些花花腸子，鱔魚一樣鑽出來。他從俺的身邊經過時，吃力地抬起頭，對著俺齜牙冷笑。連這個木頭一樣的聾子都敢對俺冷笑，爹，可見你這一次是死定了，別說錢丁，就是當今皇上來了，也難免你的死刑。灰心歸灰心，但俺還是不死心，爹，咱們「有棗無棗打三杆，死馬當成活馬醫」吧。俺猜想，此時此刻，錢大老爺正陪著從濟南趕來的袁世凱和從青島趕來的克羅德，躺在縣衙寅賓館裡抽大菸呢，等到姓袁的和那個姓克的滾了蛋，俺再闖縣衙送狗肉，只要讓俺見了他的面，就有辦法讓他乖乖地聽俺的。那時候就沒有了錢大老爺，只有一個圍著俺轉圈子的錢大孫子。爹，俺最怕的是他們把您打進囚車押送進京，那樣可就「姥姥死了獨生子——沒有舅（救）了」，只要在縣裡執刑，咱們就有辦法對付他們。咱去弄個叫化子來當替死鬼，來他個偷梁換柱李代桃僵。爹，想起你對俺娘的絕情，俺實在不應該一次二次第三次地搭救你。讓你早死早休，省得你禍害女人。但你畢竟是俺的爹，沒有天就沒有地，沒有蛋就沒有雞，沒有情就沒有戲，沒有你就沒有俺，衣裳破了可以換，但爹只有一個沒法換。前邊就是娘娘廟，急來抱佛腳，有病亂投醫，待俺進去求求娘娘，讓她老人家顯靈，保佑你逢凶化吉，死裡逃生。

娘娘廟裡黑古冬，俺兩眼發花看不清。幾隻大蝙蝠，撞得梁頭啪啪響，也許不是蝙蝠是燕子，對，是燕子。俺的眼睛慢慢地適應了廟裡的黑暗，俺看到在娘娘的塑像前，橫躺豎倒著十幾個叫化子。尿騷屁臭餿飯味兒，直撲俺的腦瓜子、熏得俺想嘔想吐。尊貴的送子娘娘，跟這群野貓住在一起，您老人家可是遭了大罪了。他們恰似那開春的蛇，在地上伸展著僵硬的身體，然後一個接著一個，懶洋洋地爬起來。那個花白鬍子、紅爛眼圈的化子頭兒朱八，對著俺擠鼻子弄眼，衝著俺啐了一口唾沫，大聲喊叫：

「晦氣晦氣真晦氣，睜眼看到母兔子！」

他的那群賊孫子學著他的樣子，對著俺吐唾沫，連聲學舌：

「晦氣晦氣真晦氣，睜眼看到母兔子！」

那隻毛茸茸的紅腚猴子，一道閃電般躥到俺的肩膀上，嚇得俺三魂丟了兩魂半。沒及俺回過神來，這畜生，伸爪子進竹籃，搶走了那條狗腿。又一閃，躥回香案；再一閃，躍到娘娘肩上。在躥跳當中，牠頸上的鐵鏈子嘩啦嘩啦地響著，尾巴成了掃帚，掃起一團團灰塵，刺激得俺鼻孔發癢，「啊—吃！」該死的騷猴子，人樣的畜生。牠蹲在娘娘肩上，齜牙咧嘴啃那條狗腿。猴爪子亂抹，油污了娘娘的臉。娘娘不怨不怒，低眉順眼，一副大慈大悲的模樣。娘娘連一條猴子都治不了，又有什麼本事去救俺爹的性命呢？

爹呀爹，您膽大包天，您是黃鼠狼子日駱駝，盡揀大個的弄。這一禍闖得，驚天動地。連當朝的慈禧老佛爺，也知道了您的大名；連德意志的威廉大皇帝，也知道了您的事蹟。您一個草民百姓，走街穿巷混口吃的臭戲子，鬧騰到了這個份上，倒也不枉活了這一世。就像那戲裡唱的，「窩窩囊囊活千年，不如轟轟烈烈活三天」。爹，你唱了半輩子戲，搬演的都是別人的故事，這一次，您篤定了自己要進戲，演戲演戲，演到最後自己也成了戲。

叫化子們，把俺包圍起來，有的對著俺伸出爛得流水的手，有的對著俺袒露出長了瘡的肚皮。他們圍著俺起鬨，怪腔加上怪調，大呼加上小叫，唱歌，報廟，狼嗥，驢叫，嗚哩哇啦真熱鬧，猶如一團雞毛亂糟糟。

「行行好，行行好，狗肉西施趙大嫂。施捨兩個小銅錢，撿回兩個大元寶。……您不給，俺不要，你家要得現世報……」

在一片鬼哭狼嚎中，這些狗日的，有的擰俺的大腿，有的掐俺的屁股，有的摸俺的奶子……混水兒摸魚，順蔓兒摸瓜，占足了俺的便宜。俺想奪門逃跑，被他們扯住了胳膊摟住了腰。俺撲向朱八，朱八，朱八，老娘今日跟你拚了。朱八撿起身邊一條細竹竿，對準俺的膝蓋輕輕地一戳，俺腿彎子一麻，跪在了地上。朱八冷笑一聲，說：

「肥豬碰門，不吃白不吃！孩兒們，錢大老爺吃肉，你們就喝點葷湯吧！」

叫化子們一哄而上，把俺按倒在地，幾下子就把俺的褲子扒了。在這危急關頭，俺說：朱八，你這個狗日的，趁火打劫，不算好漢。你知不知道，俺的親爹，讓錢丁抓進了大牢，就等著開刀問斬？朱八翻著爛眼圈子問俺：

「你爹是誰？」

俺說，朱八，你這是睜著眼打呼嚕，裝鼾（憨）呢！全中國都知道俺爹是誰，你怎麼會不知道呢？俺爹是高密東北鄉的孫丙！俺爹是唱貓腔的孫丙，俺爹是扒鐵路的孫丙，俺爹是領導著老百姓跟德國鬼子幹的孫丙！朱八翻身爬起來，雙手抱拳，放在胸前，連聲說：

「姑奶奶，得罪得罪，不知者不怪罪！咱家只知道錢丁是你的乾爹，不知道孫丙是你的親爹。錢丁是個王八蛋，你爹是個英雄漢！你爹有種，敢跟洋鬼子真刀真槍地幹，咱家打心眼裡佩服。有用得著咱家的時候，姑奶奶儘管開口。孩兒們，都跪下，給姑奶奶磕頭賠罪！」

這群叫化子，齊刷刷地跪了一地，給俺磕頭，真磕，磕得嘣嘣響，額頭上都沾了灰塵。他們齊聲喊叫：

「姑奶奶萬福！姑奶奶萬福！」

連那隻蹲在娘娘肩上的毛猴子，也撇掉狗腿，拖泥曳水地跳下來，學著人的樣子，給俺磕頭作揖，怪模怪樣，逗人發笑。朱八說：

「孩兒們，明兒個弄幾條肥狗給姑奶奶送去！」

俺忙說：不用，不用，不用。朱八說：

「您就甭客氣啦，咱家這些孩子出去弄條狗，比伸手從褲襠裡摸個蝨子還容易。」

叫化子們嘻嘻地笑著，有的齜著黃板牙，有的咧開缺牙的嘴。俺忽然覺得，這群叫化子，很是可愛。他們的小日子過得有滋有味。陽光終於從廟門口射進來，紅彤彤地，暖呼呼地，照耀著叫化子們的笑臉。俺的鼻子一陣發酸，熱淚頓時盈了眶。朱八說：

「姑奶奶，要不要我們去劫大牢？」

俺說，不要，不要，千萬不要。俺爹這個案子，非同一般，牢門口不但有縣衙的兵士站崗，克羅德還派來了一隊德國鬼子放哨。朱八說：

「侯小七，出去遛達著，有什麼消息趕快來報告。」

侯小七說：「遵令！」他從娘娘像前拿起銅鑼，背上口袋，吹一聲口哨，說：「乖兒子，跟爹走！」那隻毛猴子，颼，躥上他的肩頭。侯小七馱著他的猴子，敲著鑼，唱著歌，走了。俺抬頭看到，泥塑的娘娘，渾身煥發著陳舊的光彩，銀盤似的臉上，水淋淋地，冒出了一層汗珠子——娘娘顯靈了啊，娘娘顯靈！娘娘顯靈，保佑俺的爹吧！

三

俺回了家，心中充滿了希望。小甲已經起來了，正在院子裡磨刀。他對著俺笑笑，既親切又友好。俺也對著他笑笑，也是既親切又友好。他用手指試試刀鋒，可能是還嫌不夠快，低下頭去繼續磨，啦，啦，啦。他只穿著一件汗褡兒，裸著半身蒜瓣子肉，虎背熊腰，胸脯上一片黑毛。俺進了正房，看到公爹端坐在那張他從京城運回來的檀香木嵌金絲的雕龍太師椅上閉目養神。他雙手掐著一串檀香木佛珠，嘴裡嘟嘟噥噥，不知是在誦經還是在罵人。堂屋裡大部幽暗，陽光從窗櫺間射進來，一條條一框框。有一道光，金子銀子似的，照著他的臉，閃閃發亮。俺公爹臉盤瘦削，眼窩子深陷，高高的鼻梁下，緊閉著的嘴，活脫脫一條刀疤。他短促的上唇和漫長的下巴上，光光的沒有一根毛，怪不得人們傳說他是一個從皇宮裡逃回來的太監呢。他的頭髮已經稀疏，要攙上許多的黑絨線，才能勉強地打成一條辮子。他微微地睜開眼，一線冰涼的光芒射到了俺的身上。俺問候他：爹，您起來了？他點了一下頭，繼續地捻他的佛珠。

按照幾個月來的習慣，俺找來牛角梳子，給公爹梳頭打辮子。這本是丫頭幹的活兒，但俺家沒有丫頭。兒媳也沒有給公爹梳頭的，讓人碰見不是有爬灰嫌疑嗎？但俺有把柄握在這個老東西手裡，他讓俺給他梳頭，俺就給他梳頭。其實他這毛病也是俺給他慣成的。他剛回來那會兒的一個早晨，一個人在那裡攥著把破梳子彆彆扭扭地梳頭，小甲充孝順，上前去給他梳，一邊梳一邊說：

「爹，我頭上毛少，小時候聽娘說是生禿瘡把毛扒了去了，您頭上毛也少，是不是您也生過禿瘡？」

小甲笨手笨腳，老東西齜牙咧嘴，說他受罪吧可是孝順兒子給爹梳頭，說他享福吧小甲那動作分明是給死豬薅毛。那天俺剛好從錢大老爺那裡回來，心情很好。為了讓這爺倆高興，俺就說：爹呀，讓俺給你梳頭吧。俺把他那些毛兒梳得服服帖帖，還摻上了黑絲線給他編了一條大辮子。然後俺把鏡子搬到他的面前讓他看。他用手捋著那條半真半假的大辮子，陰森森的眼窩裡竟然出現了一片淚光。這可真是希罕事兒。小甲摸著他爹的眼窩問：

「爹，您哭了？」

公爹搖搖頭，說：

「當今皇太后有一個專門的梳頭太監，但太后不用，太后的頭都是李蓮英李大總管梳的。」公爹的話讓俺摸不到門前鍋後，小甲一聽到他爹說北京的事就入了迷，纏上去央求他爹講。他爹不理他，從懷裡摸出了一張銀票，遞給俺，說：

「媳婦，去買幾丈洋布縫幾件衣裳吧，伺候了俺這些日子，辛苦了！」

第二天俺還在炕上呼呼大睡呢，小甲就把俺弄醒了。你幹什麼，俺煩惱地問。小甲竟然理直氣壯地說：

「起來，起來，俺爹等著你給他梳頭呢！」

俺愣了一會，心裡說不出地彆扭，真是善門好開，善門難關啊。他把俺當成什麼了？老東西，你不是慈禧皇太后，俺也不是大太監李蓮英。你那兩根蔫不拉唧、花白夾雜、臭氣烘烘的狗毛俺給你梳一次你就等於燒了八輩子高香修來的福分，你竟然如那吃腥嘴的貓兒，嘗到了滋味的光棍，沒完沒了了。你以為給了俺一張五兩的銀票就可以隨隨便便地指使俺，呸，你也不想想你是誰，你也不想想俺是誰。俺憋著一肚子火兒下了炕，想給他幾句歹毒的，讓他收起他的賊心。但還沒等俺開口呢，老東西就仰臉望著房笆，彷彿是自言自語地說：

「不知誰給高密縣令梳頭？」

俺感到身上一陣發冷，感到眼前這個老傢伙根本不是人，而是一個能隱身藏形的鬼魂，要不他怎麼知道俺給錢大老爺梳頭的事呢。說完了這句話，他的頭突然地擺正了，腰桿子也在椅子上挺得筆直，兩道陰森森的目光把俺的身子都要戳穿了。俺的氣呲啦一下就洩了，乖乖地轉到他的背後，梳理他那些狗毛。梳理著他的狗毛，俺不由地想起了俺乾爹那油光光滑溜溜散發著香氣的漆黑的好頭髮；捏著他的禿驢尾巴一樣的小辮子，俺不由地想起了乾爹那條沉甸甸地、肉乎乎的、彷彿自己會動的大辮子。乾爹用他的大辮子掃著俺的身體，從俺的頭頂掃到俺的腳後跟，掃得俺百爪撓心，全身的每個汗毛孔裡都溢出浪來……

沒辦法了，梳吧，自己釀出來的苦酒自己喝。俺只要給俺乾爹梳頭，俺乾爹就要伸手摸俺，往往是頭沒梳完兩個人就黏乎在了一起。俺就不信老東西不動心。俺等著他順著竿兒往上爬，老東西，只要你敢往上爬，俺就讓你上得去下不來。到了那時候，你就得乖乖地聽俺的。到那時候哦，俺還給你梳頭，梳你個去吧。外界裡盛傳著這個老東西懷裡揣著十萬兩銀票，早晚俺要你把它摸出來。俺盼著他往上爬，但是老東西好定性，至今還不爬。俺就不信天下有不吃腥的貓兒，老東西，俺倒要看看你還能憋多久！俺鬆開了他的辮子，用梳子通著他那幾縷柔軟的雜毛。今天早晨俺的動作格外地溫柔，俺強忍著噁心用小手指搔著他的耳朵根兒，用胸脯子蹭著他的脖子說，爹呀，俺娘家爹被官府抓進了大牢，您老人家在京城裡待過，面子大，去保一保吧！老東西一聲不吭，毫無反應。俺知道他一點都不聾，他是在裝聾作啞。俺捏著他的肩頭，又說了一遍，他依然是不吭不哈。不知不覺中陽光下移，照亮了公爹的棕色綢馬褂上的黃銅鈕釦，接著又照亮了他那兩隻不緊不忙地數著檀香木佛珠的小手。這兩隻小手又白又嫩，與他的性別和年齡都極不相稱。您用刀壓著俺脖子逼著俺相信俺也不敢相信，這竟然是兩隻拿了一輩子大板刀砍人頭的劊子手。過去俺不敢相信，現在俺還是半信半疑。俺把身子更緊地往他身上貼了貼，撒著嬌說，爹呀，俺娘家爹犯了事了，您在京城裡待過，見過大世面，幫著俺拿拿主意嘛！俺在他那瘦骨伶仃的肩膀上捏了一把，俺把沉甸甸的奶子放在他的脖子上歇息。俺的嘴裡，發出了一串哼哼唧唧的嬌聲。俺這一套手段，施展到錢丁錢大老爺身上，他立刻就酥了骨頭麻了筋，俺讓他怎麼著他就會怎麼著。可是眼前這個老雜毛，簡直是一塊不進油鹽的石頭蛋子，任憑俺把一對比香瓜還要軟綿的奶子顛得上躥下跳，任憑俺浪得水漫了金山寺，他就是不動也不吭。突然，俺看到他那雙捻佛珠的小手停了下來，俺看到那兩隻可愛的小胖手似乎微微地顫抖，俺的心中一陣狂喜，老東西，終於挺不住了吧？癩蛤蟆墊床腿兒，頂不了多大會兒。俺就不信掏不出你懷裡那沓子銀票，俺就不信你還敢拿俺和大老爺的私情要脅俺，逼著俺梳你的狗頭。爹呀，幫俺想想辦法吧！俺在他的背後繼續地賣弄風情。突然，俺聽到了一聲冷笑，就像月黑天從老墓田的黑松林子裡傳出的夜貓子的叫聲，令人心驚膽戰。俺的身體，頃刻間就涼透了，各種各樣的念頭和欲望，都不知跑到哪裡去了。這個老東西，還是個人嗎？是人能發出這樣子的笑聲嗎？他不是人，肯定是個魔鬼。他也不是俺的公爹，俺跟了趙小甲十幾年，從來沒聽他說過他還有一個闖京城的爹。不但他沒有說過，連那些頭腦明白見多識廣的左鄰右舍都沒說過。他什麼都可能是，就是不可能是俺的公爹。他的相貌，跟俺丈夫的相貌一點兒也不肖似。老雜毛兒，你大概是個變化成人形的山貓野獸吧？別人家怕你們這些妖魔鬼怪，俺家可是不怕。正好欄裡有一條墨黑的狗，待會兒就讓小甲把牠殺死，接一盆黑狗血，冷不防潑到老雜毛的頭上，讓你這個妖魔鬼怪顯出原形。

四

清明節那天，下著牛毛細雨，一團團破棉絮似的灰雲，在天地間懶洋洋地滾動。一大早，俺就隨著城裡的紅男綠女，湧出了南門。那天俺撐著一把繪畫著許仙遊湖遇白蛇的油紙傘，梳得油光光的頭髮上別著一個蝴蝶夾子。俺的臉上，薄薄地使了一層官粉，兩腮上搽了胭脂，雙眉間點了一顆豌豆粒大的美人痣，嘴唇塗成了櫻桃紅。俺上身穿一件水紅色洋布褂子，下穿一條翠綠色洋布褲子，洋人壞透了，但洋布好極了。俺腳蹬一雙綠綢幫子上刺繡著黃鴛鴦戲粉荷花的大繡鞋，不是笑話俺腳大嗎？俺就讓你們看看俺的腳到底有多大。俺對著那面水銀玻璃鏡子，悄悄地那麼一瞅，裡邊是一個水靈靈的風流美人。俺自己看了都愛，何況那些個男人。儘管因為爹的事俺心中悲酸，但乾爹說心中越是痛，臉上要越是歡，不能把窩囊樣子給人看。好吧好吧好吧好，看吧看吧看吧看，今日老娘要和高密城裡的女人們好好地賽一賽，什麼舉人家的小姐，什麼翰林府裡的千金，比不上老娘一根腳趾頭。俺的短處就是一雙大腳，都怪俺娘死得早，沒人給俺裹小腳，提起腳來俺就心裡痛。但俺的乾爹說他就喜歡天足的女人，天足才有天然之趣。他在俺身上時總是要俺用腳後跟敲打他的屁股。俺用腳後跟敲打著他的屁股，他就大聲喊叫：

「大腳好，大腳好，大腳才是金元寶，小腳是對羊蹄爪……」

那時儘管俺的親爹已經在東北鄉裝神弄鬼設立了神壇，準備著跟德國人刀槍相見；儘管俺乾爹已經被俺親爹的事情鬧得心煩意亂，東北鄉二十七條人命讓他鬱鬱寡歡，但高密城裡還是一片和平景象。東北鄉發生的血案，彷彿與縣城的百姓無關。俺的乾爹錢大老爺，著人在南門外兵馬校場上，用五根粗大挺直的杉木，豎起了一架高大的秋千。秋千架周圍，聚集了全城的少男少女。女的都打扮得花枝招展，男的都把辮子梳得溜光水滑。一陣陣的歡聲，一陣陣的笑語。歡聲笑語裡，夾雜著小商小販的叫賣聲：

糖球——葫蘆——！

瓜子——花生——！

收起油紙傘，俺擠進人群，四下裡一巡睃，看見了被兩個丫鬟攙扶著、傳說能詩能文的齊家小姐。她花團錦簇，珠翠滿頭，可惜生了張長長的馬臉，白茫茫的一塊鹽鹼地，上面長了兩撮瘦草，那是她的眉毛。俺還看見了在四個丫鬟護衛下的姬翰林家的千金，據說是描龍繡鳳的高手，箏琴琵琶諸般樂器樣樣能演奏。但可惜是小鼻子小眼小耳朵，一隻鬼精蛤蟆眼的小母狗像她。倒是胭脂巷裡那些出來遊春的婊子們，笑的笑，扭的扭，活潑潑一群猴。俺前後左右全看過，傲慢地挺胸抬起頭。那些青皮小後生，眼珠子不錯地盯著俺，把俺從頭看到腳，把俺從腳看到頭。他們都張開黑洞洞的嘴巴，下巴上掛著哈喇子。俺微笑著，心裡那叫恣！兒子們，孫子們，開開眼吧，回家去做你們的花花夢吧！老娘今日發善心，讓你們看個夠。那些孩子們木呆了半天，忽然回過神兒來，發了一聲吼叫。好似平地上起了一聲雷，然後是七嘴八舌地一陣胡吵鬧：

狗肉西施，高密第一！

看看看，看看人家那桃花臉蛋柳條腰，螳螂脖子仙鶴腿！

看了上半截把人想死，看了下半截把人嚇死，只有錢大老爺怪癖，喜歡大腳仙人。

別胡說，路邊說閒話，草窩裡有人聽。讓人報上去，把你們抓進衙門，四十大板把屁股打成爛菜幫子。

任你們這些小猢猻說什麼老娘今日都不會生氣，只要俺乾爹喜歡，你們算些什麼東西？老娘是來打秋千的，不是聽你們胡說的。你們嘴裡貶我，心裡恨不得把俺的尿喝了。

這時秋千架空了出來，粗大的濕漉漉的麻繩子在牛毛細雨裡悠盪著，等待著俺去跐它。俺把油紙傘往後一扔，也不知被哪個猢猻接了去。俺把身體往前一躍，猶如一條紅鯉魚出了水。俺雙手把住秋千繩子，身體又是往上一躍，雙腳就踩住了踏板。讓你們這些孩子們看看大腳的好處吧！俺大聲喊：兒子們，開開眼吧，老娘給你們露兩手，讓你們長長見識，讓你們知道秋千該是怎麼個盪法。——適才那個盪秋千的，不知是誰家的個又肥又笨的蠢丫頭，焦炭不如她的臉黑，磨盤不如她的腚大，菱角也比她的腳大，這樣的身段模樣，也好意思上秋千？真是四腳蛇豁了鼻子，不要臉了。秋千架是什麼？秋千架就是飄盪的戲台子，上去就是表演，是展覽身段賣臉蛋子，是大波浪裡的小舢板，是風，是流，是狂，是蕩，是女人們撒嬌放浪的機會。俺乾爹為什麼要在這校場上豎秋千？你們以為他真是愛民？呸！美得你們！實話實說吧，這秋千架是俺乾爹專門給俺豎的，是他老人家送給俺的清明禮物。你們信不信？不信就去問俺乾爹。昨天傍晚，俺去給他送狗肉，一番雲雨過後，乾爹摟著俺的腰對俺說：

「小心肝兒，小寶貝兒，明日是清明節，乾爹在南校場上，給你豎了一架秋千。乾爹知道你練過刀馬旦，去給他們露兩腳，震不了山東省，你也要給我震了高密縣，讓那些草民知道，錢某人的乾閨女，是個女中豪傑花木蘭！讓他們知道，大腳比小腳更好看。錢某人要移風易俗，讓高密女人不再纏足。」

俺說，乾爹，因為俺爹的事，鬧得您心裡不痛快，為了保護俺爹，您擔著天大的關係，您不痛快，俺也沒有心思。乾爹親著俺的腳丫兒，感動地說：

「眉娘，我的心肝，乾爹就是要藉著鬧清明節的機會，掃掃全縣的晦氣，死了的人活不了了，但活著的人，更要歡氣！你哭哭啼啼，沒有幾個人真心同情你，更多的人是在看你的笑話。你如果硬起來，挺起來，比他們還硬，比他們還挺，他們就會服你。那些編書的唱戲的，就會把你寫到書裡，把你編進戲裡。你在那秋千架上，把本事都施展出來吧！過上個十年八載，你們的貓腔裡，沒準就會有一齣『孫眉娘大鬧秋千架』呢！」

別的俺不會，乾爹，俺用腳丫子挑弄著他的鬍鬚，說，要說打秋千，女兒絕不會給您丟臉。俺雙手抓住繩子，腚往下沉，腿往下彎，腳尖蹬住秋千板，屁股往後一撅，身體往前一送，挺胸抬頭鼓肚子，秋千就盪起來了。俺把繩子往後拉，又是下腚曲腿腳蹬板，又是挺胸抬頭雙腿繃。秋千橫杆上的大鐵環豁朗豁朗地響起來了。秋千盪起來了。越盪越高，越盪越快，越盪越陡峭，越盪越有力氣，越盪動靜越大，嘎啦啦，嘎啦啦，嘎啦啦……繃緊的繩索呼呼地帶著風，橫杆上的鐵環發出嚇人的響聲。俺感到飄飄欲仙，鳥兒的翅膀變成了俺的雙臂，羽毛長滿了俺的胸膛。俺把秋千盪到了最高點，身體隨著秋千悠蕩，心裡洶湧著大海裡的潮水，一會兒漲上來，一會兒落下去。浪頭追著浪頭，水花追著水花。大魚追著小魚，小魚追著小蝦。嘩嘩嘩嘩……高啊高啊高啊，實在是高，再高一點，再高一點……俺的身體仰起來了，俺的臉碰到了飛翔著來看熱鬧的小燕子的嫩黃的肚皮，俺好像躺在了風編雨織的柔軟無比的墊子上，盪到最高處時，俺探頭從那棵最大的老杏樹的梢頭上咬下了一枝杏花，周圍一片喝采……真恣悠啊，真舒坦啊，得了道啦，成了仙啦……然後，讓大壩決口，讓潮水退落，浪頭拖著浪頭，水花扯著水花，大魚拉著小魚，小魚拽著小蝦，啦啦啦啦，退下去了。退到低谷又猛然地上升，俺就俯仰在那兩根繃得緊緊、顫抖不止的繩子上，身體幾乎與地面平行，雙眼看到了新鮮的黃土和紫紅色的小草芽苗，嘴裡叼著杏花，鼻子裡全是杏花淡淡的清香。

俺在秋千架上撒歡兒，地上那些看客，那些兒子孫子重孫子，青皮流氓小光棍，都跟著俺犯了狂。俺悠上去，他們嗷；俺盪回來，他們哇。嗷——高上去啦！哇——盪回來啦！夾雜著細雨的濕漉漉、甜絲絲、鹹滋滋、濕牛皮一樣的風，鼓舞著俺的衣服，灌滿了俺的胸膛，俺心裡已經足足的了。儘管娘家爹出了事，但嫁出的女兒潑出的水，爹你好自為之吧，女兒今後就管自己的日子了。俺家裡有一個忠厚老實能擋風能遮雨的丈夫，外邊有一個既有權又有勢、既多情又多趣的相好；想酒就喝酒，想肉就吃肉；敢哭敢笑敢浪敢鬧，誰也不能把俺怎麼著。這就是福！這是俺那個受了一輩子苦的親娘吃齋念佛替俺修來的福，這是俺命裡帶來的福。感謝老天爺爺。感謝皇上皇太后。感謝乾爹錢大老爺。感謝俺那個憨憨怪怪的小甲。感謝錢大老爺那根專門為俺訂做的神仙棒槌……那可是一件天上難找地下難尋的好寶貝，那是俺的藥。

五

俗話說水滿則流，月滿則虧，人歡沒好事，狗歡搶屎吃，俺在秋千架上出大風頭時，俺的個親爹孫丙，領導著東北鄉的老百姓，扛著鍬、钁、二齒鉤子，舉著扁擔、木叉、掏灰耙，包圍了德國人的鐵路窩棚。他們打死了一堆二鬼子，活捉了三個德國兵。他們剝光了德國人的衣裳，綁在大槐樹上，用尿滋臉。他們拔了築路的標誌木橛子燒了火，他們拆了鐵軌扔下河。他們拆下了枕木扛回家蓋了豬窩。他們還把築路的窩棚點上了火。

俺把秋千架盪到了最高點，目光越過了城牆，看到了城裡魚鱗般的房舍。俺看到了青石板鋪成的衙前大道，看到了俺乾爹居住的那一進套著一進、重重疊疊的高大瓦屋。俺看到乾爹的四人大轎已經出了儀門；一個紅帽皂衣的衙役頭前鳴鑼開道；隨後是兩排衙役，也都是紅帽皂衣，高舉著旗牌傘扇；然後就是俺乾爹的四人大轎。兩個帶刀的護衛，手扶著轎杆，隨轎前進。轎後跟隨著六房書辦，長隨催班。三錘半鑼敲過，衙役們發起威聲，他們邁著輕捷的碎步，腿上好似安著彈簧。轎子上下起伏，如同波浪上漂流的小船。

俺的目光越過縣城，看到東北方向，從青島爬過來的德國人的鐵路，變成了一條被砸爛了腦殼的長蟲，在那裡扭曲著翻動。一群黑壓壓的人，在開了春泛著淺綠顏色的原野上，招搖著幾杆雜色旗幟，蜂擁著撲向鐵路。那時俺還不知道那是俺爹在領頭造反，知道了俺就沒心思在秋千架上放浪。俺看到在鐵路那邊，幾縷黑煙升起來，看起來如幾棵活動的大樹，很快又傳來沉悶的聲響。

俺乾爹的儀仗越來越近，漸漸地逼近了縣城南門。鑼聲越來越響，喊威聲越來越亮，旗幟低垂在細雨中，好似滴血的狗皮。俺看到了轎夫臉上細密的汗珠子，聽到了他們粗重的喘息。

道路兩邊的行人肅立垂頭，不敢亂說亂動。連魯解元家那群出了名的惡狗也閉口無聲。可見俺乾爹的官威重於泰山，連畜生都不敢張狂。俺心裡熱烘烘的；心中一座小火爐，爐上一把小酒壺。親親的乾爹啊，想你想到骨頭裡！把你泡進酒壺裡！俺用力把秋千跐上去，好讓乾爹隔著轎簾看到俺的好身段。

俺在秋千架上遠遠地看到，黑壓壓的人群——一團貼著地皮飛翔的黑雲——分不出男女老幼，辨不清李四張三，但你們那幾杆大旗，晃花了俺的眼。你們哇啦哇啦的叫喚著——其實俺根本就聽不到你們的叫喚，俺猜到了你們一定會叫喚。俺親爹是唱戲的出身，是貓腔的第二代祖宗。貓腔原本是一個民間小戲，在俺爹的手裡發揚光大，成了一個北到萊州府、南到膠州府、西到青州府、東到登州府四州十八縣都有名的大戲。孫丙唱貓腔，女人淚汪汪。他原本就是一個喜歡叫喚的人。他帶得兵馬，哪能不叫喚？這樣的好風景不能錯過，為了多看你們幾眼，俺下力氣跐秋千。秋千架下那些傻瓜蛋子，還以為俺是為了他們表演呢。他們一個個手舞足蹈，得意忘形。那天俺穿著單薄，再加上俺出了一身香汗——俺乾爹說俺的汗味好似玫瑰花瓣——俺知道自家身上的好寶貝都鼓突著立顯，小腚兒朝後小奶子朝前，讓這群色癆鬼眼饞。涼風兒鑽進俺的衣裳，在俺的胳肢窩裡打旋。風聲雨聲桃花兒開放聲，桃花瓣兒沾著雨水沉甸甸。衙役的吶喊聲，鐵環的喀啦聲，小販的叫賣聲，牛犢的叫喚聲……響成了一連片。這是一個熱熱鬧鬧的清明節，紅紅火火的三月三。西南角老墓田那裡，幾個白髮的老婆婆，在那裡燒化紙錢。小旋風捲著煙在墓田裡立起，與一棵棵黑色的樹混在一起的白色的樹。俺乾爹的儀仗終於出了南門，秋千架下的看客們都掉轉了頭。縣官大老爺來了！有人喊叫。乾爹的儀仗圍著校場轉了一圈，衙役們抖起了狗精神，一個個挺胸疊肚，眼珠子瞪得滴溜溜圓。乾爹，隔著竹編的轎簾，俺看到了您的頂戴花翎，和您那張紫紅色的方臉。您下巴上留著一匹鬍鬚，又直又硬賽鋼絲，插到水裡也不漂散。您的鬍鬚就是咱倆的連心鎖，就是月老拋下來的紅絲線，沒有您的鬍鬚和俺親爹的鬍鬚，您到哪裡去找俺這樣一個糖瓜也似的乾閨女？

衙役們擺夠了威風，其實是乾爹您擺夠了威風，把轎子停在了校場邊緣。校場西邊是一片桃園，桃花盛開，一樹接著一樹，在迷濛的細雨中，成了一團團粉嘟嘟的輕煙。一個胯骨上掛著腰刀的衙役上前打開了轎簾，放俺乾爹鑽了出來。俺乾爹正正頭上的頂戴花翎，抖抖腕上的馬蹄袍袖，雙手抱拳，放在胸前，對著我們，做了一個揖，用他洪亮的嗓門，喊道：

「父老們，子民們，節日好！」

乾爹，您這是裝模作樣呢，想起他在西花廳裡跟俺玩耍的樣子，俺就憋不住地要笑。想起了這個春天裡乾爹遭受的苦難，俺就忍不住想哭。俺停住秋千，手扶著繩索，站在秋千板上，抿著嘴兒，水著眼兒，心裡翻騰著苦辣酸甜的浪花兒，看著乾爹演戲給猴看。乾爹說：

「本縣一貫提倡種樹，尤其提倡種桃樹——」

屁顛兒屁顛兒地跟隨在乾爹身後的城南社里正大聲喊叫：

「縣台大老爺以身作則，率先垂範，趁著這清明佳節雨紛紛，親手栽下了一棵蟠桃樹，為咱們老百姓造福……」

俺乾爹白了這個搶話說的里正一眼，繼續說：

「子民們，爾等回去，在那房前屋後，田邊地頭，都栽上桃樹。子民們啊，『少管閒事少趕集，多讀詩書多種桃』。用不了十年，我高密一縣，就是『千樹萬樹桃花紅，人民歌舞慶太平』的美好日子！」

乾爹吟完詩，接過一把鐵鍬，在地上挖起了樹坑。鍬刃兒碰上一塊石頭子兒，碰出幾粒大火星。這時，那個專給乾爹跑腿的長隨春生，皮球一樣地滾過來。他手忙腳亂地打了一個千兒，氣喘吁吁地報告：

「老爺，不好了，不好了……」

乾爹厲聲道：「什麼不好了？」

春生道：「東北鄉的刁民造反了……」

一聽這話，俺乾爹扔下鐵鍬，抖抖馬蹄袖，彎腰鑽進了轎子。轎夫們抬起轎子飛跑，一群衙役，跟在轎後，跌跌撞撞，活活就是一窩喪家狗。

俺站在秋千架上，目送著乾爹的儀仗，心裡感到說不出的懊喪。親爹，你把個好好的清明節，攪了個亂七八糟。俺無精打采地跳下秋千架，混在亂哄哄的人群裡，忍受著那些小光棍們的混水摸魚，不知是該鑽進桃園賞桃花呢，還是該回家煮狗肉。正當俺拿不定主意時，小甲這個大憨蛋，大步流星跑到俺的面前，臉脹得通紅，眼睜得溜圓，厚嘴唇哆嗦著，結結巴巴地說：

「俺爹，俺爹他回來了……」

奇怪奇怪真奇怪，天上掉下個公爹來。你爹不是早就死了嘛？你爹不是二十多年沒有音信了嗎？

小甲憋出一頭汗，依然是結結巴巴地說：

「回來了，真的回來了……」

六

俺跟著小甲，馬不停蹄地往家跑。在路上，俺氣咻咻地問，半路上怎麼會蹦出一個爹呢？八成是一個窮鬼來詐咱。俺倒要看看他是何方精怪，好就好，惹惱了老娘，一頓掏灰耙，先打折了他的腿，然後送到乾爹的衙門裡，不分青紅皂白，先給他二百大板，打他個皮開肉綻，屁滾尿流，看看他還敢不敢隨隨便便地冒充人家的爹，一路上，只要遇到人，小甲就拉住人家，神祕地說：

「俺爹回來了！」

那些人被他鬧得丈二和尚摸不著頭腦，他就大喊一聲：

「俺有爹啦！」

還沒到家門口，俺就看到，一輛馬拉的轎車子，停在俺家大門外。轎車子周圍，簇擁著一群街坊鄰居。幾個頭頂上留著抓鬏的小毛孩子，在人縫裡鑽來鑽去。拉車的是一匹棗紅色的兒馬，胖得如同蠟燭。轎車子上，落著一層厚厚的黃土，可見這個人是遠道而來。人們用古怪的眼神看著俺，那些眼睛閃閃爍爍，一片墓地裡的鬼火。開雜貨鋪的吳大娘虛情假意地向俺道喜：

「恭喜，恭喜！真是有福之人不用忙，無福之人瞎慌張。財神爺偏愛富貴家，本來就是火爆爆的日子，又從天上掉下來一個腰纏萬貫的爹。趙大嫂子，肥豬碰門，騾馬成群。大喜大喜！」

俺白了這個尿壺嘴女人一眼，說吳家大娘，您咧著一個沒遮沒攔的嘴胡叨叨什麼？你家裡要是缺爹，只管把他領走就是，俺一點也不希罕！她嘻嘻地笑著說：

「您這話可是當真？」

俺說，當真，誰要不把他領走，誰就是驢日馬養的個驢騾子！

小甲截斷了俺的話頭，惱怒地說：

「誰敢搶俺的爹，俺就操死她！」

吳大娘那張餅子臉頓時紅了。這個專門傳播流言蜚語的長舌婦，知道俺跟錢大老爺相好，心裡醞釀著一罈子陳年老醋，酸得牙根發癢。她讓俺堵了個大歪脖，讓小甲罵了個滿腚騷，十分地沒趣，嘴裡嘟嘟著，走了。俺跨上自家的石頭台階，回轉身，對著眾人道，各位高鄰，要看的請進來，不進來就滾你們的屎殼郎蛋，別站在這裡賣呆！眾人訕訕地散了。俺知道這些傢伙，嘴裡花言巧語地奉承俺，背地裡咬著牙根罵俺，都巴不得俺窮得沿街賣唱討口吃，對這些東西一不能講情面，二不能講客氣。

跨進院門俺就大聲喊叫，是哪重天上的神靈下了凡？讓俺開開眼！俺心裡想，不能軟，管他是真爹還是假爹，得先給他一個下馬威，讓他知道一下姑奶奶的厲害，省了將來在俺的面前作威作福。俺看到，在院子正中，擺著一把油光光的紫紅色檀香木嵌金絲太師椅子，一個翹著小辮子的乾巴老頭，正彎著腰，仔細地用一團絲綿擦拭著椅子上的灰塵。其實那椅子亮堂堂地，能照清人影子，根本就用不著擦拭。聽到了俺的咋呼，他緩慢地直起腰，回轉身，冷冷地掃了俺一眼。俺的個親娘，這雙瞘瞜進去的賊眼，比俺家小甲的殺豬刀子還要涼快。小甲顛著小碎步跑到他面前，咧開嘴傻笑幾聲，討好地說：

「爹，這是俺的媳婦，俺娘給俺討的。」

老東西正眼也不看俺，喉嚨裡嗚嚕了一聲，不知他是什麼意思。

隨後，在大街對面王升飯鋪裡吃飽喝足的車夫提著鞭子進來告別。老東西從懷裡摸出一張銀票遞給他，雙手抱拳在胸前做了一個俊揖，抑揚頓挫地說：

「夥計，一路平安！」

哇，這個老東西，竟然是一口標準的京腔，與錢大老爺的嗓音不差上下。車夫一看那張銀票的票面，苦巴巴的小臉，頓時成了一朵花。他一躬到底，二躬到底，三躬也到底，嘴裡連珠屁似地喊叫著：

「謝謝老爺，謝謝老爺，謝謝老爺……」

嘿，老東西，來頭不小嘛！出手大方，看起來定是個有錢的主兒，馬褂子裡邊鼓鼓囊囊的，定是銀票無疑了。千兩還是萬兩？好啊，這年頭有奶就是娘，有錢就是爹，俺撲通一聲跪在了他的面前，給他磕了一個響頭，唱戲一樣地喊：

兒媳叩見公爹！

小甲看到俺下跪，四爪子忙亂地也下了跪，嘣地磕了一個響頭，什麼話也不說，只是傻哈哈地笑。

老東西沒想到俺會突然地給他行這樣大的一個禮，慌了前腿後爪子。他伸出兩隻手——那時俺就被他的手驚得目瞪口呆，那是兩隻什麼樣子的手啊——看樣子要扶俺起來，但他並沒有扶俺，更沒有扶小甲，他只是說：

「免禮免禮，自家人何必客氣。」

俺只好沒趣地自己站了起來。小甲也跟著站了起來。他伸手入懷，俺心中狂喜，以為他要掏出一沓子銀票賞給俺呢。他的手在懷裡摸索了半天，摸出了一個翠綠的小玩意兒，遞到俺的面前，說：

「初次見面，沒什麼賞你，一個小玩意兒，拿去玩吧！」

俺接過那玩意兒，學著他的口氣說，自家人，何必客氣。那玩意兒，沉甸甸的，軟潤潤的，綠得讓人心裡喜歡。俺跟著錢大老爺睡了幾年，接受了很多的文化熏陶，不再是個俗人，俺知道這是個好東西，但不知道是個啥東西。

小甲噘著嘴，委屈地看著他的爹。老東西笑笑，說：

「低頭！」

小甲順從地低下頭，老東西把一個用紅繩拴著的銀光閃閃的長東西掛在了小甲的脖子上。小甲拿著那東西到俺的眼前炫耀，俺看到那是一把長命鎖，不由地撇了撇嘴，心裡想這老東西，還以為他的兒子剛過百日呢。

後來俺把老東西送給俺的見面禮給俺乾爹看，他說那玩意兒是射箭用的扳指，是用絕好的翡翠雕琢而成，比金子還要貴重，只有皇親國戚、王公貴冑家才可能有這種寶貝。俺乾爹左手摩挲著俺的小奶，右手把玩著那個扳指，連聲說：「好東西好東西，真真是好東西！」俺說乾爹既然喜歡就送給您吧。乾爹說：「不敢不敢，君子不奪人之愛也！」俺說，俺一個女人愛一個射箭的玩意兒幹什麼？乾爹還在酸文假醋地客氣，俺說，你要還是不要？你不要俺就把它摔碎了。俺乾爹忙說：「哎喲我的寶貝，千萬別，我要。」乾爹把扳指戴在手上，不時地舉到眼前看，把摸俺的小奶這樣的大事都忘記了。後來俺乾爹把一個拴著紅繩的玉菩薩掛在俺的脖子上，喜得俺眉笑眼開，這才是女人家的東西呢。俺捋著乾爹的鬍鬚說，謝謝乾爹。乾爹把俺放倒了，他一邊騎著俺當他的馬一邊氣喘吁吁地說：「眉娘眉娘，我要好好地去訪一訪你這個公爹的來歷……」

七

在俺公爹陰森森的冷笑聲裡，他的檀香木椅子和他手裡的檀香木佛珠突然釋放出了沉悶的香氣，熏得俺頭昏眼花，心中躁狂。他不管俺親爹的死活，也不理俺的調情，抖抖顫顫地站起來，扔下他一霎也不肯離手的佛珠，眼睛裡閃爍著星星般的光芒，有什麼天大的喜事激動著他的心？有什麼天大的禍事驚嚇著他的心？他伸出那兩隻妖精般的小手，嘴裡哼哼著，眼巴巴地望著俺，眼睛裡的凶氣一點也沒有了。他乞求著：

「洗手……洗手……」

俺從水缸裡舀了兩瓢涼水，倒在銅盆裡。俺看到他迫不及待地將雙手浸到水裡，俺聽到他的嘴裡發出嘶嘶地響聲，猜不出他的感覺。俺看到他的手紅成了火炭，那些細嫩的手指彎彎勾勾著，紅腿小公雞的爪子像他的手指。俺恍惚覺得他的手是燒紅了的鋼鐵，銅盆裡的水吱吱啦啦地響著，翻著泡沫，冒著蒸氣。這事真是稀奇古怪，開了老娘的眼界。老東西把發燒的手放在涼水裡泡著，一定是舒服得快要死了，瞧瞧他那副酥樣吧：瞇縫著眼睛，從牙縫裡嗞嗞地往裡吸著氣兒。吸一口氣兒憋半天，分明是大菸鬼過癮嘛，舒坦死了你個老驢。想不到你還有這樣一套鬼把戲，這個邪魔鬼怪的老妖蛾子。

他恣夠了，提著兩隻水淋淋的紅手，又坐回太師椅上。不同的是這會兒不閉眼了，他睜著眼，不錯眼珠地盯著自己的手，看著那些水珠兒沿著指頭尖兒一滴滴落在地上。他是一副渾身鬆懈、筋疲力盡、心滿意足的樣子，俺乾爹剛從俺的身上……

那時俺還不知道他是一個大名鼎鼎的劊子手，俺還一門心思地想著他懷裡那些銀票呢。俺殷勤地說：公爹呀，看樣子俺已經把你伺候舒坦了，俺親爹的小命不是晚上就是早晨要報銷，怎麼著也是兒女親家，您得幫俺拿個主意。您悠悠地想著吧，俺這就去熬豬血紫米粥給您喝。

俺在院子裡的水井邊上打水淘米，心裡邊總覺得空虛。抬頭俺看到城隍廟高高飛起的房簷，一群灰鴿子在房簷上嘀嘀咕咕，擁擁擠擠，不知道牠們在商議什麼。院外的石板大道上，響起了一陣清脆的馬蹄聲，馬上騎著一些德國鬼子，隔著牆俺就看到了他們頭上的插著鳥毛的圓筒高帽子。俺的心裡撲通撲通亂跳，俺猜到這些鬼子兵是為了俺的親爹來的。小甲已經磨快了刀子，擺好了家什。他抓起一根頂端有鉤的白蠟木杆子，從豬圈裡拖出了一頭黑豬。蠟木杆子上的鐵鉤子鉤住了黑豬的下巴，牠尖厲地嚎叫著，脖子上的鬃毛直豎起來。牠死勁地往後退縮著，後腿與屁股著地，眼睛紅得出了血。但牠如何能敵得過俺家小甲的神力？只見俺家小甲把腰往下一沉，雙臂用力，兩隻大腳，就是兩個鐵鋤頭，入地三寸，一步一個腳印，拖著那黑豬，好比鐵犁耕地，黑豬的蹄爪犁出了兩道新鮮的溝。說時遲，那時快，俺家小甲已經把黑豬拖到了床子前。他一隻手攥著蠟木杆子，一隻手扯著豬尾巴，腰桿子一挺，嗨了一聲，就把那頭二百斤重的大肥豬砸在了床子上。那豬已經暈頭轉向，忘卻了掙扎，只會咧著個大嘴死叫，四條腿繃得直直。小甲摘下抓豬鉤子，扔到一邊，順手從接血盆子裡抄起磨得賊亮的鋼刀，哧——漫不經心，輕描淡寫，捅豆腐那樣，就將那把鋼刀捅進了豬的腔子。又一用力，整把刀子，連同刀柄，都進了豬的身體。牠的尖叫聲突然斷了，只剩下結結巴巴的哼哼。很快連哼哼聲也斷了，只剩下抖動，腿抖皮抖，連毛兒都抖。小甲抽出長刀，將牠的身體一扯半翻，讓牠脖子上的刀口正對著接血的瓦盆。一股明亮光滑、紅綢子一樣的熱血，吱吱地響著，噴到瓦盆裡。

俺家那足有半畝大的、修著狗欄豬圈、栽著月季牡丹、豎著掛肉架杆、擺著酒缸酒罈、壘著朝天鍋灶的庭院裡，洋溢著血腥氣味。那些喝血的綠頭蒼蠅，嗡嗡地飛舞起來。牠們的鼻子真是好使。

兩個頭戴著軟塌塌牛紅帽子、穿著黑色號衣、腰紮著寬大青布帶子、足蹬著雙鼻梁軟底靴子、斜挎著腰刀的衙役，推開了俺家的大門。俺認出了他們是縣衙快班裡的捕快，都生了兩條能跑善奔的兔子腿。但是俺叫不出他們的名字。因為俺的親爹關在大牢裡，俺的心裡有點虛，便給了他們一個微微的笑臉。擱在平常日子裡，老娘白眼珠子也不瞅這些禍害百姓狐假虎威的驢雜碎。他們也客氣地對著俺點點頭，硬從橫肉裡擠出幾絲絲笑意。突然，他們收了笑容，從懷裡摸出一根黑簽子來晃了晃，一本正經地說：

「奉縣台大老爺之命，傳喚趙甲進衙問話。」

小甲提著一把血淋淋的殺豬刀跑過來，點頭哈腰地問：

「差爺，差爺，什麼事？」

衙役霜著臉，問：

「你是趙甲嗎？」

「俺是小甲，趙甲是俺的爹。」小甲道。

「你爹在哪裡？」差役裝模作樣地問。

小甲說：「俺爹在屋子裡。」

「讓你爹跟我們走一趟吧！」差役道。

俺實在看夠了這些狗差役的嘴臉，怒道：

俺公爹大門不出，二門不邁，犯了什麼事？

差役看到俺發了火，裝出可憐巴巴的嘴臉，說：

「趙家嫂子，我們也是奉命行事，至於您公爹犯沒犯事，我們這些當差的怎麼知道？」

「二位爺爺少等，你們是請俺爹去喝酒吧？」小甲好奇地問。

「我們如何知道？」差役搖搖頭，突然變出一個詭祕的笑臉，說，「也許是請你爹去吃狗肉喝黃酒吧？」

俺自然明白這個狗差嘴裡吐出來的是什麼樣子的狗寶牛黃，他們是在說俺和錢大老爺那事兒呢。小甲這個膘子如何能明白？他歡快地跑進屋去了。

俺隨後也進了屋。

錢丁，你個狗日的，搗什麼鬼啊，你抓了俺親爹，躲著不見俺；大早晨地又派來兩個狗腿子抓俺的公爹。這下熱鬧了，一個親爹，一個公爹，再加上一個乾爹，三爹會首在大堂。俺唱過《三堂會審》，還沒聽過三爹會審呢。除非你老東西熬得住，這輩子不見俺，見了俺俺就要好好問問你，問問你葫蘆裡賣的什麼藥。

小甲抬起袖子，擦擦滿臉的油汗，急急火火地說：

「爹啊，來了好事了，縣太爺差人來請您去喝黃酒吃狗肉呢。」

俺公爹端坐在太師椅子上，那兩隻褪去了血紅的小手順順溜溜地放在椅子扶手上。他閉著眼，一聲不吭，不知道是真鎮靜呢還是假裝的。

「爹，您說話呀，官差就在院子裡等著呢，」小甲著急地催促著，說，「爹，您能不能帶俺去開開眼，讓俺看看大堂是個什麼樣子，俺媳婦經常去大堂，讓她帶俺去，她不帶俺去……」

俺慌忙打斷這個膘子的話，說：

公爹，別聽你兒子瞎說，他們怎麼會請你去喝酒？他們是來抓您！您是不是犯了什麼事？

公爹懶洋洋地睜開眼，長歎一聲，道：

「即便是犯了事，也不過是『兵來將擋，水來土掩』，用不著大驚小怪！把他們喚進來吧！」

小甲對著門外大喊：

「聽到了沒有？俺爹喚你們進來！」

公爹微笑著說：

「好兒子，對了，就得這樣硬氣！」

小甲他跑到院子裡，對著兩個差役說：

「你們知不知道？俺媳婦和錢大老爺相好呢！」

「傻兒子啊！」公爹無奈地搖搖頭，把錐子般的目光投到俺的臉上。

俺看到差役怪笑著把小甲撥到旁邊，手扶著腰刀把兒，氣昂昂、雄赳赳，虎狼著臉，闖進了俺家的堂屋。

公爹略微開了一縫眼，射出兩道冷光，輕蔑地對兩個差役一瞥，然後就仰臉望著屋笆，再也不理他們。

兩個差役交換了一下眼神，兩張臉上，都有些掛不住。其中一個，用公事公辦的口氣問：「你就是趙甲嗎？」

公爹睡著了一樣。

「俺爹上了年紀，耳朵背。」小甲氣哄哄地說，「你們大聲點！」

差役提高嗓門，說：

「趙甲，兄弟奉縣台錢大老爺之命，請您到衙門裡走一趟。」

公爹仰著臉，悠悠地說：

「回去告訴你們錢大老爺，就說俺趙甲腿腳不便，不能從命！」

兩個差役又一次交換了眼色，其中一個竟然「噗嗤」一聲笑了。但他臉上的笑容馬上就收斂了，露出了一副嘲弄的表情，說：

「是不是還要讓錢大老爺用轎子來抬您？」

公爹說：「最好是這樣。」

兩個差役憋不住地哈哈大笑起來。他們笑著說：

「好好好，您就在家等著吧，等著錢大老爺親自來抬您！」

差役笑著走出俺家的堂屋，走到院子裡，他們的笑聲越加囂張起來。

小甲跟隨著差役到了院子，驕傲地說：

「俺爹怎麼樣？誰都怕你們，就是俺爹不怕你們！」

差役看看小甲，又是一陣大笑。然後他們歪歪斜斜地笑著走了。他們的笑聲從大街上傳進俺的耳朵。俺知道他們為什麼這樣笑。俺公爹也知道他們為什麼這樣笑。

小甲進了屋子，納悶地說：

「爹，他們為什麼要笑？他們喝了癡老婆的尿了嗎？俺聽黃禿說，喝了癡老婆的尿就會大笑不止。他們一定是喝了癡老婆的尿了，一定是，可是他們喝了哪個癡老婆的尿了呢？」

公爹顯然是對著俺說話而不是對著小甲說話：

「兒子，人不能自己把自己看低了，這是你爹到了晚年才悟出的一個道理。高密縣令，就算他是『老虎班』出身，也不過是個戴水晶頂子單眼翎子的五品官；就算他的夫人是曾國藩的外孫女，那也是『死知府比不上活老鼠』。你爹我沒當過官，但你爹我砍下的戴紅頂子的腦袋，能裝滿兩籮筐！你爹我砍下的那些名門貴族的腦袋，也足能裝滿兩籮筐！」

小甲咧著嘴，齜著牙，不知道他聽沒聽明白他爹的意思，俺當然是完全徹底地聽明白了公爹的意思。跟了錢大老爺這幾年，俺的見識的確是有了很大的進步。聽了公爹一席話，俺的心中一陣冰涼，身上的雞皮疙瘩突出了一層。俺的臉一定是沒了血色。半年來，街面上關於公爹的謠言像小旋風一樣一股一股地颳，這些謠言自然也進入了俺的耳朵。俺斗著膽子問：公爹……您真是幹那行的？

公爹用他那兩隻鷂鷹一樣的眼睛盯著俺，一字一頓地、彷彿從嘴裡往外吐鐵豌豆一樣地說：

「行、行、出、狀、元！知道這話是誰說的嗎？」

這是句俗語，人人都知道。

「不，」公爹道：「有一個人，專門對我說的，知道她是誰嗎？」

俺只好搖頭。

公爹從太師椅上站起來，雙手托著那串佛珠——檀木的悶香又一次瀰漫了整個屋子——瘦削的臉上鍍了一層莊嚴的黃金，他驕傲地、虔誠地、感恩戴德地說：

「慈禧皇太后！」

第二章　趙甲狂言

常言道，南斗主死北斗司生，人隨王法草隨風。人心似鐵那個官法如爐，石頭再硬也怕鐵錘崩。（到了家的大實話！）俺本是大清第一劊子手，刑部大堂有威名。（去打聽打聽吧！）刑部天官年年換，好似一台走馬燈。只有俺老趙坐得穩，為國殺人立大功。（砍頭好似刀切菜，剝皮好似剝大蔥）棉花裡邊包不住火，雪地裡難埋死人形。捅開窗戶說亮話，小的們豎起耳朵聽分明。

——貓腔《檀香刑．走馬調》

一

我的個風流兒媳婦，你把眼睛瞪得那樣大幹什麼？難道不怕把眼珠子迸出來嗎？你公爹確實是幹那行的，從十七歲那年腰斬了偷盜庫銀的庫丁，到六十歲時凌遲了刺殺袁大人的刺客，這碗飯吃了整整地四十四年。你怎麼還瞪眼？瞪眼的人我見得多了，我見過的瞪眼的那才是真正地瞪眼，別說你們沒見過，山東省裡也不會有人見過。別說讓你們見，就是給你們說說也要把你們嚇得屁滾尿流。

咸豐十年，大內鳥槍處的太監小蟲子，天大個膽子盜賣了萬歲爺的七星鳥槍。那槍是俄羅斯女沙皇進貢給咸豐爺的，不是個一般的物件，那是一桿神槍。金筒銀機檀木托，托上鑲嵌著七顆鑽石，每顆都有花生米兒那樣大。這槍用的是銀子彈，上打天上的鳳凰，下打地上的麒麟。從打盤古開天地，這樣的鳥槍只有一枝，絕沒有第二枝。太監小蟲子看著咸豐爺整天病殃殃的，腦子大概不記事兒，就大著賊膽把七星鳥槍偷出去賣了。據說是賣了三千銀子，給他爹置了一處田莊。他小子鬼迷心竅，忘了一個基本道理，那就是，大凡當上了皇帝的，都是真龍天子。真龍天子，哪個不是聰明蓋世？哪個不是料事如神？咸豐爺更是神奇，他老人家那雙龍睛，明察秋毫之末，白天看起來跟常人差不多，但到了夜裡嗖嗖地放光，看書寫字，根本無需長燈。話說那年初冬，咸豐爺爺要到塞外圍獵，指名要帶著那桿七星鳥槍。小蟲子慌了前腿後爪子，在皇上面前胡亂扯。一會兒說槍被一個白毛老狐狸盜走了，一會兒又說讓一隻神鷹叼去了。咸豐爺爺龍顏大怒，一道聖旨降下來，將小蟲子交給專門修理太監的慎刑司嚴訊。慎刑司一用刑，小蟲子就如實地招了供。把萬歲爺爺氣得兩眼冒金星兒，在金鑾殿上蹦著高兒罵：

「小蟲子，朕日你八輩子祖宗！爾真是老鼠舔弄貓腚眼，大了膽了！竟敢偷到朕的家裡來了。朕不給你點厲害的嘗嘗，朕這個皇帝就白當了！」

咸豐爺爺決定選用一種特別的酷刑來拾掇小蟲子，藉此殺雞給猴看。皇上讓慎刑司報刑名。慎刑司那幾個掌刑太監，報菜名一樣，把他們司裡歷來用過的刑法一一報給皇上。無非是打板子、壓杠子、捲席筒、悶口袋、五馬分屍、大卸八塊什麼的，皇上聽了後連連搖頭，說一般一般太一般了，都是些陳湯剩飯，又餿又臭。皇上說這事你們還得去向刑部裡那些行家請教。萬歲下了一道口諭，讓刑部獄押司貢獻一樁酷刑。當時的刑部尚書王大人，接到聖旨後，連夜找到余姥姥。

余姥姥是誰？他就是我的恩師。他當然是個男人。為什麼叫他姥姥？你聽著，這是我們行當裡的稱呼。大清一朝，刑部獄押司裡，共有四名在冊的劊子手，這四名劊子手裡，年紀最大、資歷最長、手藝最好的就是姥姥。其餘三人，依照資歷和手藝，分別稱為大姨、二姨和小姨。遇上忙月，活多幹不過來，可臨時雇請幫工，幫工的都叫外甥。我就是從外甥幹起，一步步熬到了姥姥。容易嗎？不容易，實在是不容易。我在刑部大堂當了整整三十年姥姥。尚書、侍郎，走馬燈一樣地換，就是我這個姥姥泰山一樣穩當。別人瞧不起我們這一行，可一旦幹上了這一行，就瞧不起了任何人，跟你瞧不起任何豬狗沒兩樣。

話說尚書王大人，召集余姥姥和你爹我到他的簽押房裡去問話。你爹我那年剛滿二十歲，剛剛由二姨晉升為大姨，這是破格地提拔，十分地恩寵。余姥姥對我說：

「小甲子，師傅幹到大姨時，已經四十大幾了，你小子，二十歲就成了大姨，真是六月天的高粱，躥得快吶！」

閒話少說，王大人道：

「皇上有旨，要咱們刑部貢獻一種奇特的刑罰，整治那個偷了鳥槍的太監。你們是專家，好好想想，不要辜負了皇上的厚恩，丟了咱們刑部的面子。」

余姥姥沉吟片刻，道：

「大人，小的估摸著，皇上恨那小蟲子，最恨他有眼無珠，咱得順著皇上的意思做文章。」

王大人說：「對極了，有什麼妙法，趕快說來！」

余姥姥道：「有一種刑罰，名叫『閻王閂』，別名『二龍戲珠』，不知當用不當用。」

王大人道：「快快講來聽聽。」

余姥姥便把那「閻王閂」的施法，細細地解說了。王大人聽罷，喜笑顏開，道：

「你們先回去準備著，待本官奏請皇上批准。」

余姥姥說：「製造那『閻王閂』，甚是麻煩，就說那鐵箍，硬了不行，軟了也不行，需用上等的熟鐵，千錘百鍊後方好使用。京城裡的鐵匠沒有一個能得了這活。望大人寬限些時日，讓小的帶著徒弟，親自動手製作。俺們那裡什麼都沒有，各種器械都靠著小的和徒弟們修修補補將就著使用，還望大人開恩，撥些銀子，小的們好去採購原料……」

王大人冷笑著說：

「你們賣臘人肉給人當藥，每年不是能撈不少外快嗎？」

余姥姥慌忙跪到地上，你爹我自然也跟著跪在地上，姥姥說：

「什麼事也瞞不過大人的眼睛，不過，製造『閻王閂』是公事……」

王大人道：「起來吧，本官撥給你們二百兩銀子——讓你們師徒賺一百兩吧——這活兒你可得盡心盡力去做，來不得半點馬虎。宮裡太監犯了事，歷朝歷代都是由慎刑司執刑；皇上把任務交給刑部，這事破了天荒。這說明皇上記掛著咱刑部，器重著咱刑部，天恩浩蕩啊！你們一定要更加小心，活兒幹得俊，讓皇上高興，怎麼著都好說；活兒幹醜了，惹得皇上不樂意，砸了咱刑部的招牌，你們的狗頭就該搬搬家了。」

我和余姥姥膽戰心驚地接受了這個光榮的任務，歡天喜地地支取了銀子，到護國寺南鐵匠營胡同裡，找了一家鐵匠鋪，讓他們照著圖紙，打造好了「閻王閂」上的鐵頭箍，又去了騾馬大街，買了些生牛皮，讓他們編成皮繩，拴在鐵頭箍上。滿打滿算，花了四兩銀子還不到，剋扣下白花花的銀子一百九十六兩多，給王大人養在精靈胡同裡的小妾打造了一副金手鐲子，花去了二十兩，還餘下一百七十六兩，二姨小姨分去六兩，余姥姥得了一百兩，你爹我得了七十兩。就用這宗銀子，你爹我回鄉買了這處房子，順便娶了你的娘。如果沒有偷皇帝爺鳥槍的太監小蟲子，你爹我根本就沒錢回家，回家也沒錢買房子娶老婆，我如果不娶老婆，也就沒有你這個兒子，我沒有你這個兒子，當然也就沒有你這個兒媳婦。你們現在明白了嗎？我為什麼要把小蟲子的事兒說給你們聽。凡事總是有個根梢，小蟲子鳥槍案，就是你們的根子。

執刑前一天，王大人不放心，吩咐人從大牢裡提出一個斬監候，押到大堂上，讓我們演習「閻王閂」。你爹我和余姥姥遵從著王大人的命令，把「閻王閂」套在了那個倒楣的斬監候的腦袋上。那人大聲喊叫：

「老爺，老爺，俺沒翻供啊！俺沒翻供，為什麼還要給俺施刑？」

王大人說：「一切為了皇上！上刑！」

執刑的過程很簡短，大概也就是吸了一鍋菸的工夫，那個斬監候就腦漿迸裂，死了。王大人說：「這件家什果然有些厲害，但死得太快了。皇上費這麼大的心思，讓我們選擇刑罰，為的就是讓小蟲子受罪，就是要讓那些個太監們看著小蟲子不得好死，起到殺一儆百的效果。你們可倒好，套上去，一使勁，噗嗤，完了，比勒死個兔子還要簡單，這怎麼能行呢？本官要求你們，必須把執刑的過程延長，起碼要延長到一個時辰，要讓它比戲還好看。你們知道，宮裡養著好幾個戲班子，光戲子就有好幾千人，他們把天下的戲都演完了。要讓那個小蟲子把全身的汗水流乾，你們兩個也要大汗淋漓，非如此不能顯出我刑部大堂的水平和這『閻王閂』的隆重。」

王大人又下令讓人從大牢裡提出了一個斬監候，讓我們繼續演習。這個斬監候頭大如柳斗，

「閻王閂」尺寸嫌小，費了很大的勁兒，桶匠箍桶似的才給他套上。王大人不高興了，冷冷地說：

「二百兩銀子，你們就造了這麼個玩意兒？」

一句話嚇得俺汗如雨下。余姥姥比較鎮靜，但事後也說嚇得夠嗆。這一次執刑表演還算成功，足足折騰了一個時辰，讓那個大頭的冤鬼吃盡了苦頭，才倒地絕命。總算贏得了王大人一個笑臉。面對著大堂上兩具屍首，他對我們說：

「回去吧，把家什好好拾掇拾掇，沾了血的皮繩子換下來，換上新的，把鐵箍擦乾淨，最好能刷上一層清漆。你們穿的號衣什麼的，也回去刷洗乾淨，讓皇上和宮裡的人，看看咱們刑部劊子手的風采。千言萬語一句話，只許成功，不許失敗！你們要是出了差錯，砸了刑部的牌子，這『閻王閂』，就該你們自己戴了。」

第二天，公雞剛叫二遍，我們就起床準備。進宮執刑，事關重大，誰能睡得著？連經歷過無數大風大浪的余姥姥，在炕上也是翻來覆去，隔不上半個時辰就爬起來，從窗台上扯過尿壺撒尿，撒完了尿就抽菸。二姨和小姨忙活著燒火做飯，你爹我又一次把那「閻王閂」仔細地檢查了一遍，確信一點毛病沒有了，才交給姥姥最後複驗。余姥姥把那「閻王閂」一寸一寸地摸了一遍，點點頭，用三尺大紅綢子，珍重地包起來，然後恭恭敬敬地供在祖師爺的神像前。咱這行當的祖師爺是皋陶，他老人家是三皇五帝時期的大賢人、大英傑，差一點繼承了大禹爺爺的王位。現如今的種種刑法和刑罰，都是他老人家制定的。據俺的師傅余姥姥說，祖師爺殺人根本不用刀，只用眼，盯著那犯人的脖子，輕輕地一轉，一顆人頭就會落到地上。皋陶祖師爺，丹鳳眼，臥蠶眉，面如重棗，目若朗星，下巴上垂著三綹美鬚。他的相貌，與三國裡的關雲長關老爺十分地相似，余姥姥說，關老爺其實就是皋陶爺爺轉世。

胡亂吃了幾口飯，便漱口擦牙，洗手淨面。二姨小姨伺候著余姥姥和你們的爹我穿上了簇新的號衣，戴上了鮮紅的氈帽。小姨恭維我們說：

「師傅，師兄，活脫脫兩個新郎官！」

余姥姥白了他一眼，嫌他多嘴多舌。咱這行的規矩是，幹活之前和幹活當中，嚴禁嬉笑打鬧，一句話說不好，犯了忌諱，就可能招來冤魂厲鬼。菜市口刑場那裡，經常平地裡颳起一些團團旋轉的小旋風，你們以為那是什麼？那不是風，那是屈死的冤魂！

余姥姥從他的柳條箱裡，取出了一束貴重的檀香，輕輕地捻出三枝，就著祖師爺的神像前哆哆嗦嗦的燭火，點燃了，插在神案上的香爐裡。姥姥跪下後，我們師兄弟三個趕緊跟著跪下。姥姥低聲念叨著：

「祖師爺，祖師爺，今日進宮執刑，關係重大，望祖師爺保佑孩兒們活兒幹得順遂，孩兒們給您老人家磕頭了！」

姥姥磕頭，前額碰到青磚地面上，咚咚地響。我們跟著姥姥磕頭，前額碰到青磚地面上，咚咚地響。蠟燭光影裡，祖師爺的臉，油汪汪地紅。我們各磕了九個頭，跟著姥姥站起來，退後三步。二姨跑到外邊去，端進來一個青瓷的鉢子。小姨跑到外邊去，倒提進來一隻黑冠子白毛的大公雞。二姨將青瓷鉢子放在祖師爺的神案前，側身跪在一邊。小姨跪在了祖師爺神案前，左手扯著雞頭，右手扯著雞腿，將雞脖子抻得筆直。二姨從青瓷鉢子裡拿起一把柳葉小刀，在雞脖子上俐落地一拉。開始時沒有血，我們心中怦怦亂跳——殺雞沒血，預兆著執刑不順——稍候，黑紅的血，呲啦呲啦地響著，噴到青瓷鉢子裡。這種白毛黑冠子的公雞，血脈最旺，我們每逢執大刑，都要買隻這樣的公雞來殺。一會兒，血流盡，將血獻在供桌上，兩個師弟，磕了頭，弓著腰，退到後邊去。

我隨著姥姥，趨前，下跪，磕頭三個，學著姥姥的樣子，伸出左手的食指和中指，從青瓷缽子裡蘸了雞血，一道道地，戲子化妝一樣，往臉上抹。雞血的溫度很高，燙得指頭發癢。一隻公雞的血，抹遍了兩個臉。剩下的搓紅了四隻手。這時，我跟姥姥的臉和祖師爺的臉一樣紅了。為什麼要用雞血塗面？為了跟祖師爺保持一致，也為了讓那些個冤魂厲鬼們知道，我們是皋陶爺爺的徒子徒孫，執刑殺人時，我們根本就不是人，我們是神，是國家的法。塗完了手臉，我和姥姥安靜地坐在凳子上，等候著進宮的命令。

太陽冒紅時，院內那幾棵老槐樹上，烏鴉呱呱叫。天牢大獄裡，一個女人在號啕大哭。那是個謀殺親夫的斬監候，每天都要哭一次，哭天哭地哭孩子，神志已經不正常。你爹我畢竟年輕，坐了不大一會兒，心中便開始煩亂，屁股也坐不穩了。偷眼看姥姥，正襟危坐，好似一口鐵鐘。你爹我學著姥姥的樣子，屏息靜氣，安定心神。塗到臉上的雞血已經乾了，硬硬的，掛了一層糖衣的山楂球兒像俺們的臉。我用心體會著甲殼罩臉的感覺，漸漸地感到心裡恍恍惚惚，恍恍惚惚地跟著姥姥在一條很深很黑的地溝裡行走。走啊，走啊，永遠走不到盡頭。

獄押司郎中曹大人，把我們引到兩頂青幔小轎前，指指轎子，示意我們上轎。這突來的隆遇讓你爹我張皇失措。你爹那時還沒坐過一次轎子呢。看看姥姥，他老人家竟然也是木呆呆地，張著大口，不知道是想哭還是想打個噴嚏。轎旁一個下巴肥厚的公公沙啞著嗓子，對我們說：

「怎麼著？嫌轎子小了是不是？」

我和姥姥依然不敢上轎，都用眼睛看著曹大人。曹大人說：

「不是尊貴你們，是怕招風。還愣著幹什麼？快上轎哇！真是狗頭上不了金盤！」

四個抬轎子的，也是下巴光光的太監，站在轎子前後，袖著手，臉上露出蔑視的神色。他們的輕蔑讓我的膽子壯了起來。臭太監，操你們的奶奶，爺爺今日跟著小蟲子沾光，讓你們這些兩腳獸抬舉著。我上前兩步，掀開轎簾子進了轎。姥姥也上了轎。

轎子離了地，顛顛簸簸地前進。你爹我聽到抬轎子的太監沙著嗓子低聲罵娘：

「這劊子，喝足了人血，死沉死沉！」

他們平日裡抬著的不是娘娘就是妃子，做夢也沒想到會抬著兩個劊子。你爹我心中暗暗得意，身體在轎子裡故意地扭動，讓抬轎子的臭太監不自在。轎子還沒出刑部大院，就聽到小姨在後邊大喊：

「姥姥，姥姥，忘了帶『閻王閂』了！」

你爹我的腦袋裡嗡地一聲響，眼前一陣昏花，汗珠子劈哩啪啦地掉下來。我連滾帶爬地下了轎子，從小姨手裡接過了用紅綢子包著的「閻王閂」。你爹我心中的滋味，一時半會說不清楚。我看到姥姥也鑽出轎子，也是一臉的明汗，兩條腿一個勁兒地顫抖。要不是小姨提醒，那天的禍就闖大了。曹大人罵道：

「日你們的親媽，做官丟了大印，裁縫忘了剪刀！」

你爹我本來想好好體會一下坐轎子的滋味，但被這件事把興致全攪了。老老實實地猴在轎子裡，再也不敢跟太監們調皮。

不知走了多久，就聽到撲通一聲響，轎子落了地。暈頭轉向地從轎子裡鑽出來，抬頭便看到滿眼的金碧輝煌。你爹我貓著腰，提著「閻王閂」，跟隨著姥姥，姥姥跟隨著引我們進宮的太監，七拐八拐，拐進了一個寬大的院子。院子裡跪著一片嘴上沒鬍鬚的，都穿著駝色衣衫，頭頂著黑色的圓帽子。偷盜鳥槍的小蟲子，已經被綁在一根柱子上。這是個眉清目秀的小伙子，文文靜靜地，乍一看是個大姑娘。尤其是他那雙眼睛，生得真叫一個俊：雙眼疊皮，長長的睫毛，眼珠子水汪汪地，黑葡萄一樣。可惜了啊，你爹我暗自歎息，可惜了這樣一個好人物。這樣一個俊孩子竟被割去了三大件子，進宮來當太監，他的爹娘如何捨得？

綁小蟲子的柱子前面，有一個臨時搭起的看台。台子正中一排雕花檀木椅子。正中一把椅子，特別的肥大。椅子上放著黃色的坐墊。墊子上繡著金龍。這肯定是萬歲爺爺的龍椅了。你爹我還看到，我們刑部的尚書王大人、侍郎鐵大人，還有一大片戴寶石頂子的、珊瑚頂子的，大概都是各部的官員，都在台前垂手肅立，連個咳嗽的都沒有。宮裡的氣派，果然是非同一般。安靜，安靜，安靜得你爹我心裡亂打鼓。只有那些琉璃瓦簷下的麻雀，不知道天高地厚，在那裡唧唧喳喳地叫喚。突然，一個早就站在高台子上的白髮紅顏的老太監，拖著溜光水滑的長腔，喊道：

「皇上駕到——」

台前那一片紅藍頂子，突然都矮了下去，只聽到一陣甩馬蹄袖子的波波聲。轉眼之間，六部的堂官們和宮女太監們，全部地跪在了地上。你爹我剛想跟著下跪，就感到腳被猛地踩了一下。立即就看到姥姥那兩隻精光四射的眼睛。他老人家昂著頭站在柱子一側，立定一座石頭雕像。我馬上回過神來，想起了行裡的規矩。歷朝歷代的都是這樣，臉上塗了雞血的劊子，已經不是人，是神聖莊嚴的國法的象徵。我們不必下跪，即便是面對著皇帝爺爺。學著姥姥的樣子，你爹我挺胸收腹，也立定了一尊石頭雕像。這無上的光榮，兒子，別說是這小小的高密縣，就是堂堂的山東省，就是泱泱的大清朝，也沒有第三個人經歷過。

就聽到那笙管簫笛，嗚哩哇啦、吱吱呀呀地響著，漸漸地近了。在懶洋洋的樂聲後邊，在兩道高牆之間，出現了皇帝爺爺的儀仗。頭前是兩個駝色的太監，手提著做成瑞獸樣子的香爐，獸嘴裡吐出裊裊的青煙。那煙香得啊，一綹綹直透腦髓，讓人一會兒格外地清醒，一會兒格外地糊塗。提爐太監後邊，是皇上的樂隊，樂隊後邊，又是兩排太監，舉著旗羅傘扇，紅紅黃黃一片。再往後是八個御前侍衛，執著金瓜鉞斧，銅戈銀矛。然後就是一乘明黃色的肩輿，由兩個高大的太監抬著，大清朝的皇帝爺爺，端坐其上。在皇上肩輿的後邊，有兩個持孔雀扇的宮女，為皇上遮擋著陽光。再往後便是一片花團錦簇，數十名絕色佳人，當然是皇上的后妃，都乘著肩輿，游來一條花堤。后妃們的後邊，還拖著一條長長的尾巴。事後聽姥姥說，因為是在宮裡，皇上的儀仗已經大大地精簡，如果是出宮典禮，那才是神龍見首不見尾。單單皇上的大轎，就要六十四個轎夫來抬。

太監們訓練有素，很快便各就各位；皇上和后妃們，也在看台上就座。黃袍金冠的咸豐皇帝，就坐在離我一丈遠的地方。你爹我目不轉睛，把皇帝爺爺的容貌看了一個分明。咸豐爺面孔瘦削，鼻梁很高。左眼大點，右眼小點。白牙大嘴，唇上留著兩撮髯口，下巴上一綹山羊鬍，腮上有幾個淺白麻子。皇上不停地咳嗽，不斷地吐痰，一個宮女，捧著金光閃閃的痰盂在一旁承接。皇上的兩側，鳳凰展翅般地坐著十幾位頭頂牌樓子的娘娘。那些高大的牌樓子上簇著五顏六色的大花，垂著絲線的穗子，跟你們在戲台子上看到的差不多。那些個娘娘都是鮮花面容，身上散發出醉人的香氣。右邊緊挨著皇帝那位，容長臉兒，粉面朱唇，貌比仙女落凡塵。知道她是誰嗎？說出來嚇你們一大跳，她就是當今慈禧皇太后。

趁著皇上吐痰的空檔，台上那個威嚴的老太監，像轟蒼蠅那樣，把手中的拂塵，輕輕地那麼一甩，台下跪著的六部堂官和黑壓壓一片太監宮女，都使出咂奶的力氣，齊聲高喊：

「吾皇萬歲萬歲萬萬歲！」

你爹我這才明白，台下的人看起來都低著頭不敢仰望，其實都在賊溜溜地瞅著台上的動靜呢。

皇上咳嗽著說：

「眾卿平身吧。」

那些堂官們，磕頭，齊喊：

「謝皇上隆恩！」

然後，再磕頭，甩馬蹄袖，站起，彎著腰退到兩側。刑部尚書王大人從隊列中出來，甩馬蹄袖，跪地，磕頭，朗聲奏道：

「臣刑部尚書王瑞，遵皇上御旨，已著人打造好『閻王閂』，並選派兩名資深劊子手攜帶刑具進宮執刑，請皇上指示。」

皇上說：「知道了，平身吧！」

王大人磕頭，謝恩，退到一邊。這時，皇上說了一句話，嗚嗚啦啦，聽不清楚。皇上分明是得了癆病，氣脈不夠用。台上那老太監拖著長腔，唱戲一樣傳下旨來：

「皇上有旨——著刑部尚書王瑞——將那『閻王閂』進呈御覽——」

王大人小跑步到了你爹我的面前，從你爹我的手裡，奪過去那紅綢包裹著的「閻王閂」，雙手托著，如托著一個熱氣騰騰的涮羊肉鍋子，小心翼翼，踱到台前，跪下，把雙手高舉過了頭頂，托起了「閻王閂」。老太監上前，彎腰接上去，捧到皇上面前，放在几案上，一層層揭開紅綢，終於顯出了那玩意兒。那玩意兒閃爍著耀眼的光芒，很是威嚴。這玩意兒花錢不多，但你爹我費工不少。剛打造出那會兒，它黑不溜秋，煞是難看。是你爹我用砂紙打磨了三天，才使它又光又亮。七十兩銀子，不是白拿的。

皇上伸出一隻焦黃的手，用一根留著長長的黃指甲的食指，試試探探地觸了觸那玩意兒。不知是燙著了還是冰著了，皇上的金手指立即地縮了回去。我聽到他老人家又嘟囔了一句，老太監就托著那玩意兒，逐個兒讓皇上的女人們觀看。她們，也學著皇上的樣子用食指尖兒去觸摸——她們的食指尖尖，玉笋也似——她們，有裝出害怕的樣子，把臉兒歪到一邊去，有麻木著臉毫無表情的。最後，老太監把那玩意兒遞給依然跪在台下的王大人，王大人畢恭畢敬地接了，站起來，彎著腰，退到你爹我的身邊，將它還給了我。

台上，老太監把頭低到皇上身邊，問了一句什麼，我看到皇上的頭點了點。老太監走到台前，唱歌似的喊叫：

「皇上有旨——給大逆不道的小蟲子上刑——」

拴在柱子上的小蟲子號咷起來，大聲哭叫：

「皇上，皇上啊，開恩吧，饒奴才一條狗命吧……奴才再也不敢……」

這時，台上台下的侍衛們，齊齊地發起威來，小蟲子臉色蠟黃，嘴唇粉白，眼珠子麻眨，不叫不喚了，褲子尿了，低聲對我們說：

「爺們，爺們，活兒利索點兒，兄弟到了陰曹地府也感念你們的大恩大德……」

咱們哪裡還有心思去聽他的囉嗦？咱們哪裡有膽子去聽他的囉嗦？一繩子勒死他，他痛快了，咱們可就要倒楣了。即便皇上饒了咱們，王大人也不會饒了咱們。惶惶張張地抖開刑具，與姥姥抬著——這玩意兒經了皇上和娘娘們的手，突然地增加了分量——每人扯著一端的牛皮繩子，按照預先設計好的動作，先對著台上的皇帝和娘娘們亮相，然後對著王公大臣們亮相，最後對著那一大片跪地的太監宮女們亮相——就跟演戲一樣——慎刑司大太監陳公公和刑部尚書王大人交換了眼色，齊聲喊叫：

「執刑——」

真是老天有眼，那個亮晶晶的鐵箍子，簡直就是比量著小蟲子的頭造的，套上去不鬆不緊，剛好吃勁。小蟲子那兩隻俊眼，恰好從鐵箍的兩個洞裡露出來。套好了鐵箍，你爹我和余姥姥各往後退了兩步，抻緊了手裡的牛皮繩子。那隻小蟲子還在嘟囔著：

「爺們……爺們……給個痛快的吧……」

這時候了，誰還有心思去理他呀！你爹我望著余姥姥，余姥姥望著你爹我，心也領了，神也會了，彼此微微地點點頭。余姥姥嘴角浮現出一個淺淺的笑容，這是他老人家幹活時的習慣表情，他老人家是一個文質彬彬的劊子手。他的微笑，就是動手的信號。你爹我胳膊上的肌肉一下子抽緊了，只使了五分力氣，立即就鬆了勁——外行根本看不出我們這一鬆一緊，牛皮繩子始終直直地著呢……小蟲子怪叫一聲，又尖又厲，勝過了萬牲園裡的狼嗥。我們知道皇上和娘娘們就喜歡聽這聲，就暗暗地一緊一鬆——不是殺人，是高手的樂師，在製造動聽的音響。

那天正是秋分，天藍藍，日光光，四周圍的紅牆琉璃瓦，明晃晃的一片，好有一比：照天影地的大鏡子。突然間你爹我聞到了一股撲鼻的惡臭，馬上就明白了，小蟲子這個雜種，已經屙在褲襠裡了。你爹我偷眼往台上一瞥，看到咸豐爺雙眼瞪得溜圓，臉色是足赤的黃金。那些娘娘們，有的面如死灰，有的大張著黑洞般的嘴巴。再看那些王公大臣，都垂手肅立，大氣兒不出。那些太監宮女們，一個個磕頭如搗蒜，有幾個膽小的宮女已經暈過去了。你爹我與余姥姥交換了一個眼神，又是一次心領神會。這種情形，與俺們想得差不離兒。是時候了，小蟲子遭的罪也差不多了，不能讓他的臭氣熏了皇上和娘娘。你爹我看到有幾個娘娘已經用綢巾子捂住了嘴巴。娘娘們的鼻子比皇上靈，皇上吸鼻菸吸得鼻子不靈了。得趕緊把活兒做完，萬一一陣風把小蟲子的屎臭颳到皇上的鼻子裡，皇上怪罪下來，我們就吃不了兜著走了。小蟲子這小子的下水大概爛了，那股子臭氣直透腦子，絕對不是人間的臭法。你爹我真想跑到一邊去大嘔一陣，但這是絕對不能允許的。你爹我和余姥姥要是忍不住嘔了，那我們的嘔吐勢必會引起台上台下的人們的嘔吐，那這事兒就徹底地毀了。你爹我和余姥姥的小命報銷了事小，王大人頭上的頂戴花翎被摘了也不是大事，影響了皇上的身體健康才是真正的大事。你爹我想到的，余姥姥早就想到了。這場好戲該結束了。於是俺們師徒二人暗中使上了源源不斷的力道，讓那鐵箍子一絲兒一絲兒地煞進了小蟲子的腦殼。眼見著小蟲子這個倒楣孩子的頭就被勒成了一個卡腰葫蘆。他小子的汗水早就流乾了現時流出的是一層鰾膠般的明油，又腥又臭，比褲襠裡的氣味好不到哪裡去。他小子，拚著最後的那點子力氣嚎叫，你爹我是殺慣了人的，聽到這動靜也覺得瘮得慌。鋼鑄鐵打的漢子，也熬不過這「閻王閂」，要不，怎麼連孫悟空那樣的刀槍不入、在太上老君的八卦爐子裡鍛鍊了七七四十九天都沒有投降的魔頭，都抗不住唐三藏一遍緊箍咒呢？

其實，這道「閻王閂」的精采之處，全在那犯人的一雙眼睛上。你爹我的身體往後仰著，仰著，感覺到小蟲子的哆嗦通過那條牛皮繩子傳到了胳膊上。可惜了一對俊眼啊，那兩隻會說話的、能把大閨女小媳婦的魂兒勾走的眼睛，從「閻王閂」的洞眼裡緩緩地鼓凸出來。黑的，白的，還滲出一絲絲紅的。越鼓越大，如雞蛋慢慢地從母雞腚裡往外鑽，鑽，鑽……噗嗤一聲，緊接著又是噗嗤一聲，小蟲子的兩個眼珠子，就懸掛在「閻王閂」上了。你爹我與余姥姥期待著的就是這個結果。我們按照預先設計好了的程序，讓這個過程拖延了很長很長。一點點地上勁，胡蘿蔔鑽腚眼，步步緊。到了那關鍵的時刻，猛地一使勁，就噗嗤噗嗤了。只有到了此時，你爹我和余姥姥才長長地舒出了一口氣。不知道是啥時候，俺們汗流浹背，臉上的汗水把那些乾結的雞血沖化了，一道道地流到脖子上，看起來是頭破血流。你爹我是通過看余姥姥的臉而知道了自己的臉的。

小蟲子還沒斷氣，但已經昏了過去，昏得很深沉，跟死也差不離兒。他的腦骨已經碎了，腦漿子和血沫子從破頭顱的縫隙裡滲了出來。你爹我聽到看台上傳下來女人的嘔吐聲。一個上了年紀的紅頂大人，不知是什麼原因，一頭栽到地上，帽子滾出去好遠。這時，你爹我和余姥姥齊聲吶喊：

執刑完畢，請大人驗刑！

刑部尚書王大人用一角袍袖遮著臉，往俺們這邊瞅了瞅，轉身到看台前，立正，抬手，甩袖子，跪倒，對著上邊說：

「執刑完畢，請皇上驗刑！」

皇上一陣緊急地咳嗽，半天方止，然後對著台上台下的人說：

「你們都看到了吧？他就是你們的榜樣！」

皇上說話的聲音不高，但是台上台下都聽得清清楚楚。按說皇上的話是對著太監宮女們說的，但是那些六部的堂官和王公大臣，一個個被打折了腿似的，七長八短地跪在了地上。紛紛地磕頭不止，有喊吾皇萬歲萬歲萬萬歲的，有喊罪臣罪該萬死的，有喊謝主隆恩的，雞鳴鴨叫，好一陣混亂，讓你爹我和余姥姥看透了這些大官們的本質。

皇上站了起來。那個老太監大喊：

「起駕回宮——」

皇上走了。

娘娘們跟著皇上走了。

太監們也走了。

剩下了一群鼻涕一樣的大臣和老虎一樣的小蟲子。

你爹我雙腿發麻，眼前一片片的金星星飛舞，如果不是余姥姥攙了我一把，你爹我在皇上的大駕還沒起來時就會癱倒在小蟲子的屍體旁邊。

二

你們，還敢對著我瞪眼嗎？

我說了這半天，你們應該明白了，你爹我為什麼敢對著那些差役犯狂。一個小小的縣令，芝麻粒大的個官兒，派來兩個小狗腿子，就想把俺傳喚了去，他也忒自高自大了。你爹我二十歲未滿時，就當著咸豐爺和當今的慈禧皇太后的面幹過驚天動地的大活兒，事後，宮裡傳出話來，說，皇上開金口，吐玉言：

「還是刑部的劊子手活兒做得地道！有條有理，有板有眼，有鬆有緊，讓朕看了一台好戲。」王尚書加封了太子少保，升官晉爵，心中歡喜，特賞給我跟余姥姥兩匹紅綢子。你去問問那個姓錢的，他見過咸豐爺的龍顏嗎？沒見過；他連當今光緒爺的龍顏也沒見過。他見過當今皇太后的鳳面嗎？沒見過；他連當今皇太后的背影也沒見過。所以你爹我敢在他的面前拿拿大。

待一會兒，我估計著高密知縣錢丁錢大老爺要親自來家請我。不是他自個兒想來請我，是省裡來的袁大人讓他來請。袁大人與你爹我還有過數面之交，俺替他幹過一次活兒，幹得漂亮、出色，袁大人一時高興，還賞給了俺一盒天津十八街的大麻花。別看你爹我回鄉半年，大門不出，二門不邁，是你們眼裡的一段朽木頭。其實，你爹我是揣著明白裝糊塗。你爹的心裡，高懸著一面鏡子，把這個世界，映照得清清楚楚。賢媳婦，你那些偷雞摸狗的事兒，也瞞不過我的眼睛。兒子無能，怨不得紅杏出牆；女人嘛，年輕嘛；年輕腰饞，不算毛病。你娘家爹造反，驚了天動了地，被拿進了大牢，我都知道。他是德國人點名要的重犯，別說高密縣，就是山東省，也不敢做主放了他。所以，你爹是死定了。袁世凱袁大人，那可是個狠主兒，殺個把人在他的眼裡跟捻死個臭蟲差不多。他眼下正在外國人眼裡走紅，連當今皇太后，也得靠他收拾局面。我估摸著，他一定要借你爹這條命，演一場好戲，既給德國人看，也給高密縣和山東省的百姓們看。讓他們老老實實當順民，不要殺人放火當強盜。德國人修鐵路，朝廷都答應了，與你爹何干？他這是「木匠戴枷，自作自受」。別說你救不了他，就是你那個錢大老爺也救不了他。兒子，咱爺們出頭露面的機會來到了。你爹我原本想金盆洗手，隱姓埋名，糊糊塗塗老死鄉下，但老天爺不答應。今天早晨，這兩隻手，突然地發熱發癢，你爹我知道，咱家的事兒還沒完。這是天意，沒有法子逃避。兒媳，你哭也沒用，恨也沒用，俺受過當今皇太后的大恩典，不幹對不起朝廷。俺不殺你爹，也有別人殺他。如其讓一些二把刀三腳貓殺他，還不如讓俺殺他。俗言道，「是親三分向」，俺會使出平生的本事，讓他死得轟轟烈烈，讓他死後青史留名。兒子，你爹我也要幫你正正門頭，讓左鄰右舍開闊眼界。他們不是瞧不起咱家嗎？那麼好，咱就讓他們知道，這劊子手的活兒，也是一門手藝。這手藝，好男子不幹，賴漢子幹不了。這行當，代表著朝廷的精氣神兒。這行當興隆，朝廷也就昌盛；這行當蕭條，朝廷的氣數也就盡了。

兒子，趁著錢大老爺的轎子還沒到，你爹我把咱家的事兒給你嘮嘮，今日不說，往後就怕沒有閒工夫說了。

三

你爹我十歲那年，你爺爺得了霍亂。早晨病，中午死。那年，高密縣家家有死人，戶戶有哭聲。鄰居們誰也顧不上誰了，自家的死人自家埋。我與你奶奶，說句難聽的話，拖死狗一樣，把你爺爺拖到了亂葬崗子，草草地掩埋了。我和你奶奶剛一轉身，一群野狗就撲了上去，幾爪子就把你爺爺的屍首扒了出來。我撿起一塊磚頭，衝上去跟那些野狗拚命。那些野狗瞪著血紅的眼睛，齜著雪白的牙，對著我嗚嗚地嚎叫。牠們吃死人吃得毛梢子流油，滿身的橫肉，一個個，小老虎，凶巴巴，人嚇煞。你奶奶拉住我，說：

「孩子啊，也不光是你爹一個，就讓牠們吃去吧！」

我知道一人難抵眾瘋狗，只好退到一邊，看著牠們把你的爺爺一口撕開衣裳，兩口啃掉皮肉，三口吃掉五臟，四口就把骨頭嚼了。

又過了五年，高密縣流行傷寒，你奶奶早晨病，中午死。這一次，我把你奶奶的屍首拖到一個麥稭垛裡，點上火燒化了。從此，你爹我孤苦伶仃，無依無靠，白天一根棍子一個瓢，挨家挨戶討著吃。夜裡鑽草垛，蹲鍋框，哪裡方便哪裡睡。那時候，你爹我這樣的小叫化子成群結隊，討口吃的也不容易。有時候一天跑了幾百個門兒，連一片地瓜乾兒都討不到。眼見著就要餓死了，你爹我想起了你奶奶生前曾經說過，她有個堂兄弟，在京城大衙門裡當差，日子過得不賴，經常託人往家裡捎銀子。於是，你爹我決定進京去投親。

一路乞討，有時候也幫著人家幹點雜活兒，就這樣走走留留，磨磨蹭蹭，飢一頓，飽一頓，終於到了。你爹我跟隨著一群酒販子，從崇文門進了北京城。恍惚記得你奶奶說她的那個堂弟是在刑部大堂當差，便打聽著到了六部口，然後又找到刑部。大門口站著兩個虎背熊腰的兵勇。你爹我一靠前，就被一個兵勇用刀背子拍出去一丈遠。你爹我千里迢迢趕來，當然不會就這樣死了心，便整天價在刑部的大門口轉悠。刑部大街兩側，有幾家大飯莊，什麼「聚仙樓」啦，「賢人居」啦，都是堂皇的門面，鬧嚷嚷的食客，熱鬧時大道兩邊車馬相連，滿大街上飄漾著雞鴨魚肉的奇香。還有一些沒有名號的小吃鋪，賣包子的，打火燒的，烙大餅的，煮豆腐腦的……想不到北京城裡有這麼多好吃的東西，怪不得外地人都往北京跑。你爹我從小就能吃苦，有眼力架兒，常常幫店裡的夥計幹一些活兒，換一碗剩飯吃。北京到底是大地方，討飯也比高密容易。那些有錢的主兒，常常點一桌子雞鴨魚肉，動幾筷子就不要了。你爹我揀剩飯吃也天天鬧個肚子圓。吃飽了就找個避風的牆角睡一覺。在暖洋洋的陽光裡，我聽到自己的骨頭架子喀吧喀吧響著往大裡長。剛到京城那兩年，你爹我躥出一頭高，真好比乾渴的小苗子得了春雨。

就在你爹滿足於乞食生活、無憂無慮地混日子時，突然地起了一個大變化：一群叫化子把我打了個半死。當頭的那位，瞎了一隻眼，瞪著一隻格外明亮的大眼，臉上還有一條長長的刀疤，樣子實在是嚇人。他說：

「小雜種，你是哪裡鑽出來的野貓，竟敢到大爺的地盤上來食兒？爺爺要是看到你再敢到這條街上打轉轉，就打斷你的狗腿，摳出你的狗眼！」

半夜時，你爹我好不容易從臭水溝子裡爬上來，縮在個牆角上，渾身痛疼，肚子裡又沒食兒，哆嗦成了一個蛋兒。我感到自己就要死去了。這時，恍恍惚惚地看到你奶奶站在了我的面前，對我說：

「兒子，不要愁，你的好運氣就要到了。」

我急忙睜眼，眼前啥也沒有，只有冷颼颼的秋風吹得樹梢子嗚嗚地響，只有幾個快要凍死的蛐蛐在溝邊的爛草裡唧唧地叫，還有滿天的星斗對著我眨眼。但是我一閉眼，就看到你奶奶站在面前，對我說好運氣就要來到了。我一睜開眼睛她就不見了。第二天一大早，日頭通紅，照耀著枯草上的白霜，閃閃爍爍，很是好看。一群烏鴉，呱呱地叫著，直往城南飛。不知道他們匆忙飛往城南去幹什麼，後來我自然明白了烏鴉們一大早就飛往城南是去幹什麼。我餓得不行了，想到路邊的小店裡討點東西填填肚子，又怕碰到那個獨眼龍。忽然看到路邊的煤灰裡有一個白菜根兒，就上前揀起來，回到牆角蹲下，喀喀嚓嚓地啃起來。正啃得起勁，就看到十幾匹大馬、馬上馱著頭戴紅纓子涼帽、身穿緄紅邊灰布號衣的兵勇，從刑部的大院子裡擁出，在那條剛剛墊了新鮮黃土的大道上嗒嗒地奔跑。馬上的兵勇挎著腰刀，手裡提著馬鞭子，見人打人，見狗打狗，把一條大街打得乾乾淨淨。過了一會兒，一輛木頭囚車，從刑部大院裡出來了。拉車的是一頭瘦騾子，脊梁骨，刀刃子，四條腿，木棍子。囚車裡站立著一個披頭散髮的囚徒，一張臉模模糊糊，眉目分不清楚。囚車在路上搖晃著，缺油的車軸發出吱吱呀呀的聲音。車前，由剛才那幾個來回奔跑的馬兵引導，馬兵的後邊是十幾個吹著大喇叭的吹手。大喇叭發出的聲音無法形容，哞——哞——哞——一群牛哭。囚車的後邊，是一小撮騎馬的官員，都穿著鮮明的朝服，當中那個大胖子，留著兩撇八字鬍，有點不真，敢情是用糨子黏上去的。官員的後邊，又是一群十幾個馬兵。在囚車的兩旁，護著兩個穿黑衣、紮板腰帶、戴紅帽子、手裡提著寬闊大刀的人。他們倆都生著紫紅色的臉膛——那時我不知道他們是用公雞血塗了臉。他們倆走起路來輕悄悄的，沒有一點聲音。你爹我不錯眼珠地盯著他們，一顆心完全地被他們的風度迷住了。我當時就想，什麼時候我才能學他們樣兒，用那種大黑貓的方式輕悄悄地走路呢？突然間，我聽到你奶奶在我的身後說：

「孩子啊，那就是你舅舅！」

我急忙轉回頭，身後就是那堵灰牆，根本沒有你奶奶的蹤影。但我知道你奶奶顯靈了。於是你爹我大喊了一聲：舅舅！同時就感到有人在背後猛推了一把，你爹我身不由己地對著囚車撲了上去。

這一撲，可真是不知道天高地厚。囚車前後的官員和馬兵都愣住了。有一匹馬猛地將前蹄舉起來，吱吱地叫著，把背上的馬兵掀了下來。我衝到了那兩個手持大刀的黑衣人面前，哭著說：舅舅，俺可算找到您啦……多少年來的委屈一瞬間迸發出來，眼淚咕嘟咕嘟地往外冒。那兩個風度非凡、手持大刀的人也愣住了。我看到他們張口結舌，互相打量著，用眼神問訊對方：

「你是這個小叫化子的舅舅嗎？」

沒等他們倆反應過來，那些車前車後的護刑馬兵回過神來，齊聲發著威，高舉著兵刃，呼啦啦地包圍上來。一片寒光罩住了我的頭。我感到一隻粗大的手夾住了我的脖子，把我提了起來。脖子上的骨頭似乎被他捏碎了。我在空中掙扎著，哭叫著：舅舅啊，舅舅……然後我就被人家摔在了地上，呱唧一聲響，摔死一隻青蛙就是這動靜。我的嘴巴正好啃在了一堆馬糞上，那馬糞還是熱呼呼的。

囚車後邊，一匹魁梧的棗紅馬上，端坐著一個黑臉大胖子。他頭上戴著鑲有藍色水晶頂子的花翎帽，身穿胸前繡著一隻白豹子的長袍。我知道這是個大官。一個兵勇單膝跪地，響亮地報告：

「大人，是一個小叫化子。」

兩個兵勇把我拖到大官面前，一個兵揪著我的頭髮，使我的臉仰起來，好讓馬上的大官看到。

黑胖子大人看了我一眼，長吁了一口氣，罵道：

「不知死的個孩子！叉到一邊去！」

「喳！」兵勇高聲應諾著，捏著我的胳膊，將我拖到路邊，往前一送，嘴裡說：「去你媽的！」

在他們的罵聲中，我的身體飛了起來，一頭扎在臭水溝厚厚的爛泥裡。

你爹我好不容易從溝裡爬出來，眼前黑糊糊的一片，什麼也看不見，摸索到一把亂草，把臉上的臭泥擦去，睜開眼睛，才看到行刑的隊伍，已經沿著黃土大道，一路煙塵地往南去了。你爹我望著行刑隊，心裡空蕩蕩地沒著沒落。這時，你奶奶的聲音又在我的耳邊響起：

「兒子，去看看吧，他就是你的舅舅。」

我轉著圈子找你奶奶，可看到的是鋪了黃土的大路、冒著熱氣的馬糞，還有幾隻歪著頭、瞪著漆黑的小眼睛、從馬糞裡尋找食物的小麻雀，哪裡有你奶奶的影子？娘啊……我感到十分的難過，不由地放聲大哭。我的哭腔很長，比路邊那條臭水溝還要長。我的心中，充滿了對你奶奶的思念和不滿。娘，您讓我衝上去認舅舅，可誰是我的舅舅？人家把您的兒子提起來，如提著一條死貓爛狗，一鬆手，扔進了路邊的臭水溝，差一點沒要了兒子的小命。這些您難道看不到嗎？娘，您要是真有靈驗，就指點一條光明大道，讓兒子跳出苦海；您要是沒有靈驗，乾脆就不要開言，兒子該死該活小雞巴朝天，什麼都不要您來管。但你們的奶奶不聽我的，她那蒼老的聲音，在我的腦後，一遍又一遍的回響：

「兒子，去看看吧，他就是你舅舅……他就是你舅舅……」

你爹我發瘋般地向前跑，去追趕行刑隊。只有在我拚命奔跑時，你奶奶才會暫時地閉上她的嘴巴。只要我的腳步一慢，她那令人心煩意亂地嘮叨聲就會在我的耳朵邊上響起。你爹我不得不猛跑，為了逃避一個幽靈的嘮叨，哪怕再被那些戴紅纓子涼帽的兵勇扔到臭水溝裡去。我尾隨著行刑隊，出了宣武門，走上通往菜市口刑場去的那條狹窄低窪、崎嶇不平的道路。那是我第一次踏上這條天下聞名的道路，現在這條路上層層疊疊著我的腳印。城外的景象比城內立見蕭條，道路兩邊低矮的房舍之間，夾著一片片碧綠的菜地。菜地裡有白菜，有蘿蔔，還有一架架葉子萎黃、蔓子亂糟糟的豆角。菜地裡有一些彎腰幹活的人，他們對這支鬧哄哄的行刑隊大概很不在意，有的一邊幹活一邊往路上冷冷地瞅一眼，有的只顧低頭幹活，連頭都不抬。

到了臨近刑場的地方，彎曲的道路突然消失在廣闊的刑場裡。刑場上壘起的高台的周圍，站著一群無聊的閒人，閒人中夾雜著一些叫化子，那個打過我的獨眼龍也在其中，可見這裡也是他的地盤。士兵們催動馬匹，排開了隊形。那兩個風度迷人的劊子手，打開了囚車，把犯人拖了下來。犯人的腿可能是斷了，拖拖拉拉著，讓我想起揉爛了的蔥葉子。劊子手把他架到刑台上，一鬆手，他就癱了，簡直就是一堆剔了骨頭的肉。刑台周圍的閒人們嗷嗷地叫起來，他們對這個死囚的窩囊表現不滿意。孬種！軟骨頭！站起來！唱幾句啊！在他們的鼓舞下，囚犯慢吞吞地移動起來，一塊肉一塊肉地動，一根骨頭一根骨頭地動，十分地艱難。閒人們起聲鼓譟，為他鼓勁加油。他雙手按地，終於將上身豎起，挺直，雙膝卻彎曲著跪在了地上。閒人們喊叫著：

「漢子，漢子，說幾句硬話吧！說幾句吧！說，『砍掉腦袋碗大個疤』，說『二十年後又是一條好漢』！」

那個囚犯卻癟癟嘴，哇哇地哭了幾聲，然後高喊：

「老天爺，我冤枉啊！」

圍觀的人突然都閉住了嘴巴，傻呆呆地望著台上的人。兩個劊子手風度依舊。這時，你奶奶的陰魂又在我的腦後嘮叨起來：

「喊吧，兒子，好兒子，快喊，他就是你舅舅！」

她老人家的聲音越來越急促，聲調也越來越高，口氣也越來越嚴厲，一股股陰森森的涼風直撲到我的脖子上，如果我不喊叫，她就要伸出手掐死我。萬般無奈，你爹我冒著讓凶狠的馬兵用大刀劈死的危險，拖著三丈哭腔，高叫一聲：

舅舅──頃刻間，所有的目光都聚到了你爹身上。監斬官的目光、馬兵的目光、閒人叫化子的目光──這些目光都被我遺忘，只有那死囚的目光讓我終生難忘。他猛地昂起了血肉模糊的頭，睜開了被血痂糊住的雙眼，對著我，彷彿射出了兩枝紅色的箭，一下子就把我擊倒了。這時，那個黑胖的監刑官大喊一聲：

「時辰到──」

隨著他的喊叫，大喇叭一齊悲鳴起來，那些個馬兵也都噘著嘴唇，吹出了嗚嗚的聲音。一個劊子手伸手揪住了死囚的小辮子，往前牽引著，使死囚的脖子直如棍子。另一個劊子手，用胳膊拐著刀，身體往右偏轉，然後，瀟灑地往左轉回，噌，一道白光閃過，伴隨著半截冤枉的哀鳴，前邊那個劊子手已經把死囚的腦袋高高地舉了起來。執刀的劊子手與他的同伴站成一排，面對著監刑官，齊聲高呼：

「請大人驗刑！」

一直騎在馬上的黑胖大人，對著那顆懸空的人頭一揮手，像與朋友告別似的，然後就扯韁轉過馬頭，噠噠噠噠地馳離了刑場。這時，觀刑的人們齊聲歡呼，叫化子奮勇向前，擠在刑台周圍，等待著上台去剝死囚的衣服。囚犯的脖子裡，血如貫球，突突地冒出來。半截血脖子往上拱了拱，屍身猛地往前倒了，如同歪倒了一個大酒罈子。

你爹我終於明白了，監斬官不是我的舅舅，劊子手也不是我的舅舅，馬兵中也沒有我的舅舅，被砍去了腦袋的，才是我的舅舅。

當天晚上，你爹我找了棵歪脖子柳樹，解下了褲腰帶，挽了個扣兒，搭在樹杈上，把腦袋鑽了進去。爹死了，娘死了，唯一可投靠的舅舅，被人砍了腦袋。你爹我在這個世界上已經是舉目無親，走投無路，索性死了利索。你爹就要摸到了閻王爺爺鼻子的時候，有一隻大手托住了我的屁股。

他就是那個砍掉了我舅舅腦袋的人。

他把我帶到砂鍋居飯莊，點了一個魚頭豆腐，讓我吃。我吃他不吃，坐在我的面前靜靜地觀看。夥計給他端來一碗茶他也不喝。我吃飽了，打著飽嗝看著他。他說：

「我是你舅舅的好友，你要是願意，就跟著我學徒吧！」

他白天的英姿在我的面前復現：身體先是挺立不動，然後迅速地往右偏轉，右臂宛如挽著半輪明月，噌，舅舅的腦袋伴隨著舅舅喊冤的聲音就被高高地舉起來了……你奶奶的聲音又在我的耳邊響起來，這一次她的聲音特別地溫柔，讓我能夠感覺到她的心中充滿了感激之情，她說：

「好孩子，趕快跪下給你的師傅磕頭。」

我跪在地上，給師傅磕頭，我的眼睛裡飽含著淚水，其實，舅舅的死活我並不關心，我關心的還是我自己。我的熱淚盈眶，是因為我想不到白天的夢想很快地就變成了現實。我也想做一個可以不動聲色地砍下人頭的人，他們冷酷的風度如晶亮的冰塊，在我的夢想中閃閃發光。

兒子，你爹的師傅，就是前面我給你說過了一百多遍的余姥姥。事後他才告訴我，他與我那個當獄卒的堂舅是拜把子兄弟，堂舅犯了事，死在他的手裡，實在是天大的造化，噌，一下子，比風還要快。余姥姥說，他把舅舅的頭砍下來時，聽到頭說：

「大哥，那是咱家外甥，多多照應吧！」

第三章　小甲傻話

俺姓趙，名小甲，清早起來笑哈哈。（這傻瓜！）夜裡做了一個夢，夢到了白虎到俺家。白虎身穿小紅襖，腚上翹著一根大尾巴。（哈哈哈）大尾巴大尾巴大尾巴。白虎與俺對面坐，張嘴齜出大白牙。大白牙大白牙大白牙。（哈哈哈）白虎你要吃俺嗎？白虎說：肥豬肥羊吃不完，吃你個傻瓜幹什麼。既然你不把俺來吃，到俺家來幹什麼。白虎說：趙小甲，你聽著，聽說你想虎鬚想得要發瘋，今天俺，送上門來讓你拔。（哈哈哈，真是一個大傻瓜！）

——貓腔《檀香刑・娃娃腔》

一

咪嗚咪嗚，未曾開言道，先學小貓叫。俺娘說，老虎滿嘴鬍鬚，其中一根最長的，是寶。誰要是得了這根寶鬚，帶在身上，就能看到人的本相。娘說，世上的人，都是畜生投胎轉世。誰如果得了寶鬚，在他的眼裡，就沒有人啦。大街上，小巷裡，酒館裡，澡堂裡，都是些牛呀，馬呀，狗啦，貓啦什麼的。咪嗚咪嗚。娘說，有那麼一個人，闖關東時，打死一隻老虎，得了一根寶鬚，怕丟了，用布裹了裡三層外三層，又用密密的針腳縫在棉襖的裡子上。這個人一回家，他的娘就問：「兒啊，你闖了這麼多年關東，發了大財了吧？」這個人得意地說：「大財沒發，只是得了一件寶物。」說著就從棉襖裡撕下那個布包，解開一層一層的布，顯出那根虎鬚，遞給娘看。可一抬頭的光景，娘沒有了，只有一匹老眼昏花的狗站在他面前。那人嚇得不輕，轉身就往外跑，在院子裡與一匹扛著鋤頭的老馬撞了一個滿懷。他看到那匹老馬嘴裡叼著根旱菸管，巴噠巴噠地抽著，一股股的白煙，從那兩個粗大的鼻孔裡，烏突烏突地往外冒。這人可嚇毀了，剛想跳牆逃跑，就聽到那匹老馬提著自己的乳名喊：「這不是小寶嗎？雜種，連你爹都不認識了！」那人知道是手裡的虎鬚作怪，慌忙包裹起來，掖到不見天的地方，這才看到爹不是老馬啦娘也不是老狗啦。

俺做夢都想得到這樣一根虎鬚。咪嗚咪嗚。逢人俺就說虎鬚的故事，逢人俺就打聽到哪裡去才能弄到一根虎鬚。有人告訴俺說東北的大森林裡可以弄到虎鬚，俺想去，但是俺又捨不得俺媳婦。要是有那樣一根虎鬚，該有多麼好啊！俺剛在街上支起肉架子，就看到一個大公豬，頭戴著黑緞子瓜皮小帽，身穿著長袍馬褂，手裡托著一個畫眉籠子，搖搖晃晃地來了。到了這裡就喊：「小甲，來兩斤豬肉，秤高高的，要五花肉！」雖然俺看到的是一頭大豬，但聽他說話的聲音知道他是李石齋李大老爺，是秀才的爹，街面上的人，識得好多文字，誰見了誰敬。誰要是敢不敬他，他就會撇腔拿調地說：「豎子不可教也！」可誰會知道他的本相是一頭大公豬呢？連他自己也不知道他是一頭豬，只有俺知道他是一頭豬。但如果俺說他是一頭豬，他非用龍頭枴棍把俺的頭打破不可。豬還沒走呢，一隻大白鵝，用翅膀拐著個竹籃子，搖搖擺擺地走過來了。到了俺的肉案子前，她斜著眼，跟俺有深仇大恨似地說：「小甲，你這個黑了心肝的，昨天賣給俺的狗肉凍裡，吃出了一個圓溜溜的指甲蓋兒！你該不是把人肉當成狗肉賣吧？」她回過頭對那頭黑豬說，「聽說了沒有？前天夜裡，鄭家把童養媳婦活活地打死了。打得渾身沒有一塊好皮肉，真叫一個慘！」這隻大白鵝剛剛說過屁話，轉過頭來對俺說：「給俺切上兩斤乾狗肉，換換口味。」俺心裡想，你個臭娘們，你以為你是什麼？你是一隻大屁股白鵝，該把你殺了做一盆鵝凍，省了你來胡說八道。——要是有一根那樣的虎鬚該有多麼好哇，可是俺沒有。

下大雨那天下午，何大叔坐在酒館裡喝酒——他尖嘴猴腮，眼珠子骨碌碌地轉，本相一定是隻大馬猴——俺又對他說起虎鬚的事。俺說何大叔您見多識廣，一定聽說過虎鬚的事兒吧？您一定知道從哪裡可以弄到一根虎鬚吧？他笑著說：「小甲啊小甲，你這個大膘子，你在這裡賣肉，你老婆呢？」俺老婆去給她乾爹錢大老爺送狗肉去了。何大叔說：「我看是送人肉去了。你老婆一身白肉，香著哪！」何大叔您別開玩笑，俺家只賣豬肉和狗肉，怎麼會賣人肉呢？再說錢大老爺又不是老虎，怎麼會吃俺老婆的肉呢？如果他吃俺老婆的肉，俺老婆早就被他吃完了，可俺老婆活得好好的呢。何大叔怪笑著說：「錢大老爺不是白虎，他是青龍，但你老婆是一隻白虎。」何大叔您更加胡說了，您又沒有那樣一根虎鬚，怎麼能看到錢大老爺和俺老婆的本相？何大叔說：「大膘子啊，給我盛碗酒，我就告訴你到哪裡去能弄到虎鬚。」俺慌忙給他盛了冒尖的一碗酒，催他快說。他說：「你知道的，那是寶物，可以賣許多銀子的。」俺要那虎鬚可不是為了賣的。俺是為了好玩，您想想看，拿著虎鬚，走在大街上，看到一些畜生穿衣戴帽說著人話，該有多麼好玩。何大叔說：「你真想得一根虎鬚？」想，太想了，連做夢都想。何大叔說：「那麼好吧，你給我切一盤熟狗肉來，我就告訴你。」何大叔，只要您告訴俺到哪裡去能弄到虎鬚，俺把這條狗都給你吃了，一個銅板也不收。俺撕了一條狗腿給他，眼巴巴地盯著他。何大叔不緊不忙地啜著老酒，啃著狗肉，慢吞吞地說：「膘子，真想要虎鬚？」何大叔，酒也給您了，肉也給您了，您不告訴俺就是騙俺，俺回去就對俺老婆說，俺好欺負俺老婆可是不好欺負，俺老婆一歪小嘴就把你弄到衙門裡去，小板子打腚啪啪地。何大叔聽到俺把俺媳婦搬了出來，忙說：「小甲，好小甲，我這就告訴你，但你要賭咒發誓，不對任何人說是我告訴你的，尤其是不能對你的媳婦說是我告訴你的，否則，即便你得了虎鬚，也不會靈驗。」好好好，俺誰也不告訴，連老婆也不告訴。如果俺對人說了，就讓俺老婆肚子痛。何大叔說：「媽媽的個小甲，這算賭的什麼咒？你老婆肚子痛與你有什麼關係？」怎麼會沒關係呢？俺老婆肚子一痛，俺的心就痛，俺老婆肚子痛俺難過得嗚嗚地哭呢！何大叔說：「好吧，我就對你說了吧！」他往街上瞧瞧，怕人聽到似的。大雨下得嘩嘩的，屋簷上的水成了一道白簾子。俺催他快說，他說：「小心點兒好，要是讓人聽去，你就得不到寶了。」他隔著桌子探過身來，將熱烘烘的嘴巴湊到我的耳朵邊上，悄悄地說：「你媳婦天天到錢大老爺那裡去，錢大老爺床上就鋪著一張老虎皮，有了老虎皮，還愁弄不到一根虎鬚？記住，讓你媳婦幫你弄一根彎彎曲曲的、顏色金黃的，那才是真正的寶鬚，別樣的根本不靈呢！」

俺老婆送狗肉回來時，天黑得已經成墨汁了。你怎麼才回來呢？她笑著說：「你這個大傻瓜，也不動腦子想想，俺要伺候著大老爺一口口吃完呢。再說，下雨陰天，天黑得早呢。你怎麼還不點燈呢？」俺也不繡花，俺也不念書，點燈熬油幹什麼？她說：「好小甲，真會過日子。窮富不在一盞燈油上。何況咱們並不窮。乾爹說了，從今年起，免了咱家的稅銀子了。你就放心地點上燈吧。」俺打火點燃了豆油燈，她用頭上的釵子，把燈芯兒挑高，滿屋子通明，過年一樣。燈影裡看去，她的臉紅撲撲地，她的眼水汪汪地，剛喝了半斤老酒頂多這模樣。你喝酒了嗎？她說：「真是饞貓鼻子尖，乾爹怕我回來時害冷，把個壺底子讓給我喝了。這雨，下得可真正大，誰把天河漏了底子——你別回頭，俺要換下濕衣服。」還換什麼換呢？鑽被窩不就得了嘛！「好主意，」她嘻嘻笑著說，「誰敢說俺家小甲傻？俺家小甲精著呢。」她脫下衣裳，一件件扔到木盆裡。白花花的身子，出水的大鰻魚，打了一個挺上了炕，又打了一個挺鑽進了被窩。俺也脫成個光腚猴子鑽進了被窩。她把被子捲成筒兒，說：「傻子，你別招惹我，忙了一天，我的骨頭架子都要散了。」俺不惹你，但是你要答應俺，給俺弄根虎鬚。她嘻嘻地笑著說：「傻子，我到哪裡去給你弄虎鬚？」今天有人對俺說你能弄到虎鬚。「誰說的？」你別管誰說的，反正俺要你給俺弄一根虎鬚。俺要一根彎彎曲曲、梢兒金黃的虎鬚。她的臉騰地紅了，罵道：「這是哪個狗雜種說的？看我不剝了他的狗皮蒙個鼓！說，是哪個雜種調唆你？」你殺了俺俺也不能說，俺已經拿著你的肚子起過誓了，俺說如果俺說了就讓你肚子痛。她搖搖頭，說：「傻子啊，你娘是哄你玩呢，你也不想想，世上哪裡會有這種事兒？」誰都可以哄俺，俺娘怎麼會哄俺？俺想要根虎鬚，都想了半輩子啦，求求你，幫俺去弄一根吧！她氣哼哼地說：「我到哪裡去給你弄？還要那什麼彎彎曲曲……傻子，你真是個大傻瓜！」人家說了，錢大老爺炕上就有一張老虎皮，有老虎皮自然就會有虎鬚。她歎了一口氣，說：「小甲，小甲，讓我說你點什麼好呢？」求你啦，去幫俺弄根吧，你要不給俺去弄，俺就不讓你去送狗肉了。人家說你是去送人肉呢。她咬牙切齒地說：「這又是誰說的？」你別管是誰說的，反正有人說了。她說：「好吧，小甲，我給你去弄一根，你可以不黏我了吧？」俺咧開嘴，笑了。

第二天晚上，俺老婆真的幫俺把虎鬚弄來了。她把那根金黃的毛兒遞到俺的手裡，說：「拿好了，別讓它飛了！」然後她就笑起來，笑得連腰都直不起來了。俺緊緊地攥著那根虎鬚，心裡撲通撲通地亂跳。盼了半輩子的寶貝就這麼容易地到了手？俺仔細地端詳著手裡的寶物，果然是彎彎曲曲，毛梢兒金黃，跟何大叔說的一樣。俺捏著它，感到手脖子麻麻痠痠的，寶沉得很吶！俺抬起頭，對俺老婆說，讓俺先看看你是個什麼變的。她抿著嘴唇兒，笑著說：「看吧，看吧，看看俺是個鳳凰還是個孔雀？」何大叔說你是個白虎呢！她的臉色頓時變了，怒罵道：「果然是這個老雜毛嚼蛆！趕明日非讓乾爹把他拘到衙門裡，劈哩啪啦兩百大板，讓他嘗嘗竹笋炒肉的滋味。」

俺緊緊地捏著虎鬚，藉著明亮的燈火，不眨眼地盯著俺的老婆看。俺的心裡亂打鼓，手脖子一個勁兒地哆嗦。天老爺啊天老爺，俺就要看到俺老婆的本相了。她會是個什麼畜生變的呢？是豬？是狗？是兔子？是羊？是狐狸？是刺蝟？她是什麼變的都可以，千萬別是一條蛇。俺從小就怕蛇，長大後更怕蛇，踩到一條稻草繩子，俺都能離地蹦三尺。俺娘說過了，蛇最會變女人，好看的女人多數都是蛇變的。誰要是摟著蛇變的女人睡覺，遲早會被吸乾腦髓。老天爺保佑吧，俺老婆無論是啥變的，哪怕是一隻癩蛤蟆，哪怕是一隻大壁虎，俺都不害怕，只要不是一條蛇就行。如果她是一條蛇變成，俺就拾掇拾掇殺豬家什，夾著尾巴跑他娘的。俺一邊毛驢打滾般地胡思亂想著，一邊打量著俺老婆。俺老婆故意地把燈草剔得很大，燈火苗兒紅成一朵石榴花兒，照得滿屋子通亮。她的頭髮黑得發藍，剛用豆油擦過似的。她的額頭光亮，賽過白瓷花瓶的凸肚兒。她的眉毛彎兒彎兒的，正是兩抹柳葉兒。她的鼻子白生生的，一節嫩藕雕成的。她的雙眼水靈靈，黑葡萄泡在蛋清裡。她的嘴巴有點大，嘴唇不抹自來紅。兩隻嘴角往上翹，好比一隻鮮菱角。任俺看得眼睛疼，也看不出俺老婆是個啥脫生。

俺老婆撇撇嘴角，連諷帶刺地說：「看出來了沒？說說看，俺是個啥變的？」

俺惶惑地搖搖頭，說，看不出來，你還是你。這寶貝，到了俺的手裡，怎麼就不靈了呢？

她伸出一根指頭，戳著俺的頭說：「你呀，鬼迷了心竅。你這一輩子，就毀在了一根毛上。你娘不過是隨口給你講了一個故事，你就拿著棒槌當了針啦。現在死心了吧？」

俺搖搖頭，說，你說的不對，俺娘怎麼會騙俺呢？這世上誰都會騙俺，唯有俺娘不會騙俺。她說：「那你拿著虎鬚，為什麼看不出我是個啥變的？我不用虎鬚也能看出你是一個啥變的——你是一頭豬變的，一頭大笨豬。」

俺知道她在轉著圈子罵俺，不拿虎鬚，她是不可能看到俺的本相的。可俺拿著虎鬚為什麼也看不到她的本相呢？這寶貝為什麼就不靈驗了呢？哦，壞了，何大叔說了，俺如果把他的名字說出來，寶貝就不靈驗了。俺剛才可不是說漏了嘴，把他的名字說了出來！俺懊惱死了。真笨，俺就這樣把好不容易弄到手的寶貝給糟蹋了。俺捏著虎鬚發了呆，熱辣辣的淚水從眼睛裡流出來。

看到俺哭，俺老婆歎息一聲，說：「傻子，你什麼時候才能不傻呢？」她折起身子，從俺手裡搶去那根虎鬚，噗，一口氣吹得無影無蹤。俺的寶貝也——！俺哭叫起來。她摟著俺的脖子，哄著俺，說：「好啦，好啦，別傻了，讓我抱著你好好地睡一覺吧。」俺掙扎著從她的懷裡脫出來。俺的虎鬚，俺的虎鬚啊！俺伸開兩隻手，滿炕上摸索著，尋找俺的虎鬚。俺的心裡，一時恨透了她。你賠俺的寶貝！你賠！俺端起燈盞，一邊哭，一邊罵，一邊尋找。她呆呆地看著俺，一會兒搖頭，一會兒歎息。終於，她說：「別找了，在這裡呢。」俺真是喜出望外，在哪裡？在哪裡？她用食指和拇指捏著一根彎彎曲曲毛梢兒金黃的虎鬚放在俺的手裡，說：「仔細拿好了，再丟了可就不怨俺了！」俺緊緊地捏住了它，儘管不靈驗，但還是寶貝。可它為什麼就不靈驗了呢？再試試。俺又定住了眼，看著俺老婆，俺心裡想，只要寶貝靈驗，俺老婆是條蛇就是條蛇吧。但俺老婆還是俺老婆，啥也不是。

俺老婆說：「好傻子，你聽我說，你娘講的故事，俺娘也給俺講過，她說，那虎鬚，並不是什麼時候都會靈驗的，只有在緊急的關頭它才會靈驗呢。要不然，得了這寶貝不就麻煩了嗎？到處都是畜生，你還怎麼活下去？聽話，把你的寶貝好好地藏起來，到了緊急的關頭再拿出來，自然就會靈驗。」

你說的都是真的？你不會騙俺吧？

她點點頭說：「你是我親親的丈夫，我怎麼捨得騙你？」

俺相信了她的話，找了一塊紅布，把寶貝包好，用繩子捆了不知道多少道，然後將它塞進了牆縫裡藏了起來

二

俺爹真是厲害，愣是把錢大老爺差來的衙役給憋了回去。爹你不知道錢大老爺的厲害，俺可是知道他的厲害。東關油坊里小奎對著他的轎子吐了一口唾沫，就被兩個衙役用鐵鏈子鎖走了。半個月後，小奎的爹找了人作保，賣了兩畝地，才把小奎贖出來。可小奎的兩條腿，已經一條長一條短，走起路來一撇一撇的，腳尖在地上畫畫白道道。大家都叫他洋人，說他的腳在地上畫出的那些道道就是洋文。從那之後誰要是當著小奎一提錢大老爺，小奎就會口吐白沫昏倒。小奎知道了錢大老爺的厲害，現在別說讓他對著錢大老爺的轎子吐唾沫，見到了轎子他就捣著腦袋逃跑。爹，您今日這禍惹得有點大了。在別的事情上俺傻，但是在錢大老爺的事情上俺一點也不傻。儘管俺老婆是錢大老爺的乾女兒，但他鐵面無私，連俺那個不爭氣的老丈人都給抓了來，他怎麼肯饒了你？

不過俺也看出來了，爹不是個善茬子。俺爹不是豆腐爹，俺爹是個金鋼爹。俺爹在京城見過大世面，砍下的人頭用車載用船裝。俺爹和錢大老爺較起勁來，就好比是一場龍虎鬥，看看你們誰能鬥過誰吧。在今日這個危急的關頭，俺突然地就想起了俺的那根虎鬚。其實俺從來也沒敢把俺的寶

貝忘記了。俺老婆說那就是俺的護身符兒，帶上它就能逢凶化吉。俺急匆匆地跳上炕頭，從牆縫裡把那個紅布包兒摸出來，一層層地揭開紅布，看到了那根彎彎曲曲、毛梢兒金黃的虎鬚。把寶貝攥在手裡，俺感到那根虎鬚在手裡活動起來，一撅一撅的，好比一根蜜蜂的針，螫著俺手心。一條水桶那般粗細的白色大蛇，站在炕前，腦袋探過來，吐著紫色的信子，兩片鮮紅的嘴唇一開一闔，竟然從那裡發出了俺老婆的聲音：「小甲，你想幹什麼？」天老爺爺，明明知道俺怕蛇，可你偏偏讓俺老婆是條蛇。俺老婆的本相竟然是一條大白蛇，俺跟她在一個炕上滾了十幾年，竟然不知道她是一條蛇。白蛇傳，想起來了，想起來了，俺老婆當年唱戲時，就在戲裡扮過白蛇，俺就是那個許仙啦。她怎麼沒把俺的腦髓吸去呢？俺老婆還不是一條完全的蛇，她只是生了一個蛇頭，她有腿，有胳膊，身上還有兩個奶子，頭上還長著頭髮。但這也夠讓俺膽戰心驚的啦。扔掉燙手的火炭一樣俺把那根虎鬚扔了。就這麼一剎那的工夫，俺渾身就冒了大汗。

老婆冷冷地對著俺笑，由於俺剛剛看過她的本相，所以看到她的現相時突然感到陌生而害怕。那條肥滾滾的大白蛇，就藏在她的身體裡，隨時都會漲破那層薄薄的表皮顯出原形。也許她已經知道俺看到了她的本相，所以她的臉上的笑容顯得怪虛怪假。她問俺：「你看到了嗎？我是個什麼東西變的呀？」突然，她的兩隻眼睛裡射出了陰冷的光，那兩隻原本非常好看的眼睛變得又醜又惡，那正是兩隻蛇的眼睛啊！

俺拙笨地笑著，想掩蓋住恐慌。俺的嘴唇不得勁兒，臉皮也麻酥酥的，肯定是讓她嘴裡噴出的毒氣給熏的。俺結結巴巴地說，沒看到……俺啥也沒看到……

「你騙我，」她冷冷地說，「你一定看到了什麼，」她的嘴裡噴出一股腥冷的氣味──正是蛇的氣味──直撲到俺的臉上。「老老實實地說吧，我是個什麼東西變的？」她的臉上出現了一個古怪的笑容，一些明亮的鱗片似的東西，在她的臉皮裡閃爍著。俺絕對不能說實話，說實話害自家，平時俺傻，這會兒俺一點也不傻。俺啥也沒看到，真的。「你騙不了我，小甲，你是個不會撒謊的孩子，你的臉都紅了，汗都憋出來了。快點告訴我，我是個狐狸？還是個黃鼠狼？要不就是一條白鱔？」白鱔是白蛇的表姊妹，越來越近了，她是在設套套俺呢。俺可不上她的當，除非她自己說她自己是白蛇變的，俺不會說這樣的傻話。如果俺說看到了她是一條白蛇變的，她馬上就會顯出原形，張開血盆大口把俺吞下去。不，她知道俺帶著刀子，進了她的肚子就會把她的肚皮豁了，那樣她也就活不成了。她會用她的那根比啄木鳥的嘴巴還要硬的信子，在俺的腦殼上鑽出一個洞眼，然後她就把俺的腦子吸乾了。吸乾了俺的腦子後，緊接著她就會吸乾俺的骨髓，然後再吸乾俺的血，讓俺變成一張皮，包著一堆糠骨頭。你做夢去吧。你用鐵鉗子也別想把俺的嘴巴撬開。俺娘早就告訴過俺，一問三不知，神仙治不得。俺真的啥也沒看到。她突然轉變了嚴肅的表情，哈哈大笑起來。隨著她的大笑，她臉上的蛇相少了，人相多了，基本上是個人形了。她拖著軟綿綿的身子朝外爬去，一邊往外爬還一邊回頭說：「你把你的寶貝拿上，去看看你這個殺了四十四年人的爹是個什麼畜生變的。我猜想著，他十有八九是一條毒蛇！」她又一次提到了蛇。俺知道她是在賊喊抓賊，這種小把戲，如何能瞞了俺？

俺把寶貝塞進了牆縫。現在，俺後悔得了這寶。人還是少知道點事好，知道得越多越煩惱。尤其是不能知道人的本相，知道了人的本相就沒法子過了。俺看到了俺老婆的本相，挺好的個老婆也就不是個老婆了。如果俺不知道她是個蛇變的，俺還敢有滋有味地摟著她睏覺；知道了她是蛇變的，俺還怎麼敢摟著她睏覺？俺可不敢再把俺爹的本相看破，俺已經沒有什麼親近人了，老婆成了一條蛇，就只剩下一個爹了。

俺藏好寶貝，來到廳堂。眼前的景象嚇了俺一大跳。天老爺爺，有一條瘦骨伶仃的黑豹蹲在俺爹那把檀香木椅子上。豹子斜著眼睛看俺，那眼神是俺熟悉的。俺知道了黑豹子就是俺爹的本相。豹子張開大口，煞著鬍子對俺說：「兒子，你現在知道了吧？你爹是大清朝的首席劊子手，受到過當今皇太后的嘉獎，咱家這門手藝，不能失傳啊！」

俺感到心驚肉跳，天老爺爺，這到底是怎麼一回事？俺娘給俺講過的虎鬚故事裡說，那個闖關東得了虎鬚的人，把虎鬚藏好後，看到的就是人的本相，爹也不是老馬啦，娘也不是老狗了。可俺已經把虎鬚深藏在牆縫裡了，怎麼還是把個親爹看成了一條黑豹子？俺想，一定是看花了眼，要不就是那寶氣兒還沾在手上，繼續地顯靈。老婆是白蛇已經夠俺受的了，再來一頭豹子爹，俺的活路基本上就被堵死了。俺慌忙跑到院子裡，打上一桶新鮮的井水，嘩浪嘩浪地洗手，洗眼，末了還把整個頭扎進水桶裡。今日早晨怪事連連，已經使俺的腦袋大了，俺把它浸到涼水裡，希望它能小一點。

洗罷頭臉重回廳堂，俺看到，紫檀木太師椅子上坐著的還是那頭黑豹子，而不是俺的爹。牠用輕蔑的眼光看著俺，眼睛裡有許多恨鐵不成鋼的意思。牠的毛茸茸的大頭上，扣著一頂紅纓子瓜皮小帽，兩隻長滿了長毛的耳朵在帽子邊上直豎著，顯得十分地警惕。幾十根鐵針一樣的鬍鬚，在牠的寬闊的嘴邊往外煞著。牠伸出帶刺的大舌頭，靈活地舔著腮幫子和鼻子，吧噠，吧噠，然後牠張開大口，打了一個鮮紅的呵欠。牠身上穿著長袍子，袍子外邊套著一件香色馬褂。兩隻生著厚厚肉墊子的大爪子，從肥大的袍袖裡伸出來，顯得那麼古怪、好玩，使俺既想哭又想笑。那兩隻爪子，還十分靈活地捻著一串檀香木珠呢。

俺娘曾經對俺說過，老虎捻佛珠，假充善人。那麼豹子捻佛珠呢？

俺慢慢地往後退著，說實話俺想跑。老婆是大白蛇，爹是黑豹子，這個家顯然是不能住了。牠們兩個，無論哪個犯了野性，都夠俺受的。即便牠們念著往日的情分，捨不得吃俺，但這種提心吊膽的日子，如何過得下去。俺偽裝出一臉的笑容，生怕引起牠們的懷疑。一旦引起牠們的懷疑，俺就逃不脫了。那頭黑豹子，雖然老得不輕，但牠那兩條叉開在太師椅子上的後腿，繃得緊緊的，看上去充滿了彈性，只要牠往地上一蹬，起碼還能躥出一丈遠。牠的牙口雖然老了，可那兩顆鐵耙齒一樣的長牙，輕輕地一小咬，就能斷了俺的咽喉。就算俺使出吃奶的勁兒逃脫了老豹子的追擊，那條大白蛇也不會放過俺。俺娘說過，成了精的蛇，就是半條龍。行起來一溜風響，比駿馬還要快。俺娘說她親眼看到過一條胳膊那樣粗、扁擔那樣長的大蛇在野草中追趕一頭小鹿。小鹿連蹦帶躥，箭一樣快。蛇呢？前半截身子擎起來，所到之處，野草紛紛地向兩邊倒去，還帶著嘩嘩地風響。末了是大蛇一口就把那頭小鹿給吞了。俺老婆有水桶那般粗呢，她的道行比那條吞小鹿的蛇不知道要大多少倍呢。俺即使跑得比野兔子還要快，也比不過她騰雲駕霧。

「小甲，你要到哪裡去？」一個陰沉的聲音在俺的身後響起。俺回頭看到，黑豹子把身體從檀木椅子上欠起來。牠的兩條前腿按著椅子的扶手，兩條後腿緊蹬著青磚地面，目光炯炯地盯著俺。天老爺爺，牠老人家已經擺好了往前躥跳的姿勢，這一下子要是躥出去，最不濟也要到院子中央。小甲，小甲，千萬別慌。俺叮囑著自己，鼓舞著勇氣，嘿嘿地笑著說，爹，俺去把那頭豬拾掇拾掇，豬肉要趁新鮮賣，既壓秤，又好看……豹子冷笑著說：「我的兒子，你就準備著改行吧，同樣是個殺字，殺豬下三濫，殺人上九流。」俺繼續倒退著，說：爹，您說得對，從今以後，俺不殺豬了，俺跟著您學殺人……這時，白蛇猛地把頭揚起來，白花花的脖子上鑲著銅錢般大的鱗片，銀光閃閃，嚇死活人。「咯咯咯咯咯……」一大串母雞下蛋般的笑聲，從她的大嘴裡噴出來。俺聽到她說：「小甲，看清了沒有？你爹是什麼畜生脫生的？是狼？是虎？還是毒蛇？」俺看到她的帶鱗的脖子飛快地往上延長著，她身上的紅褂子綠褲子如彩色的蛇皮往下褪去。她嘴裡黑紅的信子，幾乎就要觸到俺的眼睛了。娘啊，俺驚慌失措，猛地往後一跳——嘭！俺的耳朵裡一聲巨響，眼前金星亂冒——娘啊！俺口吐白沫子昏了過去……事後，俺老婆說俺犯了羊角風，放屁，俺根本就沒有羊角風怎麼可能犯了羊角風？俺分明是讓她嚇得節節後退，後腦勺子撞到了門框，門框上正好有一個大釘子，釘子扎進了俺的頭，把俺活活地痛昏了。

俺聽到好遠好遠的地方，有一個女人在呼喚俺：「小甲……小甲……」這聲音不知是俺娘的，還是俺老婆的。俺感到腦袋痛得要命，想把眼睛睜開，但眼皮子讓膠黏住了，怎麼也睜不開。俺聞到了一股子香氣，緊接著又聞到了一股揉爛了青草的味道，緊接著又是煮熟了豬腸子的臭烘烘的氣味。那個聲音還在執著地叫喚著俺：「小甲啊小甲……」忽然，一股清涼，劈頭蓋臉地澆下來，俺腦袋猛地清醒了。俺睜開眼，先是看到了一片飛舞的五顏六色，彷彿天上的彩虹。緊接著俺就看到了耀眼的陽光，和那張幾乎貼到俺的臉上的粉團般的大臉。那是俺老婆的臉。俺聽到她說：「小甲，你把俺嚇死了啊！」俺感到她的手上全是汗水。她使勁地拉俺，終於拖泥帶水地把俺從地上拉起來。俺晃晃腦袋，問：俺這是在哪裡呢？她回答道：「傻瓜，你還能在哪裡？在家裡。」在家裡，俺痛苦地皺著眉頭，突然地把一切都想了起來。老天爺，俺不要那根虎鬚了，俺不要了。俺要把它扔到火裡燒掉。她冷冷地一笑，把嘴貼近了俺的耳朵，低聲說：「大傻瓜，你以為那真是一根老虎鬚？那是我身上的一根毛！」俺搖搖頭，頭痛，頭痛得厲害，不對，不對，你身上怎麼會有那樣的毛？即便是你身上的毛，可俺拿著它還是看到了你的本相。俺不拿它時還看到了爹的本相。她好奇地問：「那你說，你看到俺是個啥？」俺看著她那張又白又嫩的大臉，看著她的胳膊和腿，望望坐在椅子上人模狗樣的爹，真好比大夢初醒一樣。俺也許做了一個夢，夢見了你是一條蛇，夢見了爹是一匹黑豹子。她古怪地笑著說：「也許我真是一條蛇？我其實就是一條蛇！」她的臉突然地拉長了，眼睛也變綠了。「我要真是一條蛇，」她惡狠狠地說，「我就要鑽到你的肚子裡去！」她的臉越拉越長，眼睛越變越綠，脖子上那些閃閃爍爍的鱗片又出現了。俺急忙摀住眼睛，大叫：你不是，你不是蛇，你是人！

三

這時，俺家的大門被猛烈地推開了。

俺看到剛剛被俺爹蹶走了的那兩個衙役，竟變成了兩個穿衣戴帽的灰狼，手扶著腰刀柄兒，站在大門兩側。俺嚇昏了頭，急忙閉起眼睛，想通過這種方式把自己從夢境中救出來。等俺睜開眼時，看到他們的臉基本上是衙役的臉了，但他們手上生著灰色的長毛，手指彎曲賽過鐵鉤。俺悲哀地知道了，俺老婆身上的毛比那根通靈的虎鬚還要厲害。那根虎鬚也只有你把它緊緊地攥在手裡時它才發揮神力，但俺老婆身上的毛，只要你一沾手，它的魔力就死死地纏上了你，不管你是攥著它還是扔了它，不管是你記著它還是忘了它。

兩個狼衙役推開俺家的大門站在兩側之後，一頂四人大轎已經穩穩地降落在俺家大門前的青石大街上。四個轎夫——他們的本相顯然是驢，長長的耳朵雖然隱藏在高高的筒子帽裡，但那誇張的輪廓依稀可見——用亮晶晶的前蹄扶著轎杆，嘴角掛著白沫，呼哧呼哧地喘著粗氣。看樣子是他們一路奔跑而來，套在蹄子上的靴子，蒙著一層厚厚的塵土。那個姓刁的刑名師爺，人稱刁老夫子的——他的本相是一隻尖嘴的大刺蝟——用粉紅色的前爪，抓起一角轎簾掀開。俺認出了這是錢大老爺的轎子。小奎就是對著這頂轎子吐了一口唾沫，招來了大禍。俺知道，即將從轎子裡鑽出來的就是高密縣令錢丁錢大老爺，當然也是俺老婆的乾爹。照理說俺老婆的乾爹也就是俺的乾爹，俺想跟著俺老婆去拜見乾爹，可是她殺死也不肯答應。說良心話錢大老爺對俺家不薄，他已經免了俺家好幾年的銀子。但他不該為了一口唾沫打折了小奎的腿，小奎是俺的好朋友。小奎說小甲你這個傻子，錢大老爺送給你一頂綠帽子你怎麼不戴上呢？俺回家問俺老婆：老婆老婆，小奎說錢大老爺送給俺一頂綠帽子，是頂啥樣的綠帽子？你咋不給俺看看呢？她罵我：「傻子，小奎是個壞種，不許你再去找他玩兒，如果你再敢去找他，我就不摟著你睏覺啦！」隔了不到三天小奎的腿就讓衙役們打斷了。為了一口唾沫就打斷人家一條腿，您錢大老爺也狠了點，今日您送上門來了，俺倒要看看你是個什麼畜生變過來的。

俺看到，一隻柳斗那樣大的白色虎頭從轎子裡探了出來。天哪，原來錢大老爺是一隻白虎精轉世。怪不得俺娘對俺說，皇帝爺是真龍轉世，大官都是老虎轉世。白老虎頭上戴著藍頂子官帽，身穿紅色官袍，胸前繡著一對白色的怪鳥，說雞不是雞，說鴨不是鴨。他的身體比俺爹的身體魁梧，他是一隻胖老虎，俺爹是一隻瘦豹子。他是白麵團，俺爹是黑焦炭。他下了轎，搖搖晃晃地進了俺家的大門。老虎走路，邁著方步。老刺蝟搶在老虎的前面，跑進了俺家的院子，大聲地通報：「縣台大老爺駕到！」

老虎與俺碰了個照面，對著俺一齜牙，嚇得俺一閉眼。俺聽到他說：「你就是趙小甲吧？」俺急忙蝦腰回答：是，是，小的是趙小甲。

他趁著俺蝦腰的工夫把本相掩飾了大半，只餘著一根尾巴梢子從袍子後邊露出來，拖落在地上，沾上了不少污泥濁水。俺心中暗想：老虎，俺家院子裡的泥水混著豬血狗屎，待會兒非把蒼蠅招到您的尾巴上不可。俺還沒想完呢，那些趴在牆上歇息的蒼蠅們就一哄而起，嗚嗚呀呀地搶過來。牠們不但落在了大老爺的尾巴上，牠們還落在了大老爺的帽子上、袖子上、領子上。大老爺和善地對俺說：「小甲，進去通報一下，就說本縣求見。」

俺說，請大老爺自己進去吧，俺爹咬人呢。

刑名師爺收了他的刺蝟本相，橫眉立目地說：「大膽小甲，敢不聽老爺的招呼！快快進去，把你爹喚出來！」

錢大老爺抬手止住了師爺的怒吼，彎著腰鑽進了俺家的廳堂。俺急忙尾隨在後，想看看虎豹相見那一霎是個什麼情景。俺巴望著他們一見面就成仇敵，嗚嗚地低鳴著，豎起脖子上的毛，眼睛裡放出綠光，齜出雪白的牙。白虎盯著黑豹，黑豹也盯著白虎。白虎繞著黑豹轉圈，黑豹也繞著白虎轉圈；誰也不肯示弱。俺娘說過，大凡野獸對陣，總是要吹鬍子瞪眼齜牙咧嘴使威風，首先在氣勢上壓倒對方。只要有一方怯了，閉了威，垂耳朵夾尾巴，目光低了，勝方胡亂咬幾口也就拉倒了。就怕雙方都硬撐著，誰也不肯閉威，那就免不了一場惡戰。不戰不好看，惡戰才好看。俺盼望著俺爹能與錢大老爺虎豹相爭，互不相讓。俺看到，他們互相繞著轉圈子，越轉越快，越轉越猛，爹轉成一股黑煙，錢大老爺轉成一股白煙，從廳堂轉到庭院，從庭院轉到大街，轉轉轉，轉得俺頭暈眼花，身體轉成陀螺，他們最後轉到了一起，黑裡有了白，滾成了一個蛋；白裡有了黑，擰成了一條繩。他們從院子東滾到了院子西，從院子南滾到了院子北。一會兒滾上房，一會兒滾下井。突然嗚嗷一聲叫，山呼海嘯，兔子交配，終於天定地定。俺看到，一隻白虎，一隻黑豹，相距半丈遠，各自狗坐著，伸出大舌頭，舔著肩上的傷口。這一場虎豹大戰，看得俺眼花撩亂，心花怒放，膽戰心驚，渾身冒汗。但牠們沒分出勝負。在牠們咬成一團時，俺很想幫俺的豹子爹爹一把，但根本就插不上手。

錢大老爺惡狠狠地看著俺爹，臉皮上掛著一絲輕蔑的笑容。俺爹臉皮上掛著輕蔑的笑容，惡狠狠地盯著錢大老爺。俺爹根本就不把這個將小奎打了個半死的知縣看在眼裡，俺爹真豹、真驢、真牛。這兩個人的目光相交，活活就是刀劍交鋒。劈劈啪啪，火星子亂濺。火星子濺到俺臉上，燙起了幾個大燎泡。他們的目光膠著了一會，誰也不肯撤光。俺的心簡直是提到了嗓子眼裡，一張口就會蹦出來，落地就變成野兔子，撅著尾巴跑掉，跑出院子，跑上大街，狗追牠，牠快跑，跑到南坡啃青草。什麼草，酥油草，吃得飽，吃得好，吃多了，長肥膘，再回來，俺的胸膛裡盛不了。俺看到他們的肌肉都緊了，藏在肉掌裡的趾爪都悄悄地張開了。他們隨時都會撲到一起，咬成一個蛋。在這危急的關頭，俺老婆香氣撲鼻地從裡屋走出來。她臉上的笑容是玫瑰花瓣，層層瓣瓣瓣瓣層層地往外擴張著。她的小腰扭啊扭，扭成了一股繩。她的本相在俺的眼前閃爍了一下就隱藏在她的又白又嫩的又香又甜的皮肉裡了。俺老婆裝模作樣地跪在地上，用比蜜還要甜、比醋還要酸的聲音說：「民女孫眉娘叩見縣台大老爺！」

俺老婆這一跪，洩了錢大老爺的底氣。他的目光偏轉，學著傷風的山羊一樣咳嗽：吭吭吭！吭吭！吭吭吭吭吭吭吭！分明是假裝的咳嗽，俺雖然傻，但也能看得出來。他側眼看著俺老婆的臉，不敢正眼看，不敢停留地看，目光螞蚱，跳來跳去，嘭嘭地撞到牆上。他的臉可憐巴巴地抽搐著，不知是害羞，還是是害怕。他連聲不迭地說：「免禮免禮，平身平身。」俺老婆站了起來，說：「聽說大老爺把俺爹抓進了大牢，在洋人那裡討了個大賞，俺準備了黃酒狗肉，正準備給大老爺去賀喜呢！」

錢大老爺乾笑了幾聲，悶了半天才回腔道：「本官食朝廷俸祿，豈敢不盡職盡責？」

俺老婆浪笑一陣，毫不顧忌地上前揪了揪錢大老爺的黑鬍子，捋了捋錢大老爺的粗辮子——俺娘怎麼沒給俺生出一條粗大的辮子呢——又無法無天地走到檀木椅子後邊，揪了揪俺爹的小辮子。她說：「你們倆，一個是俺的乾爹，一個是俺的公爹。乾爹抓了俺的親爹，又要讓俺的公爹去殺俺的親爹。乾爹公爹，俺親爹的命就掌握在你們兩個手裡了！」

俺老婆說完了這些瘋話，就跑到牆角上哇哇地乾嘔起來。俺心痛老婆，羞答答地上前，去給她捶背。俺說老婆，你是不是讓他們給氣病了？她直起腰，眼睛裡汪著淚水，怒沖沖地說：「傻子，你還好意思問我？老娘給你們家懷上了傳宗接代的孽種啦！」

俺老婆嘴裡罵著俺，眼睛卻看著錢大老爺。俺爹的眼睛仰望著屋頂，大概是在尋找那隻經常出現的胖大的壁虎。錢大老爺的屁股很不自在地扭動起來，憋了一肚子稀屎的小男孩就是這個樣子。俺看到汗水從他的頭髮裡流出來。刁師爺上前，打了一個躬，說：「老爺，先辦公事吧，袁大人還在公堂上等著回話呢！」

錢大老爺抬起袍袖沾沾臉上的汗水，捋捋被俺老婆揪亂了的鬍鬚，又學著山羊咳嗽了一陣，然後，青著臉，極不情願地給俺爹做了一個長揖，道：「如果下官沒有認錯，您就是大名鼎鼎的趙甲趙姥姥了。」

俺爹手捧著那串檀香佛珠站起來，驕傲地說：「小民趙甲，因有當今皇太后親自賞賜的檀香佛珠在手，恕小民就不給父母官下跪了。」

說完話，俺爹就把那串看上去比鐵鏈子還要重的檀香木佛珠高高地舉起來，彷彿在期待著什麼。

錢大老爺退後一步，雙腿並攏，理順了馬蹄袖子，一甩，屈膝跪倒，額頭觸地，用哭咧咧的聲音說：「臣高密縣令錢丁敬祝皇太后萬壽無疆！」

錢大老爺敬祝完畢，爬起來，說：「非是下官敢來勞動姥姥玉趾，實是山東巡撫袁大人有請。」

俺爹不理錢大老爺的話茬兒，雙手捻動著佛珠，眼睛望著屋笆上那隻壁虎，說：「縣台大老爺，小民臀下這把檀香木椅子，是當今皇上賞給小民的，按照官場的規矩，應該是見物如見君的！」

錢大老爺的臉色，頓時變得比紫檀木還要深沉。看起來他有滿腔怒火，但又強壓著不敢發作。俺感到爹太那個了一點，讓大老爺對著您下了一次跪，就已經顛倒了乾坤，混淆了官民。怎麼好讓他給您二次下跪呢？爹您見好就收吧。俺娘說過：皇帝爺官大，但遠在天邊；縣太爺官小，但近在眼前。他隨便找個茬子就夠咱爺們喝一壺了。爹，錢大老爺可不是一盞省油的燈。俺已經對您說過了俺的好朋友小奎對著他的轎子吐了一口唾沫就讓他把腿打斷的事了。

錢大老爺眼珠子一轉，冷冷地問：「這把椅子，皇上何時何地坐過？」

俺爹說：「己亥年臘月十八日，在大內仁壽宮，皇太后聽李大總管匯報了俺的事蹟後，開恩破例接見小民。太后賞給了小民一串佛珠，讓小民放下屠刀，立地成佛。然後太后讓俺向皇上討賞。皇上站起來，說，朕沒有什麼東西賞給你，如果你不嫌沉重，就把這把椅子搬走吧。」

錢大老爺陰沉的臉上擠出了一絲冷笑，說：「下官才疏學淺，孤陋寡聞，但多少也念過幾本典籍——古今中外，沒有哪一個皇帝，肯把自己的座位，拱手讓給別人——更別說賞給一個劊子手！趙姥姥，您這謊撒得也忒野了點吧？你的膽子似乎也忒大了點吧？您怎麼不說，皇上把大清的三百年基業、十萬里江山也賞給你了呢？您在刑部操刀多年，按說也應該知道了一些國家的律典，下官請教，這矯傳聖旨，偽指聖物，把謠言造到皇太后和皇帝頭上，按律該治何罪？是凌遲呢還是腰斬？是滅門呢還是夷族？」

俺的個爹，大清早晨沒來由地瞎狂，這不，把禍惹大了不是？嚇得俺丟魂落魄，急忙下跪求饒。俺說錢大老爺俺爹得罪了你，你把他剁了餵狗也是他罪有應得，可俺兩口子沒招您沒惹您，您手下留情，不要滅了俺的門，您要是滅了俺的門，誰給您去送肉送酒？再說，俺老婆剛剛說過她已經懷了孩子，要滅門也得等她生了孩子再滅是不是？

刁師爺搶白道：「趙小甲，你好生糊塗，既然是滅門，就是要斬草除根，殺你家一個人芽兒不剩，難道還會給你留下個兒子傳宗接代？」

俺爹走到俺的跟前，踢了俺一腳，罵道：「滾起來，你這個沒出息的東西！沒事的時候還挺孝順，怎麼一到了緊要關頭，就成了這個窩囊樣子？」罵完俺，爹轉身對著錢大老爺說，「縣台大老爺，您既然懷疑俺造謠蒙世，何不進京問問皇太后與皇上？如果嫌山高路遠，不妨回衙問問袁大人，他老人家應該認識這把椅子。」

俺爹的話棉裡藏針，把錢大老爺給震唬住了。他閉著眼，歎息一聲；睜開眼，道：「罷了，下官見識短淺，讓趙姥姥見笑了！」錢大老爺雙手抱拳，給俺爹做了一個揖，然後，他又一次放下馬蹄袖，苦瓜著臉，甩響馬蹄袖，撲通下了跪，對著那把椅子，叩了一個響頭，大聲吼叫著，罵街一樣：「臣高密縣令錢丁，敬祝吾皇萬歲萬歲萬萬歲！」

俺爹那兩隻捻動著佛珠的小手顫抖不止，掩蓋不住的得意之色從他的眼神裡洩漏出來。

錢大老爺站起來，微笑著說：「趙姥姥，還有沒有御賜的寶貝了？下官跪一次是跪，跪兩次是跪，三次四次還是跪。」

俺爹笑道：「大老爺，怨不得小民，這是朝廷的規矩。」

錢大老爺道：「既然沒了，那麼，就請趙姥姥跟下官走一趟吧，袁大人和克羅德總督還在縣衙恭候呢！」

俺爹道：「敢請大老爺吩咐兩個人把這椅子抬上，俺想讓袁大人辨辨真假。」

錢大老爺猶豫了片刻，然後一揮手，說：「好吧，來人吶！」

那兩個狼變的衙役抬著俺爹的龍椅，尾隨著並膀前進的俺爹和錢大老爺，出了俺家的院門。俺老婆在院子裡哇哇地大嘔，一邊嘔一邊大聲地哭喊：「親爹啊，您好好地活著啊，閨女已經給您懷上外甥了啊！」俺看到，錢大老爺的臉上紅一陣白一陣，很不自在，俺爹的臉上卻越加顯示出驕傲自大的神色。在轎子前面，錢大老爺和俺爹客客氣氣地推讓著，如兩個級別相當的官員，似兩個互敬互愛的朋友。最後，他們誰也沒有上轎，兩個衙役便把那張龍椅往轎子裡塞，塞不進去，只好反扣在轎杆上抬著。俺爹把佛珠放在了轎子裡，從轎子裡抽回身體。轎簾落下，擋住了神聖不可侵犯的東西。俺爹空著兩隻小白手，得意非凡地看著錢大老爺。錢大老爺怪笑一聲，飛快地抬起手，搧過去一巴掌，正中了俺爹的腮幫子，呱唧一聲脆響，摔死一隻癩蛤蟆的聲音。俺爹猝不及防，在大街上轉圈子，剛剛站穩，錢大老爺又給了他一巴掌。這一巴掌力道更狠，把俺爹打得側歪著倒地。俺爹給打懵了，眼神懵懵懂懂地，坐在地上。俺爹一低頭，吐出了一口血，血裡好像還有牙。錢大老爺說：「走！」

轎起轎，飛快地跑。兩個衙役，把俺爹拉起來，每人架著一條胳膊，拖一條死狗那樣。錢大老爺昂首挺胸，走在前頭，很有雄姿，是個剛從母雞身上下來的大公雞。由於不低頭看路，他的腳被磚頭絆了一下，差點摔個狗搶屎，幸好被刁師爺攙住。但在這個手忙腳亂的過程中，錢大老爺頭上的官帽子落了地，急忙撿起來，扣在頭上，扣歪了，扶正。錢大老爺跟著轎子，刁師爺跟著錢大老爺，兩個衙役拖著俺爹，俺爹拖著自己的腿，跟著刁師爺，一群大膽的孩子跟著俺爹的腿，一行十幾個人，磕磕絆絆地朝縣衙方向去了。

俺的眼睛裡冒出了眼淚，心裡後悔剛才沒撲上去跟錢丁拚命。怪不得爹罵俺平時是個孝子，到了危急關頭是塊窩囊廢。俺應該一棍子打斷他的腿，俺應該一刀子捅破他的肚子……俺抄起一把大刀跑出院子，走在大街上，想去追趕錢丁的轎子，但一個好奇心把俺吸引住了。俺跟著一群蒼蠅，找到了俺爹吐出的那團東西。果然是牙，兩顆，都是後槽牙。俺用刀尖撥弄著那兩顆牙玩了一會，心中挺難過，流了兩滴淚。然後俺站起來，對著他們的背影，啐了一口唾沫，高聲地罵：操你的媽——低聲地說：錢丁！

第四章　錢丁恨聲

高密縣酒醉在西花廳，想起了孫家眉娘好面容。（醉肉不醉心吶！）她雙目如水秋波動，紅嘴白牙照眼明。貓腔一曲動余心，黃酒狗肉無限情。有道是大將難過美人關，石榴裙下跪英雄。余與你如魚得水顛鸞鳳，大堂之上敢偷情。（欺負祖宗）可惜那，可惜那好夢不長變故生，東北鄉裡起刀兵。挑頭鬧事老孫丙，他原是個唱戲的美髯公。想當年俺初坐高密縣，他口出狂言不正經。一根紅簽扔下堂，吩咐衙役去抓孫丙。一根鐵鏈鎖到縣，板子打得他屁股青。打完了板子把鬍鬥，大庭廣眾贏美名。那天又見了孫眉娘，好比玉環重降生。眉娘本是孫丙的女，俺與孫丙也沾上了親情……德國鬼子心腸狠，要對孫丙施酷刑。施刑的劊子手名趙甲，他本是眉娘的老公公……

——貓腔《檀香刑・醉調》

一

夫人，請坐，燙酒燒菜的粗活，何勞你親自動手？這話余對你說過了一千遍，可你當成了耳旁風。請坐，夫人，你我夫婦，今日開懷暢飲，一醉方休。不要怕醉酒，不要怕酒後吐真言。漫道這庭院深深，密室隔音，即便在茶寮酒肆，面對著大庭廣眾，余也要暢所欲言，一吐為快。夫人，你是大清重臣之後，生長在鐘鳴鼎食之家，你外祖父曾國藩為挽救大清危局，殫精竭慮，慘澹經營，鞠躬盡瘁，為國盡忠，真可謂挽狂瀾於既倒，做砥柱立中流。沒有你們老曾家，大清朝早就完了，用不了拖到今天。來，夫人，咱們乾了這杯。你不要以為余醉了，余沒醉，余多麼想醉，但酒只能醉余的肉體，醉不了余的靈魂。夫人，不瞞你說，也瞞不了你說，這大清的氣數，已經到了盡頭。太后擅權，皇帝傀儡，雄雞孵卵，雌雞司晨，陰陽顛倒，黑白混淆，小人得志，妖術橫行——這樣的朝廷，不完蛋才是咄咄怪事！夫人，你讓余痛快地說一次吧，否則余就要憋死了！大清朝啊，你這搖搖欲墜的大廈，要倒你就趁早倒了吧，要亡你就痛痛快快地亡了吧！何必這樣不死不活、不陰不陽地硬撐著。夫人，你不要堵余的嘴，不要奪余的酒，你讓余喝個痛快，說個痛快！至尊至貴的皇太后，承天啟運的大皇帝，你們是萬乘之尊啊，竟然不顧身分，堂而皇之地召見一個劊子手。劊子手是什麼？是連下九流都入不了的人渣！余等這些為臣的，宵衣旰食，勤謹辦事，但要一睹龍顏，也如同石破天驚。可一個豬狗不如的東西，竟然得到了你們的隆重召見。太后賜珠，皇帝賞椅，就差給他加官晉爵、封妻蔭子了。夫人，你外祖父國藩公運籌幃幄，指揮三軍，南征北戰，汗馬勞頓，皇上也沒賞他一把龍椅是不是？你外叔祖國荃公親冒矢石，衝鋒陷陣，浴血奮戰，九死一生，太后也沒賞他一串佛珠是不是？可他們卻把龍椅和佛珠賞給了一個豬狗不如的劊子手！這畜生依仗著皇上和太后的賞賜，妄自做大，硬逼著余給那把椅子和那串佛珠——也是給他——行了三跪九叩的大禮，是可忍孰不可忍也！余雖然官微人輕，但也是堂堂正正的兩榜進士，正五品的國家官員，受此奇恥大辱，怎不讓余怒火填膺！你還說什麼「小不忍則亂大謀」，事到如今，還有什麼大謀可言？街上謠言紛紛，說八國聯軍已經兵臨城下，皇太后和皇帝不日即將棄都西逃，大清王朝，已經危在旦夕。在這樣的時刻，余還忍什麼？！余不忍啦！余要睚眥必報！夫人，那畜生把龍椅和佛珠剛剛放進轎子，余就對準了他那張瘦巴巴的狗臉，狠狠地抽了兩個耳光！痛快！每一個耳光都是十分地響亮。那畜生一低頭，吐出了兩顆染血的狗牙。余的手，至今還隱隱作痛。痛快啊！請給余斟酒，夫人。

那畜生，被余兩巴掌打得威風掃地，宛如一條夾著尾巴的癩皮狗。但余看得出來，他心裡不服氣，他心裡很不服氣吶，那兩隻深陷在眼眶裡的、幾乎沒有眼白的眼睛，閃爍著碧綠的光芒，如兩團燃燒的鬼火。但這畜生，的確不是個鬆包軟蛋，在儀門之外，余問他：趙姥姥，感覺怎麼樣啊？你猜他說什麼？這畜生，竟然嘻嘻一笑，說：「大老爺打得好，有朝一日，俺會報答您的。」余說，沒有你要的那個「有朝一日」，余吞金，懸梁，服毒，自刎，也不會落到你的手裡！他說：「只怕到了那時候就由不得大老爺了！」他還說，「大老爺，這樣的例子很多。」

是的，夫人，你說得很對，打了他，玷污了余的手。余堂堂知縣，朝廷命官，犯不著跟這種小人鬥氣，他是個什麼東西？豬？豬也比他富態；狗？狗也比他高貴。但余有什麼法子？袁大人指名要去請他，官大一級壓死人，余只能派人去請，派人去請請不來，余只好親自出馬。看得出來，在袁大人眼裡，余這個高密知縣，還不如一個劊子手值錢。

在大堂外邊，余一把抓住了那畜生的手——那畜生的手熱如火炭，柔如麵團，果然是與眾不同——余想把他拉進大堂，裝出一副親熱模樣，讓這畜生有苦難言。但這畜生輕輕一掙就脫出了他的手。他望著余詭祕一笑，不知道肚子裡又在醞釀什麼詭計。他鑽進轎去，將那串佛珠套在脖子上，將那把沉重的檀香木椅子，四腿朝天頂在頭上。這個似乎弱不禁風的狗東西，竟然能頂得起那把沉重的木椅子。這畜生頂著他的護身符晃晃蕩蕩地進了大堂。余頗為尷尬地跟隨在他的後邊。余看到大堂之上與膠澳總督克羅德並肩而坐的袁世凱大人滿面驚詫。克羅德那個雜種擠眉弄眼一臉怪相。

那畜生頂著椅子跪在大堂正中，朗聲道：「原刑部大堂劊子手蒙皇太后恩准退休還鄉養老小民趙甲叩見大人！」

袁大人慌忙站起來，離座，腆著福肚，小跑步下堂，到了那畜生面前，伸手去搬那沉重的木椅子。那椅子太重了，袁大人搬不起來。余一看不好，急忙向前，幫袁大人將那把椅子從那畜生頭上抬下，並小心翼翼地翻轉過來，安放在大堂正中。袁大人抖袍甩袖，雙手去冠，跪地磕頭，道：「臣山東巡撫袁世凱敬祝皇上皇太后萬壽無疆！」余感到如雷擊頂，木在一邊。待袁大人行禮完畢，才猛然覺悟，自己已經犯下了冒犯天威的大罪。於是倉皇跪下，對著那畜生和他的椅子佛珠，再行那三跪九叩大禮。大堂上的冷磚頭，碰得余額頭上鼓起了腫包。余對著椅子磕頭時，克羅德那雜種，與身邊的翻譯交頭接耳，那張瘦長的羊臉上，掛著輕蔑的笑容。大清朝啊，你的本事就是作踐自己的官員，而對那些洋人，卻是一味地迎合。克羅德這個雜種與余屢屢摩擦，估計他在袁大人面前，不會說余一句好話，聽天由命吧，雜種們，但不管怎麼說，孫丙是余幫你們抓起來的。

那畜生跪在地上還不肯起來，袁大人親自拉他他還是不起來。余知道壞事來了，這個畜生要報那兩個耳光之仇啦。果然，他從脖子上摘下那串佛珠，雙手托著，說：「請大人與小民做主！」

袁大人哼了一聲，盯了余一眼，道：「請講吧！」

那畜生說：「錢大老爺說小人撒謊造謠。」

袁大人問：「他說你撒的什麼謊，造的什麼謠？」

「他說這龍椅和佛珠是民間尋常之物，他說小人是欺世盜名！」

袁大人瞪余一眼，道：「孤陋寡聞！」

余辯解道：「大人，卑職以為，禮不下庶民，刑不上大夫，皇上皇太后萬乘之尊，怎麼會召見一個劊子手，並且還賞賜了這些貴重物品，因此卑職心存疑惑。」

袁大人道：「爾見識短淺，食古不化。當今皇上皇太后，順應潮流，勵精圖治。愛民如子，體恤下情。猶如陽光，普照萬物。大樹小草，均沾光澤。爾心胸偏狹，小肚雞腸。墨守成規，少見多怪。」

那畜生又道：「錢大老爺還打落了小民兩顆牙齒。」

袁大人拍案而起，怒道：「趙姥姥是刑部大堂獄押司的三朝元老，為國家執刑多年，技藝精湛，貢獻殊多，連皇上皇太后都褒獎有加，爾一個小小縣令，竟敢打落他的牙齒，你的心中還有皇上皇太后嗎？」

余渾身麻木，如被電擊，冷汗涔涔，浸透衣衫，雙膝一軟，跪倒在地，磕頭求饒：「卑職鼠目寸光，器量狹小，得罪姥姥，冒犯天威，罪該萬死，還望大人饒恕！」

袁大人沉吟半晌，道：「爾目無朝廷，辱打子民，本當嚴懲，但念你協助克羅德總督，生擒了匪首孫丙，功勞不小，就將功折罪了吧！」

余磕頭不止，道：「謝大人恩典……」

袁大人道：「俗言說，『打人不打臉，揭人不揭短』，你平白無辜，打落人家兩顆牙齒，就這樣饒了你，只怕趙姥姥不服——這樣吧，你給趙姥姥磕兩個頭，然後再拿出二十兩銀子，給趙姥姥補牙。」

夫人，你現在知道了，余今天受到了多麼深重的侮辱。人在矮簷下，焉能不低頭？余將心一橫，撲地跪倒，心肺欲裂，雙眼沁血，給那畜生磕了兩個頭……

那個畜生，笑咪咪地接受了余的大禮，竟然恬不知恥地說：「錢大老爺，小民家貧如洗，等米下鍋，那二十兩銀子，還望大人盡快交割。」

他的話，竟逗得袁大人哈哈大笑。袁世凱，袁大人，你這個混蛋，竟然當著洋人的面，與一個劊子手聯手侮辱下屬。余是皇皇兩榜進士，堂堂朝廷命官，袁大人，你這樣侮辱斯文，難道不怕傷了天下官員的心？看起來你們聯手侮辱的只是一個小小的高密縣令，實際上你們侮辱的是大清朝的尊嚴。那個黃臉的翻譯，早將堂上堂下的對話，翻給了克羅德，那個殺人不眨眼的傢伙，笑得比袁大人還要響亮。夫人啊，你丈夫今天被人當猴兒耍了。奇恥大辱啊奇恥大辱！夫人，你讓余喝吧，你讓余醉死去休。袁大人啊，您難道不知道「士可殺而不可辱」的道理嗎？夫人放心，余不會自殺。余的這條性命，遲早是要殉給這大清朝的，但現在還不是時候。

那畜生得到了袁大人的默許，坐在那張紫檀木椅子上，得意洋洋。余站立堂側，如一個皂班衙役。余的心中倒海翻江，一股股熱血直衝頭腦。余感到兩耳轟鳴，雙手發脹，恨不得撲上去扼住那畜生的咽喉。但是余不敢，余知道自己是個孱頭。余縮著脖子，聳著肩膀，努力地擠出一臉笑容。余是一個沒臉沒皮沒羞沒臊的小丑啊，夫人！為夫的忍耐力，算得上是天下第一了啊，夫人！

袁大人問那畜生：「趙姥姥，天津一別，倏忽已近年了吧？」

「八個月，大人。」那畜生道。

袁大人說：「知道為什麼請你來嗎？」

那畜生道：「小民不知道，大人。」

袁大人道：「你知道皇太后為什麼召見你嗎？」

那畜生道：「小民聽李大總管說，是袁大人在太后面前說了小人的好話。」

「咱們倆真是有緣分哪！」袁大人說。

「小人沒齒不忘大人的恩德。」那畜生起身，給袁大人叩了一個頭，然後又坐回到他的椅子上。

袁大人道：「今日請你來，是要你再替本官——當然也是替朝廷——幹一次活兒。」

那畜生說：「不知大人要小的幹什麼活兒？」

袁大人笑道：「你他娘的一個劊子手還會幹什麼活兒？」

那畜生道：「不瞞大人說，小的在天津執刑之後，手腕子就得了病，已經拿不動刀子了。」

袁大人冷笑道：「連龍椅都拿得動，怎麼就拿不動把刀子呢？莫不是太后召見了一次，你真的立地成了佛？」

那畜生從龍椅上滑下來，跪在地上，道：「大人，小的不敢，小的是豬狗一樣的東西，永遠也成不了佛。」

袁大人冷笑道：「你要能成了佛，連烏龜王八也就成了佛！」

那畜生道：「大人說得對。」

袁大人道：「知道孫丙造反的事嗎？」

那畜生道：「小的還鄉之後，一直閉門不出，外邊的事兒一概不知道。」

袁大人道：「聽說孫丙是你的兒女親家？」

那畜生道：「小的在京城當差，幾十年沒有還鄉，這門親事是小人的亡妻操持著辦的。」

袁大人道：「孫丙糾合拳匪，聚眾造反，釀成列國爭端，給皇上和皇太后添了無窮的麻煩，按照大清的律令，他這罪是不是要株連九族啊？」

那畜生道：「小的只管接牌執刑，不通律令。」

袁大人道：「按律你也在九族之內。」

那畜生道：「小的還鄉半年，的確連孫丙的面都沒見過。」

袁大人道：「人心似鐵，官法如爐。自去歲以來，拳匪騷亂，仇教滅洋，引起國際爭端，釀成彌天大禍，現北京已被列強包圍，形勢萬分危急。孫丙雖然被擒，但其餘黨，還在四鄉蠢蠢欲動。東省民風，向稱剽悍，高密一縣，更是刁蠻。值此國家危難、兵荒馬亂之際，非用重刑，不足以震懾刁民。本官今日請你前來，一是敘敘舊情，二是要你想出一種能夠威懾刁民的刑法來處死孫丙，以儆效尤。」

聽到此處，余看到那畜生的眼睛裡，突然煥發出了熠熠的光彩，輝映著他那張刀條瘦臉，宛如一塊出爐的鋼鐵。他那兩隻怪誕的小手，宛如兩隻小獸，伏在膝蓋上索索地顫抖。余知道這個畜生絕不是因為膽怯而顫抖，人世間大概不會有什麼事情能讓一個殺人逾千的劊子手膽怯的了。余知道這畜生是因為興奮而手抖，猶如狼見了肉而顫抖。他明明目露凶光，卻口吐恭順謙卑之詞，這畜生，雖然是一個粗鄙不文的劊子手，但似乎諳熟了大清官場的全部智慧。他藏愚守拙，他欲擒故縱，他避實就虛，他假裝糊塗，他低著頭說：「大人，小的是個粗人，只知道按照上司量定的刑罰做活……」

袁大人哈哈大笑，笑罷，滿面慈祥地說：「趙姥姥，大概是礙著親家的面子，不願拿出絕活吧？」

那畜生真是精怪到家，他聽出了袁大人戲言後的惡語，看破了袁大人笑面後的煞相，他從龍椅上跳下來，跪在地上，說：「小的不敢，小的已經告老還鄉，實在不敢搶縣裡同行的飯碗……」

「原來你顧慮這個，」袁大人說，「能者多勞嘛。」

那畜生道：「既然袁大人這麼器重小人，小人也就不怕獻醜了。」

袁大人道：「你說吧，把那歷朝歷代、官府民間曾經使過的刑罰，一一地道來，說慢點，讓翻譯翻給洋人聽。」

那畜生道：「小的聽俺的師傅說，本朝律令允許施行的刑罰，最慘莫過於凌遲。」

袁大人道：「這是你的拿手好戲嘛，你在天津辦錢雄飛時，用的就是凌遲；凌遲是不錯，但還是死得快了點——」

話到此處，袁大人對著余意味深長地點點頭。夫人，袁大人手眼通天，耳目眾多，不會不知道雄飛是余的胞弟。果然，他笑咪咪地盯著余——他的臉上笑容可掬，可那目光好似蠍鉤蜂刺——彷彿突然憶起似地問：「高密縣，聽說那行刺本官的錢雄飛是你的堂兄弟？」夫人啊，余彷彿焦雷擊頂，冷汗如注，狼狽跪倒，磕頭如搗蒜。夫人，你丈夫這顆頭，今天可是遭了大罪了呀！余心一橫，想，就如那鄉村野語說的，「該死該活朝上」，索性如實道來，免得遮掩心虛。余說，啟稟大人，錢雄飛乃卑職一母同胞，排行第三，因族叔無嗣，將其過繼承祧。袁世凱點點頭，說：「果然是龍生九子，各個不同。你寫給他的那些信本官都看了，到底是兩榜進士，名臣眷屬，寫出來的家信也是議論風發，字正腔圓哪！他寫給你的一封信你卻沒看——一封絕交信，他在信中，把你罵了個狗血淋頭。高密縣，你是個老實人，也是個聰明人，本官一向認為，老實就是聰明。高密縣啊，你頭上那頂帽子，雖然沒長翅膀，可也差點飛了！起來吧！」夫人哪，今日這一天，可真是精采紛呈，險象環生，斟酒吧，夫人，你沒有理由不讓余喝個一醉方休了吧？

夫人，咱們只知道三弟在天津被凌遲處死，但想不到執刑的竟是趙甲這個畜生，果然「不是冤家不聚頭」啊！袁世凱老謀深算，口蜜腹劍，為夫落到他的手裡，只怕是凶多吉少。喝吧，夫人，是福不是禍，是禍躲不過，人生一世，草木一秋，為夫已經豁出去了。

那畜生的目光，賊溜溜地在余的脖子上掃來掃去，他大概開始研究余脖子上的關節，琢磨著該從哪裡下刀了吧。

袁大人不再理余，掉過頭去問趙甲：「凌遲之外，還有啥比較精采的刑罰？」

那畜生道：「大人，除了凌遲，本朝刑罰中最慘的，莫過於腰斬了。」

袁大人問：「你執過這刑嗎？」

那畜生道：「算是執過一次。」

袁大人道：「你慢慢說給克羅德總督聽。」

二

那畜生說：「大人，咸豐七年，小的十七歲時，在刑部獄押司劊子班當『外甥』，跟著當時的姥姥，小的的師傅，打下手當學徒。姥姥幹活時，小的在旁邊伺候著，用心地揣摩著師傅的一招一式。那天，被判腰斬的是一個皇家銀庫的庫丁。這小子身高馬大，大嘴張開能塞進去一個拳頭。大人，這些庫丁，都是盜銀子的專家。他們進庫時，要脫得一絲不掛，出庫時自然也是一絲不掛，但就是這樣，也擋不住他們盜銀子。大人，您猜他們把銀子藏在什麼地方？他們把銀子藏進谷道裡。」黃臉翻譯問：「何為谷道？」袁大人白他一眼，說：「肛門！你簡短節說！」那畜生道：「是，大人，小的簡短節說。有清一朝，庫銀年年虧空，不知冤死了多少庫官，但誰也想不到是庫丁在搗鬼。行行有行行的規矩，一家有一家的門道。那些庫丁，雖然工食銀菲薄，但個個家裡都建起豪宅大院，養著嬌妻美妾，他們發家致富，全憑著一條谷道。要說那谷道也是個嬌嫩地方，揉不進沙子去，但庫丁們卻能尾進去一錠五十兩的大元寶。原來這些傢伙，每日在家裡，都用檀香木棒槌擴肛。那棒槌形同驢生，在香油裡浸泡多年，紫裡透紅，光滑無比，分大、中、小三號，先小，後中，再大，日日擴，夜夜擴，把個谷道，擴得寬敞無比，為盜竊庫銀，準備好了家什。那天，也是該當出事，那個大嘴庫丁，竟往谷道裡尾進去三錠元寶。出庫查驗時，他齜牙咧嘴，邁步艱難，宛若頭上頂著一碗水，腚裡夾著一泡屎。庫官心中好生疑惑，對準庫丁的屁股踹了一腳。這一踹不打緊，那庫丁的腿一鬆，一錠大銀，從屁眼裡掉出來。庫官目瞪口呆，緊接著又連踹了幾腳，又有兩錠大銀從庫丁的屁眼裡掉出來。庫官大罵：『雜種，你一個屁眼，夾了老子三年的俸祿！』從此之後，人們才知道了庫丁發財的門道。現在的庫丁，出庫時都要用探針探肛。事情匯報上去，咸豐爺爺龍顏大怒，降旨把那些庫丁全部處死，家產全部充公。為了處死庫丁，專門讓余姥姥設計了一種刑罰——用燒紅的鐵棍捅進谷道，活活地燙死。只餘下這個大嘴庫丁，判處腰斬，公開執行，也算是對社會有了個交代。

「執刑那天，菜市口刑場人山人海，百姓們看砍頭看膩了，換個樣子就覺得新鮮。那天，監刑官是刑部侍郎許大人，還有大理寺正卿桑大人，格外地隆重。為了執刑，劊子班半夜沒睡，姥姥親自動手磨那柄宣花大斧，小姨剛剛病死，大姨和二姨準備木墩子繩索什麼的。原來俺以為腰斬用刀，姥姥卻說，從祖師爺那時候，腰斬就用斧頭。但臨行時，為了防止意外，姥姥還是讓俺帶上了那把大刀。

「把庫丁押上了執刑台，這小子，斷魂酒喝多了，耍起了酒瘋，紅著眼，嘴裡噴著白沫子，整個一頭瘋牛。那兩扇大膀子，一晃就有千百斤力氣。大姨二姨兩個人都制不住他。他一鬧，看客們就喝采；看客越喝采，這小子就越瘋。好不容易才把他按倒在木墩子上。大姨在前按著他的頭，二姨在後按著他的腿。他一點都不老實，胳膊打連枷，胡掄；雙腿馬蹄子，亂踢；腰桿子如蛇擰來擰去；背拱上拱下，成了一條造橋蟲。監斬官有點煩，不等俺們把那傢伙收拾服帖，就匆忙下達了執刑的命令。姥姥掄起宣花大斧，高高過頂猛地往下劈去。嗖，一道白光一陣風。姥姥舉起大斧時，看客們全都鴉雀無聲；姥姥斧頭落下時，人群裡一陣歡呼。俺聽到『噗嗤』一聲響，看到一股紅的濺起來。大姨和二姨的臉都被熱血蒙了。這一斧沒把庫丁砍成兩段，活兒不利索。姥姥大斧落下去那一霎，庫丁的腰桿子扭到了一邊，結果只砍破了他的半邊肚子。他的慘叫壓住了看客的歡呼。那些腸子，『哧溜哧溜』地竄出來，把個大木墩子蓋住了。姥姥欲要補斧，但適才那一斧用力過猛，已將斧頭深深地砍進木墩子裡。姥姥急忙往外抽斧，無奈斧柄上沾滿了血污，把根斧柄弄得如一條大泥鰍，抓一把滑溜溜，根本使不上勁。看客嗷嗷地喝起倒采來。庫丁四肢揮舞，怪叫聲驚天動地。俺看到這種情景，心急智生，不待姥姥吩咐，趨前一步，雙手掄起大刀，接著姥姥劈開的缺口，一咬牙，一閉眼，一刀下去，就把庫丁斬成了兩段。這時，姥姥回過神來，轉身對著監刑官大喊：『執刑完畢，請大人驗刑！』大人們都面色蒼白，呆若木雞。大姨和二姨鬆開了血手，蒙頭轉向地站起來。那庫丁的後半截身體，在那裡抽搐著，沒有什麼大動作。可他那前半截身體，可就了不得了。大人，沒親眼看到的聽說了也不會相信，親眼看到了也有點不相信自己的眼睛，懷疑自己是不是在做噩夢。那傢伙八成是一隻蜻蜓轉世，去掉了後半截還能飛舞。就看到他用雙臂撐著地，硬是把半截身體立了起來，在台子上亂蹦噠。那些血，那些腸子，把俺們的腳浸濕了，纏住了。那人的臉就像金箔一樣，黃得耀眼。那個大嘴如一條在浪上打滾的小舢板，吼著，聽不明白在吼啥，血沫子噗噗地噴出來。最奇的是那條辮子，竟然如蝎子的尾巴一樣，鉤鉤鉤地就翹起來了。在腦後挺了一會兒，然後就疲疲塌塌地垂下來了。這時，台下的看客都噤了聲，膽大地還直著眼睛看，膽小的把眼睛摀起來。還有一些嗓子淺的，捏著喉嚨哇哇地吐。監斬的大人們都騎著馬跑了。我們師徒四個，木偶在台上，大眼小眼，瞪著那半截庫丁，在眼前大顯神通。他折騰了足有吃袋菸的工夫，才很不情願地前撲，倒地後嘴裡還哼哼唧唧，你摀著眼睛，光聽聲兒，還以為是小孩子鬧奶吃呢。」

三

那畜生繪聲繪色地講完了腰斬刑，啞口無了言，嘴角上掛著兩朵白沫，眼珠子骨碌碌地轉著，觀察著袁大人和克羅德的臉色。余的眼前，晃動著那半截庫丁的可怕形象，耳朵裡響著一陣陣地尖叫。袁大人聽得津津有味，瞇著眼不吭聲。克羅德側耳聽著翻譯的嘰哩咕嚕，一會兒歪頭看袁，一會兒歪頭看趙。他的動作和神情，讓余想起了一隻蹲在岩石上的老鷹。

袁大人終於說話了：「總督閣下，依下官的看法，就用腰斬刑吧。」

翻譯低聲把袁大人的話翻過去。克羅德咕嚕了幾句鬼子話，翻譯道：「總督想知道，腰斬後，罪犯還能活多久？」

袁大人對著那畜生揚起下巴，示意他回答。

他說：「大概能活抽袋菸的工夫，不過也不確定，有的當時就死，好比砍斷了一節木頭。」克羅德對著翻譯咕嚕了一陣。

翻譯道：「總督說，腰斬不好，讓犯人死得太快，起不到震懾刁民的作用。他希望能有一種奇特而殘酷的刑罰，讓犯人極端痛苦但又短時間死不了。總督說他希望執刑後，還能讓犯人活五天，最好能活到八月二十日，青島至高密段鐵路通車典禮。」

袁大人道：「你用心想想，有沒有這樣的好法子？」

那畜生搖搖頭，說：「把犯人吊五天，什麼刑也不用，也就吊死了。」

克羅德對著翻譯又咕嚕了一陣，翻譯道：「總督說，中國什麼都落後，但是刑罰是最先進的，中國人在這方面有特別的天才。讓人忍受了最大的痛苦才死去，這是中國的藝術，是中國政治的精髓……」

「放屁，」余聽到袁大人低聲說，但他馬上就用高聲大嗓把前面的罵聲遮掩了，他不耐煩地對著那畜生說，「你好生想想看，」然後他又對克羅德說，「總督閣下，如果貴國有這樣的好刑罰不妨也介紹給他，這事兒比造火車好學。」

翻譯把袁大人的話對克羅德翻了。克羅德皺著眉頭冥思苦想；那畜生垂著頭，肯定也在挖空心思。

克羅德突然興奮起來，對著翻譯咕嚕。

翻譯說：「總督閣下說，歐洲有一種椿刑，把人釘在木椿上，可以很久不死。」

那畜生的眼睛突然變得極亮，神采飛揚地說：「大人，小的想起來了。早年間小的聽師傅說過，他的師傅的師傅，在雍正年間，曾經給一個在皇陵附近拉屎的人施過檀香刑。」

袁大人問：「什麼檀香刑？」

畜生說：「小的師傅說得比較含糊，好像是用一根檀香木橛子，從那人的谷道釘進去，從脖子後邊鑽出來，然後把那人綁在樹上。」

袁大人冷笑著說：「真是英雄所見略同啊！那人活了幾天？」

畜生說：「大概是活了三天，也許是四天。」

袁大人讓翻譯趕快把話翻給克羅德。克羅德聽得眉飛色舞，用結結巴巴的中國話說：「好，好，檀香刑，好！」

袁大人說：「既然克總督也說好，那就這樣定了給孫丙上檀香刑，但你們必須讓他活五天。今日是八月十三，明天準備一天，後天，八月十五，開始執刑。」

那畜生突然跪在了地上，說：「大人，小的年紀大了，手腳已經不太靈便，幹這樣的大活，必須有一個幫手。」

袁大人看著余說：「讓高密縣南牢的劊子手給你打下手。」

那畜生道：「大人，小的不想讓縣裡的同行插手。」

袁大人笑道：「你怕他們搶了你的功勞？」

那畜生道：「求大人恩准，讓小的的兒子給俺做副手。」

袁大人問：「你兒子是幹什麼的？」

那畜生道：「殺豬屠狗。」

袁大人笑道：「倒也算個內行！好啊，打仗要靠親兄弟，上陣還是父子兵，本撫准了。」那畜生跪著還不起來。

袁大人問：「你還有什麼要說的？」

畜生道：「大人，小的想過了，要實施這檀香刑，需要搭起一座兩丈高的木頭高台，高台上豎起一根粗大的立柱，柱上還要釘一根橫木。還要在高台的一側用板子鋪上漫道，好讓執刑人上下。」

袁大人說：「你回去畫出樣子來，讓高密縣照著樣子去辦。」

畜生道：「還需要上好的紫檀木兩根，削刮成寶劍的樣子，這活兒要小的親自來做。」

袁大人說：「讓高密縣幫你去辦。」

畜生道：「要精煉香油二百斤。」

袁大人笑道：「你是不是要把孫丙炸熟了下酒？」

畜生道：「大人，那檀木橛子削好後，要放在香油裡煮起碼一天一夜，這樣才能保證釘時滑暢，釘進去不吸血。」

「一切都讓高密縣幫你去辦，」袁大人道，「還要什麼，你最好一次說完。」

畜生道：「還需要牛皮繩子十根，木榔頭一把，白毛公雞一隻，紅氈帽子兩頂，高腰皮靴兩雙，皂衣兩套，紅綢腰帶兩條，牛耳尖刀兩把，還要白米一百斤，白麵一百斤，雞蛋一百個，豬肉二十斤，牛肉二十斤，上等人參半斤，藥罐子一個，劈柴三百斤，水桶兩個，水缸一口，大鍋一口，小鍋一口。」

袁大人道：「你要人參幹什麼？」

畜生道：「大人聽小的說，犯人施刑後，肚腸並沒有受傷，但血在不斷地流，為了讓他多活時日，必須每天給他灌參湯。要不，小的也不敢保證他受刑之後還能活五天。」

袁大人道：「灌了參湯，你就能保證他受刑之後還能活五天嗎？」

「小的保證！」畜生堅決地說。

袁大人道：「高密縣，你去幫他列出一張清單，趕快讓人去置辦，不得延誤！」

畜生還跪著。

袁大人道：「你起來吧！」

畜生跪著，只管磕頭。

袁大人說：「行了，別磕你那顆狗頭了！好好聽著，你要是圓滿地執了檀香刑，本撫賞給你父子二人白銀一百兩。可萬一出了差錯，本撫就把你父子二人用檀木橛子串起來，掛在柱子上曬成人乾！」

那畜生磕了一個響頭，說：「謝大人！」

袁大人說：「高密縣，你也一樣！」

余答道：「卑職一定盡心辦理，不遺餘力。」

袁大人起身離開座位，與克羅德相伴著往堂下走去。剛走了幾步，他又回過頭來，彷彿突然想起似的，漫不經心地問：「高密縣，聽說你把劉裴村的公子從四川帶到了任上？」

「是的，大人，」余毫不含糊地說，「四川富順，正是劉裴村年兄的故鄉。余在富順為令期間，劉夫人舉家扶柩返還故鄉。為了表示同年之誼，余曾去劉家弔唁，並贈送了賻儀十兩。不久，劉夫人因哀傷過度，駕鶴西去，臨終時將劉樸託付給余。余見他為人機警，辦事謹慎，就將他安排在縣衙做公。」

「高密縣啊，你是一個坦率的人，一個正派的人，一個不趨炎附勢的人，一個有情有義的人，」袁大人高深莫測地說，「但也是一個不識時務的人。」

余將頭顱伏在地上，說：「卑職感謝大人教誨！」

「趙甲啊，」袁大人說，「你可是那劉樸的殺父仇人哪！」

那畜生伶牙俐齒地說：「小的執行的是皇太后的懿旨。」

四

夫人，你為什麼不給余斟酒了？斟滿，斟滿。來，你也乾了這杯。你的臉色蒼白，你哭了？夫人，莫哭，余已經打定了主意，絕不能讓那畜生把一百兩銀子拿到手，絕不能讓克羅德那個雜種的陰謀得逞。余也絕不能讓袁世凱如願。姓袁的千刀萬剮了余的胞弟，慘！慘！慘啊！袁世凱口蜜腹劍，笑裡藏刀，他不會輕易地饒過余的。收拾了孫丙，他就會收拾為夫了。夫人，橫豎是一個死，不如死得痛快。在這樣的時候，活著就是狗，死了才是人。夫人，咱們夫妻十幾年，雖然至今還沒熬下一男半女，但也是齊眉舉案，夫唱婦隨。明天一早，你就回湖南去吧，車子余已經準備好了。余家中還有十畝水田，五間草屋，歷年積攢的銀子大概有三百兩，夠你粗衣淡飯過一輩子了。你走之後，余就無牽無掛了。夫人啊，你莫哭，你哭余心痛。生在這亂世，為官為民都不易，亂世人不如太平犬。夫人，你還鄉之後，把二弟的兒子過繼過來一個，讓他替你養老送終。余已經把信寫好了，他們不會不答應。鳥之將死，其鳴也哀；人之將死，其言也善。夫人，你千萬別這樣說，你如果也死了，誰為余燒化紙錢？你也不能待在這裡，你在這裡，余就下不了決心。

夫人，余有一件對不起你的事，早就想對你說，其實余不說你也知道了。余與孫丙的女兒、也就是趙甲的兒媳孫眉娘相好已經三年，她的肚子裡，已經懷上了余的孩子。夫人，看在我們夫妻十幾年的分上，等她生產後，如果是個男孩，你就想法把他弄到湖南去，如果是個女孩，就罷休。這是余最後的囑託，夫人，請受錢丁一拜！

豬肚部

第五章　鬥鬚

一

新任高密知縣錢丁，下巴上垂掛著一部瀑布似的美麗鬍鬚。他到任後第一次升堂點視，就用這部美髯，給了堂下那些精奸似鬼的六房典吏、如狼似虎的三班衙役一個下馬威。他的前任，是一個尖嘴猴腮、下巴上可憐地生著幾十根老鼠鬍鬚的捐班。此人不學無術，只知撈錢，坐在大堂上，恰似一個抓耳撓腮的猢猻。前任用自己的猥瑣相貌和寡廉鮮恥的品德，為繼任的錢丁，打下了一個良好的心理基礎。堂下的胥吏們看到端坐在大堂上的新任知縣老爺的堂堂儀表，都有耳目一新之感。錢丁坐在大堂上，也親切地感受到了堂下那些表示友好的目光。

他是光緒癸未科進士，與後來名滿天下的戊戌六君子之一的劉光第同榜。劉是二甲三十七名，他是二甲三十八名。及第後，在京城蹲了兩年冷衙門，然後通關節放了外任。他已經坐了兩任知縣，一在廣東雷白，一在四川富順，而四川富順正是劉光第的故鄉。雷白、富順都是邊遠閉塞之地，窮山惡水，人民困苦，即使想做貪官，也刮不到多少油水。所以這第三任來到交通便利、物產豐富的高密，雖然還是平調，但他自認為是升遷。他志氣昂揚，精神健旺，紅臉膛上煥發著光彩，雙眉如臥蠶，目光如點漆，下巴上的鬍鬚，根根如馬尾，直垂到案桌邊緣。一部好鬍鬚，天然地便帶著五分官相。他的同僚們曾戲言：錢兄，如果能讓老佛爺看您一眼，最次不濟也得放您一個道台。只可惜他至今也得不到讓皇上和皇太后見到自己堂堂儀表的機會。面對著鏡子梳理鬍鬚時他不由地深深歎息：可惜了這張冠冕堂皇的臉，辜負了這部飄飄欲仙的好鬍鬚。

從四川至山東漫長的赴任途中，他曾經在陝西境內黃河邊上的一座小廟裡抽了一次籤，得了一枝上上，大吉大利。籤詩云：鮒魚若得西江水，霹雷一聲上青天。這次抽籤，橫掃了他悒鬱不得志的黯淡心境，對自己的前程充滿了信心和憧憬。到縣之後，儘管風塵僕僕，鞍馬勞頓，還有點傷風感冒，但還是下馬就開始了工作。與前任交接完畢，馬上就升堂接見部屬，發表就職演說。由於心情愉快，優美的詞語便如泉水一樣湧到了嘴邊，滔滔而不斷絕；而他的前任是一個連三句整話也說不出來的笨伯。他的嗓音原本寬厚，富有磁性，感冒引起的輕微鼻塞更增添了他的聲音魅力。他從堂下那些眼神裡，知道了自己的成功演說完畢，他用食指和拇指頗為瀟灑地捋捋鬍鬚，便宣布退堂。宣布完退堂，他用目光掃視堂下，讓每一個人都感到老爺的目光在注視著自己。他的目光讓堂下的人感到高深莫測，如敲警鐘又似嘉勉。然後，他抽身離座，轉身便走，既乾淨，又利索，宛如一陣清新的風。

不久，在宴請鄉賢的筵席上，他的堂堂相貌和美麗鬍鬚，又一次成為了眾人注目的焦點。他的傷風鼻塞早已痊癒，高密縣特產的老黃酒和肥狗肉又十分地對他的脾胃——黃酒舒筋活血，狗肉美容養顏——所以他的容光越加煥發，鬍鬚越加飄逸。他用鏗鏘有力的聲音致了祝酒辭，向在座的各位鄉賢表示了自己要在任內為百姓造福的決心。他的致辭，不時地被鄉賢們的掌聲和歡呼打斷。

致辭結束，熱烈的掌聲持續了足有半炷香的工夫。他高舉著酒杯，向滿座的瓜皮小帽、山羊鬍鬚敬酒。那些人都抖顫顫地站起來，抖顫顫地端起酒杯，抖顫顫地一飲而盡。他特意向鄉賢們介紹了席上的一道菜。那是一顆翠綠的大白菜，生動活潑，看上去沒經一點煙火。鄉賢們看到這道菜，沒有一個人敢下箸，生怕鬧出笑話丟了面子。他對鄉賢們說，這道菜其實已經熟了，菜心裡包著十幾種名貴的佳肴。他用筷子輕輕地點撥了一下，那顆看似完整無缺的白菜便嘭然分開，顯示出了五顏六色的瓤子，高雅的香氣頓時溢滿全室。鄉賢們大多是些土鱉，平日裡吃慣的是大魚大肉，對這種清新如畫的吃法見所未見，聞所未聞。在縣台的鼓勵下，鄉賢們試探著伸出筷子，夾了一點白菜葉子，放在嘴裡品嘗，然後便一個個搖頭晃腦地大加讚賞。前來陪酒的錢穀師爺熊老夫子，不失時機地向鄉賢們介紹了知縣夫人——高密縣百姓的主母——曾國藩曾文正公的外孫女，是她親自下廚，為大家烹製了這道家傳名菜：翡翠白菜。這道菜是曾文正公在北京任禮部侍郎時，與家廚反覆研究、多次實驗而成的傑作。這道菜裡凝聚著一代名臣的智慧。文正公文武全才，做菜也是卓越拔群。錢穀師爺的介紹贏得了更加熱烈的掌聲，幾位上了點年紀的鄉賢眼睛裡溢出淚水，流到千皺百褶的臉上；鼻孔裡流出清涕，掛在柔弱的鬍鬚上。

三杯酒過後，鄉賢們輪番向錢丁敬酒。一邊敬酒，一邊歌誦。那些誦詞人各一套，各有特色，但大家都沒忘了拿著大老爺的鬍鬚說事。有的說：大老爺真乃關雲長再世，伍子胥重生。有的說：大老爺分明是諸葛武侯轉世，托塔天王下凡。錢丁雖然是個有胸次的，但也架不住這群馬屁精輪番吹捧。他有敬必飲，每飲必盡。不自覺中已把端著的官架子丟到腦後。他議論風發，談笑風生，手舞足蹈，得意忘形，充分地顯示了風流本色，真正地與人民群眾打成了一片。

那天，他喝得酩酊大醉，眾鄉賢也醉得橫躺豎臥。這次宴會，轟動了整個的高密縣，成了一個流傳久遠的熱門話題。那顆翠綠的大白菜，更是給傳得神乎其神。說是那顆大白菜上修著一個暗道機關，別人怎麼著都分不開，錢大老爺用筷子一敲白菜根，立刻就如白蓮花盛開，變成了數十個花瓣，每一瓣的尖上，都挑著一顆閃閃發光的珍珠。

很快，人們都知道了新來的知縣老爺是曾文正公的外孫女婿。他相貌堂堂，下巴上生著一部可與關雲長媲美的鬍鬚。知縣不僅是儀表堂堂，而且是兩榜進士，天子門生。才華橫溢，出口成章。豪飲千杯而不醉，醉了也不失風度，猶如玉樹臨風，春山沐雨。知縣夫人是真正的名門閨秀，不但天姿國色，而且賢慧無比。他們的到來，必將給高密縣的人民帶來齊天的洪福。

二

高密東北鄉有一個鬍鬚很好的人，姓孫，名丙，是一個貓腔班子的班主。貓腔是在高密東北鄉發育成長起來的一個劇種，唱腔優美，表演奇特，充滿了神祕色彩，是高密東北鄉人的精神寫照。孫丙是貓腔戲的改革者和繼承者，在行當裡享有崇高威望。他唱鬚生戲，從來不用戴髯口，因為他的鬍鬚比髯口還要瀟灑。也是該當有事——鄉裡財主劉大爺喜得貴孫，大擺筵席。孫丙前去吃喜酒。同席者有一個名叫李武的，是縣衙皂班的衙役。筵席上，李武端著公人架子，坐在首位。他大吹大擂著縣太爺的一切，從言談到舉止，從興趣到嗜好，最後，談話的高潮便在大老爺的鬍鬚上展開。

李武雖然是休假在家，但還穿著全套的公服，只差沒提著那根水火棍子。他指手畫腳，咋咋呼呼，把同坐的老實鄉民，唬得個個目瞪口呆，忘記了吃酒。豎直了耳朵，聽他山呼海嘯；瞪圓了眼睛，看他唾沫橫飛。孫丙走南闖北，也算個見多識廣的人物，如無李武在場，他必然是個中心，但有了與知縣大老爺朝夕相處的李武在，就沒人把他放在眼裡了。他一杯接一杯地喝著悶酒，用白眼和從鼻孔裡發出的嗤呼聲表示著對這個小爪牙的輕蔑。但沒人注意他，李武更如沒看到桌子前還有個他一樣，管自繪聲繪色地講述著大老爺的鬍鬚。

「……常人的鬍鬚，再好也不過千八百根，但大老爺的鬍鬚，你們猜猜有多少根？哈哈，猜不出來吧？諒你們也猜不出來！上個月俺跟著大老爺下鄉去體察民情，與大老爺閒談起來。大老爺問俺，『小李子，猜猜本官有多少根鬍鬚？』俺說，大老爺，俺猜不出來。大老爺說，『諒你也猜不出來！——實話對你說吧，本官的鬍鬚，共有九千九百九十九根！差一根就是一萬！這是夫人替本官數的。』俺問大老爺，這麼多的鬍鬚，如何能數得清楚？大老爺說，『夫人心細如髮，聰明過人，她每數一百根，就用絲線捆紮起來，然後再數。絕對不會出錯的。』俺說，老爺啊，您多生一根，不就湊成一個整數了嘛！老爺道，『小李子，這你就不懂了，世界上的事情，最忌諱的就是個十全十美，你看那天上的月亮，一旦圓滿了，馬上就要虧仄；樹上的果子，一旦熟透了，馬上就要墜落。凡事總要稍留欠缺，才能持恆。九千九百九十九，這是天下最吉祥的數字，也是最大的數字了。為民為臣的，不能想到萬字，這裡邊的奧祕，小李子，你可要用心體會啊！』大老爺一番話，玄機無窮，俺直到如今也是解不開的。後來大老爺又對俺說，『小李子，本官鬍鬚的根數，普天之下，只有三個人知道，這三個人一個是你，一個是我，一個是我的夫人。你可要守口如瓶，這個數字，一旦洩漏出去，那可是後患無窮，甚至會帶來巨大的災難。』」

李武端起酒杯，呷了一口酒，抄起筷子，在菜盤裡挑挑揀揀，嘴裡發出嘖嘖的聲響，分明是在批評菜肴的粗鄙。最後，他夾了一根綠豆芽，用兩隻門牙，吱吱咯咯地嚼著，飽食後無聊地磨牙的老鼠就是這樣子。劉大爺的兒子，就是得了貴子的那位，端著一盤熱氣騰騰的豬頭肉跑過來，特意地把肉盤放在李武面前，用沾滿油膩的手，擦擦額頭上的汗水，抱歉地說：「李大叔，委屈您老人家了，咱莊戶人家，做不出好菜來，您老人家將就著吃點子。」

李武把牙縫裡的綠豆芽呸地一聲啐到地上，然後把手中的筷子，重重地頓在桌子上，用明顯不快但是又寬容友好的口吻說：「劉老大，這就是你的不對了——你以為俺是衝著吃來的嗎？你大叔要是想開葷，隨便到哪家館子裡一坐，用不著開口，那些海參鮑魚、駝蹄熊掌、猴頭燕窩，就會一碗接著一碗地端上來。吃一嘗二眼觀三，那才叫筵席！你家這算什麼？兩碟子半生不熟的綠豆芽，一盤腥騷爛臭的瘟豬肉，一壺不熱不涼的酸黃酒，這也算喜宴？這是打發臭戲子！俺們到你家來，一是給你爹捧捧場，撐撐門面，二是與鄉親們拉拉呱兒。你大叔忙得屁眼裡躥火苗子，抽出這點工夫並不是容易的！」

劉家的老大被李武訓得只有點頭哈腰的份兒，趁著李武咳嗽的機會，逃命般地跑了。

李武道：「劉大爺也算個識字解文的鄉賢，怎麼養出了這樣一個土鱉？」

眾人都訕訕的，不敢應李武的話。孫丙滿心惱怒，伸手就把李武面前那盤豬頭肉拖到了自己的面前，道：「李大公人吃慣了山珍海味，這盤肥豬肉，放在他的面前，不是明擺著讓他起膩嗎？小民滿肚子糠菜，正好用它油油腸子，也好拉屎滑暢！」

說完話，誰也不看，只管把那些四四方方、流著油、掛著醬的大肉，一塊接著一塊地往嘴裡塞去。一邊吃一邊嗚嗚嚕嚕地說：「好東西，好東西，真是他娘的好東西！」

李武惱怒地瞪著孫丙，但孫丙根本就不抬頭。他的怒視得不到回應，只好無趣地撤回。他用眼光巡睃一遍眾人的臉，撇撇嘴，搖搖頭，表示出居高臨下的輕蔑和大人碰上小人的無奈。同桌的人怕鬧出事來，便恭敬地勸酒，李武借坡下驢，乾了一杯酒，用袖子擦擦嘴，揀起因為訓斥劉老大而丟掉的話頭，說：

「各位鄉親，因為咱們都是要好的兄弟爺們，俺才把大老爺鬍鬚的祕密告訴了你們。這就叫做『親不親，故鄉人』，你們聽了這些話，就把它爛在肚子裡拉倒，萬萬不可再去傳播，一旦把這些祕密傳出去，傳回到大老爺的耳朵裡，就等於砸了兄弟的飯碗了。因為這許多的事兒，只有大老爺、夫人和俺知道。拜託，拜託！」

李武雙手抱拳，對著在座的人轉著圈子作揖。人們紛紛回應著：「放心，放心，咱們高密東北鄉，能出現您李大爺這樣的人物，可不是一件容易的事情。左鄰右舍，都眼巴巴地等著跟您沾光呢，怎麼會出去胡言亂語，壞自家人的事情？」

「正因為是自己人，兄弟才敢口無遮攔，」李武又喝了一杯酒，壓低了嗓門，神祕地說，「大老爺常常把兄弟叫到他的簽押房裡陪他說話兒，俺們對面坐著，哥們一樣，一邊喝著黃酒，一邊吃著狗肉，一邊天上地下、古今中外地聊著。大老爺是個淵博的人，世界上的事情沒有他不知道的。喝黃酒吃狗肉，咱大老爺的就是喜好這一口。俺倆聊著聊著就到了後半夜，急得夫人讓丫鬟來敲窗戶。丫鬟說，『老爺，夫人說，時候不早了，該歇著了！』大老爺就說，『梅香，回去對夫人說，讓她先歇了吧，俺跟小李子再拉會呱兒！』所以夫人對俺是有意見的。那天俺到後堂去辦事，正好與夫人碰了面。夫人攔住我說，『好你個小李子，整夜價拉著老爺東扯葫蘆西扯瓢，連俺都疏淡了，你小子該不該挨打？』嚇得俺連聲說：『該打，該打！』」

馬大童生插話道：「李大哥，不知那知縣夫人，是個什麼樣子的容貌，謠言傳說她是個麻臉……」

「放屁！純屬放屁！說這話的，死後該進拔舌地獄！」李武滿面赤紅，懊惱地說，「我說馬大童生，你那腦子裡裝的，是豆漿呢還是稀粥？你也是啟過蒙的，『趙錢孫李，周吳鄭王』，『天地玄黃，宇宙洪荒』，你把書念到哪裡去了?!你也不動動腦子想一想，那知縣夫人，是什麼人家的女兒！那是真正的大家閨秀，掌上明珠。從小兒就奶媽成群、丫鬟成隊地伺候著，她那閨房裡乾淨的，年糕落到地上都沾不起一粒灰塵。在這樣的環境裡，她怎麼可能得上天花這種髒病？她不得天花，怎麼會有麻點？除非是你馬大童生用指甲給掐出來的！」眾人不由地哈哈大笑起來。馬大童生一張乾癟的老臉羞得通紅，自解自嘲地說：「就是就是，她那樣的仙人怎麼會生麻子呢，這謠言實在是可惡！」

李武瞥一眼孫丙面前已經存肉無多的盤子，咽了一口唾沫，說：「錢大老爺跟兄弟我的關係，那真是沒得說。他曾經親口對我說過，『小李子，我們兩個，真是天生的投緣，我也說不出個原因，就是覺著你跟我心連著心，肺貼著肺，腸子通著腸子，胃套著胃——』」

孫丙一聲冷笑，差點把滿嘴的豬肉噴出來。他抻抻脖子嚥下肉，道：「這麼說，錢大老爺吃飽了，你也就不餓了？」

李武怒道：「孫丙，你這是說的什麼話？虧你還是個戲子，成天價搬演著那些帝王將相才子佳人，把些個忠孝仁義唱得響徹雲霄，卻於這做人的道理一竅不通！——滿桌子上就這麼一盤葷菜，你一人獨吞，吃得滿嘴流油，還好意思來撇清扯淡，噴糞嚼蛆！」

孫丙笑道：「您連那些海參燕窩駝蹄熊掌都吃膩了，怎麼還會把一盤肥豬肉放在心上？」

李武道：「你這是以小人之腹，度君子之心！你以為我是為我嗎？我是為這席上的老少爺們打抱不平！」

孫丙笑道：「他們舔你的熱屁就舔飽了，何必吃肉？」

眾人一齊怒了，七嘴八舌地罵起了孫丙。孫丙也不生氣，把盤中的肉一掃而光，又撕了一塊饅頭，將盤中的剩湯擦得乾乾淨淨。然後，打著飽嗝，點上一鍋菸，怡然自得地抽起來。

李武搖頭歎息道：「有爹娘生長，無爹娘教養，真該讓錢大老爺把你拘到縣裡去，劈哩啪啦抽上五十大板！」

馬大童生道：「算了算了，李武兄，古人清談當酒，暢談做肉，您就給我們多講點錢大老爺和衙門裡的事情，就算我們吃了大葷了！」

李武道：「我也沒那好興致了！言而總之一句話，錢大老爺知高密縣，是咱們這些百姓的福氣。錢大老爺宏才大量，區區高密小縣，如何能留得住他？他老人家升遷是遲早的事。別的不說，就憑著他老人家那部神仙鬍鬚，最次不濟也能熬上個巡撫。碰上了好機會，如曾文正公那樣，成為一代名臣、國家棟梁也不是不可能的。」

「錢大老爺成為大員，李武兄也要跟著發達，」馬大童生道，「這就叫做『月明禿頭亮，水漲輪船高』。李武兄，小老兒先敬您一杯，等您發達了，只怕想見您一面也不容易啦！」李武乾了杯，說：「其實，當下人的，千言萬語一句話，就是一個字，『忠』！主人給你個笑臉兒，不要翹尾巴；主人踢你一腳，也不必抱委屈。錢大老爺、曾文正公這些人，要麼是天上的星宿下凡，要麼是龍蛇轉世，跟我們這些草木之人，是大大不一樣的。曾文正公是什麼？是一條巨蟒轉世。都說他老人家有癬疾，睡一覺起來，下人們從他的被窩裡能掃出一小瓢白皮。錢大老爺悄悄地告訴我，哪裡是什麼癬疾？分明是龍蛇蛻皮。錢大老爺是個啥？我告訴你們，可你們千萬別外傳：一天夜裡，俺跟大老爺聊天聊累了，就在那西花廳的炕上抵足而眠。俺忽然覺得身上很沉，夢到一隻老虎把一隻爪子放在俺的身上。俺嚇醒了，睜眼一看，原來是錢大老爺把他的一條腿放在了俺的身上……」

眾人都屏住了呼吸，臉色發白，看著李武的嘴巴。李武往嘴裡倒了一杯酒，說：「我從此才明白，錢大老爺那部鬍鬚，為什麼那樣子繁茂，那是真正的虎鬚！」

孫丙把銅菸鍋中的菸灰，放在桌子腿上磕乾淨，然後又鼓起腮幫子，吹出了菸管中的焦油。他掖好菸鍋，雙手抄起鬍鬚，用了一個舞台上的動作，欻地甩開，十分地美觀大方。然後他抑揚頓挫地、用鬚生道白的腔調說：

「李武小兒，回去轉告你家老爺，就說他那鬍鬚還不如俺褲襠中的雞巴毛兒！」

三

第二天凌晨，孫丙肚子裡的肥豬肉還沒消化完畢，就被四個做公的從被窩子裡掏出來，赤條條地扔到地上。正與孫丙睡在一起的戲班子裡的旦角小桃紅只穿著一件紅肚兜兒，縮在炕角上打哆嗦。慌亂中，公人的腳踢碎了一只尿罐，臊尿遍地流，把孫丙醃成了一個鹹菜疙瘩。他大聲喊叫著：

「弟兄們，弟兄們，有話好說，有話好說嘛！」

兩個公人反擰著他的胳膊將他拖起來。一個公人打火點著了牆洞裡的燈盞。藉著金黃的燈光，他看到了李武的笑臉。他說：

「李武李武，咱們遠日無仇，近日無怨，你為什麼要害我？」

李武趨前兩步，抬手搧了他一個耳光，然後將一口唾沫啐到他的臉上，罵道：

「臭戲子，咱們確實無仇無怨，但你與錢大老爺結下了仇怨。兄弟端著錢大老爺的飯碗，不得不下來抓你，還請你多多包涵！」

孫丙道：「錢大老爺與我有什麼仇怨？」

李武笑道：「老哥，您真是貴人好忘事！昨天你不是親口說，錢大老爺的鬍鬚不如您褲襠裡的雞巴毛兒嗎？」

孫丙翻著眼睛說：「李武，你這是血口噴人！我啥時說過這樣的話？我一不瘋，二不傻，能說這樣的混話嗎？」

李武道：「你不瘋不傻，但是讓肥豬油蒙了心。」

孫丙說：「你乾屎抹不到人身上。」

「好漢做事好漢當嘛！」李武道，「你穿不穿衣裳？不願穿就光著走，願穿就麻溜點。爺們沒工夫跟你一個臭戲子磨牙鬥嘴，錢大老爺正在衙裡等著驗看你的雞巴毛呢！」

四

孫丙被公人們推搡著，踉踉蹌蹌地進入了縣衙大堂。他的腦袋有些發昏，渾身上下，不知有多少處傷痕在發熱作痛。他已經被關在大牢裡三天，身上爬滿了臭蟲和蝨子。三天裡，獄卒們把他拖出來六次，每次都用黑布蒙住他的眼睛，皮鞭、棍棒，雨點般地落在了他的身上，打得他瞎驢一樣胡亂碰壁。三天裡，獄卒只給他喝了一碗濁水，吃了一碗餿飯。他感到飢渴難捱，渾身痛疼，身上的血八成讓臭蟲、蝨子吸光了。他看到那些吸飽了血的小東西在牆上一片片地發著亮，浸過油的蕎麥粒就這樣。他感到自己已經支撐不下去了，再過三天，非死在這裡不可。他後悔自己圖一時痛快說了那句不該說的話。他也後悔去搶那盤肥豬肉。他很想抬起手，抽自己幾個大耳括子，懲罰這張惹是生非的臭嘴。但剛剛抬起胳膊，眼前就一陣金花亂舞。胳膊又痠又硬，如同冰冷的鐵棒。於是那胳膊便又重重地垂下去，牛鞅子般懸掛在肩上。

那天是個陰天，大堂裡點著十幾根粗大的羊油蠟燭。燭火跳躍不定，火苗上飄揚著油煙。羊油被燃燒時散出刺鼻的膻氣。他感到頭暈噁心，胃裡有一股強硬的東西在碰撞著，翻騰著，一股腥臭的液體奪唇而出。他吐在了大堂上，感到很恥辱，甚至有些歉疚。他擦擦嘴巴和鬍子上的髒物，剛想說點什麼表示歉意，就聽到在大堂兩側比較陰暗的地方，突然響起了低沉的、整齊的、訓練有素的「嗚——喂——」之聲。這聲音嚇了他一大跳，一時不知做何應對。這時，押他上堂的公人在他的膕窩處踹了一腳，他便不由自主地跪在了堅硬的石板上。

跪在地上，他感到比站著輕鬆。吐出了胃中濁食，心裡清明了許多。他忽然感到，不應該哭哭啼啼，窩窩囊囊。好漢做事好漢當，砍頭不過一個碗大的疤。看這個陣勢，縣太爺是不會饒過自己的，裝鬆也沒用。橫豎是個死，那還不如死出點子英雄氣概，沒準了二十年後就會被人編成戲文演唱，也算是百世流芳。想到此就覺得一股熱血在血管子裡湧動，衝激得太陽穴嘭嘭直跳。口中的渴，腹中的餓，身上的痛，立馬減輕了許多。眼睛裡有了津液，眼珠子也活泛起來。腦子也靈活了。許許多多他在舞台上扮演過的英雄好漢的悲壯事蹟和慷慨唱詞湧上了他的心頭。「哪怕你狗官施刑杖，咬緊牙關俺能承當」！於是，他挺起胸，抬起頭，在衙役們狐假虎威、持續不斷地嗚喂聲中，在神祕森嚴的氣氛裡。

他抬起頭，首先看到的就是端坐在正大光明匾額下、端坐在輝煌的燭光裡、端坐在沉重笨拙的雞血色雕花公案後邊、赤面長鬚、儼然一尊神像的知縣大老爺。他看到知縣大老爺也正在注目自己。他不得不承認，知縣大老爺確實是儀表堂堂，並非是李武胡說。尤其是知縣胸前那部鬍鬚，的確也是馬尾青絲，根根不俗。他不由地感到慚愧，心裡竟油然地生出了一些對知縣大老爺的親近之情，如同見到了失散多年的同胞兄弟。「兄弟們相逢在公堂之上，想起了當年事熱淚汪汪……」

知縣大老爺一拍驚堂木，清脆的響聲在大堂裡飛濺。孫丙吃了一驚，鬆懈的身體猛然收緊。他看到大老爺威嚴的臉，馬上就如夢初醒，明白了大堂不是戲台子，大老爺不是鬚生，自己也不是花臉。

「堂下跪著的，報上你的名字！」

「小民孫丙。」

「哪裡人氏？」

「東北鄉人。」

「多大歲數？」

「四十五歲。」

「做何營生？」

「戲班班主。」

「知道為何傳你前來？」

「小的酒醉之後，胡言亂語，冒犯了大老爺。」

「你說了什麼胡言亂語？」

「小的不敢再說。」

「但說無妨。」

「小的不敢再說。」

「說來。」

「小的說大老爺的鬍鬚還不如我褲襠裡的雞巴毛。」

大堂的兩側響起了吃吃的竊笑聲。孫丙抬頭看到，大老爺的臉上，突然洩漏了出一絲頑皮的笑容，但這頑笑很快就被虛假的嚴肅遮掩住了。

「大膽孫丙，」大老爺猛拍驚堂木，道：「為什麼要侮辱本官？」

「小的該死……小的聽說大老爺的鬍鬚生得好，心裡不服氣，所以才口出狂言……」

「你想跟本官比比鬍鬚？」

「小的別無所長，但自認為鬍鬚是天下第一。小的扮演《單刀會》裡的關雲長都不用戴髯口。」

「你站起來，讓本官看看你那鬍鬚。」

孫丙站起來，身體搖搖晃晃，如同站在隨波逐流的小舢板上。

大江東去浪千疊，趁西風小舟一葉，才離了九重龍鳳闕，探千丈龍潭虎穴……

觀東吳飄渺渺旌旗繞，恰便似虎入羊群何懼爾曹……

「果然是部好鬍鬚，但未必能勝過本官。」

「小的不服氣。」

「你想跟本官如何比法？」

「小的想跟大老爺用水比。」

「說下去！」

「小的的鬍鬚能夠入水不漂，一插到底！」

「竟然有這等事？」大老爺捋著鬍鬚，沉吟半晌，道，「你要是比輸了呢？」

「要是比輸了，小的的鬍鬚就是大老爺褲襠裡的雞巴毛！」

衙役們憋不住的笑響了堂。大老爺猛拍驚堂木，厲聲喝道：「大膽孫丙，還敢口出穢言！」

「小的該死。」

「孫丙，你辱罵朝廷命官，本當依法嚴懲，但本官念你為人尚屬耿直，於事敢做敢當，故法外施恩，答應與你比賽。你要是贏了，你的罪一筆勾銷。你要是輸了，本官要你自己動手，把鬍子全部拔掉，從此後不准蓄鬚！你願意嗎？」

「小的願意。」

「退堂！」錢大老爺說罷，起身便走，如一股爽朗的風，消逝在大堂屏風之後。

五

鬥鬚的地點，選定在縣衙儀門和大門之間寬闊的跨院裡。錢大老爺不希望把這次活動搞得規模太大，只請了縣城裡頗有聲望的十幾位鄉紳。一是請他們前來觀看，二是請他們來做見證人。但錢大老爺和孫丙鬥鬚的消息已經不脛而走，一大早，前來看熱鬧的百姓就成群結隊地往縣衙前匯集。法初來的人懾於衙門的威風，只是遠遠地觀看，後來人越聚越多，便你推我擁地往縣衙大門逼近。法不責眾，平日裡路過縣衙連頭都不敢抬的民眾，竟然抱成團把幾個堵在門口攔擋的衙役擠到了一邊，然後潮水一樣地湧了進來。頃刻之間，跨院裡就塞滿了看客，而大門之外，還有人源源不斷地擠進來。有一些膽大包天的頑童，攀援著大牆外的樹木，騎上了高高的牆頭。

跨院正中，早用十幾條沉重的楸木板凳，圍出了一個多角的圓圈。知縣老爺請來的鄉紳們，端坐在長凳上，一個個表情嚴肅，宛若肩負著千斤的重擔。坐在長凳上的還有刑名師爺、錢穀師爺、六房書辦。長凳的外邊，衙役們圍成一圈，用脊背抵住擁擠的看客。圓圈正中，並排放著兩個高大的木桶，桶裡貯滿清水。鬥鬚的人還沒登場。人們有些焦急，臉上都出了油汗。幾個泥鰍一樣在人群裡亂鑽的孩子，引起了一陣陣的騷亂。衙役們被擠得立腳不穩，如同被洪水沖激著的彎曲的玉米棵子。他們平日裡張牙舞爪，今日裡都有了一副好心性。老百姓和官府的關係因為這場奇特的比賽變得格外親近。一條長凳被人潮沖翻，一個手捧著水菸袋的高個子鄉紳跳到一邊，愣怔著鬥雞眼打量著人群，神情頗似一個歪頭想事的公雞。一個花白鬍鬚的胖鄉紳豬拱地似地趴在地上，費了大勁才從人腳中爬起來。他一邊擦著綢長衫上的污泥，一邊沙著嗓子罵人，肉嘟嘟的大臉脹成一塊剛剛出爐的燒餅。一個衙役被擠趴在長凳的邊緣上，正硌著肋巴骨。他殺豬似地嚎叫著，直到被他的同夥從人群裡拖出來。快班的衙役頭兒劉樸——一個皮膚黝黑、瘦長精幹的青年，站在一條凳子上，用風味獨特的四川口音和善地說：

「鄉親們，別擠了，別擠了，擠出人命來可就了不得了。」

半上午時，主角終於登了場。錢大老爺從大堂的台階上款款地走下來。穿過儀門，走進跨院。陽光很燦爛，照著他的臉。他對著百姓們招手示意。他的臉上笑容可掬，露出一嘴潔白的牙。群眾激動了，但這激動是內心的激動，不跳躍，不歡呼，不流淚。其實人們是被大老爺的氣派給震住了。儘管大家都聽說了大老爺好儀表，但真正見過大老爺本人的並不多。他老人家今日沒穿官服，一副休閒打扮。他赤著腦瓜，前半個腦殼一片嶄新的頭皮，呈蟹殼青；後半個腦袋油光可鑑，一條又粗又長的大辮子，直垂到臀尖。辮梢上繫著一塊綠色的美玉，一個銀色的小鈴鐸，一動就發出清脆的聲響。他老人家穿著一身肥大的白綢衣，腳蹬著一雙千層底的雙鼻梁青布鞋，腳腕處緊紮著絲織的小帶。那褲襠肥大得宛如一隻漂浮在水面上的海蜇。當然最好看的還是他老人家胸前那部鬍鬚。那簡直不是鬍鬚，而是懸掛在老爺胸前的一匹黑色的綢緞。看上去那樣的光，那樣的亮，那樣的油，那樣的滑。又光又亮又油又滑的一部美鬚懸垂在大老爺潔白如雪的胸前，讓人的眼睛感到幸福。人群中有一個女人，注目丰姿飄灑、猶如玉樹臨風的大老爺，心裡麻酥酥的，腳下輕飄飄的，眼睛裡盈滿了淚水。她在幾個月前的一個細雨霏霏之夜就被錢大老爺的風度迷住了，但那次大老爺穿著官服，看上去有些嚴肅，與今天的休閒打扮大不相同。如果說穿著官服的大老爺是高不可攀的，穿著家常衣服的大老爺就是平易可親的。這個年輕女人就是孫眉娘。

孫眉娘往前擠著，她的眼睛，一眨也不眨地盯著大老爺。大老爺的一舉手一投足一個眼神，都讓她心醉神迷。踩了別人的腳她不管，扛了別人的肩她不顧，招來的罵聲和抱怨聲，根本聽不到了她。有一些人認出了她是今日參加鬥鬚的主角之一戲子孫丙的女兒，還以為她是為了爹的命運而揪著心呢。人們盡可能地側著身體，為她讓出了一線通往最裡圈的縫隙。終於，她的膝蓋碰到了堅硬的長凳。她的腦袋從衙役的腦袋中間探出去。她的心已經飛起來，落在了大老爺的胸脯上，如一隻依人的小鳥，在那裡築巢育雛，享受著蝕骨的溫柔。

明媚的陽光使大老爺的眼睛很光采，很傳情。他抱拳在胸前，向鄉紳們致敬，也向百姓致敬，但他沒有說話，只是那樣嫵媚地微笑著。孫眉娘感到大老爺的目光從自己臉上掠過時，似乎特別地停留了片刻，這就使她的身體幾乎完全地失去了感覺。身上所有的液體，眼淚、鼻涕、汗水、血液、骨髓……都如水銀瀉地一般，淋漓盡致地流光了。她感到自己成了一根潔白的羽毛，在輕清的空氣裡飛舞，夢一樣，風一樣。

這時，從跨院的東邊那幾間讓老百姓膽戰心驚的班房裡，兩個衙役，把身材高大魁偉，面色如鐵的孫丙引了出來。孫丙的臉，看上去有些浮腫，脖子上還有幾道紫色的傷痕。但他的精神似乎不錯，也許他是在抖擻精神。當他與知縣大老爺比肩而立時，百姓們對他也不由地肅然而起敬意。儘管他的服飾、他的氣色不能與大老爺相比，但他胸前那部鬍鬚，的確也是氣象非凡。他的鬍鬚比大老爺的鬍鬚似乎更茂盛一些，但略顯凌亂，也不如大老爺的光滑。但即使如此，也是十分地了不起了。那個瘦鄉紳悄悄地對胖鄉紳說：

「此人器宇軒昂，能眉飛色舞，絕不是等閒之輩！」

「也沒有什麼了不起，不過是一個唱貓腔的戲子！」胖鄉紳不屑地說。

主持鬥鬚的刑名師爺從長凳上站起來，清清被大菸熏啞的嗓子，高聲說：

「各位鄉紳，父老鄉親，今日鬥鬚之緣由，實因刁民孫丙，出言不遜，侮辱知縣大人。孫丙罪孽深重，本該按律治罪，但縣台念他初犯，故開恩寬大處理。為了讓孫丙口服心服，縣台特准孫丙之請，與其公開鬥鬚。如孫丙勝，大老爺將不再追究他的罪責；如大老爺勝，孫丙將自拔鬍鬚，從此之後不再蓄鬚。孫丙，是不是這樣？」

「是這樣！」孫丙昂起頭來，「感謝大老爺寬宏大量！」

刑名師爺徵求錢大老爺的意見，大老爺微微點頭，示意開始。

「鬥鬚開始！」刑名師爺高聲宣布。

但見那孫丙，猛地甩去外衣，赤裸著一個鞭痕累累的膀子，又把那根大辮子，盤在了頭上。然後他勒緊腰帶，踢腿，展臂，深深吸氣，把全身的氣力，全部運動到下巴上。果然，如同使了魔法，他的鬍鬚，索索地抖起來，抖過一陣之後，成為鋼絲，根根挺直。然後，他翹起下巴，挺直腰背矮下身去，把一部鬍鬚慢慢地刺入水中。

錢大老爺根本沒做張作勢，孫丙往鬍子上運氣時他站在一邊微笑著觀看，手裡輕輕地揮動著紙扇。眾人被他的優雅風度征服，反而覺得孫丙的表演既虛假又醜惡，有在街頭上使槍弄棒賣假藥的惡痞氣。孫丙把鬍鬚插入水桶那一霎，錢大老爺把那柄一直在手裡玩弄著的紙摺扇欻地合攏，藏在寬大的袖筒裡。然後，他略微活動了一下腰身，雙手托起鬍鬚往外一抖，把無邊的風流和瀟灑甩出去，差點把孫眉娘的小命要了去。大老爺也翹起下巴，挺直腰背矮下身去，把一部鬍鬚刺入水中。

人們都盡量地踮起腳尖探頭顱，巴巴著眼睛想看到鬍鬚在水中的情景。但大多數人看不到，他們只能看到大老爺安詳自若的笑臉和孫丙憋得青紫的臉。近靠前的人們，其實也無法看清鬍鬚在水中的情景。陽光那樣亮，褐色的木桶裡那樣幽暗。

擔任裁判的刑名師爺和單舉人，在兩個水桶之間來回地走動，反覆地比較著，他們的臉上，洋溢著喜色。為了服眾，刑名師爺高聲道：

「人群裡的，誰還想看，請近前來！」

孫眉娘跨越長凳，幾步就滑到了大老爺面前。她低下頭，大老爺那粗粗的辮子根兒、深深的脊梁溝兒、白皙的耳朵翅兒，鮮明地擺在她的眼下。她感到嘴唇發燙、貪饞的念頭，如同小蟲兒，咬著她的心。她多麼想俯下身去，用柔軟的嘴唇把大老爺身上的一切，細細地吻一遍，但是她不敢。她感到心中升騰起一股比痛苦還要深刻的感情，幾滴沉重的眼淚落在了大老爺健美勻稱的脖頸上。她嗅到了一股淡淡的香氣，是從水桶裡散發出來的。她看到，大老爺的鬍鬚，一根是一根，垂直著插到了水中，宛如水生植物發達的根系。她實在是不願離開大老爺的水桶，但是刑名師爺和單舉人催她到了孫丙的水桶邊上。她看到，爹的鬍鬚也是一插到底，也如水生植物的根系。刑名師爺指了指那幾根漂浮在水面上的花白鬍鬚，道：

「大嫂，你看到了吧？你向大夥兒說個公道話吧！我們說了不算，你說了算。你說吧，誰是輸家，誰是贏家。」

孫眉娘猶豫了片刻，她看到了爹的脹紅的臉和那兩隻紅得要出血的眼睛。她從爹的眼睛裡看到了他對自己的期望。但是她隨即又看到了大老爺那兩隻顧盼生情的俊眼。她感到自己的嘴讓一種特別黏稠的物質膠住了。在刑名師爺和單舉人的催促聲中，她帶著哭腔說：

「大老爺是贏家，俺爹是輸家……」

兩顆頭顱猛地從木桶裡揚起來，兩部鬍鬚水淋淋地從水裡拔出來。他們抖動著鬍鬚，水珠像雨點一樣往四處飛濺。兩個鬥鬚者四目相覷。孫丙目瞪口呆，喘氣粗重；大老爺面帶微笑，安詳鎮定。

「孫丙，你還有什麼要說的？」大老爺笑咪咪地問。

孫丙嘴唇哆嗦著，一聲不吭。

「按照我們的約定，孫丙，你應該拔去自己的鬍鬚！」

「孫丙，孫丙，你記住了嗎？你還敢胡言亂語嗎？」孫丙雙手捋著自己的鬍鬚，仰天長歎道，

「罷罷罷，薅去這把煩惱絲吧！」然後他猛一用力，就將一綹鬍鬚揪了下來。他將揪下的鬍鬚扔到地上，鮮紅的血珠從下巴上滴下來。他扯起了一綹鬍鬚，又要往下薅時，孫眉娘撲通一聲跪在了大老爺的面前。她的眼睛裡飽含著淚水。她的臉色，嬌豔的桃花，惹人憐愛。她仰望著知縣大人，嬌聲哀求著：

「大老爺，饒了俺爹吧……」

知縣老爺眯縫著眼睛，臉上的神情，似乎有點兒訝異，也彷彿是欣喜，更多的是感動，他的嘴唇微動著，似乎說了也似乎沒說：

「是你……」

「閨女，起來，」孫丙的眼裡溢出了淚水，低沉地說，「不要求人家……」

錢大老爺怔了怔，開朗地大笑起來。笑畢，他說：

「你們以為本官真要拔光孫丙的鬍鬚？他今日鬥鬚雖然落敗，但他的鬍鬚其實也是天下少有的好鬍鬚。他自己要拔光，本官還捨不得呢！本官與他鬥鬚，一是想煞煞他的狂氣，二是想給諸位添點樂趣。孫丙，本官恕你無罪，留著你剩下的鬍鬚，回去好好唱戲吧！」

孫丙跪地磕頭。

群眾感歎不已。

鄉紳諛詞連篇。

眉娘跪在地上，目不轉睛，仰望著錢大老爺迷人的面孔。

「孫家女子，大公無私，身為婦人，有男子氣，實屬難得，」錢大老爺轉身對錢穀師爺說，「賞她一兩銀子吧！」

第六章　比腳

一

皎潔的滿月高高地懸在中天，宛若一位一絲不掛的美人。三更的梆鑼剛剛敲過，縣城一片靜寂。夏夜的清風，攜帶著草木蟲魚的氣息，如綴滿珠花的無邊無際的輕紗，鋪天蓋地而來。赤裸裸的月光，照耀著在自家院子裡漫游的孫眉娘。她也是一絲不掛，與月亮上下輝映。月光如水，她就是一條銀色的大魚。這是一朵盛開的鮮花，一顆熟透了的果子，一個青春健美的身體。她從頭到腳，除了腳大，別的無可挑剔。她皮膚光滑，唯一的一個疤，藏在腦後茂密的頭髮裡。

這個疤是被一頭尖嘴的毛驢咬的。那時她剛會爬行。她不知道母親已經喝了鴉片，橫躺在炕上死去。她在穿戴得齊齊整整的母親身上爬著，恰似爬一座華麗的山脈。她餓了，想吃奶，吃不到她哭。後來她跌到炕下，大哭。沒人理她。她往門外爬去。她嗅到了一股奶腥味。她看到一匹小驢駒正在吃奶。驢駒的媽媽脾氣暴躁，被主人拴在柳樹下。她爬到了母驢身邊，想與驢駒爭奶吃。母驢很惱怒，張口咬住了她的腦袋，來回擺動了幾下，就把她遠遠地甩了出去。鮮血染紅了她的身體。

她放聲大哭，哭聲驚動了鄰居。好心的鄰居大娘把她從地上抱起來，往她的傷口上撒上了許多石灰止血。她受傷很重，人們認為她必死無疑。她的風流成性的爹也認為她必死無疑，但她頑強地活了下來。十五歲前，她一直很瘦弱，後腦勺子上一個大疤明亮。她跟著爹的戲班子走南闖北，在舞台上演小孩，演小妖，扮小貓。十五歲那年，她如久旱的禾苗逢了春雨，個頭蹭蹭地往上鑽。十六歲時，她頭上的黑髮蓬勃生長，如砍掉了樹冠的柳樹，爆炸般地抽出了茁壯茂密的芽條。黑髮很快地就把腦後的明疤遮住。十七歲時，她皮下的脂肪大量積澱，這時人們才知道她是一個姑娘。而在這之前，因為她的大腳和毛髮稀少，戲班子裡的人一直認為她是一個禿小子。十八歲時，她發育成為高密東北鄉最美麗的姑娘。人們遺憾地說：

「這閨女，如果不是兩隻大腳，會被皇帝選做貴妃！」

因為兩隻大腳，這個致命的缺陷，二十歲時，她已經成了嫁不出去的老姑娘。後來，美貌如花的孫眉娘委屈地嫁給了縣城東關的屠戶趙小甲。眉娘過門後，小甲的娘還沒死。這個小腳的女人，厭惡透了兒媳的大腳，竟然異想天開地要兒子用剔骨的利刃把兒媳的大腳修理修理。小甲不敢動手，老太婆親自動手。孫眉娘從小跟著戲班子野，舞槍弄棒翻筋斗，根本沒有受三從四德的教育，基本上是個野孩子。當了媳婦，忍氣吞聲，憋得要死。婆婆揮舞著小腳，持著刀子撲過來。積壓在眉娘心頭的怒火猛烈地爆發了。她飛起一腳，充分地顯示出大腳的優越性和在戲班子裡練出來的功夫。婆婆本來就因為小腳而站立不穩，如何能頂得住這樣一個飛腳？——一腳飛出，婆婆應聲倒地。她衝上前，騎在婆婆身上，如同武松打虎，一頓皮拳，擂得婆婆哭天搶地，屎尿屙了一褲襠。挨了這頓飽打後，老太太心情不舒坦，得了氣臌病，不久就死了。從此，孫眉娘獲得了解放，成了實際上的家長。她在臨街的南屋裡開了一家小酒館，向縣城人民供應熱黃酒和熟狗肉。丈夫愚笨，女人風流，美人當壚，生意興隆。城裡的浮浪子弟，都想來沾點膻味，但似乎還沒有一個得逞。孫眉娘有三個外號：大腳仙子、半截美人、狗肉西施。

二

鬥鬚大會之後十天，錢大老爺的瀟灑儀表和寬大胸懷在縣城百姓心中激起的波瀾尚未完全平息，又迎來了張燈結綵看夫人的日子。按照慣例，每年的四月十八，平日裡戒備森嚴、別說是普通百姓，就是縣衙裡的頭面人物也不能隨便進出的三堂，卻要整天對婦女兒童開放。在這個日子裡，知縣的夫人，從一大清早起，就要在知縣的陪同下，盛妝華服，端坐在三堂前簷下，面帶微笑，接見群眾。這是一個親民的舉動，也是一種夫貴妻榮的炫耀。

知縣老爺的丰姿諸多百姓已經看到過，關於知縣夫人的出身和學問的傳說也早就將女人們的耳朵灌滿。她們心急如焚地等待著這個好日子的到來。她們都想知道，天官一樣的知縣大老爺，到底匹配著一個什麼樣子的女人。街談巷議早就如柳絮一樣滿天飛舞：有說夫人容華絕代、傾城傾國的；有說夫人滿臉麻子、貌似鬼母的；這截然相反的兩種傳說，更勾起了女人們的好奇之心。年輕的女人，想當然地認為，知縣夫人一定是個如花似玉的美人；而年齡稍長、經驗豐富的女人卻認為世上不可能有這樣完美的事情。她們更願意相信「好漢子無好妻，醜八怪娶花枝」的俗諺。她們用人物猥瑣的前任老爺那位花容月貌的夫人為例來證明自己的猜測，但年輕的女人、尤其是那些尚未結婚的大閨女，依然是一廂情願地把新任知縣夫人想像成為從天上下凡的美人。

孫眉娘對這個好日子的盼望，勝過了全縣的所有婦女。她與知縣老爺已經見過兩次面。第一次見面是在初春的一個細雨霏霏之夜，她因為投打偷魚的貓兒，誤中了知縣老爺的轎子，然後把老爺引進了自家的店堂。藉著明亮的燭光，她看到大老爺儀表堂皇，舉止端方，宛若從年畫上走下來的人物。大老爺談吐高雅，態度和藹，即便是一本正經的談話裡，也能透出一種別樣的親切和溫存。這樣的男人與自家殺豬屠狗的丈夫相比……無法相比啊，當時，其實她的心中根本就沒有一點點空間能容下丈夫小甲的形象。她感到腳步輕飄飄，心中怦怦跳，臉上火辣辣。她用過多的客套話和手忙腳亂的殷勤來掩飾心中的慌亂，但還是衣袖拂翻了酒碗，膝蓋碰倒了板凳。儘管在眾目睽睽之下大老爺端著架子，但她從大老爺那不自然的咳嗽聲裡和大老爺水汪汪的眼睛裡，感受到了大老爺心中的柔情。第二次見面是在鬥鬚大會上。這一次，她充任了鬥鬚的最終裁判，不僅更清楚地看到了大老爺的容貌，而且還嗅到了從大老爺身上散發出來的芬芳氣味。大老爺粗大光滑的髮辮和挺拔強勁的脖頸，離她的焦渴的嘴唇只有那麼近啊只有那麼近……她似乎記得自己的眼淚落在了大老爺的脖子上，大老爺啊，但願俺的眼淚果真落在了你的脖子上，但願你感到了俺的眼淚落在了你的脖子上……為了表彰她的公正無私，大老爺賞給她一兩銀子。當她去領取銀子時，那個留著山羊鬍鬚的師爺，用異樣的眼光，把她從上往下地掃了一遍。師爺的目光在她的腳上停頓的時間很長，使她的心從雲端跌落在深潭。她從師爺的眼睛裡猜到了師爺心裡的話。她的心在呼喊著：天啊，地啊，娘啊，爹啊，俺這輩子就毀在了這兩隻大腳上。如果當初俺的婆婆真能用殺豬刀子把俺的大腳修小，俺就應該忍著痛讓她修；如果能讓俺的腳變小需要促俺十年陽壽，俺願意少活十二年！想到此她不由地恨起了自己的爹：爹啊，你這個害死了俺娘又害了俺的爹；你這個只管自己風流不管女兒的爹；你這個把俺當小子養大不找人給俺裹腳的爹啊……即便你的鬍鬚比大老爺的好，俺也要判你輸，何況你的鬍鬚不如大老爺的好。

孫眉娘捧著知縣老爺賞賜的一兩銀子回了家。想起大老爺含情脈脈的目光她心情激盪，想起了師爺挑剔的目光她心中結滿冰霜。看夫人的日子臨近，城裡的女人們忙著買胭脂買粉，裁剪新衣，簡直如大閨女準備嫁妝，但孫眉娘在去不去看夫人的問題上還在猶豫彷徨。儘管與大老爺只有兩次相見，大老爺也沒對她說一句甜言蜜語，但她固執地認為自己跟大老爺已經心心相印，早晚會好成一對交頸鴛鴦。當街上的女人們猜測著即將顯世的知縣夫人的容貌並為此爭論不休時，她的臉就不由自主地發起燒來，好像她們議論的就是自己家中的人。她其實也不知道自己是希望大老爺的夫人美如天仙呢，還是希望大老爺的夫人醜似鬼母。如果她貌比天仙，自己豈不是斷了念想？如果她醜似鬼母，大老爺豈不是太受委屈？她既盼望著看夫人的日子到來，又生怕這個日子到來。但不管她是盼還是怕，這個日子還是到來了。

雞叫頭遍時她就醒了，好不容易熬到天亮。她無心做飯，更無心打扮。她在屋子和院子之間出出進進，連正在忙著殺豬的木頭疙瘩小甲都注意到了她的反常。小甲問：

「老婆，老婆，你怎麼啦？你出出進進是腳底發癢嗎？如果腳底發癢俺就幫你用絲瓜瓤子擦擦。」

什麼腳底發癢？俺的肚子發脹，不走動就悶得慌！她惡聲惡氣喝斥著小甲，從井台邊上那棵開放得猶如一團烈火的石榴樹上揪下了一朵，心中默默地祝禱著：如果花瓣是雙，俺就去縣衙看夫人；如果花瓣是單，俺就不去看夫人，而且還要死了與大老爺相好的心。

她將花瓣一片片地撕下來，一片兩片三片……十九片單數。她的心中頓時一陣冰涼，情緒低落到極點。不算，剛才祝禱時俺的心不誠，這次不算數。她又從樹上揪下一朵特別豐碩的花朵，雙手捧著，閉上眼睛暗暗地祝禱：天上的神啊，地上的仙，給俺一個指使吧……然後，她特別鄭重地，將那些花瓣一片片地撕下來。一片兩片三片……二十七片，單數。她將手中的花萼揉碎扔在地上，腦袋無力地垂到胸前。小甲討好地湊上來，小心翼翼地問：

「老婆，你要戴花嗎？你要戴花俺幫你摘。」

滾，不要煩我！她惱怒地吼叫著，轉身回了屋子，仰面躺到炕上，拉過一條被子蒙住頭。哭了一陣，心裡感到舒暢了許多。她洗了臉，梳了頭，從箱子裡找出那只納了一半的鞋底，盤腿坐在炕上，努力克制住心猿意馬，不去聽街上女人們的歡聲笑語，嗤啦嗤啦地納起來。小甲又傻呵呵地跑進來，問：

「老婆，人家都去看夫人，你不去嗎？」

她的心一下子又亂了。

「老婆，聽說她們要撒果果，你能不能帶我去搶？」

她歎了一口氣，用一個母親對孩子說話的口氣說：小甲，你難道還是個小孩子嗎？看夫人是女人的事兒，你一個大男人去幹什麼？你難道不怕那些衙役們用棍子把你打出來嗎？

「我要去搶果果。」

想吃果果，上街去買。

「買的不如搶的好吃。」

大街上女人們的歡笑聲宛如一團烈火滾進了房子，燒得她渾身痛疼。她將針錐用力地攮進鞋底，針錐斷了。她把針錐和鞋底扔在炕上，身體也隨即趴在了炕上。她心亂如麻，用拳頭捶打著炕席。

「老婆老婆你的肚子又發脹了吧？」小甲膽怯地嘟噥著。

她咬牙切齒地大喊著：

我要去！我要去看看你這個尊貴的夫人是個什麼模樣！

她縱身下了炕，把適才用花瓣打卦的事忘到了腦後，好像她在去縣衙看夫人的問題上從來就沒猶豫過。她打水再次洗了臉，坐在鏡子前化妝。鏡子裡的她粉面朱唇，儘管眼泡有些腫，但毫無疑問還是個美人。她將事實上早就準備好的新衣服順手就從箱子裡抓出來，當著小甲的面就換。小甲看到她的胸脯就要起膩。她哄孩子似地說：好小甲，在家等著，我去搶果果給你吃。

孫眉娘上穿著紅夾襖，下穿著綠褲子，褲子外邊套著一條曳地的綠裙，宛如一棵盛開的雞冠花來到了大街上。陽光燦爛豔陽天，溫柔的南風，送來了即將黃熟的小麥的清新氣息。南風撩人，老春天氣，正是女人多情的季節。她心急如火，恨不得一步邁進縣衙，但長裙拖地，使她無法快步行走。心急只嫌腳步慢，心急只覺大街長。她索性將裙子提起來，撩開大腳，超越了一撥撥挪動著小腳、搖搖擺擺行走的女人們。

「趙家大嫂，搶什麼呢？」

「趙家大嫂，您要去救火嗎？」

她不理睬女人們的問訊，從戴家巷子直插縣衙的側門。半樹梨花從戴半頃家的院牆內氾濫出來。淡淡的甜香，嗡嗡的蜜蜂，呢喃的燕語。她伸手折下一小枝梨花，摸索著插在鬢邊。戴家聽覺靈敏的狗汪汪地吠叫起來。她拍打了一下身上並不存在的土，放下裙子，進了縣衙側門。把門的衙役對她點點頭，她報之以微笑。然後，一閃身的工夫，她就渾身汗潤潤地站在三堂院門前了。在三堂院門前把門的是那個外地口音、黑眉虎眼的青年公人，眉娘在鬥鬚大會上見過他，知道他是知縣的親信。公人對她點點頭，她還是報之以微笑。院子裡已經站滿了女人，孩子們在女人腿縫裡鑽來鑽去。她側著身子，拱了幾下子，就站在了最靠前的地方。她看到，在三堂飛翹起來的廊簷下，擺著一張長條的几案，案後並排放著兩把椅子，左邊的椅子上，端坐著知縣錢大老爺，右邊的椅子上，端坐著錢大老爺的夫人。夫人鳳冠霞帔，腰板挺直。明媚的陽光照耀得她身上的紅衣如一片紅霞。夫人的臉上蒙了一層粉色的輕紗，只能模模糊糊地看到她面部的輪廓，看不清她的容貌。眉娘的心中頓時感到一陣輕鬆。至此，她明白了，自己最怕的還是夫人生著一張花容月貌的臉。既然夫人不敢把臉顯示出來，那就說明她的臉不好看。眉娘的胸脯不自覺地挺了起來，心中燃起了希望之火。這時，她才嗅到院子裡洋溢著濃烈的丁香花氣。她看到，在院落的兩側，兩棵粗大的紫丁香開得如煙似霧。她還看到，三堂簷下，並排著一串燕窩，大燕子飛進飛出，十分繁忙。燕窩裡傳出黃口燕雛的啁啾之聲。傳說中燕子是從來不在衙門裡築巢的，牠們選擇的是善良祥和的農家。但現在成群的燕子在縣衙裡築了巢，這可是大祥兆，是大老爺這個大才大德人帶來的福氣，絕對不是蒙面的夫人帶來的福氣。她將目光從夫人的臉上移到了老爺的臉上，與老爺的目光撞個正著。她感到老爺的目光裡飽含著愛慕，心中頓時充滿了柔情。老爺啊，老爺，想不到您這樣一個仙人，竟然娶了一個蒙著臉不敢見人的夫人。她的臉上果真生著一片黑麻子嗎？她是一個疤瘌眼子塌鼻子嗎？她是一嘴黑板牙嗎？老爺啊，真真是委屈了您啦……眉娘不著邊際地胡思亂想著，突然聽到夫人輕輕地咳嗽了一聲。知縣的目光隨著夫人的咳嗽渙散了，然後他就歪過頭去，與夫人低聲交談了一句什麼。一個梳著兩把頭的丫鬟端著盛滿紅棗和花生的小笸籮，一把把地抓起，對著人群揚過來。孩子們在人群裡爭搶，製造了一陣陣地混亂。眉娘看到，夫人似乎是無意地將長裙往上撩了撩，顯出了那兩隻尖尖的金蓮。身後的人群裡，頓時響起來一片讚歎之聲。夫人的腳實在是太美了，大腳的眉娘頓時感到無地自容。儘管她的腳被長裙遮住，但她還是認為夫人早就知道了自己的一雙大腳。夫人不但知道她的一雙大腳，而且還知道她對知縣的癡心念想。夫人故意地將金蓮顯示出來，就是要給她一個羞辱，就是要給她一個打擊。她不想看不願看但還是忍不住地將目光投射到夫人的小腳上。夫人的腳，尖翹翹，好似兩隻新菱角。夫人的鞋子做得好，綠綢幫上繡著紅花草。夫人的腳，如法寶，把孫家眉娘降服了。眉娘感到，彷彿有兩道嘲弄的目光穿過粉色的輕紗，射到自己的臉上。不，是穿過了面紗和裙子，投射到自己的大腳上。眉娘彷彿看到，夫人翹著嘴角，臉上掛著驕傲的微笑。眉娘知道自己敗了，徹底地敗了。自己生了一張娘娘的臉，但長了一雙丫鬟的腳。她慌亂地往後移動著，身後似乎響起了嘲笑之聲。她這才發現，自己已經突出在眾人之前，簡直就是在大老爺和夫人面前表演。更多的羞慚湧上心頭，她更加慌忙地後退，腳步凌亂；腳跟踩了裙子，嗤啦一聲響，裙子破了，她跌了一個仰面朝天。

後來她反覆地回憶起，當她跌倒在地時，大老爺從几案後邊猛地站立起來。她確鑿地認為，大老爺的臉上顯露出憐愛和關切之情，只有扯心連肺的親人，才會有這樣的表現。她還確鑿地認為，當時，自己真切地看到，就在大老爺想越過几案跑上來將她從地上扶起時，夫人的小腳狠狠地踢在了大老爺的小腿上。大老爺愣了一下，然後，慢吞吞地坐了回去。夫人的腳在几案下進行著上述的活動時，身體保持著正直的姿態，好像什麼事情也沒有發生。

眉娘在身後女人們的恥笑聲中狼狽地爬起來。她扯起裙子，顧不上遮掩適才跌倒時已經在夫人和大老爺面前暴露無遺的大腳，轉身擠進了人群。她緊緊地咬住嘴唇，把哭聲憋住，但眼淚卻泉水般地湧出了眼眶。她到了人群的最外邊，聽到身後的女人們，有的還在嬉笑，有的又開始誇讚夫人的小腳。她知道，夫人又在人前裝作無意其實是有意地展示她的小腳了。真是一俊遮百醜啊，夫人依仗著一雙小腳，讓人們忘記了她的容貌。她在離開人群前，最後看了一眼大老爺，她的目光又一次神奇地與大老爺的目光相遇。她感到老爺的目光悲悽悽的，好像是對自己的安慰，也許是對自己的同情。她用袖子遮著臉跑出了三堂大門，一進入戴家巷子，就放出了悲聲。

眉娘神思恍惚地回了家，小甲黏上來要果果，她一把將小甲搡到一邊，進屋後，撲到炕上就放聲大哭。小甲站在她的身後，隨著她的哭聲也嗚嗚地哭起來。她翻身坐起，抓起一個笤帚疙瘩，對著自己的腳砸起來。小甲嚇壞了，制住了她的手。她盯著小甲那張又醜又憨的臉，說：小甲，小甲，你拿刀，把俺的腳剁了去吧……

三

夫人的小腳彷彿劈頭澆了眉娘一頭冷水，讓她清醒了幾天。但與大老爺三次相見的情景，尤其是大老爺那含意深長的目光和他臉上那無限關切的表情，與夫人的尖尖的小腳開始了頑強的對抗。最後，夫人的小腳變成了模模糊糊的幻影，大老爺柔情萬種的目光和大老爺美好的面容卻越來越清晰。她的腦子裡的空兒全被錢大老爺占滿了。她的眼睛盯著一棵樹，那棵樹搖搖曳曳地就變成了錢大老爺。她看到一條狗尾巴，那根狗尾巴晃晃漾漾地就變成了錢大老爺腦後的大辮子。她在灶前燒火，跳動的火焰裡就出現了錢大老爺的笑臉。她走路時不知不覺地就撞到了牆上。她切肉時切破手指而覺不到痛。她把滿鍋的狗肉煮成了焦炭而聞不到糊味。她無論看到什麼什麼就會變成錢大老爺或者是變成錢大老爺身上的一部分。她閉上眼睛就親親切切地感到錢大老爺來到了自己身邊。她能感覺到他的堅硬的鬍鬚刺癢著自己的柔軟的皮膚。她每天夜裡都夢到錢大老爺與自己肌膚相親。她在睡夢中發出的尖叫經常把小甲嚇得滾到炕下。她面容憔悴，身體飛快地消瘦，但雙眼卻炯炯發亮，眼珠子濕漉漉的。她的喉嚨奇怪地嘶啞了。她經常發出那種被熾烈的欲火燒焦了心的女人才能發出的那種低沉而沙澀的笑聲。她知道自己得了嚴重的相思病。她知道得了相思病是可怕的。得了相思病的女人要想活下去，只有去跟哪個被她相思著的男人同床共枕，否則就要熬乾血脈、得肺癆病吐血而死。她在家裡已經坐不住了。往日裡那些吸引著她的、讓她高興的事情，譬如賺錢、譬如賞花，都變得索然無趣。同樣的美酒入口不再香醇。同樣美麗的花朵入目便覺蒼白。她挎著竹籃子，籃子裡放著一條狗腿，一天三遍在縣衙大門前走來走去。她盼望著能與出行的大老爺不期而遇；見不到大老爺見見大老爺那頂綠呢大轎也好。但大老爺猶如沉入深水的老鱉，不露半點蹤跡。她在街前打轉，她那沙澀的騷情笑聲引逗得門前站崗的兵丁們抓耳撓腮。她恨不得對著深深的衙門大聲喊叫，把憋在心中的那些騷話全都喊出來，讓大老爺聽到但她只能低聲地嘟噥著：

「我的親親……我的心肝……我快要把你想死了……你行行好……可憐可憐我吧……知縣好比仙桃樣，長得實在強！看你一眼就愛上，三生也難忘。饞得心癢癢。好果子偏偏長在高枝上，還在那葉裡藏。小奴家乾瞪著眼兒往上望，日夜把你想。單相思撈不著把味嘗。口水三尺長。啥時節摟著樹幹死勁兒晃，搖不下桃來俺就把樹上……」

滾燙的情話在她的心中變成了貓腔的癡情調兒被反覆地吟唱，她臉上神采飛揚，目光流盼，宛若飛蛾在明亮的火焰上做著激情之舞。兵丁和衙役們被她這副模樣嚇得夠嗆，既想趁機占她點便宜，又怕惹出事兒抖擻不掉。她在欲火中煎熬著，她在情海裡掙扎著。終於，她發現自己吐血了。

吐血使她發昏的頭腦開了一條縫隙。人家是堂堂的知縣，是朝廷的命官，你是什麼？一個戲子的女兒，一個屠戶的老婆，一個大腳的女人。人家是高天，你是卑土；人家是麒麟，你是野狗。這場烈火一樣的單相思，注定了不會有結果。你為人家把心血熬乾，人家還是渾然不覺。即便覺了，還不是輕蔑地一笑，不會承你絲毫的情。你自己熬死自己，是你活該倒楣，沒有人會同情你，更不會有人理解你，但所有的人都會嘲笑你，辱罵你。人們笑你不知道天高地厚，笑你不知道二三得六。人們會罵你癡心妄想，猴子撈月，竹籃打水，癩蛤蟆想吃天鵝肉。孫眉娘，清醒一下你的頭腦吧，你安分守己吧！你把錢大老爺忘了吧。明月雖好，不能拖進被窩；老爺雖妙，卻是天上的人。她發了狠要忘掉把自己折磨得吐血的錢大老爺。她用指甲掐自己的大腿，用針扎自己的指尖，用拳頭擂自己的腦袋，但錢大老爺是鬼魂，難以擺脫。他如影隨形，風吹不散，雨洗不去，刀砍不斷，火燒不化。她抱著頭，絕望地哭了。她低聲罵著：

「冤家，冤家，你把我放了吧……你饒了我吧，我改過了，我再也不敢了，難道你非要我死了才肯罷休？」

為了忘掉錢丁，她引導著不解人事的小甲與自己交歡。但小甲不是錢丁，人參不是大黃，小甲不是治她的藥。與小甲鬧完後，她感到思念錢丁的心情更加迫切，如同烈焰上又潑了一桶油。她到井邊打水時，從井水中看到了自己枯槁的面容。她感到頭暈眼花，嗓子裡又腥又甜。天，難道就這樣子完了嗎？難道就這樣子不明不白地死去？不，我捨不得死，我要活下去。

她強打起精神，提著一條狗腿，兩吊銅錢，曲裡拐彎地穿越了一些小街窄巷，來到了南關神仙胡同，敲開了神婆呂大娘家的門。她把噴香的狗腿和油膩的銅錢拿出來，放在呂大娘家供奉著狐仙牌位的神案上。看到狗腿，呂大娘緊著抽鼻子。看到銅錢，呂大娘黯淡眼睛裡放出了光彩。呂大娘哮喘不止。為了壓制哮喘，她點燃了一枝洋金花，貪婪地吸了幾口。然後，她說：

「大嫂，你病得不輕啊！」

孫眉娘跪在地上，哽咽著說：

「大娘，大娘，救救我吧……」

「說吧，孩子，」呂大娘吸著洋金花，瞟了一眼孫眉娘，意味深長地說，「瞞得了爹娘瞞不了大夫，說吧……」

「大娘，俺實在是說不出口……」

「瞞得了大夫，瞞不了神仙……」

「大娘啊，俺愛上了一個人……我被他給毀了……」

呂大娘狡猾地笑著問：

「大嫂這樣的容貌，難道還不能如願？」

「大娘，您不知道他是誰……」

「他能是誰？」呂大娘道，「難道他是九洞神仙？難道他是西天羅漢？」

「大娘，他不是九洞神仙，也不是西天羅漢，他是縣裡的錢大老爺……」

呂大娘眼睛裡又放出了光彩，她克制著既好奇又興奮的心情，問道：

「大嫂，你想怎麼著？想讓老身施個法兒成全你嗎？」

「不，不……」她的眼睛裡淚水盈盈，艱難地說，「天地懸殊，這是不可能的……」

「大嫂，這男女的事兒，你不懂，只要你捨得孝敬狐仙，任他是鐵石的心腸，也有辦法讓他上鉤！」

「大娘……」她捂住臉，讓淚水從指縫裡汩汩地流出來。她哭著說，「您施個法兒，讓俺忘掉他吧……」

「大嫂，何苦來著？」呂大娘道，「既然喜歡他，為什麼不圓滿了好事？這世上的事兒，難道還有比男歡女愛更舒坦的嗎？大嫂，您千萬別糊塗！」

「真能……圓滿了好事？」

「心誠則靈！」

「俺心誠！」

「你跪下吧。」

四

按照呂大娘的吩咐，孫眉娘懷揣著一條潔白的綢巾，跑到田野裡。她原本是一個極其怕蛇的人，但現在，她卻盼望著遇到蛇。那天呂大娘讓她跪在狐仙的靈位前，閉著眼睛祝禱。呂大娘口中念念有詞，很快就讓狐仙附了體。狐仙附體後的呂大娘嗓音尖尖，是一個三歲的小女孩的聲口。狐仙指使她到田野裡去找兩條交配在一起的蛇，用綢巾把牠們包起來。等牠們交配完畢分開時，就會有一滴血留在綢巾上。狐仙說：你拿著這綢巾，找到你的心上人，對著他搖搖綢巾，他就會跟你走。從此他的靈魂就寄在你的身上了。要想讓他不想你，除非拿刀把他殺死。

她拿著一根竹竿，跑到遠離縣城的荒草地裡，專揀那些潮濕低窪、水草繁茂的地方撥弄。好奇的鳥兒在她的頭上盤旋著，鳴叫著。蝴蝶在她的面前若即若離地飛舞。她的心如蝴蝶，飄飄忽忽。她的腳如同踩著棉花，身子軟弱，有些撐不住。她抽打著野草，驚起了螞蚱、蟈蟈、刺蝟、野兔……唯獨沒有蛇。她既想碰到蛇，又怕碰到蛇。她的心裡矛來盾去，碰撞得劈劈啪啪響。突然，嗤啦一聲，一條黃褐色的大蛇從草裡鑽出來，對著她扮了一個猙獰的鬼臉。牠伸縮著黑色的信子，目光陰鬱，三角型的臉上是冷冷地嘲笑。她的頭嗡地一聲響，眼前一陣發黑，一時間啥都看不見了。她在迷迷糊糊中聽到了自己嘴裡發出一聲彎彎曲曲的怪叫，一屁股坐在了草地上。等她清醒過來時，那條大蛇已經沒有了蹤影。冷汗浸透了她的衣衫。心兒怦怦亂跳，宛如堅硬的卵石碰撞著胸腔。她一張嘴，吐出了一口鮮血。

我真傻，她想，我為什麼要相信那神婆子的鬼話？我為什麼要想那錢丁？他再好不也是個人嗎？他不是也要吃喝拉尿嗎？即便他真的趴在了我的身上，弄來弄去不也是那麼一回事嗎？他與小甲又有什麼區別呢？眉娘，不要犯糊塗了！她彷彿聽到一個嚴肅的聲音在高高的天上訓斥著自己。她仰臉看天，藍天無比地澄澈，連一絲絲白雲也沒有。一群群鳥兒在飛翔中愉快地鳴叫著。她的心情，像藍天一樣開朗澄澈了。她如夢初醒地長歎一聲，站起來，拍拍屁股上的草屑，整整凌亂的頭髮，往回家的路上走去。

路過那片積水的窪地時，她明朗的心情又發生了變化：她看到，在明亮如鏡的泊子裡，站著一對羽毛潔白的白鷺。牠們一動不動，或許在這裡已經站立了一千年。雌鳥把頭搭在雄鳥的背上，雄鳥彎回頭，注視著雌鳥的眼睛。牠們是一對相對無言、靜靜地安享著柔情蜜意的戀人。忽然間，可能是她的到來驚動了牠們似的，可能是牠們一直在等待著她的到來然後就為她進行特別的表演似的：兩隻大鳥伸直脖頸，展開夾雜著黑羽的白翅，大聲地、嘔心瀝血般地鳴叫起來。牠們用熱烈的鳴叫歡迎著她的到來。隨著狂熱的叫喚，牠們把兩條柔軟如蛇的長頸糾纏在一起。想不到牠們的脖頸會這般地柔軟，你繞著我，我纏著你，你與我纏繞在一起，紐結成感情的繩索。繞啊繞，纏啊纏……似乎永遠纏不夠，似乎永遠不停止。終於分開了。然後，兩個鳥兒伸出嘴巴，快速而又溫柔地梳理著彼此的羽毛。牠們脈脈含情，牠們磨磨蹭蹭，從頭至尾，連每一根羽毛也不放過……這兩隻鳥兒的愛情表演，把孫眉娘感動得熱淚盈眶。她撲倒在潮濕的草地上，讓淚水浸濕了野草，讓心臟頂著泥土跳動。她的感情激盪，嘴裡喃喃著念叨：

「天啊，天老爺，您把俺變成一隻白鷺吧，您把俺的錢大老爺也變成一隻白鷺吧……人分高低貴賤。鳥兒一律平等。天老爺，求求您啦，讓俺的脖子和他的脖子糾纏在一起，糾纏在一起擰成一股紅繩。讓俺的嘴巴親遍他的全身，連一根汗毛也不放過，俺更盼望著他的嘴巴能吻遍俺的全身。俺多麼想將他整個地吞了，俺也希望他能把俺吃了。天老爺，讓俺的脖子和他的脖子糾纏在一起永遠地解不開，讓俺全身的羽毛都煞開，如孔雀開屏……那該是多大的幸福啊，那該是刻骨的恩情……」

她的滾燙的臉把地上的野草都揉爛了，她的雙手深深地插在泥土裡，把野草的根都摳了出來。她爬起來，如醉如癡地向著那兩隻鳥兒走去。她的土黃草綠的臉上，綻開了輝煌的微笑。她伸出手，手中的白綢巾在微風中招展著。她可真正是心馳神往了啊。她口中喃喃著：

「鳥兒，鳥兒啊，把你們的血給我一滴吧，多了不要，只要一滴，讓我去實現我的夢想。鳥兒啊，我就是你啊，你就是他，讓他知道我的心，也就是知道了你的心，讓我們心心相印吧！鳥兒，把你們的幸福分一點給我吧，就一點點，我不敢貪心，就一點點，一丁點點啊，鳥兒，可憐可憐我這個被愛燒焦了心的女人吧……」

兩隻白鷺忽閃著翅膀奔跑著，四條古怪的長腿說不清是笨拙呢還是靈巧呢牠們踏破了如明鏡如水銀的淺水，在水面上留下了一圈圈美麗的漣漪。牠們在奔跑中積蓄著力量，越跑越快。牠們踏水有聲，如碎琉璃，巴噼巴噼巴噼，細小的水花濺起又落下，終於，牠們的雙腿伸得筆直，挺在羽扇般張開的尾後，飛起來了。牠們飛起來了。牠們先是貼著水面飛，然後便降落，降落到泊子對面去，變成了兩個模糊的白點……她的雙腿陷在淤泥裡，好像在這裡站了也是一千年……她越陷越深，淤泥已經吞沒了她的大腿，她感到自己的火熱的屁股已經坐在了涼爽的淤泥裡……

匆匆趕來的小甲把她從淤泥中拖了上來。

她大病了一場。病好後，依然割不斷對錢大老爺的思念。呂大娘悄悄地送給她一包褐色的粉末，同情地對她說：

「孩子狐仙可憐你，讓我送給你這包斷情粉，你把它喝下去吧。」

她打量著那包粉末，問道：

「好心的大娘告訴我，這是什麼東西？」

「你只管喝下去，然後我再告訴你，否則就不會靈驗了。」

她將粉末倒進一個碗裡，用開水調了，然後，捏著鼻子，忍著那難聞的氣味，把它灌了下去。

「孩子，」呂大娘問，「你真的想知道這是什麼東西嗎？」

「真的。」

「那就讓我告訴你吧，」呂大娘道，「孩子，大娘心軟，不忍心看著你這樣一個水靈靈的美人兒這樣毀了，就把最絕的法子使出來了。狐仙她老人家是不同意使用這樣的法子的，但你中毒太深，她老人家也沒有好的法子救你了。這是俺家的祖傳祕方，一向是傳媳婦不傳女兒的。實話對你說吧，你剛才喝下去的，就是你那心上人屙出來的屎橛子！這是貨真價實的，絕對不是偽冒假劣。俺得了這味藥可不是容易的，俺用三吊銅錢買通了給錢大老爺家當廚子的胡四，讓他悄悄地從大老爺家的茅廁裡偷出來。俺把這寶貝放在瓦片上烘乾，研成粉末，然後加上巴豆大黃，全是去心火的烈藥。這法子大娘輕易不用，因為狐仙告訴俺，用這樣的邪法子會促人的陽壽，但俺實在是可憐你，自己少活兩年就少活兩年吧。孩子，吃這味藥就是要讓你明白，即使堂皇如錢大老爺，拉出來的屎也是臭的……」

呂大娘一席話尚未說完，孫眉娘就彎下腰大吐，一直把綠色的膽汁都吐了出來。

折騰過這一場之後，眉娘的那顆被葷油蒙了的心漸漸地清醒了。對錢大老爺的思念雖然還是不絕如縷，但已經不是那樣要死要活。心上的傷口雖然還是痛疼，但已經結了疤痕。她有了食欲，鹽入口知道鹹了，糖入口知道甜了。她的身體在漸漸地恢復。經過了這一番驚心動魄的愛情洗禮，她的美麗少了些妖冶，多了些清純。她夜裡依然睡不好，尤其是那些明月光光之夜。

五

月光如金沙銀粉，颯颯地落在窗戶紙上。小甲在炕上大睡，四仰八叉，鼾聲如雷。她赤身裸體地走到院子裡，感覺到月光像水一樣在身上汩汩地流淌著。這種感覺既美妙無比，又讓她黯然神傷，心中的病根兒不失時機地抽出了嬌嫩的芽苗。錢丁啊，錢丁，錢大老爺，我的冤家，你什麼時候才能知道，有一個女人，為了你夜不能寐。你什麼時候才能知道，有一個如熟透了的水蜜桃子樣的身體等待著你來消受……天上的明月，你是女人的神，你是女人的知己，傳說中的月老就是你嗎？如果傳說中的月老就是你，你為什麼不替我傳音送信？如果傳說中的月老不是你，那麼主宰著男女情愛的月老又是天上的哪個星辰？或者是世間的哪路尊神？一隻白色的夜鳥從明月中飛來，降落在院子一角的梧桐樹上，她的心突突地跳動起來。月老月老，你有靈有驗，你沒有眼睛但是能夠觀照世間萬物，你沒有耳朵但是能夠聆聽暗室中的私語，你聽到了我的祈禱，然後就派來了這個送信的鳥使。這是隻什麼鳥？這是隻白色的大鳥。牠的潔白的羽毛在月光下熠熠生輝，牠的眼睛像鑲嵌在白金中的黃金。牠蹲在梧桐樹最高最俏的那根樹枝上，用最美麗的最親切的姿勢從高處望著我。鳥，鳥兒，神鳥，把我的比烈火還要熱烈、比秋雨還要纏綿、比野草還要繁茂的相思用你白玉雕琢成的嘴巴叼起來，送到我的心上人那裡去。只要讓他知道了我的心我情願滾刀山跳火海，告訴他我情願變成他的門檻讓他的腳踢來踢去，告訴他我情願變成他胯下的匹馬任他鞭打任他騎。告訴他我吃過他的屎……老爺啊我的親親的老爺我的哥我的心我的命……鳥啊鳥兒，你趕緊著飛去吧，你已經載不動我的相思我的情，我的相思我的情好似那一樹繁花浸透了我的血淚，散發著我的馨香，一朵花就是我的一句情話，一樹繁花就是我的千言萬語，我的親人……孫眉娘淚流滿面地跪在了梧桐樹下仰望著高枝上的鳥兒。她的嘴唇哆嗦著，從紅嘴白牙間吐露出呢呢喃喃的低語，她的真誠感天動地，那隻鳥兒哇哇地大叫著，一展翅消逝在月光裡，頃刻便不見了蹤影，彷彿冰塊融化在水中，彷彿光線加入到火焰裡……

一陣響亮的打門聲，把癡情中的孫眉娘驚得魂飛魄散。她急忙跑回屋子，匆匆穿上衣服。來不及穿鞋，赤著兩隻大腳，踩著被夜露打濕的泥地，跑到了大門邊。她用手搗著心，顫著嗓子問：

「誰？」

她多麼希望出現一個奇蹟，她多麼希望這是她的一片誠心感動了天地，神靈把紅線拋給了自己的心上人。那麼，他這是趁著月光探望自己來了。她幾乎就要跪在地上了，祈望著夢想成真。但是，門外傳進來那人的低聲回答：

「眉娘，開門……」

「你是誰？」

「閨女，我是你爹啊！」

「爹？你半夜三更怎麼到這裡來了？」

「別問了，爹遭了難了，快開門吧！」

她慌忙拔開門閂，拉開大門。隨著吱嘎吱嘎開張的門扇，她的爹——高密東北鄉著名的戲子孫丙，沉重地倒了進來。

藉著月光，她看到爹的臉上血跡斑斑。那部不久前在鬥鬚大會上雖敗猶榮的鬍鬚，只餘下幾根，鬈曲在滿下巴的血污之中。她驚問：

「爹，這是怎麼啦？」

她喚醒小甲，把爹弄到炕上。用筷子撬開緊咬的牙關，灌進去半碗涼水，他才甦醒過來。剛一甦醒他就伸手去摸自己的下巴，然後他就嗚嗚地哭起來。他哭得很傷心，好似一個受了大委屈的小男孩。血還從下巴上往外滲著，那幾根殘存的鬍鬚上沾著泥污。她用剪刀把它們剪去，從麵缸裡抓了一把白麵，掩在他的下巴上。這一來爹的面目全非，活活一個怪物。她問：

「到底是誰把你害成了這個樣子？」

爹的淚汪汪的眼睛裡，迸出了綠色的火星。他腮上那些肌肉一條條地綻起來，牙齒錯得咯咯響：

「是他，肯定是他。是他薅了我的鬍鬚，可他明明贏了，為什麼還不放過我？他當著眾人宣布赦免了我，為什麼還要暗地裡下此毒手？這個心比蛇蠍還要毒辣的強盜啊……」

現在，她感到自己的相思病徹底地好了。回想起過去幾個月的迷亂生活，她心中充滿了羞愧和後悔。彷彿自己與錢丁同謀，薅了爹的鬍鬚。她暗想著：錢大老爺，你實在太歹毒了，太不仗義了。

你哪裡是寬厚仁愛的父母官？分明是一個心狠手辣的土匪！你把我害得人不人鬼不鬼也就罷了，誰讓俺自輕自賤呢？可你不該對俺爹——一個在你面前已經服輸的人下這樣的黑手。你當著眾人的面宣布赦免了他，感動得俺下了跪，讓俺的一顆心為了你破碎，也為你贏得了寬宏大量的好名聲，但暗地裡你還是不放過他。你這個人面獸心的畜生，我怎麼會那樣癡迷地愛上你？你知道這幾個月來俺過的是什麼日子？想到此她感到悲憤難忍，錢丁啊，你薅了俺爹的鬍鬚，俺就要了你的狗命。

六

她精心挑選了兩條肥狗腿，拾掇乾淨了，放到老湯鍋裡，咕嘟咕嘟地煮起來。為了讓煮出的狗腿味道好，她往鍋裡新加了香料。她親自掌握著火候，先用大火滾燒，然後用微火慢燉。狗肉的香氣，散發到大街上。店裡的常客大耳朵呂七，聞著味道跑來，把店門拍得山響：「大腳仙子，大腳仙子，什麼風把天颳清了？你又開始煮狗腿了？俺先訂一條……」

「訂你娘的腿！」她用勺子敲打著鍋沿，高聲大嗓地叫罵著。一夜之間，她恢復了狗肉西施嬉笑怒罵的本色，相思錢丁時那迷人的溫柔不知道飛到哪裡去了。她喝了一碗豬血粥，吃了一盤狗雜碎，然後就用精鹽擦牙，清水漱口，梳頭洗臉，搽官粉，抹胭脂，脫下舊衣裳，換上新衣裳，對著鏡子她用手撩著水抿抿頭髮，鬢角上插了一朵紅絨花。她看到自己目光流盼，風采照人。她給自己的容貌迷住了，心中突然地又升起一股繾綣的柔情。這哪裡是去行刺，分明是去賣騷。她被自己的溫情嚇壞了。急忙把鏡子翻轉，咬牙切齒，讓恨火在胸中燃燒。為了堅定信心，不動搖鬥志，她特意到東屋裡去看了爹的下巴。爹下巴上的白麵已經嘎巴成了痂，散發著酸溜溜的臭氣，招來了成群的蒼蠅。爹的形容讓她既噁心又痛心。她揀起一根劈柴，戳戳爹的下巴。正在沉睡的爹嗷地叫了一聲，痛醒了，睜開浮腫的眼，迷茫地望著她。

「爹，我問你，」她冷冰冰地問，「深更半夜，你到城裡來幹什麼？」

「我逛窯子來了。」爹坦率地回答。

「呸！」她嘲弄地說，「你的鬍子是不是讓婊子們薅了去紮了蠅拂子？」

「不是，我跟她們處得很好，她們怎麼捨得薅我的鬍子？」爹說，「我從窯子裡出來，在縣衙後邊那條巷子裡，跳出了一個蒙面的人。他把我打倒在地，然後就用手薅我的鬍鬚！」

「他一個人就能薅掉你的鬍鬚？」

「他武藝高強，再加上我喝醉了。」

「你怎麼能斷定是他？」

「他下巴上套著一個黑色的布囊，」爹肯定地說，「只有好鬍鬚的人才會用布囊保護。」

「那好，我就去給你報仇，」她說，「儘管你是個混蛋，但你是我的爹！」

「你打算怎麼樣子給我報仇？」

「我去殺了他！」

「不，你不能殺他，你也殺不了他，」爹說，「你把他的鬍鬚薅下來一把就算替我報了仇。」

「好吧，我去薅了他的鬍鬚！」

「你也薅不了他的鬍鬚，」爹搖搖頭說，「他腿腳矯健，平地一跳，足有三尺高，一看就知道是個練家子！」

「你不知道『道高一尺，魔高一丈』？」

「我等著你的好消息，」爹用諷刺的口吻說，「只怕是肉包子打狗，有去無還。」

「你等著吧！」

「閨女，爹雖然沒出息，但畢竟還是你的爹，所以，我勸你不要去了。爹睡了這半夜，多少也想明白了。我給人薅了鬍子，是我罪有應得，怨不得別人。」爹說，「馬上我就要回去了，戲我也不唱了。爹這輩子，生生就是唱戲唱壞了。戲裡常說，『脫胎換骨，重新做人』，我這叫做『拔掉鬍子，重新做人』！」

「我不單為了你！」

她去了前屋的灶間，用鐵笊籬把狗腿撈出來，控乾了湯水，撒上了一層香噴噴的椒鹽。找來幾片乾荷葉，把狗腿包好，放在籃子裡。她從小甲的家什筐子裡，挑了一把剔骨用的尖刀，用指甲試了試鋒刃，感到滿意，就把它藏在籃子底下。小甲納悶地問：

「老婆你拿刀子幹什麼？」

「殺人！」

「殺誰？」

「殺你！」

小甲摸摸脖子，嘿嘿地笑了。

七

孫眉娘來到縣衙大門前，偷偷地塞給正在站哨的鳥槍手小囤一隻銀手鐲，然後在他的大腿上擰了一把，悄聲說：

「好兄弟，放我進去吧。」

「進去幹啥？」小匣喜歡得眼睛瞇成了一條縫，用下巴噘噘門側的大鼓，說：「要告狀你擊鼓就是。」

「俺有什麼冤屈還用得著來擊鼓鳴冤？」她把半個香腮幾乎貼到了小匣的耳朵上，低聲道，「你們大老爺託人帶話，讓俺給他去送狗肉。」

小匣誇張地抽著鼻子，說：「香，香，的確是香！想不到錢大老爺還好這一口！」

「你們這些臭男人，哪個不好這一口？」

「大嫂，伺候著大老爺吃完了，剩下點骨頭讓弟弟啃啃也好……」

她對著小匣的臉啐了一口，說：

「騷種，嫂子虧不了你！告訴俺，大老爺這會兒在哪間房裡？」

「這會兒嗎……」小匣舉頭望望太陽，說，「大老爺這會兒多半在簽押房裡辦公，就是那裡！」

她進了大門，沿著筆直的甬道，穿過了那個曾經鬥過鬍的跨院，越過儀門，進入六房辦公的院落，然後從大堂東側的迴廊繞了過去。遇到她的人，都用好奇的目光看著她。對他們她一律地報以甜蜜地媚笑，讓他們想入非非，神魂顛倒。衙役們盯著她款款扭動的腰肢，張開焦躁的口唇，流出貪饞的口涎。他們交換著眼神，會意地點著頭。送狗肉的，對，送狗肉的，大老爺原來也愛好這個。真是一條油光水滑、肥得流油的好母狗……衙役們想到得意處，臉上浮現出色迷迷的笑容。

邁進二堂後，她感到心跳劇烈，嘴裡發乾，雙膝酸軟。帶路的年輕書辦，停住腳步，用噘起的嘴唇，對著二堂東側的簽押房示意。她轉身想向年輕書辦表示謝意，但他已經退到院子裡去了。她站在簽押房的高大的雕花格子門前，深深地呼吸著，藉以平定心中的波瀾。從二堂後邊的刑錢夫子院裡，漫過來一陣陣濃郁的丁香花香，熏得她心神不定。她抬手理理鬢角，扶了扶那朵紅絨花，接著讓手滑下來，摸著衣裳的斜襟直到衣角。她輕輕地拉開門，一道繡著兩隻銀色白鷺的青色門簾擋在了她的面前。她感到心中一陣劇烈的氣血翻滾，不久前在水泊子裡看到的那兩隻接吻纏頸的親密白鷺的情景猛然地浮現在眼前。她緊緊地咬住了下唇才沒有讓自己發出哭聲。她已經說不出在自己心中翻騰著的究竟是愛還是恨，是怨還是冤，她只是感到自己的胸膛就要爆炸了。她艱難地往後退了幾步，將腦袋抵在了涼爽的牆上。

後來，她咬牙平息了心中的狂風巨浪，重回到門簾前。她聽到，簽押房裡傳出了翻動書頁的沙沙聲和茶杯蓋子碰撞杯沿的聲響。隨後是一聲輕輕的咳嗽。她感到心兒堵住了咽喉，呼吸為之窒息。是他的咳嗽聲，是夢中情人的咳嗽，但也是外表仁慈、心地凶殘、拔了爹的鬍鬚的仇人的咳嗽。她想起了自己屈辱的單相思，想起了呂大娘的教導和呂大娘配給自己吃的那副埋汰藥。強盜，俺現在明白了俺今天為什麼要來這裡，俺不過是打著為父報仇的幌子，把自己騙到了這裡。其實，俺的病已經深到了骨髓，這輩子也不會好了。俺是來求個解脫的，俺也知道他根本就不會把俺一個大腳的屠夫老婆看在眼裡。即便俺投懷送抱，他也會把俺推出去。俺是沒有指望了也沒有救了，俺就死在你的面前，或者是讓你死在俺的面前，然後俺再跟著你去死吧！

為了獲得突破這層門簾的勇氣，她想努力地鼓舞起自己的仇恨，但這仇恨宛如在春風裡飄舞著的柳絮，沒有根基，沒有重量，哪怕是颳來一縷微風，就會吹得無影無蹤。香花的氣息熏得她頭昏腦脹，心神不寧。而這時，竟然又有輕輕的口哨聲從房裡傳出，宛若小鳥的鳴囀，悅耳動聽。想不到堂堂的知縣老爺，還會如一個輕浮少年那樣吹口哨。她感到身體上，似乎被清涼的小風颼溜了一遍，皮膚上頓時就起了一層雞栗，腦子裡也開了一條縫隙。天老爺，再不行動，勇氣就要被徹底瓦解。她不得不改變計畫，提前把刀子從籃子底下摸出來，攥在手裡，她想一進去就把刀子刺入他的心，然後刺入自己的心，讓自己的血和他的血流在一起。她橫了心，猛地挑開了門簾，身體一側，閃進了簽押房，繡著白鷺的門簾，在她的身後及時地擋住了外邊的世界。

簽押房裡寬大的書案、書案上的文房四寶、牆上懸掛的字畫、牆角裡的花架、花架上的花盆、花盆裡的花草、被陽光照得通明的格子窗，等等一切，都是在激情的大潮消退之後，她才慢慢地看到的。掀簾進門時，跳入她的眼簾的，唯有一個大老爺。大老爺穿著寬大瀟灑的便服，身體仰在太師椅裡，那兩隻套在潔白的棉布襪子裡的腳，卻高高地擱在書案上。他吃了一驚的樣子，把雙腿從桌子上收回，臉上的驚愕表情流連不去。他坐直身體，放下書本，直直地盯著她，說：

「你……」

接下來就是四目對視，目光如同紅線，糾纏結繫在一起。她感到渾身上下，都被看不見的繩索捆住，連一點點掙扎的力氣也沒有了。胳膊上挎著的竹籃子和手裡攥著的刀子，一起跌落在方磚鋪成的地面上。刀子在地上閃光，她沒有看到，他也沒有看到。狗腿在地上散發香氣，她沒有嗅到，他也沒有嗅到。滾燙的淚水，從她的眼窩裡咕嘟咕嘟地冒出來。淚水濡濕了她的臉，又打濕了她胸前的衣服。那天她穿著一件藕荷色的綢上衣，袖口、領子和下襬上，都刺繡著精密的豆綠色花邊。高高豎起的衣領，襯得她的脖頸更加秀挺潔白。兩隻驕傲自大的乳房，在衣服裡咕咕亂叫。一張微紅的臉兒，恰似一朵粉荷花沾滿了露珠，又嬌又嫩又怯又羞。錢大老爺的心中，充滿了感動。這個彷彿從天而降的美人，儼然是他久別重逢的情人。

他站起來，繞過了書案。書案的稜角碰青了他的大腿他也感覺不到。他的雙眼始終盯著她的眼睛。他的心中只有這個美人，宛若即將羽化的蝴蝶塞滿了單薄的蛹皮，除此之外什麼都沒有了。他的眼睛潮濕了。他的呼吸粗重了。他的雙手伸出去，他的懷抱敞開了。距她還有一步遠時，他立定了。兩個人持續地對著眼睛，眼睛裡都飽含著淚水。力量在積蓄，溫度在升高。終於，不知是誰先誰後，兩個人閃電般地擁抱在一起。兩個人如兩條蛇糾纏著，彼此都使出了最大的力氣。他們的呼吸都停止了。周身的關節嘎嘎作響。嘴巴互相吸引著碰在了一起。碰到了一起就膠住了。他和她閉了眼。只有四片熱唇和兩根舌子在你死我活般的鬥爭著，翻江倒海，你吞我嚥，他們的嘴唇在灼熱中像麥芽糖一樣煬化了……然後，水到渠成，瓜熟蒂落，什麼力量也阻止不了他們了。在光天化日之下，在莊嚴的簽押房裡，沒有象牙床，沒有鴛鴦被，他和她蛻掉繭殼，誕生出美麗，就在方磚地上，羽化成仙。

第七章　悲歌

一

公元一九〇〇年三月二日，是大清光緒二十六年（庚子年）二月初二。這一天是傳說中蟄龍抬頭的日子。過了二月二，春陽發動，地氣開始上升；耕牛下田耙地保墒的工作指日可待。這一天，是高密東北鄉馬桑鎮的集日，貓了一冬的農民，有事的和無事的，都擁到集上。無錢的就逛大街，看熱鬧，蹭白戲；有錢的就吃爐包、坐茶館、喝燒酒。那天是個陽光明媚的日子，雖然還有小北風呼呼地颼著，但畢竟已是初春天氣，薄寒厚暖，愛俏的女人，已經換下了臃腫的棉衣，穿上了俐落的夾衫，顯出了身體的輪廓。

一大早，孫記茶館的老闆孫丙，就肩著擔子，挑著木桶，爬上高高的河堤，下到馬桑河畔，踏上木碼頭，挑來清澈的河水，準備一天的生意。他看到頭天還殘存在河邊的碎冰已經在一夜之間化盡，碧綠的河水上波紋縱橫，涼森森的水氣從河面上升。

去年的年頭不太景氣，春天旱，秋天澇，但無雹無蝗，還算六七成的年景。知縣錢大老爺體恤民情，往上報了水災，減免了高密東北鄉人民五成賦稅，使百姓們的日子，較之豐收的往年，反倒顯出了幾分寬裕。鄉民們感念錢大老爺的恩典，集資做了一把萬民傘，公推孫丙去敬獻。孫丙力辭，但鄉民們要起了無賴，乾脆就把萬民傘扔在茶館的店堂裡。

孫丙無奈，只好扛著萬民傘，進縣衙去見錢大老爺。這是他被薅了鬍鬚之後第一次進縣。走在縣城的大街上，他說不清心中是羞是怒還是悲，只感到下巴隱痛，兩耳發燒，雙手出汗。碰到熟人打招呼，未曾開言他的臉就紅了。他幾乎從熟人們的每一句話裡都聽出了暗含著的譏諷和嘲弄。欲待發作，又找不到個由頭。

進入縣衙之後，衙役把他引導到迎客廳。他扔下萬民傘，轉身就要走。就聽到了從門外傳來了錢丁朗朗的笑聲。那天錢丁身穿著長袍馬褂，頭戴著一頂紅纓小帽，手持著白紙摺扇，的確是儀態大方，舉止瀟灑。錢大老爺快步上前，執著他的手親切地說：

「孫丙啊，咱們兩個可真是不打不成交啊！」

孫丙看著錢丁下巴上那部瀟灑的鬍鬚，想想自己的曾經同樣地瀟灑的鬍鬚和現在變得瘌痢頭一樣的醜陋下巴，心中感到甜酸苦辣鹹五味俱全。他本來想說句有骨有刺的話，但從嘴裡吐出來的卻是：小民受東北鄉人民委託，前來給大老爺獻傘……說著，就將那把大紅的、寫滿了鄉民名字的羅傘展開，舉到錢丁的面前。錢丁激動地說：

「啊呀，本縣無才無德，怎敢受此隆譽？不敢當啊，委實不敢當……」

錢丁的謙遜讓孫丙心中感到了些許輕鬆，他直挺挺地站著說：大老爺如果沒有別的吩咐，小民就告辭了。

「你代表東北鄉民眾前來獻傘，讓本縣備感榮幸，哪能這樣就走？」錢丁大聲道，「春生——」

春生應聲進來，躬身道：

「老爺有什麼吩咐？」

「吩咐膳館擺宴，隆重款待，」錢丁道，「你順便去讓老夫子寫幾張請帖，把縣城裡的十大鄉紳請來作陪。」

那頓午宴十分豐盛。知縣親自把盞，頻頻勸酒；十大鄉紳輪流敬勸，把孫丙灌得頭昏腦脹，腳底無根，心中的芥蒂和莫名的尷尬全都煙消雲散。當衙役架著他的胳膊將他送出縣衙時，他竟然放開喉嚨唱了一句貓腔：

孤王穩坐在桃花宮，想起了趙家美蓉好面容……

過去的一年裡，高密東北鄉人民心情比較愉快，但不愉快的事情也有。最不愉快的事情就是：德國人要修一條從青島至濟南的鐵路，橫貫高密東北鄉。其實德國人要修鐵路的事，前幾年就開始風傳，但人們並不把它當真。直到去年那鐵路路基真的從青島爬過來了時，才感到問題嚴重。現在，站在馬桑河高高的河堤上，就能望到從東南方向爬過來的鐵路路基，猶如一條土龍，臥在平坦的原野上。在馬桑鎮的背後，德國人搭起的築路工棚和材料倉庫，突兀在離鐵路路基不遠的地方，遠看好似兩條齊頭並進的大船。

孫丙挑滿了水缸，擱下水桶和扁擔，吩咐新雇的小夥計石頭生火燒水。他到了前面，抹光了桌椅板凳，洗淨了茶壺茶碗，敞開了臨街的大門，坐在櫃檯後邊，吸著菸等待客人。

二

自從下巴上的鬍鬚被人薅去之後，孫丙的生活發生了重大的變化。

那天上午，在女兒家。他躺在炕上，仰望著已經懸掛在房梁上的繩子套兒，等待著女兒行刺不成或者行刺成功的消息，隨時準備懸梁自盡。因為他知道，女兒此去，無論是成功還是失敗，對他來說，都難免受牽連再入牢獄。他在縣獄裡待過，知道裡邊的厲害，所以寧願自殺，也不願進去受罪。

孫丙在炕上躺了整整一個白天，有時睡，有時醒，有時半睡半醒。在半睡半醒時，他的腦海裡就出現了在明亮的月光下那個彷彿從天而降的歹徒的形象……歹徒身材高大，腿腳矯健，行動迅捷，如同一匹巨大的黑貓。當時他行走在從十香樓通往曹家客棧的狹窄街巷裡，被月光照耀得通亮如水的青石街道上，搖曳著他長長的身影。十香樓裡的酒色使他腿軟頭昏，以至於當那黑衣人突然地出現在面前時，他還以為是個幻影。那人冷冷的笑聲使他清醒過來。他本能地將腰裡殘存的幾枚制錢扔在面前。在制錢落在石街上發出了清脆聲音後，他嘴裡夾纏不清地說：朋友，俺是高密東北鄉的孫丙，唱貓腔的窮戲子，身上的銀子還了風流債，改日請到東北鄉去，兄弟為您唱一本連台大戲……黑衣人根本就沒低頭看那幾枚制錢，而是一步步地緊逼上來。孫丙感到有一股冷氣從黑衣人的身上散發出來，頭腦頓時清醒了許多。這時，他才意識到自己碰到的絕不是一個為了圖財而劫道的毛賊，而是一個前來尋仇的敵人。他的腦子走馬燈般地旋轉著，回憶著那些可能的敵人；於此同時，他的身體慢慢地後退，一直退到了一個月光照不到的陰暗牆角；而這時，黑衣人在明處，全身上下銀光閃閃，透過蒙面的黑紗，似乎能看清他稜角分明的臉龐。黑衣人從下巴上垂掛下來蓬鬆在胸前的那個黑布囊突然地跳進了孫丙的眼簾，他感到被這突發事件搞得昏昏沉沉的頭腦裡開了一條縫隙，一道靈光閃過，知縣的形象彷彿從黑衣內蟬蛻而出。恐懼感頓時消逝，心中升騰起仇恨和鄙視。原來是大老爺，他鄙夷地說。黑衣人繼續發出冷冷的笑聲，並且用手將那蓬鬆的布囊托起來抖了抖，似乎是用這個動作來證明孫丙的判斷正確無誤。說吧，大老爺，孫丙道，到底要俺怎麼樣？說完了這話，他攥緊了拳頭，準備與化裝夜行的縣太爺一搏。但沒等他出手，下巴上就感到一陣撕皮裂肉般的劇痛，而一綹鬍鬚已經在黑衣人的手中了。孫丙尖叫著朝黑衣人撲去。他唱了半輩子戲，在戲台上能翻空心筋斗，能跌殭屍，這一套雖然不是真正的武功，但對付一個秀才還是綽綽有餘。孫丙怒火填膺，抖擻起精神，撲進月光裡，與黑衣人拚命，但他的手還沒觸及到黑衣人的身體，自己就仰面朝天跌倒在街道上。堅硬的石頭碰撞著他的後腦勺子發出了沉悶的聲響，一陣劇痛使他暫時地喪失了知覺。等他清醒過來時，黑衣人沉重的大腳已經踩在了他的胸脯上。他艱難地喘息著，說：大老爺……您不是已經赦免了俺了嗎？怎麼又……黑衣人冷笑一聲，依然不說話，他的手揪住孫丙一撮鬍鬚，猛地一扯，那撮鬍鬚就在他的手中了。孫丙痛苦地喊叫起來。黑衣人扔掉鬍鬚，從身邊撿起一塊石頭蛋子，準確地填進孫丙的嘴巴裡。然後，他就用準確而有力的動作，片刻之間就把孫丙的鬍鬚薅乾淨。等孫丙艱難地從地上爬起來時，黑衣人已經無影無蹤，如果不是下巴和後腦勺子上的尖銳痛楚，他還以為自己是在一個夢境裡。他用手摳出了把口腔塞得滿當當的石頭蛋子，眼淚嘩嘩地流了出來。他看到，在被月光照亮的青石街上，自己的鬍鬚，宛如一撮撮凌亂的水草，委屈地扭動著……

傍晚時，女婿樂呵呵地進來一次，扔給他一個大燒餅，然後又樂呵呵地出去了。一直等到掌燈時分，女兒才從外邊回來。在通明的紅燭照耀下，她歡天喜地，根本不似殺人歸來，也不似殺人未遂歸來，而彷彿是去參加了一個盛大的結婚宴會。沒及他張口詢問，女兒就拉下了臉，說：

「爹，你胡說八道！錢大老爺是個書生，手軟得如同棉胎，怎麼會是蒙面大盜？我看你是讓那些臭婊子們用馬尿灌糊塗了，眼睛不管事了，腦子也不好使了，才說出那些渾話。你也不想想，即便是錢大老爺想薅你的鬍子，還用得著他堂堂知縣親自動手？再說了，他要真想薅你的鬍子，鬥鬚的時候，讓你自己薅掉不就得了？人家何必赦免你？再說了，就衝著你罵那句髒話，人家就可以正大光明地要了你的命，即便不定你的罪，關死在班房裡的人多了去了，人家還跟你鬥什麼鬍鬚？爹，你也是扔掉四十數五十的人了，還是這樣的老不正經。整日家眠花宿柳，偷雞摸狗，我看薅了你的鬍子的，是天老爺派下來的神差。這是上天給你的一個警告，如果你還不知悔改，下次就會把你的頭拔了去！」

女兒連珠砲般的話語，激得孫丙大汗淋漓。他疑惑地看著女兒一本正經的臉，心裡想：是不是活見了鬼？這些話，十句中倒有八句不是女兒的聲口。僅僅一天不到的工夫，她就像換了個人似的。他冷笑一聲，說：

「眉娘，姓錢的在你的身上使了什麼魔法？」

「聽聽你這話，還是個爹嗎？」眉娘翻了臉，怒道，「錢大老爺是堂堂正正的君子，見了俺目不斜視，」她從懷裡摸出一錠白花花的大銀子，扔到炕上說，「大老爺說了，『王八戲子鱉待詔』，正經人沒有幹這個的。大老爺賞給你五十兩銀子，讓你回去解散戲班子，做個小買賣。」

他心中惱怒，很想把那錠銀子擲回去，顯示一下高密東北鄉人的骨氣，但把銀子抓到手裡後，那涼爽柔軟的感覺，令他實在不忍釋手。他說：

「閨女，這錠銀子，不會是鉛心裹了錫皮吧？」

「爹，你胡說什麼？」眉娘怒氣沖沖地說，「你和俺娘的事，別以為俺不知道。你風流成性，把俺娘活活氣死，又差點兒讓黑驢把俺咬死。為此俺記恨你一輩子！但爹是換不了的，縱有千仇萬恨，爹還是爹。這個世界上，剩下一個真心希望你好的人，那也必定是我。爹，聽錢大老爺的勸告，回去幹點正經事兒，有那合適的，就娶了，好好地過幾年太平日子吧。」孫丙懷揣著那枚大銀子，返回了高密東北鄉。一路上他時而怒火填膺，時而羞愧難當。遇到行人他就用袖子捂住嘴巴，生怕讓人看到自己血糊糊的下巴。臨近家鄉時，他蹲在馬桑河邊，在如鏡的水面上，看到了自己醜陋的臉。他看到自己的臉上布滿了皺紋，雙鬢如霜，似乎是一個衰朽殘年的老人了。他長歎一聲，撩起水，忍著痛，洗了臉，然後回了家。

孫丙解散了戲班子。班子裡唱旦的小桃紅，是個孤女，原本就跟他有一腿，藉著這個機會，索性明媒正娶了。雖說年齡相差很多，但看上去還算般配。兩口子用錢大老爺賞給的銀子，買下了這處當街的院落，稍加改造，成了孫記茶館。去年春上，小桃紅生了龍鳳胎，大喜。錢大老爺派人送來了賀禮：一對銀脖鎖，每個一兩重。這事轟動了高密東北鄉，前來賀喜者甚多，擺了四十多桌喜酒，才把賀客宴遍。人們私下裡傳說，錢大老爺是孫丙的半個女婿，孫眉娘是半個縣令。乍聽了這些話，他感到很恥辱，但時間一長，也就麻木不仁了。他丟了鬍鬚，就如剪掉了鬃毛和尾巴的烈馬，沒了威風也減了脾氣，橫眉豎目的臉，漸漸變得平和圓潤。如今的孫丙，過上了四平八穩的幸福生活。他滿面紅光，一團和氣，儼然一個鄉紳。

三

半上午的時候，茶客爆滿。孫丙脫了棉袍，只穿一件夾襖，肩上搭了一條毛巾，提著高粱長嘴大銅壺，跑前跑後，忙得滿頭冒汗。他原本就是唱老生的，嗓口蒼涼高亢。現在他把戲台上的功夫用在了做生意上，吆喝起來，有板有眼，跑起堂來，如舞如蹈。他手腳麻利，動作準確，舉手投足，節奏分明。他的耳邊，彷彿一直伴著貓鼓點兒，響著貓琴、琵琶和海笛齊奏出來的優美旋律。林沖夜奔。徐策跑城。失空斬。風波亭。王漢喜借年。常茂哭貓……他沖茶續水，跑前跑後，忘記了身前身後事，沉浸在幸福的勞動中。後院裡，壺哨子吱吱地響起來了。他趕快跑去提水。小夥計石頭，一頭亂髮上落滿煤屑，臉蛋抹得烏黑，更顯得牙齒雪白。看到掌櫃的來了，石頭更加賣力地拉動風箱。四眼煤灶上，並排坐著四把大銅壺。爐火熊熊，沸水濺到煤火裡，滋啦啦響，白煙升起，香氣撲鼻。妻子小桃紅，一手拉著一個蹣跚學步的孩子，要到馬桑集上去看熱鬧。孩子的笑臉，好像燦爛的花朵。小桃紅說：

「寶兒，雲兒，叫爹爹！」

兩個孩子含糊不清地叫了。他放下水壺，用衣襟擦擦手，把兩個孩子抱起來，用結滿了疤痕的下巴親了親他們嬌嫩的小臉。孩子臉上散發著一股甜甜的奶腥味兒。孩子們發出了咯咯的笑聲，孫丙的心裡，彷彿融化了蜜糖，甜到了極點後，略微有點酸。他的小步子邁得更輕更快，應答顧客的聲音更明更亮。他臉上的笑容可掬，無論多麼拙的眼色，也可以看出他是一個幸福的人。

忙裡偷出一點閒，孫丙倚靠在櫃檯上，點燃一鍋菸，深深地吸了一口。從敞開的大門，他看到妻子拉著兩個孩子，混在人群裡，向集市的方向走去。

在緊靠著窗戶的那張桌子前，坐著一個耳大面方的富貴人。他姓張，名好古，字念祖，人稱張二爺。二爺五十出頭年紀，面孔紅潤，氣色極好。他那顆圓滾滾的大頭上，尖著一個黑緞子瓜皮小帽，帽臉上綴著一塊長方形的綠玉。二爺是高密東北鄉的博學，捐過監生，下過江南，上過塞北，自己說與北京城裡的名妓賽金花有過一夜風流。天下的事，只要你提頭，沒有他不知尾的。他是孫記茶館裡的常客，只要他老人家在座，就沒有旁人說話的分兒。二爺端起青花茶碗，摘下碗蓋，用三根指頭捏著，輕輕地蕩去碗面上的茶沫，吹一口氣，啜一小口，巴噠巴噠嘴，道：

「掌櫃的，這茶為何如此地寡淡？」

孫丙慌忙磕了菸袋，小跑過去，點頭哈腰地說：

「二爺，這可是您老喝慣了的上等龍井。」

二爺又啜了一小口，品品，道：

「畢竟還是寡淡！」

孫丙忙道：

「要不，給您老燒個葫蘆？」

「焦一點！」二爺道。

孫丙跑回櫃檯，用銀釬子插住一個罌粟葫蘆，放在長燃不息的豆油燈上，轉來轉去的燒烤著。怪異的香氣，很快就瀰漫了店堂。

喝過半盞泡了罌粟葫蘆的濃茶之後，二爺的精神頭兒，明顯地提高了。他的目光，活潑潑的雙魚兒也似，在眾人的臉上游走著。孫丙知道，二爺很快就要高談闊論了。面黃肌瘦的吳大少爺，齜著讓煙茶熏染黑了的長牙，啞著嗓子問：

「二爺，鐵路方面，可有什麼新的消息？」

二爺把茶碗往桌子上一頓，上唇一噘，鼻子一哧哼，胸有成竹、居高臨下地說：

「當然有新消息。我跟你們說過的，咱家那位鐵杆的朋友萬東江潤華先生，是萬國公報的總主筆，家裡開著兩台電報機，接受著來自東洋西洋的最新消息。昨天，咱家又接到了他的飛鴻傳書——慈禧老佛爺，在頤和園萬壽宮，傳見了德意志大皇帝的特使，商談膠濟鐵路修建事宜。」

吳大少爺拍手道：

「二爺，您先別說，讓小的猜猜。」

「你猜，你猜，」二爺道，「你要能猜對，今日各位的茶錢，張某人全包了。」

「二爺豪爽，真乃性情中人也！」吳大少爺說，「我猜著，咱們的萬民摺子起了作用。鐵路要改線了！」

「萬幸，萬幸，」一個花白鬍子的老者念叨著，「老佛爺聖明，老佛爺聖明！」

二爺搖搖頭，歎息道：

「各位的茶錢，只能自己付了。」

「到底還是不改線？」吳大少爺忿忿地說，「那我們這萬民摺子白上了？」

「你們那萬民摺子，早被不知哪位大人當手紙用了！」二爺悻悻地道，「你以為你是誰？老佛爺親口說了，『萬里黃河可改道，膠濟鐵路不改線』！」

眾人都喪了氣，茶館裡一片歎息之聲。面有一塊白癬的曲秀才說：

「那麼，德皇派特使來，是要加倍發給咱們占地毀墳的賠償費了？」

「曲兄的話終於沾邊了，」二爺繪聲繪色地說，「那德皇特使見了老佛爺，先行了三跪九叩首的大禮，然後就呈上了一本帳。帳本是用一等的小羊皮縫成的，一萬年也壞不了。特使說，德意志大皇帝說了，絕不讓高密東北鄉人民吃虧。占地一畝，賠銀子一百兩；毀墳一座，賠銀子二百兩。一杠杠銀子，早就用火輪船發過來了！」

眾人呆了片刻，頓時一片譁然。

「他娘的，占了俺一畝二分多地，只賠了八兩銀子。」

「毀了俺家兩座祖墳，也僅僅賠了十二兩！」

「銀子呢？銀子到哪裡去了？」

「吵什麼？吵什麼？」二爺拍拍桌子，不滿地說，「吵破天屁用也不管！告你們說吧，銀子，都被那些二鬼子翻譯、漢奸買辦們從中剋扣去了！」

「不錯！不錯！」吳大少爺說，「認識前屯炸油條的小球嗎？這小子，給德國鐵路技師的翻譯家當了三個月小聽差，光每晚上伺候牌局子，撿掉在地上的鷹洋，就撿了半麻袋！嗨，只要是跟鐵路沾點邊的，不管是烏龜還是王八，都發了大財！要不怎麼說，『火車一響，黃金萬兩』呢！」

「二爺，」曲秀才小心翼翼地問，「這些事兒，老佛爺知道不？」

「你問我？」二爺虎著臉說，「我問誰去？」

眾人不由地苦笑起來。笑罷，都低了頭，唏溜唏溜地喝茶。

冷場片刻，二爺鬼鬼祟祟地往外看看，生怕人偷聽了似地，壓低了嗓門，說：

「還有更加可怕的事呢，你們想聽嗎？」

眾人都眼巴巴地盯著二爺的嘴，靜靜地期待著。

二爺環顧左右，神祕地說：

「咱家一個要好的朋友，王雨亭沛然先生，在膠州衙門裡做幕，近日來，接了數十起怪案——許多的男人，一覺醒來，腦後的辮子，都齊著根兒讓人給剪去了！」

眾人的臉上，都顯出吃驚的神色，無人敢插話，都豎著耳朵，靜聽著二爺往下說。

「那些被剪了辮子的男人，先是頭暈眼花四肢無力，接著就精神恍惚，言語不清。成了地道的廢人。」二爺說，「百藥無效，因為這根本就不是體內的病。」

「難道又要鬧長毛？」吳大少爺說，「俺聽老人們講過，咸豐年間，長毛北伐，先割辮子後割頭。」

「非也，非也，」二爺道，「這次割辮，聽說是德國傳教士施了魔法。」

曲秀才疑惑地問：

「割去那些髮辮，究竟要派何用場？」

「迂腐，」二爺不滿地說，「你以為人家要的真是你的辮子？人家要的是你們的靈魂！那些丟了辮子的人，為什麼出現那樣的症狀？不正是丟了靈魂的表現嗎？」

「二爺，俺還是有些不明白，」曲秀才道，「德國人抓了那些靈魂去又有什麼用處？」

二爺冷笑著，不回答。

吳大少爺猛醒道：

「哎呀二爺，俺似乎有些明白了！這事，肯定與修鐵路有關！」

「到底還是吳大少爺聰明，」二爺壓低嗓門，更加神祕地說，「下面的話，千萬別去亂傳——德國人把中國男人的辮子，壓在了鐵路下面。一根鐵軌下，壓一條辮子。一根辮子就是一個靈魂，一個靈魂就是一個身強力壯的男人。你們想，那火車，是一塊純然的生鐵造成，有千萬斤的重量，一不喝水，二不吃草，如何能在地上跑？不但跑，而且還跑得飛快？這麼大的力量是從哪裡來的？你們自己想想吧！」

眾人目瞪口呆，店堂內鴉雀無聲。後院裡的壺哨子吱吱地叫著，尖銳的聲音刺激著人們的耳膜。大家都感到一種巨大的恐懼正在襲來，脖子後邊生出森森的涼氣，彷彿懸著一把隱形的剪刀。

正在眾人憂慮重重，為了自己的腦後髮辮擔憂時，鎮上中藥鋪的小夥計秋生，急火燎毛般地躥了進來。他對著孫丙，上氣不接下氣地說：

「孫掌櫃的……不好了……俺家掌櫃的讓俺來告訴您……德國技師，在集上欺負您的老婆呢……俺掌櫃的說，快去，去晚了就要出大事了……」

孫丙大吃了一驚，手裡的銅壺砰然落地，濺起了熱水和騰騰的蒸氣。隨即就有洶湧的烈火燒熱了他周身的血液。茶客們看到，他的疤痕累累的下巴可怕地扭動著，臉上的平安詳和之氣展翅飛走，顯出了一副凶神惡煞般的猙獰面孔。他右手一按櫃檯，身體偏轉飛起，輕快地躍了出來。倉卒間他順手抄起了頂門的棗木棍子，身子一擰就躥到了大街之上。

茶客們也紛紛地激動起來，嗡嗡地聲音連成一片。大家剛被剪辮案驚嚇得心神不寧，突然又接到了德國人欺負中國女人的消息，於是恐懼在一瞬間轉變成了憤怒。自打德國人開始修建膠濟鐵路以來鄉民們心中累積的不滿，終於變成了仇恨。高密東北鄉人深藏的血性迸發出來，人人義憤填膺，忘掉了身家性命，齊聲發著喊，追隨著孫丙，衝向集市。

四

孫丙沿著狹窄的街道奔跑，耳邊颳著呼呼的風。他感到沸騰的血一股股直衝頭頂，耳為之轟鳴，眼為之昏花。路上的人物都彷彿是用紙殼糊成的，被他狂奔的身體激起的氣浪衝擊得東倒西歪。一張張歪曲變形的面孔，貼著他的肩膀滑過去。他看到，在濟生堂中藥舖和李錦記雜貨舖前面的空場上，一群人擁擠著圍成一個圓圈。他看不到人群裡的情景，但他聽到了妻子嘶啞的叫罵聲和他的寶兒、雲兒的嚎哭聲。他一聲長吼，宛如虎嘯狼吟。他高高地舉起紫紅色的棗木棍子，狂獸般跳躍而來。眾人紛紛地為他閃開一條道路。他看到，兩個腿如鷺鷥、頭如梆子的德國技師，一個在前，一個在後，正在用他們的手，摸著妻子的身體。妻子用雙臂慌亂地遮擋著，但擋住了胸膛擋不住屁股，擋住了屁股暴露出胸脯。德國技師生著細密絨毛、粉紅色的手，如同八爪魚的柔軟腕足一樣難以逃避。德國技師的綠眼珠子如同燐火一樣閃爍著。幾個陪伴著他們逛街趕集的二鬼子，站在一邊，拍著手哄笑。他的寶兒和雲兒，在地上滾著爬著哭著。他狂叫一聲，好似受了重傷的猛獸，手中沉重得賽過鋼鐵的棗木棍子，挾著一股黑紅的風，砸在了那個把兩隻手插在了妻子褲襠中、弓著身子、背向著他的德國技師的閃爍著銀灰色光澤、長長的後腦勺子上。他聽到棗木棍子與德國人的腦袋接觸時發出了一聲黏唧唧的膩響，手腕子也感到了一陣震顫。德國技師的身體古怪地往上躥了一下，隨即便軟了，但他的兩隻長臂還深深地探進妻子的褲襠裡。德國技師高大的身體把小桃紅壓倒在地。孫丙看到，很多黑紅的血，從德國技師的腦袋裡流出來。隨即他就聞到了熱烘烘的血腥氣。他看到，適才還在自己的妻子面前摸她乳房的那個德國技師的嬉皮笑臉，瞬間便成了齜牙咧嘴的鬼模樣。他努力地想把棗木棍子再次舉起來砸眼前這個摸妻子胸乳的洋鬼，但雙臂又痠又麻，棗木棍子失手脫落。適才那致命的一擊，已經耗盡了他的力量。但是他看到，在自己的身後，已經舉起了樹林般的器械，有扁擔，有鋤頭，有鐵鍬，有掃帚，更多的是攥緊了的拳頭。喊打的聲音震耳欲聾。那些幫閒的鐵路小工和二鬼子們，架起那個嚇呆了的德國技師，衝出人群，跌跌撞撞地往前跑去，把那個受了沉重打擊的德國技師扔在了人堆裡。

孫丙呆了片刻，低下頭，用軟弱無力的手，把壓在妻子背上、還在古怪地顫抖著的德國技師的身體掀到一邊。德國技師插在妻子褲襠裡的雙臂，彷彿大樹的根子，漫長得無有盡頭。他看到妻子背上，沾滿了德國技師的鮮血。他噁心極了，只想嘔吐。他只想嘔吐，甚至顧不上把趴在地上的妻子拉起來。是妻子自己爬了起來。她凌亂的頭髮下，那張瘦削的臉上，沾滿了泥土、淚水和血污，顯得是那樣地醜陋可怕。她哭叫著撲進他的懷裡。他只想嘔吐，連摟抱她的力量也沒有了。妻子突然地從他的懷裡脫出去，撲向還在地上嚎哭的兩個孩子。他站在那裡，不錯眼珠地看著德國技師的抽搐不止的身體。

五

面對著德國技師的死蛇一樣的身體，他隱隱約約地感到一場大禍已經來到了眼前。但他的心裡，卻有一個理直氣壯的聲音在為自己辯護著：他們調戲我的妻子，他的手已經插進了我妻子的褲襠。他們還傷害了我的兒女。所以我才打了他。如果他的手插進了你的妻子的褲襠，你能無動於衷嗎？再說，我並沒有想把他打死，是他的頭太不結實。他感到自己義正辭嚴，句句都占著情理。鄉親們都可以作證，那些鐵路小工也可以作證。你們也可以問問另外那位德國技師，只要他還良心未昧，他也可以證明，是他們先調戲了我的妻子，欺負了我的孩子，我才情急之下用棍子打了他。儘管他感到情理在手，但他的雙腿還是感到痠軟無力，嘴巴裡又乾又苦，那種大禍臨頭的感覺占滿了頭腦，驅之不散，揮之不去，使他喪失了複雜思維的能力。街上看熱鬧的群眾，已經有相當多的，悄悄地溜走了。路邊的攤販，手忙腳亂地開始收拾東西，看樣子也想及早地離開是非之地。大街兩側的店舖，大白著天，竟然關上了店門，掛出了盤點貨物的木牌。灰白的街道，突然變得寬廣了許多，遒勁的小北風，颳著枯葉和碎紙，在空曠的大街上滾動。幾條毛色骯髒的狗，躲在胡同裡，汪汪地吠著。

他恍惚覺得，自己一家，彷彿置身於一個舞台的中央，許多人都在看他們的戲。從周圍店舖的門縫裡，從臨街人家的窗眼裡，以及從許多陰暗的地方，射出了一道道窺測的光線。妻子摟著兩個孩子，在寒風中哆嗦。她用可憐巴巴的眼睛看著他，正在乞求著他的寬恕和原諒。兩個孩子，把腦袋扎到母親的衣襟裡，宛如兩個嚇破了苦膽，顧頭不顧腚的小鳥。他的心，彷彿讓人用鈍刀子割著，痛苦無比。他的眼窩子發熱，鼻子發酸，一股悲壯的情緒，油然地生出來。他踢了那個抽搐著的德國技師一腳，罵道：「你他媽的就躺在這裡裝死吧！」他揚起頭，對著那些躲躲閃閃的眼睛，高聲道，「今天的事，鄉親們都看到了，如果官府追查下來，請老少爺們說句公道話，俺這邊有禮了。」他雙手抱拳，在街中央轉了一圈，又說，「人是俺打死的，一人做事一人擋，絕不連累各位高鄰！」

他抱起兩個孩子，讓妻子牽著自己的衣角，一步步往家走去。冷風吹過，他感到脊背冰涼，被汗水溻濕的夾襖，如同鐵甲，摩擦著皮膚。

六

第二天，他還是一大早就開了店門，拿著抹布，擦拭著店堂裡的桌椅。小夥計石頭，還在後邊努力地拉著風箱燒水。四把被燒開了的大銅壺，在爐子上吱吱地尖叫。但太陽東南晌了，還沒有一個茶客登門。店前的大街上，冷冷清清，連一個人影子也沒有，只有一陣陣的冷風，攜帶著枯枝敗葉吹過去。妻子一手抱著一個孩子，寸步不離地跟隨著他；那兩隻黑白分明的大眼睛裡，跳動著驚恐不安的光芒。他摸摸孩子的頭，輕鬆地笑著說：

「回屋去歇著吧，沒有事的，沒事，是他們調戲良家婦女，砍頭也該砍他們的頭！」

他知道自己是故作鎮靜，因為他看到自己捏著抹布的手在不由自主地顫抖。後來，他逼著妻子回到後院，自己坐在店堂裡，手拍著桌子，放開喉嚨，唱起了貓腔：

「望家鄉去路遙遙，想妻子將誰依靠，俺這裡吉凶未可知，哦呵她，她在那裡生死應難料。呀！嚇得俺汗津津身上似湯澆，急煎煎心內熱油熬……」

一曲唱罷，就如開了閘的河水，積攢了半生的戲文，滔滔滾滾而出。他越唱越悲壯，越唱越蒼涼，一行行熱淚流到斑斑禿禿的下巴上。

那一天，全馬桑鎮的人們，都在靜靜地聆聽著他的歌唱。

在歌唱中熬過了漫長的一天，傍晚時分，血紅的夕陽照耀著河堤上的柳樹林子，成群結隊的麻雀在一棵蓬鬆的柳樹冠上齊聲噪叫，彷彿在向他暗示著什麼。他關上了店門，手持著那根棗木棍子坐在窗前等待著。他撕破窗紙，監視著街上的動靜。小夥計石頭給他端來了一碗小米乾飯，他吃了一口，喉嚨就哽住了，一陣大咳，米粒如鐵沙子一樣從鼻孔裡噴出來。他對石頭說：

「孩子，師傅惹下了大禍，德國人遲早要來報復，趁著他們還沒來，你趕快逃走吧！」

「師傅，我不走，我幫您打！」石頭從懷裡摸出一把彈弓，說，「我打彈弓特別有準頭！」他沒有再勸石頭。他的嗓子已經啞得連話也說不出來了。他感到胸口痛疼難挨，就如當年學戲倒倉時的感覺相似。但他的手腳還在抖著，心裡還在吟唱著那些一波三折的戲文。

當一鉤新月低低地掛上柳梢時，他聽到從西邊的石板街上，響來了一串蹄聲。他猛地跳起來，發燒的手攥緊棍子，時刻準備著反抗。他看到，在微弱的星月照耀下，一匹黑色的大騾子，顛顛蹦蹦地跑了過來。騾子上的人一身黑衣，臉上蒙著黑紗，看不清面貌。

那人在茶館門前滾鞍下騾，然後就敲響了店門。

他手持大棍，屏住呼吸，躲在門後。

敲門聲不重，但非常急促。

他啞著嗓子問：

「誰？」

「我！」

他一下子就聽出了女兒的聲音，急忙拉開門，黑色的眉娘一閃而進，馬上就說：

「爹，什麼都別說了，快跑！」

「我為什麼要跑？」他怒氣沖沖地說，「是他們首先調戲良家婦女——」

女兒打斷他的話，道：

「爹，你闖了大禍了，德國人的電報，已經拍到了北京、濟南，袁世凱拍來電報，讓錢大老爺連夜來抓你，捕快們的馬隊，已經離這裡不遠了！」

「還有沒有天理公道——」

他還想爭辯，女兒惱怒地說：

「火燒眉毛了，你還說這些廢話！要想活，就躲出去，不想活，就等著他們來吧！」

「我跑了，她們怎麼辦？」

「他們來了，」女兒側耳聽著，遠處果然傳來了隱約的馬蹄聲，「爹，是走還是留，你自己拿主意吧！」她側身閃出屋子，但又立即探回半截身子，說，「你跑，讓小桃紅裝瘋！」

他看到女兒的身體一縱，輕捷地躍上騾背，身體前伏，彷彿與騾子融為一體。騾子噴著響鼻朝前跑去。騾臀上星光閃爍，剎那間融入黑暗，一溜蹄聲向東去了。

他急忙關門回身，看到妻子已經披散了頭髮，臉上也塗了層煤灰，上衣裂開，露出一片雪胸脯，站在了自己面前。她嚴肅地說：

「聽眉娘的話，快跑！」

他望著在昏暗中閃閃發光的妻子的眼睛，心中湧起一股酸楚的激情。在這個特別的時刻，他才感覺到這個外貌柔弱的女人是如此的勇敢和急智。他撲上前去，緊緊地抱住妻子。妻子用力推開他，說：

「快跑，他爹，不要管我們！」

他躥出了店門，沿著平時挑水走熟了的那條小路，爬上了馬桑河大堤。他隱身在一棵大柳樹的後邊，居高臨下地注視著寧靜的村鎮、灰色的道路和自家的房屋。他清楚地聽到了寶兒和雲兒的哭泣聲，心痛如割。那鉤蛾眉新月低低地懸在西天的邊上，顯得格外的嫵媚。廣大的天幕上綴滿繁星，星光璀璨，宛若寶石。鎮子上漆黑一片，沒有一戶人家點燈。他知道，人們都沒入睡，都在靜靜地聽著街上的動靜，似乎沉在黑暗中就能弭禍消災一樣。馬蹄聲由遠而近，鎮上的狗咬成了一片。黑黢黢的馬隊擁擁擠擠地過來了，看不清到底有多少匹馬，只聽到石頭街上蹄聲一片，只看到馬腳上的蹄鐵與街上的石頭相碰，濺起一串串巨大的暗紅色火星。

馬隊擁到了他家的店門前，亂紛紛地轉了幾圈停住了。他看到模模糊糊的捕快從模模糊糊的馬背上模模糊糊地跳下來。捕快們吵吵鬧鬧，好像是要故意地暴露目標一樣。吵了一陣，他們才點燃了幾根隨身帶來的火把。火光照亮了黑暗的街道和房屋，也照亮了河堤上的柳樹。他將身體緊縮起來躲到樹後。樹上的宿鳥被驚動，撲撲棱棱地飛起來。他回頭望了一眼身後的河水，做好了跳水逃命的準備。但捕快們根本就沒留意樹上的鳥亂，更沒人想到要到河堤上巡邏一番。

這時他看清了，一共有九匹馬。馬們毛色斑駁，有白有黑，有紅有黃。都是些本地出產的土種馬，模樣不俊，膘不肥，體不壯，鬃毛凌亂，鞍具破舊。有兩匹馬根本就沒有鞍具，只在馬腰上搭了一條麻袋。在火把的照耀下，馬的頭顯得又大又笨，馬的眼顯得又明又亮。捕快們舉著火把，特意地照看了店門上方懸掛的匾牌，然後便不緊不慢地敲門。

沒人來開門。

捕快們砸門。

他隱隱約約地感覺到，這些捕快，根本就沒想抓他，如果真要抓，他們就不會這樣子磨蹭，他們也不會這樣耐著性子敲門。他們當中不乏翻牆越屋的高手。他的心中，生出了許多的對捕快們的好感。當然他更明白，捕快的背後，是錢大老爺，而錢大老爺的背後，是自己的女兒眉娘。

店門終於被砸開了，捕快們舉著火把，大搖大擺地走了進去。他隨即聽到了妻子裝瘋賣傻的哭聲和笑聲，還有兩個孩子驚恐萬端的哭聲。

捕快們折騰了一陣，打著火把出來，有的嘴裡嘟噥著什麼，有的連連打著呵欠。他們在店前磨蹭一陣，便吆二喝三地上馬走了。馬蹄聲和火光穿街而過，鎮子裡恢復了寧靜。他正要下堤回家，就看到，鎮子裡的千家燈火，如同接到了一個統一的命令似的，一齊亮了。停了片刻，大街上便出現了幾十盞燈籠，匯集成一條燈火的長蛇，飛快地朝他家的方向移動。他的雙眼裡，流出來滾燙的淚水。

七

遵照著有經驗的老人的指示，在以後的幾天裡，他白天還是躲了出去，到了夜晚人腳安定之後再悄悄地溜回來。白天他躲到馬桑河對岸那一大片柳樹林子裡。那裡邊有十幾棟鄉民們烤菸用的小土屋子。他白天在那些小土屋裡睡覺，到了晚上，就過河回家。第二天早晨，用包袱包著煎餅，用葫蘆頭提著水，再回到土屋裡去。

緊靠著他藏身土屋的那幾棵大柳樹上，有十幾個喜鵲的巢穴。他躺在土炕上，吃了睡，睡了吃。起初他還不敢出屋，漸漸地就喪失了警惕。他溜到樹下，仰著臉看喜鵲吵架。一個放羊的身材高大的青年與他成了朋友。青年名字叫木犢，非常的憨厚，心眼子有點不夠用。他把自己的煎餅送給木犢吃，並且對他說了自己就是那個打死德國鐵路技師的孫丙。

二月初七日，也就是打死德國技師的第五天中午。他吃了幾張煎餅，喝了一碗涼水，躺在土炕上，聽著外邊喜鵲的喳喳聲和啄木鳥鑽樹洞的篤篤聲，迷迷糊糊，似睡非睡。突然從河對岸傳來一聲特別尖銳的槍響。這是他平生第一次聽到後膛快槍的聲音，與土槍土砲的聲音大不一樣。他的心裡一驚，知道大事不好了。他從炕上跳起來，抄起棗木棍子，把身體影在破舊的門板後邊，等待著他的敵人。隨即又是幾聲尖銳的槍響。槍聲還是從河對岸傳過來。他在屋子裡待不住了，便溜出門，弓著腰，翻過幾道頹敗的土牆，竄進了柳樹林子。他聽到馬桑鎮上，老婆哭，孩子叫，馬嘶、驢鳴、狗汪汪，雜亂的叫聲連成一片。看不到對岸的情景，他急中生智，將棗木棍子別在腰帶上，爬上了最高的一棵大樹。喜鵲們看到入侵者。結成群體向他發起猛烈的進攻。他掄圓棍子，一次又一次地將牠們轟退。他站在一個巨大的喜鵲巢旁邊，手扶著樹杈子向對岸張望，鎮上的情景，歷歷地擺在眼前。

他看到，足有五十四高大的洋馬，散亂在他家店前那片空地上。一群衣衫燦爛的洋兵，都戴著飾有鳥毛的圓筒帽子，端著上有槍刺的瓦藍色的快槍，對著他家的門窗啪啪地射擊。槍口裡噴出一簇簇白煙，如團團旋轉的雛菊，久久不飄散。洋兵們身上的黃銅鈕釦和槍筒上的雪亮刺刀，在陽光下散射出耀眼的光芒。在洋兵的背後，還站著一些頭戴紅纓子涼帽、前胸後背補有圓形白布的清兵。他一陣目眩，手裡的棗木棍子脫落，碰撞著樹杈子，噼哩啪啦地掉了下去。幸虧他的一隻手牢牢地抓住了樹枝，才沒有栽到樹下

他心急如焚，知道大禍真正地降臨了。但他的心中還是殘存著一線希望，這希望就是：妻子發揮演過多年戲的特長，特別優秀地裝瘋賣傻，而那些德國兵也如錢大老爺派來的捕快一樣，折騰一陣，然後就無功而返。也就是這一刻，他下定決心，如果能逃過這一劫，馬上就帶著妻子兒女遠走他鄉。

最怕的事情很快就發生了。他看到，兩個德國兵架著妻子的胳膊往河堤上拖。妻子尖利地喊叫

著，雙腿拖拉著地面。兩個孩子，被一個身材高大的德國兵一手一個，倒提著腿兒，彷彿提著雞鴨，拎到了河堤上。小石頭從一個德國兵手裡掙脫，好像還咬了德國兵一口。然後他看到石頭的小小的烏黑的身子在河堤上倒退著，倒退著，一直倒退到站在他的背後的德國人的槍口前面，刺刀在豔陽下一閃爍，他的身體就被戳穿了。那孩子似乎叫了一聲，似乎什麼聲音也沒發出，就像一個黑色的小球，滾到河堤下面去了。孫丙貼在樹上，只看到河堤上一片血光，灼暗了他的眼睛。

德國兵都退到了河堤上，有的單腿跪著，有的站著，托著槍，瞄著鎮子裡的人。他們的槍法都很準，一聲槍響，幾乎就有一個人，在大街上或是在院子裡，前撲或是後仰。清兵們舉著火把，把他家的房子點燃了。先是黑煙如樹，直衝雲天，一會兒就升起了金黃色的大火。火苗子啵啵地響著，宛如鞭炮齊鳴。風突然地大起來，火和煙都東倒西歪著，煙熏火燎的味道，和著濃厚的煙塵，飄到了他的面前。

更加可怕的事情發生了。他看到德國兵把他的妻子推來搡去，在推來搡去的過程中撕破了她的衣裳，最後使她一絲不掛……他的牙齒深深地啃進了樹皮，額頭也在樹幹上碰破了。他的心像一顆火球，飛到了對岸，但他的身體如被綁在了樹上，一動也動不了。德國人把妻子白花花的身體抬起來，前悠後盪著，然後一脫手——妻子宛若一條白色的大魚，落進了馬桑河裡。河水無聲地飛濺起一朵朵白花，一朵朵白花，無聲無息地落下。最後，德國兵把他的雲兒和寶兒用刺刀挑起來，也扔到河裡去了。他的眼前一片血紅，如被噩夢魘住，心中急如火燒，身體無法動彈。他竭盡全力量掙扎著，終於，發出了一聲吼叫，身體解放了，會動了。他努力地往前撲去，身體砸斷了一些樹杈子，沉重地落在了柳樹下柔軟的沙地上。

第八章 神壇

一

他睜開眼睛，看到一綹刺目的光線，從柳樹的枝杈間射下來。在樹梢上親眼目睹的悲慘景象剛在腦海裡一閃現，他的心就如遭到了突然打擊的牛睪丸一樣，痛苦地收縮了起來。從這一時刻開始，他的耳朵裡，就響起來急急如烽火的鑼鼓聲，宛如一場即將開幕的貓腔大戲的前奏，然後便是嗩吶和喇叭的悲涼長鳴，引導出一把貓琴的連綿不斷循環往復的演奏。這些伴隨了他半生的聲音，鈍化了他心中的銳痛，猶如抹去高山的尖峰，填平了萬丈的溝壑，使他的痛苦變成了漫漫的高原。成群的喜鵲，隨著他心中的音樂轟鳴，做著戲劇性的飛翔，猶如一片團團旋轉的瓦藍色的輕雲；而不知疲倦的啄木鳥篤篤的啄木聲，正是這急促的音樂的節拍。柳絲在清風中飄拂著，恰似他當年的瀟灑髫鬚。——俺俺俺倒提著棗木棍～～懷揣著雪刃刀～～行一步哭號咷～～走兩步怒火燒～～俺俺俺急走著羊腸小道恨路遙——悲憤的唱腔在他的心中轟鳴，他手扶著樹幹，艱難地站立，搖晃著腦袋，雙腳跺地。——咣咣咣咣咣咣——咣采咣采咣采——咣！苦哇——！有孫丙俺舉目北望家園，半空裡火熊熊滾滾黑煙。我的妻她她她遭了毒手葬身魚腹，我的兒啊～～慘慘慘哪！一雙小兒女也命喪黃泉～～可恨這洋鬼子白毛綠眼，心如蛇蠍、喪盡天良、枉殺無辜，害得俺家破人亡、形隻影單，俺俺俺～～慘慘慘啊～～他拄著那根給他帶來了災難的棗木棍子，踉踉蹌蹌地走出了柳樹林子。——俺俺俺好比失群的孤雁，俺好比虎落在平川，龍困在淺灘……他掄起棗木棍子，指東打西，指南打北，打得柳樹皮膚開裂，打得眾樹木哭哭啼啼——德國鬼子啊！你你你殺妻滅子好凶殘～～這血海深仇一定要報——咣咣咣咣咣——里格龍格里格龍——此仇不報非兒男——他揮舞著大棍，跌跌撞撞地撲向馬桑河。河水浸到了他的腹部。二月的河水雖然已經開凍，但依然是寒冷徹骨。但是他渾然不覺，復仇的怒火在他的心中燃燒。他在河水中走得很艱難，水如成群的洋兵，攔阻著他，扯拽著他。他橫衝直闖，棍打水之皮，啪啪啪啪啪！水聲潑剌，水花四濺——好似那虎入羊群——水花濺到他的臉上，一片迷濛，一片灰白，一片血紅——闖入那龍潭虎穴，殺他個血流成河，俺俺俺就是那催命的判官，索命的無常——他手腳並用，爬上了河堤，跪倒在地，撫著河堤上尚未完全乾涸的血跡——俺的嬌兒哪，見嬌兒命赴黃泉，俺的肝腸寸斷～～俺頭暈眼花，俺天旋地轉，俺俺俺怒髮衝冠——他的手上，沾滿了鮮血和泥土。燃燒未盡的房屋，釋放著灼人的熱浪。滾燙的灰屑，瀰漫了天空。他感到喉嚨裡腥甜苦鹹，低頭就噴出了一口鮮血。

這一次屠殺，害了馬桑鎮二十七條性命。人們把親人的屍體抬到大堤上，並排起來，等待著知縣大人前來觀看。在張二爺的操持下，幾個小伙子，跳到河裡，把被河水沖出去五里遠的小桃紅的屍體和寶兒雲兒的屍體撈回來，與鄉親們的屍體放在一起。她身上遮蓋著一件破舊的夾襖，兩條白得嚇人的腿僵硬地伸著。孫丙想起了她扮演青衣花旦時，頭戴著雉尾，腰掛著寶劍，腳蹬著繡鞋，鞋尖上挑著拳大的紅絨花，長袖翩翩，載歌載舞，面如桃花，腰似楊柳，開口嬌鶯啼，顧盼百媚生——我的妻啊，怎承想雹碎了春紅，更哪堪風刀霜劍，俺俺血淚漣漣……眼見著紅日西沉，早又有銀鉤高懸～～牧羊童悲歌，老烏鴉唱晚～～銅鑼聲哐哐，轎杆兒顫顫，那邊廂來了高密知縣……

孫丙看到，錢大老爺弓著腰從轎子裡鑽出來。他那一貫地如門板一樣舒展挺直的腰板，古怪地佝僂起來了。他那一貫地喜笑盈盈的臉可怕地抽搐起來了。他那一貫地如馬尾般瀟灑的鬍鬚，如瘦驢的尾巴一樣淩亂不堪了。他那一貫的清澈明淨、銳利無比的眼睛，變得晦暗而遲鈍。他的雙手無所措地一會兒攥成拳頭，一會兒又緊張地拍打著額頭。幾個帶刀的侍衛小心翼翼地跟在他的身後，不知是保護他還是監視他。他逐個地查看了大堤上的屍首。在他查看屍首的時候，鄉民們靜靜地注視著他。他用眼角掃視著肅穆的百姓，明亮的汗水很快地就濕透了他的頭髮。終於，他停止了慌慌張張的腳步，抬起袍袖，沾沾汗水，他說：

「父老鄉親們，你們要克制……」

「大老爺，您可要為我們做主啊……」鄉民們猛烈地號哭起來，黑壓壓地跪了一片。

「鄉親們，快快起來。發生了這樣的慘案，本官心如刀攪，但人死不能復生，請諸位準備棺木。盛殮死者，讓他們入土為安……」

「難道我們的人就這樣白死了嗎？難道就讓洋鬼子這樣橫行霸道嗎？」

「鄉親們，你們的悲痛其實也就是我的悲痛，」知縣眼淚汪汪地說，「你們的父母也就是本官的父母，你們的子女，也就是本官的子女。萬望父老鄉親們稍安勿躁，不可意氣用事。本官明日就赴省城求見巡撫大人，一定要替你們討一個公道。」

「我們抬著屍體進省城！」

「不可不可，萬萬不可，」他焦急地說，「請你們相信我，本官一定為你們據理力爭，豁出去不要這頂上的頂戴花翎！」

在百姓們的慟哭聲中，孫丙看到，錢大老爺避避影影地走上前來，吞吞吐吐地說：

「孫丙，勞駕你跟本官走一趟吧。」

孫丙心中回旋往復的音樂，突然又掀起了一個高潮，如地裂，似山崩，扶搖直上羊角風。他雙眉倒豎，虎眼圓睜，高高地舉起棗木棍子——狗官，你道貌岸然假惺惺，說什麼為民去請命，分明是藉機抓人去邀功。你當官不為民做主，心甘情願做幫凶。俺俺俺妻死子亡萬念灰，報仇雪恨是正宗。哪怕你兩榜進士知一縣，即便是皇帝一老子也不中。俺摩摩拳，擦擦掌，棒打昏官不留情——對準了錢大老爺的腦袋，猛地劈了下去——罷罷罷，砍頭不過碗大的個疤，打死你個幫虎吃人的賊縣令——錢大老爺機靈地望旁邊一閃，孫丙的棍子帶著一陣風劈了一個空。衙役們看到老爺有險，舉著腰刀，上前欲擒孫丙。孫丙發了一聲喊，正是一夫拚命，千軍難抵。孫丙暴跳如雷，宛如一匹發了瘋的猛獸，灼熱的火花從他的眼睛裡迸發出來。眾百姓齊聲發威，怒潮洶湧。孫丙把一根棍子使得虎虎生風，一個胖衙役躲避不迭，攔腰中了一棍，翻了幾個筋斗後滾下河堤。錢大老爺仰天長歎道：

「嗨，本官用心良苦，唯有皇天可鑑。鄉親們，事關洋務，千萬不要輕舉妄動。孫丙啊，本官今日放過你，但我估計你躲過了初一，你躲不過十五。你善自珍重吧！」

錢大老爺在衙役們的護衛下，鑽進了轎子。轎子啟動，轎們腳下生風，一行人很快就被沉沉的夜色吞沒了。

這一夜的馬桑鎮徹夜不眠，女人們的哭聲此起彼伏，棺材舖裡的斧鑿聲一直響到了天亮。

第二天，鄰居們互相幫忙，裝殮了死者。一溜白茬子棺材，噼噼啪啪地釘上了鐵釘。

埋葬了死人後，活人都變得有些懵懂，彷彿從一場噩夢中剛剛醒來。眾人齊集在大堤之上，眺望著原野上的鐵路窩棚。高大的鐵路路基已經鋪到了柳亭，那是高密東北鄉最東邊的一個小村，距馬桑鎮只有六里路。祖先的墳墓就要被鎮壓，洩洪的水道就要被堵塞，千年的風水就要被破壞，割辮子索靈魂墊鐵路的傳說活靈活現，每個人的頭顱都不安全。父母官都是洋人的走狗，百姓們的苦日子就要來臨。孫丙的頭髮一夜之間全部變白，殘存的幾根鬍鬚也變成了枯草，紛紛地折斷脫落。他拖著一條棍子在鎮子裡跳來跳去，好像一個得了失心瘋的老武生。人們同情地看著他，以為他的神志已經不清楚，但沒有想到他說出的一席話竟然格外的精明：

「各位鄉親，俺孫丙打死了德國技師，招來了災禍，殃及了諸位高鄰，俺俺俺慚愧，俺俺俺惶恐！你們把俺綁了去，獻給錢丁，讓他跟德國人講情，只要他們答應把鐵路改線，孫丙雖死無怨。」

眾人扶起孫丙，七嘴八舌地開導他：

孫丙啊孫丙，你是條好漢子渾身血性，不怕官不怕洋是個英雄。雖說咱馬桑鎮大禍因你而起，但這種事情遲早要發生。晚發生不如早發生。只要那洋鬼子把鐵路修成，咱們的日子就不得安生。聽說那火龍車跑起來山搖地動，咱這些土坯房非塌即崩。聽人說曹州府鬧起了義和神拳，專跟那些洋鬼子鬥強爭雄。叫孫丙你拾掇拾掇趕快逃命，去曹州搬回來神拳救兵。興中華滅洋鬼拯救蒼生。

眾人湊了一點盤纏，連夜送孫丙上路。孫丙眼裡夾著淚唱道：

鄉親們吶，美莫美過家鄉水，親莫親過故鄉情。俺孫丙沒齒不忘大恩德。搬不來救兵俺就不回程。

眾人唱道：

此一去山高水遠你多保重，此一去您的頭腦清楚要機靈。鄉親們都在翹首將你等，盼望著你帶著天兵天將早回程。

二

二十天後的一個下午，孫丙穿著白袍，披著銀甲，背插著六面銀色令旗，頭戴著銀盔、盔上簇著一朵拳大的紅纓，臉抹成朱砂紅，眉描成倒劍鋒，足蹬厚底靴，手提棗木棍，一步三搖，回到了馬桑鎮。他的身後，緊跟著兩員虎將，一個身材玲瓏，腿輕腳快，腰紮著虎皮裙，頭戴金箍圈，手提如意棒，尖聲嘶叫著，活蹦亂跳著，恰似那齊天大聖孫悟空。另一位袒著大肚皮，披著黑直裰，頭頂毗盧帽，倒拖著搗糞耙，不用說就是天蓬元帥豬悟能。

一行三人在馬桑河大堤上一出現，正好被烏雲中透出來的陽光照亮。他們衣甲鮮明，形狀古怪，儼然是剛剛從雲頭降落的天兵天將。最先看到了他們身影的吳大少爺並沒有把孫丙認出來。孫丙對他一笑，弄得他莫名其妙，隨即是心驚膽戰。吳大少爺眼瞅著這三個怪物進了鎮子西頭那家爐包鋪子，再也沒有露面。

黃昏時，鎮上的人都遵循著老習慣，端著粗瓷大碗在街上喝粥。吳大少爺從大街的東頭跑到大街的西頭，傳播著妖人進村的消息。吳大少爺的話向來是雲山霧罩、望風撲影，人們半信半疑地聽著，權當下飯的鹹菜。這時，從鎮子的西頭，突然響起了噹噹的銅鑼聲。只見那爐包鋪子裡的小夥計四喜，頭頂著一張黑色的小貓皮，繪畫了一個小狸貓的臉譜，生龍活虎般地躥過來，那條小貓皮的尾巴在他的脖子後搖來擺去。他一邊敲著鑼一邊高喊著：

有孫丙，不平凡，曹州學來了義和拳。搬來了孫豬兩大仙，扒鐵路殺漢奸，驅逐洋鬼保平安。晚上演習義和拳，地點就在橋頭邊。男女老幼都去看，人人都學義和拳。學了義和拳，槍刀不入體，益壽又延年。學了義和拳，四海皆兄弟，吃飯不要錢。學了義和拳，皇上要招安，一旦招了安，個個做大官。封妻又蔭子，分糧又分田……

「原來是孫丙啊！」吳大少爺驚喜地大叫起來，「怪不得覺著面熟，怪不得他對著我笑呢！」

晚飯後，橋頭那裡，點起了一堆篝火，火苗子映紅了半邊天。人們懷著熱烈好奇的心情，匯集到篝火周圍，等待著孫丙演拳。

篝火旁邊，早擺好了一張八仙桌子，桌子上供著一個香爐，爐子裡燃著三炷香。香爐旁擺著兩個燭台，燭台上插著兩根紅色羊油大蠟，燭火跳躍閃爍，平添了許多神祕色彩。篝火堆上，火苗子啵啵地響著，照耀得河水如同爛銀。爐包鋪子店門緊閉，人們有些焦急。有人喊起來：

「孫丙，孫丙，才離開幾天，誰不認識誰啦？裝神弄鬼幹啥嘛，快出來吧，把你學來的神拳演習給俺們看看。」

四喜從爐包舖子的門縫裡擠出來，壓低了嗓門說：

「別吵吵，他們正在喝神符呢！」

突然間店門大開，像巨獸張開了大嘴。人群肅靜，都瞪大了眼睛，等待著孫丙和他搬來的大仙，恰好似等待著名角登場。但孫丙還是不出來。安靜，安靜，流水被橋墩攔擋，發出了嘩啦啦的聲響，火苗子啵啵，猶如迎風抖動紅綢。人們正有些煩惱時，有動靜了，很大的動靜。高高的嗓門，貓腔戲裡鬚生的唱腔，無比的高亢，略有些沙啞，但更有韻味：

為報深仇背鄉關——聲音如同翠竹節節拔高，一直戳到雲彩眼裡，慢慢地低落下來，然後又突然地翻上去，比方才還高，一直高到望不見蹤影——四喜把銅鑼敲得急急如風，沒有節奏，亂敲。孫丙終於從門內出現了。他身上還是白天那套行頭，白袍銀盔，朱面劍眉，厚底朝靴，倒提棗木棍。他的身後，緊隨著悟空和八戒。孫丙圍著篝火跑圓場，幾乎是腳不離地，在武生的步伐基礎上又吸收了刀馬旦的步伐特徵，小步子挪得飛快，真是有點行雲流水的意思。然後是踢腿，搖身，下腰，翻筋斗，跌殭屍，最後是一個英勇悲壯的亮相，接唱：

曹州府學回了義和神拳。各路的神仙齊來相助，定讓那洋鬼子不得生還。臨別時大師兄囑託再三，他讓俺回高密立起神壇。教授神拳演習武藝，人心齊就能移動泰山。特派來猴兄豬弟做護法，他二人都是那得道的真仙剛下凡。

孫丙唱罷貓腔調，群眾已經把他看輕了。說什麼義和神拳，不過是舊戲重演。孫丙抱拳，對眾人施禮：

「各位鄉鄰，兄弟此次前去曹州，拜見了義和拳大師兄朱紅燈。他老人家聽說德國鬼子在高密東北鄉強修鐵路，濫殺無辜，真個是滿腔義憤，怒火填胸。他老人家原本想親率神兵前來滅洋，但無奈軍務繁忙，不得脫身。他老人家傳給俺神拳心法，並命俺回來設立神壇，教授神拳，驅逐洋鬼出中原。這兩位是大師兄派來助壇練拳的猴二師兄、豬三師兄。他們兩個都有刀槍不入的神功，待會兒就給大家演練。下邊，俺先給鄉親們演練一番，就算是拋磚引玉。」

孫丙放下棗木棍子，從孫悟空隨身攜帶的包袱裡，摸出一沓黃裱紙，就著燭火點燃。紙在他的手裡燃燒著，紙灰捲曲，飛起，在篝火的氣流裡旋轉。燒罷紙，他跪在香案前，恭恭敬敬地磕了三個頭。然後站起來，從包袱裡摸出一張神符，放在一個大黑碗裡燒化了。他從一只卡腰葫蘆裡，往黑碗裡倒水。又用一根紅色的新筷子，把紙灰攪勻，擺在香案上，又跪下磕了三個頭，然後，依然跪著，雙手捧起香案上的黑碗，把碗裡的灰水一飲而盡。喝罷神符，他又磕了三個頭，然後就雙目緊閉，口中念念有詞。他念的當然是咒語。咒語含混不清，群眾只能聽清個別字眼，但不解其意。他的咒語聲忽高忽低，曲調悠揚，像美麗的織錦連綿不斷，催得群眾眼皮黏澀，呵欠連天，睡意朦朧。突然，他大喝一聲，口吐白沫，渾身抽搐，往後便倒。眾人被驚醒，正要上前相救，卻被悟空和八戒攔住。

眾人靜候了片刻，但見孫丙一個鯉魚打挺，從地上躍起。他那魁梧沉重的身體，竟然如一片羽毛輕飄飄地騰空而起，飛了足有三尺高，然後穩穩地落在地上。眾人都知道孫丙的底細，知道他不過是個野戲子，在舞台上翻兩個筋斗就得氣喘吁吁，見他突然地表現出了這等卓絕的輕功，無不瞠目結舌，心中暗暗稱奇。藉著熊熊的火光，眾人看到，孫丙的雙眼，放射著奇異的神采。那張紅臉膛上，也是神采飛揚。這張臉上的表情，眾人感到既熟悉又陌生。他一張口，眾人早就爛熟了孫丙聲音的耳朵，馬上就聽出了這已經不是孫丙的聲口。這陌生的聲音抑揚頓挫，威武雄壯，透著一股子凜然不可侵犯的浩然正氣：

某乃大宋元帥，姓岳名飛，字鵬舉，河南湯陰人氏。

眾人的心，猛地高懸起來，彷彿是柔軟枝條上懸掛著的沉重的紅蘋果，悠悠晃晃，然後砰然落下，激起了金石之聲。

「是岳大帥！」

「岳武穆附體！」

人群中一人下跪，眾人緊隨，齊刷刷地跪了一片。只見那被岳元帥精魂附體的孫丙，繞場子打起飛腳，團團旋轉，又輕又飄，十分地瀟灑英俊。他的身體起起伏伏，背上的帥旗，招展生風。身上的銀甲，鱗光波點。此時的孫丙，非人也，人中之蛟龍也。飛舞罷，他抄起那根光溜溜的棗木棍子，如施點銀槍，左刺右扎，上挑下擋，如怪蟒，似長蛇，看得眾人眼花撩亂，心悅誠服，紛紛磕頭如搗蒜。他收起棍子，亮開了金嗓子，唱道：

可恨那誤國的金牌十二道，眾三軍，齊咆哮，滾滾黃河掀怒濤。……最可歎水深火熱眾父老，最可歎聖主車駕未還朝。北岸的胡塵何時掃，切齒權奸恨難消！滿懷悲憤向誰告，仰天抱劍發長嘯！

某，岳鵬舉是也，今受天帝之命，降靈神壇，附體孫丙，傳授爾等武藝，好與那番邦洋鬼決一死戰。悟空聽令——

那打扮成悟空模樣的二師兄，趨前一步，單膝跪地，奶聲奶氣地說：

「末將在！」

「本帥命你，將那一十八路猴棍，演習給眾人觀看。」

「得令！」

悟空緊了緊腰間的虎皮裙，抬起一隻手，抹了一把臉。等他摘手時，就如換了個面具似的，那張臉變得生動活潑，猴氣可掬。只見他擠鼻子弄眼，一副猴精作怪的模樣，眾人想笑而不敢笑。他操練完了臉上的表情，怪叫一聲，雙手拄棍，平地翻了一個筋斗。眾人齊聲喝采。他得了誇獎，更加意氣風發，把那根如意棒子猛地往高空拋去，身體隨著彈起，在空中連著翻了兩個筋斗，穩穩地落了地，不搖不晃，無聲無息，伸出隻手，恰好接住了從天而降的如意棒子。這一連串動作，拿捏得毫釐不差，恰到好處。眾人發瘋般地鼓起掌來。猴王在掌聲裡，在火光裡，施展開了他的棍術。端的是人若蛟龍，棍若游龍。戳、打、抹、掃、搗，按、擋、抽、攪、挑，無一招不精，無一招不俊。棍聲嗡嗡，棍影飄忽。末了，他把棍子往地上一戳，棍立如杆，一縱身，躍上棍尖，單腿如金雞獨立，手掌罩在眉上，做出猴子遠眺狀。然後，一個後空翻，飄然落地，對著眾人抱拳作揖。但見他，不氣喘，不流汗，大方又自然，真是不平凡。眾人鼓掌，歡呼：

「好啊！」

岳元帥又發將令：

「八戒聽令！」

三師兄八戒顛顛地跑過來，甕聲甕氣地說：

「末將在！」

「本帥命你，將那一十八套釘耙術，演習給眾人觀看！」

「末將得令！」

八戒拖著鐵耙，對著眾人嗬嗬嗬嗬地傻笑，宛如一個傻大哥拖著釘耙下地搗糞的樣子。眾人也看到了，他那件兵器，原本就是一件尋常的搗糞耙子，家家都有，人人會用的農具。他拖著耙子傻笑著繞場一周，然後又繞場一周，再繞場一周。眾人又厭煩又好笑，心裡想，這個三師兄，怎麼只會轉著圈子傻笑呢？他繞場轉了三圈後，把搗糞耙子扔了，手腳著地，竟然繞著場子爬起來。一邊爬，一邊哄哄，好像老母豬拱地找食吃的樣子。眾人終於憋不住，哈哈大笑起來。但看看岳元帥，卻是巍然肅立，如同一尊石像。眾人心裡又捉摸：這個三師兄，也許有絕招在後邊呢！

果然，三師兄學完了老母豬拱地，手腳並用在地上飛爬，速度比真豬跑得還要快。他在爬行中發出的也是豬的聲音。爬了幾圈後，就在地上打起滾來。滾著滾著，成了一股黑色的旋風，突兀地絞動著樹立起來。那根鐵齒耙子，不知何時也到了他的手裡。他的動作，乍看起來又笨又拙，但行家一看，就知道笨拙裡藏著靈秀，一招一式，都很到位。觀眾也為他鼓起掌來。

岳元帥道：

「各位鄉民聽著，本帥受玉皇大帝旨意，前來執掌神壇，聚眾練拳，不日就要與那洋鬼子開戰。洋鬼子都是那金兵轉世，爾等都是我岳家軍的傳人。想那洋兵，裝備著洋槍洋砲，甚是銳利，爾等素日不習武功，如何能夠抵擋？上帝令我，將神拳傳與爾等，練了神拳，刀槍不入，水火無侵，成就金剛不壞之軀，爾等可願聽某將領？」

群眾歡呼：

「願聽岳元帥調遣！」

岳元帥道：

「孫、豬二將聽令！」

「末將聽令！」

「末將聽令！」

元帥道：

「令你二人將那神拳金鐘罩演給眾人觀看！」

「得令！」孫豬二人齊聲答應。

岳元帥親手燒化了兩道符咒，令孫豬二將喝下。然後，元帥雙手揑訣，口誦真言，這一次他念得特別清楚，好像是故意地讓眾人聽清記熟一樣：

　　金鐘罩，鐵布衫，統統歸屬義和拳。義和拳，頂著天，喝下靈符成鐵仙。鐵仙坐在鐵蓮台，鐵頭鐵腰鐵壁寨，擋住槍砲不能來……

念罷咒語，元帥含了一口清水，「噗」地噴了悟空一身，然後又含了一口清水，「噗」地一聲，噴了八戒全身。元帥道：

「成了，練吧！」

孫悟空運了一口氣，指指腦袋。豬八戒掄起搗糞耙，對準孫悟空的頭，擂了一傢伙。孫悟空脖子一挺，腦袋安然無恙。

豬八戒把一口氣運到肚子上。孫悟空掄起如意棒，對準八戒的肚子，打了一棒。巨大的力量把悟空反彈回來。八戒揉揉肚皮，嗬嗬地笑起來。

岳元帥說：

「爾等如有不相信者，可親自上來一試！」

有一個愣頭青，姓余名金，蠻勁兒很大，曾經一拳打倒過一頭牛。他跳進圈子，抄起一塊磚頭，對準悟空的腦袋砸去。磚頭粉碎了，但悟空的腦袋一點事兒也沒有。余金讓四喜去店裡拿來一把菜刀，對著岳元帥說：

「元帥，怎麼樣？」

岳元帥微笑不語。

豬八戒點頭示意。

余金掄起菜刀，使上了呬奶的力氣，對著八戒的肚皮砍了一刀。只聽得鏗鏘一聲，猶如砍著鋼鐵。八戒的肚皮上多了一道白痕，那把菜刀卻崩了刃子。

這下子眾人無不心悅誠服，紛紛提出了學拳的要求。

岳元帥道：

「神拳最妙是速成，哪怕你手無縛雞之力，只要心誠，心誠則靈。喝了符咒，便會有神靈附體，你想要什麼神靈，就會來什麼神靈。想黃天霸就是黃天霸，想呂洞賓就是呂洞賓。神靈附了體，你就會武藝高強，力大無窮。再喝一道符咒，你就成了金剛不壞之軀，刀槍不能入，水火不能侵。學了義和拳，好處說不完。上陣能破敵，下陣保平安。」

眾人齊聲歡呼：

「願拜岳元帥為師！」

三

十天之後，正逢著庚子年的清明節。上午，在濛濛的細雨中，孫丙發號施令，聚合起他剛剛訓練好的隊伍，去攻打德國人的築路窩棚。

連日連夜的十天，他和孫、豬兩個護法，在橋頭堡那裡立起神壇，不辭辛勞，畫符念咒，演練避槍避彈術。鎮上的精壯男子，都入了神團，拜了神壇，練了神拳。連周圍村子裡的青年也自帶乾糧趕來參加。馬桑河南岸那個放羊的青年木犢和愣頭青余金成了孫丙的鐵桿隨從。木犢頂著馬前張保，余金頂著馬後王横。習拳之日，人人都選了自己心目中最敬佩的天神地仙、古今名將、英雄豪傑，做了自己的附體神祇。岳雲、牛皋、楊再興、張飛、趙雲、馬超、黃忠、李逵、武松、魯智深、土行孫、雷震子、姜太公、楊戩、程咬金、秦叔寶、尉遲敬德、楊七郎、呼延慶、孟良、焦贊……總之凡是戲裡的人物，書上的英雄，傳說中的鬼怪，都出了洞，下了山，附在馬桑鎮人民的身上，大顯了神通。孫丙，也就是抗金的名將大大的忠臣岳飛，麾下聚集了天下的英雄豪傑，人人抱忠義之心，個個懷絕代武藝，都在短短的十天內練成了金剛不壞之軀，要跟德國鬼子見高低。

岳元帥威信高漲，一呼百應。部下追隨者已經有八百員戰將。他還積極地發動婦女，讓她們染了大量的紅布，裁縫成紅頭巾和紅腰帶，發給了他的部下。他還設計了一面火紅的旗幟，旗子上繡著北斗七星。他把八百人分成八隊，每隊又分成了十班。隊有長，班有頭。班頭聽隊長指揮，隊長聽護法的孫悟空和豬八戒指揮，兩位護法聽岳元帥指揮。

清明節早晨天麻麻亮時，岳元帥和兩個護法就在橋頭堡那兒擺好了香案，豎起了帥字大旗。紅頭巾和紅腰帶頭天晚上就發了下去。雞叫三遍時到橋頭堡聚合的命令也傳下去了。家家的女人們，半夜就起來造飯。造的啥飯？岳元帥有令：今日去作戰，吃得好一點。擀的白麵餅，煮了紅皮蛋。男人去打仗，吃個肚兒圓。為了吃得香，岳元帥還下令，讓家家的女人們準備了羊角小蔥豆瓣醬。女人們喜歡聽岳元帥的話，一一都照辦。岳元帥說了，誰若不照辦，必有大麻煩。啥麻煩？上了戰場，神符不靈，槍子可是不長眼。岳元帥還要求團員們夜裡不能沾女人，否則不能避子彈。岳元帥的話關係到個人的生命安全，誰也不敢當兒戲玩。

早起的鳥兒唱乏了的時候，各路英雄終於像趕大集一樣，仨一堆，倆一簇，在橋頭堡前聚了齊。岳元帥對部下的拖拉作風很不滿，本想嚴懲幾個，但想了想只好罷休。在十天之前，大家都是些莊戶人，自由散漫慣了，眼下正是農閒時節，大過節的，能來就不錯了。當然也有一批堅定的分子，來得比岳元帥還要早。

岳元帥抬頭看看天，霧濛濛不見太陽。估摸著也得半上午的光景了。原本想把德國人堵在被窩裡，看來是不行了。但事已如此，晚了也要幹，聚齊了人是很不容易的。幸好，人們的熱情還是很高。有說的，有笑的，上次劫難中家裡死了人的又是別樣的表情。岳元帥和兩護法一商量，決定馬上開始，祭壇，祭旗。

升任為岳元帥貼身傳令兵的四喜頭頂貓皮，把銅鑼敲得暴響，鎮壓住眾人的喧譁。元帥跳到一條方凳上，下令：

「隊找隊，班找班，排成隊伍祭神壇。」

眾人好一陣紛亂，勉強站出了一個隊形。都用紅布包著頭，用紅布纏著腰。有持扎槍的，有持大砍刀的，有持虎尾鞭的——這些都是練家子的後代，家裡素有兵器——更多的人，則持著尋常家具：鐵鍬、木杈、二齒鉤子、搗糞耙子。但人多勢眾，七八百人聚在一起，也頗有些聲勢。岳元帥很激動，他深知，鐵要在爐火中鍛鍊才能成鋼，隊伍要在戰火中洗禮才能成長。十幾天的工夫，能把一群莊稼人操練成這個樣子，已經創造了奇蹟。這些調兵遣將、布陣列兵的勾當，岳元帥原本一竅不通，全仗著豬八戒背後指點。他在天津小站當過兵，受過新式操典的訓練，他甚至還見過因為主持小站練兵而大名鼎鼎的袁世凱袁大人。岳元帥下令：

「祭壇！祭旗！」

所謂神壇，就以那張擺著香爐的八仙桌子為象徵。桌子後邊插著兩杆旗，一面是白的，一面是紅的。旗杆是用新鮮的柳木杆子做成的，碧綠的樹皮還沒剝去。紅旗是壇旗，上面用白線繡著北斗七星。白旗是帥旗，上面用紅線繡著一個大大的「岳」字。繡旗的活兒，是杜裁縫家的那兩個心靈手巧的大閨女幹的。結了婚的女人不能幹這活兒。結過婚的女人手髒，破法。

祭旗開始時，天上下起了毛毛細雨，微風也無。兩面旗幟都沉甸甸地低垂著，一點兒也不招展。這是美中不足，但沒有法子。但因為陰天細雨，眾人頭上的紅布，格外地鮮豔。濕漉漉的紅色進入岳元帥的眼，讓他感到十分地興奮。

四喜把銅鑼敲得更加激烈。這小子頂著《七俠五義》裡的小俠艾虎。這幾天他把一面銅鑼都快敲破了，提鑼的手磨破了皮，纏著白布。在緊急的鑼聲裡，眾人的心力終於集中起來，莊嚴和肅穆的感覺漸漸濃了，神祕的氣氛漸漸厚了。孫悟空和豬八戒，抬過一隻綁住了四蹄的綿羊，放在八仙桌子上。羊不老實，彆彆扭扭地將脖子揚起來，翻動著灰白的眼，發出悽慘的叫聲。眾人的心，被羊叫聲揪得很緊，都覺得這羊有點可憐。可憐也不行，要打仗總要有犧牲。與洋鬼子打仗，先殺隻羊，取個吉利。孫悟空把羊頭按住，將羊脖子抻緊，豬八戒提起一把大鍘刀，往手心裡吐幾口唾沫，攥緊了刀把子，身體往後撤幾步，掄起鍘刀，哎嗨一聲，就把羊頭斬斷。孫悟空舉起羊頭，給眾人觀看。羊腔子裡的血，像泉水一樣冒出來。

岳元帥神色凝重，雙手接過羊血，往低垂的旗幟上潑灑。然後他跪下磕頭。眾人跟隨著跪下。岳元帥站起來，將剩餘的羊血灑到眾人的頭上。血少人多，灑不過來。身上沾到了羊血的人就顯得格外的興奮。岳元帥在灑血的時候，嘴裡念念有詞。這是集體請神，早就說好了的。因為時間緊張，不可能人人都喝符咒請自己的神附體。所有的神靈都由岳元帥代請了。心誠則靈，岳元帥要求大家都默想著自己的神，進入迷糊狀態。不知過了多久，元帥一聲厲喝：

「天靈靈，地靈靈，奉請祖師來顯靈。一請唐僧豬八戒，二請沙僧孫悟空。三請劉備諸葛亮，四請關公趙子龍。五請濟顛我佛祖，六請李逵黑旋風，七請時遷楊香武，八請武松和羅成。九請扁鵲來治病，十請托塔天王金吒木吒哪吒三太子率領十萬天兵，下凡助我滅洋兵，滅了洋兵天下太平，玉皇大帝急急如勒令——」

眾人的身上，突然都像被神力貫注，一個個血脈賁張，精神健旺，肌肉飽綻，充滿力量，齊聲吶喊著，虎豹豺狼般地跳躍起來，吹鬍子瞪眼，伸胳膊踢腿，個個表現出非凡姿態。

岳元帥發令：

「出發！」

岳元帥手提棗木棍子一馬當先，孫悟空執著紅色的壇旗，豬八戒執著白色的帥旗，小俠艾虎敲著銅鑼，簇擁在後。在他們身後，各路神仙齊聲吶喊著步步緊跟。

馬桑鎮依河而建，鎮南是橫亙的馬桑河大堤，鎮北是一望無際的平原。為防兵匪，鎮子用半圓形的圍牆圈起來。有西門，有東門，有北門。圍牆有一人多高，圍牆外有壕溝，壕溝裡有水，門前有吊橋。

岳元帥的隊伍，出了北門。隊伍後邊，跟隨著一些看熱鬧的頑童。他們舉著樹枝、高粱秸稈和葵花的杆子，臉上塗了鍋底灰或者是紅顏色。他們學著大人們的樣子，用稚嫩的童聲吶喊著，走得也是昂昂揚揚。老人齊集在圍牆上，點燃了香燭，祈禱著勝利。

出鎮之後，岳元帥的腳步越來越快。小俠艾虎的鑼聲也越來越急促。人們都踏著他的鑼聲前進。鐵路窩棚距離鎮子不遠，一出圍牆就能望見。細雨紛紛，田野裡有一簇簇的雲霧。地裡的冬小麥已經返青，泥土的氣息很重。向陽的溝畔上苦菜花開了，星星點點，金子一樣。路邊的野杏花開了，一樹樹雪白。隊伍驚起了兩隻斑鳩，斑鳩翩翩飛。布穀鳥兒在遠處的樹林子裡啼叫。

膠濟鐵路青島至高密段已經基本上修好，它冷漠地伏在原野上，宛若一條見首不見尾的孽龍。有一些人正在鐵路路基上幹活，鐵器打擊，叮叮噹噹響。鐵路窩棚裡，冒出一綹乳白色的炊煙。雖然還隔著幾里路，岳元帥就嗅到了炒肉的奇香。

距離鐵路窩棚大約還有一里路的光景，岳元帥回頭望了望自己的隊伍。這支剛出鎮時還算齊整的隊伍，已經散亂得不成樣子。由於田野裡沒有路，黑土泥濘，每個人的腳上都沾了很多泥巴。走起來撲通撲通，大狗熊一樣笨拙。元帥讓孫悟空和豬八戒放慢步子，讓小艾虎暫停敲鑼。等人們集中得差不多時，他一聲令下：

「孩兒們，甩掉腳上的泥，準備進攻！」

人們齊甩腳，有的人把泥巴甩到別人的臉上，引起了一陣騷亂。有的人用力過猛，把鞋子都甩掉了。元帥看看時機成熟，大聲喊：

「鐵頭鐵腹鐵壁寨，擋住槍砲不敢來。將士們，快衝鋒，扒鐵路，殺洋兵，子孫萬代享太平！」

岳元帥動員完畢，高舉起棗木棍子，吶喊著，奮勇朝前衝去。孫悟空和豬八戒搖著大旗緊跟在後邊。小艾虎摔了一個嘴啃泥，鞋子也讓黑色的黏泥沾掉了。他爬起來，顧不上穿鞋，赤著腳，跟著跑。眾人齊聲吶喊著，一窩蜂般，擁向了鐵路窩棚。

正在鐵路上幹活的小工們，起初還以為是演戲的來了呢。待到近前，才知道是百姓造反了。他們扔下家什，撒腿就跑了。

保護鐵路施工的是德國海軍陸戰隊的一個小隊，總共十二個人。他們正在吃飯，聽到外邊吶喊連天，小隊長出來一看，知道大事不好，慌忙進去，命令士兵們趕快操槍。岳元帥的人馬衝到距離窩棚十幾米的地方，德國兵已經端著槍跑出了窩棚。

岳元帥看到從幾個跪著的德國兵的槍口裡冒出了幾朵白煙，耳邊同時聽到幾聲脆響，身後有人慘叫了一聲；但他顧不上回頭，也沒有時間去想。他感到自己彷彿是一根被洶湧的潮流推動著的浪木，腳不點地地就衝進了德國鬼子的窩棚。他看到窩棚正中安放著一張大桌子，桌子上擺著一盆豬肉，還有一些亮晶晶的刀子叉子。豬肉的香氣撲鼻。一個德國兵的上半截身體鑽到一張床的下邊，兩條長長的腿擺在外邊。豬八戒一耙子就擼到了那兩條長腿上，隨即就是一聲漫長的叫聲，聽不懂他叫什麼，估計是喊爹叫娘。岳元帥出去追趕那些逃竄的德國兵。他們大多數朝著鐵路路基那邊跑去，眾人吶喊著，在後邊窮追不捨。

只有一個德國兵逃向了相反的方向。岳元帥帶著艾虎追上去。這個德國兵跑得不很匆忙，他們之間的距離很快就接近了。元帥看到德國兵長長的腿笨拙地蹽動著，如同僵硬的木棍子，樣子很是滑稽。突然，德國兵在一道溝渠那裡趴了下去，從渠畔前隨即冒出了一綹青煙。衝在前邊的艾虎突然地往上躥了一下，然後就一頭扎在了地上。他還以為是這個小傢伙不小心摔了一跤呢，但馬上就看到一股鮮紅的血從艾虎的頭上流出來。他知道艾虎中了德國兵的槍彈。他的心裡，馬上一陣悲歌轟鳴。他揮舞著棍子就朝那個德國兵撲過去。一顆槍彈幾乎是貼著他的耳朵滑過去。但此時他已經撲到了那個德國兵的眼前。德國兵端著上了刺刀的槍捅過來，他一棍子就把槍敲掉了。德國兵哇哇地怪叫著，沿著溝底往前跑。岳元帥在後邊窮追不捨。德國兵穿著大皮靴子，噗嗤噗嗤地踩著溝底的爛泥，彷彿拖著兩個沉重的大泥罐子。岳元帥一展勁兒，棍子就直直地搗在了他的脖子上。他聽到了德國兵發出的怪叫聲，並且還嗅到了從他身上散出來的膻氣。這個傢伙可能是個羊生的，他一閃念地想。

德國兵一個前撲，腦袋扎進溝底的爛泥裡。等到他懵懵懂懂地爬起來，岳元帥一棍就把他的高帽子砸扁了。元帥剛想繼續地敲打他的頭，突然看到德國兵天藍色的眼睛跟那隻被祭了旗幟的綿羊的眼睛一樣，可憐巴巴地眨巴著，元帥的手脖子頓時軟了。但元帥的手並沒有收住，棗木棍子從德國兵的腦袋正中偏過，落在了他的肩膀上。

第九章　傑作

趙甲手持尖刀，站在小站練兵操場的中央。他的旁邊，站著一個羅圈腿的小徒弟。他的面前，豎著一根高大挺直的松木杆子，杆子上捆綁著那個因刺殺袁世凱未遂而被判決凌遲五百刀的罪犯。在他的身後，簇擁著數十匹駿馬，馬上坐著的，都是新建軍的高級軍官。執刑柱的後邊，五千名士兵，排成了嚴整的方陣，遠看似一片樹木，近看如一群木偶。初冬的乾風，颳起一陣陣白色的鹼土，從士兵們臉上掠過。在眾多的目光注視下，久經刑場的趙甲也感到幾分緊張，甚至還有幾分羞澀。他克制著影響工作的不良情緒，不去看那些馬上的軍官和地上的士兵，而專注地研究眼前的罪犯。

他想起自己的恩師余姥姥的話：一個優秀的劊子手，站在執行台前，眼睛裡就不應該再有活人；在他的眼睛裡，只有一條條的肌肉、一件件的臟器和一根根的骨頭。經過了四十多年的磨練，趙甲已經達到了這種爐火純青的境界，但今天他的心有些發慌。他執刑數十年，親手做過的活兒有近千件，但還是第一次見到如此勻稱健美的男性身體。罪犯隆鼻闊口，劍眉星目，裸露的身體上，胸肌發達，腹部平坦，皮膚泛著古銅色的光澤。尤其是這個傢伙的臉上，自始至終掛著嘲諷的微笑。趙甲端詳他時，他也在端詳趙甲。弄得趙甲心中慚愧，彷彿一個犯了錯誤的孩子不敢面對自己的家長。

操場的邊上，蹲伏著三門黑色的鋼砲；鋼砲的周圍忙碌著十幾個士兵。三聲緊密相連的砲響，嚇了孫丙一跳，他的耳朵裡嗡嗡地響著，一時聽不到別的動靜。砲口裡飄出的硝煙氣味強勁，很快地就衝進了他的鼻子。犯人對著大砲的方向微微點頭，似乎是對砲兵們的技術表示讚許。趙甲驚魂未定，又看到砲口裡噴出了幾道火光，隨即又是一片砲響。他看到，那些亮晶晶的金色砲殼，滴溜溜地落到了砲後的草地上。彈殼溫度很高，燙得那些枯草冒起了白煙。然後又是三聲砲響，那些放砲的士兵，垂手站在砲後，顯然是完成了任務。在隆隆砲聲的回音裡，一個高亢的嗓門在喊叫：

「致——最敬禮！」

三千名士兵，同時把手中的曼利夏步槍舉過頭頂，執刑柱後，突兀地長出了一片槍的森林，泛著青藍的鋼鐵光澤。這威武的氣勢，讓趙甲瞠目結舌。在京城多年，也曾見識過皇家御林軍的操典，但他們的操典與眼前的操典根本無法相比。他感到心中怯弱，甚至有一種巨大的不安，完全失去了在京城菜市口執刑時的自信和自如。

操場上的士兵和馬上的軍官都保持著僵硬的致敬姿態，迎候著他們的首長。在嘹亮的喇叭聲和鏗鏘的鼓鑔聲裡，一乘八人抬的青呢大轎，穿過操場邊的白楊夾道，宛若一艘隨波逐流的樓船，來到執刑柱前，平穩地落下。搬著下轎凳子的小兵飛跑上前，將凳子擺好，並隨手掀開了轎簾。一位體態魁梧、耳大面方、嘴唇上留著八字鬍的紅頂子大員鑽了出來。趙甲認出了，這位大人，就是二十三年前與自己有過一段交情的官宦子弟、如今打破天朝慣例、把他從京城調來天津執刑的新建陸軍督辦袁世凱袁大人。

袁大人內著戎裝，外披狐裘，威武逼人。他對著操場上的隊伍揮揮手，然後在一把蒙了虎皮的椅子上落了座。馬隊前的值日官高聲喊叫：

「敬禮畢——！」

士兵們把高舉著的步槍一齊落下，聲音整齊，震耳驚心。一位面色青紫、牙齒焦黃的年輕軍官，手裡捏著一張紙，身體彎成弓形，嘴巴湊近袁大人的臉，嘀嘀咕咕地說著什麼。袁大人皺著眉頭將臉向一邊歪去，彷彿要躲避那軍官嘴裡的臭氣，但那張生著黃牙齒的嘴卻得寸進尺地往前緊逼。趙甲自然不會知道，也永遠不會知道，這個黑瘦的黃牙青年，就是後來名滿天下的辮帥張勛。趙甲心中為袁世凱難過，他斷定張勛嘴裡的氣味非常難聞。終於，張勛說完了話，袁世凱點了點頭，恢復了正常的坐姿。張勛站在一張高凳上，高聲地宣讀那紙上的內容：

「查得錢犯雄飛，字鵬舉，湖南益陽人氏，現年二十八歲。錢犯於光緒二十一年留學日本士官學校，在日期間，私割髮辮，結交奸黨，圖謀不軌。歸國後，與康梁亂黨勾結密切，狼狽為奸。後受康逆指示，僑裝忠誠，混入我武衛右軍，陰謀為逆內應。戊戌亂黨，在京伏法，錢犯兔死狐悲，喪心病狂，竟於本年十月十一日，陰謀刺殺首長，幸天佑我軍，今袁大人無恙。錢賊犯上作亂，大逆不道，罪孽深重，十惡不赦。依大清法律，刺殺朝廷命官者，當處五百刀凌遲之刑。此判已報刑部照准並特派劊子手前來天津執刑……」

趙甲感到，很多的目光，投射到自己身上。劊子手出京執刑，別說在大清國，即使在歷朝歷代也沒有先例。因此他感到責任重大，心中惶恐不安。

張勛宣讀完判詞，袁世凱褪下狐裘，站起來，掃視了三千新軍，便開始演講。他的底氣充沛，聲若洪鐘：

「弟兄們，本官帶兵多年，一向愛兵如子，你們被蚊子咬一口，我的心就要痛。這些，你們都是知道的。可我萬萬想不到，一向受我器重的錢雄飛竟然想行刺本督。本督既深感震驚，但更加感到失望——」

「弟兄們，袁世凱奸詐狡猾，賣友求榮，死有餘辜。弟兄們，千萬不要被他的花言巧語迷惑啊！」錢雄飛在執刑柱上大聲喊叫著。

張勛看看袁世凱脹紅的臉，飛快地跳到執刑柱前，對準錢雄飛的嘴巴就搗了一拳，罵道：

「你這個孩子，死到臨頭了還是嘴硬！」

錢雄飛把一口帶血的唾沫吐到張勛臉上。

袁世凱擺擺手，制止了抬手又想打錢雄飛的張勛，道：

「錢雄飛，你槍法如神，學識過人，本督贈爾金槍，委爾重任，將爾視為心腹，爾非但不知恩圖報，反而想加害本官，是可忍孰不可忍也！本督雖然陷遭你的毒手，但可惜你的才華，實在是不忍誅之。但國法無情，軍法如山，本督也無法救你了。」

「要殺便殺，囉嗦什麼！」

「事已至此，本督也只好學那諸葛武侯，揮淚斬馬謖了！」

「袁大人，不要演戲了！」

袁世凱搖搖頭，歎息道：

「爾冥頑不化，本督也救你不得了！」

「我早已做好了必死的準備，袁大人，下手吧！」

「本督對你仁至義盡，你身後還有什麼事要交代的，本督一定替你辦妥！」

「袁大人，我與高密知縣錢丁，雖是堂兄堂弟，但早已斷絕兄弟關係，望大人不要株連於他。」

「你儘管放心！」

「謝大人！」錢道，「想不到大人竟然派人偷換了我的子彈，使我功敗垂成，可惜啊可惜！」

「沒人偷換你的子彈，」袁世凱笑著說，「這是天意。」

「天不滅袁袁不死，」錢雄飛歎息道，「袁大人，你贏了！」

袁世凱清清喉嚨，提高了嗓門，喊道：

「弟兄們，今日凌遲錢雄飛，本督心中，是萬分地悲痛！因為他本來是一個前程遠大的軍官，本督對他，曾經寄予了厚望，但他結交亂黨，反叛朝廷，犯下了十惡不赦的罪行，不是本督殺他，也不是朝廷殺他，是他自己殺了自己。本督本想賜他全屍，但事關國家刑典，本督也不敢循私枉法。為了讓他死得完美，特意從刑部大堂請來了最好的劊子手。錢雄飛，這是本督送給你的最後的禮物，希望你能坦然受刑，給我輩新式軍人樹立一個榜樣。爾等子弟聽著，今日之所以讓你們來觀刑，說句難聽的話，就是要殺雞給猴看。本督希望你們從錢雄飛身上吸取教訓，忠誠老實，小心謹慎，效忠朝廷，服從長官。只要你們能按照本督教導你們的去做，我保證你們都有一個很好的前程。」

士兵們在軍官的帶領下，齊聲吶喊：

「願為朝廷盡忠，願為大人效命！」

袁世凱退回到椅子上坐下，衝著中軍官張勛微微地一點頭。張勛心領神會，大喊：

「開刀！」

趙甲往前跨一步，與錢雄飛站成對面，徒弟把精鋼鍛造的凌遲專用小刀遞到他的手裡，他低沉地嗚嚕一聲：

「兄弟，得罪了！」

錢雄飛竭力做出視死如歸的瀟灑模樣，但灰白的嘴唇顫抖不止。錢的掩飾不住的恐懼，恢復了趙甲的職業榮耀。他的心在一瞬間又硬如鐵石，靜如止水了。面對著的活生生的人不見了，執刑柱上只剩下一堆按照老天爺的模具堆積起來的血肉筋骨。他猛拍了錢雄飛的心窩一掌，打得錢雙眼翻白。就在這響亮的打擊聲尚未消失時，他的右手，操著刀子，靈巧地一轉，就把一塊銅錢般大小的肉，從錢的右胸脯上旋了下來。這一刀恰好旋掉了錢的乳粒，留下的傷口酷似盲人的眼窩。

趙甲按照他們行當裡不成文的規矩，用刀尖扎住那片肉，高高地舉起來，向背後的袁大人和眾軍官展示。然後又展示給操場上的五千士兵。他的徒弟在一旁高聲報數：

「第一刀！」

他感到那片肉在刀尖上顫抖不止，他聽到身後的軍官們發出緊張地喘息，聽到離他很近的袁大人發出不自然的輕咳。不用回頭他就知道眾軍官的臉已經改變了顏色。他還知道，他們的心、包括袁世凱袁大人的心，都跳動得很不均勻。想到此他的心中就充滿了幸災樂禍的快感。近年來，落在了刑部劊子手裡的大人們實在是太多了，他見慣了這些得勢時耀武揚威的大人們在刑場上的窩囊樣子，像錢雄飛這樣的能把內心深處對酷刑的恐懼掩飾得基本上難以覺察的好漢子，實在是百個裡也難挑出一個。於是他感到，起碼是在這一刻，自己是至高無上的，我不是我，我是皇上皇太后的代表，我是大清朝的法律之手！

他將手腕一抖，小刀子銀光閃爍，那片扎在刀尖上的肉，便如一粒彈丸，嗖地飛起，飛到很高處，然後下落，如一粒沉重的鳥屎，啪唧一聲，落在了一個黑臉士兵的頭上。那士兵怪叫一聲，腦袋上彷彿落上了一塊磚頭，身體搖晃不止。

按照行裡的說法，這第一片肉是謝天。一線鮮紅的血，從錢胸脯上挖出的凹處，串珠般地跳出來。部分血珠濺落在地，部分血珠沿著刀口的邊緣下流，濡紅了肌肉發達的錢胸。

第二刀從左胸動手，還是那樣子乾淨俐落，還是那樣子準確無誤，一下子就旋掉了左邊的乳粒。現在錢的胸脯上，出現了兩個銅錢般大小的窟窿，流血，但很少。原因是開刀前那猛然的一掌，把錢的心臟打得已經緊縮起來，這就讓血液循環的速度大大地減緩了。這是刑部大堂獄押司多少代劊子手在漫長的執刑過程中，積累摸索出來的經驗，可謂屢試不爽。

錢的臉還保持著臨刑不懼的高貴姿態，但幾聲細微得只有趙甲才能聽到的呻吟，彷彿是從他的耳朵眼裡冒了出來。趙甲盡量地不去看錢的臉，他聽慣了被宰割的犯人們發出的悽慘號叫，在那樣的聲音背景下他能夠保持著高度的冷靜，但遇到了錢雄飛這樣能夠咬緊牙關不出聲的硬漢，耳邊的清淨，反而讓他感到心神不安，彷彿會有什麼突然的變故出現。他聚精會神地把這片肉扎在刀尖上，一絲不苟地舉起來示眾，先大人，後軍官，然後是面如土色、形同土偶的士兵。他的助手在一旁高聲報數：

「第二刀！」

據他自己分析，劊子手向監刑官員和看刑的群眾展示從犯人身上臠割下來的東西，這個規矩產生的法律和心理的基礎是：一，顯示法律的嚴酷無情和劊子手執行法律的一絲不苟。二，讓觀刑的群眾受到心靈的震撼，從而收束惡念，不去犯罪，這是歷朝歷代公開執刑並鼓勵人們前來觀看的原因。三，滿足人們的心理需要。無論多麼精采的戲，也比不上凌遲活人精采，這也是京城大獄裡的高級劊子手根本瞧不起那些在宮廷裡受寵的戲子們的根本原因。

趙甲在向眾人展示挑在刀尖上的第二片錢肉時想到了多年前跟隨著師傅學藝時的情景。為了練出一手凌遲絕活，獄押司的劊子手與崇文門外的一家大肉舖建立了密切的聯繫，遇到執刑的淡季，師傅就帶著他們，到肉舖裡義務幫工。他們將不知多少頭肥豬，片成了包子餡兒，他們最後都練出了秤一樣準確的手眼功夫，說割一斤，一刀下來，絕不會是十五兩。在余姥姥執掌獄押司劊子班帥印時，他們曾經在西四小拐棍胡同開辦過一家屠宰連鎖店，前店賣肉，後院屠殺，生意一度十分興隆。但後來不知是什麼人透了他們的底兒，使他們的生意一落千丈，人們不但不再來這裡買肉，連路過這裡時都避避影影，生怕被他們抓進來殺了。他記得在師傅的床頭匣子裡，有一本紙張發黃變脆的祕笈，那上邊繪著笨拙的圖畫，旁邊加注著假代字很多的文字。這本書的題目叫做《秋官祕集》，據師傅說是明朝的一個姥姥傳下來的。書上記載了各種各樣的刑罰及施行時的具體方法和注意事項，圖文並茂，實在是這一行當的經典著作。師傅指點著書上的圖畫和文字，向他和他的師兄弟們詳細地解說著凌遲刑。書上說凌遲分為三等，第一等的，要割三千三百五十七刀；第二等的，要割二千八百九十六刀；第三等的，割一千五百八十五刀。他記得師傅說，不管割多少刀，最後一刀下去，應該正是罪犯斃命之時。所以，從何處下刀，每刀之間的間隔，都要根據犯人的性別、體質來精確設計。如果沒割足刀數犯人已經斃命或是割足了刀數犯人未死，都算劊子手的失誤。師傅說，完美的凌遲刑的最起碼的標準，是割下來的肉大小必須相等，即便放在戥子上秤，也不應該有太大的誤差。這就要求劊子手在執刑時必須平心靜氣，既要心細如髮又要下手果斷，既如大閨女繡花，又似屠夫殺驢。任何的優柔寡斷、任何的心浮氣躁，都會使手上的動作變形。要做到這一點，非常的不容易。因為人體的肌肉，各個部位的緊密程度和紋理走向都不相同，下刀的方向與用力的大小，全憑著一種下意識的把握。師傅說，天才的劊子手，如皋陶爺，如張湯爺，是用心用眼切割，而不是用刀、用手。所以古往今來，執行了凌遲大刑千萬例，真正稱得上是完美傑作的，幾乎沒有。其大概也就是把人碎割致死而已。所以越到近代，凌遲的刀數越少。延至本朝，五百刀就是最高刀數了。但能把這五百刀做完的，也是鳳毛麟角。刑部大堂的劊子手，出於對這個古老而神聖的職業的敬重，還在一絲不苟地按照古老的規矩辦事，到了省、府、州、縣，魚龍混雜，從事此職業者多是一些地痞流氓，他們偷工減力，明明判了五百刀凌遲，能割上二三百刀已是不錯，更多的是把人大卸八塊，戳死拉倒。

趙甲把從錢身上旋下來的第二片肉摔在地上，按照行裡的說法，這是謝地。

當趙甲用刀尖扎著錢肉轉圈示眾時，他感到自己是絕對的中心，而他的刀尖和刀尖上的錢肉是中心裡的中心。上至氣焰熏天的袁大人，下至操場上的大兵，目光都隨著他的刀尖轉，更準確地說是隨著刀尖上的錢肉轉。錢肉上天，眾人的眼光上天；錢肉落地，眾人的眼光落地。據師傅說，古代的凌遲刑，要將切下來的肉，一片片擺在案頭，執刑完畢，監刑官要會同罪犯家屬上前點數，多一片或是少一片，都算劊子手違旨。師傅說，宋朝時一個粗心大意的劊子手執凌遲刑時多割了一刀，被罪犯家屬上告，丟了寶貴的性命。所以這個活兒並不好幹，幹不好還會有性命之憂。你想想吧，既要割得均勻，又要讓他在最後一刀時停止呼吸，還要牢牢地記住切割的刀數，三千三百五十七刀啊，要割整整的一天，有時還要按照上邊的吩咐，將執刑的時間拖延三五天，這就使執刑的難度更加巨大，一個鐵打的劊子手，執完一個凌遲刑，也要累倒在地。師傅說，後來的劊子手們學精了，不再把割下來的肉擺放在案子上，而是隨手扔掉。老刑場的周圍，總是有大群的野狗、烏鴉和老鷹，所以每逢執凌遲刑，就成了這些畜生們的盛大節日。

他用一塊乾淨的羊肚子毛巾，蘸著鹽水，擦乾了錢胸上的血，讓刀口猶如樹上的嶄新的砍痕。他在錢的胸脯上切了第三刀。這片肉還是如銅錢大小，魚鱗形狀。新刀口與舊刀口邊緣相接而又界限分明。師傅說這凌遲刑別名又叫「魚鱗剮」，的確是十分地形象貼切。第三刀下去，露出的肉茬兒白生生的，只跳出了幾個血珍珠，預示著這活兒有了一個良好的開端，這令他十分滿意。師傅說，成功的凌遲，是流血很少的，據師傅說，開刀前，突然地一掌拍去，就封閉了犯人的大血脈。他的血此時都集中到腹部和腿肚子裡。這樣才能如切割蘿蔔一樣，切夠刀數，而犯人不死。否則血流如注，腥氣逼人，血污肉體，影響觀察，下刀無憑，勢必搞得一塌糊塗。當然他們久幹這行，無論出現什麼樣子的情況，都不至於手足無措。他們總有一些辦法對付特殊情況。如果碰到血流如注、無法下刀的情況，應急的辦法是劈頭蓋臉地澆犯人一桶冷水，讓他突然受驚，閉住血道。如果涼水閉不住，就澆上一桶酸醋。《本草綱目》認為醋有收斂之功，劈頭澆醋，蓋取其收斂之意也。如果此法也無效，那就先在犯人的腿肚子上切下兩塊肉放血。但這種方法往往會使犯人在執刑未完時就因血竭而死。錢的血道看來是閉住了。趙甲的心中比較輕鬆，看來今天這個活兒已經有了五分成功的把握，那桶準備在執刑柱前的山西老陳醋，看樣子是省下了。省了一桶陳醋，按照劊子行當裡不成文的規矩，劊子手們可以向提供酸醋的店家索要一筆「省醋費」。醋是店家無償提供的，省下了醋，還得店家提供「省醋費」，這規矩實在是既霸道又專橫，沒有任何的道理好講。但大清朝是一個重視祖宗先例勝過重視法律的朝代，無論是什麼樣子的陳規陋習，只要是有過先例的，都不能廢除，不但不能廢除，還要變本加厲。臨刑前的犯人，在大清的先例裡，有向遊街時路過的所有商家要吃要喝的特權，而執刑的劊子手，也有著從店家白拿一桶醋或是索要「省醋費」的特權。省下的醋按理應該還給商家，但是不，這桶醋不能還給醬醋店，而是賣給藥店，說是這醋沾染了犯人的血腥氣，已經不是一般的醋，而是能夠治病救人的靈藥，美其名曰「福醋」，藥店收了這「福醋」，當然又要拿出一筆錢給賣醋的劊子手。劊子手沒有工食銀子，只好靠這些方式來撈錢餬口。他把第三片肉甩向空中，這一甩謂之謝鬼神。徒弟在一旁高喊：

「第三刀！」

甩完第三片肉他回手就割了第四刀。他感到錢的肉很脆，很好割。這是身體健康、肌肉發達的犯人才會有的好肉。如果凌遲一個胖如豬或是瘦如猴的犯人，劊子手就會很累。累是次要的，關鍵是幹不出俊活。他們如同廚房裡的大師傅，如果沒有一等的材料，縱有精湛的廚藝，也辦不出精美的宴席。他們如同雕花木匠，如果沒有軟硬適中的木材，縱有鬼斧神工般的技巧，也雕不出傳神的佳構。師傅說，他在道光年間做過一個夥同奸夫謀殺親夫的女人。那女人一身肥肉，像一包涼粉，一戳顫顫巍巍，根本無法下刀。從她的身上切下來的，都是些泡沫鼻涕狀的東西，連狗都不吃。更何況那個女人最能叫喚，鬼哭狼嚎，弄得人心煩意亂，沒心思精雕細琢。師傅說女人中也有好樣的，也有肌膚華澤如同凝脂的，切起來的感覺美妙無比。這可以說是下刀無礙，如切秋水。刀隨意走，不錯分毫。師傅說他在咸豐年間做過一個這樣的美妙女子。那是一個據說是因為圖財害了嫖客性命的妓女。師傅說那女子真是天香國色，嬌柔溫順的模樣人見人憐，誰也不會相信她是一個殺人犯。師傅說劊子手對犯人最大的憐憫就是把活兒做好，你如果尊敬她，或者是愛她，就應該讓她成為一個受刑的典範。你可憐她就應該把活兒幹得一絲不苟，把該在她的身上表現出來的技藝表現出來。這同名角演戲是一樣的。師傅說凌遲美麗妓女那天，北京城萬人空巷，菜市口刑場那兒，被踩死、擠死的看客就有二十多個。師傅說面對著這樣美好的肉體，如果不全心全意地認真工作，就是造孽，就是犯罪。你如果活兒幹得不好，憤怒的看客就會把你活活咬死，北京的看客那可是世界上最難伺候的看客。那天的活兒，師傅幹得漂亮，那女人配合得也好。這實際上就是一場大戲，劊子手和犯人聯袂演出。在演出的過程中，罪犯過分地喊叫自然不好，但一聲不吭也不好。最好是適度地、節奏分明的哀號，既能刺激看客的虛偽的同情心，又能滿足看客邪惡的審美心。師傅說他執刑數十年，殺人數千，才悟出一個道理：所有的人，都是兩面獸，一面是仁義道德、三綱五常；一面是男盜女娼、嗜血縱欲。面對著被刀刀臠割著的美人身體，前來觀刑的無論是正人君子還是節婦淑女，都被邪惡的趣味激動著。凌遲美女，是人間最慘烈淒美的表演。師傅說，觀賞這表演的，其實比我們執刀的還要凶狠。師傅說他常常用整夜的時間，翻來覆去的回憶那次執刑的經過，就像一個高明的棋手，回憶一盤為他贏來了巨大聲譽的精采棋局。在師傅的心中，那個美妙無比的美人，先是被一片片地分割，然後再一片片地復原。在周而復始的過程中，師傅的耳邊，一刻也不間斷地繚繞著那女子亦歌亦哭的吟喚和慘叫。師傅的鼻子裡，時刻都嗅得到那女子的身體在慘遭臠割時散發出來的令人心醉神迷的氣味。師傅的腦後陰風習習，那是焦灼的食肉猛禽在搧動牠們的翅膀。師傅的癡情回憶，總是在這樣一個關節點上稍做停頓，好似名旦在戲台上的亮相。她的身體已經皮肉無存，但她的臉還絲毫無損。只剩下最後的一刀了。師傅的心中一陣酸楚，剜了她一塊心頭肉。那塊肉鮮紅如棗，挑在刀尖上宛如寶石。師傅感動地看著她的慘白如雪的鵝蛋臉，聽到從她的胸腔深處，發出一聲深沉的歎息。她的眼睛裡似有幾粒火星在閃爍，兩顆淚珠滾下來。師傅看到她的嘴唇艱難地顫抖著，聽到她發出了蚊蟲鳴叫般的細聲：冤……枉……她的眼神隨即暗淡無光，她的生命之火熄滅了。她的在執刑過程中一直搖動不止的頭顱軟綿綿地向前垂下，頭上的黑髮，宛如一匹剛從染紅裡提出來的黑布。

趙甲割下第五十片錢肉時，錢的兩邊胸肌剛好被旋盡。至此，他的工作已經完成了十分之一。

徒弟給他遞上了一把新刀。他喘了兩口粗氣，調整了一下呼吸。他看到，錢的胸膛上肋骨畢現，肋骨之間覆蓋著一層薄膜，那顆突突跳動的心臟，宛如一隻裹在紗布中的野兔。他的心情比較安定，活兒做得還不錯，血脈避住了，五十刀切盡胸肌，正好實現了原定的計畫。讓他感到美中不足的是，眼前這個漢子，一直不出聲號叫。這就使本應有聲有色的表演變成了缺乏感染力的啞劇。他想，在這些人的眼裡，我就像一個賣肉的屠戶。他對這個姓錢的深表欽佩。除了開始時的兩刀，他發出了幾聲若有若無的呻吟之外，往後他就不出聲息了。他抬頭看看這個英武青年的臉。只見他頭髮直豎，雙目圓睜，黑眼珠發藍，白眼珠發紅，鼻孔炸開，牙關緊咬，腮幫子上鼓起兩條小老鼠般的肌肉。這副猙獰的面孔，著實讓他暗暗地吃驚。他的捏著刀子的手，不由地痠麻起來。按照規矩，如果凌遲的是男犯，旋完了胸脯肉之後，接下來就應該旋去襠中之物。這地方要求三刀割盡，大小不必與其他部位的肉片大小一致。師傅說根據他執刑多年的經驗，男犯人最怕的不是剝皮抽筋，而是割去襠中的寶貝。原因並不是這部位被切割時會有特別的痛苦，而是一種心靈上的恐懼和人格上的恥辱。絕大多數的男人，寧願被砍去腦袋，也不願被切去男根。師傅說無論多麼強悍的男人，只要把他的襠中物一去，他就再也威風不起來了，這就跟剪掉烈馬的鬃毛和拔掉公雞的翎毛是一個道理。趙甲不再去看那張令他心神不安的悲壯面孔。他低頭打量著錢的那一嘟嚕東西。那東西可憐地瑟縮著，猶如一隻藏在繭殼中的蠶蛹。他心裡想：夥計，實在是對不起了！他用左手把那玩意兒從窩裡揪出來，右手快如閃電，嚓，一下子，就割了下來。他的徒弟高聲報數：

「第五十一刀！」

他把那寶貝隨手扔在了地上，一條不知從哪裡鑽出來的、遍體癩皮的瘦狗，叼起那寶貝，鑽進了士兵隊裡。狗在士兵的隊伍裡發出了轉節子的聲音，很可能是受到了沉重的打擊。這時，一直咬住牙關不出聲的錢雄飛，發出了一聲絕望地嚎叫。趙甲對此儘管早有思想準備，但還是嚇了一跳。他不知道自己的眼睛像打閃一樣眨巴著，他只感到雙手灼熱、脹麻，彷彿有千萬根燒紅了的針尖，刺著自己的手指，難忍難挨的滋味無法形容。錢的嚎叫聲非驢非馬，十分地瘆人。他的嚎叫，讓在場觀刑的武衛右軍全體官兵受到了深刻地刺激和巨大地震動。按理說袁世凱袁大人也不可能無動於衷。趙甲無暇回頭去探看自己身後的袁大人和他的高級軍官們的表情，他聽到那些馬都在打著表示驚恐的響鼻，馬嘴裡的嚼鐵和脖子下的鈴鐸發出叮叮噹噹的聲響。他看到執刑柱後那些被綁腿纏得緊繃繃的腿都在不安地抖動著。錢連聲嚎叫，身體扭曲，那顆清晰可見的心臟跳動得特別劇烈，「嘭嘭」的聲音清晰可聞。趙甲擔心那顆心撞斷肋骨飛出來，如果那樣，這次策畫日久的凌遲大刑就等於徹底失敗了。那樣不但丟了刑部大堂的面子，連袁世凱大人的臉上也不光彩。他當然不希望出現這樣的局面。此時，錢的腦袋也前後左右地大幅度擺動搖晃著，他的腦袋撞擊得執刑柱發出沉悶的聲響。血洇紅了他的眼睛。他的五官已經扭曲得面目全非，誰見了這樣一張臉一輩子都會噩夢連連。這種情況趙甲沒有遇到過，他的師傅也沒講過。他的兩隻手麻脹得難受，幾乎握不住那柄小刀子。他抬頭看看徒弟，這小子面色如土，嘴咧成一個巨大的碟子，指望他來接手完成任務是絕對不可能的。他硬著頭皮彎下腰去，摳出錢的一個睪丸——因為它們已經縮進囊裡，必須摳——一刀旋下來。第五十二刀，他低聲提醒已經迷糊了的徒弟。徒弟用哭腔喊叫報數：

「第⋯⋯五十二⋯⋯刀⋯⋯」

他把那個東西扔在了地上。他看到它在地上的樣子實在是醜陋無比，他體驗了多年未曾體驗過的生理反應：噁心。

「狗娘養的⋯⋯畜生啊！」彷彿石破天驚，錢雄飛竟然抖擻起精神大罵起來，「袁世凱，袁世凱，你這個奸賊，吾生不能殺你，死後化為厲鬼也要取你的性命！」

趙甲不敢回頭，他不知道自己身後的袁大人的臉是什麼顏色。他只想抓緊時間把這個活兒幹完。他再次彎下腰去，摳出了另一個丸子，一刀旋下來。就在他將要立起的瞬間，錢雄飛張口在他的頭上啃了一口。幸虧隔著帽子，才沒被咬出腦漿。儘管隔著帽子，錢雄飛的牙齒還是咬破了趙甲的頭皮。事後他感到不寒而慄，如果當時被錢咬住脖子，他就會連連地蠶食進去；如果被錢咬住耳朵，耳朵絕對沒了。他感到頭頂一陣奇痛，情急之中猛地將腦袋往上頂去，這一下正好頂中了錢雄飛的下巴。他聽到錢雄飛的牙齒與舌頭咬在了一起，發出了令人心悸的「咯唧」聲。鮮血從錢的嘴裡噴出來。錢的舌頭爛了，但他還是詈罵不止。儘管他的發音已經含混不清，但還是能聽出，他罵的還是袁世凱。第五十三刀。趙甲隨便地扔掉了手中的丸子。他的眼前金星飛迸，他感到頭暈目眩，胃裡的一股酸臭液體直衝咽喉，他緊咬牙關，暗暗地提醒自己，無論如何，不能嘔吐，否則，刑部大堂劊子手的赫赫威名就葬送在自己手裡了。

「割去他的舌頭！」

他聽到袁大人威嚴而惱怒的聲音在腦後響起。他不由地回了頭，看到了袁大人青紫的面皮。他看到袁大人拍了一下膝蓋，確鑿的命令又一次從那張闊嘴裡發出：

「割去他的舌頭！」

趙甲想說這樣做不合祖宗的規矩，但他看到了袁大人惱羞成怒的樣子，就把到了嘴邊的話嚥了下去。還有什麼好說的？連當今皇太后都敬讓三分的袁大人的話就是規矩。他轉回身，對付錢雄飛的舌頭。

錢的臉已經脹開了，血沫子從他的嘴裡噗嚕噗嚕地冒出來，根本就沒法子下刀。要挖去一個瘋狂的死刑犯的舌頭，馬虎就是虎口裡拔牙齒。但他沒有膽量不執行袁大人的意見。他用最短的時間回顧了師傅的教導和師傅傳授給他的經驗，沒想到任何的可資借鑑的東西。錢還在嗚嚕著罵人，袁大人第三次說：

「割去他的舌頭！」

在這關鍵的時刻，祖師爺的神靈保佑著他生出了靈感。他將小刀子叼在嘴裡，雙手提起一桶水，猛地潑到了錢的臉上。錢啞口了。趁著這機會，他伸手捏住了錢的喉嚨，往死裡捏，錢的臉憋成了豬肝顏色，那條紫色的舌頭吐出唇外。趙甲一隻手捏著錢的喉嚨不敢鬆動，另一隻手從嘴裡拿下刀子，刀尖一抖，就將錢的舌頭割了下來。這是個臨時加上的節目，士兵隊裡，起了一片喧譁，彷彿潮水漫過了沙灘。

趙甲用手托著錢舌示眾，他感到那條不屈的舌頭顫抖不止，垂死的青蛙也是這樣。第五十四刀，他有氣無力地說。說完他就將錢舌扔在了袁大人面前。

「第五十……四刀……」他的徒弟報數。

錢雄飛的臉色變成了金子一樣的顏色。血從他的嘴裡噴出來。他的身上，血和水混合在一起。沒有了舌頭，他還在罵，但發音已經十分困難，儘管知道他還在罵，但罵的什麼，誰也聽不出來了。

趙甲的雙手灼熱難熬，他感到他的手隨時都會變成火焰燒成灰燼。他感到自己實在是支撐不下去了，但高度的敬業精神不允許他中途罷手。儘管因為袁大人下令割舌，打亂了程序，他完全可以將錢盡快地草率地處死，但責任和他的道德不允許他那樣做。他感到，如果不割足刀數，不僅僅褻瀆了大清的律令，而且也對不起眼前的這條好漢。無論如何也要割足五百刀再讓錢死，如果讓錢在中途死去，那刑部大堂的劊子手，就真的成了下九流的屠夫。

趙甲用鹽水毛巾揩乾錢雄飛被水和血污染了的身體。蘸濕毛巾時，他把自己灼熱的雙手放在水桶裡浸泡了片刻，提起來擦乾。錢的無舌的嘴巴還在積極地開闔著，但發出的聲音已經越來越微弱。趙甲明白，執刑的速度必須加快，切割的肉片必須縮小，血管密集的部位必須迴避，原來的切割方案必須實事求是地進行調整。這不能怨刑部大堂的劊子手無能，只怨袁大人亂下命令。他用觀眾覺察不到的小動作，用刀尖在自己的大腿上戳了一下，讓尖利的痛楚驅趕麻木和倦怠，同時也藉此分散自己對灼熱的雙手的關注。他抖擻精神，不再去顧念身後的袁世凱和他的部下們，更不去理睬前面那無法捉摸的五千士兵。他操刀如風，報數如雹，那些從錢身上片下來的肉片兒，像甲蟲一樣往四下裡飛落。他用兩百刀旋盡了錢大腿上的肌肉，用五十刀旋盡了錢雙臂上的肌肉，又在錢的腹肌上割了五十刀，左右屁股各切了七十五刀。至此，錢的生命已經垂危，但他的眼睛還是亮的。他的嘴巴裡溢出一團團的泡沫，他的內臟器官失去了肌肉的約束，都在向外膨脹著。尤其是他的腸胃，就如一窩毒蛇裝在單薄的皮袋裡蠢蠢欲動。趙甲直起腰，舒了一口氣。他已經汗流浹背，雙腿間黏糊糊的，不知是血還是汗。為了成就錢雄飛的一世英名，為了刑部大堂劊子手的榮譽，他付出了血的代價。

只剩下最後的六刀了。趙甲感到勝券在握，可以比較從容地進行最後的表演了。他用第四百九十刀割下了錢的左耳。他感到錢的左耳涼得如同一塊冰。接下來的一刀他旋下了錢的右耳。當他把錢的右耳扔在地上時，那條已經撐得拖不動肚子的瘦狗，蹣跚過來，尖著鼻子嗅了嗅，便不勝厭煩地轉身走了。從瘦狗的屁股裡，躥出一股東西，異臭撲鼻。錢的雙耳寂寞地躺在地上，宛如兩扇灰白的貝殼。趙甲想起師傅說過，當年在菜市口凌遲那個絕代名妓時，切下她的玲瓏的左耳，真是感到愛不釋手，那耳垂上還掛著一隻金耳環，環上鑲嵌著一粒耀眼的珍珠。師傅說法律絕不允許他把這只美麗的耳朵掖進自己的腰包，師傅只好把它無限惋惜地扔在地上。一群如癡如醉的觀眾，猶如洶湧的潮水，突破了監刑隊的密集防線，撲了上來。瘋狂的人群嚇跑了吃人肉的凶禽和猛獸。他們要搶那只耳朵，也許是為了那只掛在耳垂上的金耳環。師傅見勢不好，風快地旋下妓女的另外一隻耳朵，用力地、誇張地甩到極遠地方。瘋狂的人群立刻分流。師傅真是聰明過人啊！

此時的錢雄飛樣子可怕極了。趙甲要下第四百九十七刀了。按照規矩，此時可有兩種選擇，一種是剜掉犯人的雙眼，一種是割去犯人的雙唇。但錢的嘴唇已經破爛不堪，實在不忍心再下刀。趙甲決定了挖他的雙眼。他知道錢雄飛死不瞑目，但死不瞑目又有什麼用處呢？兄弟，老哥哥不能徵求你的意見了，剜去你的雙眼，讓你做一個安分守己的鬼去吧，眼不見，心不亂，省得你到了陰曹地府還折騰。陽間不許折騰，陰間也不許折騰。無論在哪裡，折騰都是不允許的。

趙甲把尖刀對準錢的眼窩時，錢的眼睛突然地閉上了。這實在是出乎他的意料之外。他心中對錢的配合感激萬分，因為即使對殺人如麻的職業劊子手來說，剜去目光炯炯的眼睛，也不是一件愉快的事情。他抓緊了這大好的時機，讓刀尖沿著錢的眼眶轉了一圈，然後刀尖一挑，一顆黑白分明的眼珠就鮮活地跳了出來……第四百九十七刀，他有氣無力地報了數字。「四百九十七……」徒弟的聲音比他的聲音還要無力。

當他舉起刀子去剜錢的右眼時，錢的右眼卻出格地圓睜開了。於此同時，錢發出了最後的吼叫。這吼叫連趙甲都感到脊梁發冷，士兵隊裡，竟有幾十個人，像沉重的牆壁一樣跌倒了。趙甲不得不對錢雄飛那隻火炭一樣的獨眼動刀子了。那隻眼睛射出的彷彿不是光線，而是一種熾熱的氣體。趙甲的手已經燒焦了，幾乎捏不住滑溜溜的刀柄了。他低聲地禱告著：兄弟，閉眼吧……但是錢不閉眼。趙甲知道沒有時間可以拖延了。他只好硬著心腸下了刀子。刀子的鋒刃沿著錢的眼窩旋轉時，發出了極其細微的「嗞嗞」聲響，這聲響袁世凱聽不到，那些站在馬前、滿面惶恐、不知道會不會免死狐悲的軍官們也不會聽到，那五千低著頭如同木人的士兵也不會聽到。他們能聽到的，只有錢雄飛那殘破的嘴巴裡發出的像火焰和毒藥一樣的嗥叫。這樣的嗥叫可以毀壞常人的神經，但趙甲習以為常。真正讓趙甲感到驚心動魄、心肝俱顫的是那刀子觸肉時發出的「嗞嗞」聲響。一時間他感到目不能視、耳不能聽，那些嗞嗞的聲響，穿透了他的肉體，纏繞著他的臟器，在他的骨髓裡生了根，今生今世也難拔除了。第四百九十八刀……他說。

他的徒弟已經暈倒在地上。

又有數十名士兵跌倒在地。

錢的兩隻眼睛亮在地上，儘管上邊沾滿了泥土，但還是有兩道青白的、陰冷的死光射出，似乎在盯著什麼。趙甲知道，它盯著袁世凱。這樣的兩隻眼睛射出的光芒，會經常地讓袁世凱袁大人憶起嗎？趙甲木木地想著。

執刑至此，趙甲感到乏透了。不久前處斬六君子，那也是轟動全中國、甚至轟動全世界的大活兒。為了報答劉光第大人的知遇之恩，他帶著徒弟們，把那柄銹蝕得如鋸齒狼牙一樣的「大將軍」磨得吹毛寸斷，連那五君子，也跟著劉大人沾了光，享受了天下第一的無痛快刀。他用「大將軍」砍去他們的頭顱時，那真是如風如電，相信他們只是感到脖子上一陣涼風吹過，腦袋已經與脖子分離。由於刀速太快，他們無頭的身體，有的往前爬行，有的猛然躍起，他們的頭臉上的表情更是栩栩如生。他相信他們的身體與頭顱脫離之後相當長的時間內，他們的腦袋還在敏銳地思想著。執刑了六君子，京城裡傳遍了刑部大堂劊子手們創造的人間奇蹟。六君子受刑後的種種行狀，經眾口渲染，已經神乎其神，譬如說譚瀏陽譚嗣同大人的無頭身體，竟跑到監刑官剛毅大人面前，搧了他一個耳光。而劉裴村劉光第大人的頭顱，則在滾動中吟詩一首，聲音洪亮，數千人都親耳聽到。——即使這樣一件驚天動地的大活兒，都沒把趙甲趙姥姥累垮，可今日來到天津衛凌遲了一個不上品級的騎兵衛隊長，卻把大名鼎鼎的首席劊子手累得站腳不穩，而且還添了一個雙手動輒灼熱如被火燒的怪症候。

第四百九十九刀，旋去了錢的鼻子。此時，錢的嘴裡只出血沫子，再也發不出一點聲音，一直梗著的鐵脖子，也軟綿綿地垂在了胸前。

最後，趙甲一刀戳中了錢的心臟，一股黑色的暗血，如同熬糊了的糖稀，沿著刀口淌出來。這股血氣味濃烈，使趙甲又一次體驗到了噁心的滋味。他用刀尖剜出了一點錢的心頭肉，然後，垂著頭，對著自己的腳尖說：

「第五百刀，請大人驗刑。」

第十章　踐約

一

光緒二十二年臘月初八日夜間，下了一場大雪。清晨，京城銀裝素裹，一片潔白。在各大廟宇轟鳴的鐘聲裡，刑部大堂獄押司的首席劊子手趙甲翻身下炕，換上家常衣服，帶上一個新招來的小徒弟，用胳膊夾著一只大碗，去廟宇裡領粥。他們走出清冷的刑部街，便與匆匆奔忙的乞丐和貧民混在了一起。這個早晨是乞丐和貧民的好時辰，他們的凍得青紅皂白的臉上，無一例外地洋溢著歡樂神情。路上的積雪，在人腳的踐踏下發出咯咯吱吱地聲響。路邊的槐樹上，團團簇簇，累銀積玉，猶如白花盛開。太陽從厚重的灰雲中露出臉，白雪紅日，烘托出一片壯麗景象。他們跟隨著人流，沿著西單大街向西北方向行走，那裡集中了北京大部分的廟宇，諸多的施粥棚子裡，已經升騰起了裊裊的炊煙。他們臨近有著血腥歷史的西四兩牌樓時，看到從西什庫後的亂樹林子裡，飛起了一群群的烏鴉和灰鶴。

他和機警伶俐的小徒弟，排在了廣濟寺前等待領粥的隊伍裡。廟前的空地上，臨時支起了一個巨大的鐵鍋，鍋底架著松木劈柴，烈火熊熊，熱量四溢。他看出那些衣衫襤褸的叫化子都處在矛盾的心理中：既想靠近鍋灶烤火，又怕把自己在隊伍中的位置丟掉。大鍋裡熱氣升騰，氤氳在幾丈高處，團團旋轉不散開，宛如一頂傳說中的華蓋。兩個蓬頭垢面的僧人，彎著腰站在鍋前，手持著巨大的鐵鏟，翻攪著鍋裡的粥。他聽到鐵鏟與鍋底接觸時發出了令人牙磣的沙澀聲響。人們站在雪地裡，不停地跺動著麻木的雙腳，腳下的雪很快就被踩髒踩實。粥的香味終於熬了出來。在清冷潔淨的空氣裡，這種純粹的糧食的香氣顯得無比的醇厚，令飢腸轆轆的人們興奮異常。他看到等待著施粥的人們的眼睛裡都放出了光彩。幾個聳肩縮脖、狀若猢猻的小叫化子不時地躥到前面，往熱浪翻滾的鍋裡一探頭，貪婪地呼吸幾口，然後又匆忙地跑回隊伍占住自己的位置。人們的腳跺得更加頻繁，在跺腳的同時，每個人的身體都在大幅度地搖晃著。

趙甲穿著一雙狗皮襪子，襪子外邊是一雙擀氈靴子，沒感到腳冷。他不跺腳，自然也不晃動身體。他肚子裡並不缺食，來此排隊領粥不是為了果腹，而是遵循著老輩兒劊子手領下來的規矩。按照他的師傅的解釋，歷代劊子手在臘月初八日來廟裡領一碗粥喝，是為了向佛祖表示，幹這一行，與叫化子的乞討一樣，也是為了一口食兒，並不是他們天性喜歡殺人。所以這乞粥的行為，實際上是一種對自己的賤民身分的認同。所以儘管獄押司的劊子手可以天天燒餅夾肉，但這碗粥還是年年來喝。

趙甲自認為是這長長的隊伍中最穩重的一個，但他很快就看到，眼前的隊伍裡，隔著幾個搖頭晃腦、嘴巴裡嘖嘖有聲的叫化子，立著一個穩如泰山的人。這人身穿一件黑色棉袍，頭戴一頂氈帽，腋下夾一個藍布包袱。這是典型的蹲清水衙門的下級京官的形象。那個藍布包袱裡，包著他們的官服，進了衙門才換上。但京官無論怎樣清貧，每年還是可以從外省來京辦事的官員那裡得到一些好處，起碼可以得到那份幾乎成了鐵桿莊稼的「冰炭費」吧？即便他格外的廉潔，連這「冰炭費」也拒收，正常的俸祿還是可以讓他吃上大餅油條，怎麼著也不至於到了站在叫化子和貧民的隊伍裡等待廟裡施粥的地步吧？他很想上前去看看這個人的臉，但他知道京城乃藏龍臥虎之地，雞毛店裡，難保沒有高人奇士；餛飩挑前，也許蹲著英雄豪傑。真人不露相，露相不真人。本朝同治皇帝閒著三宮六院不用，跑到韓家潭嫖野雞；放著御膳房的山珍海味不吃，跑到天橋去喝豆漿。前面這位大人，又怎能知道他是出於什麼樣的目的前來排隊喝粥？想到此他就老老實實地站著，打消了上前去看那個人的面孔的想法。粥的香氣越來越濃，排隊的人不自覺地往前擁擠著，人與人之間的距離越來越小。趙甲離那個穩重的人也就更近了。只要他一歪頭，趙甲就能看到他的大半個臉。但那人身體正直，目不斜視。趙甲只能看到他那條不馴順地垂在腦後的辮子，和他的被髮垢污染得發亮的衣領。那人生著兩扇肥厚的耳朵，耳輪和耳垂上生了凍瘡，有的凍瘡已經潰爛，流出了黃色的水。終於，激動人心的時刻到了。施粥開始，隊伍緩慢地往前移動。這時，從排隊人的兩側，不時馳過掛著暖簾的馬拉或是騾拉的轎車子，還有挎著籃子去親友家送粥的京城百姓。離大鍋越近，香氣越濃。趙甲聽到了一片咕嚕咕嚕的腸鳴。已經領到粥的人，有的蹲在路邊，有的站在牆角，雙手捧著碗，唏溜唏溜地喝。那些捧著粥碗的手，都如漆一樣黑。兩個僧人，站在鍋邊，操著長柄大鐵勺。很不耐煩地把勺裡的粥倒進伸過去的碗裡。粥從碗邊上和勺子底上，點點滴滴地落下來。幾條癩皮狗，忍著被人踢來踢去的痛苦，搶舔著地上的米粒。終於輪到那個人了。趙甲看到他從懷裡摸出了一個小碗，遞到了僧人面前。僧人的臉上顯出了奇怪的神情。因為在這支等待施粥的隊伍裡，人們的碗一個賽著一個大，有的碗其實就是盆，但這個人的青花碗用一隻手就可以遮住。僧人小心翼翼地伸出盛滿粥的勺子——勺子比那人的碗要大好幾倍——慢慢地往碗裡倒，勺子剛一傾斜碗就盈了尖。那人夾緊腋下的衣包，雙手捧著粥碗，對著僧人客氣地點點頭，然後便低著頭走到路邊，一撩袍襟蹲下去，無聲無息地喝起來。就在這人捧著粥碗一轉身的時候，趙甲認出了這個高鼻闊口、面有菜色的人，正是刑部大堂某司的一個主事。趙甲認識這張很氣派的臉，但是不知道這人的名字。他的心裡，不由地替這位主事大人歎息。能在六部授主事職，必然也是堂堂進士出身，但竟然窮到捧著碗在施粥棚前乞食，實在也算天下奇聞。趙甲在衙門裡混了幾十年，知道京官們撈錢的方法和升官的門道。眼前這個蹲在路邊雪地裡捧著碗舔粥的人，如果不是個特別的笨蛋，就是一個難得的聖賢。

趙甲和徒弟領到粥後，也蹲到了路邊，慢慢地喝起來。他的嘴喝著粥，但眼睛卻一直盯著那個人。那人將精巧的青瓷小碗捧得嚴嚴實實，顯然是用粥碗的熱量溫暖著雙手。周圍的貧民和叫化子們把粥喝得一片響聲，唯有那人喝粥時悄無聲息。他喝完粥後，用寬大的袍袖遮著碗和臉，不知道在幹什麼。趙甲馬上就猜到了。果然，等他把袍袖放下來時，趙甲看到，那只青瓷小碗已經被舔舐得乾乾淨淨。那人把碗揣在懷裡，匆匆地往東南方向走去。

趙甲和徒弟尾隨著那人，尾隨著那人也就是向刑部衙門的方向走。那人雙腿很長，步幅很大，每走一步腦袋就要往前探一下，彷彿一匹莽撞的馬。趙甲和徒弟在後邊小跑著才能跟上他的步伐。後來回憶起這次跟蹤，趙甲也說不明白自己的動機。當那人走到砂鍋居飯莊，正要拐進一條狹窄的胡同抄近路時，腳下一滑，身體向後，跌了一個四仰八叉，那個藍色的小包袱也扔出去很遠。趙甲心中一驚，想上前去幫扶，又怕惹來麻煩，便站在原地悄悄地觀望著。那人平躺了一會，看樣子很是艱難地爬起來，爬起來往前走了幾步就歪倒了。趙甲知道他受了傷。他把腋下的大碗交給徒弟，自己跑上前去，把那人攙起來。他關切地看著那人沁滿汗珠的臉，問：

「大人，傷著了吧？」

那人不說話，扶著趙甲的肩頭往前走了幾步，痛疼扭曲了他的臉。

「大人，看樣子您傷得不輕。」

「你是誰？」那人滿面狐疑地問。

「大人，小的是刑部大堂的衙役。」

「刑部大堂的？」那人道，「既是刑部的，我為何不認識你？」

「大人不認識小的，但小的認識大人，」趙甲說，「大人要小的幹什麼，只管吩咐。」

那人又試探著走了幾步，身體一軟，坐在雪地上，說，「我的腿不能走了，你去幫我截輛車，把我送回家吧。」

二

趙甲護著一輛運煤的驢車，把受傷的大人送到了西直門外一座破舊的小廟裡。廟院裡，一個身材很高但似乎弱不禁風的青年正在雪地裡練武。怪冷的天氣，他竟然只穿著一件汗褡兒，蒼白的臉上滿是汗水。趙甲攙著大人進了院，青年跑上前來，叫了一聲父親，眼睛裡就盈滿了淚水。廟裡沒有生火，冷風颳著窗紙颼颼響，裂開的牆縫裡，塞著破爛的棉絮。炕頭上瑟縮著一個正在紡線的女人。女人面色枯黃，頭髮上落滿了白色的花絨，看起來似一個老祖母。趙甲與那青年把大人扶到炕上，作揖之後就要告辭。

「我姓劉，名光第，是光緒癸未科進士，在刑部大堂當主事已經多年，這是我的夫人和我的兒子，家境貧寒，讓姥姥見笑了！」大人和善地說。

「大人已經認出了小的……」趙甲紅著臉說。

「其實，你幹的活兒，跟我幹的活兒，本質上是一樣的。都是為國家辦事，替皇上效力。但你比我更重要。」劉光第感歎道，「刑部少幾個主事，刑部還是刑部；可少了你趙姥姥，刑部就不叫刑部了。因為國家縱有千條律法，最終還是要落實在你那一刀上。」

趙甲跪在地上，眼淚汪汪地說：

「劉大人，您的話，真讓小的感動，在旁人的眼裡，幹我們這行的，都是些豬狗不如的東西，可大人您，卻把我們抬舉到這樣的高度。」

「起來，起來，老趙，」劉光第說，「今日我就不留你了，改日我請你喝酒。」然後他又吩咐那位瘦高的青年，「樸兒，送趙姥姥出去。」

趙甲慌忙說：

「怎敢勞公子大駕……」

青年微微一笑，雙手做出了一個客氣的手勢。他的禮貌和謙和，給趙甲留下了難以磨滅的印象。

三

光緒二十三年正月初一日，劉光第穿著官服，提著一個油紙包兒，走進了劊子手居住的東耳房。劊子手們正在炕上猜拳喝酒，慶祝新年；一見大人進屋，個個驚慌失措。趙甲赤著腳從炕上出溜下來，跪在炕前，道：

「給大人拜年！」

劊子手們跟著趙甲出溜下炕，都下了跪，齊聲道：

「給大人拜年！」

劉光第道：「起來，都快起來，地下涼，都上炕。」

劊子手垂手肅立，不敢上炕。

「今天我值日，跟你們來湊個熱鬧。」劉光第揭開油紙包兒，露出了一些煮熟的臘肉，又從懷裡摸出了一瓶燒酒，說，「肉是家裡人做的，酒是朋友送的，你們嘗嘗。」

「小的們怎敢與大人同席？」趙甲說。

「今日過年，不講這些禮節。」劉光第道。

「大人，小的們實在不敢……」趙甲道。

「老趙，你怎麼啦？」劉光第摘下帽子，脫去袍服，說，「大家都在一個衙門幹事，何必客氣？」

劊子手望著趙甲。趙甲道：

「既然劉大人看得起我們，我們就恭敬不如從命吧！大人您先請！」

劉光第脫去靴子，爬上炕，盤腿坐下，說：

「你們的炕頭燒得還挺熱乎。」

劊子手們都傻傻地笑著。劉光第道：

「難道還要我把你們抱上來嗎？」

「上炕，上炕，」趙甲道，「別惹劉大人生氣。」

劊子手們爬到炕上，一個個縮手縮腳，十分拘束。趙甲拿起杯子，倒滿，屈膝跪在炕上，雙手舉杯過頭，說：

「劉大人，小的們敬大人一杯，祝大人升官發財！」

劉光第接過酒杯，一飲而盡，抿抿嘴，說：

「好酒，你們也喝嘛！」

趙甲自己也喝了一杯，他感到心中熱浪翻滾。

劉光第舉起酒杯，說：

「老趙，上次多虧你把我送回家，我還欠著你一個人情呢！來吧，都把酒滿上，我敬你們大家一杯！」

劊子手們都很激動地乾了杯中酒。趙甲眼裡汪著淚水，說：

「劉大人自從盤古開天地，三皇五帝到如今，還沒聽說過一個大人，跟劊子手一起喝酒過年。夥計們，咱們敬劉大人一杯吧！」

劊子手們跪在炕上，高舉起酒杯，向劉光第敬酒。

劉光第與他們一個個碰了杯，眼睛放著光說：

「夥計們，我看你們都是頂天立地的男子漢，幹你們這行，沒有點膽量是不行的。膽量就是酒量，來吧，乾！」

幾杯酒下肚之後，劊子手們漸漸地活潑起來，身體自然了，手腳也找到了著落。他們輪番向劉光第敬酒，顯示出大碗喝酒、大塊吃肉的豪放本色。劉光第也放下架子，抓起一個醬豬蹄大啃大嚼，抹得兩個腮幫子明晃晃的。

他們吃完了盤中肉，喝乾了壺中酒，都有了八分醉意。趙甲滿臉笑容。劉光第眼淚汪汪。「大姨」滿口胡言亂語。「二姨」睜著眼打呼嚕。「三姨」舌頭發硬，誰也聽不清他說了一些什麼。

劉光第蹭下炕，連聲道：

「痛快啊！痛快！」

趙甲幫助劉光第穿好靴子，外甥們幫他穿上袍服，戴上帽子。劉光第在眾劊子手的陪同下搖搖晃晃地參觀了刑具陳列室，當他看到那柄把子上拴著紅綢的「大將軍」時，突然問：

「趙姥姥，這柄大刀，砍下過多少顆紅頂子？」

趙甲道：

「小的沒有統計過……」

劉光第伸出手指，試了試那紅銹斑斑的刀刃，說：

「這刀，並不鋒利。」

趙甲道：

「大人，人血最傷刀刃，每次使用前，我們都要打磨。」

劉光第笑著說：

「趙姥姥，咱們也算是老朋友了，有朝一日，我落在了你們手裡，你可要把這把大刀磨得快些。」

「大人……」趙甲尷尬地說，「您清正廉潔，高風亮節……」

「清正廉潔活該死，高風亮節殺千刀！」劉光第感歎道，「趙姥姥，咱們就這麼說定了！」

「大人……」

劉光第搖搖晃晃地走出了東耳房。劊子手們眼淚汪汪地望著他的背影。

四

在十二桿大喇叭的悲鳴聲中，名噪天下的戊戌六君子被十二個身穿號衣的公人架持著，從破爛不堪的囚車裡下來，沿著台階，登上了半尺高的執刑台。執刑台上新鋪了一層紅色的毛氈，周圍新墊了一層厚厚的黃土。看著眼前這些新鮮氣象，刑部大堂的「姥姥」——首席劊子手趙甲的心中稍稍地得到了一些安慰。他帶著徒弟，跟隨在六君子後邊登上了平台。大喇叭悲鳴不止，一聲比一聲淒厲。喇叭手的額頭上流著汗水，腮幫子鼓得好像皮球。趙甲看了一眼並排而立的六位大人，見他們臉上的表情個個不同。譚嗣同下巴揚起，眼睛望著青天，黑瘦的臉龐上蒙著一層悲壯的神色。緊挨著他的是年輕的林旭，他的小臉煞白，沒有一點血色，蒼白而單薄的嘴唇不停地哆嗦著。身軀肥大的楊深秀，側歪著方正的大頭，歪斜的嘴巴裡，流著透明的涎水。面目清秀的康廣仁，神經質地抽泣著，不時地抬起衣袖，擦拭著眼淚和鼻涕。身材矮小、精神矍鑠的楊銳，一雙漆黑的眼睛，往台下張望著，好像要從人群裡找到自己的舊日相識。身體高大魁梧的劉光第神色肅穆，雙目低垂，喉嚨裡發出「咕咕」的聲音。

正午時刻就要到了。台後豎起用以測量日影的杉木杆子，投下的影子即將與杆子垂直。這是一個燦爛的秋日，天空湛藍，陽光明媚。執刑台上的紅毛氈、監刑官員身披的紅斗篷、儀仗隊裡的紅旗紅帽紅傘蓋、官員頭上的紅頂子、兵勇帽子上的紅纓絡、屠刀「大將軍」把柄上的紅綢子……都在明麗的陽光照耀下反射出熱烈火爆的光芒。一大群白鴿，在刑場上空翱翔，一圈連著一圈，翅羽窸窣，哨子嘹亮。成千上萬的看客，被兵勇們阻攔在離執刑台百步開外的地方。他們都伸長了脖子，眼巴巴地往台上張望著，焦急地等待著讓他們或是興奮、或是心痛、或是驚恐的時刻。

趙甲也在等待著。他盼望著監刑官趕快下令，幹完活兒立即回去。面對著六君子這樣六副驚心動魄的面孔，他感到侷促不安。儘管他的臉上已經塗了一層厚厚的雞血，宛如戴上了一副面具，但他的心還是感到緊張、甚至有幾分羞澀，彷彿在眾目睽睽之下，失去了遮醜的下衣一樣。在他漫長的執刑生涯中，失去了定性、喪失了冷漠，這還是第一次。在往常的執刑中，只要紅衣加身、雞血塗臉後，他就感到，自己的心，冷得如深潭裡的一塊黑色的石頭。他恍惚覺得，在執刑的過程中，自己的靈魂在最冷最深的石頭縫裡安眠著；活動著的，只是一架沒有熱度和情感的殺人機器。所以，每當執刑完畢，洗淨了手臉之後，他並不感覺到自己剛剛殺了人。一切都迷迷糊糊，半夢半醒。但今天，他感到那堅硬的雞血面具，宛如被急雨打濕的牆皮，正在一片一片地脫落。深藏在石縫裡的靈魂，正在蠢蠢欲動。各種各樣的情感，諸如憐憫、恐怖、感動……如同一條條小小溪流，從岩縫裡汩汩滲出。他知道，做為一個優秀的劊子手，站在莊嚴的執刑台上時，是不應該有感情的。如果冷漠也算一種感情，那他的感情只能是冷漠。除此之外的任何感情，都可能毀掉他的一世英名。他不敢正視六君子，尤其是不敢看到與他建立了奇特而真誠友誼的原刑部主事劉光第大人。只要一看到劉大人那被怒火燃燒得閃閃發光的眼睛，他的從沒流過汗水的手，馬上就會滲出冰冷的汗水。他抬高眼睛，去看那群盤旋不止的白鴿。牠們在翱翔中招展的翅膀，晃花了他的眼睛。坐在執刑台下的首席監刑官——刑部左侍郎剛毅大人，瞇起眼睛望望太陽，又斜著眼看看台上的六君子，便用顫抖的嗓音喊叫：

「時辰到——犯官叩謝天恩——」

趙甲如獲大赦令，急轉身，從助手的手裡接過了那柄專門用來處斬四品以上官員的笨重屠刀——「大將軍」。為了敬愛的劉大人，他親自動手，用了整整一夜工夫，將「大將軍」磨得鋒利無比，幾乎是吹毛可斷。他用自己的衣襟擦乾了濕漉漉的雙手。右手緊攥刀柄，讓刀身順著小臂，橫在胸前。

六君子有的哭泣，有的歎息。

趙甲客客氣氣地催促著：

「請各位大人即位。」

譚嗣同大聲疾呼：

「有心殺賊，無力回天，死得其所，快哉快哉！」

呼叫完畢，他就劇烈地咳嗽起來，直咳得面如金紙，眼睛充血。他率先跪下，雙手撐地，伸直了脖子。鬆散的辮子，從脖頸一側滑下，垂掛到地。

林、楊、楊、康，隨著譚嗣同的下跪，也頹唐地跪了下去。林旭嗚嗚地哭著，如一個受了很大委屈的小姑娘。康廣仁放聲大哭，邊哭邊用巴掌拍打刑台。楊深秀雙手按地，一雙眼睛，還是往四下裡張望，誰也不知道他到底想看什麼。唯有劉光第劉大人昂首挺立，不肯下跪。趙甲盯著劉大人雙腳上的破靴子，怯怯地催促：

「大人……即位吧……」

劉光第猛地圓睜了雙眼，逼視著端坐在執刑台下的監刑官剛毅，用沙澀的聲音逼問：

「為什麼不問便斬?!」

台下的剛毅，不敢正視劉光第的目光，慌忙地把黑胖的臉扭到了一邊。

「為什麼不問便斬？國家還有沒有法度？」劉光第繼續追問。

「本官只知道奉命監斬，其他的事一概不知，請裴村兄諒解……」剛毅滿面尷尬的說。

跪在劉光第身邊的楊銳，伸手扯扯他的衣服，說：

「裴村，裴村，事已如此，還有啥子好說嘛！跪下吧，遵旨吧！」

「大清朝啊！」劉光第長呼一聲，理理凌亂的衣衫，屈膝跪在了執刑台上。執刑台下，一個站在監刑主官後邊的司事官員，高聲宣示：

「謝老佛爺大恩！」

六君子中，只有林、楊、楊、康迷迷糊糊地行了三跪九叩的大禮。而譚嗣同和劉光第則梗著脖子不肯磕頭。

司事官員高聲宣示：

「犯官叩首謝皇上大恩！」

這一次，六君子一齊叩首。譚嗣同磕頭如搗蒜，邊磕邊淒涼大叫：

「皇上，皇上啊！功虧一簣啊，皇上！」

劉光第的額頭撞擊得刑台砰砰作響，兩行渾濁的淚水，掛在他枯瘦的臉上。

監刑官剛毅氣急敗壞地下令：

「執刑！」

趙甲對著六君子深深地鞠了一躬，然後，他低聲說：

「這就送各位大人歸位。」

他提起一口氣，排除掉私心雜念，將全身的力氣和全部的心思，集中到右手腕子上。他感到，屠刀與人，已經融為一體。他往前跨了一步，伸出左手，攥住了劉光第的辮子梢。他把劉的頭盡量地往前牽引著，讓劉脖子上的皮膚抻得很緊。憑著多年的經驗，他一眼就瞅準了劉脖子上那個走刀無礙的環節。他將身體轉向右側，正要讓刀隨身轉、輕輕地旋下劉的頭顱時，就聽到看客的隊伍裡一聲長嗥：

「父親——」

只見一個身材瘦長、披頭散髮的青年，跌跌撞撞地撲了進來。趙甲在臂下的刀即將與劉的脖子接觸時，猛然地將刀收起。他的手腕，分明地感覺到了那柄急於飲血的「大將軍」下墜的力量。那位踉蹌著撲上來的青年，正是他幾年前在西直門外小廟裡見到過的劉大人的公子劉樸。一股被嚴肅的職業感情壓抑住、多年未曾體驗過的悲憫感情，水一樣從他的心頭漫過。從木呆中清醒過來的兵勇們，端著紅纓槍，亂哄哄地追上來。監刑官剛毅大人，惶惶張張地站起來，尖聲嘶叫著：「抓住他——抓住他——」他身後的侍衛們，拔刀出鞘，一擁而上。就在他們手中的刀槍即將傷及劉樸的身體時，他已經跪在地上，面對著剛毅，磕頭不止。兵勇們愣住，傻傻地看著這個涕淚交流、滿面黃土的俊俏青年。他哀聲求告著：

「大人，開恩吧……小的願替父親受刑……」

劉光第抬起頭，哽咽著說：

「樸兒，你這個傻孩子……」

劉樸往前膝行幾步，仰望著台上的父親，泣不成聲地說：

「父親，讓孩兒替你死吧……」

「我的兒……」劉光第長歎一聲，枯槁的臉上，五官痛苦地扭歪著，說，「為父死後，不必厚殮，親友賻贈，一文莫受。靈柩不必還鄉，就近尋地掩埋。諸事完畢後，與你母親速回四川，切勿在京都淹留。我之子孫，可讀書明理，但切記不要應試做官。這是為父最後的囑託，你速速回去吧，不要在此亂我的心志。」說完這席話，他便閉住眼，伸直脖子，對趙甲說，「老趙，動手吧，看在我們交好的分上，把活幹得利索點！」

趙甲眼窩子熱辣辣地，眼淚差點兒流出眼眶，他低聲道：

「請大人放心。」

劉樸號啕著，膝行到剛毅馬前，哀求著：

「大人……大人……讓我代父受刑吧……」

剛毅舉起袍袖遮住面龐，道：

「架出去吧！」

幾個兵勇上來，把哭得昏天黑地的劉樸拖到了一邊。

「執刑！」剛毅親自下令。

趙甲再次抓住劉光第的辮子根兒，低聲說：「大人，真的得罪了！」然後，他將身體閃電般地轉了半圈，劉光第的頭顱，就落在了他的手裡。他感到，劉的頭沉重極了，是他砍掉的所有頭顱中最沉重的一顆。他感到握刀的手和提著劉頭的手都有些痠脹。他把劉的頭高高地舉起來，對著台下的監刑官大喊：

「請大人驗刑！」

剛毅的目光，往台上一瞥，便倏忽跳開了。

趙甲舉著劉頭，按照規矩，展示給台下的看客。台下有喝采聲，有哭叫聲。劉樸暈倒在地。趙甲看到，劉大人的頭雙眼圓睜，雙眉倒豎，牙齒錯動，發出了咯咯吱吱的聲響。趙甲深信，劉大人的頭腦，還在繼續地運轉，他的眼睛，肯定還能看到自己。他提著劉頭的右臂，又瘦又麻；攥著的劉辮，似一條油滑的鰻魚，掙扎要從汗濕血漬的手裡滑脫。他看到，劉大人的眼睛裡，迸出了幾點淚珠，然後便漸漸地黯淡，彷彿著了水的火炭，緩慢地失去了光彩。趙甲放下劉光第的頭。看到死者臉上表情安詳，他心中頓時安慰了很多。他默默地叨念著：劉大人，俺的活兒幹得還夠俐落，沒讓您老人家多受罪，也不枉了咱們交往了一場。接下來，他在助手的配合下，用同樣利索的刀法，砍下了譚、林、楊、楊、康的頭顱。他用自己高超的技藝，向六君子表示了敬意。

這場撼天動地的大刑過後，京城的百姓議論紛紛。人們議論的內容主要集中在兩個方面，一是劊子手趙甲的高超技藝，二是六君子面對死亡時的不同表現。人們傳說劉光第的腦袋被砍掉之後，眼睛流著淚，嘴裡還高喊皇上。譚嗣同的頭脫離了脖子，還高聲地吟誦了一首七言絕句……

這些半真半假的民間話語，為趙甲帶來了巨大的聲譽，使劊子手這個古老而又卑賤的行業，第一次進入人們的視野，受到了人們的重視。這些民間的話語也像小風一樣輕悄地吹進了宮廷，傳進了慈禧皇太后的耳朵，這就為即將降落到趙甲身上的巨大榮耀鋪平了道路。

第十一章　金槍

一

為了迎接進京向重新垂簾聽政的慈禧皇太后敬獻萬壽賀禮歸來的兵部侍郎、直隸按察使袁世凱大人，駐守在天津小站的武衛右軍的高級軍官們，率領著軍樂隊和騎兵營，一大早就來到了海河北岸的小碼頭。

在這些迎候的將領中，有後來做過民國大總統的參謀營務處幫辦徐世昌，有後來做過民國總統的督操營務處幫辦馮國璋，有後來任長江巡閱使、發動過宣統復辟的「辮帥」中軍官張勛，有後任民國陸軍總長的步兵第二營統帶段芝貴，有後任國務總理、民國執政的砲兵第三營統帶段祺瑞，有後任民國總統府總指揮的步兵第三營統帶徐邦傑，有後任國務總理的步兵第三營幫帶王士珍……那時候，他們都是一些有野心但野心不大的青年軍官，他們當時做夢也想不到在未來的幾十年裡，中國的命運竟然會掌握在他們這一幫哥兒們手裡。

在迎候的隊伍裡，還有一位人品、學識在整個的武衛右軍中都是出類拔萃的人物。他就是袁世凱的騎兵衛隊長錢雄飛。錢是第一批去日本留學的中國留學生，畢業於日本士官學校。他身材頎長，濃眉大眼，牙齒整齊潔白。他不吸菸，不飲酒，不賭博，不嫖娼，律己甚嚴。他為人機警，槍法絕倫，深得袁世凱的器重。那天他騎著一匹雪青馬，軍裝筆挺，馬靴鋥亮，腰間的牛皮腰帶上，懸掛著兩枝金色的手槍。在他的馬後，六十匹戰馬，燕翅般排開。馬上的衛兵，都是百裡挑一的傑出青年。他們肩荷著德國製造的十三響快槍，一個個挺胸收腹，目不斜視，雖然有點裝模作樣，但看上去還是十分威風。

時間已近正午，袁大人乘坐的火輪船還是不見蹤影。寬闊的海河上，沒有一艘漁船，只有一些雪青色的海鷗，時而在河的上空翻飛，時而在水面上隨波逐流。時令已是深秋，樹木大都脫盡葉片，只有那些櫟樹、楓樹上，尚存著一些鮮紅或是金黃的殘葉，點綴在海河兩岸的灘地上，成為衰敗中的亮麗風景。空中布滿了一團團破爛的雲絮，潮濕的風，從東北方向颳來，風裡挾帶著腥鹹的渤海氣息。馬匹漸漸地暴躁起來，他們尥蹶子，甩尾巴，噴響鼻。錢雄飛胯下那匹雪青馬，不時地低下頭，啃咬主人的膝蓋。錢雄飛偷眼觀看著身旁那些高級軍官們，見他們一個個臉色發青，陰曆十月的潮濕寒冷的風，顯然已經吹透了他們的軍服，侵入了他們的骨髓。他看到徐世昌鼻子尖上掛著清鼻涕，張勳流著眼淚打呵欠，段祺瑞在馬上前仰後合，彷彿隨時都會掉下來。其他人的姿態，也都可以用狼狽不堪一言概之。錢從骨子裡瞧不起這些同僚，羞於與他們為伍。儘管他也感到疲乏，但他自認為還是保持著良好的軍人姿態。在麻木的等待過程中，最好的消磨時間的方式就是胡思亂想。他的眼睛似乎盯著遼闊的海河水面，但他的眼前卻在晃動著一些過去的生活片段。

二

小喜子，小喜子！親密無間的聲音，在他的耳邊回響著，時而遠，時而近，彷彿捉迷藏。於是，幼年時與兄長在故鄉的田埂上追逐打鬧的情景就清晰地在眼前展開了。在天真無邪地追逐中，大哥的身體漸漸地變高變寬。他蹦跳著，想伸手扯住大哥腦後那條烏油油的大辮子，但總也扯不住。有時候，明明是指尖都碰到了他的辮梢，但剛要去抓，那條辮子就如烏龍擺尾一樣瀟灑地逃脫了。他焦躁，懊惱，跺著腳哭起來。大哥猛地轉回身，一轉身的工夫，已經由一個下巴光光的半大青年，變成了一個美鬚飄飄的朝廷命官了。隨即他想起了自己東渡日本之前與大哥的一次爭吵。大哥不同意他放棄科舉道路。他卻說：科舉制度培養出來的，都是些行屍走肉。大哥猛拍桌子，震動得茶杯裡的水都溢了出來。狂妄！大哥的鬍鬚顫抖著，盛怒改變了他的堂皇儀表。但這盛怒很快就變成了淒涼的自嘲。大哥說，這麼說，古往今來，多少聖賢豪傑都是行屍走肉了！連你崇拜的文天祥、陸放翁也是行屍走肉了！本朝的曾文正公、李鴻章、張之洞更是行屍走肉，而愚笨如兄，只能算做一具殭屍，連行走都不能的了！大哥，我不是這個意思。那你是什麼意思？我的意思是，中國要進步，必須廢除科舉，興新式學校；廢除八股，重視科學教育。必須往這一潭齷齪的死水裡，注入新鮮的清流。中國必須變革，否則滅亡有期。而中國欲行變革之術，必須以夷為師。我去意已決，大哥勿再攔阻。大哥歎息道：人各有志，不能勉強，但愚兄還是認為，只有科場上拚出來的，才是堂堂正正地出身，其餘都是旁門左道，縱然取得高位，也被人瞧不起……大哥，亂世尚武，治世重文，咱家出了你一個進士也就夠了，就讓小弟去習武吧。大哥感歎道：進士進士，徒有虛名而已。不過是夾衣包上班，坐清水衙門，吃大米乾飯，挖半截鴨蛋……既然如此，大哥，你為何還要我去鑽這條死胡同？大哥苦笑道：行屍走肉的見解嘛……風漸漸大起來，海河上興起了灰色的波浪。他又想起了乘坐著釜山丸輪船渡海歸國的情景，想起了懷揣著康有為先生的薦書求見袁世凱的情景……

三

秋天的小站，連綿的稻田裡金穗飄香。在晉見袁大人之前，他已在小站的地盤上悄悄地轉了兩天，用行家的眼光暗中進行了考察。他看到，每天都在操場上演操的新軍士兵，果然是軍容整肅，武器先進，有格有式，氣象非凡，與腐敗昏聵的舊軍不可同日而語。見兵而知將，在沒見到袁大人之前，他已經對袁大人深深地佩服了。

袁大人的官邸，與兵營相距有兩箭之遙。高大的門樓兩側，站立著四個黑鐵塔似的高大衛兵。他們穿著皮鞋，打著綁腿，腰紮皮帶，皮帶上掛著牛皮彈匣，手持著德國造後膛鋼槍，槍身呈藍色，宛如燕子的羽毛。他把康有為的薦書遞給門房，門房進去通報。

袁大人正在用餐，兩個美麗的侍妾在旁邊伺候著。

晚生向大人請安！他沒有下跪，也沒有作揖，而是立得筆挺，舉起右手，行了一個日本式的軍禮。

他看到了袁大人臉上的微妙變化：先是一絲明顯的不悅神情從臉上出現，然後就是一縷冷冷的眼光在他的身上掃了一遍，然後是欣賞的表情浮現在臉上，微微地點頭。看座！袁大人說。

他知道自己精心設計的見面方式給袁大人留下了很好的印象。侍妾搬過一把椅子。椅子太沉了，侍妾行動吃力。他聽到這個美麗的小女人嬌喘微微，嗅到了從她的脖頸間散發出來的蘭花香氣。他筆直站立，說：在大人面前，晚生不敢坐。

袁大人道：那你就站著吧。

他看到，袁大人方面，大眼，濃眉，大嘴，隆鼻，巨耳，正是書上所說的貴人之相。袁大人鄉音未改，聲音醇厚，好像黏稠的老酒。袁大人開始進餐，似乎把他忘記了。他筆挺站立，一動不動，如一棵楊樹。袁大人穿著睡袍，趿著拖鞋，辮子鬆散。桌子上擺著一盤紅燒豬蹄，一隻烤鴨，一碗紅燜羊肉，一盤紅燒鱖魚，一盆煮雞蛋，還有一籠雪白的饅頭。袁大人好胃口，吃得香甜。袁大人吃飯聚精會神，旁若無人。兩個小妾，一個負責給雞蛋剝皮，一個負責給魚去刺。袁大人一連吃了四個煮雞蛋，啃了兩隻豬蹄，吃了烤鴨的全部焦皮，吃了十幾塊羊肉，吃了半條魚，吃了兩個饅頭，喝了三杯酒。最後，他用茶水漱了口，用毛巾擦了手。然後，他仰靠在椅背上，打著飽嗝，閉著眼，剔著牙，好像屋子裡只有他一個人。

他知道，大人物總是有一些古怪的脾氣，都有考察、鑑別人才的獨特方式，所以他把袁大人這些不拘禮節的行為都當做了對自己的考驗。他筆直挺立，雖然已經過去了一點鐘，但是他腿不抖，眼不花，耳不鳴，姿勢不走樣，表現出標準的軍人姿態和良好的身體素質。

袁大人不睜眼，兩個美妾，一個在前，一個在後。在前的幫他捶腿，在後的幫他揉肩。很響的呼嚕聲，從袁大人的喉嚨裡發出。兩個侍妾，偷偷地瞥著錢雄飛，嘴角上不時浮現出善意的微笑。

終於，袁大人停止打呼嚕，睜開了眼睛，目光銳利，沒有一絲一毫的倦怠和朦朧，突然地問話：

「康南海說你滿腹經綸、武藝超群，可是真的？」

「康大人過獎之詞，令晚生惶恐！」

「你是滿腹經綸還是滿腹秕糠，俺並不在意。但俺很想知道，你在日本，都學了些什麼？」

「步兵操典、射擊教範、野外勤務、戰術學、兵器學、築城學、地形學……」

「你會不會使槍？」袁世凱突然地打斷了他的話，挺直了身體問。

「晚生精通各種步兵武器，尤善短槍，能雙手射擊，雖不敢說百步穿楊，但五十步之內，彈無虛發！」

「如果有人敢在俺的面前吹牛，那他可就要倒楣了！」袁世凱冷冷地說，「本督平生最恨的就是言過其實之人。」

「晚生願在大人面前演示！」

「好！」袁世凱拍了一下巴掌，爽朗地說，「用俺老家的話說，『是騾子是馬，拉出去遛遛』，來人哪！」一個青年侍衛應聲而進，等候袁的吩咐。袁說，「預備手槍，子彈，靶子。」

射擊場上，早擺好了籐椅，茶几，遮陽傘蓋。袁世凱從一只精緻的緞盒裡，取出一對鍍金的手槍，道：

「這是德國朋友送給俺的禮物，還沒試新呢！」

「請大人試新！」

衛兵裝好子彈，把槍遞給袁大人。袁接過槍，笑著問：

「聽說真正的軍人，把槍看成自己的女人，絕不允許旁人染指，是不是這樣子？」

「誠如大人所言，許多軍人都把槍看作自己的女人，」他毫不怯弱地說，「但晚生認為，把槍看成自己的女人，實際上是對槍的褻瀆和奴役。晚生認為，真正的軍人，應該把槍看成自己的母親。」

袁世凱嘲諷地笑著說：「把槍比作女人，已經是奇談怪論；把槍比作母親，更是荒謬絕倫。你說把槍比作女人是褻瀆了槍，但你把槍比作母親，難道不怕褻瀆了母親？槍是可以隨便換的，但母親能換嗎？槍是幫助你殺人的，但母親能、或者說你能讓母親幫助你殺人嗎？」在袁世凱銳利地逼問下，他感到侷促不安起來。

「你們這些年輕軍人，受了一點東洋或是西洋教育，馬上就不知道天高地厚，出口即是狂言，張嘴就是怪論。」袁世凱漫不經心地，對著面前的土地，砰地開了一槍。硝煙從槍口飄出，香氣瀰漫在空氣裡。袁又舉起另一枝槍，對著空中射擊，子彈打著響亮的呼哨，飛到雲天裡去了。放完了金槍，他冷冷地說，「其實，槍就是槍，既不是女人，更不是母親。」

他立正垂首道：「晚生感謝大人教誨，願意修正自己的觀點——誠如大人所言，槍就是槍，既不是女人，更不是母親。」

「你也不用順著俺的竿兒往上爬，把槍比喻母親，本督是不能接受的；但把槍比作女人，馬虎還有幾分道理。」袁世凱把一枝槍扔了過來，說，「賞你一個女人。」他一伸手就逮住了，宛如逮住了一隻生動的鸚鵡。袁世凱又把另一枝槍扔過來，說，「再賞你一個女人，姊妹花哪！」他用另一隻手逮住了，宛如逮住了另一隻生動的鸚鵡。金槍在手，他感到周身血脈賁張。這兩枝金槍，被袁世凱粗暴蠻橫地放了頭響，就像目睹著兩個妙齡的孿生姊妹被莽漢子粗暴了一樣，令他心中痛楚，但又無可奈何。他握著金槍，感覺到了它們的戰慄，聽到了它們的呻吟，更感覺到了它們對自己的依戀之情，他在內心裡，實際上也推翻了把槍比喻母親的驚人之語，那就把槍比喻美人吧。通過這一番以槍喻物的辯論，他感到袁世凱不僅僅是治軍有方，而且肚子裡還有很大的學問。

「打給俺看看。」袁世凱說。

他吹吹槍口，把它們平放在手掌中，端詳了幾秒鐘。它們在陽光下金光閃爍，絕對是槍中之寶。他往前走了幾步，根本不瞄準，隨意揮灑似的，左右開弓，連放了六槍，只用了不到半分鐘。衛兵跑過去，把靶子扛回來，放在袁世凱面前。只見那六個彈孔，在靶子的中央，排列成了一朵梅花形狀。袁世凱周圍的隨從們，一齊鼓起掌來。

「好槍法！」袁大人臉上終於出現了真誠的笑容，「想幹點什麼？」

「我想做這兩枝金槍的主人！」他堅定不移地說。

袁世凱愣了一下，直盯著他的臉，突然間，豪爽的大笑爆發出來，笑罷，說：

「你還是做它們的丈夫吧！」

……

四

回想至此，他伸手摸了摸腰間懸掛的金槍，冷風吹拂，它們冰涼。他用手撫摩著它們，鼓勵著它們：夥計，別怕。乞求著它們：夥計，幫幫我！做完了這件事，我會被亂槍打死，但金槍的故事會千古流傳。他感到它們的溫度開始回升。這就對了，我的槍，咱們耐心等待，等待著咱們的大人歸來，明年今日就是他的週年。他身後的馬隊更加騷動不安起來，馬上的騎手又凍又餓，馬也是又凍又餓。他冷眼掃視著兩側的軍官們，看到他們一個個醜態百出，隨時都會從馬上栽下來似的。馬焦躁不安，互相嘶咬，馬隊裡騷亂不斷，一波未平，一波又起。天助我也，他想，所有的人筋疲力盡、注意力渙散的時候，正是動手的大好時機。

終於，從河的上游，傳下來突突的馬噠聲。最先聽到了這聲音的他，精神為之一震，雙手不由自主地攥緊了金槍的槍柄，但他隨即又把它們鬆開了。袁大人回來了，他表現出興高采烈的樣子，對著身後的衛隊和身側的同僚們說。軍官們都振作起來，有趕緊地擤鼻涕的，有連忙地擦眼淚的，有清理嗓子的，總之，每個人都想用最佳的姿態迎接袁大人。

那艘黑油油的小火輪，從河的拐彎處出現了。船頂的煙筒裡冒著濃濃的黑煙。「波波」的聲響越近越強，震動著人們的耳膜。尖銳的船頭劈開水面，向兩邊分去連綿不絕的清白浪花。船後犁開一條深溝，兩行浪湧一直滾動到岸邊的灘塗上。他高聲命令：

「騎兵營，兩邊散開！」士兵們純熟地駕馭著馬匹，沿岸分散開去，隔十步留一騎。馬首一律對著河面，士兵端坐馬上，肩槍改為端槍，槍口對著青天。

軍樂隊奏響了迎賓的樂曲。

火輪船減了速，走著「之」字形，向碼頭靠攏。

他的手撫摩著腰間的金槍，他感到它們在顫抖，宛如兩隻被逮住的小鳥，不，宛如兩個女人。夥計們，別怕，真的別怕。

火輪船靠上了碼頭，汽笛長鳴。兩個水手，站在船頭上拋出了棕繩。碼頭上有人接住繩子，固定在岸邊的鐵環上。火輪船上的機器聲停止了。這時，從船艙裡先鑽出了幾個隨從，分布在艙門兩側，然後，袁大人圓溜溜的腦袋從船艙裡鑽了出來。

他感到手中的槍又一次地顫抖起來。

五

十幾天前，當戊戌六君子喋血京城的消息傳到小站兵營時，他正在宿舍裡擦拭著金槍。他的勤務兵急急忙忙地跑進來，道：

「長官，袁大人來了！」

他急忙安裝槍枝，不待完畢，袁世凱一步闖了進來。他張著兩隻沾滿槍油的手站起來，心臟狂跳不止。他看到，袁世凱的身後，四個身材特別高大的貼身衛士都手按槍柄，目露凶光，隨時都準備拔槍射擊的樣子。他雖然是騎兵衛隊長，但卻無權管轄這四個來自袁大人故鄉的親兵。他恭恭敬敬地立正，報告：

「卑職不知大人駕到，有失遠迎，請大人原諒！」

袁世凱瞄了一眼案子上凌亂的槍零件，打了一個哈哈，道：

「錢隊長，你在忙什麼呢？」

「卑職正在擦槍。」

「不對了，」袁世凱嘻笑著說，「你應該說，正在為你的妻妾擦澡！」

他想起了以槍為妻的話頭，尷尬地笑了。

「聽說你跟譚嗣同有過交往？」

「卑職在南海先生處與他有過一面之交。」

「僅僅是一面之交？」

「卑職在大人面前不敢撒謊。」

「你對此人做何評價？」

「大人，卑職認為，」他堅定地說，「譚瀏陽是血性男兒，可以為諍友，也可以為死敵。」

「此話怎麼講？」

「譚瀏陽是人中之龍，為友可以兩肋插刀，為敵也會堂堂正正。殺死譚瀏陽，可成一世威名；被譚瀏陽所殺，也算死得其所！」

「本官欣賞你的坦率，」袁世凱歎道，「可惜譚瀏陽不能為我所用，他已經斷頭菜市口，你知道嗎？」

「卑職已經知道。」

「你心裡怎麼想？」

「卑職心中很悲痛。」

「抬進來！」袁世凱一揮手，門外進來兩個隨從，抬進來一只黑漆描金的大食盒。袁說，「我為你準備了兩份飯菜，你自選一份吧！」

隨從打開大食盒，顯出了兩個小食盒。隨從把兩個小食盒端到桌子上。

「請吧！」袁世凱笑咪咪地說。

他打開了一只食盒，看到盒中有一紅花瓷碗，碗中盛著六只紅燒大肉丸子。

他打開了另一只食盒，看見盒中有一根骨頭，骨頭上殘留著一些筋肉。

他抬頭看袁，袁正在對著他微笑。

他垂下頭，想了一會兒，把那根肉骨頭抓了起來。

袁世凱滿意地點點頭，走到他的面前，拍拍他的肩膀，說：

「你真聰明。這根骨頭，是皇太后賞給我的，上邊雖然肉不多，但味道很不錯，你慢慢地享用吧！」

……

六

他的攥著槍柄的手微微地抖起來，怒火在他的心中燃燒。他看到，袁世凱在衛士們的攙扶下，走上了顫悠悠的艄板。軍樂聲中，軍官們都下馬跪在地上迎接，但他沒有下馬。袁世凱揮手向部下致意。袁的豐滿的大臉上掛著雍容大度的微笑。袁的眼睛逐一地巡視著他的部下，終於與騎在馬上的他目光相接。一瞬間，他知道袁世凱什麼都明白了。這是他的計畫之中的事，他不想讓袁世凱不知道自己死在誰的手裡。他縱馬上前，同時拔出了金槍。只用了一秒鐘的時間，他的馬頭就觸到了袁世凱的胸脯。他大聲地喊叫著：

「袁大人，我替六君子報仇了！」

他把右手中的金槍揮出去，揮動的過程中同時扣了扳機。但並沒有期待的震耳槍聲、噴香的硝煙、和袁世凱大頭迸裂的情景，而這情景，在他的腦海裡，已經出現過了無數次。

他把左手中的金槍也揮了出去，同樣是在揮動的過程中扣動扳機，但同樣沒有出現他期待的震耳槍聲、噴香的硝煙和袁世凱大頭迸裂的情景，儘管這情景在他的腦海裡出現過了無數次。

眾軍官被這突發的事件驚得目瞪口呆，如果不是金槍的原因，他完全來得及把身邊這些未來的總統、總理們全部擊斃——那樣中國的近代歷史就要重寫——但在最關鍵的時刻，金槍背叛了他。他把兩隻槍舉到眼前看看，憤怒地把它們投進了海河。他罵道：

「你們這些婊子！」

袁世凱的衛士們從袁的身後躍過來，把他從馬上拉了下來。跪在岸邊的軍官們也一擁而上，爭相撕扯著他的肉體。

袁世凱沒有絲毫的驚慌，只是用靴子輕輕地踢了踢他的被衛士們的大手按在地上的臉，搖搖頭說：

「可惜啊，可惜！」

他痛苦地說：

「袁大人，你說得對，槍不是母親！」

袁世凱微笑著說：

「槍也不是女人。」

第十二章　夾縫

一

馬桑鎮血案後的第二天，知縣坐在簽押房裡，親筆起草電文，要向萊州府知府曹桂、萊青道道台譚榕、山東巡撫袁世凱報告德國人在高密犯下的滔天罪行。昨夜親眼目睹的悲慘景象，在他的眼前重重疊疊閃現；百姓們的哭聲和罵聲，在他的耳邊斷斷續續地繚繞。他怒火填胸，運筆如風，筆下的文字，流露出悲壯的激情。

刑名老夫子躡手躡腳地進來，遞給知縣一份電報。電報是山東巡撫袁世凱拍往萊州府並轉高密縣的，電報的內容依然是催逼高密縣速速將孫丙逮捕歸案。並要高密縣速籌白銀五千兩，賠償德國人的損失。電報還要求高密縣令準備一份厚禮，去青島教會醫院，探望腦袋受傷的德國鐵路技師錫巴樂，藉以安撫德人，切勿再起事端。云云。

閱罷電文，知縣拍案而起，從他的嘴裡，吐出了一句髒話：「王八蛋！」不知他是罵袁大人，還是罵德國人。他看到山羊鬍鬚在師爺下巴上抖動著，鬼火在師爺細小的眼睛裡閃爍著。知縣從心底裡就不喜歡這個師爺，但又不得不倚重他。他刀筆嫻熟，老謀深算，精通官場的一切關節，而且還是知府衙門中刑名師爺的堂弟。知縣要想使本縣的公文不被知府衙門駁回，沒有這位師爺是萬萬不行的。

「老夫子，吩咐備馬！」

「敢問老爺，備馬何往？」

「去萊州府。」

「不知老爺去府裡做甚？」

「我要面見曹大人，為高密百姓爭個公道！」

師爺毫不客氣地扯過知縣方才起草的電文，粗粗地掠了幾眼，問：

「這份電文，可是要發給巡撫大人？」

「正是，請老夫子潤色。」

「大人，小的近來耳聾眼花，頭腦也漸漸不清楚了，再做下去，只怕要誤了大人的事情。乞求大人開恩，放小的還鄉養老吧。」師爺尷尬地笑笑，從袖子裡摸出一張草箋，放在案上，道：「這是辭呈。」

知縣瞅了一眼那張草箋，冷笑一聲，道：

「老夫子，樹還沒倒，猢猻就要散了！」

師爺不怒，只是謙恭地笑著。

「捆綁不成夫妻，」知縣道，「既然要走，留也無趣，請老夫子自便吧。」

「多謝大人恩准！」

「等我從萊州歸來，擺酒為你送行。」

「謝大人盛情。」

「請吧！」知縣揮了一下手。

師爺走到門口，又轉身回來，道：

「大人，你我畢竟主幕一場，依小人之見，這萊州府，大人不能去，這封電文，也不能這樣發。」

「老夫子詳說。」

「大人，小人只說一句：您這官，是為上司當的，不是為老百姓當的。要當官，就不能講良心；要講良心，就不要當官。」

知縣冷笑道：

「說得精闢，還有什麼話，老夫子一併道來。」

「速將孫丙擒拿歸案，是大人的唯一避禍之方，」師爺目光炯炯地逼視著知縣，說，「但我知道您做不到。」

「所以你要走，」知縣道，「你還鄉養老是假，避禍遠走是真。」

「大人英明，」師爺道，「其實，大人如果能割斷兒女私情，擒拿孫丙易如反掌，如果大人不願意出面，小人願效犬馬之勞。」

「不必了！」知縣冷冷地說，「老夫子請便吧！」

師爺拱手道：

「那好，大人再見，願大人好自為之！」

「老夫子珍重！」知縣轉身對著院子喊叫，「春生，吩咐備馬！」

二

正午時分，知縣騎著他那匹年輕的白馬，穿戴著全套的官服，在親信長隨春生和快班班頭劉樸的護衛下，馳出了縣城北門。春生騎著一匹健壯的黑騾，劉樸騎著一匹黑色的騍馬，緊緊地跟隨在知縣白馬的後邊。三匹在馬廄裡憋了一冬的牲口，被遼闊的原野和初春的氣息激動著，撒歡尥蹶子，嘴巴裡發出咴咴的叫聲。劉樸的騍馬啃了知縣白馬的屁股，白馬猛地往前躥去。崎嶇的道路正在化凍，路面上漶出一層黑色的泥漿。馬跑得不穩，知縣將身體前弓著，雙手緊緊地揪著散亂的馬鬃。

他們朝著東北方向前進，半個時辰後，越過了春水洶湧的馬桑河，進入了東北鄉茫茫的原野。下午的陽光很溫柔，金黃色的光線照耀著遍野的枯草和草根處剛剛萌發的絨毛般的新綠。野兔和狐狸，不時地被馬蹄驚起，連蹦帶跳地躥到一邊去。他們在行進中，看到了膠濟鐵路高高的路基和正在路基上工作著的人們。一望無際的原野和高高的藍天帶給知縣的明朗心情被長蛇般的鐵路徹底地破壞了。不久前馬桑鎮慘案的血腥場面在他的腦海裡一幕幕展開，他感到心中窩憋，呼吸不暢。知縣用靴跟磕碰著白馬的腹部，白馬負痛狂奔，他的身體隨著馬的奔馳上躥下跳，心中的鬱悶似乎得到了稍許發洩。

太陽平西時，他們進入了平度縣的地界，在一個名叫前丘的小村裡，尋到了一個大戶餵馬打尖。房東是一個白髮蒼蒼的老秀才，對知縣畢敬畢恭，敬菸敬茶，還獻上了一桌子酒飯。有紅蘿蔔燒野兔，有大白菜燉豆腐，還有一罈黍米釀造的黃酒。老秀才的奉承和發乎真心的款待，激起了知縣的滿腔豪情。他感到，高尚的精神在胸中激盪，滿腔的熱血在沸騰。老秀才挽留知縣在家留宿，知縣執意要走。老秀才拉著知縣的手，熱淚盈眶說：

「錢大人，像您這樣不辭勞苦，為民請命的好官，真乃鳳毛麟角。高密百姓有福啊！」

知縣激昂地說：

「老鄉紳，下官食朝廷俸祿，受萬民之託，敢不鞠躬盡瘁乎！」

在如血的暮色裡，知縣跨上駿馬，與送到村頭的老秀才拱手告別，然後在馬臀上抽了一鞭，白馬一聲長鳴，躍起前腿，造型威武，縱身向前，如同離弦之箭。知縣沒有回頭，但很多經典的送別詩句湧上他的心頭。夕陽，晚霞，荒原，古道，枯樹，寒鴉……既悲且壯，他的心中充溢著豪邁的感情。

他們馳出村子，進入了比高密東北鄉更為荒涼也更為遼闊的原野。這裡地勢低窪，人煙稀少。半人高的枯草中，隱約著一條灰蛇般彎曲的小路。馬在小路上昂頭奔跑，騎者的雙腿與路邊枯草摩擦著，發出不間斷地嚓啦聲。夜色漸深，新月如鉤，銀光閃閃。紫色的天幕上，綴滿了繁華的星斗。知縣仰觀天象，見北斗灼灼，銀河燦燦，流星如電，畫破天穹。夜色深重，霜凍逼人。馬越跑越慢，由疾馳而小跑，由小跑而快步，最後變成了懶洋洋地漫步。知縣加鞭馬臀，馬懊惱地昂起頭，往前急走幾步後又恢復了疲憊懶散的狀態。知縣心中的激情，漸漸地消退，身體上的熱度，也慢慢地降低。沒有風，潮濕的霜氣，如鋒利的刀片，切割著裸露的肌膚。知縣將馬鞭插在鞍橋上，雙手縮在馬蹄袖裡，馬韁繩搭在臂彎裡，身體蜷縮成一團，進入了任馬由韁的狀態。在遼闊原野的深處，馬的喘息聲和枯草摩擦衣服的嚓啦聲大得驚人。從遙遠的村莊那裡，間或傳來幾聲模糊的狗叫，更加深了夜的神祕和莫測。知縣的心中，泛起了一陣悲苦的感情。因為走得匆忙，他竟然忘記了穿那件狐皮背心。那是他的岳父大人送的禮物。他記得岳父贈送背心時，神情格外莊重。這件看起來不起眼的舊東西，是皇太后賞給岳父的岳父曾國藩大帥的。雖然因年代久遠，受潮生蟲，狐毛脫落，幾成光板，但穿在身上，還是能感覺到別樣的溫暖。想到了狐皮背心，知縣的思緒就陷進了對過去生活的回憶之中。

他想起了少時的貧寒和苦讀的艱辛，想到了高中的狂喜，想起了與曾家外孫女聯姻時同年們的祝賀，其中也包括與自己聯袂高中的劉光第裴村兄的祝賀。劉裴村書法剛勁，字如其人，詩詞文章俱佳。劉撰寫了一副對聯賀他新婚：珠聯璧合，才子佳人。那時，似乎有一條光明大道擺在他的面前。但「死知府不如活老鼠」，他在工部蹲了六年，窮得叮噹響，不得不靠夫人的面子，求告曾家的門生，活動了外放，而後又輾轉數年，才得了高密知縣這個還算肥沃的缺。到了高密後，知縣原本想大展身手，幹出成績，一點點升上去。但他很快明白，在高密這種洋人垂涎的地方，既不可能升官，更不可能晉爵，能無過而任職期滿，就是交了好運。嗨，王朝已近末日，黃鐘毀棄，瓦釜雷鳴，只能隨波逐流，獨善其身了……

知縣胯下的白馬，突然打起了響鼻，把他從深沉的回想中驚醒。他看到，在前方不遠的草叢中，有四隻碧綠的眼睛在閃爍。狼！知縣喊了一聲。知縣在驚呼的同時，下意識地用凍僵了的雙腿夾了一下子馬腹，雙手在慌亂中勒緊了馬韁。馬嘶鳴著，揚起前蹄，將他倒傾在草地上。

一直跟隨在知縣馬後、凍得齜牙咧嘴的春生和劉樸，看到老爺落了馬，一時竟手足無措。呆了片刻，直到看到那兩隻大狼去追趕知縣的白馬時，凍凝了的腦袋才反應過來。他們嗐嗐呼呼地吶喊著，笨拙地拔刀出鞘，催動胯下的牲口，斜刺裡往前衝去。那兩隻狼閃身鑽進亂草叢中，消失了蹤影。

「老爺，老爺，」春生和劉樸高聲呼喚著，滾下騾馬，踉蹌過來，救護知縣。

知縣的雙腿掛在馬鐙裡，身體倒懸在馬後。白馬被春生和劉樸驚動，縱身往前躥去。知縣被拖拉在馬後，痛苦地叫喚不止；如果沒有地下的枯草墊著，知縣的頭顱，早就成了血葫蘆。有經驗的劉樸，止住了春生的咋呼。兩個人穩住勁兒，嘴裡發出柔柔的呼喚：「馬啊，好馬，好白馬，別怕……」藉著璀璨的星光，他們向前靠攏，終於靠近了馬身。劉樸一個箭步衝上去，抱住了馬頭。春生還在發愣，劉樸大呼：「傻瓜，快點解救老爺啊！」

春生手忙腳亂，搬頭掀腿，不得要領，弄得知縣叫苦連天。劉樸道：「你還能幹點什麼？過來攬住馬！」

劉樸把知縣僵硬的雙腳從馬鐙子裡解救出來，然後抱住知縣的腰，把他扶直。知縣的雙腳一著地，即刻大聲呼痛，身體一萎，坐在了地上。

知縣感到，渾身麻木僵直，沒有一個地方是聽使喚的。後腦勺子和腳腕處，痛疼難忍。他的心裡，悲憤交加，但不知該對著誰發洩。

「老爺，不要緊吧？」春生和劉樸彎著腰，怯聲怯氣地問訊著。

知縣看到兩個下人模糊不清的臉，長歎一聲，道：

「他媽的，看來做個好官並不容易啊！」

「老爺，頭上三尺有青天，」劉樸道，「您的辛苦，老天爺會看到的。」

「老天爺會保佑大人升官發財！」春生說。

「真有老天爺嗎？」知縣說，「我沒讓馬拖死，就說明真有老天爺，你們說對不對呢？夥計們，看看這條腿斷了沒有。」

劉樸解開知縣的紮腿小帶，把手伸進去，仔細地摸了一遍，說：

「老爺放心，腿沒斷。」

「你怎麼知道沒斷？」

「小人少年時，先父曾經教過我一些推拿正骨的知識。」

「嗨，想不到裴村兄還是個骨科郎中，」知縣歎息道，「方才余在馬上，想起了與你父親同榜高中的時光，那時候我們意氣風發，青春年華，胸中懷著天大的抱負，想為國家建功立業，可如今……」知縣傷感地說，「腿沒斷，更說明老天爺是存在的。夥計們，把余架起來吧！」

春生和劉樸，一左一右，攙著知縣的胳膊把他架了起來，試試探探地往前走。知縣感到不知雙腿在何處，只覺得一陣陣尖銳的刺痛，從腳底，直躥到頭頂。他說：

「夥計們，弄點草，點把火烤烤吧，這樣子，余根本騎不了馬了。」

知縣坐在地上，搓著麻木的雙手，看著春生和劉樸正遵照著他的命令，在道路的兩邊弓著腰摟草。他們模糊的身影，在星光下起伏著，宛若兩隻正在築巢的巨獸。黑暗中響著他們沉重的喘息和枯草被折斷的噼啪聲。一陣流星雨，濺落銀河中。在瞬間的輝煌裡，他看清了兩個親信青紫的臉和他們身後灰白色的莽蕩荒原。從他們的臉他就猜到了自己的臉，寒冷讓狼狽代替了瀟灑。他突然想起了那頂象徵著身分和地位的官帽子，急忙下令：

「春生，先別忙著摟草啦，我的帽子丟了。」

「等點上火，藉著火光好找。」春生說。

春生竟然敢違抗命令，並且公然地發表自己的看法，這不尋常的表現讓知縣感歎不已。在這深夜的荒原裡，無論什麼樣子的準則，其實都是可以修正的。

他們把摟來的草，堆積在知縣的面前。越積越多，漸漸地成為一個小草垛。知縣伸手摸摸被霜氣打潮的枯草，大聲問：

「春生，你們有火種嗎？」

「壞了，沒有。」春生道。

「我的背囊裡有。」劉樸道。

知縣鬆了一口氣，說：

「劉樸，你是個細心人！點火吧，余已經凍僵了。」

劉樸從背囊裡摸出火鐮、火石和火絨，蹲在草堆前噼哧噼哧地打火，軟弱多角的火星子從火石和火鐮的摩擦處飛出來。火星落在枯草上，似乎窸窣有聲。每打一下火，劉樸就吹一次火絨。在他的吹噓之下，火絨漸漸地發了紅。他憋足了一口長氣，均勻綿密地吹，越吹越亮，終於，噗地一聲，燃起了一簇細小的火苗。知縣的心情愉快極了。他盯著那火苗，暫時忘記了肉體的痛苦和精神的煩惱。劉樸把火種觸到乾草上，乾草很不情願地燃燒，火苗微弱，一副隨時都會熄滅的樣子。劉樸把枯草舉起來，轉著圈子，慢慢的搖晃，火苗越燃越大，猛地就燃成了明亮的一團。劉樸迅速地把手中的火把放在大堆的乾草下邊，白煙從草堆中升騰起來，一股苦苦的香氣擴散，令知縣心中充滿了感動。白煙越來越濃，似乎伸手就可抓住，終於轟然一聲，金黃的火苗子躥了出來。白煙隨即就淡了。耀眼的火轟轟地響著，照亮了一大片荒野。那三匹牲口，噴著響鼻，搖晃著尾巴，湊攏到火堆前。牠們狹長的臉上，似乎綻開了笑容。牠們的眼睛，水晶石一樣明亮。牠們的頭，彷彿變大了許多，顯得很不真實。知縣看到了自己的帽子。它趴在一個草窩子裡，宛若一隻正在抱窩的黑母雞。他吩咐春生把帽子撿了回來。帽子上沾著泥土和草屑，帽頂上那個象徵著品級的水晶頂子歪到一邊，那兩根同樣象徵著品級的野雞翎子斷了一根。這很不吉利，他想。去他的吧，他轉念一想，如果剛才被馬拖死，還有什麼吉利不吉利！他把帽子戴在頭上，不是為了尊嚴，而是為了禦寒。熾熱的火焰把他的前胸很快地烤熱了，後背卻冰涼似鐵。凍僵了的皮膚突遇高溫，又痛又癢。他將身體往後移動了一下，火勢依然逼人。他站起來，轉過身烘烤後背，但剛把後背烤熱，前胸又涼了。於是他又趕緊地轉過身烤前胸。就這樣轉來轉去地烤著，他的身體恢復了靈活。腳脖子還是很痛，但顯然沒受重傷。他的心情更加地好起來。他看到那三匹牲口在火光中大口地掠著乾草，嚼鐵的嘩啦聲顯得格外地清脆。白馬的尾巴搖動著，宛如一大把散開了的銀絲線。火堆中間的火苗子，漸漸地矮下去，枯草在燃燒時發出的爆裂聲也漸漸地稀少、微弱了。火苗子往四下裡擴散，如同水往低處流動。火漸燒漸遠，速度很快，而且自從有了火之後，風也從平地裡生了出來。火光中有毛茸茸的東西不時地跳躍起來，看樣子是野兔，或者是狐狸。還有一些鳥兒尖叫著躥到黑暗的天上去，也許是雲雀，也許是斑鳩。他們面前的火堆熄滅了，只餘下一堆暗紅的灰燼。但四周的野火已經燎原，場面十分壯觀。知縣的心中十分地興奮，他的眼睛裡閃爍著光采，高興地說：

「這樣的景象，一輩子也難得見到一次啊，春生，劉樸，咱們不虛此行啊！」

他們跨上牲口，朝著萊州府的方向繼續前行。野火已經燒出去很遠，看上去宛如一道道明亮的潮湧；清冷的夜氣裡，瀰漫著火的芬芳氣息。

三

凌晨，知縣一行抵達了萊州府城外。城門緊閉，吊橋高懸，不見守門士兵的蹤影。農家的公雞高聲啼叫著，樹木草梗上遍被著白霜。知縣看到春生和劉樸的眉毛上也結著白霜，臉上一層黑糊糊的灰塵，由此他也就知道了自己的模樣。他希望在晉見知府大人時還保持著滿頭霜雪、風塵僕僕的樣子，給上司留下一個美好的印象。他記得府城大門外是有一座石橋而沒有吊橋的，但現在石橋已經拆除，換上了用松木大板製作的吊橋，大概是為了防止風起雲湧的義和團前來攻打城池而採取的應急措施吧？知縣心中不以為然，他向來不相信農民會造反，除非他們第二天就要餓死。

紅日初升的時候，城門敞開，吊橋也吱吱咯咯地放了下來。他們向守門士卒通報後，騎著騾馬進了城池。騾馬的蹄鐵擊打著白石的街面，發出清脆的聲響。街上很清靜，只有一些早起的人在井台上打水。井口噴吐著白氣，井欄上結滿霜花。紅紅的陽光照在他們裸露的肌膚上，有些癢，有些痛。他們聽到，水桶的鐵鼻子和扁擔的鐵鉤子摩擦時發出了很是悅耳的聲響。挑水的人們，用驚訝的目光打量著他們。

在知府衙門前面的一條小街上，有一家賣牛雜碎的小飯館已經在門外支起朝天大鍋，鍋的後邊站著一位手持長柄大勺的白臉婦人。大鍋裡老湯翻滾，熱氣升騰，牛雜和芫荽的氣味撲鼻而來。他們在飯館門前下了牲口。知縣一下馬就軟了腿。春生和劉樸也是搖搖晃晃。他們攙著知縣，把他安頓在鍋旁的一條板凳上。知縣的屁股寬，飯館的板凳窄，一下子就坐翻了。知縣跌了個四仰八叉。頭上那頂不安於位的官帽，翻著筋斗滾到了一汪髒水裡。春生和劉樸急忙把知縣扶將起來，臉上訕訕的，為了自己的失職。知縣的後背和大辮子上都沾上了污穢。凌晨跌跤，官帽落地，這是很大的不祥之兆。知縣的心中很是懊惱，他本想痛罵隨從，但看到他們惴惴不安的樣子，話到了嘴邊又嚥了下去。

春生和劉樸用騎牲口騎羅圈了的腿支撐著身體，攙扶著知縣。那位婦人慌忙扔下勺子，跑過去撿回已經不成樣子的官帽，用自己的衣襟胡亂地揩擦了上面的污穢，然後遞給了知縣。婦人將帽子遞給知縣時，開口道歉：

「對不起大老爺。」

她的嗓音響亮而熱情，讓知縣心中感到溫暖無比。他接過帽子，戴正在頭上。一眼就看到了那婦人嘴角上生著一顆豆粒大小的黑痦子。劉樸用自己的包袱皮，擼了擼知縣大辮子上的泥水。知縣的大辮子，骯髒得如同一頭拉稀黃牛的尾巴。春生瞪著眼罵那婦人：

「媽拉個巴子瞎了眼了嗎？看到老爺來了還不趕快去搬把椅子來！」

知縣制止了春生的無理，並向那婦人道謝。婦人滿面赤紅，慌忙進屋去搬來一把油膩膩的椅子，放在知縣的身後。

知縣坐在椅子上，感到全身的關節，無有一處不痛疼。雙腿之間那物，冰砣子似的又涼又硬。大腿根部的皮肉，火燒火燎一樣灼痛。他的心，被自己星夜奔馳、不避風霜、為民請命的行為深深地感動著。他感到自己高尚的精神如眼前朝天大鍋裡牛雜湯的氣味一樣洋溢開來，散布在清晨的空氣裡。他的身體，似一個凍透了的大蘿蔔，突然被曬在了陽光下，表皮開始融化、腐爛，流出了黏稠的黃水。這是個極其痛苦又極其幸福的過程。知縣的眼睛裡，滲出了黏稠的眼淚，模糊了視線。他彷彿看到，自己的面前，跪著一大片高密東北鄉的鄉民，他們仰起的臉上，都掛著感恩戴德的表情。他們的嘴裡咕噥著一些淳樸簡單但卻感人至深的話語：青天大老爺……青天大老爺啊……

婦人在他們的面前放上了三個黑色的大碗，每個碗裡有一只黑乎乎的調羹，然後又往每個大碗裡掰了一個燒餅、放了一撮芫荽末兒、一勺椒鹽。婦人的動作十分敏捷，而且根本就沒問他們要什麼不要什麼，好像她招待的是幾個十分熟悉的常客，對他們的口味瞭如指掌。知縣看著婦人圓白的大臉，心中生出了許多的溫暖之情，恍惚感到這個婦人與高密縣那位賣狗肉的女人有著密切的關係。婦人抄起長柄大勺，攪動著鍋裡的牛雜碎，牛心牛肝牛腸牛肚牛肺在鍋裡翻騰起來，美好的氣味令知縣饞涎欲滴。一勺子牛雜碎倒進了知縣眼前的大碗，然後緊跟著來了一勺子清湯。婦人一探身，將半調羹胡椒粉倒進知縣碗裡。她低聲說：「多點胡椒驅驅風寒。」知縣感動地點了點頭，捏著調羹將碗裡的東西攪動了幾下，嘴巴就自動地湊近了那黑色的碗沿，唏溜一聲，吸進了一大口。宛如一隻滾燙的老鼠在他的口裡打滾，吐出來不雅，含在嘴裡怕燙，只好一咬牙嚥了下去。知縣心酸腸熱，百感交集，鼻涕和眼淚一起湧了出來。

幾十口牛雜湯落肚後，汗水如小蟲子一樣，刺刺癢癢地從毛孔裡鑽出來。婦人的大勺子始終在鍋裡攪動著，不時地將混雜著牛雜的老湯添加到他們的碗裡，使他們的黑碗始終保持著盈滿的狀態，緊吃她緊添，慢吃她慢添。最後，知縣雙手抱拳，對婦人作了一揖，感激地說：「好了，大嫂，不添了。」婦人微笑著說：「大老爺放開吃。」

吃罷牛雜燒餅湯，他感到身上有了勁兒，腿腳雖然還是痛苦，但已經有了腳踏實地的感覺。他看到在他們身後的街邊牆角，聚集了十幾個探頭探腦的百姓，不知是想看熱鬧還是因為懾於自己的頂戴而不敢過來喝湯。他吩咐春生付帳，婦人拒絕，還說大老爺肯賞光吃俺這窮漢飯，已經是對俺的抬舉，哪裡還好意思收錢。他沉吟片刻，從腰間荷包上解下一塊玉珮，道：「大嫂，盛情招待，無以為報，這個小玩意，就送給大嫂的丈夫做個紀念吧！」那婦人面紅耳赤，似乎還要拒絕，但知縣已經把玉珮遞給春生，春生將玉珮塞進婦人手裡，說：「我們家老爺給你，你就接了吧，還客氣什麼！」婦人托著玉珮張口結舌。知縣起身，大概地整理了一下儀表，便轉身向州衙的方向走去。他知道身後有許多目光在盯著自己。他甚至想到，多少年後，高密知縣在這個朝天鍋裡喝牛雜湯的事兒會成為一樁美談，被人們加油添醋地傳說，而且很可能被編進貓腔裡，被一代一代的戲子傳唱。他還想，如果手邊有紙筆，應該為這位給人帶來溫暖的婦人題一個店名，或者是題一首詩，用自己俊美的書法，為婦人招徠食客。在州府的大街上，知縣昂首挺胸，走出了朝廷命官的堂堂威儀。在走街的過程中，他心裡想到了孫眉娘的花容月貌，也想到了賣牛雜湯婦人的白面長身，當然還想到了自己的夫人。他感到，這三個女人，一個是冰，一個是火，一個是舒適溫暖的被窩。

四

知縣很快就受到了知府的接見。接見的地點在知府大人的書房。書房的牆上，掛著一幅曾任濰縣令的大畫家鄭板橋的墨竹。知府眼圈發青，眼瞼發紅，滿面倦容，連連地打著呵欠。知縣詳細地匯報了高密東北鄉事件的前因後果和德人在高密東北鄉製造的駭人慘案，話語中透露出對德國人的憤怒和對老百姓的同情。知府聽罷匯報，沉思良久，開口第一句話就是：

「高密縣，孫丙抓到了沒有？」

知縣哏了一下，答道：

「回大人，孫丙潛逃，尚未歸案。」

知府盯著知縣的臉，眼睛如錐子，扎得知縣侷促不安。知府乾乾地笑了幾聲，悄悄地問：

「年兄，聽說你跟孫丙的女兒……哈哈哈……那女人到底有何妙處，能讓你如此癡迷？」知縣張口結舌，冷汗涔涔而下。

「為什麼不回話？」知府變顏喝斥。

「回大人，卑職與孫丙之女，並無苟且之事……卑職不過是喜食她的狗肉而已……」

「錢年兄，」知府的臉上，又出現了親切關懷的表情，他用一種類似於語重心長的腔調說，「你我同食國家俸祿，同受皇太后、皇上隆恩，應該盡心辦事，方能對得起自己的良心；倘若為了一己私情，徇私枉法，玩忽職守，那可就……」

「卑職不敢……」

「死幾個頑劣刁民，算不了什麼大事，」知府平心靜氣地說，「如果德人能就此消氣，不再尋釁，也未嘗不是一件好事。」

「可那二十七條人命……」知縣道，「總要對百姓有個交代……」

「還要什麼交代？」知府拍案道，「難道還指望德人賠款償命？」

「總要有個是非，」知縣道，「要不我這縣令，無顏見高密百姓。」

知府冷笑道：

「本府沒有什麼是非給你，你即便找到譚道台，找到袁巡撫，找到皇上皇太后，他們也不會有什麼是非給你。」

「二十七條人命啊，大人！」

「如果你盡心辦事，早將那孫丙擒獲，送交德人，德人就不會發兵，也就不會出那二十七條人命！」知府拍拍案上的一摞公文，冷冷一笑，道，「錢年兄，有人說你提前通風報信，才使孫丙逃逸，這話要是傳到袁大人耳朵裡，對年兄可是大大地不利啊！」

知縣汗如雨下。

「所以，對錢兄來說，當務之急不是為老百姓請命，而是速速地將那孫丙捉拿歸案。」知府道，「抓住孫丙，對上對下對內對外都好交代，抓不住孫丙，對誰都不好交代！」

「卑職明白……」

「年兄，」知府微笑著問，「那孫眉娘到底是個什麼樣的尤物，能讓你如此地動心？」知府嘲弄道，「她不會是生著四個奶頭兩個那玩意兒吧？」

「大人取笑了……」

「聽說你適才在路邊跌了一跤，連頭上的帽子都跌掉了？」知府盯著知縣的頭頂，意味深長地說。沒及知縣回應，他端起茶杯，讓碗蓋碰響了碗沿。知府站起來，說，「年兄，千萬小心，掉了帽子事小，掉了腦袋事大！」

五

回縣之後，知縣便病了。起初是頭痛目眩，上吐下瀉；繼而是高燒不退，神昏譫語。知縣夫人一邊延醫用藥，一邊在院子裡擺上香案，夜夜跪拜祝禱。不知是醫藥之功，還是神靈保佑，知縣的鼻子裡流出了半碗黑色的腥血，終於燒退瀉止。此時已是二月中旬，省裡、道裡、府裡催拿孫丙的電文一道道傳來，縣裡的書吏們急得如火燒猴臀一般，但知縣整日昏昏沉沉，不思飲食，長此下去，毋庸說升堂議事，就連那小命，也有不保之虞。夫人親自下廚，精心烹調，使出了全身的解數，也無法讓知縣開胃。

臨近清明節前十幾天的一個下午，夫人傳喚知縣的長隨春生到東花廳問話。

春生忐忑不安地進了房，一眼就看到夫人眉頭緊蹙，面色沉重，端坐在椅子上，猶如一尊神像。春生慌忙跪倒，說：「夫人傳喚小的，不知有何吩咐？」

「你幹的好事！」夫人冷冷地說。

「小的沒幹什麼事……」

「老爺與那孫眉娘是怎樣勾搭上的？」夫人嚴肅地問，「是不是你這個小雜種從中牽線搭橋？」

「夫人，小的實在是冤枉……」春生急忙辯白著，「小的不過是老爺身邊的一條狗，老爺往哪裡指，小的就往哪裡咬。」

「大膽春生，還敢狡辯！」夫人怒道，「老爺就是讓你們這些小雜種教唆壞了！」

「小的實在是冤枉啊……」

「小春生，你這個狗頭，身為老爺的親信，不但不勸戒老爺清心寡欲好好做官，反而引誘老爺與民女通姦，實在是可惡之極。按罪本該打斷你的狗腿，但看在你鞍前馬後地伺候了老爺幾年，暫且饒你這一次。從今往後，老爺身邊發生了什麼事情，你必須馬上向俺通報，否則新帳舊帳一起清算！」

春生磕著頭，屁滾尿流地說：「謝夫人不打之恩，春生再也不敢了。」

「你去那狗肉舖子裡，把孫眉娘給俺叫來，」夫人淡淡地說，「俺有話跟她說。」

「夫人，」春生壯著膽子說，「其實那孫眉娘……是個心眼很好的人……」

「多嘴！」夫人陰沉地說，「此事不許讓老爺知道，如果你膽敢給老爺透信……」

「小的不敢……」

六

知縣患病不起的消息傳進孫眉娘的耳朵，她心急如焚，廢寢忘食，甚至比聽到繼母與弟妹遇害的消息還要難過。她攜帶著黃酒狗肉，幾次欲進衙探望，但都被門口的崗哨阻擋。那些平日裡混得爛熟的兵丁，一個個都翻了臉不認人，似乎縣衙裡換了新主，專門頒發了一條禁止她進衙的命令。

眉娘失魂落魄，六神無主，每日裡都提著狗肉籃子在大街上轉悠。街上的人指點著她的背影喊喊喳喳，彷彿議論著一個怪物。為了知縣的健康，她把全城裡大廟小廟裡的神靈都去跪拜了一遍，連那個與人的疾病毫無關係的八蜡廟她都進去燒香磕頭。她從八蜡廟裡出來時，一群孩子擁到她面前，高聲地唱起了顯然是大人編造的歌謠：

高密縣令，相思得病。吃飯不香，睡覺不寧。上頭吐血，下頭流膿。

高密縣令，鬍鬚很長。日夜思念，孫家眉娘。他們兩個，一對鴛鴦。

一對鴛鴦，不能相聚。公的要死，母的要哭。要死要哭，夫人不許。

……

孩子嘴裡的謠言，似乎是知縣特意傳遞出來的信息，激起了孫眉娘心中的萬丈波瀾。當她從孩子們的嘴裡知道知縣的病情已經如此嚴重時，熱淚馬上就盈滿了眼睛。她的心裡千遍萬遍地念叨著知縣的名字，想像中的知縣因病憔悴的面容，不斷地在她的眼前閃現。親人啊，她的心在呼喚著，你因為俺而得病，如果你有個三長兩短，俺也就活不下去了……俺不甘心，無論如何俺也要看你一眼，俺要跟你喝最後一壺黃酒，吃最後的一塊狗肉。儘管俺知道你不是俺的人，但俺的心裡早就把你當成了俺的人，俺把自己的命和你的命聯繫在了一起。俺也知道你跟俺不是一樣的人，你心裡想的事與俺心裡想的事相差了十萬八千里；俺也知道你未必是真的愛俺，俺不過是你在需要女人的時候碰巧出現在你眼前的女人。俺知道你愛的是俺的身體俺的風流，等俺人老珠黃了你就會把俺拋棄。俺還知道俺爹的鬍鬚其實就是你拔的，儘管你矢口否認；你毀了俺爹的一生，也毀了高密東北鄉的貓腔戲。俺知道你在該不該抓俺爹的問題上猶豫不決，如果省裡的袁大人對你打保票說你抓了孫丙就給你升官晉爵你就會把俺的爹抓起來。如果皇帝爺爺下了聖旨讓你把俺殺了，你就會對俺動刀子；俺知道對俺動刀子之前你的心中會很不好受，但你最終還是要對俺動刀子……儘管俺知道這樣多，俺幾乎什麼都知道，俺知道俺的癡情最終也只能落一個悲慘下場，但俺還是癡迷地愛著你。其實，你也是在俺最需要男人的時候出現在俺面前的男人。俺愛的是你的容貌，是你的學問，不是你的心。俺不知道你的心。俺何必去知道你的心？俺一個民女，能與你這樣的一個男人有過這樣一段死去活來的情就知足了。俺為了愛你，連遭受了家破人亡的沉重打擊的親爹都不管不顧了；俺的心裡肉裡骨頭裡全是你啊全是你。俺知道俺也病了，從見到你那天起就病了，俺病得一點都不比你輕。你說俺是你的藥，俺說你是俺的大菸土。你在衙裡要死了，俺在衙外也要死了。你在衙內死有多種的原因俺不過是你死的原因之一，俺在衙外死了卻完全是因為你。俺死了你活著你會哭俺三天，你死了俺活著俺會哭你一輩子；你死了其實俺也就死了。這樣的不公平的買賣俺也要做，俺是你養的一條小狗，只要你打一個呼哨俺就會跑到你的眼前，俺在你的眼前搖尾巴、打滾、啃你的靴子。俺知道你愛俺如饞貓愛著一條黃花魚；俺愛你似小鳥愛著一棵樹。俺愛你愛得沒臉沒皮，為了你俺不顧廉恥；俺沒有志氣，沒有出息；俺管不住自己腿，更管不住自己的心。為了你俺刀山敢上火海敢闖，哪裡還在乎人家蜚短流長。從孩子們嘴裡俺知道是你的夫人把俺進衙探看的路來阻擋；俺知道她是高官的後代有尊貴的出身，有滿腹的計謀偌大的學問，如果是個男人早就成了封疆的大員當朝的大臣。俺知道俺一個戲子的女兒屠戶的老婆根本就不是她的對手，但俺是瞎子進門，門關著俺就撞一個頭破血流，門開著就是俺的好運。俺把千條的規矩萬條的戒律扔到腦後，大門不讓進，俺就進後門，後門也不讓進，俺就進側門，側門還是不讓進，俺就攀樹爬牆頭，俺在縣衙後牆那裡轉了整整一天，探好了進衙的道路……

半塊月亮照耀著縣衙的後牆，牆內就是縣衙的後花園，是平日裡他和他的夫人賞花散步的地方。院內一棵大榆樹，將一根粗大的枝杈探出來，樹皮泛著亮光，宛如龍鱗，鱗光閃閃，樹枝活了。她踮著腳搆了一下，手指剛剛摸到樹皮。樹皮冰涼，使她想到蛇。幾年前在田野裡神魂顛倒地尋找雙蛇的情景在腦海裡驀然展現，她心中湧起了一陣悲涼，一陣屈辱。大老爺啊，俺孫眉娘愛你愛得好苦啊，這其中的辛酸，你怎麼能明白？你的夫人，這個名臣的苗裔，大家的閨秀，怎麼可能理解俺的心情？夫人，俺沒有奪你丈夫的野心，俺其實就是一只貢獻在廟堂裡的犧牲，心甘情願地讓神享用。夫人，你難道沒有發現，因為有了俺，您的夫君他好比久旱的禾苗逢上了春雨嗎？夫人啊，如果您真是一個豁達大度的人，就應該支持俺跟他好；如果您是一個通情達理的人，就不該阻攔俺進縣衙。夫人啊，您阻攔也是枉然，您能阻擋住去西天取經的唐僧沙僧孫悟空，也擋不住俺眉娘進衙會錢丁。錢丁的榮耀錢丁的身分錢丁的家產都是你的，錢丁的身體錢丁的氣味錢丁的汗珠子都是俺的。夫人，俺眉娘從小跟著爹爹登台唱戲，雖不是體輕如燕，但也是腿腳靈便；雖不能飛簷走壁，但也能爬樹登枝。俗言道狗急跳牆，貓急上樹，俺眉娘不是狗貓也要上樹爬牆。俺自輕自賤，顛倒了陰陽；不學那崔鶯鶯待月西廂，卻如那張君瑞深夜跳牆，君瑞跳牆會鶯鶯，眉娘跳牆探情郎。不知十年八載後，誰來編演俺這反西廂。她退後兩步，紮緊腰帶，收束衣服，活動了一下腿腳腰肢，深深地吸了一口氣，然後縱身向前，猛地一個躥跳，身體騰空而起，雙手把住了那根樹枝。樹枝在空中顫抖不止，樹上一隻夜貓子被驚動，哇地一聲怪叫，展開雙翅，無聲地滑翔到縣衙裡去了。夜貓子是大老爺喜歡的鳥。縣衙糧倉院內的大槐樹上，經常地棲息著幾十隻夜貓子，大老爺說牠們是看倉庫的神，是老鼠的剋星。大老爺捋著鬍鬚吟誦道：官倉老鼠大如斗，見人開倉也不走……飽讀詩書、通古博今的大老爺啊，俺的親人。她雙手把住枝杈，用雙臂的力量把身體引上去，然後將身體往上一挺，屁股就坐在樹枝上了。

剛剛敲過三更的梆鑼，衙內一片寂靜。她坐在樹杈上往衙內望去，看到花園正中那個亭子頂上的琉璃圓球銀光閃閃，亭子旁邊那個小小的水池裡水光明亮。西花廳裡似乎有些隱約的燈火，那一定是大老爺養病的地方。大老爺啊，俺知道你一定在翹首將俺盼望，你心情焦急，猶如滾湯；好人兒你不要著急，從牆頭上跳下了孫家的眉娘。哪怕夫人就坐在你的身旁，好似老虎看守著她的口糧；哪怕她的皮鞭抽打著俺的脊梁，俺也要把你探望！

孫眉娘沿著樹杈往前行走了幾步，縱身一跳，落在了牆頭之上。接下來發生的事情讓她終生難忘——她的腳底一滑，身不由己地跌落在高牆內。她的身體，砸得那一片翠竹索索作響。屁股生痛，胳膊受傷，五臟六腑都受了震盪。她手扶著竹枝，艱難地爬起來。眼望著西花廳裡射出的燈光，心中充滿了怨恨。她伸手摸摸屁股，觸到了一些黏黏糊糊的東西。這是什麼東西？她吃驚地想，難道俺的屁股跌破流出了黏稠的血？將手舉到面前，立即就嗅到一股惡臭，這些黑乎乎臭烘烘的東西，不是狗屎還能是什麼？天哪，這是哪個黑了心肝的喪了天良的，想出了這樣的歹毒詭計，把俺孫眉娘害成了這副狼狽模樣？難道俺就這樣，帶著一屁股狗屎去見錢大老爺嗎？她想，難道俺還有心去見這害得俺丟盡了臉面出盡了醜的錢大老爺嗎？她感到心灰意冷，既窩火，又窩囊。錢丁，你病吧，你死吧，你死了讓那個尊貴的夫人守活寡吧，她不願意守活寡她就服毒懸梁殉節當烈婦吧，高密百姓甘願湊錢買石頭給她立一座貞節牌坊。

她來到榆樹下，摟住粗大的樹幹往上爬，方才那股子躥跳如松鼠的靈巧勁兒不知道哪裡去了，每次爬到半截就出溜下來。手上腳上也沾滿了黑乎乎臭烘烘的東西。可恨啊，原來這樹幹上也塗抹了狗屎。孫眉娘將雙手放在地上擦著，怨恨的眼淚湧出了眼眶。這時，她聽到假山石後傳出來一聲冷笑，閃出了兩個人影，一盞燈籠。燈籠放射著黯淡的紅光，彷彿傳說中的狐仙引路救人的燈籠一樣。那兩個人，都穿著黑色的衣裳，臉上蒙著面紗，分辨不清他們是男是女，自然也看不清他們的模樣。

孫眉娘驚悚地站起來，提著兩隻骯髒的手，感到沒臉見人，欲待用手摀住臉龐，但滿手狗屎又如何摀在臉上。她盡量地低垂了頭，身體不由自主地往後退縮著，一直退到了牆根。黑衣人當中的一個高個子，把手中的燈籠舉到孫眉娘的面前，似乎是要讓那矮個的黑衣人更好地看清她的模樣。矮個的黑衣人，舉起手提著的一根打草驚蛇的細木棍子，挑著她的下巴，把她的臉仰了起來。她羞愧交加，沒有一點點力量反抗。她細瞇著眼，屈辱的淚水在臉上流淌。她聽到那持棍人發出了一聲悠長的歎息，果然是個女人的聲嗓。她猜到了，眼前這個黑衣人，就是錢大老爺的夫人。她心中悲苦的情緒在一瞬間發生了迅速的轉換，挑戰的心理使她身上有了力量。她高高地昂起了頭，臉上浮起微笑，心中搜索著能刺痛對方的詞句。她剛想說夫人用黑布遮臉是怕讓人看到臉上的麻子嗎？但還沒等她張開口，夫人就趨前一步，將手伸到了她的衣領間用力一扯，一個閃爍著微光的玩意兒就托在了手上。那玩意兒正是錢大人用來與她交換翡翠扳指的玉菩薩，雖說不是定情物，但也是護身符。她發瘋般地撲上前去搶，但腿彎子被那個高個的黑衣人輕輕地踢了一腳，雙膝一軟，跪在了地上。她看到夫人臉上的黑紗在微微地抖動，身體也在搖搖晃晃。她想俺已經跟狗屎一樣臭，還有什麼臉面講，你設計將俺來糟蹋，俺也得給你幾句刺話兒讓你心受傷。她說：俺知道你是誰，知道你一臉大麻子。俺那親親的情郎哥哥說你滿身臭氣嘴裡爬蛆他已經三年沒有跟你同房。我要是你，早就一繩子擼死算了，女人活到了男人不要的地步，跟一副棺材板子有什麼兩樣……

孫眉娘正說得痛快，就聽到那矮個黑衣人厲聲罵道：「蕩婦，偷人偷到衙門裡來了，給俺狠狠地打，抽她五十皮鞭，然後從狗道裡踢出去！」

高個黑衣人從腰裡唰地抽出了一枝軟鞭，一腳將她踢翻，沒等她罵出第二句，彎曲的皮鞭就打在了她的屁股上。她忍不住地叫了一聲親娘，第三鞭緊跟著落在了腚上。這時，她看到，那個矮個的黑衣人，就是知縣的醜婆娘，已經歪歪扭扭地走了。高個黑衣人的第三鞭還是用力凶猛，但第四鞭就有些不痛不癢。接下來的第四第五鞭，一鞭比一鞭輕，後來就索性打牆。孫眉娘知道自己碰上了好心人，但她還是誇張地喊叫著，為得是幫黑衣人把戲演像。最後，高個子黑衣人把她拖到東花廳側門那裡，拉開門閂，將她往外一送，她就軟癱在縣衙東側的石頭巷道上。

七

孫眉娘趴在炕上，一會兒咬牙切齒；一會兒柔腸寸斷。咬牙切齒是恨那婆娘心狠手毒，柔腸寸斷是想起了大老爺臥病在床。她一遍又一遍地痛罵自己沒有志氣；她把自己的胳膊咬得鮮血流淌；但還是擋不住錢丁冠冕堂皇的面孔在眼前晃蕩。

正當她備受煎熬的當口，春生來了。她就如見到了親人一樣，緊緊地抓住春生的胳膊，眼睛裡含著淚水，問：

「春生，好春生，老爺怎麼樣了？」

春生看她急成了這個樣子，心中也頗為感動。他瞅瞅正在院子裡開剝狗皮的小甲，低聲說：「老爺的風寒倒是好了，但神思恍惚，心情煩躁，不思飲食，日漸消瘦，這樣子下去，遲早會餓死。」

「老爺啊，」孫眉娘哀鳴一聲，眼淚嘩嘩地流了出來。

「夫人讓我來請你進衙，送黃酒狗肉，讓老爺開心、開胃！」春生笑著說。

「夫人，你就不要提你們那個夫人了，」她錯著牙根說，「世上最毒的蠍子精，比你家夫人還善良！」

「孫家大姊，俺家夫人是個知書達理的厚道人，您這樣罵她是為哪樁？」

「呸！」孫眉娘怒道，「你還說她是厚道人，她的心，在黑布染缸裡漚了二十年；她的血，一滴就能毒死一匹馬！」

「夫人到底怎麼得罪了你？」春生笑著說，「這才是，被偷的不怒偷兒怒，死了娘的不哭沒死娘的號喪。」

「你給俺滾出去！」眉娘道，「從今往後，俺跟你們衙門裡的人斷絕來往。」

「孫家大姊，難道你就不想大老爺了嗎？」春生嬉皮笑臉地說，「你不想大老爺這個人，難道你不想大老爺那條辮子？你不想大老爺的辮子，難道不想大老爺的那部鬍鬚？你不想大老爺的鬍鬚，難道你不想大老爺的……」

「滾，什麼大老爺二老爺，他就是死了與俺一個民女又有什麼關係？」她嘴裡發著狠，但眼淚卻流了出來。

「孫家大姊，瞞得了別人，你能瞞得了我嗎？」春生道，「你與大老爺好得成了一個人，打斷骨頭連著肉，扯著耳朵腮動彈。行了，別拉韁繩頭了，拾掇拾掇跟我走吧。」

「只要你們那個夫人還在，俺就不在縣衙踏一個腳印。」

「孫家大姊，這一次，可是夫人親自下令，讓俺來請你。」

「春生，你就不要拿著俺當猴兒耍了。被人作踐成這個樣子，已經沒有臉面再見人了……」

「孫家大姊，聽你的話頭，似乎是受了多大的委屈一樣？」

「你是真不知道還是裝不知道？」孫眉娘憤恨地說，「姑奶奶在你們縣衙裡被人打了！」

「您是在說夢話吧？孫家大姊，」春生驚訝地說，「在縣衙裡誰敢打您？您在俺這些下人們的心目中，早就是第二夫人了。大傢伙巴結您還巴結不上呢，誰還敢去打您？」

「就是你們那個夫人，指派人打了俺五十皮鞭！」

「讓俺看看是真還是假，」春生說著就要掀眉娘的衣裳。

眉娘打脫了春生的手，說：「你想占姑奶奶的便宜？難道你不怕大老爺剁了你的狗爪子？」

「還是嘛，孫家大姊，說了半天，還是您跟大老爺親近，小的剛想伸手，你就把大老爺搬出來壓人，」春生道，「俺可是跟您說實話，大老爺這次病得可是不輕，夫人也是萬般無奈了才把您這個活菩薩搬進去。你想想吧，但凡是還有一線之路，她能讓俺來請你嗎？就算是她真的指派人打了你，那也是可以理解的。現在，她讓俺來請你，就說明她服了軟，認了輸，你不趁著這個機會借坡上毛驢還要等到什麼時候？只要你把大老爺伺候好了，讓大老爺盡快地恢復了健康，你就成了有功之臣，連夫人也得感謝你，這樣，暗的就成了明的，私的就成了公的。孫家大姊，你的福氣來到了。去還是不去，你自己掂量著辦吧……」

八

孫眉娘提著狗肉籃子，推開了西花廳的門，只見一個面皮微麻、皮膚黝黑、嘴角下垂的女人，端坐在太師椅子上。她灼熱的身體，驟然間冰涼；怒放的心花，像突遭了嚴霜。她模糊地感覺到，自己又一次陷入了一個圈套，而編織這個圈套的，還是這位知縣夫人。但她畢竟是戲子的女兒，見慣了裝腔作勢；她畢竟是屠戶的妻子，見慣了刀光血影；她畢竟是知縣的情人，知道了官員的德行。她很快地就控制住了自己的慌亂，抖擻起精神，與知縣夫人鬥法。兩個女人，四隻眼睛，直直地對視著，誰也不肯示弱。她們的眼睛交著鋒，心裡都鏗鏗鏘鏘地獨白著。

知縣夫人：你可知道我是名門之女？

孫眉娘：俺可是明擺著的月貌花容！

知縣夫人：我是他明媒正娶的髮妻！

孫眉娘：俺是他貼心貼肉的知己。

知縣夫人：你不過是一味治俺夫君的藥，與那狗寶牛黃無異。

孫眉娘：其實你是老爺後堂裡的擺設，與木偶泥塑一樣。

知縣夫人：你縱有千般狐媚萬種風流也難動搖我的地位。

孫眉娘：你雖然貴為夫人，但得不到老爺的真愛。老爺親口對俺說，他每月只跟你行一次房事，可他跟俺……

想到與老爺的房事，孫眉娘的一顆心，忽悠悠地蕩了起來。與大老爺縱情交歡的情景，有聲有色地在她的腦海裡展現開來。她的眼睛裡煥發出了又濕又亮的光采。嚴肅的知縣夫人，在她的視線裡已經模糊不清了。

知縣夫人看到，眼前這個鮮嫩得如同一顆剛從樹上摘下來的水蜜桃一樣的女人，忽然間面色潮紅、呼吸急促、目光渙散，分明是心慌意亂的表現。於是，她感到自己獲得了精神上的勝利。她的一直緊繃著的臉上，出現了一些柔和的線條，雪白的牙齒，也從紫紅的唇縫中顯露出來。她把一個拴著紅繩的玉菩薩，扔到孫眉娘腳下，傲慢地說：

「這是俺從小佩帶之物，後來不知被哪條狗偷了去，沾上了狗腥氣，你家裡天天殺狗，想必不忌諱這個，就把它賞給你的。」

孫眉娘的臉，突然地紅了。看到了玉菩薩，她就感到屁股一陣刺痛，那天晚上的情景彷彿就在眼前。她心中升騰起熊熊的怒火，恨不得撲上去，抓破那張厚重的麻臉，但她的腿卻難以挪動。一切為了大老爺，為了大老爺，俺就讓你占個上風。她明白，夫人扔過來的，不僅僅是一件玉飾，而是她的身分、她的地位、她的挑戰和她的委屈。面對著玉菩薩，她猶豫不決。如果彎腰撿起來，就滿足了夫人的虛榮；如果拒不撿，就維護了自己的尊嚴。撿起來會讓夫人感到滿足；不撿會讓夫人惱怒。夫人滿足，自己與老爺的愛就等於得到了通行證；夫人惱怒了呢，愛的道路上就布下了障礙。往常日從老爺的言談話語中，可以聽出他對相貌古舊的夫人頗為敬畏，也許是與她的顯赫門第有關。曾家雖然已經衰落，但影響還在。大老爺能在夫人面前下跪，俺難道還在乎這一彎腰嗎？一切為了對老爺的愛，孫眉娘彎腰撿起了玉菩薩。又一想，打牆也是動土，索性把戲做足，於是，她屈膝下了跪，裝出受寵若驚的樣子道：

「民女謝夫人恩典。」

夫人舒了一口氣，說：

「去吧，老爺在簽押房裡。」

孫眉娘站起來，提上盛著狗肉和黃酒的籃子，轉身就要走。但夫人把她叫住了。夫人不看眉娘，漆黑的眼睛望著窗戶，道：

「他年長，你年輕……」

孫眉娘明白了夫人的暗示，不由地臉皮發燙，不知該說什麼好。夫人起身出了西花廳，往後堂走去。她的心裡，一時混雜了太多的感情，有恨，有愛，有得勝的驕傲，也有落敗的自卑。

九

在眉娘的雨露滋潤下，知縣食欲漸開，精神日益健旺。他閱讀了積壓的公文，眉頭緊鎖，臉上布滿愁雲。

知縣撫摩著眉娘圓滾滾的屁股，說：

「眉娘，眉娘，我不抓你爹，袁大人可就要抓我了。」

眉娘折身坐起，道：

「老爺，俺爹打傷德國人，也是事出有因。德國人已經殺了俺的繼母和弟妹，還捎帶著殺了二十四個無辜百姓，他們已經夠了本了，怎麼還要抓俺爹？這天底下還有沒有公道？」

知縣苦笑著：

「婦道人家，懂得什麼？」

眉娘揪住知縣的鬍鬚，撒著嬌道：

「俺什麼都不懂，但俺懂俺爹沒有罪！」

知縣歎道：

「我何嘗不知道你爹無罪，但官命難違啊！」

「好人，你就饒了他吧！」眉娘在知縣的膝蓋上扭動著，說，「你堂堂知縣大老爺，還護不住一個無罪的百姓？」

「我怎麼跟你說呢？寶貝兒！」

眉娘雙臂摟住知縣的脖子，光滑如玉的身體在他的身上蹭來蹭去，嬌嗔著：

「俺這樣子伺候您，還保不住一個爹？」

「罷罷罷，」知縣道，「車到山前必有路，船遇頂風也能開。眉娘，清明將到，我要跟往年一樣在南校場豎秋千，讓你玩個夠。我還要去栽桃樹，給老百姓留個念想，眉娘啊，今年的清明，我還在這裡演戲，明年的清明，我就不知道在什麼地方啦！」

「老爺，明年清明節您就會升到知府，不，比知府還要大！」

十

得知了孫丙趁著清明節聚眾攻打了鐵路窩棚，知縣的腦子裡有片刻時間是一片空白。他扔掉栽樹的鐵鍬，一言不發，貓著腰鑽進了轎子。他知道，自己的官運已經到了頭了。

知縣返回縣衙，對圍攏上來的書辦、師爺們說：

「夥計們，本官的仕途，今日就算走到了盡頭。你們願意幹的，就留下來等待下任知縣，不願幹的，就趁早自奔前程去吧！」

眾人面面相覷，一時都閉口無言。

知縣苦笑一聲，轉身進了簽押房，沉重的房門砰然一響，從裡邊關閉了。

眾人被關門的聲音震動了，一個個無精打采，六神無主。錢穀師爺走到窗前，大聲說：「老爺，俗話說『兵來將擋，水來土掩』，總之是天無絕人之路，您千萬往寬闊裡想。」知縣在屋子裡一聲不吭。錢穀師爺悄聲對春生說：

「趕快到後堂去告訴夫人，晚了就要出事了。」

知縣脫掉禮服，扔在地上。摘下帽子，擲向牆角。他自言自語著：

「無官一身輕，無頭煩惱清。皇上，太后，臣不能為你們盡忠了；袁大人、譚大人、曹大人，卑職不能為你們盡職了；夫人，為夫不能為您盡責了；眉娘，我的親親的人兒，本官不能陪你盡興了；孫丙，你這個混帳王八羔子，本官對得起你了。」

知縣站在凳子上，解下絲綢腰帶，搭在梁頭上，挽了一個圈套，把腦袋伸了進去。他把窩在圈套裡的鬍鬚小心理順，拿到圈套的外邊，讓它們順順溜溜地垂在胸前。他從花欞子窗戶的上框裡，透過被麻雀撞破的窗紙洞眼，看到了戶外陰霾的天空和細密的銀色雨絲，看到了佇立在雨中的師爺、書辦、長隨、捕快們，看到了在西花廳的房簷下銜泥築巢的雙飛燕，雨聲細索，燕聲呢喃，濃郁的生活氣息撲面而來。薄薄的春寒使他的肌膚泛起了涼意，對孫家眉娘溫暖肉體的眷戀之情頃刻之間占滿了他全部的身心。他身上的每一寸皮膚都在渴望著她，女人啊女人，你是如此的神奇，你是如此的美妙，明明知道，我的前程就毀在你的身上，但我還是這樣癡迷地眷戀著你……知縣知道如果再想下去，他就會失去告別人生的勇氣，他狠了狠心，一腳踢翻了凳子。恍惚中他聽到了一聲女人的尖叫，是女人的聲嗓，是夫人來了嗎？是眉娘來了嗎？他頓時就感到後悔了，他竭力地想扯住什麼，但胳膊已經沒有力量抬起來了……

第十三章　破城

一

知縣坐著四人大轎向馬桑鎮進發。為了雄壯聲勢，他帶了二十名縣兵，其中有十名是弓箭手，十名是鳥槍手。出城時他的轎子從通德書院校場前面走過，看到二百四十名德國軍人正在那兒操練。德國兵軍服鮮明，身材高大，陣勢威猛，喊號聲震天動地。知縣心中暗暗吃驚。讓知縣吃驚的不僅僅是德國兵的陣勢，讓知縣吃驚的還有德國兵手裡的毛瑟鋼槍，更讓知縣吃驚的是在操場邊上蹲踞著的那一排十二尊克虜伯過山大砲。它們似明蓋的大鱉一樣向天仰著粗短的脖子，兩邊的花軲轆鐵輪子看起來沉重無比。知縣曾經與幾十個縣令一起，在袁大人到任之際去濟南府參觀過袁大人從天津小站帶過來的五千名新編陸軍，當時就感到大開了眼界，以為國家已經有了堪與世界列強抗衡的軍事力量，但與眼前的德國軍隊的裝備相比，才明白用全套的德國軍械裝備、經德國教官一手教練出來的新建陸軍還是二流的貨色。德國人怎麼可能把最先進的軍械提供給自己的宰割對象呢？袁大人，你好糊塗。

其實袁大人一點都不糊塗，而是知縣自己糊塗。因為，袁大人壓根兒就沒想用這支新軍去與列強作戰。

那天，在濟南府的演兵場上，袁大人讓他的砲兵試射了三發砲彈。砲彈從演兵場中央射出，飛越了一道河流一座山包，降落在一片卵石灘上。知縣和同僚們在砲隊統領的帶領下，騎馬趕去參觀彈著點。知縣看到，卵石灘上呈三角形分布著三個深達二尺的彈坑。彈坑裡的石頭被炸得粉碎，稜角鋒利的石片飛出去幾丈遠，卵石灘邊的雜樹林子裡，幾棵胳膊粗的小樹被攔腰斬斷，斷茬處流出了許多汁液。縣令們一個個嘖嘖有聲，發自內心的讚歎不已。但那天演習的大砲，就像是擺在通德書院校場邊上那十二尊大砲的兒子。知縣明白了在德國人的無理要求下袁大人為什麼一味地退讓；明白了為什麼在處理孫丙事件中袁大人就像一個巴結權貴的懦弱父親，竟然站在欺負了自己的孩子的權貴之子的立場上；自己的兒子已經受到了欺負，可是父親還要搧他的巴掌。無怪乎袁大人在曉諭高密百姓的告示裡說：「……爾等須知，德人船堅砲利，所向無敵。你等多滋一回事，就多吃一次虧。稍明事理者，不待諄諄勸諭。豈不聞俗言曰：『老實常常在，剛強惹事端』，此至理名言，望爾等牢記在心……」

知縣把自己曾經引為自豪的鳥槍隊、弓箭手與德國人的軍隊進行了比較，頓時感到顏面無光，難以抬頭。鳥槍手和弓箭手們也滿臉的尷尬，走在書院外的大街上，如同裸體遊街的奸夫。知縣原本想帶著武裝去談判是為了壯天朝的聲威，向德國人示強，但此時他已經意識到這是一個扒著眼照鏡子的愚蠢舉動。怪不得他下令縣兵整裝出發時，身邊的隨從們一個個齜牙咧嘴滿臉怪相。他們肯定都去通德書院看了德國人的武裝和德國兵的操練，而他那時正在衙裡生病。在病中他記得隨從們向他報告說德國人的軍隊已經強行開進了縣城，並且強占了通德書院做為軍營，而德國人強占書院的理由竟然是因為書院名為「通德」，既然「通德」，就應該讓德軍駐紮。那時他打定了尋死的主意，對這些怵目驚心的消息充耳不聞。他沒死成之後，才感到德國軍隊擅自進城、強占書院是無視高密縣當然也是無視大清國的尊嚴的海盜行為。他親筆起草了一份義正辭嚴的通牒讓春生和劉樸給德軍司令克羅德送去，要求克羅德向本縣道歉並立即帶兵退出縣城，回到中德膠澳條約所規定的地點去安營紮寨。但春生和劉樸回來說，克羅德說德國軍隊駐紮高密縣城，已經得到了袁世凱和大清王朝的同意。知縣正在半信半疑之際，萊州府的快班已經飛馬趕到，送來了袁大人的電文和曹知府的批示。袁大人命令高密知縣為德國軍隊駐紮高密縣城提供一切方便，並讓他速速想法解救被亂民孫丙扣押的德國人質。袁大人語重心長地說：

「……前次巨野教案，幾損我山東省大半主權，如此次人質遇害，後患之巨難以設想。至時不唯國家將分疆裂土，吾等身家性命亦難保全。當此危機時刻，爾等應以國家社稷為重，不辭辛勞，著力辦理，若有徇私枉法、拖延懈怠者，定當嚴懲不貸。本撫院處理畢魯北拳匪事宜，即赴高密視事。……二月二日事件發生之後，本撫院曾迭次電令高密知縣將匪首孫丙擒拿收監，以防再生事端，但該令竟回電為匪開脫，實乃昏聵至極。如此推諉延宕，終於釀成大亂。錢令玩忽職守，本該褫職嚴辦，但念國家用人之際，錢令又係本朝重臣之外戚，故法外開恩，僅記大過一次，望戴罪立功，速速設計，營救人質，安撫德人之心……」

讀罷電文，知縣盯著夫人陰雲密布的臉，長歎一聲，道：

「夫人啊，你為什麼要救活我呢？」

「你面臨的處境，難道比我外祖父在靖港一役失敗後的處境還要艱難嗎？」夫人目光炯炯地盯著知縣說。

「你外祖父不是也跳江自殺過嘛！」

「是的，我外祖父也跳江自殺過，」夫人道，「但他被部下救起後，痛定思痛，發奮努力，重整旗鼓，東山再起，不屈不撓，歷盡千辛萬苦，終於一舉攻克南京，剿滅了長毛，成就了千古偉業，我外祖父也由此成為中興名臣，國家棟梁；封妻蔭子，鐘鳴鼎食；立祠配廟，千古流芳。這才是男子漢大丈夫的作為！」

「本朝開國二百餘載，也只有一個曾文正公！」知縣仰望著那張高掛在牆上的曾文正公的照片——文正公老態龍鍾、但仍不失威嚴——軟弱無力地說，「本官才疏學淺，意志薄弱，縱然被你救活，也不會有所作為，夫人，可惜你名門閨秀，嫁給了我這塊行屍走肉！」

「夫君何必妄自菲薄？」夫人嚴肅地說，「你滿腹詩書，胸有韜略，身體健壯，武功過人，之所以久屈人下，非是你無能，乃時機不到也！」

「那麼現在呢？」知縣嘴角浮起一絲嘲諷的笑意，說，「時機到了嗎？」

「當然，」夫人道，「現今拳匪聚眾倡亂，列強虎視眈眈；孫丙造反，德人震怒，國家形勢，危如累卵。夫君若能發揚蹈厲，解救人質，並趁機擒獲孫丙，必將引起袁大人重視，非但能夠開結處分，而且必將受到重用。難道這還不是建功立業的大好時機嗎？。」

「夫人這一番議論，真讓我刮目相看了！」知縣不無譏諷地說，「可孫丙鬧事，實乃事出有因。」

「夫君，孫丙妻子受辱，打傷德人，尚屬情有可原；德人尋釁報復，也是情理中事。事發之後，孫丙本該靜候有司斷處。萬不該勾結拳匪，私設神壇，聚眾數千，攻打鐵路窩棚。扣押人質，更是無法無天。夫君，這不是造反還是什麼？」夫人聲色俱厲地說，「你食的是大清的俸祿，做的是大清的官員。值此危難之機，你不思為國家盡力，卻著力為孫丙開脫。看似同情，實乃包庇。看似愛民，實乃通匪。夫君讀書明理，何至於糊塗如此？難道就為了一個賣狗肉的女人嗎？」

在夫人錐子一樣的目光下，知縣羞愧地垂下了頭。

「妾身不能生養，本在七出之例，感念夫君不棄之恩，妾身沒齒不忘……」夫人幽婉地說，「事定之後，妾身一定親自為夫君挑選一個淑女，育得一男半女，也好承繼錢家香煙。如果夫君還是癡迷孫家女子，也不妨讓趙家屠夫休妻，然後夫君再將其納為側室，妾身一定善待於她，且這都是後事，如果夫君不能解救人質，擒獲孫丙，你我夫妻必將死無葬身之地。那孫家女子縱有千嬌百媚夫君也無福消受了。」

知縣汗流浹背，囁嚅不能言。

二

知縣坐在轎子裡，時而熱血澎湃，時而情緒低落。陽光從竹編的轎簾縫隙裡射進來，一會兒照在他的手上，一會兒照在他的腿上。透過轎簾的縫隙，他看到轎夫的脖子上汗流如注。他的身體隨著轎杆的顫動上下起伏，他的心思也飄忽不定。夫人嚴肅的黑臉和眉娘妖媚的白臉交替著在他的腦海裡閃過。夫人代表著理智、仕途和冠冕堂皇；媚娘代表著感情、生活和兒女情長。這兩個女人對他都是不可缺少的，但如果讓他選擇一個，那麼……那麼……只有選擇夫人。曾文正公的外孫女毫無疑問是正確的。如果不把人質營救出來，如果不把孫丙捉拿歸案，一切都將化為烏有。眉娘啊，你爹是你爹，你是你，為了你我必須抓你爹，我抓你爹也是為了你。

轎子走過馬桑河上的石橋，沿著一條被挖斷了多處的土路，來到了馬桑鎮的西門。太陽正晌，但大門緊閉。高高的土圍子上堆疊著磚石瓦片，活動著許多手持刀槍棍棒的人。大門樓子上高招著一面杏黃色的大旗，旗上繡著一個巨大的「岳」字。幾個紅布纏頭、腰紮紅帶子、臉上塗了紅顏色的青年在旗下護衛著。

知縣的轎子在大門前落下，知縣弓腰鑽了出來。大門樓子上傳下來響亮的問話聲：

「來者何人？」

「高密縣正堂錢丁！」

「你來幹什麼？」

「約見孫丙！」

「我們元帥正在練功，不見生客！」

知縣冷笑一聲，道：「于小七，你少給本縣裝神弄鬼，去年你聚眾賭博，本縣看在你家有七十老母的分上，饒了你四十大板，諒你還沒忘記吧？」

于小七咧著嘴，說：

「俺現在頂著小將楊再興！」

「你就是頂著玉皇大帝，也還是于小七！趕快給我把孫丙喚來，否則抓進縣衙，板子伺候！」

「那你等著，」于小七道，「俺去給你通報。」

知縣看看身邊的隨從，臉上流露出不易察覺的笑容。知縣心裡想：嗨，都是些老實巴交的莊戶人哪！

孫丙身穿白袍、頭戴銀盔、盔上插著兩根演戲用的翎子，手提著那根棗木棍子，出現在大門樓子上。

「城下何方來將，速速報上姓名！」

「孫丙啊孫丙，」知縣譏諷道，「你的戲演得不錯嘛！」

「本帥棍下不斬無名之輩，速速報名！」

「好一個無法無天的孫丙，你聽著，俺乃大清朝高密縣正堂，姓錢名丁，字元甲。」

「原來是小小的高密縣令，」孫丙道，「爾不在衙門好好做官，來此何幹？」

「孫丙，你讓我好好做官嗎？」

「本元帥只管滅洋大事，哪有閒空去管你一個區區小縣之事？」

「本縣來找你也是為了滅洋大事，你快快開門，放我進去，否則大軍一到，玉石俱焚！」

「有什麼話你就在外邊說吧，本帥聽得到的。」

「事關機密，本縣必須與你面談！」

孫丙沉吟片刻，道：

「只許你一個人進來。」

知縣鑽進轎子，道：

「起轎！」

「轎子不許進來！」

知縣掀開轎簾，道：

「本縣是朝廷命官，理應坐轎！」

「那只許轎子進來！」

知縣對身後的縣兵頭目說，「你們在外邊等著吧！」

「大人！」劉樸和春生按住轎杆，說，「大人，您不能一人進去！」

知縣笑道：

「放心吧，岳元帥通情達理，怎麼會加害本官呢？」

大門咯咯吱吱地從裡邊拉開，知縣的轎子顫顫悠悠地走了進去。鳥槍手和弓箭手們想隨轎衝進去，圍牆上的磚石瓦塊就像冰雹一樣砸了下來。槍手和箭手想往圍牆上射擊，被知縣大聲喝斥住了。

知縣的轎子穿越了剛剛用鐵皮加固過的松木大門，大門上散發著濃烈的松油氣味。透過轎簾，他看到街道兩側支起了六盤鐵匠爐，風箱呱嗒響，爐火相映紅，每盤爐前都圍繞著一堆鄉民，在那裡鍛打兵刃，錘聲叮噹，火花四濺。街上來往著婦女兒童，有的端著剛烙出的大餅，有的提著剝了皮的大蔥，個個都繃著臉，眼睛裡閃爍著明亮的火星。一個頭上紮著小抓鬏兒、袒露著圓滾滾的小肚皮的男孩子，手裡提著一個冒著騰騰熱氣的黑色瓦罐，歪著頭觀看著知縣的轎子，突然亮開了童稚的嗓門，唱了一句貓腔的垛板：「大雪飄飄好冷的天～～西北風直往袖筒裡鑽～～」孩子的高聲喊唱，逗了知縣一樂，但隨即而來的，是一陣蝕骨的淒涼。知縣想起了正在縣城通德書院校場上操槍演砲的德國軍隊，再看看被孫丙的妖術煽動得如癡如狂的馬桑鎮無知的鄉民，一種拯民於水火的責任感油然而生。他的心中響亮著鏗鏘的誓言：夫人言之有理，值此危難之際，無論是為國還是為民，我都不能尋死，這個時候尋死，其實是一種無恥的懦夫行為。大丈夫生於亂世，就當學曾文正公，赴湯蹈火，挽狂瀾於既倒，拯萬民於倒懸。孫丙啊，你這個混蛋，你為了一己的私仇，要把馬桑鎮數千良民誘導到水火之中，本官不得不收拾你了。

孫丙騎著一匹垂頭喪氣的棗紅馬，在轎子前邊引導著知縣的轎。馬的兩條大腿被鞴具磨去了毛兒，裸露著青色的皮膚。瘦得尖尖的馬臀上，沾著一些黃乎乎的稀屎。知縣一眼就看出這原本是一匹駕轅拉車的農家劣馬，現在竟然成了岳元帥的坐騎，可憐的馬啊！馬前活躍著一個蹦蹦跳跳的、塗了紅臉的青年，手裡提著一根光滑的棍子，看樣子是根鋤杠；馬後跟隨著一個樣子比較穩重、塗成黑臉的青年，手裡也提著一根光滑的棍子，看樣子也是鋤杠。知縣猜到了，這兩個青年，都頂著《說岳》中的人物，一個是馬前張保，一個是馬後王橫。孫丙在馬上腰板挺直，一手挽著馬韁，一手舉著棗木棍子，動作極為誇張。這樣的騎馬姿態，應該配上一匹疾馳的駿馬，還應該配上邊關冷月或是開闊的原野——真可惜，知縣想——真可惜沒有駿馬，只有一匹不時躥稀的老馬，只有一條狹窄的塵土飛揚的街道，還有在塵土中刨食的母雞和在胡同裡追逐的瘦狗。轎跟隨著孫丙和他的護衛，來到了鎮子正中的一個乾涸了的大灣邊上。知縣看到，在平坦的灣底，聚集了數百名男人，他們都用紅布包頭紅布束腰，靜靜地坐著，宛若一片泥偶。有幾個花花綠綠的人，在眾人前面那個用磚頭堆壘起來的台子上，高聲大嗓地用悲涼緩慢的貓腔調子演唱著令知縣這個兩榜進士也似懂非懂的唱詞：

正南颳來了一股黑旋風～～那是洪太尉放出的白貓精～～白貓精啊白貓精～～生著白毛紅眼睛～～要把咱們的血吸淨～～太上老君來顯靈～～教練神拳保大清～～殺淨那些白貓精～～剝皮挖眼點天燈～～

在大灣旁邊的一個新搭起的席棚前面，孫丙翻身下馬，那匹馬抖擻了一下亂麻一樣的骯髒鬃毛，吭吭吭吭地咳嗽了一陣，然後彎曲後腿，拉出了一泡稀屎。馬前張保將馬拴在一棵乾枯的老柳樹上，馬後王横接過了孫丙手中的棗木棍子。孫丙望了一眼知縣的轎子，臉上顯出一副被知縣認為是既驕横又愚蠢的表情。轎傾下轎杆，掀開轎簾，知縣撩著袍角下了轎子。孫丙昂首挺胸進了席棚，知縣跟隨著進去。

席棚裡點著兩枝蠟燭，火苗子照耀著掛在席壁上的一幅神像。神像頭插雉尾，身穿蟒袍，下巴上一部美鬚髯，三分如孫丙，七分似知縣。知縣因為與孫眉娘相好，對貓腔的歷史非常熟悉。他知道，這幅像其實是貓腔的祖師爺常茂，現在竟然被孫丙請來充當了義和拳的尊神。知縣一進席棚就聽到幽暗中一陣發威之聲，定眼看到兩邊站立著八個蠻童，四個黑臉，四個紅臉，身上的衣服也是四黑四紅，一動就嚓啦啦響，彷彿是用紙剪成的。果然就是用紙剪成的。蠻童們手裡也都拄著棍子，看那個光滑勁兒也是鋤杠。知縣心中對孫丙更加瞧不起，你孫丙也發明點新鮮東西嘛，弄來弄去，還是鄉村野戲台子上那點玩意兒。但他知道德國人不是這樣想，朝廷和袁大人不是這樣想，馬桑鎮的三千鄉民也不會這樣想，席棚子裡這些站班的年輕人不會這樣想，挑頭的孫丙更不會這樣想。

隨著一陣參差不齊的通告岳元帥升帳的叫堂，孫丙大搖大擺地晃到那把花梨木椅子上坐下。他有點裝模作樣地、用沙啞的嗓音、拖著長腔念道：

「來將通報姓名！」

知縣冷笑道：

「孫丙，用你們高密話說，你可別『跐著鼻子上臉』，本縣前來，一不是來聽你唱戲，二不是陪著你演戲，本縣前來，是要告訴你，到底是灰熱還是火熱。」

「你是什麼鳥人，竟敢對我家元帥這樣說話？」馬前張保用棍子指著知縣的鼻子說，「我家元帥統帥著千軍萬馬，比你個小小的縣令大得多了！」

「你不要忘記，」知縣捋著鬍鬚、盯著孫丙如瘌痢頭一樣的下巴，說，「孫丙，你的鬍鬚是怎麼丟了的！」

「俺早就知道是你這個奸賊幹的，」孫丙怒沖沖地說，「你這個奸邪小人，俺還知道，你在與俺鬥鬚之前，就用水膠和著炭黑把鬍鬚刷了，要不俺也不會敗給你！俺敗了也就罷了，你萬萬不該當眾赦免了俺，又派人把俺的鬍鬚薅了。」

「你想不想知道是誰把你的鬍鬚薅了？」知縣微笑著問。

「難道是你？」

「你猜對了，」知縣平靜地說，「你的鬍子的確比我的鬍鬚長得好，如果我不是預先做了手腳，失敗的肯定是我。我當眾赦免了你，是要讓鄉賢們看到大老爺寬宏大量，我夜裡蒙面拔了你的鬍子，是要煞煞你的狂氣，讓你老老實實做人。」

「狗官！」孫丙拍案而起，怒道，「小的們，給俺把這個狗官拿下，把他的鬍鬚給他薅了！你把俺的下巴薅成了一片鹽鹼地，俺要把你的下巴薅成一片戈壁灘！」

張保和王橫提著棍子，躍躍欲試地逼上來，八個蠻童也幫腔作勢地大呼小叫。

「我是朝廷命官，堂堂知縣，我看你們哪個敢動我一根毫毛！」知縣說。

「罵一聲無情無義的小錢丁～～兒賊你飛蛾投火自投羅網落在了俺手裡～～血海的深仇今日要報～～」孫丙唱著貓腔調，提著棗木棍子衝了過來，「賊子啊……」他高舉起棗木棍子對著知縣的腦袋就夯了過來。

知縣不緊不忙地往後一撤身，躲過打擊，然後順手抓住棍子往前一帶，孫丙就趴在了地上。張保和王橫舉起棍子，對準知縣的頭顱掄了下來。知縣的身體往後一跳，輕捷得猶如一隻公貓，然後又往前一縱，靈活得好似一隻公豹，張保和王橫的腦袋就響亮地碰在了一起，他們手裡的棍子也不知道如何地就落在了知縣的手裡。知縣一手一根棍子，左打了張保一棍，右打了王橫一棍，罵一聲：「雜種，還不給我滾出去！」張保和王橫摀著臉，吱哇亂叫著，躥到席棚外邊去了。知縣扔掉一根棍子，手拄著一根棍子，厲聲喝斥道：「還有你們這些小雜種，是等著我把你們打出去呢，還是你們自己滾出去？」八個小蠻童見事不好，有的扔了棍子，有的拖著棍子，一窩蜂般逃了出去。

知縣抓住孫丙的脖子，把他從地上提起來，說：

「孫丙，你給我說實話，那三個德國人關在哪裡？」

「姓錢的，」孫丙咬著牙根說、唱，「你把我殺了吧……俺已經家破人亡孤身一人，死就死活就活不放在心……」

「德國人到底關在哪裡？」

「他們？」孫丙冷笑著，突然唱了起來：「要問德狗在何方～～不由得本帥氣昂昂～～他們就在天上睡～～他們就在地下藏～～他們就在茅坑裡～～鑽進了狗肚子緊貼著狗脊梁～～」

「你把他們殺了?!」

「他們活得好好的，你有本事就把他們找回去吧！」

「孫丙，」知縣鬆開手，換了一副比較親切的態度，說，「我實話告訴你，德國人已經把你的女兒眉娘抓了起來，如果你不把他們的人放回去，他們就要把眉娘吊在城門樓子上！」

「願意吊就吊去吧，」孫丙道，「嫁出去的女兒潑出去的水，俺已經顧不了她了！」

「孫丙，眉娘可是你唯一的一個女兒，你不要忘了你這輩子欠了她多少債，」知縣道，「如果你不把德國人交出來，那麼，今天本縣就要把你帶走了！」知縣擰著孫丙的胳膊走出了席棚。

這時，席棚外邊一陣人聲嘈雜，大灣底下的數百個繫著彩頭、紅色塗面的男人在那幾個身穿戲裝的人率領下，黑壓壓地、鬧嚷嚷地包抄了上來，頃刻之間就把知縣和孫丙圍在了核心。那位腰間紮著一條虎皮圍裙、畫著猴臉、提著一根生鐵棍子的大師兄縱身跳到了中央，用棍子指著知縣的腦袋，用生動的外縣口音說：

「何方妖孽，如此大膽，竟敢欺負我家元帥？」

「高密縣令，前來討要德國人質，順便擒獲孫丙！」

「什麼縣令，分明是妖孽變化人形，孩兒們，破他的妖法！」

知縣沒及反應過來，就被後邊的人先是淋了一頭一臉的狗血，緊接著又澆了一身大糞。他本是個十分講究衛生的人，一輩子還沒曾遭受過這樣的污穢，他覺得翻腸絞胃，只想彎腰大吐，因此早就把抓著孫丙的手鬆了開來。

「孫丙，明天正午時分，在縣城北門外交換人質，否則你的女兒就會受到天大的磨難。」知縣抹了一把臉，露出了被糞便和污血遮住了的眼睛，樣子雖然狼狽不堪，但態度卻十分強硬地說，「你不要把本官的話當成耳旁的風。」

「打死他！打死這個狗蛋官！」眾人齊聲吶喊著。

「鄉民們，我是為了你們好！」知縣誠懇地說，「明天趕快把人質送去，然後你們就該幹什麼幹什麼，不要跟著孫丙胡鬧了！」知縣用諷刺的口吻對著那兩個義和拳的師兄說，「還有你們倆，省撫袁大人早有嚴令，對義和拳斬盡殺絕，絕不姑息，念你們遠道而來——遠道而來是為客也，本縣擔著所有的關係，放你們一條生路，趕快離開此地，等省裡的兵馬一到，你們想走也走不了了！」

扮成孫悟空豬八戒的兩個師兄愣了，趁著這機會，知縣大聲說：「孫丙，事關你女兒的性命，你不要違約，明天正午時刻，我在縣城北門外三里河橋頭等你！」然後，知縣就分開人群，大踏步地往大街走去，四個轎夫慌忙抬起轎子，跟在知縣身後，一溜小跑。知縣聽到，那個孫悟空用不甚純正的貓腔調子高唱著：

義和拳，神助拳，殺盡洋鬼保中原！義和拳，法力深，槍刀劍戟不能侵……

知縣出了鎮子就飛跑起來，轎夫們和縣兵們在後邊跑成了一群羊。他們聞到從知縣大人身上散發出來的腥臊爛臭，看到了知縣大人身上的紅黃顏色，想笑不敢笑，想哭哭不出，想問又不敢問，只好跟隨著緊跑。到了馬桑河橋上，知縣縱身躍下去，砸得河水四濺。春生和劉樸齊聲喊叫：

「大人——！」

他們以為大人是跳河自殺了，急忙跑到河邊，想下水營救，但看到知縣的腦袋已經從河水中露出來。四月的天氣寒意未消，河水瓦藍，散著涼氣。知縣在河中把官服脫了下來，放在水中漂洗著，然後把帽子摘下來洗刷。

洗刷乾淨的知縣在眾人的幫助下，狼狽不堪地爬上來。寒冷使他的身體萎縮，腰桿子彎曲。他披上春生的褂子，蹬上劉樸的褲子，彎著腰鑽進了轎子。春生把知縣的官服搭在轎子頂上，劉樸把知縣的官帽掛在轎杆上，轎夫們匆忙起轎，縣兵們尾隨在後，一行人就這樣返回縣城。知縣坐在轎子裡想：

他媽的，多麼像戲裡的一個奸夫！

三

德國人扣押了孫眉娘一說，其實是知縣臨時編造出來的謊言，或者是他心中預感到，如果孫丙繼續將人質扣押下去，德國人就會這樣做。他帶著幾個親隨，膠澳總督克羅德也帶著幾個隨從在預先約定的城北三里河橋頭，等候著孫丙。知縣對克羅德並沒有說交換人質，而是說孫丙已經幡然悔悟，答應把人質歸還。克羅德聽了知縣的話，滿心歡喜，通過翻譯告訴知縣，如果人質能夠順利歸還，他將去袁大人處為知縣請功。知縣苦笑一聲，心中焦慮不安。因為從昨天孫丙的含糊話語中，他預感到那三個德國人凶多吉少。他是心存僥倖而來，因此他根本就沒對任何人提到孫眉娘的事，包括春生和劉樸，他只是吩咐他們，準備了一乘二人小轎，轎子裡放上了一塊石頭。

太陽已經升起很高，克羅德有些焦急，不時地摸出懷錶觀看，並通過翻譯催問知縣，孫丙是不是在耍什麼花招。知縣對克羅德的催問和疑問含糊其詞，不做正面回答。他心急如焚，但表面上還裝出輕鬆愉快的樣子，對那個尖下巴的翻譯說：

「請幫我問問克羅德先生，他的眼睛為什麼是綠的？」

翻譯結結巴巴，不知如何應對。於是知縣就哈哈大笑起來。

兩隻喜鵲在河邊的一株柳樹上喳喳噪叫，黑白分明的羽毛活動在初綻鵝黃的枝條間，簡直就是一幅畫圖。幾個推車挑擔的百姓從河對面的小路上爬上河堤，還沒走上小橋，就看到了河對面騎在高頭大馬上的克羅德和站在四人轎前的知縣。於是他們就慌慌張張地退了回去。

正午時分，從北邊的土路上，來了一支吹吹打打的隊伍。克羅德急忙把望遠鏡架到眼上，知縣也用手掌遮住耀眼的陽光，努力地張望著。知縣聽到克羅德在他的身旁大聲的喊叫著：

「錢，沒有，為什麼沒有？」

知縣接過克羅德遞過來的望遠鏡舉到眼前，遠處的隊伍，突然地撲進了他的眼簾。他看到，孫丙還穿著那套破破爛爛的戲裝，還執著那根棗木棍子還騎著那匹老馬，臉上迷茫著一種說不清是癡呆還是狡猾的笑容。他的馬前，當然還是那個活猴般的張保，他的馬後，自然還是那個愣頭愣腦的王橫。孫悟空、豬八戒兩大師兄，都騎著馬，跟隨在孫丙的馬後。在他們的馬後，有四個吹鼓手吹著兩支嗩吶兩支喇叭。吹鼓手的後邊，慢吞吞地跟隨著一輛騾子拉著的木輪大車，車上張著席棚。大車的後邊，跟隨著十幾個紅布纏頭、手提刀槍的青年。唯獨沒有德國兵。知縣的心中一陣冰涼，眼前一片迷濛，儘管這是基本上預見到了的結果，但他的心中還是殘存著一線希望，希望那三個德國人質就在那輛遮著席棚、行走緩慢的騾車上。知縣把望遠鏡還給克羅德，迴避開他焦灼的目光。他暗中盤算著那輛騾車的容積，是否能盛得下三個身材高大的德國兵。他想到了兩種結果：一是孫丙給了德國兵很高的禮遇，用騾車將他們送回；二是騾車裡裝著三具血肉模糊的德國死屍。並不迷信天地鬼神的知縣此時竟然也暗暗地禱告起來：天地神靈保佑吧，讓三個德國兵平平安安地從騾車裡走出來。即便走不出來，抬出來也行，只要德國人還有一口氣，事情就還有斡旋餘地，如果抬出來的是三具死屍，那後果如何，知縣不敢往下設想了。那很可能就是一場血戰，是一場可怕的大屠殺，至於個人的升遷，那就不值一提了。

在知縣浮想聯翩的過程中，孫丙的隊伍漸漸地逼近了橋頭。現在不用望遠鏡知縣也可以清楚地看清孫丙隊伍的細部了。知縣的注意力集中在那輛神祕的騾車上。車子在崎嶇的土路上搖晃著，看起來還有些分量，但似乎並不沉重。高高的鐵箍木輪子緩慢地轉動著，發出嘎嘎吱吱的聲響。隊伍走到橋頭便停住了，吹鼓手也停止了吹奏。孫丙縱馬上了河堤，高聲道白：「俺家乃大朱元帥岳飛是也，對面那番將快快報上名來。」

知縣高聲道：

「孫丙，趕快把人質放過來！」

「你讓那番狗先把俺的女兒放過來。」孫丙說。

「孫丙，實話告訴你，他們根本就沒抓你的女兒，」知縣撩開小轎的門簾，說，「這裡面不過是一塊石頭！」

「俺早就知道你在撒謊，」孫丙笑道，「本帥在縣城裡廣有耳目，你們的一行一動盡在本帥的掌握之中。」

「如果你不把人質放回來，眉娘的生命就很難保證了！」知縣說。

「本帥與女兒已經恩盡情斷，她是死是活，你就看著辦吧，」孫丙道，「但本帥向以寬大為懷，儘管番狗不仁，但本帥不能不義，本帥已經將三條番狗帶來，現在就放牠們回去！」

孫丙往身後揮了一下手，幾個拳民就從騾車裡拖出了三條麻袋，拖拉著，往小橋上移動。知縣看到，那些麻袋裡似乎有活物在掙扎，並且發出了古怪的聲音。

拳民們在小橋的中央停住了，等待著孫丙的命令。孫丙大聲說：

「放牠們回去！」

拳民們解開麻袋，扯住麻袋的底角一抖摟，就看到兩頭身上套著德國兵上衣的小豬和一條頭上戴著一頂德國軍帽的白狗，吱哇亂叫著、連滾帶爬地對著克羅德跑了過來，彷彿是孩子投奔自己的父兄。

孫丙嚴肅地說：

「他們自己變成了豬狗！」

孫丙的部下齊聲喊叫著：

「他們自己變成了豬狗！」

知縣被眼前發生的事件弄得哭笑不得。克羅德拔出手槍對著孫丙開了一槍。子彈正打在了孫丙手中揮舞著的棗木棍子上，發出奇特的聲響。看孫丙那樣子，彷彿不是子彈擊中了棍子，而是他用棍子擊中了子彈。就在克羅德對著孫丙射擊的同時，孫丙身後的一個持長苗子鳥槍的青年，也對著克羅德放了一槍。鳥槍裡裝的是鐵砂子，出膛後就如一把掃帚似地散開。幾粒鐵砂子擊中了克羅德胯下的高頭大馬，馬負痛，猛地將身體豎了起來，將背上的騎手掀到地下。那馬拖著克羅德就往河裡躥去。在這危急的關頭，知縣一個箭步飛躍上去，如一個巨大的豹子撲到了驚馬的脖子上。知縣制伏了被鐵砂子打瞎了眼睛的洋馬，身後跟上來的隨從們把耳朵被一粒鐵砂子打了個洞眼的克羅德總督的雙腳從馬鐙裡解救出來。克羅德摸了一把耳朵，看到了手上的鮮血，隨即尖叫起來。

「總督大人在喊叫什麼？」知縣問那位翻譯。

翻譯結結巴巴地說：

「總督大人說，他要到袁大人那裡去告你！」

四

德國軍隊和連夜從濟南趕來的武衛右軍步兵一營將馬桑鎮包圍起來。清兵在前，德兵在後，倉卒地發起了一次攻擊。知縣和步兵營統帶馬龍標一左一右站在耳朵上纏著紗布的克羅德身邊，似乎是他的兩個保鏢。在他們身後的柳樹林子裡，德國的砲隊已經準備停當，每門砲的後邊都站著四個筆直的德兵，宛若四根沒有生命的木棍子。知縣不知道克羅德是否用電報向袁大人告了自己的狀，因為在交換人質的鬧劇剛剛結束的那天下午，馬龍標統帶就率領著他的營隊風塵僕僕地趕到了。

知縣安排了營隊的食宿後，又特意安排了一桌酒宴為馬統帶接風。馬統帶是個十分謙和的人，在席上不斷地向知縣表示著他對曾文正公的敬佩之情，並且說他對知縣的學問也是仰慕日久。酒宴即將結束之時，馬統帶悄悄地對知縣說，他與在天津小站受了凌遲刑的錢雄飛是很好的朋友，這一下子就讓知縣感到自己與馬統帶的關係已經非同一般，彷彿也是多年的密友，可以無話不談了。

為了協助馬統帶建功，知縣把自己的五十名縣兵全部派出，為清兵和德兵帶著路，趁著黎明前的黑暗時刻，完成了對馬桑鎮的包圍。知縣也隨隊前來，因為昨天的人質交換，實際上是一次出力不討好的愚蠢行動；孫丙用一場惡作劇把自己和德國人好好地戲耍了一番。孫丙的獨白和他部下的齊喊不時地在知縣的耳邊響起：他們自己變成了豬狗！他們自己變成了豬狗！其實，知縣想，我早就應該想到，他們是不會讓那三個德國兵活著的，而且自己也明明地聽說過，孫丙他們把三個俘虜綁在樹上輪番用熱尿呲臉，然後肯定就要用他們的心肝來祭奠那二十七條亡靈，這是我應該想到的，但是我竟然天真地以為德國人還可能活著，更可笑地是我竟然想把人質營救出來，建一大功，引起袁大人的重視。實際上我是被夫人的一番話給煽動得愚蠢無比。克羅德這個雜種的運氣也不好，他開槍打孫丙，竟然製造了一個孫丙武藝高強到可以把子彈打飛的神話，而孫丙的部下就那麼隨便地開了一鳥槍，就毀了克羅德一匹駿馬，還打穿了他一扇耳朵。知縣知道，克羅德告狀的電報也許已經發出，即便還沒有發出遲早也要發出。袁大人也許已經離開了濟南府，正在向高密進發，如果能趕在大駕到來之前，將孫丙擒獲或是擊斃，自己的腦袋也許還能保住，否則一切都完了。

知縣看到，自己的那些縣兵在劉樸的帶領下，在武衛右軍的前邊，弓著腰向土圍子前進。這些傢伙對付老百姓如狼似虎，打起仗來個個膽小如鼠。他們的隊形起初還是分散的，但越近圍牆時，越擠在了一起，如同一群怕冷的雞。知縣雖然沒有戰鬥經驗，但曾文正公的書通讀過十幾遍，因此知道這樣的密集隊形是最容易被守城的人殺傷的。他後悔在開始進攻之前沒有訓練他們一下，但現在一切都晚了。他們就這樣往前靠著。圍牆上很平靜，似乎沒有人。但知縣知道那上邊有人，因為他看到了圍牆上每隔幾丈就有一股濃煙冒起，他甚至聞到了熬米粥的氣味。從曾文正公的兵書中他知道守城牆的人熬米湯絕對不是為了喝，為了什麼他知道但是不敢往下想像。他的縣兵運動到距離圍子牆幾丈遠的時候停住了，鳥槍手和弓箭手放槍的放槍，放箭的放箭。槍聲稀疏，二十來響，毫無威力可言，然後就啞巴了。弓箭手射出的箭有的飛越了圍子牆，有的碰到牆上。與鳥槍相比，弓箭更沒有威力，簡直就跟小孩子胡鬧一樣。鳥槍手放過了槍，就地跪下，從腰間懸掛的葫蘆裡往槍筒裡裝藥。他們的火藥葫蘆都是那種卡腰葫蘆，外邊塗了一層桐油，看起來光滑明亮，很是美觀。曾幾何時，知縣帶著鳥槍隊下鄉抓賭抓賊時，還為這二十多個光芒四射的葫蘆感到驕傲；現在，在武衛右軍和德國軍隊的比較下，這些東西都變成了十足的兒童玩具。鳥槍隊裝好槍藥，又放了一個凌亂的排槍後，就嗚天嚚地地朝圍牆衝去。圍牆並不險峻，大約有一丈高，牆壁上有許多去年的枯草在那裡顫動，其實枯草也未必顫抖，而是知縣的心在顫抖。兩個抬著梯子的轎夫從後邊跑到了前面。他們由於長年抬轎，習慣了那種有節奏的小花步，其實已經不會跑了；在這樣的攻城陷陣的緊張時刻，他們的步伐還是如抬著知縣下鄉時那樣悠閒。他們到了圍牆邊，把梯子豎了起來。圍牆上依然沒有動靜，知縣心中暗存僥倖。豎起梯子後兩個轎夫就閃到了兩側，每人扶著梯子的一邊，防止梯子仰倒。鳥槍手和弓箭手簇擁在梯子後邊，一個跟著一個往上爬去。當梯子上有了三個人，最上邊的一個已經接近圍牆頂端時，許多頭纏紅布的拳民突然地從牆上冒出來。然後就有成鍋的熱粥劈頭蓋臉地澆到了正在爬城的縣兵身上。縣兵悽慘的叫喚使知縣的身體抖動不止。他感到隨時都可能把腸子裡的東西排泄到褲子裡，他用牙齒緊緊地咬住了嘴唇克制住了排泄欲望。他看到，梯子上的鳥槍手仰面朝天摔了下來，梯子下邊那些鳥槍手、弓箭手們一個個連滾帶爬地往後逃竄。圍牆上的拳民得意忘形地哈哈大笑起來。這時，官兵營裡一陣喇叭聲起，武衛右軍訓練有素的步兵們弓著腰，托著槍，啪啪地放著，向圍牆衝去。

知縣看到圍牆上的拳民用開水、熱粥、炸砲、磚瓦亂石還有幾桿威力巨大的土砲將武衛右軍的第一波進攻擊退之後，才感到自己把孫丙看輕了。他原以為孫丙只會裝神弄鬼，沒想到他在軍事方面如此地富有天才。知縣通過博覽群書得到的知識，孫丙通過戲文也全部掌握了，不僅僅是理論上明白，而且還卓有成效地付諸了實踐。看到大清朝最優秀的軍隊與他的縣兵一樣狼狽地敗下陣來，知縣的心中得到了些許安慰，甚至有一些幸災樂禍。他的焦灼感消失了，勇氣和自信重新回到了軀體之內。現在，就看德國兵的了。他瞟了一眼正在用望遠鏡觀察圍牆上情景的克羅德，看不到他完整的臉，只能看到他的腮上的肌肉在抽動。而原本跟隨在武衛右軍後邊的德國軍隊不但沒有發起衝鋒，反而往後退卻了幾十丈。看來一切都是有預謀的。克羅德將望遠鏡放下，臉上浮起輕蔑的微笑。他對著身後的砲隊指揮高喊了一句，那些木棍一樣的德國砲兵就緊張地活動起來。片刻之後，就有十二發砲彈打著尖利的呼哨，如一群黑老鴰飛了出去，圍牆內外騰起白色的硝煙，然後就衝過來震耳欲聾的爆炸聲。知縣看到，幾顆正中了圍牆的砲彈爆炸之後，很多的碎磚亂瓦騰飛起來，其中還夾雜著被炸裂了身體。又是一個排砲響過，更多的人體碎片飛起來，圍牆上一片哭嚎，那扇松木大門也被一發砲彈炸得四分五裂。這時，克羅德對著德國軍隊揮動了隨從遞過來的紅旗。德國兵端著槍，吶喊著，撩開長腿，向洞開的大門衝去。重整旗鼓的武衛右軍也從另一個方向發起了第二輪衝鋒，唯有他的傷亡慘重的縣兵，趴在一片窪地裡哭爹叫娘。知縣的心中紛亂如麻，他知道這一次鎮子必破，而鎮子破了之後，馬桑鎮裡的數千鄉民劫數難逃，這個高密縣的第一繁華大鎮，從此就不復存在了。知縣的愛民之心在耀武揚威的德國人面前復活了，但是，事情到了這步田地，他知道自己已經無能為力，即使皇帝老子到來，也不可能讓勝券在握的德國兵停止進攻。知縣的立場現在已經站在了鄉民們一邊，他希望村民們趁著德國兵還沒進鎮的時刻，速速地朝南逃跑，那裡雖然有馬桑河水的攔擋，但河邊的人多半都會游水，儘管他知道武衛右軍在河的南岸埋伏了一個小隊，但總會有鄉民順水而下逃得性命，而且他還相信，武衛右軍設伏的小隊，不會射殺渡河逃命的婦孺，他們畢竟也是中國人。

事情的發展出乎知縣的預料，從破開的大門蜂擁而入的德國兵突然消失了，大門內升起了一陣煙塵，接著便傳來德國兵的嚎叫聲。知縣馬上明白了，足智多謀的孫丙在大門內挖了一個巨大的陷阱。知縣看到克羅德臉色突變，急忙的揮動旗幟，讓他的隊伍退了回來。知縣知道，德國兵的性命比較值錢，克羅德原以為可以不死一兵一卒而勝的計畫已經破產。他接下來肯定又要讓他的砲兵開砲，而砲位後邊成箱的砲彈，足可以把鎮子炸成一片廢墟。知縣也估計到，這場戰鬥的最後勝利者肯定是德國人。果然，克羅德對著他的砲隊頭目大聲地吼叫起來。就在這時，一個念頭在知縣的心中突然地變成了一個大膽的計畫。他對著克羅德身後的翻譯說：

「告訴克羅德，讓他停止開砲，本縣有重要的話對他說。」

翻譯把他的話翻過去後，克羅德果然讓他的砲隊停止了行動。克羅德用綠油油的眼睛盯著知縣，連滿臉沮喪的馬龍標也盯著知縣的臉。

知縣說：「總督先生，中國有句俗話，『擒賊先擒王』，這些百姓，實際上都是受到了孫丙的迷惑，才敢跟貴國軍隊和官軍對抗，一切罪過其實都是孫丙一人所致，只要擒獲了孫丙，予以嚴懲，殺一儆百，就不會再有人出來破壞鐵路，閣下的任務也就完成了，我想貴國來到中國，根本的目的是要從這裡得到財富，而不是為了來和我們的百姓打仗。如果閣下認為我的話有幾分道理，本官願意隻身進去，勸說孫丙出來投降。」

「你是不是想進去幫孫丙出謀畫策？」翻譯翻完了他的話，然後又把克羅德的話翻過來。

「我是大清的命官，我的家眷還在縣衙，」知縣道，「我所以甘願冒死進去，其實是為了讓閣下的部隊不再傷亡。貴國的軍隊遠涉重洋而來，一兵一卒都很珍貴，如果閣下的軍隊傷亡太多，你們的大皇帝也不會為此獎賞您吧？」

「讓馬龍標大人擔保！」翻譯翻過來克羅德的話。

「錢兄，我明白您的意思，」馬龍標憂心重重地說，「萬一那些刁民……」

「馬大人，我有五分勝算，」知縣悲壯地說：「我不願意看著我縣一個繁華市鎮被夷為平地，更不願意看到無辜的平民遭受屠殺。」

「如果大人能隻身將孫丙誘降，既避免了官軍的無謂傷亡，又保全了無辜百姓的性命，」馬龍標誠懇地說，「我一定在袁大人面前為大人請功！」

「事已至此，本官不求有功，但求無過。」知縣道，「請馬大人告訴克羅德，本官把孫丙誘出來之後，就請他撤兵！」

「包在我的身上！」馬龍標從懷裡摸出一枝嶄新的手槍遞給知縣，道，「錢兄，帶上以防萬一。」

知縣擺擺手拒絕了，說：「請馬大人以全鎮百姓為念！勸說克羅德不要開砲。」然後他就騎馬往那個洞開的門洞跑去。他在馬上大喊著：

「我是高密知縣，是你們大帥的朋友，有重要的事情與你們大帥商量……」

五

知縣打馬衝進大門，竟然沒有受到任何的阻攔。進大門時他繞過那個巨大的陷阱，看到十幾個身陷其中的德國兵在裡邊掙扎、慘叫。陷阱足有一丈深，底下栽滿如刀似劍的竹籤和鐵齒，德國兵有的已經被扎死，有的受了重傷，宛如穿在籤子上的青蛙。從陷阱底下散發上來撲鼻的臭氣，說明孫丙不僅僅在下面栽滿了利器，而且還倒上了大量的糞便。知縣驀然想起，幾十年前洋人初進中國時，某位封疆大吏曾經鄭重地給皇上建策，說洋兵最愛清潔，最怕的是大糞，如果讓我天朝的士兵每人背上一桶大糞，上陣之後，只管將大糞淋過去，那些洋兵就會掩鼻敗退，甚至會嘔吐而死。據說咸豐皇帝對此策深為嘉許，認為這是富有創意的提案，既能克敵制勝，又可以為天朝省下大筆的開支。這件事是夫人當做笑話講給他聽過的，他當時也一笑了之，但沒想到此法已經被孫丙改頭換面地運用，這種富有特色的中國戰術充滿了惡作劇的精神，令人哭笑不得。其實，從昨天那場荒謬絕倫的人質交換中，知縣已經對孫丙的戰術風格有了大概的瞭解。是的，他很幼稚，他的許多做法完全是兒童式的，但往往能出人意料，發人深思，而且十分地管用。知縣在繞過陷阱時還看到，兩邊的土圍子上，拳民們傷亡慘重，許多熬粥的鐵鍋被炸得稀爛，熱氣騰騰的粥和鮮血混合在一起流淌，尚未死利索的人們在那裡痛苦哀號。那條他不久前行走過的大街上，頭纏紅布的拳民和婦女孩童在毫無目標地亂竄，似無頭蒼蠅一樣。實際上鎮子已經破了，知縣想，德國兵完全可以長驅直入。想到此知縣感到自己的決定英明無比，犧牲孫丙一個，可以換來千百條性命，無論如何，也要把孫丙弄出去，文的不行，就動武的，儘管適才沒接馬龍標的手槍，但知縣自信能夠制伏孫丙。他感到自己沉浸在英勇悲壯的氛圍中，耳邊彷彿響起了鼓角聲，他縱馬飛跑，跑向那個建立在大灣子旁邊的席棚。他知道孫丙在那裡。

知縣看到，灣底有數百個拳民正在喝符子，每人手捧著一個大碗，碗裡是用水調和的紙灰。他要找的孫丙站在磚台子上，正在高聲歌唱著他的咒語。那個從曹州來的義和拳的大師兄孫悟空不在了，只有二師兄豬八戒站在台下表演著耙術為孫丙的儀式助威。知縣滾鞍下馬，徑直地上了磚台子，一腳踢翻了孫丙面前的香案，大聲說：

「孫丙，你的人在圍子牆上已經血流成河，你還在這裡妖言惑眾！」

孫丙身後的護法衝了上來，知縣飛快地轉到孫丙身後，從袖子裡摸出一把雪亮的匕首，抵在了孫丙的後心，說：

「都別動！」

孫丙憤怒地說：

「狗官，你又來破俺的神拳！俺是鐵頭鐵臂鐵身子，刀槍不能入，水火不能侵！」

「鄉民們，你們去圍子牆上看看吧，人的肉體如何能擋得住大砲？」知縣大膽地假設著，「連你們武藝最高的大師兄孫悟空也被炸成了碎片！」

「你胡說！」孫丙怒吼道。

「孫丙，」知縣冷冷地說：「你可是練就了刀槍不入之體？」

「俺是金剛不壞之軀，連那番狗的子彈都打不進去！」

知縣彎腰從台子上揭起一塊磚頭，迅疾地拍在了孫丙的額頭上，孫丙不及躲閃，往後便倒。知縣抓著衣領把他提起來，說：

「讓大家看看你的金剛不壞之軀！」

一道黑色的血從孫丙的額頭上流下來，彷彿幾條蚯蚓在他的臉上爬行。二師兄豬八戒揮起耙子對準知縣的屁股摟過來。知縣閃身躲過，同時將手中的匕首甩了出去，正中了豬八戒的肚子。豬八戒哀號著滾到台下去了。

「鄉民們，你們可看清了？」知縣道，「他們是你們的師兄和壇主，可他們連本縣的磚頭和小刀子都避不開，如何能避開德國人的大砲？」

拳民們的意志開始瓦解，台下一片嗡嗡的議論聲。

知縣道：「孫丙，你是一條好漢，不能為了你一人，讓全鎮的鄉親們去送死，本官已經說服了德國總督，只要你投降，他就下令撤軍。孫丙，你已經幹出了讓全世界都吃驚的大事情，如果你能犧牲自己，保全鄉親們的性命，你就會流芳千古！」

「天意啊，天意，」孫丙長歎一聲，唱道，「割地輸金做兒臣～～忍棄這中原眾黎民，十年功業一朝盡，求和辱，覆巢恨，只怕這半壁江山也被鯨吞。休欺我沉沉冤獄無時盡，天下還有我岳家軍～～鄉親們，你們散了吧！」

知縣緊緊地抓住孫丙的手躍下台子，趁著人群中一片混亂的當口，匆匆地往大門的方向走去，連那匹馬都忘記了。

六

知縣一人將孫丙擒出馬桑鎮，心中充滿了英雄氣概，但隨即發生的事情讓他的心遭受了重創，使他痛感到又犯了一個比交換人質還要愚蠢的錯誤：克羅德並沒有因為孫丙的投降而撤軍，當他看到知縣將孫丙拉到面前時，立即就對他的砲隊下了命令，十二尊大砲一起怒吼，成群的砲彈呼哨著飛進鎮子。鎮子裡硝煙滾滾，火光熊熊，百姓的哭叫聲慘不忍聞。孫丙發瘋般地掐住了知縣的脖子，知縣沒有反抗，心甘情願地想讓他把自己掐死，但馬龍標指揮著護衛們制伏了孫丙，解救了知縣的性命。在孫丙的怒罵聲中，知縣閉住了眼睛。他在昏昏沉沉中，聽到了德國軍隊衝鋒的聲音，他知道，這個高密縣最繁華的大鎮，已經不存在了。而導致這一後果的，可以說是孫丙，可以說是德國人，也可以說是他自己。

豹尾部

第十四章　趙甲道白

咱家趙甲，原本是刑部大堂的首席劊子手，在京城當差四十餘年，砍下的人頭車載船裝，不計其數。花甲之年，得到當今皇太后恩准，放咱回家養老，並賞咱七品頂戴。咱家原想隱姓埋名，躲在這小城陋巷，屠夫之家，修身養性，頤養天年。不承想咱那親家孫丙，妖法惑眾，舉旗造反，觸犯了國家法律，引起了列國爭端。為了震懾刁民，維護法紀，山東巡撫袁大人，請咱家出山執掌檀香刑。俗言道：士為知己而死，鳥為知音而鳴。咱家為了報答袁大人的知遇之恩，把那放下的屠刀重操起來。正是：

大清早手發熱如捧火炭，就知道必有重擔落在咱肩。（呀呀喂）高密縣錢正堂妄自尊大，不把俺老趙甲放在他眼。（喂呀呀）祭起了皇家寶將他降伏，讓他在俺面前丟盡了臉面。（哈哈哈哈）常言道人逢喜事精神爽，得勝的將軍眼界寬。（呀呀啊喂）咱家丟了兩顆牙，錢丁的紗帽要玩完。老趙甲迎風堂前坐，看那些衙役嘍囉把那些財貝一箱一籠一宗一件往俺的家裡搬。

——貓腔《檀香刑．道白與鬼調》

一

昨天還狗仗人勢、狐假虎威、人稱三爺、無人不怕的衙役頭兒宋三，今日卻滿臉媚笑著站在咱家的面前。這廝昨天還挺得筆直的脊梁骨，今天彎成一張弓。後生們，咱家在京城衙門混了四十多年，什麼樣的人沒見過？什麼樣的事沒經過？天下的衙役都是這副鳥樣子，如果高密縣的衙役不是這副鳥樣子，那高密縣也就不屬於大清朝的地盤了。衙役頭兒在咱家的面前打了一個深深的躬，嘴裡咄咄著：

「老……老……先生，請問，把您要的東西抬進來嗎？」

俺歪歪嘴角，把冷笑藏在心中。俺知道這狗嘴裡那一串「老」字的意思，他想叫俺「老爺」，但俺分明不是老爺；他想喚俺老趙，但俺又坐著皇上賞賜的椅子。他只好稱呼俺老先生了。好一個聰明乖巧的雜種啊！俺微微地抬抬手，說：搬進來吧。

衙役頭兒撇著長腔，像唱戲一樣喊叫著：

「把老先生的東西抬進來吶！」

衙役們像一隊黑螞蟻，搬著俺在縣衙大堂上向袁大人點要的東西，一個跟著一個地走進院子。他們將東西一件件地放在面前讓俺過目：

一根長約五尺、寬約五分的紫檀木材，就像秦叔寶使用過的鐵鐧，這是不可缺少的。

一隻白毛黑冠子的大公雞被紅布條兒綁著腿兒蹲在一個白臉的衙役懷裡，好似一個怒氣沖沖的小男孩兒。這樣的白毛黑冠大公雞十分罕見，不知道高密縣是從哪裡搜求來的。

一捆新牛皮繩子散發著硝鹽的生澀味兒，顏色淺藍，彷彿染了草汁。

兩柄油坊裡使用過的木榔頭閃爍著紫紅的光芒，很可能是康熙爺年間的物事。這東西是用多年的棗木疙瘩做成，在油坊裡浸淫多年，已經吃飽了油，比鋼鐵還要沉重，但它不是鋼鐵是木頭，比鋼鐵的性子要柔，咱家要的就是這剛中有柔的勁道兒。

白米二百斤，用兩個大大的笸笸盛著。上等的白米，散著清香，白裡泛著青色，一看就知道是從盛產好米的登州府來的，高密縣沒有這樣的好米。

白麵二百斤，用四個麵袋子裝著，麵袋子上有同和洋麵廠的標記。

雞蛋一籃子，個個是紅皮。有一個還是頭蛋，蛋皮上沾著血，看著這沾血的蛋咱家彷彿看到了那個初次下蛋把臉憋得通紅的小母雞。

牛肉一大方用一個大盆盛著，肉裡的筋絡似乎還在顫抖。

一口十八印的大鍋兩個人抬著。好大一口鍋，能煮一頭牛。

……

還有人參半斤在宋三的懷裡揣著。他摸出來，親手交給俺，隔著紙包俺就嗅到了一等好參那股苦苦的香氣。宋三眉飛色舞地說：

「老先生，這參是小的親自去生藥舖裡，親眼看著秦七那個老狐狸開了鎖著三把大鐵鎖的楸木櫃子，從一個青花瓷罈子裡取出來的。秦七說，如果假了，讓小的把他的頭扭下來。這參，分明是寶，別說吃，小的把它揣在懷裡，嗅著它的味兒走了這麼一段路，就感到腿輕腳快，心明眼亮，彷彿得道升了仙。」

俺剝開紙包，數著那些脖頸上拴著紅繩的褐色山參，一根兩根，三根五根，一共八根。這些參粗的如筷子，細的如豆稭，都拖著些鬚毛，輕飄飄的，怎夠半斤？俺冷眼看著衙役頭兒，這個雜種，立即就把腰桿子彎曲了，滿面堆著笑，低聲說：

「什麼事兒也瞞不過您老先生的法眼——這八棵參，其實只夠四兩。但秦家生藥鋪裡只有這些了。秦七說，這八棵參熬了湯，灌到一個死人嘴裡，死人也會從棺材裡蹦出來——您老是不是……」

俺揮揮手，什麼也沒說。還用俺說什麼？這些衙役頭兒，都是比鬼還奸、比猴還精的東西。他跪下一條腿，給俺施了一禮。這一禮他值了。這畜生，就人參這一項，少說也落了五十兩！衙役頭從懷裡摸出一塊碎銀子，說：

「老員外，這是買豬肉的銀子，小的想，肥水不落外人田，您家裡就開著現成的殺豬舖子，還到哪裡去買豬肉？所以小的就自作主張，把這筆銀子給您省出來了。」

俺當然知道這點碎銀子與他落下的人參錢相比是個不值一提的小數，但還是表揚了他：謝謝你想得周到，這點銀子，就分給弟兄們做個茶錢吧！

「謝大員外！」衙役頭兒又是一個深躬到地，那些衙役也跟著齊聲道謝。

他娘的，錢真是好東西，一把碎銀子，就讓俺在這雜種的嘴裡由「老先生」變成了「老員外」。送他一個金元寶，他能跪地磕頭叫俺爹。咱家揮揮手，讓衙役頭兒起來。咱家漫不經心地，如吩咐一條狗：去，帶著你的人，把這些東西給俺運到執刑台前，在那裡給俺壘起一個大灶，把香油倒進鍋裡，灶裡插上劈柴燒起來。再給俺壘一個小灶，把牛肉放在裡邊燉起來。鍋灶旁給俺搭一個席棚，席棚裡給俺安上一口大缸，缸裡給俺灌滿水，要甜水不要懶水。還要你給俺準備一個熬中藥的瓦罐子，一個給牲口灌藥的牛角流子。給俺在窩棚裡搭一個地鋪，鋪草要厚要乾燥，用今年的新麥穰。還要你親自把俺的椅子扛了去，想必你已經知道了這把椅子的來歷，你們的大老爺和省裡的袁大人都在這把椅子前行過三跪九叩的大禮，你可要仔細著，傷了這椅子一塊油漆，袁大人就會剝了你的狗皮。這一切，正晌午時必須給俺準備停當，缺什麼東西去找你們老爺。衙役頭兒一躬到地，高聲唱道：

「老爺，您就請好吧！」

送走了眾衙役，俺再一次用目光清點了剩在院子裡的東西：檀香木——這是最重要的——這東西還要精心加工，但加工的過程不能讓那些雜種們看到。雜種們眼髒，讓他們看到就不靈了。大公雞也不能讓他們抱，他們手髒，讓他們抱去也就不靈了。咱家關上了大門，兩個持腰刀的衙役站立在咱家大門的兩旁，保護著咱家的安全。看來這錢知縣辦事十分地周詳。咱家知道他是做給袁大人看的。他的心裡恨透了咱家，咱家的牙齦還在流血呢。為了教訓這個狗官，咱家也得把譜兒擺足，不能自家輕賤了。不是咱家仗著皇太后和皇上的賞賜擺架子抖威風，更不是咱家公報私仇，這是國家的尊嚴。既然是讓咱家執刑，受刑的又是一位驚動了世界的要犯，那就要顯擺出排場，這不是咱家的排場，這是大清朝的排場，不能讓洋鬼子看了咱的笑話。

奶奶的個克羅德，早就知道你們歐羅巴有木樁刑，那不過是用一根劈柴把人釘死而已。咱家要讓你見識見識中國的刑罰，是多麼樣的精緻講究，光這個刑名就夠你一聽：檀——香——刑——多麼典雅，多麼響亮；外拙內秀，古色古香。這樣的刑法你們歐羅巴怎麼能想得出！咱家的左鄰右舍們，這些目光短淺的鄉孫，都在大街上探頭探腦地往咱家院子裡觀看。他們臉上的神情告訴咱家他們心中的嫉妒和豔羨。他們的眼睛只能看到財物，看不到財物後邊的凶險。咱家的兒子與街上的人差不多一樣糊塗，但咱家的兒子糊塗得可愛。咱家自從把那個有著冰雪肌膚的女人剮了之後，男女的事兒就再也做不成了。京城八大胡同裡那些浪得淌水的娘們也弄不起來咱了。咱的鬍鬚不知何時也不生長了。咱想起姥姥的話，他說：孩兒們，幹上了咱家這行當，就像宮裡的太監一樣。太監是用刀子淨了身，但他們的心還不死；咱們雖然還有著三大件，但咱們的心死了。姥姥說什麼時候你們在女人面前沒有能耐了，不但沒有能耐，見了女人連想都不想了，就距離一個出色的劊子手不遠了。幾十年前咱家回來睡了一覺——那時咱家還馬馬虎虎地能成事——留下了這樣一個雖然愚笨但是讓咱家怎麼看怎麼順眼的種子。不容易啊，簡直就是從一鍋炒熟了的高粱米裡種出了一棵高粱。咱家千方百計地要告老還鄉就是因為咱家思念兒子。咱家要把他培養成大清朝最優秀的劊子手。皇太后說了，「行行出狀元」，咱家是狀元，兒子也得成狀元。咱家的媳婦是個人精，與那錢丁明舖熱蓋，讓咱家蒙受了恥辱。真是蒼天有眼，讓她的爹落在了咱家手裡。咱家對著她笑笑，說：媳婦呵，是親就有三分向。這些東西，都是為你爹準備的。

兒媳眼睛瞪得溜圓，張著嘴，臉色煞白，半天說不出一句話。兒子蹲在公雞前，樂呵呵地問：

「爹，這隻雞歸咱家了嗎？」

是的，歸咱家了。

「這些米、麵、肉，也都歸咱家了嗎？」

是的，都歸咱家了。

「哈哈哈……」

兒子大笑起來。看來這個孩子也不是真傻，知道財物中用就不能算傻。兒子，這些東西的確是歸了咱家，但咱要給國家出力，明天這時候，就該著咱爺們露臉了。

「公爹，真讓你殺俺爹？」兒媳可憐巴巴地問，那張一貫地光明滑溜的臉上彷彿生了一層銹。

這是你爹的福分！

「你打算怎樣治死俺爹？」

用檀木橛子把他釘死。

「畜生……」兒媳怪叫一聲，「畜生啊……」

兒媳擺動著細腰，拉開大門，躥了出去。

咱家用眼睛追趕著往外瘋跑的兒媳，用一句響亮的話兒送她：好媳婦，俺會讓你的爹流芳百世，俺會讓你的爹變成一場大戲，你就等著看吧！

二

咱家讓兒子關了大門，拿起一把小鋼鋸，就在血肉模糊的殺豬床子上，將那段紫檀木材解成了兩片。鋸紫檀木的聲音尖利刺耳，簡直就是以鋼鋸鐵。大粒的火星子從鋸縫裡嗤出來。鋸條熱得燙手，一股燃燒檀木的異香撲進了咱家的鼻子。咱家用刨子將那兩片檀木細細地刨成了兩根長劍形狀。有尖有刃，不銳利，如韭菜的葉子一樣渾圓。先用粗砂紙後用細砂紙將這兩片檀木翻來覆去地打磨了，一直將它們磨得如鏡面一樣光滑。咱家固然沒有執過檀香刑，但知道幹這樣的大事必須有好傢伙。幹大活之前必須做好充分的準備，這是咱家從余姥姥那裡學來的好習慣。刮磨檀木橛子這活兒耗去了咱家整整半天的工夫，磨刀不誤砍柴工，「工欲善其事，必先利其器」。咱家剛把這兩件寶貝磨好，一個衙役敲門報告，說在縣城中心通德書院前面的操場上，高密縣令錢丁派出的人按照咱家的要求，已經把那個注定要被人們傳說一百年的升天台搭好了。咱家要求的那個席棚也搭好了，大鍋也支好了，香油在大鍋裡已經翻起了浪頭。小鍋也支好了，鍋裡燉上了牛肉。咱家抽抽鼻子，果然從秋風裡嗅到了濃濃的香氣。

兒媳清晨跑出去，至今沒有回來。她的心情可以理解，畢竟是親爹受刑，心不痛肉也痛。她能到哪裡去呢？去找她的乾爹錢大老爺求情？兒媳，你的乾爹已經是泥菩薩過江自身難保，不是咒他，咱家估計，你親爹孫丙嚥氣之日，就是你乾爹倒楣之時。

咱家脫下舊衣裳，換上了簇新的公服。皂衣攔腰紮紅帶，紅色氈帽簇紅纓，黑皮靴子腳上蹬。果然是人靠衣裳馬靠鞍，穿上公服不一般。兒子笑嘻嘻地問俺：

「爹，咱這是幹啥？要去唱貓腔嗎？」

唱什麼貓腔？還唱你娘的狗調呢！咱家心中罵著兒子，知道跟他多說也沒用，就吩咐他去把那身油膩麻花的沾滿了豬油狗血的衣裳換下來。這小子竟然說：

「爹，你閉眼，不要看。俺媳婦換衣裳時就讓俺閉眼。」

咱家眯著眼，看到兒子脫去衣裳，露出了一身橫肉。兒子腿間那貨囊兒巴唧，一看就知道不是個管用的家什。

兒子足蹬軟底高腰黑皮靴，腰紮紅綢帶，頭戴紅纓帽，高大魁梧，威風凜凜，看上去是英雄豪傑的身板；但動不動就齜牙咧嘴，抓耳撓腮，分明又是猴子的嘴臉。

咱家扛著那兩根檀木橛子，吩咐兒子抱起那隻白毛黑冠子公雞，走出家門，向通德書院進發。大街兩邊，已經站立著許多看客，有男有女，有老有少，都瞪著眼，張著口，如同一群浮到水面上吸氣的魚。咱家昂首挺胸，看起來目不斜視，但路邊的風景全在眼裡。兒子東張西望，不時地咧開嘴巴對路邊人傻笑。大公雞在他的懷裡不停地掙扎著，發出咯咯呱呱的聲音。滿大街都是癡癡呆呆的表情，咱兒子傻，路邊那些人比咱兒子還要傻。鄉孫們，好戲還沒開場呢，你們就看傻了，等明天好戲開了場，你們怎麼辦？有咱家這樣的鄉黨，算你們有福氣。要知道天下的戲，沒有比殺人更精采的；天下的殺人方式，沒有比用檀香刑殺人更精采的；全中國能執檀香刑的劊子手，除了咱家還有何人？因為有了咱家這樣的鄉黨，你們才能看到這全世界從來沒有過今後大概也不會再有的好戲了。這不是福氣是什麼？讓你們自己說，這不是福氣是什麼？

老趙甲，懷抱著檀木橛子往前行，尊一聲眾位鄉黨細聽分明。俺懷中抱的是國家法，它比那黃金還要重。叫聲我兒快些走，不要東張西望傻不愣。咱爺們明天要露臉，就好比鯉魚化蛟龍。三步併作兩步走，兩步併作一步行，大步流星走得快，通德書院面前迎。

抬頭看，書院前面一廣場，白沙鋪地展平平。廣場邊上一戲台，梨園子弟獻藝來。帝王將相、公子王孫、英雄豪傑、才子佳人、三教九流……亂紛紛轉成一台走馬燈。

但見那，戲台前，知縣豎起了升天台，台下立著一群兵。有的扛著水火棍，有的提著大刀明。台前窩棚葦席紮，棚前大鍋香油烹。爺們，好戲這就開了場咧！

三

咱家把白毛公雞拴在席棚的柱子上。這畜生歪著頭看咱，眼珠子，似黃金，亮晶晶，耀眼明。咱家指派兒子：小甲，用缸裡的清水和一塊白麵。兒子歪著頭看咱，神情如同公雞：

「和麵幹啥？」

讓你和你就和，不要多嘴多舌。

趁著兒子和麵的工夫，咱家看到：席棚前面敞開，後邊封閉，與那戲台子遙遙相對。好，這正是咱家需要的樣子。地鋪打得不錯，暄騰騰的麥穰草上鋪了一領金黃的葦席。新麥草，新葦席，散著香氣。咱家的檀木椅子擺在窩棚正中，等待著咱家的屁股。咱家來到大鍋前，將那兩柄劍狀的檀木橛子放在香氣撲鼻的大鍋裡。檀木一入油就沉到了鍋底，只有方型的尾部露在油外。按說應該將它們煮上三天三夜，但時間來不及了。煮一天一夜也不錯了，這般光滑的檀香木橛子不用油煮其實也吸不了多少血了。親家，你也是個有福的，用上了這樣的刑具。咱家坐在椅子上，抬頭看到紅日西沉，天色黃昏。用粗大的紅松木搭起的升天台在暮色中顯出陰森森的煞氣，恰如一尊板著臉的大神。縣令這活幹得的確不賴。升天台，好氣派，圍著霧，罩著雲。錢知縣哪，你應該去當工部堂官，督造經天緯地的大工程，在這區區高密小縣裡，實在是埋沒了你的天才。孫丙，親家，你也算是高密東北鄉轟轟烈烈的人物，儘管俺不喜歡你，但俺知道你也是人中的龍鳳，你這樣的人物如果不死出點花樣來天地不容。只有這樣的檀香刑、只有這樣的升天台才能配得上你。孫丙啊，你是前世修來的福氣，落到咱家的手裡，該著你千秋壯烈，萬古留名。

「爹，」兒子搬著一坨磨盤大的白麵站在咱家的身後，興高采烈地說，「麵和好了。」

這小子，把那一袋子麵全和完了。也好，明天咱爺倆要幹的是真正的力氣活兒，肚子裡沒有食兒頂著是不行的。咱家揪下一塊麵，用手一抻，抻成一根長條兒，隨手就扔到翻花起浪的香油鍋裡。麵條兒立即就在油鍋裡翻騰起來，似一條垂死掙扎的黃鱔魚。兒子拍著巴掌歡跳起來：

「油炸鬼！油炸鬼！」

咱爺倆把麵一條條往油鍋裡扔。它們先是沉下去，很快就浮起來，在那兩根檀木之間翻轉著。

咱家在油鍋裡炸麵，為得是讓那兩根檀木橛子吸收一些穀氣。咱家知道，這橛子要從孫丙的谷道進去，然後貫穿他的身體。沾了穀氣的橛子，會對他的身體有利。油炸鬼的香氣擴散開來，它們熟了。咱家用長柄鐵鉗把它們夾出來。吃吧，兒子。兒子背靠著席棚，嚼著燙嘴的油炸鬼，腮幫子鼓鼓，滿臉的喜氣。咱家捏著一根油炸鬼，慢慢地品咂著。這油炸鬼可不是一般的油炸鬼；這油炸鬼裡有檀木的香氣，這油炸鬼裡有佛氣。咱家得了老佛爺的佛珠後，就長齋食素了。灶裡的松木劈柴轟轟烈烈地燃燒著，油鍋裡發出咕嘟咕嘟的響聲。吃了幾根油炸鬼，咱家又親自動手，割下幾坨拳大的牛肉，扔進了香油鍋。咱家往油鍋裡扔牛肉是為了讓那兩根檀香木橛子上在沾染了穀氣之後再沾染些肉氣，沾了肉氣的橛子性子更柔。一切為了親家！兒子湊上前來，嘴裡哼唧著：

「爹，俺要吃肉。」

咱家滿懷著慈愛看著他，說：

好兒子，這肉不能吃，待會兒從小鍋裡吃。等你那個唱貓腔的岳父受刑後，你吃肉，他喝湯。

奸猾狡詐的衙役頭兒宋三跑到咱家面前請示下一步的工作。他卑躬屈膝，一副奴才相；彷彿咱家是一個大大的首長。咱家自然也要把架子拿起來，咳嗽一聲說：

今天沒有事啦，剩下的事兒就是煮這兩根檀木橛子，但這事不是你們的事，你們走吧，該幹什麼就幹什麼去吧。

「小的不能走，」衙役頭兒的話如同泥鰍，從那張光溜溜的嘴巴子裡鑽出來，「小的們也不敢走。」

是你們的知縣大老爺不讓你們走嗎？

「不是知縣老爺不讓俺們走，是山東巡撫袁大人不讓俺們走。他讓俺留在這裡保護您，老爺子，您成了寶貝疙瘩啦。」

衙役頭兒伸出狗爪子抓去一根油炸鬼塞進嘴裡。咱家盯著他油汪汪的嘴唇，心裡想：雜種們，不是咱家成了寶，是因為咱家身上帶著寶。咱家把當今聖明慈禧皇太后賞賜的檀香佛珠串兒從懷裡摸出來，捧在手裡捻動著。咱家閉上眼睛保養精神，彷彿一個老和尚入了定。雜種們怎麼能知道咱家心裡想什麼？把他們砸成肉醬他們也猜不出咱家心裡想著什麼。

四

老趙甲坐棚前心緒萬千，（爹你想啥？）往事歷歷如在眼前，（啥往事？）袁世凱大德人不忘故交，才使咱爺兒倆有了今天。（今天是啥天？）

——貓腔《檀香刑・父子對》

凌遲罷好漢錢雄飛，咱家收拾起家什，帶著徒弟，想連夜趕回北京。有道是熱鬧的地場休要去，是非之地不可留。正當咱家背著行李要上路時，袁大人的貼身隨從虎著臉站在咱家面前，擋住咱家的去路，兩眼望著青天對咱家說：

「殺家子，慢些走，袁大人有請！」

讓徒弟在一個雞毛小店裡等候著，咱家緊手緊腳地跟隨著隨從，穿越了重重崗哨，跪在袁大人面前。這時咱家已經汗流浹背，氣喘吁吁。咱家把頭叩得很響，借著叩頭起伏的光景，看到了袁大人的福態大相。咱家知道二十三年來袁大人貴人眼前走馬燈般地過了成千上萬的高官俊彥，不可能記得咱家這個小人物。但咱家可是把他記得牢牢的。二十三年前的袁大人還是一個嘴上沒毛的英俊少年，跟著他在刑部大堂當侍郎的叔叔袁保恆經常地出入衙門。閒來無事，袁大人就跑到劊子手居住的東跨院裡來，與咱家拉呱扯淡。大人哪，想當初您對這殺人的行當十分感興趣，您對當時還健在的余姥姥說：「姥姥，您收俺當個徒弟吧！」余姥姥惶恐地說：「袁公子，您是拿小的們開心啦！」大人，當時您嚴肅地說：「不是玩笑！大丈夫生於亂世，抓不住印把子，就要抓住刀把子！」

「趙姥姥，活兒幹得不錯！」袁大人的話打斷了咱家對往事的回憶，他老人家的聲音彷彿從鐘裡發出，嗡嗡嚶嚶，動人心魄。

咱家知道這個活兒做得還行，沒有給刑部大堂丟臉，大清朝裡能把凌遲刑做到這種水平的目前也就是咱家一個，但在袁大人面前咱家不敢拿大，咱家雖是小人物，也知道領導著大清朝最新式最精銳部隊的袁大人在朝廷中的地位。咱家謙虛地說：做得不好，有負大人厚望，還望大人海涵。

「趙姥姥，聽你的談吐，倒似個讀過書的人。」

稟告大人，小的大字不識一個。

「明白了，」袁大人微笑著說，他突然地換上了一口河南腔，就如脫掉了官服，換上了一身土布棉襖，「把一條狗放在衙門裡養十年，牠閉口也是之乎也者。」

大人說的是，小的就是刑部衙門裡的一條狗。

袁大人爽朗地大笑起來，笑罷，他說：

「好啊，能夠自輕自賤，就是一條好漢！你是刑部的一條狗，本督是朝廷的一條狗。」

小的不敢跟大人相提並論……大人是金鑲玉，小的是鵝卵石……

「趙甲，你幫本官幹了這件大事，本官該怎樣謝你？」

小的是國家養的一條狗，大人是國家的棟梁之臣，小的應該為大人效勞。

「這麼說也沒錯，但本官還是要賞賜你的。」袁大人看一眼堂下的侍從，道，「去開支一百兩銀子，送趙姥姥回京吧！」

咱家撲地跪倒，給袁大人叩了一個響頭，說：

大人的恩典，小的沒齒不忘，但銀子小的不敢領受。

「怎麼，」袁大人冷冷地說，「嫌少嗎？」

咱家趕緊又叩了一個響頭，說：

小的這輩子也沒一次得過一百兩銀子，小的不敢受。大人讓小的來天津執行，已經給了小的天大的面子，已經讓小的在刑部大堂裡十分地風光了，小的再受大人的銀子，小的就會折壽。

袁大人沉吟片刻，道：

「趙姥姥，幹這個活兒似乎委屈你了。」

咱家趕緊給袁大人叩了一個響頭，說：

大人，小的熱愛這個活兒，小的能用自己的手藝替朝廷出力小的感到三生有幸。

「趙甲，本官要是把你留在我的軍法處，你願意還是不願意？」

大人的抬舉，小的不敢不從，但小的在刑部大堂執法已經四十餘年，親手處死的犯人有九百八十七人，協辦不算。小的受國家厚恩，本當鞠躬盡瘁，幹到老死。但小的自從處死譚嗣同等六犯後，添了一個手腕疼痛的症候，發作時連筷子都拿不起來了。小的想回家養老，求大人知會刑部諸位大人恩准。

袁大人冷笑一聲，讓俺摸不著頭腦。

大人，小的該死，小的是連下九流都入不了的賤民，走是一條狗，留也是一條狗，根本用不著麻煩諸位大人。但小人斗膽認為，小的下賤，但小的從事的工作不下賤，小的是國家威權的象徵，國家縱有千條律令，但最終還要靠小的落實。小的與徒弟們無年俸更無月銀，小的們主要靠賣死人的乾臘給人入藥維持生活。小的在刑部幹了四十多年，無有一文積蓄。小的希望刑部能發給小的安家費，讓小的不至於流落街頭。小的斗膽替這個行當的夥計們求個公道，希望國家將劊子手列入刑部編制，按月發給份銀。小的既是為了自己，更是為了眾人。小的認為，只要有國家存在，就不能缺了劊子手這一行。眼下國家動亂，犯官成群，盜賊如毛，國家急需手藝精良的劊子手。小的冒死求情，求大人開恩！

咱家訴說完畢，給袁大人叩了幾個響頭，然後跪著，偷偷地看著他的反應。咱家看到，袁大人用手指捻著漆黑的八字鬍，面色平靜，彷彿在沉思默想。他突然笑了，說：

「趙姥姥，你不但有一手好活，你還有一張好嘴啊！」

小的該死，小的說的都是實情。小的知道大人眼光遠大，氣度非凡，因此才斗膽向您訴說。

「趙甲，」袁大人突然降低了嗓門，神祕地說，「你還認識我吧？」

大人威儀堂堂，小的過目難忘。

「我不是說的現在，我說得是二十三年前。二十三年前，本督的堂叔在刑部任左侍郎時，本督經常到衙門裡去玩耍。你那時沒有見過我嗎？」

小的眼拙，記性不好，小的的確認不出大人了。但小的認識袁保恆袁大人。袁大人在刑部任職時，小的受過他老人家的恩惠……

其實，咱家怎麼能認不出您的尊容？那時，袁大人您是一個頑皮的少年。您的叔叔想讓您讀書上進，科舉成名。但您不是塊讀書的材料。您一得空就溜到東跨院，與我們廝混。您熟知俺們劊子手的規矩，您曾經瞞著您的叔叔，說服了余姥姥，偷偷地換上了劊子手的公服，用公雞血塗抹了您那張圓圓臉，跟著我們去菜市口執刑，斬殺了一個斗膽在皇陵打兔子、驚動了先帝陵寢的罪犯。執刑時，咱家用手拽住犯人的小辮，讓他的脖子抻出。您舉起大刀，面不改色手不顫，一下子，沒用第二下，就從容地把犯人的腦袋砍了下來。後來，您叔叔知道了這事，當著我們的面，抽了您一個大耳刮子。嚇得我們叩頭好似搗蒜。您叔叔罵道：「下流的東西！竟然敢幹出這等事兒。」您據理力爭道：「叔父大人息怒，為盜殺人，天理難容；執法殺人，為國盡忠。愚姪志在疆場，今日化妝執刑，是為將來鍛鍊膽氣也！」您的叔叔雖然還咆哮不止，但我們知道，他已經對您刮目相看了……

「老趙，你是個聰明人，」袁大人微笑著說，「你不可能認不出本督，你是怕本督怪罪於你。實際上，本督並不認為那是劣跡。本督跟隨叔叔在刑部大堂讀書時，對劊子手這個行當進行了深入透徹的研究，可以說是受益匪淺。跟隨著你們去執法殺人後，更讓本督對人生有了別樣的體驗。這段難忘的生活，對本督產生了巨大的影響。本督請你來，就是想謝謝你的。」

咱家叩頭不止，連聲道謝。袁大人說：

「起來吧，回北京等著吧，也許你會等來一個驚喜。」

五

文狀元武狀元文武狀元，有道是三百六十行行行出狀元。咱家就是劊子行裡的大狀元。兒子啊，這狀元是當朝太后親口封，皇太后金口玉牙不是戲言。

——貓腔《檀香刑．父子對》

咱家在天津執刑成功、受到袁世凱大人親切接見的消息，好比一塊石頭扔進水塘，在刑部大院裡激起了波浪。那些天衙裡的夥計們看咱家的眼色都不正常，咱家知道那些眼色裡有嫉妒也有敬佩。包括那些夾著衣包上班的員外郎們，見了咱家竟然也點頭打個不出聲的招呼，這說明連這些兩榜出身的大人們也對咱家另眼看待了。面對著這樣的局面，說咱家心裡不得意那是假話，說咱家得意忘形也是假話。咱家在衙門裡混了一輩子，知道海比池深、火比灰熱的道理。咱家知道，樹高高不過天，人高高不過山，奴才再大也得聽主子調遣。回京第二天，刑部侍郎鐵大人就在他的簽押房裡接見了咱家，典獄司郎中孫大人在一旁作陪。鐵大人詢問了咱家在天津執刑的情況，問得十分詳細，連一個細節也不放過，咱家一一地做了回答。他還訊問了小站新軍的武器裝備，問了士兵的裝束和軍服的顏色，問了小站的氣候和海河裡的水情，最後，實在沒得問了，竟然問起了袁大人的氣色，咱家說：很好，袁大人面色紅潤，聲若銅鐘，小的親眼看到，他一頓飯吃了六個煮雞蛋、一個大饅頭，還喝了一海碗小米粥。鐵大人看看孫大人，感歎道：「年富力強，前程無量啊！」孫大人附和著說：「袁項城是習武的出身，飯量自然是好的。」咱家看到鐵大人這副模樣，就順著竿兒撒起了彌天大謊，說：袁大人讓小的向大人問好呢！鐵大人興奮地說：「真的嗎？」咱家肯定地點點頭。鐵大人道：「說起來本官與袁項城還是親戚——他叔祖袁甲三大人的二姨太太的內姪女兒，就是本官嫡親的嬸子！」咱家說，袁大人似乎提起過這件事。「瓜蔓子親戚，不值一提！」鐵大人道，「老趙，你這次代表咱們刑部去天津執刑，任務完成得很好，長了刑部的臉面，中堂王大人也很滿意。本官今日接見你，就是要給你一個獎勵。希望你戒驕戒躁，兢兢業業，替國家出力。」咱家說：大人，小的從天津回來之後，手腕一直痠痛，小的……鐵大人打斷咱家的話，說：「朝廷已經啟動了司法改革，凌遲、腰斬等等酷刑很可能就要廢除了。只怕你趙姥姥今後英雄無用武之地了！孫大人，」鐵大人站起來說，「從你們典獄司裡秤十兩銀子給趙甲，然後造冊報部！這也是王大人的意思！」咱家趕緊跪地叩頭，然後，彎著腰退了出來。咱家看到，鐵大人的臉色突然地陰沉起來，與方才跟袁大人攀親戚時的和氣臉色有天壤之別。大人物總是喜怒無常，咱家知道他們的脾性，不以為怪。

眼見著正月過去，二月降臨。刑部街前那條河溝邊沿上的垂柳已經有了一絲綠意，大院內槐樹上的烏鴉們也活潑了許多，但袁大人讓咱家等待著的驚喜遲遲沒有降臨。難道袁大人所說的驚喜就是鐵大人賞賜那十兩銀子？不是，絕對不是。袁大人賞給咱家百兩銀子咱家都沒要嘛！十兩銀子算什麼驚喜！咱家深信大人口裡無戲言，袁大人與咱家是故交，他不會讓咱家狗咬尿脬空喜歡。

二月二日晚上，孫郎中親自傳話來，讓咱家明早四更即起，燒湯沐浴，飯只許吃半飽，不許吃薑蒜等辛辣發散之物；衣服要穿全新，不許攜帶銳器。五更時分到獄押司堂前等候。咱家本想問個底裡，但一見孫郎中那張嚴肅的長臉，就把嘴巴緊緊地住了。咱家預感到袁大人所說的驚喜就要降臨了。但咱家當時殺死也想不到竟然是萬壽無疆的慈禧皇太后和萬歲萬萬歲的皇上隆重接見了咱！

三更剛過，咱家就躺不住了。打火長燈，抽了一鍋菸，吩咐外甥們起來燒水。夥計們個個興奮，一齊爬起來，眼睛都放著光，說話都壓低了嗓門。大姨伺候著咱家在一個大盆裡洗了澡，二姨替咱擦乾了身子，小姨幫咱換上了新衣。這小子眉清目秀，辦事機靈，是咱家把他從一個餓得半死的小叫化子一手提拔起來的。他對咱家，兒子一樣孝順。這小子心中的喜悅從眼睛裡流淌出來。那天凌晨，咱的徒弟們個個都是滿懷喜悅，師傅有喜，徒弟們都跟著沾光，他們的喜歡是由衷的，不是裝出來的。咱家說：

夥計們，先別忙著高興，還不知道是福是禍呢！

「是福，」小姨搶著說，「我敢擔保是福！」

師傅畢竟是老了，咱家歎息道，萬一出點差錯，師傅這顆腦袋……

「不會的，」大姨道，「薑還是老的辣，幾十年前，姥姥就去大內執過刑。」

當時，咱家也以為是大內又有太監犯了事，讓咱家進去執刑。但感覺又不對，當年咱家跟隨著余姥姥去給太監小蟲子執「閻王閂」時，大內可是提早把任務交代得清清楚楚，也並沒有讓咱家沐浴更衣，而且只許吃個半飽啊。但如果不是執刑，一個劊子手能進去幹什麼呢？難道……難道要砍咱家的腦袋？就這樣心裡七上八下著，咱家吃了半個夾肉火燒，用炒鹽擦了牙，用清水漱了口。出去看看三星，剛剛偏西一點，四更的鑼還沒響，天其實還早。咱家陪著徒弟們說了一會話，聽到人家的公雞叫了頭遍，就對徒弟們說：趕早不趕晚，走吧。徒弟們簇擁著咱家，來到了獄押司堂前。

京城的二月初頭，天氣還很冷。為了顯得精神點，咱家只在公服裡邊套了一件小棉襖。凌晨的寒氣逼上身來，牙齒止不住地打嘚嘚，脖子不由自主地往腔子裡退縮。天色突然變得漆黑，滿天星斗光采奪目，格外的明亮。熬過了半個時辰，五更的鼓聲響起來，東邊的天際顯出了一片魚肚白。

城內城外遠遠近近地起了動靜，有開城門的吱嘎聲，有運水車輛的吱呀聲。一輛馬拉轎車子匆匆地馳進了刑部大院，車前兩個僕人打著紅燈籠，燈籠上黑色的大「鐵」告訴咱家鐵大人來了。僕人掀開轎車的暖簾，身披狐裘的鐵大人鑽了出來。僕人將車子帶到一邊去，鐵大人搖搖晃晃地走到咱家面前。咱家慌忙給大人施禮，大人咳嗽吐痰後，上上下下地打量著咱家，然後說：

「老趙，你真是洪福齊天！」

小的人微命賤，全靠大人照應。

「進去後好好應答，該說的說，不該說的嘛……」大人的眼睛在昏暗中閃閃發光。

小的明白。

「你們都回去吧，」大人對咱家的徒弟們說，「你們的師傅交了華蓋運了。」

徒弟們走了，獄押司前，只餘咱家和鐵大人。鐵大人的僕人遠遠地站在車邊。紅燈籠已經熄滅，昏暗中傳來馬吃草料的聲音和草料的香氣。咱家嗅到，鐵大人的馬吃的是炒黑豆拌穀草。

大人，不如讓小的……

「閉住你的嘴，」大人冷冷地說，「如果我是你，就什麼也不說，除非是太后和皇上問話！」

難道是……

當咱家從太監抬著的青呢小轎裡鑽出來時，一個脊背微鍋、身著駝色直裰的太監對著咱家神祕地點點頭。咱家跟隨著他，穿過了層層院廊，到達一座似乎比天還高的大殿前。此時已是紅日初升，霞光萬道。咱家偷眼看到，四周圍一片連著一片金碧輝煌，好似起了一把天火。那位鍋背的太監伸出一根指頭指指地，咱家看到地上的青色方磚乾淨得就像剛剛刷過的鍋底。咱家不解太監公公的意思，欲想從他的臉上探個答案，但是他老人家已經把頭扭了過去。咱家看著他老人家束手而立、畢恭畢敬的背影，心裡明白了他的意思是讓咱家在這裡等候。這時咱家已經確定地明白了等待著咱家的是什麼事，這才是袁大人所說的那個驚喜！咱家看到，不時地有幾個紅頂子大人低著頭、彎著腰、躡手躡腳地從那間大殿裡走出來。大人們個個表情嚴肅，出氣兒都不均勻；有的臉上還掛著明晃晃的油汗。看到大人們的狀態，咱家的心撲撲通通地狂跳，兩條腿哆嗦不止，冷得很，但手心裡滿是汗水。不知等待著咱家的是福還是禍，如果由著咱家選擇，咱家馬上就會一溜小跑地竄回去，躲進那間小屋，喝上一壺老酒壓壓驚恐。但事到如今，已經由不得咱家了。

一位滿面紅光、戴著紅頂子的大太監，從那個令人不敢仰視的大門裡閃出來，對著咱家面前那位太監招招手。他老人家的大臉放著光彩，活像一件法寶。至今也沒有人對咱家說過他是誰，但咱家猜想到，他不是大太監李蓮英李總管還能是誰！他與咱家的相好袁大人是換過八字的把兄弟，咱家能受到皇太后的接見，十有八九就是李總管安排的。咱家不知就裡，傻瓜蛋子一樣地站著。眼前的鍋背太監扯著咱家的袖子低聲說：「快點走，傳見你了！」

咱家這才聽到一個洪亮的嗓門在喊叫：

「傳趙甲——」

至今咱家也回憶不出當初是怎樣走進了大殿。咱家只記得進了大殿就看到眼前一片珠光寶氣，彷彿有金龍和赤鳳在前面顯了身。咱家小的時候就聽到娘說過，說皇帝都是金龍轉世，皇后都是赤鳳脫生。咱家膽戰心驚地跪在了地上。咱家感到那地面熱得就像剛燒過火的炕頭一樣。咱家磕頭，咱家一個接著一個地磕頭，事後咱家才知道把頭磕破了，血肉模糊，好像一個爛蘿蔔，讓太后和皇上看著不知道有多麼噁心，小民真是罪該萬死！咱家本來應該敬祝皇太后和皇上萬歲萬歲萬萬歲，但咱家已經糊塗了，腦袋裡像灌進了一桶漿糊，咱家只知道磕頭磕頭不停地磕頭。

肯定是一隻大手揪著咱家的小辮子把咱家的磕頭制止了，咱家還硬掙著要將頭往熱乎乎的地上碰，聽到腦後有人說：

「別磕了，老佛爺問你話呢！」

一串咯咯的笑聲從前面傳來，咱家暈頭脹腦地抬起頭，看到了，在正面的寶座上，端坐著一個渾身放光的老太太。該死，咱家說溜了嘴。端坐著當朝的、聖明的、萬壽無疆的皇太后、老佛爺。咱家聽到一句慢騰騰的問話從上邊飄下來：

「我說殺把子啊，你叫個啥名？」

小的趙甲。

「你是哪裡人吶？」

小的是山東省高密縣人。

「幹這行多少年啦？」

四十年啦。

「經你的手殺了多少人？」

九百八十七人。

「喲，這不是個殺人魔王嘛！」

小的該死。

「你該死什麼，那些被你砍頭的才該死呢！」

是。

「我說趙甲，殺人時你是怕還是不怕？」

剛開始時怕，現在不怕了。

「你去天津替袁世凱幹什麼啦？」

小的去天津替袁大人執了一次凌遲刑。

「就是把一個大活人用零刀子碎割不讓人家好死？」

是。

「我跟皇上商量了，要把這凌遲刑廢了。不是要變法嗎？這就是變法了，皇上呵，我說的對不對哇？」

「對。」一個鬱悶的聲音從前面傳過來。咱家大著膽子抬眼一瞥，看到在皇太后左前方的一把椅子上坐著一個人。他身穿明黃袍子，胸前繡著一條鱗光閃閃的金龍。頭戴一頂高帽，帽子頂上一顆雞蛋大的珠子在閃閃發光。帽子下一張容長大臉，白得像瓷。皇上，天老爺爺，這就是大清朝的皇上啊。咱家當然知道讓康有為那些人鬧得皇上在太后面前不吃香了，但皇上還是皇上啊！萬歲萬歲萬萬歲，皇上！皇上說：

「親阿爸說得對。」

「聽袁世凱說你也想告老還鄉？」

太后的話裡明顯地透出了嘲諷的意思，咱家嚇得三魂丟了兩魂半，連連地磕了幾個響頭，說：小的罪該萬死。小的是豬狗一樣的東西，不該讓老佛爺操心。小的不是為了個人。小的認為，劊子手雖然下賤，但劊子手從事的工作不下賤。劊子手代表著國家的尊嚴。國家縱有千條法規，最後還要靠劊子手落實。小的認為，應該把劊子手列入刑部的編制，讓劊子手按月領取份銀。小的還希望朝廷能建立劊子手退休制度，讓劊子手老有所養，不至於流落街頭，小的……小的還希望能建立劊子手世襲制度，讓這個古老的行業成為一種光榮……太后威嚴地咳嗽了一聲。咱家打了一個哆嗦，趕緊地閉住了嘴巴，連連地磕頭，嘴裡嘟噥著：

小的該死……小的該死……

「他說得倒也在情在理，」太后道，「三行九作，缺一不可。有道是行行出狀元，趙甲，我看你就是這行裡的狀元了。」

皇太后封咱家為劊子手行當裡的狀元，天大的榮耀啊！咱家磕頭不止。

「趙甲，你為大清朝殺了這麼多人，沒有功勞也有苦勞，又有袁世凱李蓮英這些人替你說話，本宮就破一次例，賞你個七品頂戴，放你回家養老，」太后將一串檀香木佛珠扔下來，說，「放下屠刀，立地成佛去吧！」

咱家只有磕頭。

「皇上呢？」太后道，「趙甲替咱殺了這麼多人，連你那些親信走狗都砍了，你不該賞點東西給他？」

咱家偷眼看到皇上從椅子上慌忙地站起來，手足無措的說：

「朕一無所有，拿什麼賞他？」

「我看吶，」太后冷冷地說，「就把你騰出來的這把椅子賞給他吧！」

……

六

> 聽俺爹爹講歷史，小甲心中很歡喜。爹爹爹爹了不起，見過太后和皇帝。小甲也要當劊子，跟俺爹爹學手藝……
>
> ——貓腔《檀香刑・父子對》

夜漸漸深了，小甲坐在暄騰騰的草鋪上，背靠著席棚的柱子，眼睛迷離，像隻大兔子。灶膛裡的火焰映照著他年輕的臉，從他油光閃閃的嘴巴裡不時地冒出一句似傻非傻的話，加塞進咱家的回憶和敘說裡——爹，皇帝的本相是什麼？——使咱家的回憶和敘說與眼前的事情建立起一種緊密的聯繫——爹，太后也有奶子嗎？——咱家突然嗅到從香油鍋裡散發出一股焦糊的氣味，不由地大吃一驚，猛然地醒悟：老天爺，油鍋不是水鍋，水只能把東西煮爛，油卻能把東西炸糊！咱家從鋪上彈起身子，大喊一聲：

兒子，快來！

咱家躥到了油鍋旁，顧不上找鉗子，伸手捏著那兩根檀木橛子的把柄就提了出來。咱家把它們提到燈籠下，仔細地打量著。它們放著黑幽幽的光，散發著香氣。看樣子沒糊。它們燙手。咱家用白布墊著手，擦擦它們，折折它們，謝天謝地，沒糊。糊了的應該是鍋裡的牛肉。咱家用勺子把那些糊了的牛肉撈出來扔到一邊。那個衙役的頭兒溜過來，詭祕地問：

「老爺子，有事嗎？」

沒事。

「沒事就好。」

「老宋，俺爹是七品官呢，俺現在不怕你們了！」兒子插嘴道：「往後你再敢欺負俺，就讓你吃槍子兒，」兒子用食指指著宋三的頭，說，「叭——把你的腦子就打出來了。」

「小甲兄弟，咱家什麼時候欺負過您？」宋三陰陽怪氣地說，「別說老爺子是七品官，老爺子不是七品官咱也不敢招惹您，您媳婦只要在錢大老爺面前一歪嘴兒，就把老哥哥的差事給歲了。」

嗨，傻小子，又讓人家戲耍了。

咱家看到，在戲台和升天台的暗影裡，站著一些衙役。咱家把鍋灶裡的火弄小，往鍋裡加了油。然後把兩根寶貝橛子小心翼翼地放了進去。咱家提醒自己：趙甲，你要仔細啊！人過留名，雁過留聲，只有圓滿地完成了這次檀香刑，你才能成為名副其實的劊子狀元。如果完不成這次檀香刑，你的一世英名就完了。

咱家把老太后賞賜的檀香佛珠掛在脖子上，離開皇上坐過的龍椅，仰臉看看天，天上星斗稀疏，一個銀盆也似的月亮已經從東邊升起。這格外明亮的月亮讓咱家心中突然地感到一陣心煩意亂，彷彿就要發生什麼大事。咱家鎮定了一下心神，猛然想到，今天是八月十四，明天就是八月十五，中秋節，一個天下團圓的好日子。袁大人選了這樣一個好日子上刑，孫丙，你真是好福氣！借著灶膛裡的火光和天上的月光，咱家看到，那兩根檀木橛子，在油鍋裡翻騰著，好像兩條凶猛的黑蛇。咱家用一塊白布墊著手，捏住一根檀木橛子，把它從油鍋裡提起來。——咱家可不敢馬虎了——它通體油亮，光滑無比，成串的油珠子匯聚到橛子尖端，然後，那些油珠子連成一線，無聲無息地滴落到油鍋裡。油鍋裡的油明顯地黏稠了，散發著焦糊的香氣。咱家感覺到檀木橛子已經增添了分量，知道已經有不少的香油滋了進去，改變了木頭的習性，使它正在成為既堅硬、又油滑的精美刑具。

正當咱家獨自欣賞著檀木橛子時，衙役頭兒宋三鬼頭鬼腦地湊到咱家的身後，酸溜溜地說：「老爺子，不就是釘個人嗎，何必費這樣大的精神？」

咱家斜他一眼，鼻子裡哼了一聲。他懂什麼？他除了知道狐假虎威、欺壓百姓、搜刮錢財之外還知道什麼？

「其實，您老人家完全可以放心地回家睡覺，這點小事吩咐給小的們就可以了。」他尾在咱家背後說：「這狗娘養的孫丙，說起來也算個傑出的人物。有才分，有膽量，敢做敢當，是條漢子，怨他命不好，生長在高密這小地場，耽擱了施展才華。」宋三站在咱家身後，聽起來好像要討咱家好感似地說，「老爺子您多年在外，不知道您這親家的底細，小的跟他是多年的朋友，他雞巴上長了幾個痦子咱都清楚。」

這樣的人咱家可是見多了，狗仗人勢，狐假虎威，見人說人話，見鬼說鬼話。但咱家也懶得揭穿他，讓他在身後絮叨著，也算是個動靜。

「孫丙是大才，出口成章，過耳不忘。這人可惜了就是不識字，否則，十個進士也中回來了。」宋三說，「那年，老秦家的娘死了，請了孫丙的班子去唱靈堂。老秦是孫丙的好友，老秦的娘是孫丙的乾娘。孫丙唱起來就帶上了感情。這一帶感情不要緊，把那些靈前的孝子賢孫聽得肝腸寸斷不說，就聽到那棺材裡撲撲通通地響。把那些孝子賢孫和那些聽熱鬧的嚇得一個個魂飛魄散，面如土色。這不就是炸屍了嗎？只見那孫丙，走到他乾娘的棺材前，大模大樣地揭開了棺材蓋子，那個老太太忽地就坐了起來，眼睛裡精光四射，好像黑夜裡的兩盞燈。孫丙唱道：『叫一聲乾娘你細聽，為兒的唱一齣《常茂哭靈》。如果沒活夠您就起來好好活，如果活夠了，聽完了哭靈您就上天庭。』孫丙一張嘴，一會兒唱生，一會兒唱旦，一會兒哭腔，一會兒笑調，中間還摻上了各色各樣的貓叫，把個靈堂唱成了一個生龍活虎的大舞台。孝子賢孫們忘了悲痛，看熱鬧的人也忘了還有一個炸了屍的老太太坐在棺材裡與他們一起聽戲。直到孫丙唱完了最後一句高調，在風箏尾巴一樣的餘音裡，那秦老太太慢慢地閉上眼睛，心滿意足地長歎一聲，然後，像一堵牆似地，倒在棺材裡。這就是孫丙能把死人唱活的故事。孫丙不但能把死人唱活，還能把活人唱死。被他唱活的死人只有秦老太太一個，被這雜種唱死了的活人那可就如天上的星星不計其數了……」宋三邊說著邊把身體探過來，從鍋沿上抓了一塊牛肉，滿臉都是無恥的嬉笑，「您老人家這炸牛肉裡有一股特殊的香氣——」宋三一語未了，咱家就看到這個雜種的身子往上一挺，腦袋上砰然開了一朵花，然後就一頭扎進了熱浪翻騰的油鍋裡。與咱家的眼睛看到這些景象的同時，咱家的耳朵裡也聽到了一聲尖利的巨響，隨即咱家的鼻子嗅到了漂浮在香油煮檀木的香氣裡的硝煙氣味。咱家馬上明白發生了什麼事情：有人在暗中打黑槍。黑槍的目標當然是咱家，饞嘴的宋三當了咱家的替死鬼。

第十五章　眉娘訴說

爹啊爹，趙甲說要用檀木板子把你釘，眉娘頓時慌了情。一路飛奔到了縣，想闖進衙門找錢丁。縣衙大門緊緊閉，門口還站了兩群兵。左邊是袁世凱的武衛隊，右邊是克羅德的德國兵。一個個，昂著頭，挺著胸，毛瑟大槍亮晶晶。俺往前剛剛挪了一小步，但見那，德國鬼子中國兵，眼睛瞪得賽銅鈴，光瞪大眼不算凶，還龇牙咧嘴發威風：嗚——喂——嚇得俺，心窩裡打鼓腿發顫，一腚蹲在地流平。縱然俺，肩膀頭上扎雙翅，要進縣衙萬不能。看陣勢，這些兵武藝高強鬥志堅，與那些草包縣兵大不同。縣兵都是老熟人，在俺身上沾過腥，俺只要給他們一點小便宜，鐵打的柵欄一掃平。德國兵，脾氣愣；武衛隊，也威風。如果俺大著膽子往裡闖，預備著身上添窟窿。遙望著班房青屋頂，遙望著大堂屋頂青，淚珠子噼哩啪啦落前胸。想起爹爹正在班房把罪受，想起了爹爹待兒一片情。想起你教兒學貓腔，流水身段把子功。兒隨你走村過店把戲唱，青衣花旦小桃紅。羊肉包子牛肉麵，剛出爐的熱燒餅。爹的孬處拋腦後，好處件件記得清。為了救爹一條命，女兒要，豁出個破頭撞金鐘。抖擻精神往前闖，就聽到，身後一片吵鬧聲。

——貓腔《檀香刑・長調》

一

只見從縣衙西南側的胭脂巷裡，湧出了一群身穿五顏六色服裝，臉色青紅皂白、身材七長八短的人。打頭的一個，用官粉塗了一個小白臉，用胭脂抹了一個大紅嘴，模樣像個吊死鬼。他上身穿一件長過了膝蓋的紅綢子夾襖（十有八九是從死人身上剝下來的），裸著兩條烏油油的黑腿，赤著兩隻大腳，肩上扛著一隻猴子，手裡提著一面銅鑼，蹦蹦跳跳地過來了。來者不是別人，正是叫化子隊裡的侯小七。侯小七敲三聲銅鑼：鏜——鏜——鏜——然後就高唱一句貓腔：

叫化子過節窮歡樂啊～～

他的嗓子是真正的油腔滑調，真有獨特的韻味，讓人聽罷不知是該哭還是該笑。接著他的唱腔的尾巴，那些叫化子們，便齊聲學起了貓叫：

咪嗚～～咪嗚～～咪嗚～～

然後就有幾個年輕的小叫化子用嘴巴模仿著貓胡的曲調，奏出了貓腔的過門：

里格龍格里格龍格龍～～

過門奏罷，俺感到喉嚨發癢，但俺今天實在是沒有心思唱戲，俺沒有心思唱戲，但侯小七有心思唱戲。世上的人不管是為官的還是為民的，多多少少都有些憂愁，唯有這叫化子不知憂愁，那侯小七唱道：

頭穿靴子腳戴帽，聽俺唱段顛倒調～～咪嗚咪嗚～～兒娶媳婦娘穿孝，縣太爺走路咱坐轎～～咪嗚咪嗚～～老鼠追貓滿街跑，六月裡三伏雪花飄～～咪嗚咪嗚～～

俺心中迷糊了片刻，馬上就想起來了，明天就是八月十五。每年的八月十四這一天，是高密縣的叫化子節。這一天全縣的叫化子要在縣衙前的大街上遊行三個來回，第一個來回高唱貓腔；第二個來回要把戲；第三個來回，叫化子們把紮在腰間的大口袋解下來，先是在大街的南邊，然後轉到大街的北邊，將那些站在門口的老婆婆小媳婦用瓢端著的糧食、用碗盛著的米麵分門別類地裝起來。每年的這一天，他們到了俺家的門口時，俺總是將一竹筒子油膩膩的銅錢，嘩啦一聲倒進一個小叫化子端著的破瓢裡，而那個猴精作怪的小叫化子必定會放開喉嚨喊一嗓子：謝乾娘賞錢！每逢此時，全部的叫化子都會把眼光投過來。知道這些東西心裡饞俺，俺就故意地歪頭抿嘴對著他們笑，俺就故意地把眼神兒往他們群裡飛，引逗得這些猢猻們弄景作怪，連連地翻騰起空心筋斗，跟隨在他們身後的孩子們和路邊的看客嗷嗷怪叫，大聲喝采。俺的丈夫小甲，比過節的叫化子還要歡樂。一大清早就起來，豬也不殺了，狗也不宰了，跟在叫化子的隊伍後邊，手舞足蹈，一會兒跟著人家唱，一會兒跟著人家學貓叫。唱貓腔俺家小甲不在行，但學起貓叫來，那可是有腔有調。俺小甲學貓叫，一會兒像公貓，一會兒像母貓，一會兒像公貓叫母貓，一會兒像母貓叫小貓，一會兒又像那走散了的小貓叫母貓，聽得人鼻子發酸淚汪汪，好似那孤兒想親娘。

娘啊！天大的不幸您死得早，讓女兒孤苦伶仃受煎熬；萬幸您一命嗚呼去得早，省了您跟這著俺爹擔驚受怕、提心吊膽把那精神耗……俺看到，叫化子的隊伍大搖大擺地從那威風凜凜的大兵面前過，唱貓腔的侯七聲不顫，學貓叫的化子們不跑調。八月十四日，高密縣的叫化子是老大，俺乾爹的儀仗碰上了化子們遊行的隊伍也要悄沒聲地把路繞。往年裡化子們抬著一把籐條椅，椅子上坐著朱八老雜毛。頭戴著紅紙糊成沖天冠，身穿著明黃緞子繡龍袍。如果是貧民百姓小官僚，膽敢如此的打扮，那就是圖謀不軌，小命兒十有八九要報銷。但這樣的僭越服裝穿在朱八身上什麼事情也沒有，叫化子自成王國任逍遙。今年的遊行隊伍比較怪，眾化子簇擁著一把空椅子，朱老八蹤影全無，朱老八哪裡去了？他為什麼不來端坐龍椅抖威風？那榮耀，不差當朝的一品大員半分毫。想到此眉娘心中咯噔一聲響，俺覺得，今日個，這遊行的化子們有蹊蹺。

眉娘俺是土生土長高密人，十幾歲就嫁到了縣城。沒出嫁之前，跟著俺爹的貓腔班子，唱遍了九村十八屯。縣城雖是大地方，俺也是常來常往。模模糊糊地記得，俺爹專門給這些叫化子教過戲。那時俺還小，剃了一個木碗兒頭，人們都以為俺是個男孩子。俺爹說，戲子化子，原本就是一家子。討飯的實際上就是唱戲的，唱戲的實際上也是討飯的。所以啊，俺跟這叫化子的行當裡有緣分。所以啊，這八月十四叫化子遊行的事，俺是見怪不怪。但那些從青島來的德國兵和從濟南來的武衛軍，可是第一次見到這樣的玩景。他們如臨大敵，把槍把子拍得啪啪響，大眼小眼瞪得溜溜圓，看著這一彪奇怪的人馬，嗚天嚚地地吵過來。等到隊伍漸漸近了前，他們握槍的手鬆懈了，擠鼻子弄眼的古怪表情出現在他們的臉上。武衛軍們的表情還沒有德國兵那樣好笑，因為他們能聽懂侯小七嘴裡的唱詞，德國兵聽不懂詞兒，但他們能夠聽懂那混雜在唱腔裡的貓叫。俺知道這些傢伙心裡感到很納悶，為什麼這麼多人學貓叫呢？他們的注意力集中在叫化子遊行的隊伍上，把列著架勢想衝進縣衙的俺忘記了。俺腦子一熱，一不做，二不休，扮倒葫蘆淌了油。天賜的良機莫喪失，俺來他一個混水裡摸魚、熱鍋裡炒豆、油鍋裡加鹽，趁著這亂乎勁兒來一齣眉娘闖堂。**為救爹爹出牢房，孫眉娘冒死闖大堂，哪怕是拿著雞蛋把青石撞，留下個烈女美名天下揚。**俺打定了主意，等待著最好的時機。侯小七的鑼聲更加響亮，他的貓腔顛倒調兒更加淒涼，眾化子學貓叫學得不偷懶，忒誇張，一個個故意地對著那些大兵扮鬼臉子出怪模樣。當隊伍接近了俺，他們彷彿接了一個暗號，都突然地從懷裡摸出了大大小小的連頭帶尾巴的貓皮，大的披在了肩上，小的戴在了頭上。這個突然的變化，直讓大兵們目瞪口呆。此時不闖堂更待何時？俺一側身子，就從德國兵和武衛軍的縫隙裡，直衝縣衙大門。兵士們愣了片刻，馬上覺醒，他們用槍刺抵住了俺的胸膛。俺的心一橫，死就死了吧，打定了主意就要往那刺刀尖上闖。正在這危急的時刻，從遊行隊伍裡衝出了兩個身強力壯的叫化子，一人架住俺一隻胳膊，硬把俺拖了回來。俺還是擺出了掙扎著要往刀尖上撲的架勢，但俺其實沒有用出多少力氣。俺不怕死，但俺的內心裡還是不想死。俺不見錢丁一面死不瞑目。俺實際上是就著台階下了毛驢。叫化子怪叫著把俺團團地圍起來，在不知不覺中，俺的身體就坐在了那張兩邊綁著竹竿的籐條椅子上。俺掙扎著想從籐椅上跳下來，四個叫化子發一聲喊，竹竿就上了他們的肩。俺高高在上，身體隨著籐椅的顫悠上下顛動著，心中突然地一陣發酸，眼淚止不住地流了出來。叫化子們更加歡實了。領頭的侯小七銅鑼敲得更響，嗓門拔得更高：

「大街在人腳下走，從南飛來一條狗，拾起狗來打磚頭，磚頭咬了人的手～～咪嗚咪嗚～～」

俺坐在籐椅上，身不由己地隨著叫化子的隊伍往東去，縣衙門被甩在了腦後。這時，遊行的隊伍，斜刺裡拐下了大街，往前走了幾十步，那座瓦干裡長滿了狗尾巴草的娘娘廟出現在了俺的眼前。隊伍拐下了大街後，叫化子們就停止了演唱和喊叫。他們腳下的步子碎起來，快起來。俺已經明白了他們今天的遊行根本不是為了收糧受物，而是為了俺。如果不是他們，俺也許已經被德國大兵的刺刀把胸膛戳穿了。

在娘娘廟前破碎的石頭台階上，籐椅子穩穩地落了地。馬上就上來兩個叫化子抓住俺的胳膊，把俺連拖帶拽地弄進了黑乎乎的廟堂。黑暗中一個人問：

「把她弄來了嗎？」

「弄來了，八爺！」架著俺的那兩個叫化子齊聲回答。

俺看到朱八歲在娘娘塑像前的一塊破席上，手裡玩弄著一團閃爍著綠光的東西。

「掌蠟！」朱八下了命令。

馬上就有一個小叫化子打著了火紙，點燃了藏在娘娘塑像後邊的半截白蠟頭，廟裡頓時一片光明，連落滿了蝙蝠屎的娘娘臉龐也放出了光輝。朱八用手指指他面前的一塊席頭，說：「請坐。」

人到了這步田地，還有什麼好說的？俺一腚就坐下了。這時，俺感覺到兩條腿已經沒有了。俺可憐的腿啊，自從爹爹被抓進班房，你們東奔西走、上躥下跳、磨薄了鞋底走凹了路……親親的左腿，親親的右腿，你們受苦了哇。

朱八目光炯炯地看著俺，彷彿在等待著俺開口說話。他手裡那團發出綠光的東西此時黯淡了許多。藉著明亮的燭光，俺終於看明白了：那是一個紗布包兒，裡邊包著幾百隻螢火蟲。俺心中納悶，一時也想不明白這個大爺為什麼要耍蟲子。隨著俺的落座，叫化子們也各自找到自己的席片，紛紛地坐下。也有就地躺倒的。但無論是坐著的還是躺著的，都緘口不言，連侯小七那隻活潑異常的猴子，也靜靜地蹲在他的面前，爪子和頭雖然還不老實，但都是小小的動作。朱八看著俺，所有的叫化子看著俺，連那隻毛猴子也在看著俺。俺給朱八磕了一個頭，說：

「大慈大悲的朱八爺啊——！未曾開言淚漣漣，小女子遇到了大困難——救救俺的爹吧，八爺，省裡的袁大人、德國的克羅德，還有那縣台小錢丁，三堂商定虎狼計，要給俺爹上酷刑，執刑的人就是俺的公爹趙甲和俺的丈夫趙小甲。他們要讓俺爹不得好死，他們要讓俺爹死不了活不成。他們要讓俺爹受刑後再活五天，一直活到青島到高密的火車開通……求八爺把俺爹救出來，救不出來就把他殺了吧，一刀給他個利索的，不能讓洋鬼子的陰謀詭計得了逞啊，俺的個朱八爺……」

「叫一聲眉娘莫心焦，先吃幾個羊肉包。」朱八唱了這兩句，接著說，「這包子，不是討來的，是俺讓孩兒們去賈四家專門為你買來的。」

一個小叫化子跑到娘娘的塑像後，雙手托過了一個油紙包，放在了俺的面前。朱八用手試試，說：

「人是鐵，飯是鋼，一頓不吃餓得慌。吃吧，還熱乎著呢。」

「八爺，火燒眉毛，俺哪裡還有心吃包子？」

「孫眉娘，你心莫慌，荒了莊稼不打糧，慌了人心遭禍殃。常言道水來了土掩，兵來了將擋。你先吃幾個包子墊墊底，然後聽俺說端詳。」

朱八伸出那隻多生了一個指頭的右手，在俺的眼前一搖晃，一把亮晶晶的小刀子就出現在他的手裡。他用刀尖靈巧地一挑，油紙包輕鬆張開，閃出了四個熱氣騰騰的大包子。「宋西和的千層糕，杜昆家的大火燒，孫眉娘的燉狗肉，賈四家的發麵包」，這是高密縣的四大名吃。高密縣的狗肉舖子不少，為什麼唯獨俺家的燉狗肉成了名吃？因為俺家的狗肉味道格外的香。俺家的狗肉為什麼格外香？因為俺家在煮狗肉的時候，總是將一條豬腿偷偷地埋在狗肉裡，等狗腿豬腿八角生薑桂皮花椒在鍋裡翻滾起來時，俺再悄悄地往鍋裡加一碗黃酒——這就是俺的全部訣竅。朱八爺，如果您能救俺爹爹一條命，俺每天獻給您一條狗腿一罈酒。只見那四個大包子三個在下，一個在上，疊成了一個蠟台樣。果然是名不虛傳哪：賈四包子白生生，暄騰騰，當頭捏著梅花褶，褶中夾著一點紅。那是一顆金絲棗，樣子俏皮又生動。朱八將刀子遞到俺面前，讓俺插起包子吃，那意思，可能是怕包子燙了俺的手；也可能，是怕俺手拿包子不乾淨。俺擺手拒絕他的刀，抓起包子。包子溫暖著俺的手，發麵的味道撲進了俺的鼻孔。俺第一口吃了那顆金絲棗，蜜甜的滋味滿喉嚨。一顆紅棗下了肚，勾出了胃裡的小饞蟲。俺第二口咬開了包子褶，露出了胡蘿蔔羊肉餡兒紅。羊肉鮮，胡蘿蔔甜，蔥薑料物味道全。為人不吃賈四包，枉來世上混一遭。俺雖然不是大家閨秀，也算是個良家婦女；當著這麼多叫化子的面，俺不能顯出下作相。俺應該小口咬，但嘴巴不聽俺的話。它一口就把比俺的拳頭還大的賈四包子咬去了大半邊。俺知道女人家吃飯應當細嚼慢嚥，但俺的喉嚨裡彷彿伸出了一隻貪婪的小手，把俺的嘴巴剛剛咬下來的包子，一下子就抓走了。還沒嘗到滋味呢，一個包子就不見了蹤影。俺甚至懷疑，這個大包子是不是真進了俺的肚子。聽人說叫化子都有邪法子，能夠隔牆打狗，能夠意念搬運。看起來這包子是進了俺的口，落了俺的肚，但實際上並沒有進俺的肚子，而是進了也許是朱老八的肚子。如果是進了俺的肚子，為什麼俺的肚子還是那樣空空蕩蕩，飢餓的感覺甚至比沒吃包子前還要強烈。俺的手不聽俺的指揮，自作主張、迫不及待地抓起了第二個包子，然後又是三口四口地吞了下去。兩個包子吞下去，俺這才感到肚子裡實實在在地有了一點東西。接下來俺急三火四地吃完了第三個包子，肚子裡有了沉甸甸的感覺。俺知道其實已經飽了，但俺的手還是把最後一個包子抓了過來。大包子在俺的小手裡，顯得個頭那麼大，分量那樣重，模樣那樣醜。想到這樣又大、又重、又醜的三個包子已經進了俺的肚皮，一個丟人的飽嗝就響亮地打了出來。但俺的肚皮飽了嘴不飽。畢竟有了三個大包子墊著底，俺吃的速度慢了，俺的眼睛也顧得上看看眼前的事物了。俺看到朱老八目光炯炯地看著俺，在他的身後，閃爍著幾十點星星一樣的眼睛。叫化子們都在看著俺。俺知道在他們眼裡，俺這個貌比天仙的人物變成了人間的饞嘴婆娘。嗨，都說是人活一口氣，還不如說人活一口食兒。肚子裡有食，要臉要貌；肚子裡無食，沒羞沒臊。

等俺嚥下了最後一口包子，朱八笑咪咪地問：

「吃飽了沒有？」

俺不好意思地點點頭。

「既然吃飽了，就聽俺慢慢道來。」朱八耍弄著手中的小刀子和那團螢火蟲，眼睛裡放著綠光，幽幽地說，「咱家看中你爹是個英雄，也許你不記得了，那時你還小，咱家與你爹有交情。你爹教會了咱家二十四套貓腔調，讓咱家的孩兒們多了一套混飯吃的把戲。連這個八月十四化子節，也是你爹幫助咱家出的主意。別的咱家就不說了，單衝著你爹他那一肚子貓腔，咱家也要把他救出來。咱家定下了一條妙計，買通了縣衙裡的典史四老爺，就是管牢獄那個疤瘌眼的雜種蘇蘭通，讓他在牢獄中來一個偷梁換柱。咱家已經找好了替死鬼——呶，就是他——」朱八對著一個在牆角上側歪著身子呼呼大睡的叫化子說，「他已經活夠了，相貌與你爹有三分相似。他自願替你爹去死——當然了，他死後，咱家和孩兒們會給他立一個牌位，天天用香火供著他。」

俺連忙跪起來，對著那條漢子叩了一個響頭。俺眼含著熱淚，顫聲說：

「大叔，您義薄雲天，捨身成仁，品德高尚，千古流芳，是一位頂天立地的英雄漢，用您的死，換俺爹的活，讓俺眉娘心中好為難。如果俺爹能夠活出來，俺一定讓他把您編進貓腔裡，讓千人傳誦萬口唱……」

那漢子睜開醉貓一樣的眼睛看了俺一眼，翻了一個身，又呼呼地睡了過去。

二

傍晚時分，俺從噩夢中醒過來。在夢裡，俺看到一頭黑豬斯斯文文地站在通德廣場的戲台上。黑豬的身後站著俺的乾爹錢丁，戲台當中坐著一個紅頭髮、綠眼睛、高鼻子、破耳朵的洋鬼子，他不是那殺了俺後娘、害了俺弟妹、毀了俺鄉親、雙手沾滿了俺東北鄉人鮮血的克羅德還能是誰！正是那仇人相見分外眼紅，俺恨不得撲上去咬死他，但俺是一個手無寸鐵的小女子，撲上去注定把命送。與克羅德並排坐著的是一個方頭大臉、嘴唇上蓄著八字鬍鬚的紅頂子大員。俺一猜就知道他是鼎鼎大名的山東巡撫袁世凱，就是他斷送了戊戌六君子；就是他把山東的義和團殺了個乾乾淨。就是他請出了俺公爹老畜生，要給俺親爹施酷刑。他用手指捻著鬍鬚尖兒，笑咪咪地唱道：

好一個女中花魁孫眉娘，小模樣長得實在強。怪不得錢丁將你迷，連本官見了你，也是百爪撓心怪癢癢。

俺心中暗暗高興，正想跪下替俺爹求情，那袁大人突然地變了一張臉，好似那綠色的冬瓜上掛白霜。只見他對著後邊一招手，俺公爹提著浸透了香油的檀木橛子，小甲扛著浸飽了豆油的棗木大槌，一高一矮，一胖一瘦，一陰一陽，一瘋一傻，來到了黑豬身旁。袁世凱瞄一眼錢丁，用嘲弄人的口氣問：

「怎麼樣啊，錢大人？」

錢丁跪在袁世凱和克羅德面前，恭恭敬敬地說：

「為了明日執刑萬無一失，卑職特意讓趙甲父子在這頭豬身上演習，請大人指示。」

袁大人看看克羅德，克羅德點點頭，袁世凱也點點頭。錢丁站起來，小跑步到了黑豬前頭，伸手抓住了兩隻豬耳朵，對俺公爹和小甲說：

「開始。」

公爹將那根還滴著香油的檀木橛子插在黑豬屁眼的上方，對小甲說：

「兒子，開始。」

小甲側身站成一個八字步，往手心裡啐了一口唾沫，掄圓了油槌，對準了那檀木橛子的尾巴，狠狠地就是一傢伙。只見那根檀木橛子呲地一聲就鑽進去了半截。那頭黑豬的腰猛地弓了起來，於此同時，牠的嘴裡，發出了衝耳朵眼子的嚎叫。那頭豬往前一衝，就把錢丁從戲台子上掀了下去。俺聽到錢丁落地時發出了響亮的聲音，好像他不是落在了地上，而是落在了一面大鼓上。接著俺還聽到了他發出了尖利的喊叫：

「親娘喲，跌死本官了。」

儘管俺對錢丁不滿，但畢竟有肌膚親情。俺的心中一陣刺痛，顧不上身懷著六甲，縱身跳下戲台，扶起了心上的人。只見他臉色金黃，雙目緊閉，好似小命送了終。俺咬他的手指，掐他的人中，終於聽到他長長地出了一口氣，金黃的面皮也轉了紅。他伸手握住俺的手，眼淚在眼眶子裡打著轉，俺聽到他說：

「眉娘啊，你是我心頭最痛的一塊肉，我是死了呢還是活著？我是醒著呢還是睡著？我是人呢還是鬼？」

俺答道：「親親的冤家小錢丁，說你死了吧你還活著，說你醒了吧你還睡著，說你是人吧你還像鬼！」

這時候，戲台上大亂，鑼鼓敲著急急風，貓胡拉著里格龍。黑豬　上插著檀木橛子團團轉，俺公爹和小甲追豬追成了小旋風。山東巡撫袁世凱，被黑豬咬斷了一條腿，鮮血淌在了地流平。德軍司令克羅德，被黑豬啃去了一半　，趴在地上亂哼哼。這真是大快人心事，除了兩個大災星。忽然間，霹雷一聲天地變，袁世凱的腿好好的，克羅德的　全全的，他們在椅子上坐得端端的，戲台的當中，那黑豬搖身一大變，變成了俺爹老孫丙，趴在地上受椿刑。只聽見，槌敲橛子砰砰砰，橛子鑽肉噌噌噌，俺爹喊叫震耳聾……

俺的心臟撲通撲通急跳著，冷汗把衣裳都溻透了。朱八笑咪咪地問俺：

「睡好了沒有？」

俺抱歉地回答：「八爺，不好意思，在這樣的緊要關頭，俺竟然睡著了……」

「這才是好樣的。這個世界上，但凡能幹出驚天動地的大事情的人，都是吃得下飯睡得著覺。」朱八又將四個賈四家的大包子推到俺的面前，說，「你慢慢地吃著，聽我把今天發生的事情對你講。今天上午，你公爹削好了兩根檀木橛，知縣帶人在通德校場上豎起了一座升天台，與那戲台遙相望。台前搭起了席窩棚，棚前壘起了大鍋灶，一鍋香油翻波浪。你公爹，老趙甲，你男人，趙小甲，父子二人喜洋洋。把橛子放在油鍋裡，煮得十里路外撲鼻香。大鍋裡炸著香油果，小鍋裡燉著牛肉湯，吃得爺兒兩個嘴巴油光光。單等那明天正晌午時到，就把那檀木橛子釘進你爹的後脊梁。縣衙門前，依然是崗哨林立，戒備森嚴。你那個相好的錢丁和袁世凱、克羅德全都不見蹤影。我派咱家一個機靈的孩兒化裝成給縣衙送菜的小販，想混到衙門裡去探探虛實，當場就讓德國兵戳了一刺刀。看來，從大門是進不去了……」朱八正說得來勁，就聽到廟門外一聲尖叫。眾人吃了一驚，看到侯小七的猴子躥了進來。緊隨著猴子，侯小七也閃身進門。他的臉上，閃爍著光芒，彷彿沾染了許多的月光。他搶到朱八面前，說：

「八爺，大喜，孩兒在縣衙後邊的陰溝裡蹲了半天，終於等到了四老爺送來的消息。四老爺說，讓咱們後半夜從縣衙的後牆爬進去，趁著站崗的士兵疲憊困倦，神不知，鬼不覺，偷梁換柱，瞞天過海。孩兒順便看了地形，在縣衙後牆裡邊，有一棵歪脖子老榆樹，順著這棵樹，就可以進入縣衙。」

「猴子，真他娘的有兩下子！」喜色上了朱八的臉，他興奮地說，「現在你們大家，能睡覺的睡覺，睡不著覺的就給我躺著養勁。孩兒們出力的時候到了。咱家幹成了這件事，就等於操了克羅德的屁眼，讓這些雜種蒙在鼓裡。」朱八對著那個躺在席片上，準備著替代俺爹的好漢子說，「我說小山子，你睡得可以了，起來吧。師傅準備了一罈好酒，還有一隻脫骨燒雞，師傅陪你吃喝，為你送行。你如果覺得委屈，咱家馬上換人。其實這是個轟轟烈烈、揚名露臉的事。咱家知道你好唱，你是那孫丙的親傳弟子。你的嗓子就是那孫丙嗓子的翻版，你的模樣與那孫丙至少也有七分相似。孫眉娘你仔細看看，這個兄弟，像不像你的爹。」

那條漢子懶洋洋地爬起來，打了一個長長的呵欠，抬起手擦擦嘴上的口水，然後抖擻了一下精神，把一張粗糙的長臉轉給俺。他的眉眼與俺爹的眉眼果然有八分相似。他的鼻梁也像俺爹的鼻梁是高高的。他的嘴巴與俺爹的嘴巴相差甚遠，俺爹的兩片嘴唇是厚厚的，這人的嘴唇是薄薄的。俺心裡想如果能把他的嘴唇弄厚點兒，他就活活是俺的爹了，再把他用俺爹的衣裳裝扮起來，就可以瞞得天衣無縫。

「孩兒還忘了一件要事，八爺，」侯小七有幾分為難地說，「四老爺特別叮囑，要立即轉告八爺，說那孫丙，受審時破口大罵，惹得克羅德惱羞成怒，用手槍把子敲掉了他兩顆門牙……」

所有的目光在一瞬間都投到了小山子嘴上。從那兩扇厚厚的嘴唇中間露出來的是一嘴整齊的牙齒。叫化子吃鋼嚼鐵，一般地都有一副好牙口。朱八盯著小山的嘴巴，說：

「你都聽到了，想想吧，願意就是願意，不願意就是不願意，師傅絕不逼你。」

小山咧開嘴，好像是故意地炫耀他那口雖然不白，但十分齊整的淡黃色的牙齒。他微微一笑，說：

「師傅，徒弟連命都不想要了，還要這兩顆門牙做什麼？」

「好樣的，小山子，不愧是我的徒弟！」朱八感動地說著，雙手把那只裝滿了螢火蟲的布口袋顛來倒去，一片片的螢光像煙霧一樣在他的胸前把他下巴上凌亂的花白鬍子都照亮了。

「師傅，」小山子用指甲彈著牙齒說，「它已經發癢了，把酒肉端過來吧！」

幾個小叫化子慌忙把朱八身後那只用新鮮荷葉包裹著的燒雞和那一罈老酒搬過來。荷葉還沒揭開，俺就聞到了燒雞的香氣，罈子還沒開塞俺就聞到了老酒的香味。老酒的香味和燒雞的香氣有根本的不同，燒雞的香氣與老酒的香味混在一起，把即將到來的八月中秋節的氣氛渲染得很濃很濃。一道月光從廟門的縫隙裡射進來，在月光中油汪汪的荷葉被一隻手撥開，在月光中金紅色的燒雞閃閃發光，在月光中一隻黑色的手把兩個淺底的黑色釉碗擺在了燒雞的旁邊，在月光中朱八將手中的螢火蟲裝進了腰間的叉袋，拍了拍綠色的雙手——俺看到他的手指細長靈巧，每根手指都像一個能言善辯的小人兒——他的屁股往前蹭了兩蹭，就與即將去大牢裡給俺爹當替死鬼的小山子對面而坐了。他端起一碗酒，遞到小山子眼前。小山子急忙接了酒，似乎很不好意思地說：

「師傅，怎麼敢讓您老人家給小的端酒？」

朱八自己也端起一碗酒，與小山子手中的酒碗相碰，一聲響亮，酒花濺出，然後兩人的眼睛直直地對望一霎，似乎有明亮的火星子在飛舞，像煞了火鐮敲打火石，兩個人嘴唇都抖，都好像要說話，但都不說話，然後他們就仰起了脖子，把碗裡的酒咕嘟咕嘟地灌了進去。朱八放下酒碗，親手撕下一條雞腿，雞腿上還牽連著一塊雞皮，遞給了小山子。小山子接過雞腿，似乎想說話，但還是沒說話，然後他的嘴巴就被雞肉塞滿了。俺看到雞肉在他的嘴巴裡翻了兩個滾就被他嚥了下去，好像一隻老鼠沿著他的咽喉鑽了進去。俺心裡真想回去弄條狗腿給他吃，但時間已經來不及了。煮一條狗腿，沒有一天一夜的工夫是不行的。俺看到他吃光了雞腿上的大肉，就用門牙啃起了骨頭上的筋絡，好像要向俺和眾化子炫耀他的好牙口。他把發達的門牙齜了出來，那神情猶如蹲在松樹上嗑松子的松鼠。他的牙齒黃是黃了一點，但的確很結實。啃完了筋絡他就咀嚼骨頭，嘴巴裡發出了咯嘣咯嘣的響聲。沒見到吐出什麼，他把骨頭渣子都嚥了下去。可憐的人兒，早知道你今日捨身求仁去替俺爹死，俺早就該請你到俺家，擺起那七盤八碗流水宴，讓您把人間的美味嘗一遍。只可惜人生天地間，誰也沒生前後眼。小山子剛把一條雞腿嚼完，朱八將另一條雞腿遞到了他的面前。他舉起雙手抱拳，滿面莊嚴地說：

「謝師傅給了小的這次機會！」

然後，他伸手從背後摸起一塊半頭磚，對準了自己的嘴巴一拍，只聽得巴唧一聲悶響，一顆門牙掉在了地上，鮮血從嘴裡湧了出來。

眾人都愣住了，直著眼不說話。一會兒看看小山子血糊糊的嘴巴，一會兒看看朱八爺陰沉沉的臉膛。朱八用食指撥弄了小山子那顆掉在地上的牙，抬起頭來問侯七：

「孫丙到底去了幾顆牙？」

「聽四老爺說是兩顆。」

「你聽真切了嗎？」

「聽得真真切切，八爺。」

「這事弄的，」朱八為難地望著小山子，說，「師傅實在是不忍心再讓你來一下子……」

「師傅不要為難，敲一下也是敲，敲兩下也是敲。」小山子嘴巴裡噴吐著血沫子，嗚嗚嚕嚕地說著，隨手又把磚頭舉了起來。

朱八厲聲道：「別急——」

但小山子已經把磚頭拍在了嘴上。

小山子扔掉磚頭，一低頭，吐出了兩顆牙。

望著小山子嘴巴裡被砸出來的大豁子，朱八惱怒地罵道：

「你個雜種，讓你別急別急你偏要急，這下可好，又他娘的多砸下來一顆！少砸了可以再砸，這多砸了可怎麼辦？」

「師傅不要煩惱，到時候俺閉住嘴巴不開口就是了。」小山子口齒不清地說。

三

夜半時分，俺遵從著朱八爺的指示，披上一件破夾襖，戴上一頂破草帽，跟隨著叫化子，悄悄地出了廟門。大街上靜悄悄的，一個人影也沒有。明晃晃一輪圓月，放射出綠油油的寒光，使天地間的萬物都像通了靈、著了魔。俺不由地打了一個寒顫，上下牙齒打起了嘚嘚。這聲音在俺的耳朵裡鏗鏗鏘鏘，俺覺得俺打牙巴鼓的聲音能夠驚醒整個的縣城。

一行人，侯小七扛著猴子頭前帶路，後邊是身材高大的小亂子，小亂子手裡提著一柄鐵鏟，據說他是鑽牆打洞的急先鋒。小亂子身邊是小連子，小連子腰裡捆著一條牛皮繩，據說他是攀樹上房的老祖宗。然後就是大大的賢人小山子，他忠烈千秋、大義大德、自毀容顏、慷慨赴死是萬古流傳的大英雄。只見他，身不顫，步不亂，雄赳赳，氣昂昂，好似要去赴七盤八碗的太平宴，這樣的人物幾百年來也難見。小山子身後就是乞丐的首領朱老八，也是個頂天立地、咬鋼嚼鐵的男子漢。朱老八拉著俺的手，俺是花容月貌的女嬋娟。小隊伍，忒精幹，展都尉，包青天，左王朝，右馬漢，前狄龍，後狄虎，借東風，氣周瑜，甘露寺裡結良緣……俺們跟隨著侯小七，穿過大街，趄進了鐵匠胡同，從鐵匠胡同，拐進了草鞋市。貼著草鞋市邊那道矮牆，用牆的暗影遮掩著身體，弓著腰，一路小跑，跑進了魯家巷子。出了魯家巷子，上了小康河上的小康橋；橋下的流水，好似白花花一片銀子。過了小康橋，溜進了油房胡同。出了油房胡同，一抬頭，高高的圍牆立眼前，牆裡就是縣衙的後花園。

蹲在圍牆的陰影裡，俺呼哧呼哧地喘著粗氣，心裡像打鼓一樣亂撲通。化子爺們都不喘粗氣，俺看到，他們的眼睛都閃爍著亮光，猴子的眼睛也閃著亮光。俺聽到朱八爺說：

「動手吧，是時候了！」

小連子從腰裡抽出繩子，往上一撒，那繩子就從樹杈上懸掛下來。只見他手腳並用，不似猿猴，勝似猿猴，噌噌噌，幾下子就上了樹，然後他就沿著樹杈落在了牆頭上。他沿著繩子消失在牆裡頭，片刻工夫，他把另一根繩子從牆裡邊拋出來。朱八爺抓住繩子，使勁地扽了扽，看樣子已經是萬無一失。朱八將繩子給了侯小七。侯小七把肩上的猴子往上一扔，猴子輕飄飄地飛上了樹，然後就在樹上躥跳起來。侯小七自己，手把住繩子，腳蹬住牆壁，毫不費力地就上了牆頭，換了從樹上垂掛到牆裡的繩子，一閃就下去了。下一個誰上？朱八爺把俺推到前邊。俺心裡緊張，渾身發冷，手心裡全是汗水。俺抓住繩子，繩子冰涼，簡直就是一條蛇。俺拉著繩子往牆上蹬了兩腳，手痠了，腿軟了，渾身上下打顫顫。不久前俺沒用繩子就躥上了樹，今日裡拽著繩子上不去。那時節俺俏得像隻貓，今日裡俺笨得似頭豬。並不是親爹不如乾爹急，也不是腹中的嬌兒長了個。實因為，俺在這牆頭上吃過虧。俗言道「一朝被蛇咬，三年怕草繩」，俺看到了這牆頭樹杈子，就感到渾身狗屎臭，屁股陣陣痛。這時俺聽到朱八爺在耳邊說：

「這是為了救你的爹，不是救我們的爹！」

朱八爺的話千真萬確，叫化子們捨生忘死，為的是救俺的爹。這樣的關鍵時刻，俺怎麼能先草雞了？想到此俺的勇氣倍增。俺想起了替父從軍的花木蘭，俺想起了百歲掛帥的佘太君。狗屎就狗屎，鞭子就鞭子；不吃苦中苦，難為人上人；不歷險中險，難成戲中人。為了萬古千秋傳美名，俺一咬牙，一跺腳，兩口唾沫啐手心；手把皮繩腳蹬牆，面朝藍天明月輪。在下面，眾位化子伸手把俺的屁股托，托得俺忽忽悠悠如駕雲。說話間俺就蹲在了牆頭上，看到了縣衙裡，一片片房頂相連，月光下，瓦片好似鯉魚鱗。牆下邊，已有那侯七小連把俺接，俺抓住了樹上懸掛的另一繩，眼一閉，心一橫，縱身跳進了翠竹林。

想當初與錢丁在西花廳裡鬧風月，俺曾經，站在頂子床上，透過後窗，看到了後花園裡的美景，首先撲入俺的眼睛的就是這片翠竹林。還有那牡丹月季和芍藥，丁香開花熏死個人。花園中還有一座小假山，上有菊花用盆栽。太湖石，玲瓏剔透，立在小小荷池邊，池中粉荷賽美人。還有那兩雙蝴蝶採花蜜，一群蜜蜂嗡嗡嗡。有一個黑面女子園中遊，神色嚴肅賽包公。身後跟著小丫鬟，楊柳細腰腳步靈。俺知道，這女人模樣不算好，但她是知縣的結髮妻子大夫人。俺知道，她出身名門學問好，才華滿腹計謀深，衙役見她個個怕，知縣見她讓三分。俺曾想，也到花園去轉轉，但錢丁讓俺死了這條心。錢丁讓俺在西花廳裡把身藏，露水的夫妻怕見人。想不到，今日俺又在園中站，只是那，不為遊園為救人。

大家在翠竹林中聚齊，侯小七把猴子也從樹上招了下來。俺們蹲在林中，聽到那三更的梆鑼在衙中的夾道裡由遠而近，然後又由近而遠。從最前面的院子裡，傳過來一陣吵鬧聲，似乎是大門外的士兵在換崗。過了片刻，所有的聲音都沒有了，只有那些死期將近的秋蟲，正聲聲緊，聲聲淒涼地鳴叫著。俺的心撲通撲通狂跳，想說話又不敢開口。看看朱八爺他們，都安安靜靜地坐在那裡，沒有一點動作，不發出一點聲音，好像五塊黑石頭。只有那隻猴子，偶爾地不老實一下，馬上就被侯小七按住了。

月亮眼見著就偏了西，後半夜的月光冰涼，秋天的露水落在竹葉和竹竿上，看上去好似刷了一層油。露水打濕了俺頭上的破草帽，打濕了俺身上的破夾襖，連俺的胳肢窩裡都濕漉漉的。再不行動，天就要亮了啊，俺的個朱八爺爺，俺焦急地想著。這時，就聽到前面又吵鬧起來了，喊叫聲，哭嚎聲，還有的銅鑼聲。隨即俺就看到，一片紅光把縣衙照紅了。

一個身穿公服的小衙役彎著腰從西花廳旁邊的夾道裡溜了過來。過來了他也不說話，只是對著俺們一招手，俺們就跟隨著他，沿著夾道，越過了西花廳、稅庫房、主簿衙、承發房，眼前就是獄神廟，廟前就是監押房。

俺看到，前院裡起了一把火，火苗子躥天有三丈。起火的地方，正是那膳館大廚房。雲生雨，火生風，濃煙滾滾嗆喉嚨。亂糟糟好似螞蟻把家搬，吵嚷嚷恰如老鴰窩裡捅鐵棒。成群的兵丁來回躥，手提著水桶和擔杖。趁亂勁兒俺們過了外監過女牢，腳底都像抹了油，輕靈好似一群貓，神不知，鬼不曉，俺們溜進了死囚牢。監房裡臭氣能把人熏倒，老鼠賽貓，跳蚤如豆。監房裡只有矮門沒有窗，乍一進去，兩眼啥也看不見。

四老爺扭開了死牢的門鎖，嘴裡連聲說著快快快，朱八爺把那一包螢火蟲兒往裡一甩，屋子裡頓時就一片綠光。俺看到，爹爹臉色青紫，滿嘴血污，門牙脫落，已經不成人樣。爹呀！俺剛喊出了半聲，就被一隻大手摀住了嘴巴。

俺爹的手腳都用鐵鏈子鎖住，鐵鏈子又拴在牢房正中的「匪類石」上。縱然你有千斤的力氣，也難以掙脫。藉著螢火蟲的光芒，四老爺開了鐵鏈上的大鎖，把俺爹解放出來。然後，小山子脫下外邊的衣裳，顯出了跟俺爹穿得顏色一樣的破衣裳。他坐在俺爹方才坐過的位置上，讓四老爺把他用鐵鏈子鎖起來。幾個人忙把小山子換下來的衣裳給俺爹穿上，俺爹彆彆扭扭，很不配合，口齒不清地喊叫著：

「你們幹什麼？你們要幹什麼？」

四老爺慌忙摀住了他的口，俺低聲說：

「爹呀，您醒醒吧，是你的女兒眉娘救你來了。」

爹爹嘴巴裡還在出聲，朱八爺對準他的太陽穴打了一拳，俺爹連哼都沒哼就暈了過去。小亂子蹲下身，扯住俺爹的兩條胳膊把他背起來。四老爺低聲說：

「快走！」

俺們彎著腰出了死牢，趁著外邊的亂乎勁兒，跑到了獄神廟後邊的夾道上。迎面一群衙役提著水從儀門內跑出來。知縣錢丁站在儀門的台階上，大聲地喊叫著：

「各就各位，不要慌亂！」

俺們蹲在獄神廟後的陰影裡，一動也不敢動。

幾盞紅燈籠引導著一個大員出現在儀門前的甬道上，大員的身後簇擁著一群護兵，不是山東巡撫袁世凱還能是誰。俺們看到錢丁疾步迎上去，單膝跪地，朗聲道：

「卑職管教不周，致使膳館失火，驚嚇了大人，卑職罪該萬死！」

俺們聽到袁世凱命令知縣：

「趕快派人點驗監獄，看看有無逃脫走漏！」

我們看到知縣慌慌張張地爬起來，帶領著衙役，朝死囚牢的方向跑過去了。

俺們平息靜氣，身子恨不得縮進地裡。俺們聽到了四老爺在囚牢院子裡大呼小叫，還聽到了開啟囚牢鐵門發出的聲音。俺們等待著逃跑的機會，但袁世凱和他的護衛們站在大院當中的甬道上，絲毫沒有走的意思。終於，俺們看到知縣小跑步到了袁世凱面前，又是一個單膝跪地，口中喊報：

「回大人，監牢點驗完畢，人犯一個不缺。」

「孫丙怎麼樣？」

「在石頭上牢牢地拴著呢！」

「孫丙是朝廷重犯，明日就要執刑，出了差錯，當心你們的腦袋！」

袁世凱轉身往寅賓館方向走去，知縣站起來躬身相送。俺們鬆了一口氣。但就在此時，俺的爹，老混蟲，突然甦醒發了瘋。他愣愣怔怔地站了起來，嗚嗚嚕嚕地問：

「這是在哪裡？你們把我弄到哪裡？」

小亂子扯著他的腳脖子猛地把他拉倒。他翻了一個滾，滾到了亮堂堂的月光裡。小亂子和小連子餓虎撲食一樣撲上去，每人拉住他一條腿，想把他拖到陰影裡。他拚命地掙扎著，大聲地吼叫著：

「放開我——你們這些混蛋——我不走——放開我——」

爹的喊叫把大兵們吸引過來，明亮的槍刺和軍服上的鈕釦閃爍著寒光。朱老八低聲說：

「孩兒們，跑吧！」

小亂子和小連子鬆開了俺爹的腿，愣怔了一下，就迎著那些大兵跑過去。在乒乒啪啪的槍聲裡，夾雜著士兵們的喊叫：「有刺客——！」朱老八像一隻鷂子，撲到了俺爹身上，從俺爹發出的聲音來判斷，他的脖子是被老八細長的手爪子給扼住了。俺明白朱老八的意思，他要把俺爹弄死，讓檀香刑無法施行。侯小七拉住俺的手，拖著俺拐進了西邊的更道，一群衙門裡的胥吏迎面跑了過來。侯小七將猴子往前一拋，猴子尖叫著躥到了一個胥吏的脖子上，隨即就聽到了胥吏發出的尖利驚叫。侯小七拉著俺從承發房門前跑到了大堂後邊，二堂裡也有衙役跑出來。俺聽到儀門外的大院裡，槍聲、火聲、喊叫聲混成了一片，血的氣味和火的氣味衝進了俺的鼻子，銀色的月光突然間變得血紅了。

俺們沿著東邊的更道往北跑，希望著跑到後花園裡去逃生。身後的腳步聲越來越多，頭上還有槍子兒在飛行。當俺們跑到東花廳一側的小廚房時，侯小七的身體往上聳了好幾聳。他抓著俺的手無力地滑脫了，一股綠油油的血，就像剛榨出來的油，冒著熱氣，從他的背上躥了出來。正當俺手足無措時，一隻手拉住俺的手，把俺拖離了狹窄的更道。在一側身的光景裡，俺看到士兵們沿著更道奔跑過來。

原來是知縣的夫人把俺拖進了知縣的私宅東花廳。她伸手摘去了俺的破草帽，又把俺身上的大褂扒下來，隨手捲成一個團，推開後窗往外扔。她把俺推進了頂子床，讓俺躺下，還給俺蓋上了一條被子。兩邊的藍布幛子放下來，知縣夫人被隔在了外邊，俺的眼前一片漆黑。

俺聽到士兵們吵吵嚷嚷地追到後花園裡去了，兩邊更道裡，前後堂院和左右跨院裡，整個的縣衙裡，吵嚷聲此起彼伏。終於，最可怕的時刻到了：東花廳的院子裡，響起了雜沓的腳步聲。俺聽到有人說：「都統大人，這是知縣大人的私宅！」隨即就響起了鞭子抽打到人身上的聲音。俺看到幔子一掀，一個只穿著單衣的冰涼的肉體鑽進了被窩，與俺的身體緊緊地貼在了一起。俺知道這是夫人的身體，這是俺的心上人錢丁曾經抱過的身體。接下來就響起了敲門聲。敲門聲變成了砸門聲，俺與夫人摟抱在一起，俺感到她的身體在顫抖，俺知道俺的身體抖得比她更厲害。俺聽到房門豁朗朗開了。知縣夫人把俺推到床邊，用被子把俺遮蓋得嚴嚴實實，然後她就把幛子撩開半邊。俺知道夫人一定是一副雲鬟散亂、衣領半開、從睡夢中被驚醒的模樣。俺聽到一個漢子粗魯地說：

「夫人，遵照袁大人的命令，卑職前來搜捕刺客！」

夫人冷笑一聲，道：

「都統大人，我外祖父曾國藩當年領兵打仗，為了嚴明軍紀，爭取民心，維護綱常，制定了一條鐵打的紀律，那就是為兵者不進人家內宅，看樣子由袁世凱袁大人一手訓練出來的新軍，已經把這條紀律廢了！」

「卑職不敢，卑職冒犯夫人，還望夫人恕罪！」

「什麼敢不敢？什麼冒犯不冒犯？該搜得你們也搜了，該看得你們也看了。你們就是欺負我們老曾家已經衰敗，朝中無人，才敢這樣膽大妄為！」

「夫人言重了，卑職一介武夫，唯上司命令是聽！」

「你去把那袁世凱給我叫來，我要向他請教，天下可有這樣的道理？半夜三更，派兵侵入人家內室，辱人家眷，毀人名節，他袁世凱還是大清朝的臣子嗎？他袁大人家中難道沒有妻妾兒女嗎？俗言道，『士可殺而不可辱，女可死而不可污』，我要以死向袁世凱抗爭！」

正在此時，就聽到外邊一陣急促的腳步聲，有人低聲說：

「知縣大人回來了！」

夫人放聲大哭起來。

知縣衝進房子，百感交集地說：

「夫人，下官無能，讓你受驚了！」

四

轟走了都統和他的士兵，關閉了門窗，吹熄了蠟燭，月光從窗欞子射進來，房間裡有的地方明亮有的地方幽暗。俺從那張頂子床上爬下來，低聲道：

「謝夫人救命之恩，如果有來世，就讓俺給夫人當牛做馬吧！」

言罷，俺抽身就要往外走。她伸手扯住了俺的衣袖。俺看到她的眼睛在幽暗中閃閃發光，俺嗅到她的身上散發出桂花的幽香。俺想起了三堂院裡那棵粗大的桂花樹，八月中秋，金桂飄香，本應是知縣夫妻飲酒賞月的好時光，俺雖然不能與心上人兒一起把月賞，但後半夜偷偷進衙幽會滋味也很強。都說是俺爹攪了太平局，依俺看是德國人橫行霸道太強梁。想起了爹爹心悽惶，一團亂麻堵胸膛。爹呀，你這個昏了頭的老東西！為救你女兒跑細了兩條腿，為救你叫化子晝夜在奔忙。為救你小山子打掉牙齒整三個，鮮血滴落在胸膛。為救你朱八親自出了馬，為救你眾多化子把命喪。俺們費了天大的勁，偷梁換柱把你救出了死牢房，大功眼見這要告成，你卻咧開大嘴瞎嚷嚷……「現在你還不能走，」知縣夫人冷冷地說話打斷了俺的胡思亂想。俺聽到，前面的院子裡還沒安靜，不時地傳來士兵們的大呼小叫。

知縣去大堂親自值更，這是袁世凱下的命令。俺忘不了方才脫險的情景：都統帶著他的兵走了。夫人起身關上了房門。在那枝紅淚斑斑的蠟燭照耀下，俺看到夫人滿面紅光，不知是激動還是憤怒。俺聽到她冷冷地說：

「大人，妾身自作主張，替你金屋藏嬌了！」

知縣探看了一下窗外的情景，疾步走到床前，掀開被頭，看到了俺的臉。然後他就把被頭猛地蓋上了。俺聽到他用低沉的聲音說：

「夫人深明大義，不計前嫌，果然是女中丈夫，錢丁感激不盡。」

「那麼，是送她走呢，還是留她在這裡？」

「悉聽夫人尊便。」

外邊有人喊叫，錢丁慌忙出走。看起來他是去執行公務，實際上也是逃避尷尬境地。這種情況在戲文裡經常發生，俺心裡明白。夫人吹滅蠟燭，讓月光照進來。

俺侷促不安地坐在牆角的一把凳子上，口中焦乾，嗓子冒煙。夫人好像神人一樣，知道俺口渴，親自倒了一碗涼茶，遞到俺的面前。俺稍微一猶豫，但還是伸手接了。俺將茶水喝乾，說：「謝夫人。」

「想不到你還是一位藝高膽大的女俠！」夫人用嘲弄的口氣說。

俺無言以對。

「你今年多大歲數？」

「回夫人，民女今年二十四歲。」

「聽說你已經懷孕在身？」

「民女年幼無知，如有冒犯夫人之處，還望夫人海涵，俗言道，大人不見小人的怪，宰相肚子裡能撐船。」

「想不到你還有這樣一副伶牙俐齒，」夫人用十分嚴肅的口吻說，「你能保證肚子裡的孩子是老爺的嗎？」

「是的，我保證。」

「那麼，」夫人道，「你是願留呢還是願走？」

「願走！」俺毫不猶豫地說。

五

俺站在縣衙前的牌坊柱邊，眼巴巴地往衙內張望著。俺一夜未眠，經歷了驚心動魄出生入死的大場面，雖然現在還不是戲，但用不了多久就會被編進戲裡眾口傳。昨夜晚夫人勸俺遠走他鄉避災難，她還將五兩白銀遞到了俺手邊。俺不走，說不走，就不走，俺死也死在高密縣，鬧他個地覆又天翻。

鄉親們都知道了俺是孫丙的女兒，把俺層層地護衛起來，好像一群母雞護著一隻小雞。幾個白髮的老婆子把熱乎乎的雞蛋塞給俺，俺不接，就硬往俺的衣兜裡塞，她們還用哭咧咧的聲音說：

「吃吧，閨女，別餓壞了身子……」

其實，俺心裡明白，在俺爹沒出事之前，縣城裡這些老娘們、小娘們，不管是良家婦女還是花柳巷裡的婊子，提起俺的名字就牙根癢，恨不得咬俺一口。她們恨俺跟縣太爺相好，她們恨俺日子過得富裕，她們恨俺長了一雙能跑能顛、偏偏又讓錢大老爺喜歡的大腳。爹，從您扯旗放砲造了反，她們就對俺轉變了態度；當您被俘收監後，她們對俺的態度更好；當縣裡在通德校場上豎起了升天台，四鄉張貼告示，要將您處以檀香刑後，爹呀，女兒我就成了高密縣人見人憐的小寶童。

爹啊，昨夜晚俺們設計將你救，只差一毫就成功。如果不是您臨時發了失心瘋，咱們的大功已告成。爹呀爹，您這一瘋不要緊，送了叫化子四條命。你往那大門兩側八字牆上看，眼睛流血心口痛。左邊的八字牆上掛著人頭有兩個，還有那一顆猴頭兩顆人頭掛在右邊的八字牆。左牆上掛著朱八和小亂，右牆上掛著小連侯七和猴精。（他們連一隻猴子都不放過啊，好不歹毒也！）

眼見著日頭漸升高，縣衙裡還是靜悄悄，估計是要等正晌午時到，才將我爹推出死囚牢。這時，從那條與縣衙大門斜對著的單家巷子裡，磨磨蹭蹭走出了一群穿袍戴帽的體面人。單家巷子是縣裡最有名的巷子。單家巷子有名是因為單家巷子裡曾經出過兩個進士。出進士是過去的光榮了，現在支撐著單氏家族的，是一個舉人。舉人老爺，姓單名文字昭瑾。昭瑾先生，是縣裡德高望重第一人，雖然他從不到俺家打酒買狗肉，雖然他深居簡出，躲在家裡讀書寫字畫山水畫小人，但俺跟他不陌生。俺從錢大老爺口裡，聽說過他老人家的名字不下一百遍。錢大老爺眼睛裡放著光彩，手捋著鬍鬚，看著昭瑾先生的字畫，嘴裡叨叨著：「高人啊，高人，這樣的人怎麼會不中？」一會兒他又感歎道，「這樣的人怎麼可能中？」他的話聽得俺糊糊塗塗，俺問他，他不答，他用手扶著俺的肩頭說，「你們高密縣的才華，都讓他一人霸盡了，但朝廷即將廢科舉，可惜他再也沒有蟾宮折桂的機會了！」俺看著那些似山非山的山，似樹非樹的樹，影影綽綽的人，彎彎勾勾的字，實在看不出有什麼好。俺是一個婦道人家，除了會唱幾齣貓腔，別的俺不懂。但錢大老爺是進士出身，是天下有名的大學問，他懂，他說好，自然就是好，連他都敬佩得了不得的單先生，自然就是更加了不得的天人了。單舉人濃眉大眼，大長臉，大鼻子大嘴，鬍子比一般人好，但比俺爹和錢丁差。自從俺爹的鬍鬚讓人薅了之後，錢丁的鬍鬚是高密第一，單舉人的鬍鬚就是高密第二了。只見單先生在那些人的前頭，昂著頭走，儼然是一個領袖。他的脖子有點歪，不知是一直就歪呢，還是今天才歪。往常裡也曾見過單先生幾次，但沒在意這個細節。他歪著脖子，顯出了一股野乎乎的勁頭兒，看去不是一個文學人，倒像一個手下嘍囉成群的山大王。簇擁在他身後的那些人，也都是高密縣的有頭有臉的人物。那個頭戴紅纓帽子的大胖子，是開當舖的李石增。那位不停地擠咕眼的瘦子，是布店的掌櫃蘇子清。那位臉皮上有淺白麻子的是藥舖的掌櫃秦人美……高密縣城裡的頭面人物都來了。他們有的神色肅穆，目不斜視；有的驚慌失措，目光左顧右盼，好像在尋找什麼依靠；有的則低著頭，看著自己的腳尖，好像怕被熟人認出他的臉。他們一出單家巷子，就把大街兩側的目光全都吸引了過去。人們看著他們，有的不明白，有的馬上就明白了。明白了的人就說：

「好了，這下好了，單舉人出山，孫丙的命就保住了！」

「別說是錢大老爺，就是袁大人，也要給單先生一點面子，何況還有高密縣全體的鄉紳呢！」

「皇上也不會拂民意，大家一起去啊！」

於是大批的人群就尾隨在單先生與眾鄉紳的後邊，簇擁在縣衙前的空地上。大門兩邊的德國兵和袁世凱的武衛軍士兵，就好像被冷水澆了的昏狗，立即抖擻起了精神，把原先在腿邊當拐棍拄著的大槍托了起來。俺看到，那些德國兵的眼睛，撲簌撲簌地往外噴綠。

自從德國鬼子在青島登了陸，就有許多古怪的說法傳到俺的耳朵裡。說這些東西腿是直棍，中間沒有膝蓋，不會打彎，跌倒後就爬不起來。這分明是謊言了。德國兵近在俺的眼前，他們穿著瘦腿褲子，那些大膝蓋就像蒜錘子一樣往外突突著。還說這些東西幹起那事來像騾馬一樣，一上就瀉，但俺聽到胭脂巷裡的婊子說：天神爺爺，什麼一上就瀉像騾馬，他們都是些大公豬，上去不搗弄夠一個時辰不下來。還說這些東西到處搜羅模樣周正、心靈嘴巧的男孩子，抓去後就用刀子給他們修剪舌頭，然後教他們學鬼子話。俺拿這話去問錢大老爺，錢大老爺聽罷笑哈哈，說也許都是真的罷，咱家沒有男孩子咱家也不必害怕。錢大老爺用柔軟的手指摩挲著俺的肚子，眼睛裡放著光說：「眉娘啊眉娘，你給我生個兒子吧！」俺說俺怕不能生，如果俺能生，與小甲這麼多年了，怎麼還不生？他捏著俺說：「你不是說小甲是個傻子嗎？你不是說小甲不懂這種事嗎？」他的手上用了狠勁，痛得俺眼淚都流了出來。俺說，自從跟你好了以後，就沒讓小甲動過，不信你去問小甲。他說：「虧你想得出來，讓我堂堂一縣之尊去問一個傻瓜？」俺說，一縣之尊的雞巴也不是石頭雕的，一縣之尊軟了不也像一灘鼻涕嗎？一縣之尊不也吃醋嗎？聽了俺的話，他鬆開手，嘻嘻地笑了。他把俺擁在懷裡，說：「寶貝，你就是我的開胸順氣丸，你就是玉皇大帝專門為我和的一味靈丹妙藥……」俺將臉扎在他的懷裡，嬌聲嬌氣地說，老爺乾爹啊，你把俺從小甲手裡贖出來吧，讓俺一年三百六十五天伺候您，俺什麼名分都不要，就做您的貼身丫頭伺候您。他搖著頭說：「荒唐，我一個堂堂知縣，朝廷命官，怎麼能搶奪民妻，此事流傳出去，貽笑天下事小，只怕頭上的烏紗帽都難保。」俺說，那你就捨了俺吧，俺從今之後，再也不到你這縣衙裡踏半個腳印。他親了俺一口，「可是我又割捨不了你，」他學著貓腔調唱道，「這件事讓本官左右為難～～」你怎麼也會唱貓腔？你這是跟誰學的呀，俺的個親大老爺！「要想會，跟著師傅睡嗎！」他調皮地說著，然後又用手拍著俺的腚垂子，模仿著俺爹的聲嗓，有板有眼地唱起來，「日落西山天黃昏，虎奔深山鳥奔林。只有本縣無處奔，獨坐大堂心愁悶～～」你愁悶個啥啊，不是有俺這個大活人躺在你的身邊給你消愁解悶嗎？他不答俺的腔，把俺的腚當了他的貓鼓，一下一下地拍著，節奏分明聲音脆生，接著唱，「自從結識了孫氏女，如同久旱的禾苗逢了甘霖。」你就會用好話蒙俺，俺一個賣狗肉的村婦，有什麼好的？「你的好處說不完～～三伏你是一坨冰，三九你是火一團。最好好在解風情，讓俺每個毛孔都出汗，每個關節都舒坦。為人能摟著孫家眉娘睡一覺，勝過了天上的活神仙～～」他唱著唱著就把俺翻到了下邊，他的鬍鬚就像散開的馬尾巴遮住了俺的臉……乾爹啊，有道是：

有心栽花花不發，無心插柳柳成蔭。那天你與俺顛鸞倒鳳赴雲台，想不到珠花暗結懷龍胎～～本想給你個沖天喜，誰承想，你抓住俺爹要上椿刑～～

俺看到，單舉人帶著眾位鄉紳迎著那些如狼似虎的大兵走了過去，那些大兵們一個個都把眼睛瞪圓了，都把大槍端平了，除了單舉人之外，鄉紳的腳步都黏黏乎乎起來，好像雙腿之間夾纏著麻團，好像腳底下沾滿了膠油。單舉人一個人漸漸地脫離了他的隊伍，突出在眾人之前，好像一隻出頭的鳥。單舉人走過了教化牌坊，大兵手裡的槍栓便嘩啦啦地響起來。紳士們畏縮在牌坊的後邊停步不前，單舉人在牌坊的前面立定站住。俺從女人堆裡往前跑幾步，躥到了牌坊下面，跪在了眾位鄉紳面前和單舉人背後，俺大哭一聲嚇了他們一跳，使他們都驚慌不安地回轉了頭。俺夾唱夾訴：各位大爺啊各位大叔，各位掌櫃各位鄉紳，俺，孫丙的女兒孫眉娘，給你們磕頭了，求你們了，求你們救救俺爹吧。俺爹造反，事出有因，俗話說兔子急了也咬人，何況俺爹是一個通綱常、懂禮儀、血性男兒耿直人。俺爹他聚眾造反，為的也是大傢伙的利益。大爺們，大叔們，鄉紳們，行行好吧，保出俺爹一條命吧……

在俺的哭喊聲中，只見那身高馬大的單舉人，撩起長袍的前襟，往前撲了幾步，雙膝一屈，跪在了眾位大兵面前。俺知道單舉人跪的不是這些兵，單舉人跪的是高密縣衙，跪的是縣尊錢丁、俺的乾爹錢大老爺。

> 乾爹啊，眉娘肚子裡撲騰騰，孕育著咱家後代小寶童。他是您的虎狼種，長大後把錢家的香火來繼承。不看僧面您看佛面，救孩的姥爺一條命。

單舉人帶頭下跪，眾鄉紳在後跟隨，大街上跪倒了黑壓壓的一群人。單舉人從懷裡摸出一捲紙，在胸前展開，紙上的黑墨大字很分明。單舉人高聲道：

「孫丙鬧事，事出有因。妻女被害，急火攻心。聚眾造反，為民請命。罪不當誅，法外開恩。釋放孫丙，以慰民心……」

單舉人將請願帖子雙手舉過頭頂，長跪不起，好像在等待著什麼人前來取走。但被虎狼也似的大兵嚴密地封鎖住的縣衙裡靜悄悄的，好像一座冷冷清清的破廟。昨夜裡起火焚燒了的膳館廚房的梁架上還冒著一絲一縷的青煙，叫化子的頭顱散發出一陣陣的腥氣。

昨夜晚英雄豪傑鬧縣衙，火光衝天人聲喧譁。如果俺不是親身參加，從眼前的情景，往死裡想也想不出昨夜裡發生了那樣的大事，想起來就讓人害怕。又一想什麼也不怕，想起了慷慨赴死的叫化子，砍掉腦袋不過碗大的一個疤。想起了昨夜事不由地暗恨爹爹瘋病發，把一個成功的計畫斷送啦。你自己不活事情小，帶連了旁人事情大。眾化子都把性命搭。如果不是夫人出手來相救，女兒我的性命也罷休。為什麼為什麼，爹爹你到底為什麼？

偶爾有一個神色肅穆的衙役從院子裡匆匆地穿過，好像一隻詭祕的野貓。抽完一鍋菸的工夫轉眼過去了，單舉人保持著方才的姿勢，好似一座泥像。單舉人身後的鄉紳和百姓們保持著方才的姿勢，猶如一片泥像。縣衙裡一點動靜也沒有。又是抽完一鍋菸的工夫熬過去了，縣衙裡還是一點動靜也沒有，衙門前的大街上，士兵們瞪著眼，持著槍，如臨大敵，汗水從單舉人的脖子上流了下來。再熬過抽一袋菸的工夫，單舉人的雙臂開始顫抖了，汗水已經溻透了他的脊背，但衙門裡依然一片死寂。

孫家老婆婆在人群中突然地哭叫了一聲：開恩吧——

眾人隨著哭喊起來：開恩吧——開恩吧——

熱淚迷糊了俺的眼睛。俺淚眼朦朧地看到，眾鄉親在大街上叩起頭來。俺的身前身後有許多的身體起伏著，俺的身左身右混亂著哭喊聲和腦門子碰在石頭上的聲音。

眾鄉親在縣衙前的大街上一直跪到了日近正午，站崗的士兵換了三班，也沒有人從衙門裡出來接走單舉人手裡的請願摺子。舉人老爺高舉著的兩隻手漸漸地低垂下來，筆直的腰板也漸漸地彎曲。舉人老爺終於暈倒在地上。這時，就聽到縣衙內鑼鼓喧天軍號鳴，咕咚咚大砲放三聲，縣衙的大門隆隆開，閃出了儀門前面好陣營。俺不去看護衛的士兵如狼虎，也不去看當官的儀仗多威風。俺只看，隊伍中間一囚車，囚車上邊兩站籠，籠中各站著人一個，一個是俺爹爹老孫丙，一個是山子假孫丙。

咪嗚咪嗚，咪嗚咪嗚啊，我心悲痛……

第十六章　孫丙說戲

好好好好好好啊！好戲開場了啊——有孫丙站囚籠大街遊行，中秋節豔陽照天地光明。站在那囚車上舉目四望，但見得眾鄉親佇立在大街兩旁。但見得車前頭衙役們鳴鑼開道，但見得車後頭兵馬猖狂。刀出鞘箭上弦子彈上膛，德國鬼中國兵個個緊張。都因為昨夜晚朱八率眾劫了牢房，設巧計出奇謀換柱偷梁。若不是俺打定主意要上刑場，此時刻，神不知，鬼不曉，只有那小山站在這囚車上。朱八哥哥呀，俺孫丙辜負了你和眾弟兄一片心意，害得你們命喪黃泉，首級掛在了衙牆上。但願得姓名早上封神榜，貓腔戲裡把名揚。

——貓腔《檀香刑·孫丙遊街》

朱八的手像鐵鉤子一樣扣住了俺的喉嚨，俺感到眼冒金花耳朵轟鳴眼珠子外突太陽穴發脹……俺知道小命馬上要送終。不，不能這樣死，俺這樣死在朱八手裡太窩囊。俺生是英雄，死也要強梁。朱八哥哥，孫丙知道你的意思，你怕俺被檀木橛子釘，你怕俺受刑不過哭爹喊娘。你怕到時候，俺想死死不了，想活活不成，因此你想把俺扼死，讓德國鬼子的陰謀敗亡。朱八哥哥，鬆手啊，你把我捽死就等於毀了我名節，你不知道，俺舉旗抗德大功剛剛成一半，如果俺中途逃脫，就是那虎頭蛇尾、有始無終。俺盼望著走馬長街唱貓腔，活要活得鐵金鋼，死要死得悲且壯。俺盼望著五丈高台上顯威風，俺要讓父老鄉親全覺醒，俺要讓洋鬼子膽戰心又驚。死到臨頭急智生：俺雙手摳住他的眼，膝蓋將他的小腹頂。俺感到一股熱乎乎的東西淋了下來，他的手指鬆了扣，俺的脖子得解放。

在月光照耀下，俺看到在俺和朱八的周圍站著很多官兵。他們的臉都在膨脹，就像被屠戶吹鼓的豬尿泡。有幾張豬尿泡一樣的臉壓過來，俺的雙臂隨即就被他們抓住，身體也被提拎起來。這時俺的眼睛恢復了正常，俺看到，叫化子頭朱八，俺多年的老友，身體側歪在地上，像篩糠一樣顫抖著。他的頭上流出來許多藍色的東西，散發著熱烘烘的腥氣。俺這才明白，方才導致他鬆開了手爪的原因——並不是因為俺的反抗，而是他的腦袋受到了官兵的沉重打擊。

一群士兵前呼後擁地架著俺，穿過了儀門，越過了戒石坊，停留在大堂前的月台上。俺抬頭看到，巍巍然大堂裡已經是燈火輝煌。描畫著袁世凱官銜的燈籠高高掛在大堂前的房簷上，高密縣正堂的燈籠退兩旁。士兵們架著俺進了大堂門，一鬆手，將俺扔在了跪石上。俺手扶地面站起來，雙腿發軟身子晃。一個士兵在俺的腿彎子上踹了一腳，俺不由自主地跪在了石頭上。俺雙手按地，將腿抽到前邊，坐著，不跪。

俺坐舒坦了，抬頭往上看去。俺看到袁世凱的圓臉油光閃閃，克羅德的長臉焦乾枯黃。知縣錢丁站在一側，弓著腰，駝著背，那樣子又可憐又悽惶。俺聽到袁世凱發問：

「堂下歹徒，報上姓名！」

「哈哈哈哈哈……」俺放聲大笑一陣，說，「袁大人真是貴人眼拙，俺行不改姓，坐不改名，俺就是率眾抗德的大首領，孫丙原是俺的名，現在俺頂著大神岳武穆，正在這風波亭裡受酷刑！」

「燈籠靠前！」袁世凱大聲說。

幾盞燈籠舉到了俺的面前。

「錢知縣，這是怎麼講呢？」袁世凱冷冷地問。

錢丁慌忙上前，撩袍甩袖，單膝跪地，道：

「回大人，卑職方才親自去死囚牢中察看過，那孫丙鐵鏈加身，被牢牢地繫在匪類石上。」

「那麼這個又是誰？」

知縣起身，挪到俺的面前，藉著燈火仔細打量，俺看到他的眼睛閃閃爍爍，好像鬼火一樣。

俺仰起下巴咧開嘴，說：

「好好看看，錢大人，你應該認識俺的下巴，當年這裡生長著一部美鬚髯，入水不亂鋼絲樣。這嘴裡原來有一口好牙齒，咬得動骨頭嚼得動鋼。鬍鬚是被您親手薅了去，牙齒被克羅德用手槍把子往下夯。」

「你既是孫丙，那牢中的孫丙又是誰？難道你會分身法？」錢丁問。

「不是俺會分身法，而是你們睜眼瞎。」

「各營各哨，提高警惕，大門把好，將衙內嚴加搜索，所有歹徒，不論是死了的還是活著的，都給俺整到堂前來。」袁世凱對他的部下下達了命令，那些大小頭目一窩蜂地衝了出去。

「還有你，高密縣，速速帶人去死牢把那個孫丙提來，我倒要看看，哪個是真哪個是假！」只用了片刻的工夫，兵士們就把四個叫化子的屍體還有一隻死猴子拖到了大堂上。說是四個屍首其實不恰當，朱老八還沒死利索，喉嚨裡呼嚕呼嚕地響著，血沫子像菊花開放在他嘴上。俺坐在距離朱八只有三尺的地方，看到他那兩隻還沒闔上的眼睛裡射出來的光芒。那光芒如針尖刺著俺的心：朱老八，好弟兄，咱們是二十年的老交情，想當年俺帶著貓腔班子進城來演出，你把俺請到娘娘廟裡喝三盅。你是一個貓腔迷，連台大戲能背誦。你有一條公鴨嗓，學貓叫學出來別有趣味，唱鬚生唱得韻味無窮。俺的好兄弟啊，想起了往事心潮難平，成串的戲文往外湧。俺剛想放開喉嚨唱滿堂，就聽到大堂外邊鬧哄哄。

隨著一陣鐵鏈子拖地的嘩啦啦聲響，一群衙役把小山子押到了大堂中。俺看到，小山子身穿著破爛的白袍，腳上鐵鏈，手上鐵鏈，渾身的血污，嘴唇破爛，嘴裡的牙齒缺三個，眼睛裡往外噴火焰……他的一行一動一招一式都與俺相同，唯獨牙齒多砸了一個。俺不由地暗暗吃驚，更感歎朱老八這場大戲演得精。如果不是多砸了一顆牙，只怕是俺的親娘來了也難分清。

「回稟大人，卑職已將要犯孫丙帶來。」知縣趨前打千報告。

俺看到堂上的袁世凱和克羅德都吃驚地睜大了眼睛。

小山子昂然而立，臉上浮現著癡人也似的笑容。

「大膽囚犯，為何不跪？」袁世凱在堂上一拍驚堂木，厲聲喝問。

「俺乃堂堂大宋元帥，上跪天地，下跪父母，怎麼能在你們這些番邦野狗面前下跪？」小山子模仿著俺的聲嗓，慷慨激昂地說。

這小子原本就是個唱戲的好材料，當年俺應朱老八之請，去娘娘廟裡，給那些叫化子傳授戲文，多數化子不成材，只有他舉一反三，觸類旁通。俺教他一齣《鴻門宴》還教他一齣《追韓信》。他字正腔圓扮相好，心有靈犀戲緣深。俺本想拉他下海唱貓腔，老朱八要留他百年之後做掌門。

「小山兄弟，別來無恙！」俺雙手抱拳，對他施禮。

「小山兄弟，別來無恙！」他舉起雙手，帶動著鐵鎖鏈嘩啦啦作響，重複著俺的話語，也對俺施了一禮。

好荒唐，好荒唐，大堂上演開了真假美猴王。

「兀那死囚，跪下答話！」袁世凱威嚴地說。

「俺是那風中竹寧折不彎，俺是那山中玉寧碎不全。」

「跪下！」

「要殺要砍隨你便，要俺下跪萬不能！」

「讓他跪下！」袁世凱大怒。

一群衙役如狼似虎地湧上來，擰胳膊壓脖子，將小山子按跪在大堂之上。但衙役們剛一鬆手，他也學著俺的樣子，將跪姿轉為坐姿，與俺並排在一起。俺齜牙他也齜牙，俺瞪眼他也瞪眼。俺說小山子你這個混蛋，他也說小山子你這個混蛋。俺們兩個的跟樣學樣看起來十分滑稽，竟然消解了袁世凱的怒氣。他嘻嘻地笑了起來，坐在他的身邊的克羅德也像個傻瓜一樣笑起來。

「本撫為官多年，什麼樣子的奇人怪事都經歷過，但還沒經歷過爭當死囚的事，」袁世凱冷笑著問，「高密縣，你經多見廣，學問又大，就把這件事給本官解說解說吧！」

「卑職見識短淺，還望大人指點！」錢丁畢恭畢敬地說。

「你來替本官辨別一下，堂下坐著這兩位，哪個是孫丙？」

錢丁走到我們面前，目光在俺和小山子臉上游動著，他的臉上出現了猶豫不決的表情。俺知道這個比猴還精的縣令，一眼就能分辨出真假孫丙，那麼，他的猶豫不決到底為了何情？難道他顧念著兒女私情，想把俺這個不成名的岳丈來保護？難道他也想讓叫化子替俺去受檀香刑？

知縣盯著我們看了半天，轉回身對袁世凱說：

「稟大人，卑職眼拙，實在是分辨不清。」

「你再仔細看看。」

知縣上前來端詳了一會，搖著頭說：

「大人，還是分辨不清。」

「你看看他們的嘴！」

「他們的嘴裡都缺牙。」

「有無區別？」

「一個缺了三個牙，一個缺了兩個牙。」

「孫丙缺了幾顆牙？」

「卑職記不清了⋯⋯」

「克羅德狗雜種用手槍把子敲去了俺三顆牙！」小山子踴躍地說。

「不，克羅德敲去了俺兩顆牙。」俺大聲地更正著。

「高密縣，你應該記得克總督敲去了孫丙幾顆牙吧？」

「大人，卑職的確是記不清了⋯⋯」

「這麼說，你分辨不清哪個是真那個是假了？」

「卑職眼拙，的確分辨不清⋯⋯」

「既然連你這本地的知縣都分辨不清，那就不要分辨了，」袁世凱一揮手，道，「把他們關進死囚牢，明天一起去受檀香刑。高密縣，你今夜親自去南監值更，這兩個人犯，如果出了差錯就拿你是問！」

「卑職一定盡心盡責……」知縣鞠躬領命。俺看到他已經汗流浹背，往昔的瀟灑神采消逝得乾乾淨淨。

「出現這種偷梁換柱的把戲，一定是衙門裡有人接應，」袁世凱洞若觀火地說，「去把那掌管監牢的典史，看守死囚的獄卒，統統地拘押起來，天明之後，嚴鞫細問！」

二

沒等兵丁們去拘拿典史，典史已經在獄神廟懸梁自盡。衙役們把他的屍首像拖死狗一樣拖到儀門外的甬道上，與朱八、侯七們的屍首擺放在一起。兵丁們拖拉著俺往囚牢裡行進時，俺看到幾個劊子手不知是執行著誰的命令，正在切割著他們的頭顱。俺的心中無比地悲痛，俺的心中翻滾著悔恨的感情。俺想俺也許是錯了，俺應該順從著朱老八，悄悄地金蟬脫殼，讓袁世凱和克羅德的陰謀落空。俺為了功德圓滿，俺為了千古留名，俺為了忠信仁義，竟毀了數條性命。罷罷罷，揮手趕去煩惱事，熬過長夜待天明。

知縣指揮著衙役，把俺和小山子拴在同一塊匪類石上。囚牢裡點燃了三根大蠟，囚牢外高掛起一片燈籠。知縣搬來一把椅子，坐在牢門外邊。透過碗大的窗口，俺看到，在他的身後，簇擁著七八個衙役，衙役的後邊，包圍著一群兵丁。膳房裡的火焰已經撲滅，但煙熏火燎過的氣味，卻是越來越濃。

四更的梆鑼打過了。

遠遠近近的雞叫聲裡，燈籠的光輝漸漸黯淡，囚牢裡的蠟燭也燒下去半截。俺看到知縣垂著頭坐在椅子上，好像一棵被霜打了的青苗，無精打采，不死不活。俺知道這夥計的處境很是不妙，即便能保住腦袋，絕對要丟掉烏紗。錢丁啊，你飲酒吟詩的瀟灑勁兒哪裡去了？你與俺鬥鬍誇美時的張狂勁兒哪裡去了？知縣知縣，咱們不是冤家不聚頭，明日一死泯恩仇。

小山子，小山子，說起來你也是我徒弟，你毀容入獄忠義千秋足夠青史之上把名留。何必咬定不鬆口，非要說你是孫丙？俺知道雖然你供出實情也難免被砍頭，但砍頭總比檀香刑的滋味要好受。

賢弟啊，你何必如此？俺低聲地對他說。

「師傅，」他用更低的聲音說，「如果我這樣窩窩囊囊地被人砍了頭，不是白白地砸去了三顆牙嗎？」

你想想那檀香刑的滋味吧！

「師傅，叫化子從小就自己折磨自己，朱八爺當年收我為徒時，第一課就是讓俺自己往身上捅刀子。我曾經練過苦肉計，曾經練過刀劈頭。天下有叫化子享不住的福，但沒有叫化子受不了的罪，我勸師傅還是自認不是孫丙，讓他們給你來個痛快的，讓徒弟代你去受刑。徒弟代你去受檀香刑，成就的還是師傅的英名。」

既然你已經鐵了心，俺說，就讓咱們兄弟併肩去闖那鬼門關，死出個樣子給他們看看，讓那些洋鬼子奸黨看看咱們高密人的血性！

「師傅，離天亮還有一段時間，趁著這個機會，您就把貓腔的由來給俺講講吧。」小山子說。

好吧，小山子，好徒弟，俗話說，「人之將死，其言也善」，師傅就把這貓腔的歷史從頭到尾講給你聽。

三

話說雍正年間，咱們高密東北鄉出了一個名叫常茂的怪才。他無妻無子，光棍一人，與一隻黑貓相依為命。常茂是一個鋦鍋匠，整日走街穿巷，挑著他的家什和他的貓，為人家鋦鍋鋦盆。他的手藝很好，人品端正，在鄉裡很有人緣。偶然的一個機會，他去參加了一個朋友的葬禮。在朋友的墳墓前，他想起了這個朋友生前待自己的好處，不由地悲從中來，靈感發動，一番哭訴，聲情並茂，竟然讓死者的親屬忘記了哭泣，看熱鬧的人們停止了喧譁。一個個側耳恭聽，都受到了深深的感動。人們想不到，鋦鍋匠常茂竟然還有那樣的一條好嗓子。

這是咱們貓腔歷史上一個莊嚴的時刻，常茂發自內心的歌唱和訴說，比起女人們呼天搶地的哭訴和男人們沒有眼淚的瞎咧咧，分明是高出了一根竹竿。它給予悲痛者以安慰，給予無關痛癢者以享受，是對哭哭啼啼的傳統葬禮的一次革命，別開了一個局面，令人耳朵和眼睛都新鮮。就好像信佛的看到了西天的極樂世界，天花亂墜；就好像滿身塵土的人進了澡堂子，洗去了滿身的灰塵，又喝下去一壺熱茶，汗水從每個毛孔裡冒出來。於是眾口相傳，都知道鋦鍋匠常茂除了有一手鋦鍋鋦盆的好手藝，還有一條銅鐘一樣的好嗓子，還有一個過目不忘的好腦子，還有一副好口才。漸漸地，就有那些死了人的人家，請他去參加葬禮。讓他在墳墓前說唱一番，藉以安慰死者的靈魂，緩解親人的痛苦。起初，他自然是推辭不去的；到一個毫不相干的死人墓前去哭訴，這算怎麼一回事嘛。但人家一次兩次地來請，還是不去，三次來請就難以拒絕了，劉玄德請諸葛亮也不過是三顧茅廬嗎。何況都在一個鄉裡居住，都是要緊的鄉親，抬頭不見低頭見，往前追根一百年，都能攀上親戚。不看活人的面子，也要看死人的面子。人死如虎，虎死如羊。死人貴，活人賤。於是就去。一次兩次三次……每次都被視為上賓，都受到了熱烈的歡迎。樹怕屎尿澆根，人怕酒肉灌心。一個鋦鍋匠得到如此的厚待，感激不盡，自然就賣命地為人家出力。刀越磨越利，藝越習越精。反覆鍛鍊之後，他的說唱技藝又往上拔了好幾竹竿。為了能唱出新花樣，他拜了鄉裡最有學問的馬大關先生為師，經常地請他講說古往今來的故事。每天早晨，他都要到河堤上去拔嗓子。

請常茂去墓前演唱的，起初只是一些小戶人家，名聲遠播之後，大戶人家也開始來請。在那些年頭裡，凡是有他參加的葬禮，幾乎就是高密東北鄉的盛大節日。人們扶老攜幼，不惜跑上幾十里路前來觀看；而沒有他參加的葬禮，無論儀仗是多麼豪華，祭禮是多麼豐厚——哪怕你幡幢蔽日，哪怕你肉林酒池——觀眾總是寥寥。終於有一天，常茂扔掉了鋦鍋鋦盆的挑子，成了專業的哭喪大師。

據說孔府裡也有專門的哭喪人，那都是一些嗓門很好的女人。但她們的哭喪就是偽裝成死者的親人，做出悲痛欲絕的姿態，哭天嚎地。她們的哭喪與常茂根本不是一碼事。師傅為什麼要將那孔府裡的哭喪人跟我們的祖師爺比較呢？因為幾十年前就有人放出謠言，說祖師爺是受了孔府裡的哭喪人啟發才開始了他的職業哭喪生涯。為此師傅專門去曲阜考察過，那裡至今還有一些專門哭喪的女人。她們嘴裡就是那麼幾句詞兒，什麼天啊地呀的，與我們祖師爺的靈前演唱絕不是一碼事。把她們與我們的祖師爺爺相比，可以說是將天比地，將鳳凰比野雞。

祖師爺爺在死者的靈前即興演唱。詞兒都是他根據死者的生平現編的。他有急才，出口成章，合轍押韻，既通俗易懂，又文采飛揚。他的哭喪詞實際上就是一篇唱出來的悼詞。發展到了後來，為了滿足聽眾的心理，祖師爺的說唱詞兒就不再局限在對死者生平的敘說和讚揚上，而是大量地添加了世態生活內容。實際上，這已經就是咱們的貓腔了。

說到此處，俺看到囚牢外的知縣歪著腦袋，好像在側耳恭聽。要聽你就聽吧，你聽聽也好。你不聽貓腔，就不瞭解俺高密東北鄉；你不知道貓腔的歷史，就不可能理解俺們高密東北鄉人民的心靈。俺有意識地提高了嗓門，儘管俺的喉嚨裡彷彿出火，舌頭生痛。

前面說過了，祖師爺養了一隻貓，這是隻靈貓，就像關老爺座下的赤兔馬。祖師爺特別愛他的貓，貓也特別愛他。他走到哪裡貓就跟到哪裡。祖師爺在人家墓前說唱時，貓就坐在他的面前認真聆聽。聽到悲情處，貓就和著他的腔調一聲聲哀鳴。祖師爺的嗓子出類拔萃，貓的嗓子也是天下難有其匹。因為祖師爺和貓的親密關係，當時的人們就把他叫成「常貓」。直到如今，還有這樣的順口溜在高密東北鄉流傳——

「聽大老爺說教，不如聽常茂的貓叫。」小山子深情地說。

後來，貓死了。貓是如何死的，有幾種說法。有人說貓是老死的。有人說貓是讓一個嫉妒祖師爺才華的外縣戲子毒死的。有人說是讓一個想嫁給祖師爺但遭到了祖師爺拒絕的女人給抹死了。反正是貓死了。貓死了，祖師爺悲痛萬分，抱著貓的屍體，哭了三天三夜。不是一般地哭，是邊哭邊唱，一直哭唱到眼睛裡流出了鮮血。

巨大的悲痛過後，祖師爺用獸皮精心製作了兩件貓衣。小的那張用一張野貓皮製成，平日裡就戴在頭上，雙耳翹翹，尾巴順在脖子後邊，與腦後的小辮子重疊在一起。那件大的用十幾張貓皮連綴而成，如同一件隆重的大禮服，屁股後邊拖著一條長長的粗大尾巴。以後再給人家哭喪時就穿著這件大貓衣。

貓死後，祖師爺的演唱風格發生了巨大的變化。在此之前，演唱中還有歡快戲謔的內容，貓死之後，悲涼的調子自始至終。演唱的程序也有了變化：在悲涼的歌唱中，不時地插入一聲或婉轉或憂傷或淒涼總之是變化多端的貓叫，彷彿是曲調的過門。這個變化，做為固定的程序保留至今，並且成為了我們貓腔的鮮明的特徵。

「咪嗚～～咪嗚～～」小山子情不自禁地在俺的講述中插入了兩聲充滿懷舊情緒的貓叫。

貓死之後，祖師爺走路的姿勢、說話的腔調都模仿著那隻貓，好像貓的靈魂已經進入了他的身體，他與貓已經融為一體。連他的眼睛都漸漸地發生了變化：白天瞇成一條縫，夜晚在黑暗中閃閃發光。後來，祖師爺死了。傳說中祖師爺臨死之前變成了一隻巨大的貓，肩膀上生長著兩個翅膀，他衝破窗戶，落在院子裡一棵大樹上，然後從樹上起飛，一直飛向了月亮。祖師爺死後，幫人哭喪的營生就斷了線，但他的優美動聽、令人柔腸寸斷的歌唱聲始終在人們的心中繚繞。

四

到了嘉慶、道光年間，在咱們高密東北鄉的地盤上，就有了一家一戶的小班子，模仿著祖師爺的腔調，開始了經常性的演出。一般是一對夫妻帶領著一個孩子，夫唱婦隨，孩子披著一件小貓衣，把一聲聲的貓叫穿插在他們的歌唱中。他們有時也為大戶人家唱喪——注意，這時已經不是「哭喪」而是「唱喪」了——但更多的時候是在集市上圍場子。夫妻扮演著角色又唱又扭，小孩子端著小笸籮，貓頭貓腦，貓腔貓調，轉著圈子收錢。演出的節目多半是一些小段子，《藍水蓮賣水》啦，《馬寡婦哭墳》啦，《王三姊思夫》啦什麼的。其實這樣的演出就是討飯。咱們貓腔行當天生地就與叫化子行當有緣，要不，咱們也就成不了師傅徒弟。

「師傅說的極是。」小山子說。

這樣的演出狀況一直延續了幾十年。那時的貓腔，沒有樂器伴奏，沒有正式的演出。那時的貓腔是戲也不是戲。除了前邊咱說過的那種一家一戶地演出外，還有一些農家子弟，在農業閒暇之時，敲擊著賣糖的小鑼和賣豆腐的梆子，即興編一些詞兒，在編製草鞋的窨子裡或是自家的炕頭上，自唱自娛，藉以排解心中的寂寞和痛苦。那賣糖的小鑼和賣豆腐的梆子，就是咱們貓腔最早的打擊樂器。

師傅那時年輕，心眼靈活——這不是師傅自吹——在高密東北鄉的十八個村子裡，師傅的嗓子是最好的。大家聚在一起唱戲，漸漸地有了名氣。先是本村的人來聽，漸漸地就有外村的人來聽。人多了，炕頭上和草鞋窨子裡盛不下，演唱的地點就挪到了院子和打穀場上。在炕頭上和窨子裡可以坐著唱，但在院子裡和打穀場上就不能單是坐著唱，這就需要動作。有了動作穿著家常的衣裳就不自然了，這就需要行頭了。有了行頭素著臉就不是感覺了，這就需要打臉子化妝。化了妝後單有一個梆子和小鑼就不行了，這就需要樂器。那時候，經常有一些外縣的野戲班子到咱這裡演出，有從魯南來的「驢戲」班子——他們經常騎著小毛驢上台演出。有從膠東一帶來的溜腔班子——他們的每句唱腔都從高腔往低腔下滑，就像一個人從高坡上往下出溜。還有從河南和山東邊界上來的公雞班——他們在每句唱腔後邊都要用假嗓子「嘔兒」一聲，好像公雞打完鳴後發出的那種聲音。這些班子都有樂器伴奏，一般是胡琴、笛子，還有嗩吶喇叭。同仁們就把這些樂器拿來給咱們的貓腔伴奏。演出效果比乾唱那是好多了。但師傅是爭強好勝之人，不願意用人家現成的東西。這時候，咱這個戲已經有了貓腔的名字。咱家就想，要想弄出一個跟別的戲不同的戲，就要在這個「貓」上想辦法。於是師傅就發明了一種貓胡，有了貓胡之後，貓腔就站住了腳。

咱家的貓胡與其他的胡琴相比，第一是大，第二是四根弦子兩道弓子，拉起來雙聲雙調，格外的好聽。他們的胡琴筒子都是用蛇皮蒙的，咱們的貓胡是用熟過了的小貓皮蒙的。他們的胡琴只能拉一般的調子，咱家的貓胡能模仿出貓叫狗叫驢鳴馬嘶小孩子啼哭大閨女嬉笑公雞打鳴母雞下蛋——天下沒有咱家的貓胡學不出來的聲音。貓胡一成，咱們的貓腔立即就聲名遠播，高密東北鄉再也沒有外來野戲的地盤了。

師傅繼發明了貓胡之後，又發明了貓鼓——用貓皮蒙面的小鼓，師傅還畫出了十幾種貓臉譜，有喜貓、怒貓、奸貓、忠貓、情貓、怨貓、恨貓、醜貓……是不是可以說：沒有俺孫丙，就沒有今天的貓腔？

「師傅說得對。」小山子說。

當然了，俺不是貓腔的祖師爺，咱們的祖師爺還是常茂。如果說咱們的貓腔是一棵大樹，常茂就是咱們的樹根。

五

賢弟，十幾年前，師傅教過你那兩齣戲？

「《鴻門宴》，師傅，」小山子低聲說，「還有《追韓信》。」

嗨，賢弟，這些戲，都是師傅從其他的劇種偷過來的。你可能不知道，師傅為了偷藝，曾經混到十幾個外地的戲班子裡去跑過龍套。師傅為了學戲，下江南，出山西，過長江，進兩廣。天下的戲沒有師傅不會唱的，天下的行當沒有師傅不能扮的。師傅就像一個蜜蜂，採來了百花的花粉，釀成了咱貓腔這一罈好蜜。

「師傅，您是大俊才！」

師傅心中原來有一個鴻圖大願，要在有生之年，把咱們的貓腔，唱到北京城裡去，去給皇上和皇太后獻藝。師傅要把咱們的貓腔唱成國戲，只要咱們的貓腔成了國戲，大江南北再也不會鬧耗子。可惜啊可惜，正當師傅雄心勃勃地想幹一番大事時，不料想被一個奸人薅了鬍鬚。鬍鬚就是師傅的威風就是師傅的膽子就是師傅的才氣就是咱們貓腔的魂兒，師傅沒了鬍鬚就像貓兒沒了鬍鬚就像公雞被拔光了毛兒就像駿馬被剪光了尾巴……徒弟啊，師傅萬般無奈只好改行開了一個小茶館混日子……這正是壯志未酬身先死啊，常使英雄淚滿襟！

講到此時，俺看到那高密知縣的身體顫抖起來。俺看到小山子的眼睛裡淚光閃閃。

徒弟啊，咱們貓腔的看家戲是《常茂哭靈》，這也是師傅獨創的第一個大戲。每年的演出季節裡，這也是咱們的開場戲。這個戲演好了，一季的演出保準順利。這個戲演砸了，這一季的演出就要出事。你是咱們東北鄉人，看過了多少次《常茂哭靈》？

「記不得了，大概有幾十次吧？」

你發現有兩次演出是一樣的嗎？

「沒有，師傅，每次看這齣戲感覺都是全新的。」小山子心馳神往地說，「俺還牢記著第一次看《常茂哭靈》的情景，那時俺還是一個孩子，頭上頂著一件小貓衣。師傅您那天演的是常貓。您唱得樹上的麻雀都掉在了地上。最吸引俺的還不是師傅您的唱詞。最吸引俺的是那個在台上扮貓的大孩子。他一聲聲地學著貓叫，沒有一聲是相同的。戲演到一半，台下的大人孩子就瘋了。俺們在大人腿縫裡鑽來鑽去，一聲聲學習貓叫。咪嗚咪嗚咪嗚咪——正好場子邊上有三棵大樹，俺們爭先恐後地爬了上去。平日裡俺根本就不會爬樹，那天卻爬得十分流利，好像俺真地成了一隻小貓。樹上真有很多的貓，不知道牠們什麼時候爬上去的。牠們與俺們一起大叫，咪嗚咪嗚咪嗚——台上台下，天上地下，都是貓叫的聲音。男人女人大人孩子真貓假貓，混在了一起，大家都撕破了喉嚨發出了平日裡根本就發不出的聲音，大家都運動身體，做出了平日裡根本就做不出的動作。到了後來，人們都汗流浹背，涕淚滂沱，筋疲力盡地癱軟在地，渾身彷彿變成了空殼子。樹上的貓孩子也一個個掉下來，好像沉甸甸的黑石頭。樹上的真貓一個個地飄下來，好像腿間生了蹼膜的飛耗子。俺還記得這齣戲的最後一句唱詞：貓啊貓啊貓啊貓啊貓啊俺的個親親的貓……師傅您把最後一個『貓』字翻花起浪地折騰得比大楊樹的梢兒還要高出幾十丈，大家的心一直跟著你升到雲彩眼兒裡。」

徒弟，其實你也能主演《常茂哭靈》了。

「不，師傅，如果能與師傅同台演出，俺願意扮演那個串台的貓孩子。」

俺深情地看著這個優秀的東北鄉子弟，說：好孩子，咱們爺倆個正在演出貓腔的第二台看家大戲，這齣戲的名字也許就叫《檀香刑》。

六

按照歷朝歷代的規矩，他們把俺們弄到了大堂之上，用食盒提來了四盤大菜一壺酒，一摞單餅一把蔥。一盤是紅燒豬頭肉，一盤燒雞一盤魚，還有一盤醬牛肉。單餅大得賽鍋蓋，大蔥鮮嫩水靈靈，燒酒冒氣熱騰騰。俺與那小山兄弟，相對一笑，兩個孫丙，一真一假，端起酒碗，噹啷一碰，仰脖子灌酒，咕咚咕咚。熱酒入腸，眼淚汪汪；江湖義氣，慷慨激昂。望鄉台上，攜手並肩；化為彩虹，飛上九天。然後我們大吃大嚼，牙齒不好，囫圇吞棗；視死如歸，膽壯神旺；一場大戲，隆重開場。

囚車行進在大街之上，路邊的看客熙熙攘攘。演戲的最盼望人氣興旺，人生悲壯，莫過於乘車赴刑場。俺孫丙演戲三十載，只有今日最輝煌。

俺看到，刺刀尖兒在前邊閃光，紅頂子藍頂子在後邊閃光，鄉親們的眼睛在大街兩旁閃光。俺看到，**多少個鄉紳鬍鬚顫，多少個女人淚汪汪。多少個孩子張大口，口水流到了下巴上。**突然間，俺看到，在那一群女人之間，躲藏著俺的女兒小眉娘。俺的心中一酸，眼窩子一熱，眼淚就要奪眶而出。**好男兒流血不流淚，是大英雄怎能兒女情長。**

囚車的木輪子在石板路上咯咚咯咚地響著，陽光曬得俺頭皮發癢。開道的銅鑼噹噹地敲著，八月的秋風輕輕地吹著。俺抬頭望望瓦藍的高天，心中浮起了一陣淒涼。看到了藍天白雲俺不由地想起了馬桑河裡清清水，天上的白雲倒映在河面上。俺從河裡擔來清水，招待著賓客來四方。俺想起了賢妻小桃紅，想起了嬌兒是一雙。千恨萬恨德國鬼，修鐵路破風水，毀了俺高密東北鄉。想到悲處喉嚨癢，高唱貓腔謝鄉黨：

前呼後擁威風浩～～俺穿一件蟒龍袍，戴一頂金花帽～～俺可也擺擺搖搖，玉帶圍腰～～且看那豬狗群小，有誰敢來踹俺孫爺的根腳～～俺一曲唱罷，大街兩旁的萬千百姓，齊聲地喊了一聲好。小山子，好徒弟，不失時機地學出了花樣繁多的貓叫——**咪嗚咪嗚咪嗚**——使俺的歌唱大大地增添了光彩。

望天空金風浩蕩，看大地樹木蔥茂……俺本是英靈轉世，舉義旗替天行道……要保我中華江山，不讓洋鬼子修成鐵道……剛吃罷龍肝鳳腦，才飲乾玉液香醪……

咪嗚咪嗚咪嗚——

好徒弟塹腔補調……

俺看到鄉親們一個個熱淚盈眶。先是孩子們跟隨著小山子學起了貓叫，然後是大人們學起了貓叫。千萬人的聲音合在了一起，就好似全世界的貓兒都集中在了一起。

俺看到在俺的貓腔聲中，在眾鄉親的貓叫聲中，袁世凱和克羅德滿面灰白，那些官兵洋鬼們個個面如土色，如臨大敵。人生能有一次這樣的演唱，孫丙死得其所啊！

好好好，鄉親們莫煩惱～～惱惱惱，奸賊們仔細著～～看看看，眾子弟揭竿起！！去去去，去扒那火車道～～死死死，死得好～～火火火，燒起來了～～了了了，還沒了～～要要要，要公道～～

咪嗚咪嗚咪嗚咪嗚——

喵——喵——喵——

第十七章 小甲放歌

紅衣大砲呼隆隆，晴天裡響雷颳大風～～咪嗚咪嗚咪嗚～～跟著爹爹來執刑，心窩裡開花紅彤彤紫盈盈黃澄澄白生生藍呀麼藍靈靈～～有爹真好有爹真好咪嗚咪嗚～～爹爹說殺人要比殺豬好，樂得俺一蹦三尺高～～嗚哩嗷嗷嗚哩嗷～～今天早晨俺吃得飽，大鍋裡撈油條，小鍋裡把牛肉撈。油條裡有股血味道，好比一隻小死耗～～咪嗚咪嗚咪嗚～～牛肉也有血味道，也是一隻小死耗～～嗚哩嗷嗷嗚哩嗷～～檀木橛子早煮好，在肥豬身上練過了，爹爹把著俺手教，爹的手藝高。就等著孫丙到，往他的腚上釘木橛，釘木橛呀釘木橛釘木橛～～咪嗚咪嗚咪嗚～～那邊廂吵吵嚷嚷遊街的隊伍過來了。大砲一響不好了，俺的眼睛變色了。又是那通靈虎鬚顯了靈，俺眼前的景物全變了。一個人種也沒有了，校場上，全是些豬狗馬牛，狼蟲虎豹，還有一個大鱉乘坐著八人轎。他就是袁世凱那個老雜毛。別看他的官兒大，比起俺爹差遠了——咪嗚咪嗚咪嗚～～喵～～

——貓腔《檀香刑・娃娃調》

一

俺睜眼就看到了一片紅光——不得了哇是哪裡失火了嗎？嘿嘿，不是失火了，是太陽出來了。麥草鋪上有許多小蟲，咬得俺全身發癢；半生不熟的油炸鬼撐得俺肚子一夜發脹，連環屁放。俺看到爹現在不是黑豹子爹現在還是爹，爹手捻著檀香佛珠端坐在那張皇帝爺爺賞給他的檀香木龍椅上真是個神氣真是個神奇的爹。俺也曾想坐坐龍椅過過癮，爹不讓，爹說龍椅不是誰都可以坐的，如果沒生著個龍腚，坐上去就要生痔瘡——騙人吧，爹是龍腚，難道兒子就不是龍腚？如果爹是龍腚兒子不是龍腚那爹就不是爹，兒子也就不是兒子。俺早就聽人說過，「龍生龍，鳳生鳳，老鼠生來打地洞」。爹坐在椅子上，半邊臉紅，半邊臉白，眼睛似睜非睜，嘴唇似動非動，彷彿在做好夢。

俺說爹啊爹，趁著他們還沒來，就讓俺坐坐您的龍椅過過癮吧，爹板著臉說：

「不行，現在還不行。」

那什麼時候才行呢？

「等把這件大活幹完了就行了。」爹的臉依然板著。俺知道爹板著臉是故意的。他的心裡喜歡俺喜歡得要命。俺這樣的好孩子人見了人喜，爹怎麼能不喜歡呢。俺黏到爹的背後，摟著爹的脖子，用下巴輕輕地碰著爹的後腦勺子，說，您不讓俺坐龍椅那您趁著他們還沒來就給俺講一個北京的故事吧。爹厭煩地說：

「天天講，哪裡有那麼多故事？」

俺知道爹的厭煩是假裝的，爹其實最願意給俺講北京的故事。俺說爹講吧，沒有新故事就把講過的舊故事再講一遍嗎。爹說：「舊故事有什麼意思？豈不聞『好話說三遍，狗都不聽。』」

俺說，爹，狗不聽俺聽。

「你這小子，真是拿你沒辦法。」爹看看太陽，說，「還有點工夫，就給你講一個郭貓的故事吧。」

二

爹給俺講過的故事俺一個也沒忘，一共有一百四十一個啦。一百四十一個故事都在俺的腦子裡裝著。俺的腦子裡有很多的小抽屜，好像中藥舖裡的藥櫥。一個抽屜裡藏著一個故事。還有許多的小抽屜空著呢。俺把小抽屜裡的故事過了一遍，沒有郭貓的故事。高興高興真高興，這是一個新故事。俺把第一百四十二個抽屜拉開了，等著裝郭貓。爹說：

「咸豐年間，北京天橋來了父子兩個，爹叫郭貓，兒子叫郭小貓。父子兩個都會口技。你知道什麼是口技嗎？就是用嘴能夠模仿出世間各種各樣的聲音。」

他們會學貓叫嗎？

「大人講話，小孩子不要插嘴！爺兒兩個在天橋賣藝，很快就有了名氣。爹那時還跟著佘姥姥當外甥呢，聽到了消息，背著姥姥，一個人偷偷地跑到天橋去看熱鬧。到了那裡後，只見在一塊空場上，圍了一大圈人。爹那時個子矮小，身體瘦弱，從人的腿縫裡鑽進去。只見一個小孩子坐在小板凳上，面前守著一個帽子頭。從一道青色布帘背後，傳出了一隻公雞的打鳴聲。一個公雞打了鳴，然後就是遠遠近近的幾十個公雞此起彼伏的打鳴。聽得出來這些打鳴的公雞裡還有幾個當年的沒扎全毛羽的小公雞初學打鳴的聲音。聽得出來小公雞一邊打鳴還一邊抖擻翅膀，發出了撲棱撲棱的聲音。接著是一個老婆子催促老漢和兒子起床的聲音。老頭子咳嗽、吐痰、打火抽菸、用菸袋鍋子敲打炕沿的聲音。兒子打呼嚕聲，老太太催促兒子的聲音，兒子起來，嘟噥聲，打呵欠的聲音，摸索著穿衣的聲音。開門聲，兒子到牆角上小便的聲音，接著聽到打水洗臉聲。老太太點火燒水的聲音，拉風箱的聲音，然後聽到爺兒兩個到豬圈裡抓豬的聲音。豬滿圈亂竄的聲音。豬把圈門碰破的聲音。豬滿院子亂跑的聲音。豬把水桶撞翻把尿罐碰破的聲音。豬往雞窩裡鑽把雞窩裡的雞嚇得咯咯噠噠驚叫的聲音。雞飛上了牆頭的聲音。豬的後腿被兒子扯住了的聲音。爹上前與兒子一起拉住豬的後腿從雞窩裡往外拽的聲音。豬的頭卡在雞窩裡大叫的聲音。把豬的腿用繩子捆住了的聲音。爺兒兩個把豬抬到了殺豬床子上的聲音。豬在床子上掙扎的聲音。兒子用棍子敲打豬的腦袋的聲音。豬挨打後發出的聲音。然後又聽到兒子在石頭上磨刀的聲音。爹拖過來一只瓦盆等待著接血的聲音。兒子把刀子捅進了豬脖子的聲音。豬中了刀的聲音。豬血從刀口裡噴出來先是滋到了地上然後流到了瓦盆裡的聲音。接下來是老太太用大盆端來熱水一家三口手忙腳亂地褪豬毛的聲音。褪完了豬毛兒子開豬膛往外取內臟的聲音。一條狗湊上前來叼跑了一根豬腸子的聲音。老太太打狗罵狗的聲音。爺兒兩個把豬肉掛在了肉架上的聲音。顧客前來買肉的聲音。買肉的人裡，有老婆婆，有老頭。還有女人和孩子。肉賣完了爺兒兩個數錢的聲音。數完了錢一家三口圍在一起喝黏粥的聲音……突然間那道青布帘兒被拉開，眾人看到，簾子後邊什麼都沒有，只有一個乾巴老頭子坐在那裡。大家鼓起掌來。那個小孩子站起來，端著帽子頭轉著圈收錢，銅錢像雨點一樣落到了帽子裡頭，也有一些銅錢落在了地上。——這件事是爹親眼所見，半句謊話也沒有——還是那句老話：行行出狀元。」

三

爹講完了故事繼續閉目養神，俺卻深深地沉醉在故事裡不願意出來。爹講的又是一個兒子和爹的故事。俺覺得爹講過的所有兒子和爹的故事其實都是講俺爺兒兩個自己的故事。爹就是那耍口技的郭貓，俺呢，就是那個端著帽子頭在場子裡轉著圈子收錢的小男孩——咪嗚咪嗚——喵——

俺爹在京城裡進行了那麼多次的殺人表演，吸引了成千上萬的看客，看客們都被俺爹的絕活吸引，俺彷彿看到了人們眼睛裡飽含著淚水，如果俺那時在俺爹的身邊，手裡端著一個帽子頭、頭上頂著一張小貓皮，轉著圈兒收錢該有多麼好啊！俺一邊收錢一邊學著貓叫——咪嗚咪嗚——該有多麼好啊！俺們能收多少錢啊！爹，真是的，你為什麼不早點回來認了俺，把俺帶到京裡去。如果俺發小就在你的身邊，俺現在也是一個殺人的狀元了……

俺爹剛回來那陣，有人悄悄地對俺說過，說小甲你爹不是個人。不是個人是個什麼？是個借屍還魂的鬼。他們說小甲你想想，你娘死時對你說過你有爹沒有？沒有吧？肯定沒有。你娘死時沒說過你有一個爹，突然地來了一個爹，好似從天上掉下來的，彷彿從地下冒出來的，他如果不是一個鬼，還能是個什麼？

操你們的娘！咪嗚咪嗚，俺提著大砍刀向那些嚼舌頭的奸人撲過去。俺沒爹沒了二十多年，好不容易有了爹，你們竟然敢說俺爹不是俺爹不但不是俺爹還說俺爹不是個人是個鬼，你們真是小耗子舔弄貓腚眼大了膽兒啦，俺高舉著大刀對準他們就撲了上去。咪嗚咪嗚，俺一刀下去，能把他們從頭頂劈到腳後跟，俺爹說在刑典上這就叫「大劈」，俺今日就大劈了你們這些敢說俺爹不是俺爹的狗雜種。那些人見俺動了怒，嚇得屁滾尿流地跑了。咪嗚咪嗚，哼，小心點，你們這些長尾巴耗子，俺爹不是好惹的，俺爹的兒子也不是好惹的，咪嗚咪嗚，誰如果不信，就過來試試看，俺爹是坐龍椅的劊子手，皇帝爺爺封他先斬後奏，見人殺人，見狗殺狗。俺就是俺爹的刀斧手，砍人好似殺豬狗。

俺央求著爹再給俺講一個故事，爹說：

「別黏乎了，準備準備吧，別到了時候手忙腳亂。」

俺知道今天是幹大事的日子——幹大事的日子也就是俺爺們大喜的日子——今後講故事的機會多著呢，好東西不能一次吃完。只要執好了檀香刑，俺爹心裡歡喜，還愁他不把肚子裡的故事一件件地講給俺聽嗎？俺起身到席棚後邊去拉屎灑尿，順便著看看周圍的風景。大戲樓子，升天台，一群野鴿子在陽光裡飛，翅膀子噗嚕噗嚕響。校場的周圍站著一些大兵，木樁子，大兵，木樁子。幾十門鋼鐵大砲趴在校場的邊上，有人說那是鱉砲，俺說那是狗砲。鱉砲，狗砲，滑溜溜，汪汪叫，鱉蓋上長青苔，狗身上有毛毫，咪嗚咪嗚。

俺轉到了席棚前，手爪子閒得癢癢，想找點活兒幹幹。往常裡這時候，俺已經把豬狗殺好掛在架子上，新鮮的肉味兒跟著小鳥滿天飛，買肉的人已經在俺家的舖面前站隊排號。俺提著大砍刀站在肉案子前，手抓著熱乎乎的肥膘，一刀劈下去，要多少就是多少，幾乎不差半分毫，買肉的人對著俺把大拇指翹。小甲真是好樣的！俺知道俺是好樣的，用不著你們來說道。可今天俺在這裡跟著爹第一次幹大活，這活兒比殺豬重要，那些買肉的主顧怎麼辦？怎麼辦？沒法辦，你們今天就吃一天齋吧。

爹不給俺講故事了，真無聊。俺轉到鍋灶前，看到灶裡的火已經熄了，鍋裡的油也平了。鍋裡的油明晃晃地，不是油，是一面大鏡子，青銅的大鏡子，比俺老婆那面還要明亮，把俺臉上的每根毛毫兒都倒映出來。灶前的泥土上和灶台上乾巴著一些黑血，宋三的血。宋三的血不但灑在了灶前的泥土上和灶台上，而且還灑在了油鍋裡。是不是因為油鍋裡灑進了宋三的血才這樣明亮呢？等執完了檀香刑俺要把這鍋油搬回家安放在院子裡，讓俺老婆照她的臉。她如果對俺爹不好俺就不讓她照。昨天夜裡俺正在迷迷糊糊地睡覺呢，就聽到「叭勾」一聲響，宋三一頭扎到油鍋裡，緊拖慢撈他的頭已經被滾油炸得半熟了，真好玩，咪嗚咪嗚。

是誰的槍法這樣好？俺爹不知道，聽到槍聲趕來探看的官兵們也不知道，只有俺知道。這樣的好槍法的人高密縣裡只有兩個，一個是打兔子的牛青，一個是當知縣的錢丁。牛青只有一隻左眼，右眼讓土槍炸膛崩瞎了。瞎了右眼後的他的槍法大進。他專打跑兔。只要牛青一托槍，兔子就要見閻王。牛青是俺的好朋友，俺的好朋友是牛青。還有一個神槍手是知縣老爺錢丁。俺到北大荒挖草藥給俺老婆治病時，看到錢丁帶著春生和劉樸正在那裡打圍。春生和劉樸騎著牲口把兔子轟起來，知縣縱馬上前，從腰裡拔出手槍，一甩手，根本不用瞄準，巴哽——兔子蹦起半尺高，掉在地上死了。

俺趴在枯草裡不敢動彈。俺聽到春生滿嘴裡抹蜜稱讚知縣的槍法，劉樸卻垂頭坐在馬上，臉上沒有表情，猜不透他的意思。俺老婆說過，知縣的親信劉樸是知縣夫人的乾兒子，是個有來頭的大人物的兒子，滿肚子學問，一身的本事。俺不信，有本事還用給人家當催班？有本事就該像俺爹那樣，舉著大刀，塗著紅臉蛋子，嚓！嚓！嚓！嚓！嚓！嚓！六顆人頭落了地。

俺心裡想：不是知縣槍法好，只是讓他碰了巧，瞎貓碰上了一個死耗子。下一隻就不一定能打中了。知縣彷彿知道了俺的想法，抬手又一槍，把一隻在天上飛著的小鳥給打下來了。死小鳥，黑石頭，正巧掉在了俺的手邊。媽媽的，神槍手，咪嗚咪嗚。知縣的獵狗跳躍著跑過來。俺攥著小鳥站起來，熱乎乎地燙手。狗在俺的面前一躥一躥地跳躍著，汪汪地大叫。狗，俺是不怕的；狗，是怕俺的。高密縣裡所有的狗見了俺都夾著尾巴瘋叫，狗怕俺，說明俺的本相如同俺爹，也是一隻黑豹子。知縣的狗看起來很狂，其實，從牠的叫聲裡，俺就聽出了這東西儘管有點狗仗人勢，但心裡頭還是怕俺。俺就是高密縣的狗閻王。聽到狗叫，春生和劉樸騎著牲口包抄上來。劉樸跟俺不熟，但春生是俺的好朋友，他經常地到俺家店裡喝酒吃肉，每次俺都給他個高頭。他說小甲你怎麼在這裡？你在這裡幹什麼？俺在這裡挖草藥呢，俺老婆病了，讓俺來給她找那種紅梗綠葉的斷腸草呢。你認識斷腸草嗎？如果你認識，請你馬上告訴俺，俺老婆病得可是不輕呢。知縣到了俺近前，虎著眼睛上上下下地打量俺。問俺哪裡人氏啊姓什名誰啊，俺不回答他嘴裡嗚哩哇啦。小時候俺娘就教導俺說見了當官的問話就裝啞巴。俺聽到春生在知縣耳邊悄聲說：「狗肉西施的丈夫，是個半傻子……」俺心裡想，操你個姥姥的春生，俺才剛還說你是俺的好朋友呢，這算什麼好朋友？好朋友還有說好朋友是半傻子的嗎？咪嗚咪嗚俺操你奶奶，你說誰是半傻子？如果俺是半傻子，你就是一個全傻子……

牛青使一桿土槍，打出來是一堆鐵沙子；知縣使一枝洋槍，打出來是一顆獨子兒。宋三的頭上只有一個窟窿，你說不是知縣打的還能是誰打的呢？但知縣為什麼要把宋三打死呢？哦，俺明白了，宋三一定是偷了知縣的錢，知縣的錢，能隨便偷嗎？你偷了知縣的錢，不把你打死怎麼能行！活該活該，你平常裡仗著衙門裡的威風，見了俺連哼都不哼一聲。你欠了俺家店裡五吊錢，至今還沒還，你沒還俺也不敢要，這下好了，俺家的錢雖然瞎了，但是你的命也丟了。是命要緊還是錢要緊？當然是命要緊，你就欠著俺的錢去見閻王爺爺吧。

四

昨天夜裡槍聲一響，官兵們一窩蜂似地擁過來。他們七手八腳地把宋三的上半截身體從香油鍋裡拖出來。他的頭香噴噴的，血和油一塊兒往下滴瀝，活像一個剛炸出來的大個的糖球葫蘆。咪嗚咪嗚。官兵們把他放在地上，他還沒死利索，兩條腿還一抽一抽的，抽著抽著就成了一隻沒被殺死的雞。官兵們都大眼瞪著小眼，不知如何是好。一個頭目跑來，把俺和俺的爹急忙推到席棚裡去，然後向著方才射來子彈的方向，啪地放了一槍。俺還是生平第一次聽人在耳朵邊上放槍，洋槍，聽人說是德國人製造的洋槍，一槍能打三里遠，槍子兒能穿透一堵牆。官兵們學著那頭目的樣子，每人朝著那個方向放了一槍。放完了槍，槍口裡都冒出了白煙，火藥味兒噴香，大年夜裡剛放完了鞭炮也是這味兒。然後那個頭目就吆喝了一聲：追擊！咪嗚咪嗚，官兵們嗚天嗷地，朝著那個方向追了過去。俺剛想跟著他們去看熱鬧，胳膊卻被俺爹給拽住了。俺心裡想，這群傻瓜，往哪裡去追？知縣肯定是騎著他的快馬來的，你們忙活著從油鍋裡往外拖宋三時，知縣就騎著馬跑回縣衙去了。他的馬是一匹赤兔馬，全身紅毛，沒有一根雜毛，跑起來就是一團火苗子，越跑越旺，嗚嗚地響。知縣的馬原來是關老爺的馬，日行千里，不吃草料，餓了就吃一口土，渴了就喝一口風——這是俺爹說的。俺爹還說，赤兔馬其實應該叫做吃土馬，應該叫喝風馬，吃土喝風，馬中的精靈。真是一匹好馬，真是一匹寶馬，什麼時候我能有這樣一匹寶馬呢？什麼時候俺要有了這樣一匹寶馬，應該先讓俺爹騎，俺爹肯定捨不得騎，還是讓俺騎。好東西要先給爹，俺是個孝順的兒子。高密縣最孝順的兒子，萊州府最孝順的兒子，山東省最孝順的兒子，大清國最孝順的兒子，咪嗚咪嗚。

官兵們跑過去追了一會兒，然後就三三兩兩地走回來。頭目對俺爹說：

「趙姥姥，為了您的安全，請您不要離開席棚半步，這是袁大人的命令。」

俺爹也不回答他，只是冷笑。幾十個官兵把我們的席棚團團包圍住，咪嗚咪嗚，把我們當成了寶貝護起來了。頭目吹滅了席棚裡的蠟燭，把俺們爺倆安排在月光照不到的地方。他還問俺爹鍋裡的檀木橛子煮好了沒有，俺爹說基本好了，頭目就把灶膛裡的劈柴掏出來，用水把他們澆滅。焦炭味兒很香，俺用力地抽動著鼻子。在黑暗中，俺聽到爹也許是自言自語也許是對俺說：

「天意，天意，他祭了檀木橛子！」

爹，您說什麼？

「兒子，睡吧，明天要幹大活。」

爹，給您捶捶背？

「不用。」

給您撓撓癢？

「睡吧！」爹有些不耐煩地說。

咪嗚咪嗚。

「睡吧。」

五

天明後官兵們從席棚周圍撤走，換上了一撥德國兵。他們分散在校場的周圍，臉朝外屁股朝裡。後來又來了一撥官兵，也散在校場周圍，與德國兵不同的是，他們是屁股朝外臉朝裡。後來又來了六個官兵六個德國兵，他們在席棚周圍站了四個，在升天台周圍站了四個，在戲台前邊站了四個。站在席棚周圍這四個兵，兩個是洋的，兩個是袁的。他們的臉都朝著外，背朝著裡。四個人要比賽似的，都把身體挺得棍直。咪嗚咪嗚，真直。

爹捻動佛珠的手停了片刻，一個老和尚入了定，阿彌陀佛。阿彌陀佛，俺老婆經常這樣說。俺的眼，錐子，扎在爹的手上。咪嗚咪嗚，這可不是一般的手，是大清朝的手，國手，是慈禧老太后和萬歲爺爺的手，慈禧老太后和萬歲爺爺想殺誰了就用俺爹的手殺。老太后對俺爹說：我說殺把子啊，幫咱家殺個人去！俺爹說：得令！萬歲爺爺說：我說殺把子啊，幫咱家殺個人去。俺爹說：得令！爹的手真好，不動的時候，兩隻小鳥；動起來時，兩片羽毛。咪嗚咪嗚。俺記得老婆曾經對俺說過，說爹的手小得古怪；看著他的手，更感到這個爹不是個凡人。如果不是鬼，那肯定就是仙。打死你你也不會相信這是一雙殺過千人的手，這樣的手最合適幹的活兒是去給人家接生。俺這裡把接生婆稱做吉祥姥姥。吉祥姥姥，姥姥吉祥，啊呀啊，俺突然明白了，為什麼俺爹說在京城裡人家都叫他姥姥。他是一個接生的。但接生的婆婆都是女人，俺的爹是個男的，是個男的嗎？是個男的，俺給爹搓澡時看到過爹的小雞，一根凍青了的小胡蘿蔔，嘿嘿……笑什麼？嘿嘿，小胡蘿蔔……傻兒子！咪嗚咪嗚，難道男人也可以接生？男人接生不是要讓人笑話嗎？男人接生不是把人家女人的腚溝都看到了嗎？看人家女人的腚溝還不被人家用亂棍打死嗎？想不明白越想越不明白，算了算了，誰有心思去想這些。

俺爹突然地睜開了眼睛，打量了一下四周，然後將佛珠掛在脖子上，起身到了油鍋前。俺看到爹的影子和俺的影子都倒映在油鍋裡。油鍋裡的油比鏡子還要明亮，把俺們臉上的每個毛孔都清清楚楚地照出來了。爹把一根檀木橛子從油裡提拎起來，油面黏黏糊糊地破開了。俺的臉也隨著變了，變成了一個長長的羊臉。俺大吃一驚，原來俺的本相是一隻山羊，頭上還生著兩隻角。咪嗚咪嗚，知道了自己的本相俺感到十分失望。爹的本相是黑豹子，知縣的本相是白老虎，老婆的本相是大白蛇，俺竟然是一隻長鬍子的老山羊。山羊算個什麼東西，俺不當山羊。爹將檀木橛子提起來，在陽光下觀看著，好像一個鐵匠師傅在觀看剛剛鍛造出來的寶劍。橛子上的油如明亮的絲線一樣落回到鍋裡，在黏稠拉絲的油面上打出了一個個小渦渦。爹讓橛子上的油控得差不多了，就從懷裡摸出了一條白綢子，輕輕地將橛子擦乾，橛子上的油很快就把白綢子吃透了。爹將白綢子放在鍋台上，一手捏著橛子的把兒，一手捏著橛子的尖兒，用力地折了折，橛子微微地彎曲了。爹一鬆手，橛子立即就恢復了原狀。爹將這根橛子放在鍋台上，然後提拎起另外一根，也是先把油控乾，然後用白綢子擦了一遍，然後放在手裡彎彎，一鬆手，橛子馬上就恢復了原狀。爹的臉上出現了十分滿意的神情。爹的臉上很少出現這樣的幸福表情。爹幸福了俺的心裡也樂開了花，咪嗚咪嗚，檀香刑真好，能讓俺爹歡喜，咪嗚咪嗚。

爹將兩根檀木橛子提到席棚裡，放在那張小桌子上。然後他跪在席上，恭恭敬敬地拜了幾拜，彷彿那小桌子後邊供養著一個肉眼凡胎看不見的神靈。跪拜完畢，爹就坐到椅子上，把手掌罩在眼睛上望望太陽，太陽升起已經有一竹竿高了，往常裡這會兒俺差不多已經把豬肉賣完了，接下來的活兒俺就要殺狗了。爹看完了太陽，眼睛根本不看俺，嘴巴卻給俺下了一個命令：

「好兒子，殺雞！」

咪嗚咪嗚——喵——

六

爹一聲令下，俺心中開花！咪嗚咪嗚咪嗚，親爹親爹親爹！煩人的等待終於結束了，熱熱鬧鬧的時刻終於來到了。俺從刀簍裡選了一把亮晶晶的剔骨用刀子，送到爹的面前讓爹看看。爹點點頭。俺走到雞前。雞看到俺就咕咕嘎嘎地撲棱起來，撲棱著屁股一撅，拉出了一灘白屎。往常裡這時候牠正站在土牆上打鳴呢，今天牠卻被俺用繩子拴在一根木柱子上。俺把小刀子叼在嘴裡，騰出手把雞的翅膀擰住，把牠的腿放在俺的腳下踩著。爹早就告訴了俺，今日殺雞不是為了吃牠的肉，而是為了用牠的血。俺把一只黑色的大碗放在牠的脖子底下，等待著接血。公雞的身上滾燙滾燙，牠的頭在俺的手裡掙扎著。俺捏住了牠的頭，讓你不老實看你還敢不老實死到臨頭了你還不老實，豬比你勁頭兒大多了，狗比你凶多了，俺都不害怕，難道俺還怕你一個小雞子？操你姥姥的。俺把牠脖子上的毛撕拔撕拔，將牠脖子上的皮膚繃緊，用小刀子利索地拉了一下，牠的脖子就裂開了。俺趕緊復了刀，這下好了，紫紅的雞血嘩嘩地躥出來了。是一個酣睡了一夜的小男孩清晨起來撒尿。俺先是不出血，俺有點緊張。因為俺聽爹說過：執刑日如果殺雞不出血，後邊的事情就會不順利。俺嘩啦嘩啦，咪嗚咪嗚。白毛公雞血旺，淌了滿滿一黑碗，順著碗沿往外流。好了，爹，俺把軟綿綿的白公雞扔在地上，說，殺完了。

爹對俺招招手，臉上堆積著厚厚的笑容，讓俺跪在他的面前。他將兩隻手都浸到雞血裡，好像要讓牠們喝飽似的。俺想爹的手上有嘴巴。會吸血。爹笑嘻嘻地說：

「好兒子，閉眼！」

讓俺閉眼俺就閉眼。俺是個聽話的好孩子。俺用手抱住爹的腿，用額頭碰撞著他的膝蓋，嘴巴裡自己鑽出：咪嗚咪嗚……爹爹爹爹……

爹用膝蓋夾夾俺的頭，說：

「好兒子，抬起頭。」

俺抬起頭，仰望著爹爹動人的臉。俺是個聽話的好孩子。沒有爹時俺聽老婆的話，有了爹俺就聽爹的話。俺突然想起了老婆，一天多不見面，她到哪裡去了？咪嗚咪嗚……爹把兩隻血手往俺的臉上抹起來。俺聞到了一股比豬血腥臭許多的味兒。俺心裡很不願意被抹成一個雞血臉，但爹是有威嚴的。不聽話爹會把俺送到衙門裡打屁股，一五一十，十五二十，二十大板就把俺的屁股打得皮開肉綻。咪嗚咪嗚，爹的手又往碗裡蘸蘸，繼續往俺的臉上抹。他不但抹俺的臉，連俺的耳朵都抹了。他在給俺抹血的時候，不知道是故意的還是無意的，竟然把血弄到俺的眼睛裡去了。俺感到眼睛一陣疼痛，咪嗚咪嗚，眼前的景物變得模模糊糊，蒙上了一層紅霧。俺咪嗚咪嗚地叫喚著：爹，爹，你把俺的眼睛弄瞎了。俺用手掌擦著眼睛，喵喵地叫喚著。越擦越亮，越擦越亮，然後就突然地亮堂堂起來。不好了呀不好了，咪嗚咪嗚，通靈虎鬚顯靈了，咪嗚咪嗚，爹沒有了，在俺的面前站著一個黑豹子。牠用兩條後腿支撐著身體，兩隻前爪子伸到雞血碗裡，沾染得通紅，血珠兒從那些黑毛上點點滴滴地流下來，看起來牠的前爪子彷彿受了重傷。牠將血爪子往自己的生滿了粗茸毛的臉上塗抹著，把一張臉塗抹得紅彤彤的，變成一朵雞冠花。俺早就知道爹的本相是隻黑豹子，所以俺也沒有大驚小怪。俺不願意讓虎鬚一直顯靈，顯一會兒靈也就夠了，但是這次顯靈很綿纏，咪嗚咪嗚，怎麼著也恢復不到正常的看法裡了。這有點煩人，但也沒有辦法。俺心中半是憂愁半是喜歡。憂愁的是眼前見不到一個人總是感到彆扭，喜歡的是畢竟沒有第二個人能夠像俺一樣看到人的本相。俺把眼光往四下裡一放，就看到那些在校場裡站崗的袁兵和洋兵，都是一些大尾巴狼和禿尾巴狗，還有一些野狸子什麼的。還有一匹既像狼又像狗的東西，從他的衣服上，俺認出了牠是那個小頭目。牠大概是狼和狗配出來的東西，俺這裡把這種狼和狗配出來的東西叫做狗混子。這東西比狼無賴，比狗凶狠，被牠咬了沒有一個能活出來的，咪嗚咪嗚。

俺的黑豹子爹把碗裡的雞血全部塗抹到了他的臉上和前爪上後，用牠的又黑又亮的眼睛看了俺一眼，似乎是微微地對俺一笑，嘴唇咧開，露出一嘴焦黃的牙齒。他的模樣雖然變化很大，但爹的神情和表情還是能夠清楚地辨認出來。俺也對著他咧嘴一笑，咪嗚咪嗚。他搖搖擺擺地朝那把紫紅色的椅子走去，尾巴把褲子高高地撐起來。他坐在椅子上，瞇起眼睛，顯得十分地安靜。俺東張西望了一會，打了一個呵欠，喵唷，就坐到牠身後的木板上，看著升天台的影子歪斜著躺在地上。俺摸索著爹的尾巴，爹伸出那條生長著肉刺的大舌頭，吧噠吧噠地舔著俺頭上的毛，喵兒呼嚕，俺睡著了。

一陣吵鬧聲把俺驚醒，咪嗚咪嗚，俺聽到喇叭洋號和銅鑼洋鼓的聲音混在一起，還有大砲的聲音從這混合聲裡又粗又壯地突出來。俺看到升天台的影子已經變得很短很短，一大片晶亮耀眼的東西正從大街上往校場進發。校場邊緣上那些大砲上蒙著的綠衣裳不知何時被剝去了，閃出了青藍的砲身。每門砲後都活動著四個穿著衣裳的狼狗，雖然隔著很遠，但牠們身上的毛兒難逃俺的眼睛。大砲像老鱉一樣伸縮著脖子，抻一下脖子就吐出一個火球，吐出一個火球之後就噴出一口白煙。那些狼呀狗呀的，在砲後木偶一樣地活動著，小模樣實在是滑稽極了。俺感到眼睛裡殺得緊，想了想才明白了俺是出了汗。俺用衣袖擦臉，把衣袖都擦紅了。這一擦不要緊，眼前又發生了變化，先是黑豹子爹的臉不是豹子了，但他的身子還是豹子，屁股後邊還是鼓鼓囊囊的，尾巴顯然還在那裡。

然後是那些站崗的士兵們也把頭變化成了人頭，身子還保持著狼啦狗啦的。這樣就舒服多了。這樣俺就感到心裡踏實了不少，知道俺還是在人世間活著。但爹的臉上的表情還是怪怪的，不太像人樣子。不太像人樣子也是俺的爹，牠用大舌頭舔俺的頭時，俺幸福地一個勁兒哼哼，喵～～

正在進入校場的隊伍裡有一頂藍呢大轎，轎前是一些舉著旗羅傘扇的人頭獸身的東西。抬轎的是些馬身子人頭或者是馬頭人身子的東西，還有一些牛頭人身子的東西。大轎的後邊是一匹大洋馬，馬上蹲著一個狼頭人身的怪物，俺當然知道他就是德國駐青島的總督克羅德。俺聽說他原來騎那匹大洋馬讓俺老丈人用土砲給毀了，這匹大洋馬，肯定是從他手下的小官那裡搶來的。再往後還有一些馬，馬後是一輛囚車，車上兩個囚籠。不是說只給俺老丈人一個人上檀香刑嗎？怎麼出來了兩個囚籠呢？囚車後邊還有很長的隊伍，隊伍的兩側，簇擁著許多老百姓。儘管俺看到了一大片毛茸茸的頭顱，但俺還是知道他們是老百姓。俺的心裡好像還藏著一個念想，俺的眼睛在烏烏壓壓的群眾裡搜尋著俺的念想，俺的念想是誰還用說出來嗎？不用。俺在找俺媳婦。昨天早晨她被俺爹嚇跑之後俺就再也沒有見到她，也不知道她吃過飯沒有喝過水沒有，儘管她是一條大白蛇，但她跟白素貞一樣是條善良的蛇。她是白素貞，俺就是許仙。誰是小青呢？誰是法海呢？對了，對了，袁世凱就是法海。俺的眼前一亮，看到了看到了，看到了俺媳婦夾雜在一群女人的中間，擎著她的那個扁扁的白頭面，嘴巴裡吐著紫色的舌頭，正在向著這裡鑽動呢。咪嗚咪嗚，俺想大聲喊叫，但俺的爹把豹子眼一瞪，說：

「兒子，不要東張西望！」

七

三聲砲響之後，監刑官對著在戲台正中端坐著的袁世凱和克羅德大聲報告：

「卑職高密縣正堂稟告巡撫大人，午時三刻到，欽犯孫丙已經驗明正身，劊子手業已到位，請大人指示！」

戲台上的袁世凱──抻著一根細長的鱉脖子，背上的鱉甲像一個大大的鍋蓋，把袍子撐得像一把油紙傘，就是許仙遊湖時借給白蛇和青蛇那一把，那把傘怎麼到了袁世凱的袍子裡去了呢？哦，不是傘是鱉蓋子啊，鱉竟然能當大人真是好玩得很，咪嗚咪嗚，袁圓鱉把鱉頭歪到大灰狼克羅德嘴巴前，嘁嘁喳喳地說了一些什麼鱉言狼語，然後他就從身邊隨從手裡接過了一面紅色令旗，斜著往下一劈。這一劈非同小可，快刀斬亂麻，快刀子砍豆腐，一點點也不拖泥帶水，可見這個大鱉的道行很深，不是個一般的鱉，是個高級鱉，一般的鱉是當不了這樣的大官的。當然他比起俺爹來那是差得很遠。監刑官看到袁大人把小紅旗劈了下來，身體一激靈，個頭猛地往上躥高了半寸，眼睛裡放出了凶光，綠油油的，怪嚇人的。他的虎鬚也乍煞開來，虎牙也齜了出來，很好看的。他拖著高腔大嗓喊叫：

「時辰到──執刑──」

喊叫完了他的身體又擠縮了回來，虎鬚也貼到了腮幫子上。即便是你自己不報姓名，俺也知道你就是錢丁。儘管你的白虎頭上戴著一頂烏紗帽，儘管你的身上穿著一件大紅袍，儘管你的尾巴藏在袍子裡，但是俺從你說話的聲音裡一下子就聽出來了。他喊完了話，弓腰駝背地站在了執刑床子的一旁，面孔漸漸地恢復了人形，臉上全是汗水，看起來挺可憐人的。十幾門大砲又咕咚咕咚地連放了三聲，地皮都被震得打哆嗦。俺在跟著爹爹幹大活前，抓緊了時間把眼光往四下裡轉悠了一圈，俺看到，校場的邊上，站滿了老百姓。有男有女，有老有少。有的還保持著本相，有的變化回了人形，有的正在變化之中，處在半人半獸的狀態。這麼遠也看不清張三李四，豬狗牛羊，只能看到一片大大小小的頭，在陽光下泛著亮。俺挺胸抬頭，感到十分地榮耀，咪嗚咪嗚，俺低頭看到身上簇新的公服：偏衫黑色直裰，寬幅的紅布腰帶垂著長長的穗頭，黑色燈籠褲子，高腰鹿皮靴子。頭上還有一頂圓筒帽子俺自己看不見但是別人看得見。俺的臉上和耳朵上還塗著一層厚厚的雞血呢。現在雞血已經乾巴了，裂開了許多小縫兒，拘禁得臉皮很不得勁兒，不得勁兒也要塗，這是老祖宗傳下來的規矩。俺爹常說，沒有規矩不成方圓。因為臉上的雞血開裂了許多的小縫，所以在俺的眼前，爹恢復了許多的人形，爹現在是一個半人半豹子的爹。他的手已經變化回了人手的形狀，他的臉也變化回了人相，但他的兩隻耳朵還是像豹子的耳朵，支棱著，薄得透明，上邊生著很多的刺一樣的長毛。爹替俺把身上的公服整理了一下，低聲說：

「兒子，別害怕，按照著爹教你的，大膽地幹，咱爺們露臉的時候到了！」

爹，俺不怕！

爹用憐愛的目光看著俺，低聲說：

「好兒子！」

「爹爹爹爹你知道嗎？人家說俺跟知縣在一個鍋裡掄馬勺呢……」

八

俺早就看到，囚車上有兩個囚籠，一個囚籠裡有一個孫丙，兩個囚籠裡有兩個孫丙。乍一看兩個孫丙一模一樣，細一看兩個孫丙大不相同。這兩個孫丙的本相一個是一隻大黑熊，一個是一頭大黑豬。俺老丈人是大英雄，不可能是豬，只能是熊。俺爹講給俺的第八十三個故事，就是一頭大狗熊和一個老虎打仗。在那個故事裡，狗熊跟老虎每次都能打個平手，後來狗熊敗了。狗熊敗了不是因為牠的本事小，是因為牠的心眼太實在。每打完一仗，俺爹說老虎就去抓野雞、黃羊、兔子充飢，還去山泉邊喝水。狗熊不吃也不喝，氣鼓鼓地在那裡拔小樹清理戰場，牠總是嫌戰場不夠寬敞。老虎吃飽了喝足了，回來又跟狗熊打。最後，狗熊氣力不支，被老虎打敗了，就這樣老虎成了獸中王。另外從他們兩個的眼神上，俺也能把俺的老岳父認出來。俺岳父孫丙的眼睛炯炯有神，眼睛一瞪，火星子飛濺。那個假孫丙眼睛晦暗，目光躲躲閃閃，好像怕人似的。俺感到假孫丙也很面熟，輕輕一想俺就把他給認出來了。他不是別人，正是叫化子隊伍裡的小山子，是朱老八的大徒弟。每年八月十四叫化子節時，他的耳朵上掛著兩顆紅辣椒，扮演媒婆。眼下他竟然扮演起俺岳父來了，這傢伙，簡直是胡鬧。

俺爹比俺更早地就看到多了一個人犯。但他老人家什麼樣子的大陣勢都見過，別說多一個人犯，就是多十個人犯，也不在話下。俺聽到爹自言自語地說：

「幸虧多預備了一根橛子。」

俺爹真是有先見之明，諸葛亮也不過如此了。

先釘哪一個？先釘真的還是先釘假的？俺想從爹的臉上找到答案。但爹爹的眼神卻飛到了監刑官錢丁的臉上，錢丁的臉正對著俺爹的眼，但是他的眼神卻是灰濛濛的，好像一個瞎子。錢丁的眼神告訴俺爹，他什麼都看不見。願意先釘哪一個就先釘哪一個，隨便。俺爹把眼神挪到眼前的兩個死囚犯臉上。假孫丙的眼神也很散漫。真孫丙的眼睛卻是大放光芒。他對著俺爹微微地一點頭，響亮地說：

「親家，別來無恙！」

俺爹滿臉是笑，將兩個握成拳頭的小手抱在胸前，對著俺岳父作了一個大揖，說：

「親家，大喜了！」

俺岳父喜氣洋洋地說：

「同喜，同喜！」

「是您先還是他先？」俺爹問。

「這還用問？」俺岳父爽朗地說，「俗話說『是親三分向』嗎！」

爹沒有說話，微笑著點點頭。然後俺爹的微笑就像一張白紙被揭走了，露出了生鐵一樣的臉龐。他對著押解人犯的衙役說：

「開鎖！」

衙役猶豫了一下，眼睛四下裡張望著，似乎是在等候什麼人的命令。俺爹不耐煩地說：

「開鎖！」

衙役上前，用哆哆嗦嗦的手，開了俺岳父身上的鐵鎖鏈。俺岳父伸展了一下胳膊，打量了一下眼前的刑具，胸有成竹地、很是自信地趴在了那塊比他的身體窄少許的松木板上。

那塊松木板十分光滑，是俺爹讓縣裡最好的細木匠精心地修理過的。木板平放在殺豬的床子上。這是俺家用了十幾年的松木床子，木頭裡已經吸飽了豬狗的血，沉得像鐵，四個身材高大的快班衙役一路休歇了十幾次，才把它從俺家的院子裡抬到這裡。俺岳父趴到木板上，把頭歪過來，謙虛地問俺爹：

「是不是這樣？親家？」

俺爹沒有理他，彎腰從床子底下拿起那條上好的生牛皮繩子，遞給俺。

俺早就等得有點著急了，伸手就把繩子從爹的手裡搶過來，按照事先演練過的方式，開始捆綁俺的岳父。岳父不高興地說：

「賢婿，你把咱家小瞧了！」

俺爹在俺的身旁，專注地看著俺的動作，毫不留情地糾正著俺繫錯了的繩扣。岳父咋咋呼呼地反抗著，對俺們把他捆在木板上表示了十分地不滿。他鬧得實在是有點過分，爹不得不嚴厲地提醒他：

「親家，先別嘴硬，只怕到了較勁的時候您自己作不了自己身體的主。」

岳父還在吵吵，俺已經把他牢牢地捆在松木板上了。爹用手指往繩子裡插了插，插不進去。符合要求，爹滿意地點點頭，悄聲說：

「動手。」

俺疾步走到刀簍邊，捏出了方才殺雞時使用過的那把小刀子，把岳父的褲子揪起，輕快地旋下了一片，讓岳父的半個屁股顯露出來。爹將那柄吃飽了豆油的棗木槌提到俺的手邊放下。他自己從那兩根檀木橛子中選擇了一根看起來更加光滑的，用油布精心地擦拭了一遍。他站在了俺岳父的左側，雙手攥住檀木橛子，把蒲葉一樣圓滑的尖頭插在俺岳父的尾骨下方。俺岳父的嘴巴還在嘮叨不休，說出的話又大又硬，在又大又硬的話語裡，還不時地插上幾句貓腔，好像他對即將開始的刑罰滿不在乎，但是俺從他的顫抖的嗓音裡聽出了、從他哆嗦不止的腿肚子上看出了他內心深處的緊張和恐懼。俺爹已經不再與俺岳父對話，他雙手穩穩地攥著橛子，滿面紅光，神態安詳，仰臉看著俺，目光裡充滿了鼓勵和期待。俺感到爹對俺實在是太好了，咪嗚咪嗚，世界上再也找不到比俺爹更好的爹了。俺能有這樣一個好爹真是太幸福了，咪嗚咪嗚，如果不是俺娘一輩子吃齋念佛俺不可能碰上這樣一個好爹。爹點點下巴，示意俺動手。俺往手心裡啐了兩口唾沫，側著身，拉開了馬步，腳跟站得很穩，好像橛子釘在了地上。

俺端起油槌，先用了一點小勁兒，敲了敲檀木橛子的頭兒，找了找感覺。咪嗚咪嗚，不錯，很順手，然後俺就拿捏著勁兒，不緊不慢地敲擊起來。俺看到檀木橛子在俺的敲擊下，一寸一寸地朝著俺岳父的身體裡鑽進。油槌敲擊橛子的聲音很輕，梆——梆——梆——咪嗚咪嗚——連俺岳父沉重的喘息聲都壓不住。

隨著檀木橛子逐漸深入，岳父的身體大抖起來。儘管他的身體已經讓牛皮繩子緊緊地捆住，但是他身上的所有的皮肉都在哆嗦，帶動得那塊沉重的松木板子都動了起來。俺不緊不慢地敲著——梆——梆——梆——俺牢記著爹的教導：手上如果有十分勁頭，兒子，你只能使出五分。

俺看到岳父的腦袋在床子上劇烈地晃動著。他的脖子似乎被他自己拉長了許多。如果不是親眼所見，實在想不出一個人的脖子還能這樣子運動：猛地一下子抻出，往外抻——抻——抻——到了極點，像一根拉長了的皮繩兒，彷彿腦袋要脫離身體自己跑出去。然後，猛地一下子縮了回去，縮得看不到一點脖子，似乎俺岳父的頭直接地生長在肩膀上。

梆——梆——梆——

咪嗚咪嗚——

岳父的身體上熱氣騰騰，汗水把他的衣裳濕透了。在他把腦袋仰起來的時候，俺看到，他頭髮上的汗水流動了，汗水的顏色竟然是又黃又稠的，好似剛從鍋裡舀出來的米湯。在他把腦袋歪過來的時候，俺看到他的臉脹大了，脹成一個金黃的銅盆。他的眼睛深深地凹了進去，就像剝豬皮前被俺吹起來的豬，咪嗚咪嗚，像被俺吹脹了的豬的眼睛一樣。

啪——啪——啪——

咪嗚……

檀木橛子已經進去了一小半——咪嗚……香香的檀木……咪嗚……直到現在為止，俺岳父還沒有出聲號叫。俺從爹的臉色上，看出了爹對俺岳父十分地欽佩。因為在執刑之前，爹與俺考慮了這次執刑可能出現的各種情況。爹最擔心得就是俺岳父的鬼哭狼嚎一樣的號叫聲，會讓俺這個初次執刑的毛頭小伙子心驚膽戰，導致俺的動作走樣，把橛子釘到不該進入的深度，傷了俺岳父的內臟。爹甚至為俺準備了兩個用棉花包起來的棗核，一旦出現那種情況，他就會把棗核塞進俺的耳朵。但是俺岳父至今還沒有出聲，儘管他的喘息比拉犁的黑牛發出的聲音還要大還要粗重，但他沒有嗥叫，更沒有哭喊求饒。

啪——啪——啪——

咪嗚……

俺看到爹的臉上也有汗水流了出來，俺爹可是一個從來不出汗的人啊，咪嗚，爹攥著檀木橛子的手似乎有點顫抖，爹的眼睛裡有一種惶惶不安，俺看到爹這樣子，心中也慌了。咪嗚，俺們其實並不希望孫丙咬緊牙關一聲不吭。俺們用豬練習時已經習慣了豬的嗥叫，在十幾年的殺豬生涯中，俺只殺過一隻啞巴豬，那一次鬧得俺手軟腿痠，連續做了十幾天噩夢，夢到那隻豬對著俺冷笑。岳父岳父您嗥叫啊，求求您嗥叫吧！咪嗚咪嗚，但是他一聲不吭。俺的手腕子一陣痠軟，腿腳也有點晃動，頭大了，眼花了，汗水流進了俺的眼睛，雞血的腥臭氣味熏得俺有點噁心。爹的頭變成了黑豹子的頭，爹的美麗的小手上生出了黑色的毛兒。岳父的身上也生出了黑毛，他的起起伏伏的頭成了一個龐大的熊頭。牠的身體變得大極了，牠的力量大極了，牛皮繩子變得又細又脆，隨時都會被崩斷。於此同時，俺的手不拿準了。俺一槌悠過去，打偏了，打在了爹的爪子上。爹呻吟了一聲，鬆開了手。俺又一槌悠過去，這一槌打得狠，橛子在爹的手裡失去了平衡，橛子的尾巴朝上翹起來，分明是進入了它不應該進入的深度，傷到了孫丙的內臟。一股鮮血沿著橛子滋滋地躥出來。俺聽到孫丙突然地發出了一聲尖利的嗥叫，咪嗚咪嗚，比俺殺過的所有的豬的叫聲都要難聽。爹的眼睛裡噴出了火星子。他低聲地說：

「小心！」

俺抬起袖子擦擦臉，喘了幾口粗氣。在孫丙一聲高似一聲的嗥叫聲中，俺的心安靜了下來，手不痠了，腿不軟了，頭不大了，眼不花了，咪嗚，爹的臉又恢復了爹的臉。岳父的頭也不再是熊的頭。俺抖擻精神，拿捏著勁兒，繼續敲打橛子：

梆——梆——梆——

咪嗚咪嗚——

孫丙的嗥叫再也止不住了，他的嗥叫聲把一切的聲音都淹沒了。橛子恢復了平衡，按照爹的指引，在孫丙的內臟和脊椎之間一寸一寸地深入，深入……

啊～～嗚～～嗷～～呀～～

咪嗚咪嗚喵～～

他的身體裡也發出了鬧心的響聲，好像那裡邊有一群野貓在叫春。這聲音讓俺感到納悶，也許是俺的耳朵聽邪了。奇怪奇怪真奇怪，岳父肚子裡有貓。俺感到又要走神，但俺爹在關鍵時刻表現出的平靜鼓勵了俺。孫丙喊叫得越凶時，俺爹臉上的微笑就越讓人感到親切。他的眉眼都在笑，眼睛幾乎瞇成了一條縫。好像他不是在執掌天下最歹毒的刑罰，而是在抽著水菸聽人唱戲，咪嗚咪嗚……

終於，檀木橛子從孫丙的肩頭上冒了出來，把他肩上的衣服頂凸了。俺爹最早的設計是想讓檀木橛子從孫丙的嘴巴裡鑽出來，但考慮到他生來愛唱戲，嘴裡鑽出根檀木橛子就唱不成了，所以就讓檀木橛子從他的肩膀上鑽出來了。俺放下油槌，撿起小刀，把他肩上的衣服挑破。爹示意俺繼續敲打。俺提起油槌，又敲了十幾下，咪嗚咪嗚，檀木橛子就上下均勻地貫串在孫丙的身體之中了。孫丙還在嗥叫，聲音力道一點也沒有減弱。爹仔細地觀看了橛子的進口和出口，看到各有一縷細細的血貼著橛子流出來。滿意的神情在爹爹臉上洋溢開來。俺聽到他長長地出了一口氣，俺也學著爹爹的樣子，長長地出了一口氣。

咪嗚……

九

在爹的指揮下，四個衙役把那塊松木板子連同著俺岳父從床子上抬下來，小心翼翼地往那座比縣城裡最高的屋脊還要高的升天台上爬去。升天台緊靠著席棚的一側，用原木和粗糙的木板架設了長長的漫道，爬起來並不費力，但那四個身體強壯的衙役全都汗流浹背，把一個個的濕腳印鮮明地印在木板上。孫丙還被牢牢地捆在木板上。他還在嗥叫，但聲音已經嘶啞，氣脈也短促了許多。俺和爹跟隨在四個衙役的背後爬上了高台。高台的頂端用寬大的木板鋪設了一個平台，新鮮的木板散發著清香的松脂氣味。平台正中央豎起了一根粗大的松木，松木的頂端偏下地方，橫著釘上了一根三尺長的白色方木，就跟俺在北關教堂裡看到的十字架一個樣子。

衙役們小心翼翼地把孫丙放下，然後就退到旁邊等待吩咐。爹讓俺用小刀子挑斷了將孫丙捆綁在木板上的牛皮繩子，繩子一斷，他的身體一下子就脹開了。他的四肢激烈地活動著，但他的身體因為那根檀木橛子的支撐，絲毫也動彈不了。為了減少他的體力消耗，也為了防止他的劇烈的動作造成對他內臟的傷害，在俺爹的指揮下，在俺的參與下，四個衙役把孫丙提起來，將他的雙腿捆紮在黑色的豎木上，將他的雙手捆綁在白色的橫木上。他站在平台上，只有腦袋是自由的。他大聲罵著：

「操你的姥姥克羅德～～操你的姥姥袁世凱～～操你的姥姥錢丁～～操你的姥姥趙甲～～操你們的姥姥～～啊呀～～」

一縷黑色的血沿著他的嘴角流下來，一直流到了他的胸脯上。

咪嗚咪嗚……

十

走下升天台前抬起頭四下裡一望，心就猛地縮了上去，堵得俺喘氣都不流暢，咪嗚……俺看到校場的四邊上鑲滿了人，白花花的陽光下一片人頭在放光。俺知道人們的頭上都出了汗，如果不出汗，絕對不會這樣明亮。孫丙的叫罵聲跟著鴿子在天上飛翔，像大浪一波催著一波滾向四面八方。百姓的裡邊是一些木樁子一樣的大兵，洋兵和袁兵。俺心裡有個念想，咪嗚，你知道俺的念想是什麼。俺的目光在人群裡尋找著。找到了。俺看到俺的老婆的胳膊被兩個身體強壯的女人抱住，還有一個高大的女人從後邊緊緊地摟住了她的腰，使她的身體不能前進半步，她的身體只能往上躥跳。俺的耳朵裡突然地聽到了她發出的尖利得像竹葉一樣的青油油的哭喊聲。

老婆的哭叫讓俺心中煩亂。儘管俺有了爹之後感到她不親了，但在沒有爹之前她還是很親的。她大白天都讓俺吃過她的奶呢。一想到她的奶俺的小雞雞就叫喚了起來，咪嗚咪嗚，俺想起了她說：滾，滾到你爹那裡去吧，死在你爹的屋子裡吧！俺不去，她就用腳踢俺……想起了老婆的好處俺的眼睛裡辣乎乎的，鼻子也酸溜溜的，咪嗚咪嗚，俺感到眼淚就要流出來了。俺跑下升天台，想往俺的老婆那邊去，去摸摸她的奶，去嗅嗅她的味。口袋裡還有一塊爹買給俺的麥芽糖，沒捨得吃完，就送給你吃了吧。但是俺的手腕子被一隻滾燙的小手抓住了。不用看俺就知道這是爹的手。爹拉著俺朝執刑的殺豬床子走去。還有一個人犯在那裡等著呢，還有一根煮得香噴噴油汪汪的檀木橛子在那裡等著呢。爹不用開口就通過他的手把他想對俺說的話傳達給了俺。爹的聲音在俺的耳朵裡轟轟地回響著：兒子，你是個幹大事的，不要胡思亂想。不要因為一個女人把國家和朝廷的活兒扔在一旁，這是不允許的，這是要殺頭的。爹曾經多次告訴過你，幹咱們這一行的，一旦用白公雞的鮮血塗抹了手臉之後，咱就不是人啦，人間的苦痛就與咱無關了。咱家就是皇上的工具，咱家就是看得見摸得著的法律。在這種情況下你怎麼還能去給你老婆送一塊麥芽糖？即便爹允許你去送麥芽糖給你的媳婦吃，袁世凱大人和克羅德也不會答應。你抬頭看看你岳父曾經在上邊演過大戲的台上，現在端坐著的那些大人們的模樣，哪一個不是凶如虎狼？

俺朝戲台上望去，果然看到袁世凱和克羅德臉色靛青，眼睛放射著綠光，好似針尖和麥芒，齊打夥地射在了俺的身上。俺慌忙低了頭，跟著爹回到床子前。俺心裡念叨著：老婆，別哭了，反正你這個爹也不是一個好爹，你說過，他讓一頭毛驢把你的頭咬破了。這樣的爹被檀木橛子釘了也就是釘了。如果是俺爹這樣的好爹，被檀木橛子釘了，哭一哭還是應當的。孫丙這樣的爹就別為他哭了。你覺得他被橛子釘得很痛，其實未必呢，其實他很光榮呢，他剛才還和俺的爹互相道喜呢，咪嗚咪嗚。

錢丁還站在那裡，眼睛似乎看著面前的景物，但俺知道他什麼也看不見。這個監刑官，雞巴擺設，啥用也不管，指望著他下令，還不如俺們爺們自己行動。既然囚車拉來了兩個孫丙，那就是讓俺爺們給這兩個孫丙都上檀香刑。俺們已經把真的的孫丙成功地送到了升天台上，從爹的臉色上俺知道這活兒中間出過一點點差錯，但基本上還比較成功。第一個馬到成功，第二個一路順風。兩個衙役從升天台上把孫丙騰出來了的松木板子抬下來，放在了殺豬床子上。俺爹悠閒地對看守著假孫丙的衙役說：

「開鎖。」

衙役們把沉重的鐵鏈從假孫丙的身上解下來。俺看到卸去了沉重鐵鏈的假孫丙沒有像真孫丙那樣把身體挺起來，反而像一枝烤軟了的蠟燭一樣不由自主地往地上出溜。他的臉色灰白，嘴唇更白，破爛的窗戶紙；眼睛翻白，像一對正在甩子兒的小白蛾。兩個衙役把他拖到殺豬床子前，一鬆手，他就像一灘泥巴一樣萎在了地上。

俺的爹吩咐衙役，把假孫丙抬到了擱在了殺豬床子上的松木板上。他趴在板上，渾身抽搐。爹示意俺用繩子捆住他。俺熟練地把他捆在了板子上。不等爹的吩咐，俺就把那把剔骨頭的小刀子抓在手裡，將他屁股上的褲子扯成了一個蓬，然後輕輕一旋——哎呀不得了呀——一股臭氣從這個混蛋的褲襠裡躥出來——這傢伙已經拉在褲襠裡了。

爹皺著眉頭，將那根檀木橛子插在了假孫丙的尾骨下方。俺提起油槌，往前湊了一步，沒及舉槌，就感到一股更加惡毒的臭氣撲面而來。俺扔下油槌，摀住鼻子就跑，好像被黃鼠狼子的臭氣打昏了的狗。爹在俺的身後嚴厲而低沉地喊叫著：

「回來，小甲！」。

爹的喊叫喚醒了俺的責任感，俺停止了逃跑的腳步，避避影影地、繞著圈子往爹的面前靠攏。假孫丙大概是爛了五臟六腑，一般的屎絕對沒有這樣可怕的氣味。怎麼辦？爹還在那裡雙手撐著檀木橛子，等待著俺用油槌敲打。俺不知道當橛子進入他的身體時這傢伙的屁眼裡還會拉出什麼樣的東西。關於俺們今天幹的事兒的重要性俺早就聽爹講述了許多遍了，俺知道即便是他的屁股裡往外射槍子兒俺也得站在那裡掄油槌，但他的屁眼裡放出來的臭氣比槍子兒還要可怕。俺稍微靠前一步，肚子裡的東西就打著滾兒往上躥。饒了俺吧，親爹！如果非要俺執這個刑罰，只怕檀木橛子還沒釘出來，俺就被他活活地給熏死了……

老天開眼，在最後的關頭，端坐在大戲台上看起來好像在打瞌睡的袁世凱下達了命令，將原定執行檀香刑的人犯小山子改判斬首。接到命令後，俺爹將手中的檀木橛子一扔，皺著眉毛，屏住氣兒，從一個離他最近的衙役腰間抽出了一把腰刀，一個小箭步躥回來，用與他的年齡不太相稱的麻利勁兒，手起刀落，白光閃爍，眨巴眼的工夫，就將真小山子假孫丙的腦袋砍落在殺豬床子下。

咪嗚——

第十八章　知縣絕唱

檀木原產深山中，秋來開花血樣紅。亭亭玉立十八丈，樹中丈夫林中雄。都說那檀口輕啟美人曲，鳳歌燕語啼嬌鶯。都說那檀郎親切美姿容，拋果盈車傳美名。都說是檀板清越換新聲，梨園弟子唱昇平。都說是檀車煌煌戎馬行，秦時明月漢時兵。都說是檀香繚繞操琴曲，武侯巧計保空域。都說是檀越本是佛家友，樂善好施積陰功……誰見過檀木橛子把人釘，王朝末日缺德刑。

——貓腔《檀香刑．雅調》

一

小山子人頭落地，白太陽猝然變紅。老趙甲提起人頭，滿面是做作出來的莊嚴表情，令人厭惡啊，令人作嘔啊，這個豬狗不如的畜生，對著余把小山子的頭顱高高舉起，鮮血淋漓，他說：

「執刑完畢，請大人驗刑！」

余心中紛亂如麻，眼前紅霧升騰，耳朵裡槍砲轟鳴，這瀰天漫地的血腥氣息啊，這撲鼻而來的齷齪臭氣啊，這顯然已經到了窮途末路的大清王朝啊，余是棄你啊還是殉你？舉棋不定，猶豫彷徨；四顧茫茫，一片荒涼。根據確鑿的消息，皇太后挾持著皇上，已經逃亡到了太原。北京城裡，虎狼橫行；皇宮大內，神聖廟堂，已經變成了八國聯軍恣意尋歡的兵營。一個把國都都陷落了的朝廷，不是已經名存實亡了嗎？可是袁世凱袁大人，按著國家用千萬兩銀子馴養出來的精銳部隊，不去保衛首都，不去殺賊擒王，卻與那洋鬼子一道，在山東鎮壓我血性兒郎。狼子野心昭然若揭；司馬昭之心，路人皆知。連陋街窮巷裡的頑童，都在傳唱：「清不清，風波生；袁不袁，曹阿瞞。」大清朝啊，你養虎遺患；袁世凱啊，你居心陰險。你殘殺了我的子民，保住了洋人的路權；你用百姓的鮮血，討得了列強的喜歡。你手握重兵，靜觀待變，把握著進退自如的主動權，大清的命運，已經掌握在你的手中。太后，皇上，你們覺悟了吧。你們覺悟了嗎？你們如果還把他當成扶危解困的干城，大清的三百年基業，必將毀於一旦……反躬自問，余也不是大清死心塌地的忠臣。余缺少捨身成仁、手刃奸臣的忠勇，儘管余從小讀書擊劍，練就了一身武功。論勇氣余不如戲子孫丙，論義氣余不如叫化子小山。余是一個唯唯諾諾的懦夫，是一個委屈求全的孱頭。有時壯懷激烈，有時首鼠兩端，余是一個瞻前顧後的銀樣蠟槍頭。在百姓面前耀武揚威，在上司和洋人面前諛言諂笑，余是一個媚上欺下的無恥小人。窩窩囊囊的高密知縣錢丁，你雖然還活著，但是已經成了行屍走肉；連臨死前被嚇得拉了褲子的小山子，也比你強過了三千倍。既然沒有頂天立地的豪氣，你就像條走狗一樣活下去吧；你就麻木了自己，把自己當狗，履行你的監刑官的職責吧。余將渙散了的眼神集中起來，看清了劊子手趙甲手中的人頭，聽清了他像表功一樣的報告，意識到了自己該幹什麼。余疾步行走到戲台前，撩袍甩袖，單膝跪地打千，向著台上的賊子和強盜，高聲報告：

「執刑完畢，請大人驗刑！」

袁世凱和克羅德低聲議論了幾句，克羅德大聲歡笑。他們站起來，沿著戲台邊緣上的台階，走到了台前。

「起來吧，高密縣！」袁世凱冷冰冰地說。

余起身跟隨在他們背後，向升天台行進。虎背熊腰的袁世凱和麻桿一樣的克羅德肩並著肩，宛如鴨鷺同步，慢吞吞地走向高台。余低眉垂首，但目光卻一直盯在他們的背上，其實余的靴筒子裡就有一柄利刃，余要有舍弟一半的膽量，就可以在片刻之間把他們刺死。余當初隻身入營擒拿孫丙時是那樣的沉著鎮定，可現在余跟隨在他們身後是這樣的戰戰兢兢。可見余在老百姓面前是虎狼，在上司和洋人面前是綿羊。余連綿羊都不如，綿羊還能角鬥，余卻膽小如鼠。

站在了好漢子孫丙的前面，仰起臉看著他那張因為充血而變得格外肥胖了的臉。他的嘴裡流著血，眼睛腫成了一條縫。因為缺齒，使他的罵聲有些含糊，但還是能夠聽清。他大罵著袁世凱和克羅德，甚至試圖把口裡的血沫子噴吐到他們的臉上。但他的力氣顯然不夠了，使他的噴吐變得像小孩子耍弄唾沫星星。他的嘴就像一個螃蟹的洞口，泡沫溢出。袁世凱滿意地點點頭，說：

「高密縣，按照說定了的賞格，撥銀子嘉獎趙甲父子，並將他們父子列入皂班，給他們一份錢糧。」

跟隨在余身後的趙甲撲跪在通往升天台的傾斜木板上，大聲說：

「感謝大人的大恩大德！」

「俺說趙甲，你要仔細著，」袁世凱親切而嚴肅地說，「可不能讓他死了，一定要讓他活到二十日鐵路通車典禮，到時還要有外國記者前來照相，如果你讓他死了，就不要怪本官不講友情了。」

「請大人放心，」趙甲胸有成竹地說，「小的一定會盡心盡力，讓他活到二十日通車典禮。」

「高密縣，為了皇太后和皇上，我看你就辛苦一下，帶著你的三班衙役在這裡輪流值守，縣衙門嗎，暫時就不要回了。」袁世凱微笑著說，「鐵路通車之後，高密縣就是大清的首善之地了。到時如果你還不能升遷的話，油水也是大大的，豈不聞『火車一響，黃金萬兩』嗎？——仁兄，說到底我是在替你治縣牧民呢！」

袁世凱朗聲大笑，余慌忙跪在台上，在孫丙嘶啞的詈罵聲中，說：

「感謝大人栽培，卑職一定盡職盡責！」

二

袁世凱和克羅德像一對親密無間的密友，攜手相伴著走下升天台。袁兵和洋兵簇擁著袁的八人大轎和克的高頭大馬走出校場，向縣衙迤邐進發。校場上塵土飛揚，青石板條鋪成的大街上馬蹄響亮。縣衙已經成了袁世凱和克羅德的臨時官邸，通德書院已經成了洋兵的馬廄和營房。他們走了，校場邊緣上圍觀的百姓們開始往前移動。余感到一陣迷惘，一陣恐慌。袁大人適才的話在余的心中激起了層層波浪。他說「到時如果你還不能升遷的話……」，升遷啊升遷，余的心中升起一線希望。這說明余在袁大人心中還是一個能員，袁大人對余沒有惡感。檢點起來，在處理孫丙事件中，余還是措置得當。是余隻身深入敵寨，以一人之力，將孫丙生擒了出來，避免了官兵和洋兵的傷亡。在執行檀香刑的過程中，余親自掛帥，日夜操勞，用最短的時間，最好的質量，準備好了執行這個驚世大刑的全部器械和設施，換上了任何一個人，也辦不得這樣漂亮。也許，也許袁大人沒有人們猜想得那樣陰險，也許他是一個深謀遠慮的忠良；大忠若奸，大智若愚，振興大清，也許袁大人就是棟梁。嗨，余不過是一個區區縣令，遵從上憲的命令，恪盡職守，辦好自己的事情才是本分，至於國家大事，自有皇太后和皇上操心，余等小吏，何必越俎代庖！

余克服了迷惘和動搖，恢復了機智和幹練，發號施令，將三班衙役分派在升天台上上下下，保護著十字架上的孫丙。百姓們從四面八方擁過來了，似乎是全縣的老百姓都來了啊，無數的人面，被夕陽洇染，泛著血光。暮歸的烏鴉，從校場的上空掠過，降落到校場東側那一片金光閃閃的樹冠上，那裡有牠們的巢穴，牠們的家。父老鄉親們，回家去吧，回家去忍辱負重地過你們的日子吧。本縣勸你們，寧作任人宰割的羔羊，也不要作奮起抗爭的強梁，這被檀木橛子釘在升天台上的孫丙，你們的貓腔祖宗，就是一個悲壯的榜樣。

但百姓們對余苦口婆心的勸諭置若罔聞，他們像浪潮不由自主地湧向沙灘一樣湧到了升天台周圍。余的衙役們一個個拔刀出鞘，如臨大敵。百姓們沉默著，臉上的表情都很怪異，讓余的心中一陣陣發慌。紅日西沉，玉兔東升，溫暖柔和的落日金輝與清涼爽快的圓月銀輝交織在通德校場、交織在升天高台、交織在眾人的臉上。

父老鄉親們，散了吧，回去吧……

眾人沉默著。

突然，已經休歇了喉嚨的孫丙放聲歌唱起來。他的嘴巴漏風，胸腔鼓動，猶如一個破舊的風箱。在他的位置上，能夠更加全面地看到周圍的情況。按照他的性格，一個處在這樣的境況中的人，只要他還有一口氣，就不會放過這個歌唱的機會。甚至可以說，他等待的就是這個機會。余也突然地明白，擁擠到台前的百姓，根本不是要把孫丙從升天台上劫走，而是要聽他的歌唱。你看看他們那仰起的腦袋、無意中咧開的嘴巴，正是戲迷的形象。

八月十五月光明～～高台上吹來田野裡的風～～

孫丙一開口，就是貓腔的大悲調。因為長時間的詈罵和吼叫，他的喉嚨已經沙啞，但沙啞的喉嚨與他血肉模糊的身體形象，使他的歌唱悲壯蒼涼，真有了震撼人心的力量。余不得不承認，在這高密小縣的偏僻鄉村生長起來的孫丙，是一個天才，是一個英雄，是一個進入太史公的列傳也毫不遜色的人物，他必將千古留名，在後人們的口碑上，在貓腔的戲文裡。據余的手下耳目報告，自從孫丙被擒後，高密東北鄉出現了一個臨時拼湊起來的貓腔班子，他們的演出活動與埋葬、祭奠在這場動亂中死去的人們的活動結合在一起。每次演出都是在哭嚎中開始，又在哭嚎中結束。而且，戲文中已經有了孫丙抗德的內容。

俺身受酷刑肝腸碎～～遙望故土眼含淚～～

台下的群眾中響起了抽噎哽咽之聲，抽噎哽咽之聲裡夾雜著一些淒涼的「咪嗚」，可見人們在如此悲痛的情況之下，還是沒有忘記給歌唱者幫腔補調。

遙望著故土烈火熊熊～～我的妻子兒女啊～～

台下的百姓們彷彿突然意識到了自己的職責，他們不約而同地發出了形形色色的「咪嗚」。在這大片的「咪嗚」之聲裡，出現了一聲淒涼高超的哀鳴，如一柱團團旋轉的白煙直衝雲霄：

爹爹呀～～俺的親爹～～

這一腔既是情動於中的喊叫，但也暗合了貓腔的大悲調，與台上孫丙的沙啞歌唱、台下眾百姓的「咪嗚」幫腔，構成了一個小小的高潮。余感到心中一陣突發的劇痛，好似被人當胸捅了一拳。冤家來了。這是余的至愛相好、孫丙的親生女兒孫眉娘來了。儘管連日來膽戰心驚，就像一片枯黃的樹葉在風雨飄搖之中，但余時時刻刻都沒把這個女人忘記，並不僅僅因為她的身上已經懷上了余的孩子。余看到眉娘分撥開眾人，宛如一條鰻魚從一群黑魚裡逆流而上。人群油滑地往兩邊閃開，為她讓出了一條通往高台的道路。俺看到她披頭散髮，衣衫凌亂，滿面污垢，狀如活鬼，全沒了當日那風流矯情、油光水滑的模樣。但毫無疑問她是眉娘，如果不是眉娘，誰又敢在這種時刻往這望鄉台上闖。俺心中犯了難，俺心中費思量，是放她上台還是不讓她把高台上。

俺俺俺搬來了天兵天將～～

一陣劇烈的咳嗽把孫丙的歌唱打斷，在咳嗽的間隙裡，從他的胸腔裡發出了雞鳴尾音似的哮聲。夕陽已經沉落，只餘下一抹暗紅的晚霞，明月的清涼光輝照耀在他腫脹的大臉上，泛著青銅般的光芒。他的碩大的頭顱笨拙地晃動著，連累得那根粗大的松木桿子都嘎嘎吱吱的響了起來。突然，一股黑油油的血從他的嘴巴裡噴出來。腥臭的氣味在高台上瀰漫開來。他的腦袋軟綿綿地垂到了胸脯上。

余心中一陣驚慌，不祥的感覺像烏雲一樣籠罩心頭。難道他這就死了嗎？如果他這樣死了，袁大人會怎樣的暴跳如雷？克羅德是如何的怒火萬丈？趙甲父子的賞金將化為泡影，余的升遷也是一枕黃粱。余歎息一聲，轉念一想，死了也好，死了才好，死了就讓克羅德陰謀破產，他的通車典禮就會暗淡無光。孫丙，你死得好啊！你死得爽！你保持了英雄的氣節，為鄉民們樹立了一個榜樣。如果你再活四天，你將忍受的苦難不可設想。錢丁，你在這種國家敗亡、朝廷流浪的時刻，在這種生靈塗炭、血流成河的時候還考慮自己的升遷，實在是卑鄙的很愚蠢的很哪！孫丙，你就這樣死了吧，你千萬不要再活，你早升天國，到那裡去封侯拜相……

趙甲和小甲從席棚裡鑽出來。一個提著紙糊的燈籠在前，是趙甲；一個雙手端著黑碗在後，是小甲。他們邁著均勻細小的步子，流暢地上了通往高台的木板漫道，與正站在木板上的眉娘擦肩而過。爹爹啊，你這是怎麼了……孫眉娘哀鳴著，跟隨在趙甲父子身後，撲通撲通地跑上了升天台。余側身讓到一邊，讓他們從余面前過去。高台上的衙役，都把眼光投到余的臉上。余對他們的目光視而不見，專注地看著趙甲、小甲和眉娘。他們本是一家人，在高台上與受了酷刑的孫丙相聚，按說也是順理成章。即使是袁大人在這裡，似乎也沒有理由阻擋。

趙甲把燈籠高高地舉起來，金黃的光芒照亮了孫丙亂毛叢生的頭顱。他用空著的左手，托住孫丙的下巴把他的腦袋扶起來，讓余看清了他的面龐。余以為他已經死了，但他沒有死。他的胸脯還在劇烈起伏著，他的鼻子和嘴巴裡呼出了重濁的氣息，看起來他的生命力還很強大，這讓余感到有些失望，但也有欣慰。余心中產生了模模糊糊的幻覺：孫丙不是剛受了重刑的囚犯，而是個生命垂危的病人，即便他已經沒有痊癒的希望，但人們還是想把他的彌留之際延長，盡量地延長……在孫丙的死活問題上，余的態度，其實十分地騎牆。

「餵他參湯！」趙甲對小甲說。

這時余才嗅到了從小甲珍重地捧舉著的黑碗裡洋溢出來的上等人參的苦香。余心中不由地暗暗佩服，佩服老趙甲辦事的周詳。在執刑之後亂糟糟的環境中，他竟然能夠熬出了參湯。也許，他在執刑之前已經把藥罐子在席棚裡的角落裡燉上，他胸有成竹，預見到了事情發展的方向。

小甲往前挪動了一步，將黑碗移到一隻手裡端著，用另一隻手捏住一把湯匙，舀起參湯，往孫丙的嘴裡灌去。當湯匙觸到孫丙的唇邊時，他的嘴巴貪婪地張開，好似一個瞎眼的狗崽子，終於噙住了母狗的奶頭。小甲的手一抖，參湯大部流到了孫丙的下巴上——這裡曾經是美髯飄揚——趙甲不滿地說：

「小心點！」

但小甲這個殺豬屠狗的傢伙，顯然不是幹這種細活兒的材料，他舀起的第二匙參湯，多半還是灑在了孫丙的胸脯上。

「怎麼弄的，」趙甲顯然是心痛參湯，他把燈籠遞到小甲手裡，說，「舉著燈籠，我來餵！」沒及他把黑碗從小甲手中接過去，孫眉娘上前一步，搶先把黑碗端在了自己手上。她用溫柔的聲音說：

「爹呀，你遭了大罪了啊，喝一點參湯吧，喝一點你就好了……」

余看到孫眉娘的眼睛裡淚水汪汪。

趙甲還是高舉著燈籠，小甲用手托住了孫丙的下巴，眉娘用湯匙舀起參湯，一點一滴也不浪費，全部地餵進了孫丙的口腔。

這情景讓余暫時地忘記了這是在升天台上看要犯，而是看一家三口在服侍一個生病的親人喝參湯。

餵完一碗參湯後，孫丙的精神好了許多。他的呼吸不是那樣粗重了，脖子也能支撐住腦袋的重量了，嘴巴裡不往外吐血了，臉皮上的腫脹也似乎消了一些。眉娘把黑碗遞給小甲，動手就去解將孫丙捆綁在十字架上的牛皮繩子。她的嘴巴裡充滿溫情地嘮叨著：

「爹呀，不要怕，咱這就回家去……」

余腦子裡一片空白，一時不知道該如何處理這眼前的情況。還是趙甲老辣，他將燈籠塞到小甲手裡，縱身插在了孫丙和眉娘之間。他的眼睛裡閃爍著冷冷的光芒，嘴巴裡發出一聲乾笑，然後他說：

「賢媳，醒醒夢吧，這個人是朝廷的重犯，放了他要誅滅九族的！」

孫眉娘伸出手，在趙甲的臉上豁了一把，緊接著她的手在余的臉上也豁了一把。然後她就跪在了趙甲和余的面前，嘴巴一咧放出了悲腔。她哭喊著：

「放了俺爹吧求求你們，放了俺爹吧……」

余看到在明亮的月光下，台下的百姓們也撲通撲通地跪了下來。眾多的聲音錯綜複雜，但喊叫的都是同樣的話語：

「放了他吧……放了他吧……」

余心中波瀾起伏，感歎不已。嗨，百姓們，你們哪裡知道這眼前的情勢，你們哪裡知道孫丙的心理，你們只看到了孫丙在台上苦苦煎熬，但你們想沒想，孫丙大口地吞嚥參湯，就說明他自己還不願意死，但是他也不願意活，如果他想活，昨天夜裡，他就逃脫了牢籠，神不知鬼不覺地逍遙法外了。面對著這樣的情況，余也只能靜觀待變，孫丙忍受了這樣的酷刑，他已經成了聖人，余不能違背聖人的意志。余揮手招來幾個衙役，低聲吩咐，讓他們把孫眉娘從升天台上架下去。孫眉娘竭力地掙扎著，嘴裡罵出了許多骯髒的話，但畢竟抵擋不住四個衙役的力氣，他們連推帶拉地將她弄到台下去了。余吩咐衙役，讓他們分成兩班，一班在台上值守，一班下去休息。一個時辰後前來換班，休息的地點，就在通德書院臨街的那間空房。余對留下值班的衙役們說：重點把住台前漫道，除了趙甲父子，任何人都不許上台。還要密切關注高台四周防止有人攀爬而上。如果孫丙出了事情——被人殺死或是讓人劫走，那麼，袁大人就會砍余的腦袋，但是在袁大人砍余的腦袋之前，余會先砍掉你們的腦袋。

三

漫長的兩天兩夜熬過去了。

第三天的凌晨，余巡視了升天台後，回到書院空房，和衣躺在只鋪了一層葦席的青磚地上。換班下來的衙役們有的鼾聲如雷，有的夢話連篇。八月的蚊蟲凶狠歹毒，咬人不出聲，口口見血。余掀起衣襟蒙住頭面，躲避蚊蟲的叮咬。室外傳來拴在書院大楊樹下餵養著的德國洋馬抖動嚼鐵、彈動蹄子的聲響，還有牆腳野草叢中秋蟲的淒涼吟唱。似乎還有嘩嘩啦啦的水聲時隱時現，不知道是不是高密東北鄉的馬桑河水在憂愁地流淌。余心中蕩漾著悲涼情緒，神魂不定地進入了夢鄉。

「老爺老爺不好了，」一焦急的喊叫把余從夢中驚醒。余冷汗涔涔，看到小甲那張愚蠢裡隱藏著奸猾的臉膛，聽到他結結巴巴地說，「老爺老爺不好了，孫丙孫丙要死了！」

余不及多想，起身衝出空房。燦爛的秋陽已經高掛東南，天地間白光閃爍，刺得余眼前一片黑暗。余捣著眼睛，跟在小甲身後，奔向高台。趙甲、眉娘還有值班的衙役，已經簇擁在孫丙身旁。余沒到近前就嗅到了一股惡臭，看到在孫丙的頭上飛舞著成群的綠頭蒼蠅。趙甲手持一枝用馬尾紮的蠅拂子，在孫丙的頭上揮舞著，把許多的蒼蠅打得紛紛落地，但隨即就有更多的蒼蠅飛來，牠們往孫丙的身上飛撲，捨生忘死，前仆後繼，不知道是孫丙身上散發的氣味吸引著牠們，還是冥冥中有一股驅使著牠們的神祕力量。

余看到，眉娘不避污穢，站在孫丙的眼前，用一條白色的綢手絹，擦拭著蒼蠅們用閃電般的速度下在孫丙身上的卵塊。余的目光厭惡地跟隨著眉娘的手指移動，從孫丙的眼睛到孫丙的嘴角，從孫丙的鼻孔到孫丙的耳朵，從孫丙肩頭上流膿淌血的傷口，到他裸露的胸脯上結痂的創傷……那些卵塊在一眨眼的工夫就變成了蛆蟲，蠢動在孫丙身上所有潮濕的地方。如果沒有眉娘，用不了兩個時辰，孫丙就會被蛆蟲吃光。余從這撲鼻的臭氣裡，嗅到了死亡的氣味。

孫丙的身上不但散發著撲鼻的惡臭，還散發著逼人的熱量。他簡直就是一個正在熊熊燃燒的火爐子啊，如果他還有五臟六腑，他的五臟六腑已經烤炙得不成模樣。他的嘴唇已經乾裂得像焦糊的樹皮，頭上的亂毛也如在炕席下烘烤了多年的麥草，只要吹一個火星，就會燃燒，只要輕輕一碰，就會斷裂。但他還沒有死，他還在喘息，喘息的聲音還很大，他的兩肋大幅度地起伏，胸腔裡發出呼隆呼隆的痰響。

看到余來到，趙甲和眉娘暫時地停止了手中的動作，眼巴巴地望著余，目光裡流露出企望。余屏住呼吸，伸出手掌，試了試孫丙的額頭，他的額頭像火炭一樣幾乎把余的手指燙傷。

「老爺，怎麼辦？」趙甲的眼睛裡，第一次出現了六神無主的神情，老雜種，你也有草雞的時候！他焦急而軟弱地說，「如果不趕快想法子，他活不到天黑……」

「老爺救救俺爹吧……」眉娘哭著說，「看在俺的面子上，救他一命吧……」

余沉默著，心中哀傷，為了眉娘，這個愚蠢的女人。趙甲怕孫丙死，是為了他自己；眉娘怕孫丙死，是喪失了理智。眉娘啊，他死了不是正好脫離苦海升入了天界嗎？何必讓他忍受著蓋世的痛苦苟延殘喘去為德國人的通車大典添彩增光。他活一刻就多遭一刻罪，不是一般的罪，是刀尖上的掙扎，是油鍋裡的煎熬啊；但是反過來想，他多活一天就多一分傳奇和悲壯，就讓百姓們的心中多一道深刻的印記，就是在高密的歷史上也是在大清的歷史上多寫了鮮血淋漓的一頁……前思後想，左顧右盼，心中車輪轉，余失去了決斷。救孫丙是順水推舟，不救孫丙是逆水行船，罷罷罷，難得糊塗啊！孫丙，你感覺怎麼樣啊？他艱難地抬起頭，嘴唇哆嗦著，發出了一些支離破碎的聲音，從他的眼縫裡，射出了灼熱的黑裡透紅的光線，好像射穿了余的心臟。孫丙巨大而頑強的生命力讓余受到了猛烈地震撼，一瞬間余感到自己的心中只有一個強烈的信念：讓他活下去，不能讓他死，不能讓這場悲壯的大戲就這樣匆匆地收場！

余吩咐兩個衙役，去搬請縣裡最好的醫生：南關擅長外科的成布衣，西關精於內科的蘇中和。讓他們帶上最好的藥物，用最快的速度趕來，就說是山東巡撫袁世凱袁大人的命令，膽敢違抗命令或者故意延誤者，殺無赦！——兩個衙役飛跑著去了。

余吩咐一個衙役去紙紮店搬請紙紮匠人陳巧手，讓他帶著全部的家什和材料立即趕來，就說是山東巡撫袁世凱袁大人的命令，膽敢違抗命令或者是故意延誤者，殺無赦！——一個衙役飛跑著去了。

余吩咐一個衙役去成衣店搬請裁縫章麻子，讓他帶上全部的家什還要他帶上兩丈白色紗布立即趕來，就說是山東巡撫袁世凱袁大人的命令，膽敢違抗命令或者是故意延誤者，殺無赦！——一個衙役飛跑著去了。

四

擅長外科的成布衣和精於內科的蘇中和在衙役們的引領下，前腳後腳地登上了升天台。成布衣瘦高個子，黑色臉膛，嘴巴溜光，全身上下沒有多餘的肉，顯示出一種乾巴利索的勁兒。蘇中和富態大相，五短身材，一個光溜溜的大頭，下巴上生長著一部繁茂的花白鬍鬚。這兩位都是高密城裡的頭面人物，當年余與孫丙在縣衙門鬥鬚時，他們都是在前排就坐的積極的看客。蘇中和背著一個碩大的背囊。成布衣夾著一個白布的小包。他們都很緊張。成的臉色黑裡透出灰白，看樣子他很冷；蘇中和臉色白裡透黃，油汗淫淫，看樣子他很熱。他們跪在高台上，還沒及說話，余就把他們拉了起來。余說，事情緊急。有勞兩位聖手玉趾。眼前這人是誰你們都知道，他為什麼這個樣子待在這裡你們也都知道。袁大人嚴命：必須讓他活到八月二十日。今日是八月十八，離袁大人為他規定的死期還有兩天兩夜。看看他的樣子，就知道為什麼把你們請來，請二位近前，施展你們的本事吧！

兩個醫生相互謙讓著，誰也不肯先上前去診治。他們一高一矮，一胖一瘦，相互作揖，此起彼伏，產生了十分滑稽的效果，一個少不更事的衙役竟然摀著嘴巴偷笑起來。余對他們的看起來彬彬有禮但實際上油滑無比的形狀十分反感，便嚴厲地說：不要推讓了，萬一他活不到二十日死去，你——余指著成布衣說；你——余指著蘇中和說；還有你們——余的手在高台上繞了一個圈，說；

當然還有我，我們大家，都要給他陪葬——余指著孫丙說。高台上的氣氛頓時緊張起來。兩個醫生更是目瞪口呆。余命令成布衣，說：你是外科，你先上。

成布衣翹腿躡腳地走上前去，那模樣好似一條想從肉案子上偷肉吃的瘦狗。近前後他伸出一根手指，輕輕地戳了戳從孫丙肩上探出來的木橛尖兒，然後又轉到孫丙身後，俯身探看了木橛子的尾。在他的細長的手指動搖了木橛子的首尾時，便有花花綠綠的泡沫冒了出來，腐肉的氣味令人窒息，蒼蠅們更加興奮，嗡嗡的聲音震耳欲聾。成布衣腳步踉蹌地來到余的面前，雙膝一軟就要下跪。他的瘦臉抽搐著，嘴巴歪著，一副馬上就要放聲大哭前的預備表情。從他的嘴巴裡吐出了嗑嗑巴巴的話語：

「老爺……他的內臟已經壞了，小人不敢動手……」

「胡說！」趙甲雙目圓睜，目光逼視著成布衣的臉，嚴肅地說，「俺敢擔保，他的內臟沒有受傷！」他把目光轉移到余的臉上，繼續辯白著，「如果他的內臟已經受傷，那麼，他早就流血而死，不可能活到現在。請大老爺明察！」

余略一思索，道：趙甲說得有理，孫丙的傷是在膜理之間，流膿淌血，不過是傷口發惡。這正是外科的症候，你不治，讓誰治？

「老爺……老爺……」他囁嚅著，「小人……小人……」

不要老爺小人地耽擱工夫了，余灑脫地說，你大膽動手，死馬當成活馬醫吧！

成布衣終於把膽子壯了起來。他脫下了長袍鋪在台上，把辮子盤在頭上，高高地挽起了袖筒，然後就要水洗手。小甲飛跑下台提上了一桶淨水，伺候著成布衣洗了手。成布衣將他的白布包袱放在長袍上解開，顯露出了包袱裡的內容：一大一小兩把刀子；一長一短兩把剪子；一粗一細兩把鑷子；一大一小兩個瓶子；大瓶子裡是酒，小瓶子裡是藥。除此之外還有一團棉花，一捲紗布。

他操起剪子，卡吃卡吃地剪開了孫丙的上衣。放下剪子他擰開酒瓶子將酒倒在棉花上。然後他就用蘸了酒的棉花擠壓擦拭著橛子出口和入口處的皮肉，更多的血和膿流出來，更多的臭氣散發出來。孫丙的身體劇烈地顫抖著，從他的嘴巴裡發出了一聲接一聲的令人頭皮發緊、脊背發冷的呻吟。

成布衣在替孫丙療傷的過程中顯然恢復了自信和膽氣，職業的榮耀壓倒了他的恐懼。他竟然停止了治療，不是弓著腰而是直著腰來到余的面前，用一種驕傲而霸道的口吻說：

「老爺，如果可以把他身上的橛子拔掉，小人敢擔保，他不但可以活到後天上午，甚至可以恢復健康……」

余打斷了他的話頭，用嘲弄的口吻說：如果你願意把這根橛子釘在自己的身上，那你就拔掉它吧！

成布衣的臉色頓時變得灰白了，剛剛直起來的腰馬上就彎了下去，目光也隨著變得閃閃爍爍。他哆哆嗦嗦地用蘸了酒的棉花把孫丙身上的傷口擦拭了一遍，又用一根竹籤子從那個紫色的小瓶子裡挖出一種醬紅色的油膏，塗抹到孫丙的傷口上。

治療完畢，他躬身退後。余命令蘇中和上前診治。蘇顫顫抖抖地靠上去，把一隻留著長長指甲的手高舉起來，去摸孫丙的被綁在橫木上的脈搏，他那副高舉著手、傾斜著肩膀、低垂著頭沉思默想的樣子，顯得既好笑又可憐。

望切完畢，蘇中和曰：

「老父台，病人目赤口臭，唇乾舌焦，面孔腫脹，體膚高燒，看似大熱之症，但脈象浮大中空，按之如捻蔥管，實乃芤脈失血之相。此乃大虛若實、大虧若盈之症，一般庸醫，不知辯證施治，必按熱症處理，亂用虎狼之藥，如此則危乎殆哉！」

蘇中和不愧是三代名醫，見識果然與眾不同。余對他的分析甚為歎服，急忙說：處方！

「急用獨參湯灌之！」蘇中和堅定地說，「如果每天灌三碗獨參湯，小人認為，他完全可以活到後天上午。為了更加保險，小人這就現抓幾副滋陰的小藥，以成佐使導引之勢。」

蘇中和就在高台上打開他的藥囊，根本不用戥稱，只用三根手指，一撮一撮地將那些草根樹皮抓到紙上，然後包裹成三副藥。他捧著藥包，轉著圈看了一眼，不知道該交給誰。最後他小心翼翼地將藥包放在余的面前，低聲說：

「灌下獨參湯半個時辰後，水煎服。」

余揮手讓兩個醫生下台，他們如釋重負，躬腰垂首，慌不擇路地走了。

用手指了指猖狂飛舞的蒼蠅，余對紙紮匠陳小手和裁縫章麻子說：你們應該明白自己該幹什麼了吧？

五

正晌午時陽光最強烈的時候，陳小手和章麻子已經在高台上紮起了一個上面用席片遮陽蓋頂、三面用席片圍攏、前面用白紗做簾的籠子，將孫丙的身體罩了起來。這樣既遮蔽了陽光的曝曬又擋住了蒼蠅的纏磨。為了降溫，趙小甲還將一塊巨大的濕布遮蓋在席片之上。為了減輕招引蒼蠅的臭氣，幾個衙役提水沖洗了高台上污穢。在趙甲的幫助下，眉娘將一碗參湯餵進了孫丙的肚子，過了半個時辰，又給他餵下了蘇中和開出的藥湯。余看到在餵參湯灌藥湯時孫丙積極地配合，可見他還有生存的願望。如果他想死，他就會閉住嘴巴。

經過了一番漫長的救治，孫丙的狀況有了明顯的好轉。隔著一層輕紗，余看不清楚他的臉，但余聽到他的呼吸已經平穩，身上的臭氣也不如上午那樣囂張。余疲憊不堪地走下台去，心中感到莫名的憂傷。沒有什麼不放心的了。袁大人給余的任務就是看好孫丙不讓他死，現在，他自己不想死，趙甲父子不讓他死，眉娘不願意讓他死，獨參湯發揮著效力使他的身體保持著活力不可能因為衰竭而死，你就這樣活下去吧。在厄運沒有降臨之前余也不想死。

余放膽地走出通德校場，上了似乎都有點陌生了的大街，走進了一家酒館。店小二殷勤地跑過來，一邊跑一邊往後傳呼：

「貴客到——」

胖胖的店家像繡球一樣滾到了余的面前，油光光的臉上堆積著受寵若驚的笑容。余低頭看看身上的全套官服，知道無法隱瞞自己的身分。其實，即便余身穿便服，高密縣城裡還有哪個不認識余。余每年的驚蟄日都要到郊外親自扶犁勸農，每年的清明都要到郊外去種桃栽桑，每月的初一十五余都要在教化坊前設桌講經，勸諭百姓，宣講忠孝仁義……余是個親民的好官，如果余卸任離職，肯定會收到一柄大大的萬民傘……

「大老爺光臨小店，使小店蓬蓽生輝……」店家生硬地咬文嚼字，「請問大老爺想用點什麼？」

余脫口而出：兩碗黃酒，一條狗腿。

「對不起大老爺，」店家為難地說，「本店不賣狗肉，也不賣黃酒……」

為什麼？這樣的好東西為什麼不賣？

「這個嗎……」店家支吾一會，似乎是下了決心，說，「大老爺也許知道，本城裡賣黃酒狗腿的只有孫眉娘的最好，俺們賣不過她……」

熱乎乎的黃酒，香噴噴的狗肉，往日的情景湧上心頭……

那你店裡賣什麼？

「回大老爺，俺家賣高粱白乾二鍋頭，芝麻燒餅醬牛肉。」

那就來二兩白乾，一角牛肉，再來兩個熱燒餅。

「請大人稍候……」店家一溜小跑去了。

高密縣坐堂前心煩意亂，想起了孫家眉娘多情的檀欒。她是個可人兒善解風月，水戲魚花就蜂柔情繾綣……

店家將酒肉端到了余的面前，余揮手讓他退到一邊。今日個余自己把盞，端起小酒壺將一個綠皮盅子倒滿。一杯辣酒灌下去，心中感到很舒服；兩杯熱酒灌下去，腦袋頓時暈糊糊。三杯濁酒灌下去，長歎一聲淚如雨。

余喝酒吃肉，余吃肉喝酒。余酒足飯飽。掌櫃的，酒肉錢記到帳上，過幾天讓人來還。

大老爺能到小店吃飯，是小店的福氣。

余走出店門，身體感到輕飄飄的，猶如騰雲駕霧。

六

第四天早晨，衙役把余喚醒。宿酒未消，頭昏腦脹，昨天的事情像一筆陳年舊帳已經模糊不清。余搖搖晃晃地走進校場，耀眼的白光昭示，今天又是一個好天氣。余聽到從升天台上傳下來孫丙平緩而舒暢的呻吟，知道他還健在。快班的班頭劉樸從高台上小跑著下來，神色詭祕地說：

「老爺……」

順著劉樸嘴巴呶去的方向，余看到，在對面的戲樓前，簇擁著一群人。這些人衣甲鮮明，形狀怪異。有的粉面朱唇，有的面紅耳赤；有的藍額金睛，有的面若黑漆。余心中一震，想起了不久前孫丙領導的隊伍。難道是他的餘黨重新糾集反進了縣城？余大汗淋漓，酒意全消，慌忙振衣正冠，疾步上前。

那些人圍在一只巨大的紅色木箱周圍。箱子上坐著一個用白色和金色勾畫了象徵著大忠大勇的義貓臉譜的男人。他的身上，被掛著一件長大的黑色貓衣，貓帽上的兩隻耳朵誇張地直豎起來，耳朵的頂尖上，各聳著一撮白毛。其餘的各位，有披了大貓衣的，有頂戴著小貓衣的。一個個神情肅穆，彷彿等待著登台獻藝。在衣箱上面，橫放著一些槍刀劍戟，紅纓燦燦，一看就知道是戲班子的把式。原來是高密東北鄉的貓腔班子來了，余鬆了一口氣。在這樣的時刻，高密東北鄉的貓腔班子來到了升天台前，難道僅僅是為了演戲？高密東北鄉民風剽悍，對此余已經深有體會。貓腔戲神祕而陰森，演出時能令萬眾若狂，喪失理智……想到此余心中一陣冰冷，眼前出現了刀光劍影，耳邊彷彿鼓角齊鳴。劉樸在余的耳邊悄聲說：

「老爺，小的有一個預感——」

講。

「這檀香刑是一個巨大的釣餌，而這些高密東北鄉的戲子，正是前來咬鉤的大魚。」

余保持著外表的平靜，微笑著，邁開方步，端起大老爺的架子，在劉樸的護衛下，來到了他們面前。

貓腔班子裡的人都閉口不言，但他們的炯炯目光讓余感到了森森的敵意。

「這是知縣大人，」劉樸道，「你們有什麼話要說？」

他們默默無語。

你們是從什麼地方來的？余問。

「從東北鄉來。」那個端坐在衣箱上的義貓用戲中的腔調，甕聲甕氣地說。

來此何干？

「演戲。」

誰讓你們在這種時刻到這裡來演戲？

「貓主。」

誰是你們的貓主？

「貓主是我們的貓主。」

他在哪裡？

義貓用手指了指升天台上的孫丙。

孫丙是國家重犯，身受重刑，在這高台上已經示眾三日，他如何能夠指示你們前來演戲？

「高台上綁著的只是他的身體，他的靈魂早已回到了高密東北鄉，」義貓心馳神往地說，「他一直和我們在一起。」

余感歎一聲，道：

你們的心情本官完全理解。孫丙雖然犯下了大逆不道的罪行，但他畢竟是你們貓腔的祖師爺，在他臨終之前，為他獻戲，既合人情，又合公理。但是，你們在這個時候，到這個地方來演戲，顯然是不合時宜。你們都是本縣的子民，本官向來是愛民如子，為了你們的身家性命，本官勸你們趕快離開這個是非之地，回到你們的東北鄉，在那裡你們想怎麼演就怎麼演，本官絕不干涉。

義貓搖搖頭，低沉地、但是堅定不移地說：

「不，貓主已經指示我們，讓我們在他的面前演戲。」

你剛才還說，升天台上綁著的，只是你們貓主的身體，而他的靈魂早就回到了高密東北鄉。你們在這裡演戲，難道是要演給一個沒有靈魂的軀體看嗎？

「我們遵從貓主的指示。」義貓毫不動搖地說。

你們難道不怕殺頭嗎？余手指著縣衙的方向，聲色俱厲地說，袁大人的精銳官兵正駐守縣衙；余回手又指了指通德書院的院落，說，這裡正休整著德國的馬隊。明天就是鐵路通車大典，無論是洋兵還是官軍都是如臨大敵。你們在這樣的時刻，跑到德國兵的眼皮底下來搬演你們的貓腔狗調，這與犯上作亂、聚眾鬧事又有何異？余指指升天台上的孫丙，說，難道你們想學他的樣子？

「我們什麼都不幹，我們就是演戲，」義貓好像賭氣似地說，「我們什麼都不怕，我們就是要演戲。」

高密東北鄉人民喜歡演戲，本官早就知道，本官對你們的貓腔很是喜歡，貓腔的曲調本官都能演唱。貓腔宣揚忠孝仁義，教化人民通情達理，與本官的教諭目的完全一致。本官對你們的演出活動一向是大力支持的，本官對你們這種熱愛藝術的精神深為嘉許，但現在絕對不行。本官命令你們回去，等事情過後，如果你們願意，本官將親率儀仗，到高密東北鄉請你們到這裡來演出。

「我們遵從貓主指示。」義貓執拗地說。

余乃本縣最高長官，余說不能演，就是不能演。

「萬歲皇爺也沒有不讓百姓演戲。」

你難道沒聽說過，「不怕官，就怕管」嗎？你難道沒聽說過「砍頭的知府，滅門的知縣」嗎？

「你把俺們的身體剁爛，俺的頭還是要演。」義貓氣哄哄地站起來，吩咐他的徒子徒孫們，「孩兒們，開箱。」

那些各式各樣的貓們從箱上抽出了刀槍劍戟，儼然就成了一支古老的隊伍。紅木大箱也豁然打開，顯出了裡邊的蟒袍玉帶、鳳冠霞帔、頭面首飾、鑼鼓家什……

余吩咐劉樸跑到書院，招來了十幾個正在輪休的衙役。

本縣苦口婆心相勸，完全是為了你們好，你卻一意孤行，全不把大老爺放在眼裡，余指著義貓對衙役們說，把這個為首的大貓抓起來，其餘的雜貓，用亂棍給我打出城去！

衙役們嘴裡咋咋呼呼，胡亂揮舞著水火棍子，其實完全是虛張聲勢。那個義貓卻撲地跪倒，發出了一聲淒厲的哭嚎，然後就開腔唱了起來。他剛剛跪地時余還以為他要向余求情呢，但余馬上就發現他跪的是升天台上的孫丙，他們貓腔的祖師。他發出一聲哭嚎余還以為他是看到孫丙受刑後心中悲痛呢，但余馬上也就明白了，這聲哭嚎是一個高亢的叫板，是一個前奏，接下來的演唱就如開了閘的河水滾滾而來了。

貓主啊～～你頭戴金羽翅身披紫霞衣手持著赤金的棍子坐騎長毛獅子打遍了天下無人敵～～你是千人敵你是萬人敵你是岳武穆轉世關雲長再世你是天下第一～～

咪嗚～～咪嗚～～

那些黑臉的貓紅臉的貓花臉的貓大貓小貓男貓女貓配合默契地不失時機地將一聲聲的貓叫恰到好處地穿插在義貓響徹雲霄的歌唱裡，並且在伴唱的過程中，從戲箱裡熟練地拿出了鑼鼓家什還有那把巨大的貓胡，各司其職地、有節有奏地、有板有眼地敲打演奏起來。

第一棍打倒了太行山～～填平了膠州灣～～第二棍蕩平了萊州府～～嚇死了白額虎～～第三棍打倒了擎天柱～～顛倒了太上老君的八卦爐～～

咪嗚～～咪嗚～～

他們聲情並茂的演唱立即就產生了巨大的感染力。衙役們都是本縣人，其中有半數來自東北鄉，他們對貓腔的癡迷和親和，更非余這個外鄉人所能理解。儘管余從孫眉娘那裡學會了許多貓腔的唱腔，但無論如何貓腔的調子也不會把余感動得像高密人那樣眼淚汪汪。余已經感受到了，今天的演唱非同一般，義貓毫無疑問也是貓腔行當裡的大師級的人物。他的嗓子具有貓腔調裡最經典的銅聲銅氣的沙啞，而且能夠在最高的調門上再往高處翻上一番——這就是貓腔著名的翻花——在貓腔的歷史上能夠唱出翻花的除了常茂就是孫丙。孫丙金盆洗手之後，連眉娘都認為翻花絕技已經失傳，但沒想到，這個不知從什麼地方冒出來的義貓，又讓絕技再現。余承認義貓的翻花演唱精采絕倫，這樣的演唱完全可以登上大雅之堂。余看到衙役們，包括辦事機警、頭腦清醒的劉樸，都進入了癡迷的狀態，他們一個個眼睛發亮，嘴唇半張，已經忘了身在何處。余知道用不了多會兒他們就會與那些貓們一起咪嗚大叫，很可能還會遍地打滾、有可能就會爬牆上樹，這殺氣騰騰的刑場就會變成群貓嗥叫、百獸率舞的天堂。余感到無可奈何，不知道這件事會如何收場。而且余還看到，那些在升天台上站崗的衙役們也都魂不守舍，形同偶像。孫眉娘在席棚門口已經用哭聲伴唱，趙小甲更是欣喜若狂。他想往這邊跑，但他的爹扯住了他的衣裳。看起來老趙甲多年在外，中貓腔的毒還不深，還能夠保持著冷靜的頭腦，沒有忘記自己肩負的重任。至於那孫丙，他在席籠裡余看不清他的面孔，但他的苦笑難分的聲音，已經告訴了余他的精神狀況。

義貓邊唱邊舞，袍袖翻飛猶如兩片白雲，尾巴拖地宛如一根肉棍。他就這樣載歌載舞著、感人至深著、如鬼如魅著、勾魂攝魄著，十分自然地沿著台階一步步登上了高高的戲台。在他的帶領下，那些貓們也登上了高高的戲台。一場轟轟烈烈的演出就這樣拉開了序幕。

七

所有的事情都壞在了貓身上。當台上貓衣翻飛，台下貓聲大作時，余不由地想起了與孫眉娘初次相識的情景。那天余下鄉抓賭歸來，余乘坐的小轎行進在縣城的石板大街上。暮春天氣，因為細雨濛濛而黃昏早至。大街兩側的店鋪已經打烊，青色的石板上積存著一汪汪的雨水，泛著白色的光芒。街上沒有行人，在一片靜寂中只有轎夫們的腳踩著雨水發出撲哧撲哧的聲響。余坐在轎子裡，身體感覺到微微的寒意；余的心中，氾濫著淡淡的憂傷。余聽到大街外側的池塘裡蛙聲響亮，回想起鄉下青翠的麥苗和水中游動的蝌蚪，余心中除了憂傷又加上了惆悵。余既想讓轎夫們快步如飛，及早趕回縣衙，泡上一壺新茶，翻看古人的詩書，但可惜余身邊沒有紅袖添香。夫人是名門貴冑，品行端方，但於那兒女之事，卻是冷如冰霜。余已經對她發誓不娶侍妾，但余實難耐這枕席荒涼……正當余心緒煩亂之時，只聽得路邊門響。抬頭看到那家的門前高掛著酒招，從昏暗的屋子裡溢出了酒肉之香。余看到一個身穿白衫的青年婦人站在門楣一旁，口出髒話，但那聲音清脆響亮。隨即就有一個黑乎乎的東西飛過來，正巧打在了余的轎子上。余聽到她罵：

「打死你這個饞貓！」

余看到一隻狸貓箭一般地躥到了街對面的房簷下，用舌頭舔著鬍鬚，往大街對面張望。轎前的長隨大聲叱呼：

「大膽！你瞎了眼了嗎？竟敢擲打大老爺的儀仗！」

那婦人慌忙地施禮打躬，道歉的語言賽過蜜糖。余透過轎簾，看到她風情萬種，暮色中她的嬌羞在閃閃發光。余心中頓時升騰起一片溫情，詢問長隨這家是賣什麼的？

「回大老爺，這家的狗肉和黃酒全縣第一，這個女人，就是狗肉西施孫眉娘。」

落轎，余說，本縣腹中飢餓身上發冷，到店裡去喝碗黃酒暖暖肚腸。

劉樸低聲勸余：

「老爺，俗言道貴人不踏賤地，這路邊的小店最好不要光顧。依小的之見您還是盡快回衙，免得夫人在家盼望。」

連萬歲皇爺也微服私訪，探察民情，余說，余一個小小知縣，算不上什麼貴人，口渴了喝一碗酒，肚子飢了吃一碗飯，又有什麼要緊？

轎子靠到店門前落下，孫眉娘慌忙地跪在了地上。余鑽出轎子，聽到她說：

「大老爺恕罪，民婦該死。那饞貓叼走了一條鮮魚，民婦著急，錯投了大老爺的轎子，還請大老爺原諒……」

余伸出手掌，說大姊請起，不知者不怪罪，這點小事，余根本就沒放在心上。余下轎是想到你店裡吃肉喝酒，請你帶我們進入店堂。

孫眉娘起身又打了一躬，說：

「多謝大老爺寬宏大量！今天早晨就有喜鵲在俺門前喳喳叫，想不到竟然應在了大老爺身上。大老爺快快請進，還有這些公爺們也請進房。」孫眉娘跑到街心撿起了那條鮮魚，看都沒看就扔到了街對面貓的眼前，說：「饞貓，你把大貴人引來，這是老娘給你的獎賞。」

孫眉娘手腳麻利地點燈長蠟，將桌椅擦拭得放出毫光。她為余燙上了一罈美酒，大盤的狗肉端到桌上。燭光下看美人美人更美，余心中一潭春水碧波蕩漾。衙役們眼睛裡鬼火閃爍，提醒余且莫忘道德文章。克制住心猿意馬起轎回衙，但心目中已刻上眉娘形象……

鑼鼓聲、貓胡聲、歌唱聲像一群白鳥飛出校場，先是有三三兩兩的縣城百姓提心吊膽地沿著校場的邊緣進入，然後就有一小群一小群的百姓來到了戲台前方。他們似乎忘記了這裡剛剛執行了天下最殘酷的刑罰，他們似乎忘記了受刑人身上插著檀木橛子還在升天台上受苦受難。戲台上正在搬演一個豔情故事，說的是一個住店的軍爺調戲一個美貌的店家姑娘。看到此余心中略感安慰，因為涉及到孫丙抗德的詞兒已經唱完，即使是袁大人前來聽戲，料也無有大妨。

軍爺啊，請問您喝什麼酒？
俺要喝女兒紅酒才出缸。
俺家沒有女兒紅
大姊身上有芳香
軍爺想吃什麼肉
天上的鳳凰切來嘗
俺家沒有鳳凰肉
大姊的就是金鳳凰
……

戲台上眉目傳情的店家女兒身段優美，惹人情思。在她與軍爺的一問一答中，彷彿在一件一件地脫去衣裳。這是貓腔的墊場小戲，多涉風情，輕鬆活潑，為青年男女所喜愛。余雙鬢斑白，已是中年，難道就不愛風情了嗎？余看著這調情的墊場小戲，就想起了在縣衙裡的西花廳裡，孫家眉娘為俺唱這種小戲的境況……眉娘啊眉娘，你給大老爺帶來了多少銷魂的時光啊……你裸著玉體，頭上戴一張小貓衣，在余的床上翻來滾去，在余的身上爬來爬去……你一抹臉，臉上就是一副活靈靈的媚貓的表情……從你的身上，余意識到，這世界上的動物，最媚莫過於貓……你伸出鮮紅的貓舌頭，舔舐著余的身體，讓余感到欲仙欲死，讓余感到心頭鹿撞……眉娘啊，如果乾爹嘴大，就要把你含在嘴裡……

像一陣風把軍爺和賣弄風情的小女子颳到了台後，身披著大貓衣的義貓在急急如狂風的鑼鼓聲中又登場。他瀟灑地跑了幾個圓場，然後就在戲台正中落座，抑揚頓挫地開始了念白：

　　某乃貓主孫丙是也，某早年習唱貓腔，帶著戲班子走遍了四鄉。余能唱大戲四十八齣，演遍了古往今來帝王將相。余到中年之後，口出狂言，得罪了高密知縣。高密知縣化妝蒙面，將俺的鬍鬚拔光，毀了俺的戲緣。俺將戲班子託付他人，回鄉開了一家茶館賣水度日。某妻小桃紅美貌賢惠，育有一男一女心肝兒郎。可恨那洋鬼子入侵中華，修鐵道壞風水恁的猖狂。更有那小漢奸狗仗人勢，搶男兒霸女子施惡逞強。某妻子大集上遭受凌辱，從此就晴天裡打雷起了禍殃。某哭哭哭哭哭斷了肝腸～～某恨恨恨恨恨破了胸膛～～

義貓在台上翻花起浪地慷慨悲歌，在他的身後，群貓執戟持槍，一個個怒火萬丈。台下群情激昂，咪嗚聲，跺腳聲，震動校場。震動校場，塵土飛揚。余心中越來越感到不安，不祥的陰雲漸漸地籠罩了天空。劉樸的提醒聲聲在耳，余的脊背一陣陣發涼。但面對著台上台下似乎是走火入魔的演員和群眾，余感到無能為力，就像一輛手拉不住奔馳的馬車，就像一瓢水澆不滅熊熊的烈火，事到如今，只能是聽天由命，信馬由韁。

余退到席棚前冷眼觀察，升天台上，只有老趙甲手持一根檀木橛子，默默地站在席籠一旁。孫丙的呻吟聲完全被台下的呼喊淹沒，但余知道他肯定還是好好地活著，他的精神肯定是空前的健旺。傳說中一個高密人遠在他鄉生命垂危，忽聽到有人在門外高唱貓腔，他就從病榻上一躍而起，眼睛裡放射出璀璨的光芒。孫丙啊，你雖然身受酷刑生不如死，但能看到今天的演出能聽到今天的歌唱——為了你的演出為了你的歌唱——你也不枉了為人一場。余往人群中放眼，尋找著趙家的癡兒，看到了看到了，看到了小甲爬到了戲樓的柱子上，咪嗚咪嗚的怪叫著，身體像熊一樣滑下來，然後又像貓一樣爬上去。余尋找著孫家的眉娘，看到了看到了，看到了她披頭散髮，正在用一根棍子抽打著一個衙役的脊梁。這樣的狂歡不知何時能止，余想抬頭看看時辰，卻發現一片烏雲遮住了太陽。

八

大約有二十幾個全副武裝的德國士兵從通德書院裡跑出來。余暗暗地叫了一聲苦，知道大禍即將臨頭；急忙迎上前去，攔住他們其中的一個手持短槍的小頭目，想把眼前的事情對他細說端詳。軍……爺，王八蛋你就算是個軍爺吧，軍爺眼珠子碧綠，宛如兩條蔥葉，他咕嚕了一句什麼話余不清楚，然後他一巴掌就把余搧到一旁。士兵們跑向升天台，他們步伐沉重，踩得木板嗵嗵作響。用粗大的松木支撐起來的高台晃晃蕩蕩，彷彿支撐不住這突然增加的分量。余對著戲台上的人們和戲台下的人們大聲喊叫：停止——停止——停止吧——但余的喊叫微弱無力，就像用棉花團兒擊打石頭的厚牆。

士兵們在升天台上排成了密集的隊形，與戲台上的演員遙遙相望。此時戲台上正在進行著一場混戰，幾個扮貓的演員，與幾個扮成虎狼的演員，噼噼啪啪打成一團。義貓端坐在戲台正中的一把椅子上，用直逼青雲的歌喉，為他們伴唱。這又是貓腔的一個不同尋常之處：在武打的過程中，始終有一個演員在伴唱。有時候伴唱的內容與劇情並沒有直接聯繫，結果是屬於劇情中的內容的武打，似乎變成了為獨唱者的伴舞。

哎喲爹來哎喲娘～～哎喲俺的小兒郎～～小爪子給俺搔癢癢～～小模樣長得實在是強～～可憐可憐啊把命喪～～眼睛裡流血兩行行～～

咪嗚咪嗚～～咪嗚咪嗚～～

余用乞求的目光仰望著升天台上的德國士兵，余感到一陣陣的鼻酸眼熱。德意志的士兵們，據說你們那裡也有自己的戲劇，你們也有自己的風俗，拿著自心比人心，拿著自身比人身。你們不要以為他們是在向你們挑戰，你們不要把他們和孫丙領導的抗德隊伍混同起來，固然孫丙的隊伍也都圖畫著臉譜，穿戴著戲裝。現在在你們眼前的是一個純然的戲班子，他們的演出看起來很是癲狂，但這是貓腔戲本身傳統，他們的演出是遵從著古老的習慣：為死去的人演戲，讓死人升天；為彌留之際的人演戲，讓他欣慰地告別人世。他們的戲是演給孫丙看的，孫丙是貓腔歷史上繼往開來的人物啊，貓腔戲在他的手裡才發展成了今天這樣輝煌的模樣。他們演戲給孫丙看，就像給一個臨終前的釀酒大師獻上一杯美酒，既合乎人情，又順理成章。德國士兵們，將你們端起來的毛瑟大槍放下吧，放下啊，求你們啦，你們要通情達理啊，你們不能夠再屠殺余的子民啦，高密東北鄉已經血流成河，繁華的馬桑鎮已是一片廢墟，你們也是父母生養，你們的胸膛裡也有一顆心，難道你們的心是用生鐵鑄造的嗎？難道我們中國人在你們的心目中是一些沒有靈魂的豬狗嗎？你們的手上沾滿了中國人的鮮血難道夜裡不會做噩夢嗎？放下你們手中的武器吧，放下，余大聲喊叫著向高台奔去，余邊跑邊喊：

不許開槍！

但余的喊叫活像是給德國士兵下達了一個開始射擊的命令，只聽得一陣尖利的排槍聲，如同十幾把利刃劃破了天空。從德國人的槍口裡，飄出了十幾縷白色的硝煙，猶如十幾條小蛇，彎彎曲曲地上升，一邊上升一邊擴散，燃燒火藥的氣味撲進了余的鼻腔，使余的心中竟然產生了悲欣交集的感覺，悲的是什麼，余不知道；欣的是什麼，余也不知道。熱淚從余的眼睛裡滾滾而出，眼淚模糊了余的視線。余淚眼模糊地看到，那十幾顆通紅的彈丸，從德國士兵的槍口裡鑽出來後，團團旋轉著往前飛行。它們飛行得很慢很慢，好像猶豫不決，好像不忍心，好像無可奈何，好像要拐彎，好像要往天上飛，好像要往地下鑽，好像要停止不前，好像要故意地拖延時間，好像要等到戲台上的人們躲藏好了之後它們才疾速前躦，好像從德國士兵的槍口裡拉出了看不見的線在牽扯著它們。善良的子彈好心的子彈溫柔的子彈惻隱的子彈吃齋念佛的子彈啊，你們的飛行再慢一點吧，你們讓我的子民們臥倒在地上後再前進吧，你們不要讓他們的血弄髒了你們的身體啊，你們這些聖潔的子彈啊！但戲台上那些愚笨的鄉民們，不但不知道臥倒在地躲避子彈，反而是彷佛是竟然是迎著子彈撲了上來。熾熱的火紅的彈丸鑽進了他們的身體。他們有的雙手朝天揮舞，張開的大手好像要從樹上揪下葉子；有的搗著肚子跌坐在地，鮮血從他們的指縫裡往外流淌。戲台正中的義貓的身體連帶著凳子往後便倒，他的歌唱斷絕在他的喉嚨胸腔。德國人的第一個排子槍就將大部分的演員打倒在戲台上。趙小甲從柱子上滑下來，傻愣愣地四處張望著，突然他就明白了，他搗著腦袋朝後台跑去，嘴裡大喊著：

放槍啦～～殺人啦～～

余想德國人沒把攀爬在柱子上的小甲當成射擊的目標，可能是小甲身上的劊子手公服救了他的性命。在過去的幾天裡，他可是眾人注目的人物。放第一個排子槍的德國士兵退到了後排，來到了前排的德國士兵齊齊地舉起了槍。他們的動作迅速，技術熟練，似乎是剛剛把槍托起來，余的耳邊就是第二排震耳欲聾的槍響。似乎他們在托槍的過程中就扣動了扳機，似乎他們的槍聲未響戲台上的人們就中了子彈。

戲台上已經沒有了活人，只有五顏六色的鮮血在上邊流淌。台下的群眾終於從貓腔中甦醒過來，余的可憐的子民啊……他們連滾帶爬著，他們你衝我撞著，他們鬼哭狼嚎著，亂成了一團。余看到升天台上的德國士兵都把槍放了下來，他們的漫長的臉上，都帶這一種陰涼的微笑，就像烏雲密布的寒冬天氣裡一線暗紅的陽光。他們停止了射擊，余心中又是一陣莫名的悲欣交集，悲得是高密東北鄉的最後一個貓腔班子全軍覆沒，喜得是德國人不再開槍射殺逃亡中的百姓。這是喜嗎？高密知縣啊，你心中竟然還有喜嗎？是的，余的心中還有喜，大喜！

貓腔班子的血匯合在一起，沿著戲台邊緣上的木槽流到了翹起在戲台兩角的木龍口裡，這裡原是排洩雨水的地方，現在成了血口，兩股血噴出來，淋漓在戲台下的土地上。那血排洩了一會就漸漸地斷了流，一大滴，一大滴，一大滴地，珍重地，沉重地，一大滴，一大滴，珍重地，沉重地……是天龍的眼淚啊，是。

百姓們逃亡而去，現場留下了無數的鞋子和被踐踏得不成模樣的貓衣，還有幾具被踩死的屍體。余死死地盯著那兩個滴血的龍頭，看著它們往下滴血，一大滴，一大滴，滴滴答答，滴，不是血，是天龍淚，是。

九

當八月十九日的大半個月亮在天上放射銀光時，余從縣衙裡回到了校場。余一出衙門就吐出了一口鮮血，滿嘴裡腥甜，彷彿吃了過多的蜜糖。劉樸和春生關切地問候：

「老爺，您不要緊吧？」

余如夢初醒般地看著他們，狐疑地問：

你們為什麼還跟著我？滾，滾，你們不要跟著我！

「老爺……」

聽到了沒有？滾，趕快離開我，滾得越遠越好，你們不要讓余再看到你們，如果你們再讓余看到你們，余就打斷你們的脊梁！

「老爺……老爺……您糊塗了嗎？」春生哭咧咧地說。

余從劉樸的腰間拔出了腰刀，對著他們，刀刃上反射著月光，寒光閃閃。余冷冷地說：爹死娘嫁人，各人顧各人。如果你們還顧念幾年來的情意，就趕快地走，等到八月二十日之後，再回來收我的屍體。

余將腰刀甩在地上，啷噹一聲響，震動夜空。春生往後倒退了幾步，轉身就跑，起初跑得很慢，越跑越快，很快就沒了蹤影。劉樸垂著頭，傻傻地站在那裡。

你怎麼還不走？余說，趕快打點行裝，回你的四川去吧，回去後隱姓埋名，好好看護你父母的墳墓，再也不要與官府沾邊。

「伯父……」

他一聲伯父，抻動了余的九曲迴腸。余熱淚盈眶，揮揮手，說：

去吧，好自為之，去吧，這裡沒有你的事情了。

「伯父，」劉樸道，「愚姪這幾天反覆思量，心中感到十分慚愧。伯父落得如此下場，全都是因為愚姪的過錯……」他沉痛地說，「是我化裝成您的模樣，薅去了孫丙的鬍鬚，才使他離開了戲班與小桃紅成親生子，他如果不跟小桃紅成親生子，就不會棍打德國技師；他不棍打德國技師，就不會有後來的麻煩……」

余打斷了他的話頭，說：

糊塗的賢姪，其實是命該如此，與你沒有關係。余早就知道是你薅了孫丙鬍鬚，余還知道你是遵從了夫人的指使。夫人是想用這個方法激起孫眉娘對余的仇恨，免得她跟余發生苟且之事。余還知道你與夫人設計，在牆頭上抹了狗屎。余知道你與夫人生怕余與民女有情損毀了官聲影響了前程，但余與那孫眉娘是三世前的冤家在此相逢，不怨你不怨她誰都不怨，這一切全都是命中注定。

「伯父……」劉樸跪在地上，哭著說，「請受小姪一拜！」

余上前將他拉起，說：

就此別過了，賢姪。

余一人朝通德校場走去。

劉樸在後邊低聲喊叫：

「伯父！」

余回頭。

「伯父！」

余走回到他的面前，問：

你還有什麼話嗎？

「愚姪要去為父報仇，為六君子報仇，為雄飛叔父報仇，也為大清朝剪除隱患！」

你要去刺他？余沉吟片刻，說，你的決心已經下定了嗎？

他堅決地點點頭。

但願你比你雄飛叔父有好運氣，賢姪！

余轉身向通德校場走去，再也沒有回頭。月光照耀著余的眼睛，余感到心中簇擁著無數的含苞待放的花朵，一朵綻放，就是一句能夠翻花起浪的貓腔。貓腔的雖然悠長但是節奏分明的旋律在余的心中回響，使余的一舉一動都踩在了板眼上。

高密縣出衙來悲情萬丈～～咪嗚咪嗚～～秋風涼月光光更鼓響亮～～

月光照在余的身上，也照在了余的心上。月光啊，多麼明亮的月光啊，余平生沒有見過這般明亮的月光，余再也看不到這樣明亮的月光了。余順著月光往前看，一眼就看到了夫人面色如紙躺在床上。夫人她鳳冠霞帔穿戴齊整，一紙遺書放在身旁。上寫著：皇都陷落，國家敗亡。異族入侵，裂土分疆。世受皇恩，浩浩蕩蕩。不敢苟活，豬狗牛羊。忠臣殉國，烈婦殉夫。千秋萬代，溢美流芳。妾身先行，盼君跟上。嗚呼哀哉，黯然神傷。

夫人啊！夫人你深明大義服毒殉國，為余樹立了光輝榜樣～～余死意已決，不敢苟活。但余的事情未了，死不瞑目。請夫人望鄉台上暫等候～～待為夫把事情辦完了與你一起見先皇～～

校場上一片肅穆，月光如水，瀉地無聲。空中閃動著貓頭鷹和蝙蝠的暗影，校場邊角上閃爍著野狗的眼睛。你們這些食腐啖腥的強盜，難道要吃人的屍體嗎？沒有人來給余的子民收屍，他們就這樣晾在月光下，等待著明天的陽光。袁世凱和克羅德在余的縣衙裡飲酒作樂，膳館裡，煎炒烹炸的鍋子滋滋作響。難道你們就不怕余把孫丙殺掉嗎？你們知道，如果余想活，孫丙就不會死；但是你們不知道，余已經不想活了。余就要追隨著夫人去殉大清國了，孫丙的性命就要終結了。余要讓你們的通車典禮面對著一片屍首，讓你們的火車從中國人的屍體上隆隆開過。

余腳步踉蹌地爬上了升天台。這是孫丙的升天台，是趙甲的升天台，也是錢丁的升天台。升天台上，高掛著一盞燈籠，燈籠上寫著高密縣正堂。余看到還有幾個衙役無精打采地站在台邊，用雙手拄著水火棍子，宛如泥偶木人。在燈籠的下方，支起了一個燒木柴的小小火爐，火爐上坐著一個熬中藥的罐子，罐子裡蒸汽裊裊，散發出人參的芳香。趙甲屈膝坐在火爐旁邊，火光照耀著他狹窄的黑臉。他用雙手抱住膝蓋，下巴也擱在膝蓋上。他的目光專注地盯著細小的火苗子，好像一個沉浸在幻想中的兒童。在他的身後，小甲背靠著台上的立柱，舒開著兩條腿，腿縫裡夾著一包羊雜碎。他把羊雜碎夾在芝麻火燒裡，旁若無人地大吃大嚼。孫眉娘倚靠在與小甲斜對著的那根立柱上，她的頭歪到一側，凌亂的頭髮遮掩著她的臉，看起來像個死人，往日的風采蕩然無存。隔著一層薄薄的紗布，余看到孫丙模糊的臉，他低沉的呻吟聲，告訴余他還在苟延殘喘。從他身上散發出來的臭氣，招引來成群結隊的貓頭鷹。牠們在空中無聲無息地盤旋著，不時地發出淒厲地鳴叫。

孫丙啊，你早該死了，咪嗚咪嗚，你們貓腔感慨萬端、涵義複雜的咪嗚之聲，竟然從余的口中奔突而出，咪嗚咪嗚，孫丙啊，都怨余昏聵糊塗，心慈手軟，瞻前顧後，心存雜念，沒有識破他們的詭計，讓你活著充當了他們的釣餌，又一次毀了高密東北鄉幾十條性命，斷絕了貓腔的種子，咪嗚咪嗚……余喚醒了那幾個拄著棍子打盹的衙役，讓他們回家休息，這裡的事情本縣自有安排。衙役們如釋重負，生怕再把他們留住似的，拖著棍子跑下台，轉眼就消逝在月光裡。

對余的到來，他們毫無反應，好像余只是一個空虛的黑影，好像余是他們的一個幫兇。是的，截止到目前為止，余的確是他們的一個幫兇。余正在考慮先把刀子刺到哪個的身上時，趙甲捏著藥罐子的提梁，將參湯倒進黑碗，然後威嚴地命令小甲：

「兒子，吃飽了吧？沒吃飽待會兒再吃，幫著爹先把參湯給他灌上。」

小甲順從地站起來，經過了白天的變故，這個傢伙身上的猴氣似乎減少了許多，他咧開嘴對余笑笑，然後上前撩開了遮掩席籠的白紗，顯出了孫丙乾巴了許多的身體。余看到他的臉小了，眼睛變大了，胸脯兩邊的肋條一根根地顯出來。他的樣子，讓余想到了下鄉時看到的被惡作劇的兒童綁在樹上曬乾了的青蛙。

從小甲撩開白紗那一刻開始，孫丙的頭就晃動起來。從他的黑洞一樣的嘴巴裡，發出了一些模糊的聲音：

「唔……唔……讓我死了吧……讓我死了吧……」

余的心中一震，感到自己的計畫更有了充分的理由。孫丙終於自己要死了，他已經意識到活著就是罪孽，刺死他就是順從了他的意志。

小甲將一個用牛角製成的本來是用來給牲畜灌藥的牛角漏斗不由分說地插在了孫丙的嘴裡，然後他就將孫丙的腦袋扳住，讓趙甲從容地將參湯一勺勺地灌進他的嘴裡。孫丙的嘴裡發出嗚嚕嗚嚕的聲音，他的喉嚨裡咕嘟咕嘟地響著，那是參湯正沿著他的喉嚨進入他的肚腸。

怎麼樣啊，老趙，余用嘲弄的口吻在趙甲的身後問，他能活到明天上午嗎？

趙甲警覺地轉過身來，目光炯炯地說：

「小人擔保。」

趙姥姥創造了一個人間奇蹟啊！

「能把活兒做成這樣，離不開大人的支持，」趙甲謙虛地說，「小人不敢貪天之功。」

趙甲，你不要得意太早，余冷冷地說，依我看他活不過今夜——

「小人用性命擔保，如果大人能夠再提供半斤人參，小人還能讓他活三天！」

余大笑著，彎腰從靴筒子裡抽出那柄鋒利的匕首，縱身向前，往孫丙的胸膛刺去。但余的匕首刺中的不是孫丙而是小甲。他在危急的關頭，用自己的身體擋住了孫丙的身體。余剛把匕首拔出來，小甲的身體就軟綿綿地坐在了孫丙腳前，他身上濺出來的熱血燙痛了余的手。趙甲哀嗚一聲：

「我的兒子啊……」

趙甲將手中黑碗朝余的頭上砸過來，碗裡滾熱的參湯散發著香氣淋到了余的臉上。余也不由自主地哀嗚一聲，聲音未落，就看到趙甲弓起腰，像一頭凶猛的黑豹子，對著余撞過來。他的堅硬如鐵的頭顱，撞中了余的小腹；余雙手揮舞著，仰面朝天跌倒在高台上。接著，趙甲就順勢騎在了余的身上。他的那雙看起來柔弱無骨的小手，竟然像鷹爪子一樣，掐住了余的咽喉。於此同時，他的嘴巴在余的額頭上咯唧咯唧地啃咬起來。余的眼前一團漆黑，心裡想掙扎，但雙手就像死去的枯枝……

就在余看到了站在高高的望鄉台上的夫人淒楚的面孔時，趙甲的手指突然鬆開了，他的嘴巴也停止了啃咬。余屈起膝蓋將他的身體頂翻，艱難地爬起來。余看到趙甲倒歪在地，背上插著一把匕首，他的瘦巴巴的小臉，在可憐地抽搐著。余看到孫眉娘木呆呆地站在趙甲的身體旁，慘白的臉上肌肉扭曲，五官挪位，已是三分像人七分像鬼。月光似水，月光如銀；月光是冰，月光是霜。余再也看不到這樣的月光了。余順著爛漫的月光看過去，似乎看到了，劉家的賢姪，為了他的父親，為了六君子，為了大清朝，突然出現在袁世凱的面前，像余的舍弟一樣，拔出了兩隻閃閃發光的金槍……

余頭昏腦脹地站起來，對著她伸出了手：眉娘……我的親人……

她卻嚎叫一聲，轉身往台下跑去。她的身體看起來如同一團敗絮，輕飄飄地失去了重量。余還用得著去追趕她嗎？不用了，余的事情馬上就要結束了，在另外的世界裡，我們遲早會團聚。余從趙甲背上拔出了匕首，用衣服把上邊的血擦乾。余走到孫丙的眼前，藉著燈火和月光——燈火昏黃，月光明亮——看清了孫丙神色平靜的臉龐。

孫丙啊，余做過許多對不起你的事，但你的鬍鬚，的確不是余薅的。余誠懇地說著，順手就將匕首刺入了他的胸膛。他的眼睛裡突然迸發出了燦爛的火花，把他的臉輝映得格外明亮——比月光還要明亮。余看到血從他的嘴裡湧出來，與鮮血同時湧出的還有一句短促的話：「戲……演完了……」

後記

在本書創作的過程中，每當朋友們問起我在這本書裡寫了些什麼時，我總是吞吞吐吐，感到很難回答。直到把修改後的稿子交到編輯部，如釋重負地休息了兩天之後，才突然明白，我在這部小說裡寫的其實是聲音。小說的鳳頭部和豹尾部每章的標題，都是敘事主人公說話的方式，如「趙甲狂言」、「錢丁恨聲」、「孫丙說戲」等等。豬肚部看似用客觀的全知視角寫成，但其實也是記錄了在民間用口頭傳誦的方式或者用歌詠的方式訴說著的一段傳奇歷史——歸根結柢還是聲音。而構思、創作這部小說的最早起因，也是因為聲音。

二十年前當我走上寫作的道路時，就有兩種聲音在我的意識裡不時地出現，像兩個迷人的狐狸精一樣糾纏著我，使我經常地激動不安。

第一種聲音節奏分明，鏗鏗鏘鏘，充滿了力量，有黑與藍混合在一起的嚴肅的顏色，有鋼鐵般的重量，有冰涼的溫度，這就是火車的聲音，這就是那在古老的膠濟鐵路上奔馳了一百年的火車的聲音。從我有記憶力開始，每當天氣陰沉的時候，就能聽到火車鳴笛的聲音像沉悶而悠長的牛叫，緊貼著地面，傳到我們的村子裡，鑽進我們的房子，把我們從睡夢中驚醒。然後便傳來火車駛過膠河大鐵橋時發出的明亮如冰的聲響。火車鳴笛的聲音和火車駛過鐵橋的聲音與陰雲密布的潮濕天氣聯繫在一起，與我的飢餓孤獨的童年聯繫在一起。每當我被這對比鮮明的聲音從深夜裡驚醒之後，許多從那些牙齒整齊的嘴巴裡和牙齒破碎的嘴巴裡聽來的關於火車和鐵道的傳說就有聲有色地出現在我的腦海裡。它們首先是用聲音的形式出現的，然後才是聯翩的畫面，畫面是聲音的補充和註釋，或者說畫面是聲音的聯想。

我聽到了然後看到了在一九〇〇年前後，我的爺爺和奶奶還是吃奶的孩子時，在距離我們村莊二十里的田野上，德國的鐵路技師搬著據說上邊鑲嵌了許多小鏡子的儀器，在一群留著辮子、扛著槐木橛子的中國小工的簇擁下，勘定了膠濟鐵路的線路。然後便有德國的士兵把許多中國健壯男子的辮子剪去。鋪在鐵路的枕木下邊，丟了辮子的男人就成了木頭一樣的廢人。然後又有德國士兵把許多小男孩用騾子馱到青島的一個祕密地方，用剪刀修剪了他們的舌頭，讓他們學習德語，為將來管理這條鐵路準備人才。這肯定是一個荒誕的傳說，因為後來我曾經諮詢過德國歌德學院的院長：中國孩子學習德語，是不是真的需要修剪舌頭？他一本正經地說：是的，需要。然後他用哈哈大笑證明了我提出的問題的荒謬。但是在漫長的歲月裡，對於這個傳說我們深信不疑。我們把那些能講外語的人，統稱為「修過舌頭的」。在我的腦海裡，馱著小男孩的騾子排成了一條漫長的隊伍，行走在膠河岸邊泥濘曲折的小道上。每頭騾子背上馱著兩個簍子，每個簍子裡裝著一個男孩。大隊的德國士兵護送著騾隊，騾隊的後邊跟隨著母親們的隊伍，她們一個個淚流滿面，悲痛的哭聲震動四野。據說我們家族的一個遠房親戚，就是那些被送到青島去學習德語的孩子中的一個，後來他當了膠濟鐵路的總會計師，每年的薪水是三萬大洋，連在他家當過聽差的張小六，也回家蓋起了三進三出的深宅大院。在我的腦海裡還出現了這樣的聲音和畫面：一條潛藏在地下的巨龍痛苦地呻吟著，鐵路壓在牠的脊背上，牠艱難地把腰弓起來，鐵路隨著牠的腰弓起來，然後就有一列火車翻到了路基下，如果不是德國人修建鐵路，據說我們高密東北鄉就是未來的京城，巨龍翻身，固然顛覆了火車，但也弄斷了龍腰，高密東北鄉的幾條好漢子以為火車是一匹巨大的動物，像馬一樣吃草吃料。他們異想天開地用穀草和黑豆鋪設了一條岔道，想把火車引導到水塘中淹死，結果火車根本就不理他們的碴兒。後來他們從那些在火車站工作的「三毛子」口裡知道了火車的一些原理，才知道浪費了那麼多的穀草和黑豆實在是冤枉。但一個荒誕故事剛剛結束，另一個荒誕故事接踵而來。「三毛子」告訴他們，火車的鍋爐是用一塊巨大的金子鍛造而成，否則怎麼可能承受成年累月的烈火燒烤？他們對「三毛子」的說法深信不疑，因為他們都知道「真金不怕火煉」這條俗語。為了彌補上次浪費的穀草和黑豆，他們卸走了一根鐵軌，使火車翻下了路基。當他們拿著傢伙鑽進火車頭切割黃金時，才發現火車的鍋爐裡連半兩金子也沒有……

儘管我居住的那個小村子距離膠濟鐵路的直線距離不過二十里，但我十六歲時的一個深夜，才與幾個小伙伴一起，第一次站在鐵路邊上，看到了火車這個令人生畏的龐然大物從身邊呼嘯而過。火車頭上那只亮得令人膽寒的獨眼和火車排山倒海般的巨響，留給我驚心動魄的印象，至今難以忘懷。雖然我後來經常地坐著火車旅行，但我感到乘坐的火車與少年時期在高密東北鄉看到的火車根本不是一種東西，與我童年時期聽說過的火車更不是一種東西。我童年時聽說的火車是有生命的動物，我後來乘坐的火車是沒有生命的機器。

第二種聲音就是流傳在高密一帶的地方小戲貓腔。這個小戲唱腔悲涼，尤其是旦角的唱腔，簡直就是受壓迫婦女的泣血哭訴。高密東北鄉無論是大人還是孩子，都能夠哼唱貓腔，那婉轉凄切的旋律，幾乎可以說是通過遺傳而不是通過學習讓一輩輩的高密東北鄉人掌握的。傳說一個跟隨著兒子闖了關東的高密東北鄉老奶奶，在她生命垂危的時候，一個從老家來的鄉親，帶來了一盤貓腔的磁帶，她的兒子就用錄音機放給她聽，當那曲曲折折的旋律響起來時，命若游絲的老奶奶忽地坐了起來，臉上容光煥發，目光炯炯有神，一直聽完了磁帶，才躺倒死去。

我小時經常跟隨著村裡的大孩子追逐著閃閃爍爍的鬼火去鄰村聽戲，螢火蟲滿天飛舞，與地上的鬼火交相輝映。遠處的草地上不時傳來狐狸的嗚叫和火車的吼叫。經常能遇到身穿紅衣或是白衣的漂亮女人坐在路邊哭泣，哭聲千迴百轉，與貓腔唱腔無異。我們認為她們是狐狸變的，不敢招惹她們，敬而遠之地繞過去。聽戲多了，許多戲文都能背誦，背不過的地方就隨口添詞加句。年齡稍大之後，就在村子裡的業餘劇團裡跑龍套，扮演一些反派小角，那時演的是革命戲，我的角色不是特務甲就是匪兵乙。文革後期，形勢有些寬鬆，在那幾個樣板戲之外，允許自己編演新戲。我們的貓腔《檀香刑》應運而生。其實，在清末民初，關於孫丙抗德的故事就已經被當時的貓腔藝人搬上了戲台。民間一些老藝人還能記住一些唱詞。我發揮了從小就喜歡編順口溜製造流言蜚語的特長，與一個會拉琴會唱戲出口成章但一個大字不識的鄰居叔叔編寫了九場的大戲《檀香刑》，小學校裡一個愛好文藝的右派老師幫了我們許多忙。我與小伙伴們第一次去看火車，就是為了編戲「體驗生活」。小說中引用的《檀香刑》戲文，是後來經過了縣裡許多職業編劇加工整理過的劇本。

後來我離開家鄉到外地工作，對貓腔的愛好被繁忙的工作和艱辛的生活壓抑住了，而貓腔這個曾經教化了高密東北鄉人民心靈的小戲也日漸式微，專業劇團雖然還有一個，但演出活動很少，後起的年輕人對貓腔不感興趣。一九八六年春節，我回家探親，當我從火車站的檢票口出來，突然聽到從車站廣場邊上的一家小飯館裡，傳出了貓腔的淒婉動人的唱腔。正是紅日初升的時刻，廣場上空無一人，貓腔的悲涼旋律與離站的火車拉響的尖銳汽笛聲交織在一起，使我的心中百感交集，我感覺到，火車和貓腔，這兩種與我的青少年時期交織在一起的聲音，就像兩顆種子，在我的心田裡，總有一天會發育成大樹，成為我的一部重要作品。

一九九六年秋天，我開始寫《檀香刑》。圍繞著有關火車和鐵路的神奇傳說，寫了大概有五萬字，放了一段時間回頭看，明顯地帶著魔幻現實主義的味道，於是推倒重來，許多精采的細節，因為很容易魔幻氣，也就捨棄不用。最後決定把鐵路和火車的聲音減弱，突出了貓腔的聲音，儘管這樣會使作品的豐富性減弱，但為了保持比較多的民間氣息，為了比較純粹的中國風格，我毫不猶豫地做出了犧牲。

就像貓腔不可能進入輝煌的殿堂與義大利的歌劇、俄羅斯的芭蕾同台演出一樣，我的這部小說也不大可能被鍾愛西方文藝、特別陽春白雪的讀者欣賞。就像貓腔只能在廣場上為勞苦大眾演出一樣，我的這部小說也只能被對民間文化持比較親和態度的讀者閱讀。也許，這部小說更合適在廣場上由一個嗓音嘶啞的人來高聲朗誦，在他的周圍圍繞著聽眾，這是一種用耳朵的閱讀，是一種全身心的參與。為了適合廣場化的、用耳朵的閱讀，我有意地大量使用了韻文，有意地使用了戲劇化的敘事手段，製造出了流暢、淺顯、誇張、華麗的敘事效果。民間說唱藝術，曾經是小說的基礎。在小說這種原本是民間的俗藝漸漸地成為廟堂裡的雅言的今天，在對西方文學的借鑑壓倒了對民間文學的繼承的今天，《檀香刑》大概是一本不合時尚的書。《檀香刑》是我的創作過程中的一次有意識地大踏步撤退，可惜我撤退得還不夠到位。

國家圖書館出版品預行編目資料

檀香刑 / 莫言著. -- 五版. -- 臺北市 : 麥田出版, 城邦文化事業股份有限公司出版 : 英屬蓋曼群島商家庭傳媒股份有限公司城邦分公司發行, 2025.09
面：　公分. -- (莫言作品集 ; 2)
諾貝爾獎新藏版

ISBN 978-626-310-953-7（平裝）

857.7　　114009935

莫言作品集 2

檀香刑（諾貝爾獎新藏版）

作　　者　莫　言
責任編輯　陳佩吟（五版）

版　　權　吳玲緯　楊　靜
行　　銷　闕志勳　吳宇軒　余一霞
業　　務　李再星　李振東　陳美燕
麥一總編輯　林秀梅
總 經 理　巫維珍
編輯總監　劉麗真
事業群總經理　謝至平
發 行 人　何飛鵬
出　　版　麥田出版
城邦文化事業股份有限公司
台北市南港區昆陽街16號4樓
電話：886-2-25007696 傳真：886-2-2500-1951
發　　行　英屬蓋曼群島商家庭傳媒股份有限公司城邦分公司
台北市南港區昆陽街16號8樓
客服專線：02-25007718；25007719
24小時傳真專線：02-25001990；25001991
服務時間：週一至週五上午09:30-12:00；下午13:30-17:00
劃撥帳號：19863813 戶名：書虫股份有限公司
讀者服務信箱：service@readingclub.com.tw
城邦網址：http://www.cite.com.tw
麥田部落格：http://ryefield.pixnet.net/blog
麥田出版Facebook：https://www.facebook.com/RyeField.Cite/

香港發行所　城邦（香港）出版集團有限公司
香港九龍九龍城土瓜灣道86號順聯工業大廈6樓A室
電話：852-25086231　傳真：852-25789337
電子信箱：hkcite@biznetvigator.com

馬新發行所　城邦（馬新）出版集團
Cite（M）Sdn. Bhd.（458372U）
41, Jalan Radin Anum, Bandar Baru Seri Petaling,
57000 Kuala Lumpur, Malaysia.
電話：+6(03)-90563833　傳真：+6(03)-90576622
電子信箱：services@cite.my

封面設計　莊謹銘
印　　刷　前進彩藝有限公司

初版一刷　2001年4月
五版一刷　2025年9月

定價／520
ISBN 978-626-310-953-7（平裝）、9786263109544（EPUB）

城邦讀書花園
www.cite.com.tw